León Tolstoi

ANA KARENINA

ISBN colección: 84-9764-899-4
ISBN: 84-9764-908-7
Depósito legal: M-33661-2006

Colección: Clásicos inolvidables
Título: Ana Karenina
Autor: León Tolstoi
Diseño de cubierta: Juan Manuel Domínguez
Impreso en: COFÁS

LEÓN TOLSTOI

León Nikolaievich Tolstoi vino al mundo, para unos historiadores y bió-grafos el 28 de agosto y para otros el 9 de septiembre, aunque sí existe total y absoluta coincidencia en cuanto al año: 1828. Tan fausto acontecimiento tuvo lugar en Jasnaia Poliana (gobierno de Tula) en el seno de una familia pertene-ciente al más rancio abolengo de la antigua nobleza rusa.

Tolstoi, qué duda cabe, fue por cuna un elegido, más tarde por sabiduría un afortunado, y tuvo la suerte de ser testigo no sólo del complejo desarrollo de la literatura rusa durante la segunda mitad del siglo XIX (período que cubre y abar-ca el gran realismo ruso), sino también de las luchas, en el tránsito de la última centuria a la siguiente, entre la ya gloriosa tradición literaria y las nuevas corrien-tes, algunas de ellas con génesis prácticamente espontánea, en tanto otras emer-gían sujetas a la influyente solera occidental. Sin embargo, además de atento y sagaz testigo, fue, junto a escritores y poetas de gran valor espiritual, como Fedor Mijailovich Dostoievski, Iván Sergeievich Turgenev, Alexander Ivano-vich Herzen, Iván Aleksandrovich Goncharov, Fedor Ivanovich Tiutchev y Niko-lai Alekseievich Nekrasov, uno de los factores más activos, no exclusivamente como autor literario, sino también como hombre y pensador, de toda la vida social y moral sobre cuya base y fondo se desarrollaba la literatura.

La familia de Tolstoi, originaria de Alemania y establecida en Rusia duran-te la época de Pedro *el Grande*, había obsequiado generosamente a su patria con muchos hombres eminentes y distinguidos, gozando de una excelente y envidiable posición económico-social, consolidada a raíz del matrimonio del conde Nicolás con la princesa María Volonski, los padres del excelso novelis-ta, que fue el menor de cinco hermanos. Pero no todo en la vida del que habría de ser llamado a las grandes conquistas literarias fue un camino de rosas, ya que, siendo un infante todavía, perdió a su madre a los dos años de edad, y a su padre a los nueve. De todas formas no encontramos en la infancia de Tolstoi secuencias de especial relieve, ningún aspecto que destaque por su particulari-dad, a excepción hecha de una extrema y extraordinaria sensibilidad de mati-ces casi enfermizos. Tras producirse el óbito del progenitor (1837) se hizo cargo de los huérfanos una tía de éstos, la condesa Osten-Sacken, pero falleció poco tiempo después, en 1840, pasando los menores al cuidado de la señora Jushkov, otra de sus tías.

En los quince primeros años de su existencia, Nikolaievich Tolstoi fue edu-cado en su propia casa por varios preceptores, al igual que sus hermanos, y como entonces residió siempre en el campo, este período puede decirse que fue deci-sivo en función de su futuro desenvolvimiento. Y así, aquellas de sus novelas que presentan como marco y escenario de los argumentos la Naturaleza, podrí-amos afirmar que son las de un contenido literario más acorde con las inclina-ciones y convicciones del escritor. En 1843 entró en la Universidad de Kazán,

5

matriculándose en la Facultad de Letras, pero un fracaso inicial sufrido al año siguiente le hizo trasladarse a la de Derecho. Rico y de noble familia —ya ha quedado dicho, aunque es posible que en el transcurso de esta síntesis biográfica hagamos en algún otro momento alusión a tal circunstancia—, los estudios de Tolstoi fueron como los de tantos otros jóvenes de su clase, y nada hacía prever en el turbulento escolar al gran hombre que habría de convertirse, a no mucho tardar, en figura culminante, ínclito protagonista de la literatura europea, por espacio de casi medio siglo. Kazán era por aquel entonces un centro muy a propósito para el solaz y los placeres; León Nikolaievich, demasiado niño todavía y sin el control y freno familiar, se entregó con juvenil exuberancia al torbellino de aquella *dolce vita* y si, por una de esas paradojas tan frecuentes, fue el último en los estudios, pocos le pudieron igualar, en cambio, en otros aspectos. Y así la cuestión, era el asombro de sus compañeros que admiraban en él su resistencia para la bebida, la potencia de sus puños, el elegante estoicismo ante las pérdidas más considerables delante del tapete verde y su fortuna a la hora de recibir el favor de las mujeres. Ni que decir tiene que obtuvo las notas más mediocres en sus exámenes, y que si en 1847 pudo dar por concluidos satisfactoriamente sus estudios, se debió a que los profesores tuvieron muy presente la familia a la que Nikolaievich Tolstoi pertenecía. Pero aun así, tampoco puede decirse que aquellos fuesen años echados por la borda para el futuro padre literario de *Ana Karenina*. Al margen de sus extravagancias de juventud, más de sus fruslerías que de sus locuras, una fiebre continua ponía su espíritu en ebullición, casi atormentándole, y ésa iba a ser la constante de toda su existencia, haciéndole adoptar y rechazar los más antagónicos sistemas filosóficos.

Según cuenta el propio Tolstoi en sus Memorias (*Adolescencia*), a los dieciséis años había llegado a carecer de convicción alguna. «No obstante —asegura—, yo creía en *algo*. ¿En qué? No podría decirlo. Pienso que yo creía aún en Dios o, más bien, no lo negaba. Pero... ¿en qué Dios? Lo ignoraba. Yo no negaba ni mucho menos a Cristo y a su doctrina, pero no hubiera podido decir en qué consistía esa doctrina.»

Mas, dotado de un extremado amor propio y de una sensualidad rayana en lo violento, bien pronto se olvida de sus cuitas y tormentos espirituales, entregándose de nuevo al *dolce far niente,* fácil y agradable del estudiante económicamente privilegiado, primero en Kazán y después en San Petersburgo. León Nikolaievich no contaba más de diecinueve años de edad a su salida de la Universidad, partiendo entonces a Jasnaia Poliana, donde decidió residir una larga temporada permaneciendo completamente en el ostracismo. Desde 1847 a 1851 volvió entre los campesinos y el trágico espectáculo de su miseria, dolores y privaciones, le conmovieron profundamente, concibiendo a partir de aquel mismo instante el noble propósito, el compromiso formal consigo mismo, de consagrar su existencia al mejoramiento y a la defensa de la dignidad de los pobres y oprimidos, pero el hervor de su sangre juvenil y su afán por involucrarse de pleno en nuevas emociones, no le permitieron entonces poner en práctica su noble filosofía, aunque de haber podido —o querido— tampoco hubiese encontrado los métodos adecuados para realizarlo. Este primer período de soledad consciente, voluntariamente escogida, fue también su primer período de escritor, puesto que de aquella época datan fragmentos de sus *Memorias,* en forma novelada, que habría de publicar más tarde con los títulos de *Adolescencia* y *Juventud,* escritos éstos que ya revelan una notable sinceridad, pues en ellos el autor no trata en ningún momento de esconder o atenuar sus defectos, debilidades y posibles «vicios». Es muy probable que Tolstoi se inspirase en las *Confesiones* de Juan Jacobo Rousseau, uno de sus autores favoritos entonces, aunque la trayectoria personal y literaria seguida por ambos fuese luego diametralmente opuesta.

Obedeciendo a las instigaciones de su hermano Nicolás, oficial del ejército, y también a su propio temperamento en el que encajaban con ilusión las aventuras marciales, decidió en 1851 abrazar la carrera de las armas, y tras haber superado el examen reglamentario en Tiflis, fue nombrado oficial de artillería, aunque no por eso se olvidó de sus pasiones literarias, en las que ya había degustado algunos triunfos. Al estallar la guerra de Crimea pidió ser destinado a aquel ejército, siendo su conducta verdaderamente notable frente a las huestes enemigas, distinguiéndose muy en especial por su absoluto desprecio a la muerte. Concluida aquella campaña, que habría de servirle de fuente de inspiración para redactar algunas de sus más hermosas páginas, decidió solicitar el retiro al comprender que la milicia no le apasionaba como creyera en un principio, al llegar al convencimiento de que él tenía que avanzar por la vida armado con una pluma y un tintero, pero nunca con un fusil o al pie de un mortífero cañón. Después de pasar una larga temporada en el campo para recuperarse física y mentalmente, buscando obtener el *estado de gracia* que le permitiera reintegrarse con garantías a sus tareas literarias, Nikolaievich Tolstoi se estableció en San Petersburgo con el decidido objeto de dedicarse exclusivamente a sus escritos. Los primeros textos que ya había publicado y sus hazañas en la guerra hicieron que su firma fuese solicitada en las más importantes revistas de la época, y pronto se contó entre los colaboradores de *Sovremennik (Los Contemporáneos)*, considerada entonces como la publicación rusa por excelencia.

El alma de Tolstoi había sufrido ya profundas modificaciones, pero joven todavía, de carácter un tanto débil, agasajado en su doble vertiente de valeroso militar y brillante escritor, y solicitado de continuo por la alta sociedad de San Petersburgo que veía en él a uno de sus más destacados valedores, no pudo —y quizá tampoco quiso ni supo— sustraerse al ambiente y a las tentaciones que le rodeaban, y cedió de nuevo a las lisonjas, los panegíricos, la vida fácil y las fragilidades de la carne. No obstante, aquella fase de abandono, afortunadamente, duró poco. Tolstoi fue emergiendo del pozo, en parte porque su voluntad actuaba casi de manera instintiva, y en buena parte también porque en realidad despreciaba a aquellas gentes pegajosas con palabras de merengue que casi caían en el ridículo reverenciándole continuamente, y en parte asimismo porque el afán de reforma interior era cada vez más fuerte en él, no limitándose a su propia persona, ya que su permanencia en el ejército de Crimea había reavivado su misticismo, convenciéndole de manera definitiva de haber encontrado el verdadero objetivo de su vida: «Poco a poco he sido llevado a una grande idea, a cuya realización me siento capaz de consagrar toda mi existencia. Esta idea es la fundación de una nueva religión, la religión de Cristo; pero purificada de sus dogmas y misterios. Se trata de obrar clara y conscientemente, a fin de unir a los hombres por la religión.» Al margen de esta filosofía espiritual, su estancia en San Petersburgo (1855-1856) le sugirió la siguiente reflexión: «He adquirido la convicción de que casi todos eran hombres inmorales, malvados, sin carácter, muy inferiores a los que yo había conocido en mi vida de bohemia militar. Y estaban seguros de sí mismos y contentos, como pueden estarlo las gentes cuya conciencia no les acusa de nada.»

En 1857 emprendió un viaje, en el transcurso del cual visitó Alemania, Suiza y Francia, instalándose durante algún tiempo en París, donde vivían algunos compatriotas suyos. Hasta 1861 estuvo viajando, residiendo, cuando volvía a

Rusia, en su finca de Jasnaia Poliana, o bien en Moscú. En el curso de su por entonces último periplo murió su hermano Nicolás, que había ido a Francia en busca de restablecer la salud, y esta desgracia (septiembre de 1860) afligió profundamente a Nikolaievich Tolstoi, como lo atestiguan las cartas por él escritas en aquella época, sin contar con el resurgimiento de sus antiguas lucubraciones sobre el misterio de la muerte. «*Realmente* —escribía a su amigo Fet—, la situación en que estamos es terrible.» Poco quedaba ya en él del antiguo hombre de mundo —libertino, quizá— y sus pensamientos y reflexiones se habían tornado más graves e introvertidas. Cada vez más encariñado con sus proyectos de reforma, en 1861 se estableció definitivamente en Jasnaia, decidido a llevarlos a la práctica.

En sus últimos viajes por Alemania, Francia e Italia, había estudiado los sistemas pedagógico y penal de dichos países que, si bien superiores a los de Rusia, Tolstoi sólo aprobaba de manera parcial. De un lado la influencia de Auerbacb, al que conociera personalmente, y de otro la nueva institución de los *Kindergarten,* habían causado profunda impresión en su espíritu, por lo que decidiendo inspirarse en ambos sistemas, pidió, y obtuvo, permiso para abrir una escuela, fundando, asimismo, el periódico pedagógico *Jasnaia Poliana,* notable no tan sólo como curiosidad literaria, sino por los originales trabajos que León Nikolaievich publicó y que han merecido ser incluídos en sus obras completas. La época en que se abrió esta escuela fue muy bien elegida, porque los liberales rusos acababan de obtener una gran victoria para su ideario político, ya que dos meses antes (febrero de 1861) se había promulgado el decreto de emancipación de los siervos. Una nueva era parecía haber comenzado. La escuela de Nikolaievich Tolstoi, esencialmente libre, admitía toda clase de alumnos, pero entre ellos predominaban, como era lógico y natural, los campesinos; la enseñanza era absolutamente gratuita, los niños podían entrar y salir del local cuantas veces lo deseasen y no se les sometía a ningún castigo por insignificante que fuera. «El estudiante —afirmaba Tolstoi, con absoluto convencimiento— está en su derecho al rehusar las formas de educación que no satisfagan a sus instintos, ya que la libertad es el único criterio. Nosotros, hombres de otra generación, no conocemos ni podemos conocer lo que necesitan los jóvenes.» La escuela de Jasnaia Poliana fue establecida en una casa próxima a la que habitaba León Nikolaievich, quien se cuidaba personalmente de la enseñanza, de la que era la base el Antiguo Testamento. Después de ésta fueron abiertas otras escuelas semejantes en el distrito y el éxito parecía asegurado; pero pronto los inspectores de la localidad llamaron la atención del Gobierno y, al fin, al cabo de dos años, fueron clausuradas las instituciones y el periódico dejó de publicarse.

Fue un durísimo golpe para Tolstoi quien, hundido, desanimado por el fracaso de su intento y enfermo *más espiritual que físicamente,* como él mismo escribe, se entregó a la vida quieta y apacible de la estepa, con el propósito de recuperar la paz interior. Mientras sus teorías parecían estar en curso de realización, su actividad literaria había cesado casi por completo, con gran disgusto de Turgenev. En una de sus visitas a Moscú conoció a Sofía Bers, hija de un médico y joven de inteligencia vigorosa y práctica, a la que no tardó en hacer su esposa (23 de septiembre de 1862). Estableciése el joven matrimonio en Jasnaia Poliana, y este período, quizá el más feliz de la existencia de Nikolaievich Tolstoi, fue también el más fecundo y prolífico en su producción literaria, marcando una nueva era en su ciclo intelectual. En efecto, durante los doce o catorce años que siguieron a su enlace, fue cuando Tolstoi concentró su esfuerzo en algunas obras cuya amplitud y grandiosidad eran verdaderamente dignas de su genio. Es muy probable, por no decir seguro, que a etapa de tanta brillantez creativa contribuyeran el sosiego de la vida hogareña y la felicidad que experimentaba dirigiendo los trabajos de su propiedad. De esta época data *Guerra y Paz,* verdadera epopeya nacional, que fue publicada en *El Mensajero Ruso* de 1864 a 1869. Sería imposible resumir esta obra, tanto por la complejidad del tema, como por los numerosos y variados protagonistas que intervienen, cada uno de los cuales es *dibujado* sobriamente, pero con gran realidad y pureza. De este modo, cada uno de esos personajes se aparecen al lector cuando les corresponde por turno, figurando en primera línea, para desaparecer más o menos rápidamente cuando ya han sido fijados con trazos indelebles, para incorporarse de nuevo a la multitud de donde salieran; de este procedimiento resulta una impresión maravillosa de evocación continua. *Guerra y Paz* consagró la gloria de León Nikolaievich Tolstoi, no sólo en Rusia, sino en toda Europa. Para descansar de la abrumadora tarea que le había supuesto aquella vasta concepción, escribió obras destinadas a la instrucción primaria: un *Alfabeto* y una colección de *Libros de lectura* conteniendo cuentos, descripciones y relatos, con ese estilo maravillosamente sencillo y popular, del cual los autores rusos parecían poseer el secreto.

Seis años después de la publicación de *Guerra y Paz* apareció otra de sus más famosas novelas, *Ana Karenina* (1875-1876), pero que difiere esencialmente de la anterior. El argumento es simple y la acción clara y lógicamente desarrollada. Una mujer de la alta sociedad, la protagonista y la que da nombre a la novela, se enamora de un joven oficial llamado Vronski, y después de haber luchado y sucumbido, abandona a su esposo e hijo para refugiarse entre los brazos de su amante, siguiéndole, para acabar suicidándose, presa de torturas y remordimientos, arrojándose al paso de un tren. El estilo es vigoroso, pero no tan vivo como en *Guerra y Paz,* y parece que toda la obra se resiente del cansancio que ya empieza a sentir Tolstoi por la vida, que durante tantos años le había hecho feliz.

Lleno de gloria, rico, rodeado de una familia amante, se opera entonces en el espíritu de León Nikolaievich una nueva metamorfosis, que es un paso más en el camino que desde mucho antes había decidido seguir. Sin renunciar por completo a la literatura profana, dedica su mayor actividad a traducir y comentar los *Evangelios*, y sus mismas novelas tienen ya una tendencia francamente definida; pero, pese a sus esfuerzos, no consigue obviar su poderosa personalidad ni su extraordinario talento literario, si bien éste comienza a mostrarse ya en decadencia. Fruto de este nuevo giro profesional son las obras *¿Qué hacer?*, *¿En qué consiste mi fe?*, *¿En qué consiste la felicidad?* y otras por el estilo, en que Tolstoi se plantea una serie de problemas de carácter religioso-social, que resuelve en función de su propio *sui generis*. Pero sea que se siente incapaz de reprimir su pasión literaria, sea que quiere servirse de sus maravillosas cualidades intelectuales para ayudar a la divulgación de las verdades que supone haber descubierto, de cuando en cuando publica algún volumen, sin llegar a oscurecer los primeros, que le sirve para reverdecer laureles y para su reintegración a las letras. Tales son *Tres muertes,* conocido también por *La muerte de Iván Illitch* (1885), obra de un realismo asombroso y de una fuerza emocional pocas veces igualada; *El poder de las tinieblas,* drama sombrío y terrible (1887); *La sonata de Kreutzer*, condenación del matrimonio (1890); *Dueño y servidor,* penetrada del mismo ideal de renuncia que las anteriores (1895), y, sobre todo, *Resurrección* (1899), vasto cuadro que, por sus dimensiones y la diversidad de los personajes, recuerda *Guerra y Paz*, aunque sin el vigor y colorido de ésta. Es, sin embargo, relato bellísimo desde el punto de vista literario, y en él se encuentran muchas de las cualidades que han dado fama universal a Tolstoi: descripciones de una fuerza plástica asombrosa, caracteres bien dibujados y sostenidos, escenas emocionantes; pero la preocupación casi obsesiva del autor por hacer triunfar sus tesis impone cierta monotonía al conjunto. De aquel entonces, iniciado con *Mi confesión* (1879-1882), son: *¿Qué es el arte?*, violenta diatriba contra el arte puro y en la que los más grandes músicos y pintores son lacerados por no haber compuesto sus obras para el pueblo (1898). De la misma tendencia es el estudio *Sobre Shakespeare y el drama* (1906), en que califica de «groseras, salvajes, y a menudo de insensatas, las obras de los antiguos griegos Sófocles, Eurípides, Esquilo y, sobre todo, de Aristófanes, y de los modernos Dante, Tasso, Milton y Shakespeare», considerando, en cambio, como una obra maestra y como modelo del arte superior *La cabaña del tío Tom*.

La producción del último período de su existencia fue abundantísima: cuentos, apólogos, algunos de los cuales son pequeñas obras maestras por el vigor y el estilo, de una sencillez evangélica, cartas, folletos, opúsculos y algunos libros como *Comentarios del Evangelio, La salvación está en vosotros, El espíritu cristiano y el patriotismo,* violento ataque contra la alianza francorrusa; *Los tiempos están próximos,* y otras que sería interminable enumerar.

Ya después de los doce o quince años que siguieron a su matrimonio, Tolstoi estuvo en continua pugna entre su ideología y la vida práctica, lo que le llevó finalmente a distanciarse de la familia. Poco a poco fue renunciando a toda relación social, aunque permitía que los suyos la mantuviesen; se abstuvo del tabaco y de bebidas espiritosas, comiendo sólo alimentos vegetales, vistiendo como el más humilde *mujik*, durmiendo en cama dura y trabajando como zapatero por espacio de varias horas al día, empleando las restantes en repartir limosnas a los pobres, acompañado del doctor Makovetski, quien dejó su rica clientela de la ciudad para vivir al lado del ilustre novelista y practicar sus doctrinas. Esta serie de sacrificios —este anacoretismo autolacerante— debían serle tanto más dolorosos cuanto que su familia llevaba una existencia opulenta en la misma casa que él habitaba, llegándosele además a tildar de maniático o de hipócrita, suponiendo muchos que su estrafalario *modus operandi* no pretendía más finalidad que la de que se hablara de él; pero este crítico y subjetivo juicio popular resultaba absurdo, pues la única verdad era que cuando Nikolaievich Tolstoi se entregó en cuerpo y alma a la práctica de sus doctrinas, su nombre como literato ya era universalmente conocido y respetado, y pocos hombres habían sido objeto de opiniones tan halagüeñas y apasionadas como él. En sus últimos años debió darse cuenta de estas consideraciones y varias veces indicó a su familia el deseo de que su vida concluyera en un retiro humilde, pues otra cosa no estaba en consonancia con sus predicaciones. La esposa y los hijos de León se opusieron siempre, frontalmente, a la realización de este pensamiento, que había acabado siendo obsesivo en Nikolaievich, sobre todo un día en que, al regresar de una de sus frecuentes correrías por la campiña con el corazón dolorido por el espectáculo de tantas miserias como había tenido ocasión de contemplar, encontró a la puerta de su casa un magnífico coche, propiedad de su familia, que no suya, ya que él nada poseía, pues a todo había renunciado. Tan brutal contraste acabó de decidirle, y en la madrugada del 10 de noviembre de 1910 abandonó secretamente su hogar en compañía del doctor Makovetski. La carta que el «fugitivo» dejó en su cuarto para la esposa estaba escrita con encendido patetismo; de una manera conmovedora le suplicaba que le perdonase el dolor que sin duda le causaría su partida, declarando seguidamente que le era imposible seguir llevando por más tiempo una existencia de gran señor, contrapuesta a sus creencias e ideales, rogándole a la mujer que no le buscase ni tratara de hacerle revocar una decisión que era irrevocable. «Quiero —terminaba— llevar la vida de un simple y sencillo campesino.» Tras la lectura de aquella epístola de despedida y durante el resto del día, la desesperación de la esposa de Tolstoi fue *in crescendo* y por dos veces intentó la anciana arrojarse al interior de un estanque situado en las inmediaciones de la casa. En las fechas que siguieron, su angustia fue tal, que se temió que enloqueciera. Entonces se supo que León Nikolaievich se había refugiado en el monasterio de Chamardina (gobierno de Kalonga) y que después de un breve descanso, reanudaba la marcha, pero el 14 hubo de detenerse enfermo en Astapovo, donde falleció el 20 de noviembre (algunos historiadores y biógrafos no coinciden en el día, aunque sí en el mes y año) a causa de una inflamación pulmonar.

La muerte de León Nikolaievich Tolstoi produjo verdadera conmoción en todo el orbe civilizado. Su cuerpo fue trasladado a Jasnaia Póliana, siendo inhumado con gran sencillez por haber prohibido el Santo Sínodo que se le hiciera ceremonia religiosa alguna, ya que desde 1901 pesaba sobre él la excomunión.

Se hace muy difícil —por no decir imposible— juzgar equitativamente una obra de tantas facetas espirituales e intelectuales como la de este insigne ruso, pero cabe perfectamente separar la obra literaria, magnífica por diversos conceptos, y la de *jefe de secta*. Ésta, muy controvertida, no es original sino precisamente por la intervención literaria, ya que en el fondo no difiere gran cosa de las otras sectas rusas. Esto, por lo que respecta a la exposición; en cuanto a las soluciones, no acostumbra el genio a encontrarlas fácilmente. Nikolaievich Tolstoi sentíase poseído de un gran amor al prójimo. Cuando vio el enjambre de mendigos de Moscú, le asaltó la idea de ir a socorrerlos; más para ello —pensó—, necesitaba conocerlos más a fondo. Un censo se estaba entonces llevando a término y el escritor consiguió que le nombrasen agente de dicho censo, eligiendo para el desempeño de sus funciones el barrio más mísero de la ciudad. Su volumen ¿*Qué hacer*? contiene la descripción de las escenas y secuencias de que León fue testigo practicando las operaciones de empadronamiento, si bien la conclusión que él saca de sus observaciones resulta un tanto ambigua. «La limosna no conduce a nada bueno pensaba el literato. Yo he visto —escribe en el último capítulo de ese libro— que, siendo el dinero la causa de los sufrimientos y de la depravación de los hombres, mal puedo ayudar a los otros acarreándoles los males que deseo suprimir. De ello deduzco que quien no gusta de ver la depravación y los sufrimientos ajenos, no debe servirse de su peculio para ayudar a los pobres. Hay que combatir la ociosidad y la superfluidad. San Juan Bautista refiere que cuando el pueblo le preguntaba: "¿Qué hacer?", *él* contestaba: "Que quien posee dos vestidos, dé uno al que carece en absoluto de ellos, y que aquél al que no le falte de comer, invite al hambriento."» El hombre, según Tolstoi, no debía tener más que un traje y ningún dinero: «*no debía servirse del trabajo de los demás y, en consecuencia, debía trabajar por sí lo más posible*». En el libro que siguió al precedente, titulado *Lo que hay que hacer*, podía leerse lo siguiente: «Cuando nosotros preguntamos lo que debemos hacer, no preguntamos nada; nosotros afirmamos solamente que no queremos hacer nada.» Tampoco se desprende demasiado de la respuesta de Tolstoi; sin embargo, fuera lo que fuese lo que pensaba, si se manifiesta y pone de relieve un hecho tan indiscutible como incuestionable: un hombre rico, de clase privilegiada, que después de columpiarse en la *dolce vita,* de conocer la resaca libidinosa de las conquistas militares, de haber creado una familia numerosa y robusta, buscó en el amor al pueblo, en la renuncia a las felicidades terrenas, en la prédica incesante de las doctrinas que estimaba sanas, y en la práctica de esas doctrinas la realización de un ideal de vida noble y generoso, es un auténtico elegido de la Providencia. Tolstoi puede «chocar» a muchos por lo que hay en su obra de contrario, de hostil, a la civilización contemporánea que esos muchos reverencian. Su pacifismo incondicional, su anarquismo pasivo, no dicen con el hervor de las luchas del día; su lógica doctrinaria no ofrece soluciones prácticas a los grandes problemas sociales, políticos y morales del presente; sus paradojas sobre el arte, sobre la ciencia, sobre las costumbres, lastiman los principios de una sociedad ególatra y egocentrista y los prejuicios que esa estructura comporta; sus creencias espirituales parecen peligrosas por lo que tienen de contrario a las realidades de la vida; pero a pesar de los pesares, a pesar de todo y pese a quien pese, León Nikolaievich Tolstoi vivirá en la memoria de las gentes como uno de los literatos más insignes, poderosos, sinceros, y más artista de estos tiempos.

El creador inmortal de *Guerra y Paz* y de la atormentada *Ana Karenina,* hizo una profesión de fe en 1902, declarándose enemigo de la aristocracia y de la revolución, cuyas respectivas violencias, decía, le molestaban por un igual. «Soy, sencillamente, anarquista cristiano y, por lo mismo, aborrezco tanto a la autocracia como al comunismo, pues tan despótica es la una como el otro. Sólo hay un libro cuyos preceptos podrían hacer la felicidad de todos los pueblos, y este libro es el Evangelio.» A estas palabras del novelista, replicó el crítico Brunetière con las siguientes: «Jamás el cristianismo, que es el sostén más firme de la autoridad divina y humana, pudo llamarse anarquista. Hacer profesión de *anarquista cristiano* equivale a hablar de un fuego frío o de una luz tenebrosa». Un filósofo ruso, de gran vigor intelectual, Wladimir Solovief, rebatió el principio tolstoiano de la no resistencia al mal, sosteniendo que el deber del verdadero cristiano consiste, no en circunscribirse a uno mismo y cuidar sólo de la propia salvación, sino en participar activamente de la vida social, so pena de llegar a ser un budista empecinado en un aislamiento moral orgulloso y estéril. Cabe la posibilidad de que Tolstoi, realmente, tuviese mucho de budista. «La base de la doctrina cristiana, el amor al prójimo y la pureza de la vida —decía— es también la base del budismo.» Y sus doctrinas le llevaban a verdaderos callejones sin salida.

León Nikolaievich, idealista impenitente, creía en la llegada de un amanecer en que los hombres, limpios y purificados de las malas pasiones, vivirían como hermanos, practicando el reino de Dios en la Tierra. Lo esencial, para él, era amar al prójimo. Y a la propagación de esta doctrina dedicó el insigne novelista los últimos años de su vida. «El amor será la gran fuerza que ha de obrar para el logro de los beneficios del alma humana. El hombre debe vivir, debe amar. El hombre, en cuanto animal, debe luchar; pero en cuanto a ser espiritual, se coloca por encima de la lucha. Toda la vida humana consiste en someter el ser carnal al ser espiritual. Toda la vida humana en fortificar el ser espiritual y vencer al ser carnal. La vida del hombre consiste en vencer los deseos del cuerpo por la conciencia moral.» La característica de Tolstoi como pensador, su preocupación constante, obsesionante, fue el desentrañar el *sentido de la vida,* el *porqué* de la vida. Esta psicosis dominante y la pasión que ponía en todos sus pensamientos le hicieron caer en grandes contradicciones, en agudas crisis morales, en *iluminismos* y en desfallecimientos anuladores: «*¿Qué es el bien? ¿Qué es el mal? ¿Qué es la vida? ¿Para qué vivir? ¿Cómo vivir? ¿Qué es la muerte?*» se preguntaba constantemente.

El alma atormentada y las acciones de casi todos los personajes tolstoianos giraban alrededor de esos interrogantes. Levine, Irterneff, Besukof, Karenina y Neklindof, por los cuales habla León Nikolaievich, se conducen siempre abrumados por la responsabilidad trascendental de sus acciones morales, tratando en vano de desentrañar lo desentrañable, el sentido misterioso de la existencia. La vida de Tolstoi ofrece uno de esos ejemplos de metamorfosis mental que más de una vez se encuentra en la historia de los grandes hombres, de los elegidos, por incomprensibles y confusos que nos resulten a los demás. Quienes conocieron al joven boyardo cuando seguía sus primeros cursos universitarios no llegaron a sospechar, a buen seguro, el cambio radical que habían de experimentar la inteligencia y la conciencia de aquel mancebo orgulloso de su estirpe, que despreciaba profundamente lo que era la plebe, que no tenía más que una sonrisa de desdén para sus compañeros burgueses y concedía una importancia trascendental al lazo de su corbata y el buen corte de sus pantalones. Era un modelo de frivolidad como tantos produjo la alcurnia moscovita, durante el siglo XIX; las modas, los bailes, las intrigas amorosas, las orgías con alegres compañeros constituían la principal ocupación de su vida estudiantil. Luego, el paso del tiempo, las reflexiones y la ponderación, nos traerían a un nuevo Tolstoi: al definitivo Tolstoi.

La literatura rusa conoció también otras figuras de excepcional vigor espiritual y no menos abundantes en tormentosas contradicciones; así cabe considerar, por ejemplo, a Fedor Mijailovich Dostoievski. Sin embargo, ni tan sólo en el caso de éste puede afirmarse que toda la complejidad de la vida mundial, vista a través de problemas nacionales concretos —doctrinas y espiritualidad al margen— y a menudo típicamente rusos, se haya reflejado tan claramente en una obra literaria como en la de León Tolstoi. Posiblemente, empero, este reflejo universal tan claro y profundo se debe al carácter intensamente autóctono de Nikolaievich; propia de la naturaleza rusa es, precisamente, la percepción de los valores universales en las cualidades más contradictorias, como, por ejemplo, *la arrogancia, la reflexión, el fanatismo, el escepticismo, la poesía y la sabiduría filosófica*. Genio singularmente artístico, Tolstoi, a pesar de su instintiva aversión hacia determinadas formas —constante suya que hemos reflejado con amplitud—, comprendió la gran complejidad del fenómeno del arte; pero vio también cómo un gran artista, y sobre todo un gran escritor, puede seguir siendo maestro de las nuevas generaciones, aun a través de los cambios operados en las concepciones y en la organización de la sociedad.

Francisco Caudet Yarza

PRIMERA PARTE

«Me he reservado para la venganza, dijo el Señor...»

I

Todas las felicidades se parecen, pero en cambio los infortunios tienen cada uno su fisonomía particular.

En la casa Oblonsky se notaba un gran trastorno. La princesa se había enterado de que su marido tenía relaciones con una institutriz francesa que había sido despedida, y declaró que no quería vivir con él. Esta situación se prolongaba, y por espacio de tres días, no tan sólo hubieron de sufrirla los esposos, sino que también los miembros todos de la familia y hasta la servidumbre. Era opinión general que mayores y más estrechos vínculos existirían entre personas que el acaso hubiera reunido en una posada, que entre aquellas que en aquel momento cohabitaban en la casa de Oblonsky. La esposa no abandonaba sus habitaciones; el marido apenas ponía los pies en su casa; los niños, abandonados, retozaban por las habitaciones; la inglesa había disputado con el ama de llaves y acababa de escribir a una amiga para que le buscara otro acomodo; el cocinero salió la víspera sin permiso a la hora de la comida; la muchacha que fregaba los platos y el cochero pedían que les arreglaran sus cuentas.

Tres días después del disgusto con su esposa, el príncipe Esteban Arcadievitch Oblonsky, Stiva, como le llamaban en la sociedad, se despertó a la hora de costumbre, las ocho de la mañana, no en su alcoba, sino en su escritorio, en un diván forrado de piel. Dio vuelta sobre los muelles de este lecho, en la esperanza de prolongar el sueño; abrazó la almohada, apoyó en ella la mejilla, en seguida se incorporó y de pronto abrió los ojos.

—Sí, sí, ¿cómo era la cosa? —pensó tratando de recordar su sueño—. ¿Cómo era? ¡Ah sí, Alabin daba una comida en Darmstadt; no, no era Darmstadt, era algo americano. Si, allá lejos, Darmstadt estaba en América. Alabin daba una comida en mesas de vidrio, y las mesas cantaban *Il mio tesoro* y aun algo mejor que *Il mio tesoro*, y habían allí pequeñas ánforas que eran mujeres!

Los ojos de Esteban Arcadievitch brillaron de alegría y se dijo sonriente: «¡Sí, era agradable, muy agradable; pero son cosas que no se pueden expresar con palabras, y aun estando uno despierto no se pueden explicar con claridad!» Y notando un rayo de luz que penetraba en el cuarto por la descubierta celosía, descendió de su lecho para buscar, según costumbre, sus chinelas de marroquí bordadas de oro, regalo de su esposa el día de su cumpleaños. En seguida, siempre impulsado de una costumbre de nueve años, tendió la mano sin levantarse, para coger la bata del lugar en donde acostumbraba a colgarla. Hasta aquel momento no recordó cómo y por qué se encontraba en su gabinete; la sonrisa desapareció de sus labios y frunció el ceño. «¡Ay! ¡ay!», suspiró recordando lo que le había pasado. Su imaginación reprodujo todos los detalles del disgusto que había tenido con su esposa y la difícil situación en que se encontraba por su propia culpa.

—No, no me perdonará, no me puede perdonar. ¡Y lo más terrible es que tengo la culpa de todo, y que ella tiene razón! ¡Ya estamos en pleno drama!

Y un nuevo suspiro se escapó de su pecho al recordar todas las impresiones dolorosas que esta escena le había producido.

El primer momento fue el más desagradable, cuando, al regresar del teatro feliz y contento, con una enorme pera en la mano para su esposa, ésta no estaba en el salón. Sorprendido, la buscó en su gabinete, y, por último, la encontró en su alcoba con la fatal esquela en las manos, por la cual habíase impuesto de todo.

Dolly, siempre preocupada en los quehaceres de la casa, y según él, tan poco perspicaz, se hallaba sentada con el papel en la mano y mirándole con expresión de terror, de desesperanza y de indignación.

—¿Qué es esto? —preguntó mostrándole el papel.

Como con frecuencia ocurre, no era el hecho en sí lo que más atormentaba a Esteban Arcadievitch, sino la contestación a su mujer. Al igual que a aquellos que, cuando menos se figuran, se encuentran metidos de hoz y coz en un mal negocio, no supo arreglar su fisonomía de conformidad con la situación. En vez de indignarse, de negar, de justificarse, de pedir perdón o de permanecer indiferente, su rostro, tomó un aire sonriente, y esa sonrisa habitual, bonachona, necesariamente debía ser estúpida.

Esa estúpida sonrisa era la que no podía perdonarse. Dolly, al notarlo, se había estremecido como herida por un dolor físico; en seguida, con su arrebato habitual, abrumó a su marido con un torrente de duras palabras, escondiéndose luego en su cuarto, Después de esto ya no quiso volver a verle.

—Esa estúpida sonrisa tiene la culpa de todo —pensó Esteban Arcadievitch—. ¿Qué hacer? ¿Qué hacer? —repetía con desesperación sin encontrar respuesta.

II

Esteban Arcadievitch era sincero para consigo mismo e incapaz de hacerse la ilusión de que sentía remordimientos por su conducta. ¿Cómo era posible que un buen mozo de treinta y cuatro años como él, pudiera deplorar no sentir ya amor por su esposa, madre de siete hijos, cinco de los cuales vivían, y un año escaso más joven que él? Sólo una cosa le molestaba y era no haber sabido ocultarle la situación. Tal vez habría procedido con más cautela de haber previsto el efecto que habían de causar en su mujer. Nunca reflexionó seriamente sobre ello. De una manera vaga sospechaba que algo habría vislumbrado, pero que hacía la vista gorda. Hasta le parecía que, por un sentimiento de equidad, ella debía haberse mostrado indulgente; ¿no comprendía acaso que estaba marchita, envejecida, fatigada? Todo su mérito consistía en ser una buena madre de familia, cosa muy común por otra parte, sin que por ninguna otra cualidad se distinguiera. ¡Grande había sido el error!

—¡Es terrible! ¡Es terrible! —repetía Esteban Arcadievitch, sin encontrar una idea salvadora—. ¡Todo iba tan bien, éramos tan felices...! Ella estaba contenta y era dichosa con sus hijos, yo no la molestaba en nada y la dejaba libre de hacer en su casa lo que mejor le parecía. ¡Lo cierto es que ha sido fatal que esa chica estuviera de institutriz en nuestra casa! Eso no está bien, hay algo de vulgar, de cobarde, en eso de hacer la corte a la institutriz de nuestros niños. Pero, ¡qué institutriz!

En este momento recordó perfectamente los ojos negros y picarescos de la señorita Poland, y su sonrisa.

—En todo el tiempo que estuvo en casa —siguió diciendo Arcadievitch—, yo no me permití la menor insinuación. Lo peor es que... ¡como si se hubiera hecho expresamente! ¿Qué hacer? ¿Qué hacer?

No encontraba solución; la única era la solución natural que la vida da a todas las cuestiones más complicadas, más arduas de resolver: vivir al día, es decir, olvidar, pero no pudiendo ya encontrar el olvido en el sueño, era preciso aturdirse en el sueño de la vida hasta la noche siguiente.

—¡Veremos! —pensó Esteban Arcadievitch, decidiendo por fin levantarse.

Se puso la bata gris forrada de seda azul, anudó el cordón, aspiró el aire a plenos pulmones en su ancho pecho, y con el paso firme que le era particular y que quitaba toda apariencia de pesadez a su vigoroso cuerpo, se aproximó a la ventana, levantó la cortina y llamó vivamente.

Matvei, el ayuda de cámara, un antiguo amigo, entró al momento trayendo el traje, las botas de su amo y un despacho telegráfico. Tras él entró el barbero con sus trebejos.

—¿Han traído papeles del Tribunal? —preguntó Esteban Arcadievitch, tomando el telegrama y sentándose delante del espejo.

—Están sobre la mesa —respondió Matvei, echando una ojeada interrogadora llena de simpatía a su señor.

Después de una pausa añadió con sonrisa astuta:

—Han venido de casa del alquilador de carruajes.

Esteban Arcadievitch no respondió y miró a Matvei por el espejo; esa mirada probaba hasta qué punto los dos hombres se comprendían. ¿Por qué dices eso?, parecía preguntar Oblonsky.

Matvei, con las manos en los bolsillos de la chaqueta y las piernas un poco separadas, respondió, sonriendo de un modo imperceptible:

—Le dije que volviera el domingo próximo y que, entre tanto, no molestará al señor inútilmente.

Esteban Arcadievitch abrió el telegrama, lo leyó y coordinó lo mejor que pudo el desfigurado sentido de las palabras.

—¡Matvei! —exclamó—, mi hermana Ana Arcadievna llegará mañana.

Al decir esto, detuvo por un momento la mano regordeta del barbero, que se disponía a trazar con el peine una raya en su rizada barba.

—¡Bendito sea Dios! —respondió Matvei en un tono que probaba que, lo mismo que su señor, comprendía la importancia de esta noticia, es decir, que Ana Arcadievna, la hermana tan querida, podría contribuir a la reconciliación de marido y mujer.

—¿Sola o con su esposo? —preguntó Matvei.

Esteban Arcadievitch no podía contestar, porque el barbero se apoderaba en aquel instante de su labio superior; pero levantó un dedo.

Matvei hizo un movimiento con la cabeza en el espejo.

—Sola. ¿Habrá que arreglar su cuarto arriba?

—En donde Daria Alejandrovna ordene.

—¿Daria Alejandrovna? —preguntó Marvei como dudando.

—Sí, y llévale ese telegrama, a ver lo que dice.

Matvei dijo, para sí:

—Usted lo que quiere es hacer un ensayo —y se limitó a responder—: ¡Está bien!

A la salida del barbero, entró Matvei, andando con precaución; traía el telegrama en la mano.

—Daria Alejandrovna me encarga que le diga a usted que se marcha y que usted puede hacer lo que le parezca —y el viejo criado mira a su amo, y con las manos metidas en los bolsillos inclinó la cabeza; sus ojos se quedaron fijos contemplándole.

Esteban Arcadievitch guardó silencio algunos instantes, y una sonrisa en que había cierto enternecimiento se dibujó en su simpático rostro.

—¿Qué piensas de esto, Matvei? —preguntó moviendo la cabeza.

—Eso no tiene importancia, señor, todo se arreglará —repuso Matvei.

—¿Se arreglará?

—Ciertamente, señor.

—¿Tú crees? ¿Quién está ahí? —preguntó al oír el roce de un vestido de mujer junto a la puerta.

—Soy yo, señor —respondió una voz femenina, recia, pero agradable, y asomó en la puerta la faz de la niñera, Matrona Filemonovna.

—¿Qué hay, Matrona? —preguntó Esteban Arcadievitch, dirigiéndose a la puerta para hablarle.

Aunque del todo culpable para con su mujer, como él mismo lo reconocía, todos en la casa, sin embargo estaban de su lado, sin exceptuar a la niñera, principal amiga de Daria Alejandrovna.

—¿Qué hay? —repitió con tristeza.

—Usted debería ir a ver a la señora y volverle a pedir perdón, señor; tal vez Dios tendrá misericordia. La señora está desconsolada, da compasión verla y toda la casa está trastornada. Es preciso hacer algo en favor de los niños, señor.

—¡Pero no me recibirá!

—De todos modos, usted habrá cumplido con su deber. Dios es misericordioso: ruegue usted a Dios, señor, ruegue usted a Dios, que no le abandonará.

—Pues bien, iré —dijo Esteban Arcadievitch poniéndose colorado de repente—. Dame pronto mis cosas —añadió volviéndose hacia Matvei y quitándose resueltamente la bata.

Matvei soplaba invisibles granos de polvo de la camisa almidonada de su amo que llevaba en brazos y que puso a Oblonsky con evidente placer.

III

Ya vestido, Esteban Arcadievitch se arregló los puños de la camisa, puso en los bolsillos, como de costumbre, los cigarrillos, la cartera, los fósforos, el reloj con cadena de dos ramales y varios dijes pendientes arrugó el pañuelo, y no obstante sus pesares, se sintió fresco, perfumado, bien dispuesto y físicamente feliz. Se dirigió al comedor, en donde encontró servido el café, sus cartas y sus papeles.

Dio un vistazo a las cartas. Una de ellas le pareció muy desagradable: era de un comerciante que compraba la madera de un bosque de su esposa. Esa madera era absolutamente preciso venderla, pero mientras no se hiciera la reconciliación no había que pensar en esa venta. Le parecía ofensivo que una cuestión de dinero pudiera llegar a influir en su ánimo.

Después de leer las cartas, Esteban Arcadievitch aproximó los papeles, hojeo rápidamente dos legajos, escribió algunas notas en varios con un grueso lápiz, y apartólos en seguida, comenzando a desayunarse; mientras tomaba el café, desplegó el diario de la mañana, húmedo todavía, y leyó por encima.

El periódico a que estaba suscrito Esteban Arcadievitch era liberal templado y de una tendencia muy en armonía con la mayoría del público.

Aunque Oblonsky no se interesaba ni por las ciencias ni por las artes ni por la política, no por eso dejaba de opinar, pero siempre lo hacía de conformidad con su periódico sobre todas estas cuestiones y no cambiaba de opinión mientras la mayoría del pueblo no cambiara.

Por mejor decir, sus opiniones le abandonaban como le venían, sin que él se tomara el trabajo de elegirlas; las adoptaba igual que la forma de sus sombreros y de sus levitas, por la razón de que todo el mundo los llevaba, y como vivía en una sociedad en donde cierta actividad intelectual se hace obligatoria con la edad las opiniones le eran tan necesarias como los sombreros. Si sus tendencias eran liberales más bien que conservadoras, como ocurría con muchas personas de su categoría, no era porque encontrara más racionales a los liberales, sino porque esas opiniones se adaptaban mejor a su especial modo de vivir. El partido liberal sostenía que todo iba mal en Rusia, lo cual se amoldaba a la situación de Esteban Arcadievitch, quien tenía muchas deudas y poco dinero. El partido liberal pretendía que el matrimonio es una institución envejecida que es urgente reformar, y para Esteban Arcadievitch, la vida conyugal, en efecto, ofrecía pocos atractivos y le obligaba a mentir, a disimular, cosas que repugnaban a su naturaleza. Los liberales decían, o más bien daban a entender, que la religión sólo es un freno para la parte inculta de la población, y Esteban Arcadievitch no podía soportar los oficios divinos por cortos que fueran, sin que le dolieran las piernas, y no comprendía por qué se preocupaban del otro mundo de un modo tan espantoso y solemne, cuando era tan agradable vivir en éste. Añádase a esto que Esteban Arcadievitch no era enemigo de una broma oportuna, y le divertía mucho escandalizar a las gentes tranquilas sosteniendo que, desde el momento que una persona se gloria de sus antepasados, no debe detenerse en Rurick y renegar de su ascendiente primitivo: el mono.

De esta manera, las tendencias liberales fueron para él un hábito; le gustaba su periódico como su cigarro después de comer, por el placer de sentir como una ligera niebla que le ofuscaba el cerebro.

Leyó el artículo de fondo, en el cual se sostenía que, en nuestro tiempo, es un gran error suponer que el radicalismo amenace hundir todos los elementos conservadores, y mucho mayor todavía afirmar que el Gobierno debía tomar medidas para aplastar la hidra revolucionaria. «Nuestra opinión es, por el contrario, que el peligro no está en esa famosa hidra, sino en la tradicional obstinación que detiene todo progreso, etc.»

Oblonsky leyó igualmente el segundo artículo, de carácter financiero, en que se hablaba de Bentham y de Stuart Mill, con algunas agudezas dirigidas al Ministerio. Listo para asimilárselo todo, adivinaba de dónde partía cada una de las alusiones y a quién iba dirigida, y eso le divertía mucho ordinariamente; pero ese día su placer se había estropeado con el recuerdo de los consejos de Matrona Filemonovna y por la sensación de malestar que reinaba en la casa. Repasó todo el periódico, supo que el conde de Buest había salido para Wiesbaden, que ya no existían los cabellos canos, que se vendía una carretela, que una joven buscaba colocación, y estas noticias no le proporcionaron la satisfacción apacible y ligeramente irónica que casi siempre experimentaba. Después de haber concluido la lectura, tomado una segunda taza de café con *kalatch* y mantequilla, se levantó, sacudió las migas adheridas a su chaleco, y sonrió de placer enderezando su ancho pecho; no es que sintiera en el alma algo particularmente alegre: la tal sonrisa era tan sólo el resultado de una excelente digestión.

Pero se acordó de todo y se puso a reflexionar.

Dos voces de niño charlaban detrás de la puerta; Esteban Arcadievitch reconoció la de Grisha, su hijo menor, y la de Tania, su hija mayor. Arrastraban algo que habían derribado.

—Yo tenía razón, ya lo ves. No deben ir viajeros en la imperial —gritaba en inglés la niñita—; ¡recógelo ahora!

—Todo va mal —pensó Esteban Arcadievitch—, ya no se tiene cuidado de los niños —y acercándose a la puerta los llamó.

Los pequeños abandonaron la caja que hacía las veces de ferrocarril, y acudieron.

Tania entró resueltamente y, riendo, se colgó al cuello de su padre, de quien era la favorita, gozando, como de costumbre, en respirar el perfume tan conocido que exhalaban sus patillas: después de besar aquel rostro sonrosado, tanto por la ternura como por la posición forzada que había tomado al inclinarse, la chiquilla retiró los brazos y quiso huir, pero el padre la detuvo.

—¿Qué hace mamá? —le preguntó, pasando la mano por el cuello blanco y delicado de la niña—, y añadió sonriendo y dirigiéndose a su hijito que a su vez se aproximaba—: Buenos días.

Esteban se confesaba a sí mismo que sentía menos cariño por su hijo que por su niñita, pero trataba de disimularlo.

El niño, sin embargo, comprendía la diferencia, y no respondió a la forzada sonrisa de su padre.

—¿Mamá? Está ya levantada —dijo Tania.

Esteban Arcadievitch suspiró.

—Tal vez no ha dormido en toda la noche —pensó—. ¿Está alegre tu mamá?

La niñita sabía que algo grave pasaba entre sus padres, que su madre no podía estar alegre, y que su padre fingía ignorarlo al hacerle esa pregunta. Se sonrojó por su parte. Éste la comprendió y se sonrojó también.

—Yo no sé —respondió la chiquilla—, no ha querido que demos lección esta mañana y nos envía con miss Hull a ver a la abuelita.

—¡Pues bien, ve, Tania mía! Pero espera un poco —añadió deteniéndola y acariciándole la delicada manita.

Buscó sobre la chimenea una caja de confites que había puesto allí la víspera, escogió dos de los que ella prefería y se los dio.

—¿De estos también le daré a Grisha? —preguntó la niña.

—Sí, sí —y haciéndole la última caricia, besándole los cabellos y el cuello, la dejó ir.

—El carruaje espera; además, hay una solicitante —vino a decir Matvei.

—¿Hace mucho que vino?

—Una hora escasa —contestó Matvei.

—¿Cuántas veces te he dicho que me avises en el acto?

—¡Pero si es preciso darle a usted tiempo de almorzar! —replicó Matvei de mal humor, aunque en tono tan amistoso que no había medio de regañarle.

—Bueno; hazla entrar pronto —dijo Oblonsky frunciendo el entrecejo.

La solicitante, esposa de un capitán llamado Kalinin, pedía una cosa imposible y sin sentido común, pero Esteban Arcadievitch la hizo sentar, la escuchó sin interrumpirla, le dijo cómo y a quién debía dirigirse y hasta le escribió una carta con su linda letra muy clara, para la persona que podía ayudarla. Después de despedir a la esposa del capitán tomó el sombrero y se detuvo preguntándose si no olvidaba alguna cosa. No había olvidado más que lo que deseaba no recordar: su esposa.

Su agradable rostro tomó una expresión de descontento. «¿Será preciso o no será preciso ir?», se preguntó inclinando la cabeza. Una voz interior le aconsejaba abstenerse, porque no se podía esperar más que falsedad y mentira de una reconciliación. ¿Podía él hacer que Dolly recobrase los atractivos de otro tiempo? ¿Podía él mismo volverse viejo e incapaz de amar? «Y sin embargo —se decía—, será preciso acabar por hacerlo; las cosas no pueden seguir así.» Se esforzaba por infundirse valor. En seguida tomó un cigarrillo, lo encendió, echó dos bocanadas de humo y tiró el cigarrillo. Atravesó por último el salón a grandes pasos, abrió una puerta que daba entrada al cuarto de su mujer y entró.

IV

Daria Alejandrovna, vestida con un sencillo peinador y rodeada de objetos esparcidos aquí y acullá a su alrededor, registraba en un costurero lleno de retazos. Al oír los pasos de su marido, precipitadamente se arregló los cabellos, ralos ahora, pero en otro tiempo espesos y hermosos; sus ojos, que parecían aún más grandes por lo flaco de su rostro, conservaban todavía una expresión de espanto. Se volvió hacia la puerta, decidida a ocultar, con un aspecto severo y desdeñoso, la turbación que le causaba esta entrevista tan temida. Tres días hacía que intentaba en vano reunir sus cosas y las de sus hijos para ir a refugiarse a casa de su madre. Sentía la necesidad de castigar al infiel de algún modo, de humillarle, de devolverle una parte del mal que ella había recibido; pero al repetirse que le abandonaría, perdía la fuerza, ya que le era imposible perder la costumbre de amarle y considerarle como su marido. Por otra parte, se confesaba a sí misma que si en su propia casa le era tan difícil impedir las travesuras de sus hijos, mucho más difícil le sería allí donde pensaba llevarlos. El niño había sufrido las consecuencias del desorden de la casa, y había estado enfermo por haber comido una mala sopa los otros, la víspera por poco se quedan sin comer. Aunque comprendía que no tendría valor para marcharse, trataba de engañarse a sí misma reuniendo sus cosas.

Al ver que se abría la puerta, se puso de nuevo a revolver sus maletas y no levantó la cabeza hasta que su marido estuvo cerca de ella. Entonces, en vez del aire severo que deseaba tomar, volvió hacia él el rostro, en donde se leían el dolor y la indecisión.

—¡Dolly! —llamó él dulcemente en tono triste y sumiso.

Ella le dirigió una mirada rápida y al verlo fresco y rozagante se dijo. «Es feliz y está satisfecho, mientras que yo... ¡ah! ¡cuanto me molesta esa bondad que las gentes admiran en él!», y nerviosamente se le contrajo la boca.

—¿Qué quiere usted de mí? —preguntó con sequedad.

—¡Dolly! —repitió él conmovido—; Ana llega hoy.

—¡Eso me tiene completamente sin cuidado; no puedo recibirla!

—Es preciso, sin embargo, Dolly.

—¡Váyase usted, váyase usted, váyase usted! —repitió gritando sin mirarle, como si tal grito se lo arrancara un dolor físico.

Esteban Arcadievitch, lejos de su mujer, había podido conservar la calma y hacerse ilusiones; pero cuando vio su rostro alterado y oyó ese grito de desesperación, no pudo respirar, algo le oprimía la garganta, y las lágrimas se le agolparon en los ojos.

—¡Dios mío! ¡Qué he hecho! ¡Dolly! En nombre del Cielo... —y no dijo más, un sollozo le ahogó la voz.

La ofendida esposa cerró el costurero con violencia y se volvió hacia él.

—Dolly, ¿qué te diré yo? Sólo una cosa: ¡perdóname! Acuérdate; nueve años de mi vida no podrán rescatar un minuto...

Ella bajó los ojos escuchándole, como esperando ser desengañada.

—Un minuto de arrebato —acabó y quiso continuar, pero al oír estas palabras los labios de Dolly se apretaron como por efecto de un vivo sufrimiento, y con los músculos de la mejilla derecha contraídos, le interrumpió gritando:

—¡Váyase usted! ¡Salga usted de aquí! ¡No me hable de sus arrebatos, de sus villanías!

Dicho esto, quiso salir, pero las fuerzas le faltaron, y estuvo a punto de caer, mas pudo evitarlo asiéndose al respaldo de una silla.

Oblonsky, con el rostro sombrío y los ojos llenos de lágrimas, exclamó:

—¡Dolly, en nombre de Dios! ¡Piensa en los niños, ellos no son culpables! ¡Sólo yo soy el delincuente, castígame; dime de qué manera puedo expiar mi falta! ¡No tengo palabras para expresarte mi dolor! ¡Dolly, perdóname!

La desventurada se sentó y el oía su respiración fatigosa con un sentimiento de infinita piedad. Trató Daria varias veces de hablar sin poder articular una palabra.

Oblonsky aguardaba.

Al fin dijo ella:

—Tú piensas en los niños cuando se trata de jugar con ellos. Yo pienso en ellos siempre y comprendo lo que han perdido.

Al decir esto repetía una de las frases que había preparado durante esos tres días.

—¡Me ha tratado de tú! —dijo Oblonsky para sí con alegría, y mirándola con gratitud, quiso tomarle la mano.

Ella no se lo permitió y se alejó con repugnancia.

—Haré todo lo que es posible hacer por los niños —continuó Daria—, pero no sé aún qué decidir. ¿Debo alejarlos de su padre, o dejarlos al lado de un libertino, sí, de un libertino, de un relajado? Vamos a ver, después de lo que ha pasado dígame usted si es posible que vivamos juntos. ¿Es posible? Responda usted —repitió ella alzando la voz—. Cuando mi marido, el padre de mis hijos, sostiene relaciones con el aya que los cuida...

—Pero, ¿qué hacer? ¿Qué puedo yo hacer? —interrumpió Oblonsky con voz desconsolada, bajando la cabeza y sin darse cuenta de lo que decía.

—Usted me indigna, me repugna —gritó ella animándose cada vez más—. Las lágrimas de usted son agua nada más ¡Nunca me quiso usted! Porque no tiene ni corazón ni honor. Para mí usted ya no es más que un extraño.

Y repitió esa palabra tan terrible para ella: *un extraño.*

Oblonsky la miró sorprendido y asustado. No comprendía por qué exasperaba a su esposa tanto con su lástima. El amor de otros tiempos, desvanecido por los años, había dejado apenas un sedimento en el fondo del corazón de Oblonsky.

En aquel momento, uno de los niños rompió a llorar en el cuarto próximo y la fisonomía de Daria Alejandrovna tomó en el acto una expresión dulce como si volviera a la realidad. Pareció titubear un instante, mas luego, levantándose con viveza, se dirigió a la puerta

«Quiere, sin embargo, a sus hijos —pensó Oblonsky al observar el efecto producido por el llanto del niño—. ¿Cómo es posible que pueda verme con horror?»

—¡Dolly, una palabra más! —insistió él siguiéndola.

—Si me sigue usted, llamo a los criados, a los niños, a todos, para que sepan que usted es un vil, un cobarde. Yo me marcho hoy. Así puede usted vivir aquí a sus anchas con su manceba.

Dijo esto y salió cerrando violentamente la puerta.

Esteban Arcadievitch suspiró, se secó los ojos y salió del cuarto en silencio.

Las palabras de su esposa: «vil, cobarde, manceba» no se borraban de su mente. «¡Es horrible! —se decía—, y de qué modo tan vulgar ha gritado. ¡Dios quiera que las doncellas no hayan oido! Matvei pretende que todo se arreglará; pero, ¿cómo? ¡Yo no veo la manera!»

Era un viernes, día en que el relojero iba a dar cuerda al reloj del comedor. Oblonsky al verlo recordó que la regularidad de este alemán calvo le había hecho decir en cierta ocasión que se debía haber dado cuerda a sí mismo para toda la vida, a fin de poder darla a los relojes. El recuerdo de esta broma le hizo sonreír.

«Y al fin y al cabo —pensó—, ¡quién sabe!, acaso Matvei tenga razón y todo se arregle.»

—¡Matvei! —gritó—, que se prepare todo en el saloncito para recibir a Ana Arcadievna.

—Está bien —dijo el antiguo criado, presentándose de pronto—. ¿El señor no comerá hoy en casa? —preguntó, ayudando a su amo a ponerse su gabán de pieles.

—¡Veremos! Toma, ahí tienes para el gasto —dijo Oblonsky, sacando de su cartera un billete de diez rublos—. ¿Hay bastante?

—Bastante, no, nos arreglaremos —respondió Matvei cerrando la puertecilla del coche y volviendo a subir los peldaños.

Durante ese tiempo, Dolly, advertida por el ruido del coche de que su marido se había marchado, volvió a entrar en su cuarto, único refugio en medio de las penas que la asediaban. La inglesa y la criada la abrumaban a preguntas: ¿Qué vestidos había que poner a los niños? ¿Se podía dar leche al pequeño? ¿Se había de buscar otro cocinero?

—¡Déjenme ustedes en paz! —les contestó Dolly al regresar a su cuarto.

—Se reclinó en el lugar donde había hablado a su marido, y apretándose las enflaquecidas manos, en cuyos dedos bailaban los anillos, se puso a reproducir en su mente la conversación que habían sostenido pocos momentos antes.

—¡Ya se fue! ¿Será ruptura definitiva? ¿Me volverá a ver? ¿Por qué no se lo pregunté? ¡No, no, ya no podemos vivir juntos! Y aún viviendo bajo el mismo techo, ¿no seríamos extraños el uno para el otro? ¡Extraños para siempre!

Con particular insistencia repetía la cruel palabra: ¡extraños!

—¡Cuánto le quería, Dios mío! Y aun ahora, ¡cuánto le quiero todavía! ¡Tal vez nunca le he querido tanto! Y lo más sensible es...

Fue interrumpida por la entrada de Matrona Filemonovna.

—Al menos, dé usted la orden de que vayan en busca de mi hermano —dijo ésta—; él hará la comida y así no sucederá lo de ayer, que los niños a las seis no habían tomado todavía ningún alimento.

—Bueno, iré y daré la orden. ¿Han ido a buscar leche fresca?

Y seguidamente, Daria Alejandrovna volvió a sumirse en sus preocupaciones cotidianas, ahogando en ellas de momento su dolor.

<h2 style="text-align:center">V</h2>

Gracias a sus aptitudes naturales, Esteban Arcadievitch había hecho con cierto aprovechamiento sus estudios; pero era perezoso y ligero, y debido a esos defectos fue uno de los últimos de la escuela. Aunque había llevado siempre una vida desordenada con mediocre *tchin*, no por eso dejaba de ocupar un puesto honroso que le producía buen sueldo: era presidente de uno de los tribunales de Moscú. Esta colocación la obtuvo por mediación del marido de su hermana Ana, llamado Alejo Alejandrovitch Karenin, uno de los miembros más influyentes del Ministerio; pero a falta de Karenin, centenares de personas, hermanos, hermanas, primos, tías y tíos, le hubieran conseguido ese empleo o cualquier otro de la misma categoría, como también los seis mil rublos de sueldo con que vivía, pues sus negocios no iban muy bien a pesar de la fortuna bastante considerable de su esposa.

Los parientes y amigos de Esteban Arcadievitch formaban la mitad de Moscú y de San Petersburgo. Había nacido entre los poderosos de este mundo. Una tercera parte de los personajes de la Corte y del Gobierno habían sido amigos de su padre y le habían conocido en pañales; otra tercera parte le tuteaba, y el otro tercio se componía de sus buenos amigos; por consiguiente, todos los dispensadores de los bienes de la tierra en forma de empleos, haciendas, concesiones, etc., eran sus aliados y no podían abandonar a uno de los suyos. Oblonsky no necesitó, pues, ningún trabajo para obtener un puesto ventajoso, no tenía que hacer más que evitar negativas, envidias, disputas, susceptibilidades, lo cual le era fácil a causa de su bondad natural. ¡Le hubiera parecido gracioso que se le negaran el empleo y el sueldo que necesitaba! ¿Qué exigía él de extraordinario? No pedía más que lo que sus contemporáneos obtenían, y él se sentía tan capaz de desempeñar un empleo como cualquier otro.

No sólo Esteban Arcadievitch era querido por su buen carácter, amabilidad y lealtad indiscutible, sino también porque había en su aspecto simpático, en sus ojos vivos de negras cejas, en su animación, en toda su persona, una fuerza magnética que ejercía sobre los que se le acercaban. «¡Ah, allí está Stiva Oblonsky!», exclamaban casi siempre, con sonrisa de satisfacción, los amigos y conocidos al divisarle; y aunque no resultara nada particularmente alegre de este encuentro, no sentían menos gusto al volver a verlo al otro día.

A los tres años de ocupar el puesto de presidente, había adquirido no sólo la amistad, sino también la consideración de sus colegas y de las personas a quienes sus negocios ponían en relación con él. Las cualidades que le valían esta general estimación, eran su extremada indulgencia para todos, fundada en el sentimiento de lo que a él le faltaba; un liberalismo, no el liberalismo defendido por su periódico, sino aquel que naturalmente circulaba por sus venas y le hacía amable con todos, cualquiera que fuera su posición social; además y sobre todo, una completa indiferencia por los asuntos de que se ocupaba, lo cual le permitía no apasionarse nunca y, por consiguiente, no equivocarse.

Al llegar al tribunal se dirigió a su despacho particular acompañado del suizo que gravemente le llevaba la cartera, y allí se puso el uniforme antes de pasar a la sala del Consejo. Los empleados de servicio se levantaron todos a su paso, saludándole con respetuosa sonrisa. Esteban Arcadievitch se apresuró como siempre a ocupar su puesto, estrechó la mano de los otros miembros del Consejo y se sentó. Conversó y bromeó sin excederse de los límites prudentes, y abrió la sesión. Nadie sabía mejor que él conservar el tono oficial con ese matiz de sencillez y naturalidad tan útil para el agradable despacho de los negocios. El secretario se aproximó a Esteban Arcadievitch con el aire despejado, pero respetuoso, que todos tomaban para hablarle; le entregó algunos papeles, dirigiéndole la palabra en el tono familiar y liberal introducido por Esteban.

—Por fin hemos logrado obtener los informes de la administración del Gobierno de Penza. Si usted permite, aquí están.

—Al fin los tiene usted —dijo Esteban Arcadievitch pasando las hojas con el dedo—. ¡Vamos, señores! —exclamó, y la sesión dio principio.

«Si pudiera esta gente saber —pensó él inclinando la cabeza con aire importante mientras se leía el informe—, si pudieran saber la cara de chiquillo cogido en flagrante delito que su presidente tenía hace media hora», y sus ojos reían.

El Consejo debía durar sin interrupción hasta las dos. En seguida venía el almuerzo. Todavía no eran las dos, cuando las grandes puertas vidrieras de la sala se abrieron y alguien penetró. Todos los miembros del Consejo, contentos con que se les ofreciera una pequeña distracción, se volvieron. Pero el ujier de guardia, al momento hizo salir al intruso, cerrando las puertas tras él.

Así que el informe estuvo terminado Esteban Arcadievitch se levantó y, haciendo un sacrificio al liberalismo de la época, tiró su cigarrillo en plena sala del Consejo antes de pasar a su despacho. Dos de sus colegas, Nikitin, veterano en el servicio, y Grinewitch, le siguieron.

—Tenemos tiempo de terminar después del almuerzo —dijo Oblonsky.

—Ya lo creo —respondió Nikitin.

—Ese Famin debe de ser un famoso bribón —observó Grinewitch, haciendo alusión a uno de los personajes del asunto que habían estudiado.

Esteban Arcadievitch hizo un ligero gesto como para hacer comprender a Grinewitch que no era conveniente establecer un prejuicio, y no respondió.

—¿Quién es el que entró en la sala? —preguntó al ujier.

—Una persona entró sin permiso, excelencia, mientras yo estaba vuelto de espalda. Preguntaba por vuecencia. Yo le contesté que debía esperar que salieran los miembros del Consejo.

—¿Dónde está?

—Probablemente en el vestíbulo, porque hace un momento estaba allí. Creo que allá está; me parece que él es —añadió el ujier señalando a un hombre de fuerte constitución, de barba rizada, que subía con ligereza y rapidez los gastados peldaños de la escalera de piedra, sin tomarse la molestia de quitarse su gorro de pieles.

Un empleado que bajaba con la cartera debajo del brazo, se detuvo para mirar de modo poco benévolo los pies del joven y se volvió para interrogar a Oblonsky con la mirada. Éste, en pie en lo alto de la escalera, con el rostro animado y embutido en su cuello de uniforme bordado, se animó más aún al reconocer al recién llegado.

—¡Él es, Levin; por fin! —exclamó con una sonrisa afectuosa, aunque algo burlona, mirando a Levin que se aproximaba—. ¡Cómo!, ¿tú no te andas con rodeos y vienes a buscarme a este tenebroso lugar? —dijo, y no contento con estrechar la mano de su amigo, le abrazó con efusión—. ¿Cuánto hace que estás aquí?

—Acabo de llegar y tenía grandes deseos de verte —respondió Levin con timidez, mirando en derredor con desaliento y miedo.

—Pues bien, vamos a mi despacho —dijo Esteban Arcadievitch, que conocía las costumbres rústicas mezcladas de amor propio y de susceptibilidad de su amigo, y como si se tratara de evitar un peligro, le tomó de la mano para conducirle.

Esteban Arcadievitch tuteaba a casi todos los conocidos fueran jóvenes o viejos, actores, ministros, mercaderes, generales, a todos aquellos con los cuales había bebido una vez champagne. ¿Y con quién no lo había bebido? En el número de las personas que él tuteaba en los extremos de la escala social, no faltarían algunas seguramente muy sorprendidas al saber que, gracias a Oblonsky, existía algo de común entre ellas.

Pero cuando éste encontraba en presencia de sus inferiores a uno de sus *vergonzantes* tuteados, como él llamaba riendo a algunos de sus amigos, tenía el tacto de evitarles una impresión desagradable. Levin no era de los tuteados vergonzantes era un camarada de la niñez; sin embargo, Oblonsky sentía que le sería penoso mostrar esa intimidad a todo el mundo, y por este motivo se apresuró a llevárselo. Levin era casi de la misma edad que Oblonsky y no le tuteaba tan sólo por razones de *champagne*, pues se querían a pesar de sus diferentes caracteres y gustos, como se quieren aquellos cuya amistad data de la infancia. Pero, como sucede frecuentemente con los hombres cuya esfera de acción es muy diferente, cada uno de ellos, aunque la razón le haga comprender que debe aprobar la carrera de su amigo, en el fondo del alma la desprecia y cree que la vida que él mismo lleva es la única racional. Al ver el aspecto de Levin, Oblonsky no podía disimular una sonrisa irónica. Cuántas veces le había visto llegar del campo, en donde hacía algo (Esteban Arcadievitch no sabía con exactitud qué, ni le importaba), inquieto, tímido, irritado de esta timidez, trayendo nuevas e imprevistas ideas sobre la vida y sobre las cosas. Esto hacía reír y divertía a Esteban Arcadievitch. Levin, por su lado, despreciaba la clase de vida que su amigo llevaba en Moscú, cuya ocupación le parecía una farsa, y se burlaba de ella. Pero Oblonsky recibía sus bromas alegremente, como hombre seguro de su objetivo, y Levin reía sin convicción y hasta se enojaba.

—Hace tiempo que te esperábamos —dijo Esteban Arcadievitch al entrar en su despacho y soltando la mano de Levin como para probar que allí ya no había peligro—. Me alegro mucho de verte —continuó—. Y bueno, ¿cómo te va?, ¿qué haces?, ¿cuándo llegaste?

Levin callaba y miraba las caras, desconocidas para él, de los dos colegas de Oblonsky; la mano del elegante Grinewitch con dedos blancos y afilados, uñas largas, amarillentas y encorvadas en las extremidades, con enormes botones que brillaban bajo las mangas, absorbía visiblemente toda su atención. Oblonsky lo notó y pareció sonreír.

—Permítanme, señores, que les presente a ustedes mutuamente: mis colegas Felipe Ivanitch Nikitin, Miguel Stanislavowitch —luego, volviéndose hacia Levin—: un propietario, hombre nuevo, que se ocupa de los asuntos del *semstvo*; un gimnasta capaz de levantar cinco *pouds* con una sola mano; un criador de animales, célebre cazador; mi amigo Constantino Dmitrievitch Levin, hermano de Sergio Ivamtch Kosnichef.

—¡Encantado! —contestó el de más edad.

—Tengo el honor de conocer a su hermano Sergio Ivanitch —dijo Grinewitch, presentándole la mano de dedos afilados.

El rostro de Levin se oscureció, estrechó con frialdad las manos que le tendían y se volvió hacia Oblonsky. Aunque sintiera mucho respeto por su hermano natural, escritor conocido en toda Rusia, no por eso le era menos desagradable que se dirigieran a él, no como a Constantino Levin, sino como al hermano del célebre Kosnichef.

—No, ya no me ocupo de negocios públicos. Me he peleado con todo el mundo y no voy a las Asambleas —dijo dirigiéndose a Oblonsky.

—La cosa ha sido rápida —exclamó éste sonriendo—. Pero, ¿cómo?, ¿por qué?

—Es una historia larga que algún día te contaré —respondió Levin, lo que no le impidió continuar—: Para ser breve, me he convencido de que no hay posibilidad de ejercer ninguna acción seria en nuestras cuestiones provinciales. Por una parte, se juega al Parlamento, y yo no soy ni bastante joven ni bastante viejo para divertirme con juguetes; y además, es... —se quedó perplejo— un medio para que los compinches del distrito se ganen algunos cuartos. En otro tiempo había tutelas, juicios; hoy tenemos el *semstvo*, no para tomar gratificaciones sino para sacar sueldos sin ganarlos.

Dijo esas palabras con un calor y con el aspecto de un hombre convencido de que su opinión no encontraría contradictores.

—¡Ja!, ¡ja! Ya te encuentras, según parece, en una nueva faz. ¡Te estas volviendo conservador! —dijo Esteban Arcadievitch—. Pero ya hablaremos más tarde.

—Sí, más tarde. Pero tenía necesidad de verte —dijo Levin, sin dejar de mirar la mano de Grinewitch con odio.

Esteban Arcadievitch sonrió imperceptiblemente.

—¿No decías que ya no llevarías jamás el vestido europeo? —dijo examinando los vestidos nuevos de su amigo, confección de un sastre francés—. Ya veo que es una nueva fase.

Levin se sonrojó de improviso, no como se sonroja un hombre ya formado, sin notarlo, sino como un jovencillo que se siente tímido y ridículo; esto le hizo ruborizarse todavía más. Rubor de niño que daba a su rostro inteligente y varonil un aspecto tan extraño que Oblonsky dejó de mirarle.

—Pero, ¿dónde nos veremos?, tengo mucha necesidad de hablar contigo —dijo Levin.

Oblonsky reflexionó.

—¿Sabes? Iremos a almorzar a casa de Gourin, y allí conversaremos; estoy libre hasta las tres.

—No —respondió Levin después de pensar un momento—, tengo todavía que hacer algunas comisiones

—Pues entonces, comamos juntos.

—¿Comer? Pero si no es de gran importancia lo que tengo que decirte, nada más que dos palabras, dos preguntas. Charlaremos más tarde.

—En ese caso, dime las dos palabras inmediatamente, y luego charlaremos en la comida.

—Estas son las dos palabras —dijo Levin—, pero no tienen nada de particular.

Su rostro tomó una expresión de hombre malo, que sólo provenía del esfuerzo que hacía para vencer su timidez.

—¿Qué hacen los Cherbatzky? ¿Sigue todo como antes?

Esteban Arcadievitch de tiempo atrás sabía que Levin estaba enamorado de su cuñada, Kitty; sonrió y sus ojos brillaron alegres.

—Tú has dicho dos palabras, pero yo no puedo responder con tanto laconismo porque... Dispénsame un instante.

En aquel momento entró el secretario, siempre respetuosamente familiar, con el aire modesto, propio de todos los secretarios, de su superioridad en los negocios sobre su jefe. Se acercó a Oblonsky y, en forma interrogativa se puso a explicarle una dificultad cualquiera. Sin esperar el fin de la explicación, Esteban Arcadievitch le colocó amistosamente la mano sobre el brazo.

—No, hágalo usted como yo le he dicho —dijo suavizando su observación con una sonrisa; y después de explicarle en breves palabras cómo comprendía el asunto, rechazó los papeles repitiendo—: Hágalo usted como le he encargado, Zahar Nikitish —y el secretario se alejó confuso.

Levin, durante esta corta conferencia, había tenido tiempo de reponerse, y, en pie detrás de una silla en cuyo respaldo apoyaba los codos, escuchaba con atención irónica.

—No comprendo, no comprendo —dijo.

—¿Qué es lo que no comprendes? —respondió Oblonsky con la sonrisa en los labios y buscando un cigarrillo.

Esperaba cualquier salida de Levin.

—No comprendo lo que haces —prosiguió Levin encogiéndose de hombros—. ¿Cómo puedes hacer todo eso seriamente?

—¿Por qué?

—Hombre, porque eso no significa nada.

—¿Tú crees eso? Estamos, por el contrario, abrumados de trabajo.

—¡De garabatos! Pues bien, si tú posees un don especial para esas cosas... —añadió Levin

—¿Tú quieres decir que me falta algo?

—¡Tal vez! ¡Sin embargo, no puedo menos de admirar tu grandioso aspecto y de envanecerme por tener como amigo a un hombre tan importante! Mientras tanto, no has contestado todavía a mi pregunta —añadió haciendo un esfuerzo desesperado para mirar a Oblonsky.

—Vamos, vamos, tú llegarás a eso también. Las cosas irán perfectamente mientras tengas diez mil *dissiatines* en el distrito de Karasinsk, músculos como los tuyos y la frescura de una niña de doce años; pero llegarás, no lo dudes, de todos modos. En cuanto a lo que me preguntas, no hay cambio ninguno, pero es una lástima que hayas estado tanto tiempo ausente.

—¿Por qué? —preguntó Levin.

—Porque... —respondió Oblonsky— ya hablaremos de eso más tarde. ¿Qué es lo que te trae?

—Hablaremos de eso también más tarde —dijo Levin sonrojándose otra vez hasta las orejas.

—Está bien, comprendo —exclamó Esteban Arcadievitch—. Mira, yo te hubiera rogado que vinieras a comer a mi casa; pero mi esposa está indispuesta. Si quieres verlas, las encontrarás en el Jardín Zoológico; de cuatro a cinco, Kitty patina. Ve allá, yo me reuniré contigo e iremos luego a comer juntos a alguna parte.

—Perfectamente; entonces, hasta luego.

—¡Ten cuidado, no te olvides; te conozco, y sé que eres capaz de marcharte otra vez al campo de repente! —exclamó riendo Esteban Arcadievitch.

—Puedes estar seguro de que no. Iré con seguridad.

Levin salió del despacho y cuando ya estuvo en las escaleras recordó que había olvidado saludar a los dos colegas de Oblonsky.

—Ese debe ser un enérgico personaje —dijo Grinewitch cuando Levin hubo salido.

—Sí, hermanito —respondió Esteban Arcadievitch moviendo la cabeza—, es un mozo que tiene suerte; diez mil *dissiatines* en el distrito de Karasinsk; su porvenir está asegurado, y ¡qué juventud! ¡No es como nosotros!

—¡Usted no tiene de qué quejarse por su parte!

—Sí, todo va mal —contestó Esteban lanzando un profundo suspiró.

VI

Cuando Oblonsky le había preguntado por qué había venido a Moscú, Levin se sonrojó y le molestaba haberse sonrojado. Pero, ¿acaso podía él responder: «Vengo a pedir la mano de tu cuñada»? Y, sin embargo, ese era el único objeto de su viaje.

La familia Levin y Cherbatzky, de la más antigua nobleza de Moscú, habían mantenido siempre relaciones de amistad. Cuando Levin estudiaba en la Universidad de Moscú, la intimidad se había estrechado, a causa de las relaciones de éste con el príncipe de Cherbatzky, hermano de Dolly y de Kitty, el cual era condiscípulo de Levin. En ese tiempo, Levin iba con frecuencia a casa de Cherbatzky, y, por extraño que parezca, se enamoró de toda la casa, especialmente de la parte femenina de la familia. Había perdido a su madre sin haberla conocido y como únicamente tenía una hermana de mucha más edad que él, en la casa Cherbatzky fue donde encontró ese hogar inteligente y honrado, propio de las antiguas familias nobles, del cual la muerte de sus padres le había privado. Todos los miembros de esta familia, principalmente las mujeres, le parecían rodeadas de una aureola misteriosa y poética; no solamente las encontraba sin defecto, sino que les suponía los más elevados sentimientos, las más ideales perfecciones. ¿Por qué habían de hablar esas tres criaturas un día francés y otro inglés? ¿Por qué habían de tocar el piano por turno? (Las notas de este instrumento llegaban hasta el cuarto donde trabajaban los estudiantes.) ¿Por qué se sucedían en la casa los profesores de literatura, de francés, de música, de baile, de dibujo? ¿Por qué a ciertas horas del día, las tres señoritas, acompañadas de la señorita Linon, se habían de detener en carretela en el bulevar de la Taverskoi y, bajo la vigilancia de un lacayo de librea, pasearse con sus pellizas de raso? (Dolly llevaba una larga, Natalia una regular y Kitty una muy corta que dejaba al descubierto sus pantorrillitas bien hechas, enfundadas en medias rojas); esas y muchas otras cosas le eran incomprensibles. Pero sabía que todo cuanto se hacía en esta misteriosa esfera era perfecto, y ese misterio contribuía a enamorarle.

Comenzó por enamorarse de Dolly, la mayor, durante sus años de estudio; ésta se casó con Oblonsky; entonces creyó que quería a la segunda, porque sentía la necesidad de amar a una de las tres, sin saber bien a cuál. Pero a Natalia, apenas hizo su entrada en el mundo, la casaron con el diplomático Lyof. Kitty era una niña cuando Levin salió de la Universidad. El joven Cherbatzky, poco después de su admisión en la Marina, pereció ahogado en el Báltico, y las relaciones de Levin con su familia se hicieron más raras, a pesar de su amistad con Oblonsky. Al comenzar el invierno, sin embargo, de regreso en Moscú después de pasar un año en el campo vio de nuevo a los Cherbatzky, y entonces comprendió por cual de las tres se inclinaba.

Nada más sencillo que pedir la mano de la joven princesa Cherbatzky, con sus treinta y dos años, de buena familia, con su suficiente fortuna, tenía todas las probabilidades de ser considerado un buen partido, y probablemente hubiera sido bien acogido. Pero Levin estaba enamorado; Kitty le parecía una criatura tan perfecta, de tan ideal superioridad, y él, por el contrario, se juzgaba de un modo tan desfavorable, que no admitía la posibilidad de ser considerado digno de aspirar a esta alianza.

Después de haber pasado dos meses en Moscú como en un sueño, viendo diariamente a Kitty en las reuniones sociales, a donde había vuelto a causa de ella, de pronto volvió al campo tan pronto como se convenció de que tal matrimonio era imposible. ¿Qué posición social, qué porvenir conveniente y bien definido ofrecía él a los padres de la joven? Mientras que sus camaradas eran, unos, coroneles y ayudantes de campo; otros, profesores distinguidos, directores de Banco y de ferrocarril, o presidentes del Tribunal como Oblonsky, ¿qué hacía él a los treinta y dos años? Se ocupaba de sus haciendas, criaba ganados, construía edificios para granjas y cazaba becacinas, es decir, que había tomado el camino de aquellos que, a los ojos del mundo, no habían logrado encontrar otro mejor. No se hacía ilusiones sobre la opinión que de él se tendría, y creía pasar por un joven de poca capacidad.

Además, ¿cómo era posible que la poética y encantadora joven pudiera amar a un hombre tan feo y sobre todo tan poco brillante como él? Sus antiguas relaciones con Kitty, que a causa de su amistad con el hermano que ella había perdido, eran las de un hombre hecho con una niña, le parecían un obstáculo más.

Se podía quizá, pensaba él, querer como amigo a un buen muchacho tan ordinario como él; pero para ser amado con un amor parecido al que él sentía, era preciso ser bien parecido y poder ostentar las cualidades del hombre superior. Es cierto que había oído decir que las mujeres frecuentemente se enamoran de hombres feos y mediocres; pero él no lo creía y juzgaba a los demás por sí mismo, que no podía enamorarse más que de una mujer notable, bella el y poética.

Con todo eso, después de haber pasado dos meses en el campo y en la soledad, se convenció de que el sentimiento que le absorbía no se parecía a los entusiasmos de su primera juventud, y que él no podría vivir sin resolver este gran problema. ¿Sería aceptado? ¿Sí o no? Después de todo, nada probaba que le rechazaran.

Se encaminó, pues, a Moscú con la firme resolución de declararse y de casarse si era aceptado. Si no... ¡no podía prever lo que sucedería!

VII

Llegó Levin a Moscú en el tren de la mañana, y se dirigió a casa de su hermano uterino, Kosnichef. Después de haberse vestido y arreglado, entró en el escritorio de éste con la intención de contárselo todo y de pedirle consejo. Su hermano no estaba sólo. Se hallaba con un célebre profesor de filosofía, que expresamente había venido de Kharhof para aclarar un desacuerdo que surgió entre ellos a propósito de una cuestión científica. El profesor atacaba el materialismo; Sergio Kosnichef seguía su política con interés y le había hecho algunas observaciones después de leer su último artículo. Reprochaba al profesor las exageradas concesiones que hacía al materialismo, y éste venía a explicarse personalmente. La conversación versaba sobre la cuestión a la moda: ¿Existe un límite entre los fenómenos físicos y fisiológicos en los actos del hombre?, y ¿dónde se encuentra este límite?

Sergio Ivanitch acogió a su hermano con la sonrisa fríamente amable que le era habitual, y, después de presentarle al profesor, continuó la conversación con éste. Se trataba de un hombrecillo de anteojos y frente estrecha, el cual se detuvo un momento para responder al saludo de Levin y en seguida continuó hablando sin ocuparse más de él.

Levin se sentó aguardando que el profesor se marchara y pronto comenzó a interesarle el asunto que discutían. Había leído en revistas los artículos de que hablaban, los cuales tenían para él el atractivo que generalmente el hombre que ha estudiado las ciencias naturales en la Universidad puede encontrar en el desarrollo de esas ciencias; nunca había relacionado esas sabias cuestiones sobre el origen del hombre, sobre la acción refleja, la biología, la sociología, con aquellas que le preocupaban cada vez más: el fin de la vida y la muerte.

Mientras escuchaba, observó que los interlocutores establecían cierto vínculo entre las cuestiones científicas y las que se referían al alma. A veces creía que por fin ya iban a tratar ese asunto; pero cada vez que se aproximaban, no tardaban en alejarse de nuevo con cierta precipitación, para penetrar en el campos de los distingos sutiles, de las reputaciones, de las citas, de las alusiones, de las remisiones a las autoridades, y apenas si podía comprenderlos.

—Yo no puedo aceptar la teoría de Keis —decía Sergio Ivanitch en un elegante y correcto lenguaje—, y admitir que toda la concepción que tengo del mundo exterior derive de mis sensaciones. El principio de todo conocimiento, la sensación del ser, la de la existencia, no lo obtengo por los sentidos; no existe ningún órgano especial para producir esta concepción.

—Sí, pero Wurst y Knaust y Pripasof, le contestarán que usted tiene conocimiento de su existencia únicamente por una acumulación de sensaciones; en una palabra, que su existencia no es otra cosa que el resultado de sus sensaciones. Wurst no se detiene ahí, pues añade que donde la sensación no existe, la conciencia de la existencia tampoco existe.

—Pues yo, por mi parte... —replicó Sergio Ivanitch.

Levin notó otra vez que, en el momento de tocar el punto capital, según él, iban a alejarse de nuevo y se decidió a hacer la siguiente pregunta al profesor:

—En ese caso, si mis sensaciones ya no existen, si mi cuerpo ha muerto, ¿no hay existencia posible?

El profesor miró a este singular preguntón con aire contrariado y como ofendido por la interrupción. ¿Qué quería este intruso, que más parecía campesino que filósofo? Se volvió hacia Sergio Ivanitch; pero éste estaba lejos de ser tan exclusivista como el profesor, y podía, mientras discutía con él, comprender el sencillo y racional punto de vista que la pregunta había sugerido; contestó, pues, sonriendo:

—Todavía no tenemos derecho para resolver esa cuestión.

—No tenemos datos suficientes —continuó el profesor, volviendo a sus razonamientos—. No, yo pretendo que si, como claramente lo dice Pripasof, las sensaciones se fundan en las impresiones, es preciso distinguir con más escrupulosidad esas dos nociones.

Levin ya no escuchaba y esperó que el profesor se fuera.

VIII

Cuando éste se hubo marchado, Sergio Ivanitch, volviéndose hacia su hermano, le dijo:

—¡Cuánto me alegro de verte! ¿Has venido por mucho tiempo? ¿Cómo van los negocios?

Levin sabía que su hermano mayor se interesaba muy poco en los asuntos de agronomía, y que si le hablaba de ello era únicamente por condescendencia; así es que se limitó a contestar refiriéndose a la venta del trigo y al dinero que había recibido de las rentas de la propiedad que poseían *pro indiviso*. Había tenido la intención de comunicar a su hermano sus proyectos de matrimonio y pedirle consejo; pero después de esta conversación con el profesor, y al notar el tono involuntariamente protector de Sergio al preguntarle sobre sus mutuos intereses del campo, no tuvo ya valor para hablar, y pensó que su hermano no vería las cosas como él desearía que las viera.

—¿Cómo marchan los negocios del señor por allá? —preguntó Sergio Ivanitch, a quien interesaban esas asambleas provinciales, pues les atribuía gran importancia.

—Para decirte la verdad, no sé nada.

—Cómo ¿no formas parte de la administración?

—No, he renunciado, ya no voy a las asambleas—respondió Levin.

—Es una verdadera lástima —murmuró Sergio frunciendo el entrecejo.

Para disculparse, Levin contó lo que pasaba en las asambleas del distrito.

—¡Siempre lo mismo! —interrumpió Sergio—. ¡Así somos nosotros los rusos! Tal vez es un rasgo de nuestra naturaleza la facultad de comprobar nuestros errores; pero exageramos esa facultad, encontramos placer en la ironía, la cual no falta nunca en nuestra lengua. Si se dieran nuestros derechos, esas instituciones provinciales, a cualquier pueblo de Europa, alemanes o ingleses, ese pueblo sabrá sacar de ahí la libertad, mientras que nosotros no sabemos más que reírnos.

—¿Qué puedo yo hacer? —respondió Levin con aire de culpable—. Era mi último ensayo. Había puesto en ello toda mi alma. Yo no puedo más. Soy incapaz de...

—¡Incapaz! —interrumpió Sergio—; tú no ves la cosa como deberías hacerlo.

—Tal vez —respondió Levin agobiado.

—¿Ya sabes que nuestro hermano Nicolás está otra vez aquí?

Nicolás era el hermano mayor de Constantino y hermano de madre de Sergio; era un perdido, había disipado la mayor partida de su fortuna y se había malquistado con sus hermanos para vivir entre gente tan molesta como extraña.

—¿Qué dices? —exclamó Levin asustado—. ¿Cómo lo sabes?

—Procoff le ha encontrado en la calle.

—¿Aquí, en Moscú? ¿Dónde está? —y Levin se levantó como si hubiera querido salir al momento en su busca.

—Siento habértelo dicho —dijo Sergio moviendo la cabeza al ver la emoción de su hermano—. Envié a una persona para averiguar dónde vivía, e hice que recibiera su letra de cambio contra Troubin, que ya he pagado. Aquí tienes lo que me contesta...

Y Sergio presentó a su hermano un billete que sacó de debajo del pisapapeles.

Levin leyó ese papel escrito con la extraña letra que él conocía tan bien:

Humildemente solicito que me dejen tranquilo. Es todo lo que reclamo a mis queridos hermanos.—Nicolás Levin.

Constantino continuó en pie y cabizbajo delante de Sergio con el papel en la mano.

—Indudablemente quiere ofenderme —continuó Sergio— pero no lo conseguirá. Con todo mi corazón deseo poder ayudarle, aunque bien sé que mis esfuerzos serán baldíos.

—Sí, sí —aseguró Levin—, comprendo tu conducta para con él y la aprecio; pero iré a verle.

—Si tienes gusto en ello, ve a verle —dijo Sergio—; pero no te lo aconsejo. No es que yo tema su influencia con respecto a nuestras relaciones, no le sería posible malquistarnos; por ti solamente es por lo que te aconsejo que no vayas, no podrás hacer nada. Pero, en fin, procede como te parezca.

—Tal vez nada se pueda hacer, en efecto; pero en este momento... yo no podría estar tranquilo.

—No te comprendo —dijo Sergio—; lo que sé es que en ello hay para nosotros una lección de humildad. Desde que nuestro hermano Nicolás se volvió lo que es, veo con más indulgencia lo que se llama «bajeza». ¿Sabes tú lo que ha hecho?

—¡Ay de mí! ¡Es horrible, horrible! —contestó Levin.

Después de haber preguntado las señas de Nicolás al criado de Sergio Ivanitch, Levin se puso en camino para ir a verle; pero de pronto cambió de idea y dejó la visita para la noche. Ante todo quería saber a qué atenerse respecto al asunto que le había traído a Moscú. Fue, pues, a ver a Oblonsky, y cuando hubo averiguado dónde estaban los Cherbatzky se dirigió al lugar en el cual era probable que encontrara a Kitty.

IX

A eso de las cuatro, Levin se quitó su *isvostchik* en la puerta del Jardín Zoológico, y, con el corazón palpitante, subió el sendero que conducía a las montañas de hielo cerca del lugar donde se patinaba. Sabía que allí la encontraría, porque en la entrada había visto el carruaje de los Cherbatzky.

Hacía un magnífico tiempo para la helada. En la puerta del Jardín se veía una hilera de trineos, de carruajes particulares de *isvostchiks* y de guardias. El público se apiñaba en los caminitos formados alrededor de las *izbas* adornadas con esculturas de madera; los leñosos abedules del Jardín, cuyas ramas estaban cargadas de escarcha y de nieve, parecían cubiertos de casullas nuevas y solemnes.

Mientras iba por el sendero, Levin se decía: «¡Calma! ¡No hay que turbarse! ¿Qué quieres? ¿Qué tienes? ¡Cálmate, imbécil!» De este modo interpelaba a su corazón.

Pero, cuanto más trataba de calmarse, mayor era la emoción que le cortaba la respiración. Algún conocido le llamó al pasar, Levin no se fijó en quién era. Se aproximó a las montañas. Los trineos resbalaban y remontaban por medio de cadenas. Se oía un estruendo de hierro viejo, mezclado con voces alegres y animadas. Algunos pasos más allá se patinaba, y de pronto reconoció a Kitty entre los patinadores; la alegría y el terror que embargaron su alma le hicieron conocer que *la* tenía cerca.

En pie junto a una señorita, en el lado opuesto al que Levin ocupaba, se hallaba Kitty; no se distinguía de las señoras que la rodeaban ni por la actitud ni por su *toilette*. Para él, sin embargo, era una rosa que se alzaba entre multitud de ortigas, iluminando con su sonrisa cuanto la rodeaba: ¡todo resplandecía a su lado! «¿Tendré bastante valor para deslizarme sobre el hielo y llegar hasta ella?», pensó Levin. El lugar donde se encontraba le pareció un santuario. Temía aproximarse. Tuvo tanto miedo, que por poco se retira. Por último, haciendo un poderoso esfuerzo, llegó a persuadirse de que, rodeada de toda clase de gentes, en rigor él también tenía derecho a patinar cerca de ella. Bajó al hielo sin alzar la vista; temía tanto mirarla como mirar al sol; pero, lo mismo que al sol, no le era preciso mirarla para verla.

Un día a la semana, las personas conocidas se reunían en aquel lugar. Allí había maestros en el arte de patinar que venían a lucir su habilidad; otros hacían su aprendizaje con movimientos torpes y llenos de inquietud; niños muy jóvenes y señores viejos que patinaban por higiene. A Levin todos le parecían elegidos, favorecidos por el Cielo, porque se encontraban en la proximidad de Kitty. Los tales patinadores se deslizaban alrededor de ella, la alcanzaban y hasta le hablaban, y no por eso parecían divertirse menos, con perfecta libertad de espíritu, como si, para ser dichosos, les bastara que el hielo fuese bueno y el tiempo espléndido.

Nicolás Cherbatzky, un primo de Kitty, vestido de chaqueta y pantalones estrechos, se hallaba sentado en un banco con los patines puestos, cuando al ver a Levin, exclamó:

—¡Ah! ¡Ahí está el primer patinador de Rusia! ¿Hace mucho que estás aquí? Ponte pronto los patines, el hielo esta colosal.

—No tengo los míos —respondió Levin, admirado de que se pudiera hablar en presencia de Kitty con semejante tranquilidad y audacia; aunque no la miraba no la perdía un segundo de vista.

Kitty, visiblemente temerosa en sus altos patines, partiendo del lugar en donde estaba, se lanzó hacia él, seguida de un joven vestido a la moda rusa que trataba de vencer en la carrera haciendo los desesperados ademanes de un patinador poco diestro. Kitty no patinaba con seguridad; había sacado las manos de su manguito suspendido al cuello con un cordón y parecía preparada a asirse de cualquier cosa. Miraba a Levin, a quien acababa de reconocer, y sonreía, de su propio miedo. Cuando, felizmente por fin, pudo tomar impulso, apoyando ligeramente el talón, resbaló hasta donde se encontraba su primo Cherbatzky, le tomó del brazo y envió a Levin un amistoso saludo. Nunca en la imaginación de éste le había parecido más hechicera.

En todo momento le bastaba a Levin pensar en la joven para evocar el recuerdo de toda su persona, especialmente el de su cabecita blonda, de expresión infantil, llena de candidez y bondad, colocada elegantemente en hombros tan lindos por sí mismos. Esa mezcla de gracia de niño y de belleza de mujer, tenía un encanto particular que Levin sabía apreciar perfectamente; pero lo que le impresionaba siempre como una cosa inesperada, era la mirada de Kitty: mirada modesta, tranquila, sincera, que, unida a su sonrisa, le transportaba a un mundo encantado en el que se sentía más dulce y mejor con los buenos sentimientos de su primera infancia.

—¿Desde cuándo está usted aquí? —le preguntó tendiéndole la mano—. Gracias —añadió, al verle recoger del suelo su guante escapado del manguito.

—¿Yo? Hace poco llegué, ayer, es decir, hoy —respondió Levin, tan turbado que no había comprendido del todo la pregunta—. Yo quería ir a casa de usted —añadió, y acordándose en ese instante con qué intención, se quedó todo confuso y sonrojado—. No sabía que usted patinaba tan bien.

Ella le miró atentamente como tratando de adivinar el motivo de su embarazo.

—El elogio de usted es valioso, pues aquí se conserva como una tradición el recuerdo de la habilidad que como patinador tiene usted —dijo Kitty sacudiendo con su manita, cubierta de un guante negro, las agujas de pinocha que habían caído sobre su manguito.

34

—Sí, en otro tiempo yo patinaba con entusiasmo porque deseaba llegar a la perfección.

—Me parece que todo lo hace usted con entusiasmo —dijo ella sonriendo—. ¡Me gustaría tanto verle patinar! Póngase usted los patines y patinaremos juntos.

—¡Patinar juntos! ¡Es posible! —pensó él mirándola. Luego dijo—: Voy a ponérmelos en seguida —y fue corriendo a buscarlos.

—Hace tiempo, señor, que usted no viene por aquí —dijo el hombre de los patines, dándole un par y teniéndole el pie para atornillar el talón—. Desde que usted se marchó ya no hay nadie que lo entienda. ¿Está bien así? —preguntó apretando la correa.

—Está bien, está bien, pero dése usted prisa —respondió Levin no pudiendo disimular la satisfacción que le ascendía, y se revelaba en su rostro—.¡Esto es vivir! ¡Esto es la dicha! —pensaba él—. ¿Debo hablarle ahora? ¡Pero si tengo miedo de hablar! En este momento me siento capaz, pero luego... Más es preciso, es preciso; ¡abajo la timidez!

Levin se levantó, se quitó el gabán, y, después de haber ensayado alrededor de la casita, se lanzó sobre el hielo plano y resbaló sin esfuerzo, dirigiéndose a su capricho, ya con rapidez, ya con lentitud. Se acercó a la joven con temor, pero una sonrisa de Kitty le animó de nuevo.

Kitty le dio la mano y partieron al lado uno de otro, aumentando progresivamente la velocidad. Cuanto más rápidamente se deslizaban, más le apretaba ella la mano.

—Con usted aprenderé mucho más pronto —dijo ella—. No sé por qué tengo más confianza.

—Yo también tengo confianza en mí cuando usted se apoya en mi brazo —respondió él, ruborizándose de pronto asustado.

En efecto, apenas había pronunciado esas palabras, cuando lo mismo que el sol se oculta tras una nube, toda la amabilidad del rostro de la joven se desvaneció, y Levin observó un juego de fisonomía que él conocía perfectamente y que indicaba un esfuerzo del pensamiento: una arruga vino a dibujarse en la tersa frente de Kitty.

—¿Le ha ocurrido a usted algo desagradable? —preguntó añadiendo con viveza—: Por otra parte, yo no tengo derecho a preguntarlo.

—¿Por qué no? —respondió ella fríamente, y luego añadió—: ¿No ha visto usted todavía a la señorita Linon?

—Todavía no.

—Venga a verla, ella le quiere a usted mucho.

Levin pensó: «¿Qué sucede? ¿Algún pesar le he causado? ¡Señor, ten piedad de mí!»

Pensando así corría hacia la vieja francesa de buclecitos grises, que los vigilaba desde su banco. Le recibió como a un antiguo amigo y le mostró toda su dentadura postiza al sonreírle amistosamente.

—Vamos creciendo, ¿verdad? —dijo ella señalando con los ojos a Kitty— y vamos aumentando en años, *Young bear* se hace grande —añadió riendo la vieja institutriz, y le recordó su chiste sobre las tres hermanas, a las que él llamaba los tres ositos del cuento inglés.

—¿Recuerda usted que las llamaba así?

Él lo había olvidado completamente, pero la institutriz hacía diez años que celebraba esta agudeza y no la soltaba.

—Vayan ustedes, vayan a patinar. ¿Verdad que nuestra Kitty comienza a hacerlo bien?

Cuando Levin volvió al lado de Kitty, ya no tenía ésta el rostro severo; sus ojos habían vuelto a tomar su expresión franca y cariñosa, pero a Levin le pareció que su tranquilidad era nada más aparente y esto le entristecía.

Después de haber comentado las originalidades de la vieja institutriz, Kitty le habló de la vida que él llevaba.

—¿No se fastidia usted de veras en el campo?

—No, no me fastidio, me hallo muy ocupado —respondió Levin, sintiendo que se le conducía al tono de calma que ella había resuelto conservar, y del cual no debía separarse él, así como tampoco podía hacerlo al principio del invierno.

—¿Ha venido usted por mucho tiempo? —preguntó Kitty.

—No sé —respondió, sin saber lo que decía.

La idea de continuar en el tono de una amistad tranquila y tal vez de regresar a su casa sin haber decidido nada, le excitó a rebelarse y a tener audacia.

—¿Cómo no lo sabe usted?

—Yo no lo sé, porque depende de usted —dijo, e inmediatamente se horrorizó de sus propias palabras.

¿No las oyó ella?, o bien, ¿no quiso darse por enterada? Pareció tropezar sobre el hielo y se alejó deslizándose hacia la señorita Linon, le dijo algo y se dirigió a la casita a quitarse los patines.

—¡Dios mío! ¡Qué es lo que he hecho! ¡Señor del cielo, ayudadme, guiadme! —clamaba Levin interiormente.

Sintió la imperiosa necesidad de hacer algún movimiento violento y describió furiosas curvas en el hielo.

En ese mismo momento, un joven, el más hábil de los nuevos patinadores, salió del café con los patines puestos y el cigarrillo en la boca; sin detenerse, se dirigió hacia la escalera, bajó los peldaños de un brinco sin cambiar la posición de sus brazos y se lanzó al hielo.

—Es una nueva prueba de habilidad —dijo para sí Levin y volvió a subir la escalera para imitarle.

—¡No se vaya usted a matar, se necesita costumbre! —le gritó Nicolás Cherbatzky.

Levin patinó un poco antes de decidirse; en seguida bajó la escalera tratando de guardar el equilibrio con las manos; en el último peldaño se trabó, hizo un esfuerzo violento para volver a su primera posición, recobró el equilibrio y se lanzó riendo sobre el hielo.

—¡Qué buen muchacho! —pensaba Kitty al entrar en la casita seguida de la señorita Linon y mirándole con sonrisa afectuosa como un hermano querido—. ¿Es culpa mía? ¿He hecho algo malo? ¡Se pretende que es coquetería! Yo bien sé que no es a él a quien quiero; pero no por eso me siento menos contenta a su lado; ¡es tan bueno! Pero, ¿por qué dice eso?

Al ver Levin que Kitty se marchaba acompañada de su madre, que había ido por ella, todo colorado por el ejercicio que acababa de hacer, se detuvo y se puso a reflexionar. Se quitó los patines y fue a reunirse con la madre y la hija al salir éstas.

—Encantada de verle a usted —díjole la princesa—, recibimos, como siempre, el jueves.

—Entonces, ¿hoy?

—Nos alegraremos mucho de ver a usted —dijo con sequedad la princesa.

Esta frialdad afligió a Kitty, y no pudo menos que tratar de suavizar el efecto producido por la frialdad de su madre. Se volvió hacia Levin y le gritó sonriendo:

—¡Hasta la vista!

En este instante entraba en el jardín Esteban Arcadievitch con el rostro animado, el sombrero inclinado a un lado, los ojos brillantes. Al ver a su suegra, su expresión se tornó triste y confusa, especialmente para contestar a las preguntas que ésta le dirigió sobre la salud de Dolly. Después de haber conversado en voz baja con aire abatido, se irguió y tomó el brazo de Levin.

—¡Qué hay! ¿Nos vamos? He estado pensando en ti todo todo el rato; me alegro mucho de que hayas venido —dijo mirando a Levin con aire significativo.

—¡Vamos, vamos! —respondió el feliz Levin, que no cesaba de oír aquella voz que le había dicho: «¡Hasta la vista!» y veía la sonrisa que acompañó a esas palabras.

—¿Al hotel de Inglaterra o al Ermitage?

—Me es indiferente —contestó Levin.

—Entonces, al hotel de Inglaterra.

Esteban elegía ese hotel porque allí debía más que en el Ermitage, y le parecía poco digno privarle de su protección.

—¿Tú tienes un *isvostchik*? Tanto mejor, porque despedí mi carruaje.

Durante todo el camino, los dos amigos guardaron silencio. Levin pensaba en lo que significaría el repentino cambio de Kitty. A ratos tenía confianza suponiéndolo de buen agüero, pero pronto volvía a caer en la desesperanza, repitiéndose que era insensato hacerse ilusiones.

A pesar de todo, se sentía muy diferente al individuo que era antes de la sonrisa y de las palabras: *hasta la vista*.

Esteban Arcadievitch combinaba mentalmente los platos que pedirían.

—Te gusta el rodaballo, ¿verdad? —preguntó a Levin en el momento en que llegaban.

—¿Qué? —preguntó Levin.

—El rodaballo.

—Sí, me gusta el rodaballo con locura.

X

El mismo Levin no pudo menos de notar, al entrar en el restaurante, la especie de satisfacción contenida que la fisonomía y toda la persona de Arcadievitch expresaban.

Quitóse Esteban el gabán, y con el sombrero inclinado a un lado, se dirigió al comedor, dando sus órdenes, sin dejar de andar, al tártaro vestido de frac que le seguía con la servilleta bajo el brazo.

Saludando a derecha e izquierda a los conocidos que allí como en todas partes, le veían con gusto, se acercó al aparador y tomó una copita de aguardiente.

La señorita del mostrador, una francesa rizada, perfumada, llena de cintas de encajes y de lazos, fue pronto objeto de su atención; le dijo algunas palabras que le hicieron soltar la risa. En cuanto a Levin, la vista de esta mujer compuesta, de cabellos postizos y polvos de arroz, le quitaba el apetito. Pronto se alejó de ella con repugnancia. Tenía el alma llena del recuerdo de Kitty, y en sus ojos brillaban el triunfo y la dicha.

—¡Por aquí, excelencia! ¡Aquí vuestra excelencia no será molestado! —decía el viejo tártaro obsequioso y tenaz, al que la amplitud de sus vastas espaldas hacía que los dos faldones del frac se le abrieran por detrás.

—Aproxímese también, excelencia —dijo igualmente a Levin por respeto a Esteban Arcadievitch, cuyo convidado era.

En un abrir y cerrar de ojos, extendió una servilleta limpia sobre la mesa redonda, que ya tenía un mantel y estaba colocada debajo de una girándula de bronce; en seguida aproximó dos sillas forradas de terciopelo, y con la servilleta en una mano y la lista de platos en la otra, se mantuvo en pie delante de Esteban Arcadievitch esperando sus órdenes.

—Si vuecencia lo desea, hay un gabinete particular a su disposición que estará desocupado en un instante. El príncipe Galitzin con una dama va a dejarlo libre. Hemos recibido ostras frescas.

—¡Ah, ah! ¡Ostras!

Esteban reflexionó.

—¿Si cambiáramos nuestro plan de campaña, Levin? —dijo poniendo el dedo sobre la lista de platos. Su rostro revelaba una seria perplejidad—. Pero, ¿son buenas tus ostras? ¡Cuidado!

Son ostras de Hensbourg, excelencia. No las hay de Ostende.

—¡Vengan los ostras de Hensbourg! Pero, ¿son frescas?

—Llegaron ayer.

—Pues bien, ¿qué dices tu, Levin?, ¿si comenzáramos con las ostras y cambiáramos después el menú?

—Me es indiferente. Para mí, lo mejor es la katcha. Pero eso no lo hay aquí.

—Katcha a la rusa, si usted lo ordena —dijo el tártaro inclinándose hacia Levin, como se inclina una niñera hacia el niño que cuida.

—Sin bromas, todo lo que tú elijas estará bien. He estado patinando y me muero de hambre; no creas —añadió, al ver una expresión de disgusto en el rostro de Oblonsky— que yo no sepa apreciar tu menú: haré muy a gusto los honores a una buena comida.

—¡No faltaba más! Por más que se diga, es uno de los grandes placeres de esta vida —exclamó Esteban Arcadievitch. Luego, dirigiéndose al criado—: En ese caso, hermanito, danos dos, y si no tres docenas de ostras, una sopa con legumbres...

—Printanière —repuso el tártaro.

Esteban no quiso darle gusto nombrando los platos en francés y continuó:

—Con legumbres, ¿sabes? En seguida, rodaballo con salsa algo espesa, después del rosbif; pero ten cuidado que esté asado a punto; un capón, y por último conservas.

El tártaro, recordando que a Esteban Arcadievitch no le gustaba designar los platos en francés, le dejó indicarlos; pero después tuvo la satisfacción de repetirlos según la regla: sopa *printanière, turbot, sauce Beaumarchais, poularde a l'estragon, macedoine de fruits,* e inmediatamente, como movido por un resorte, hizo desaparecer una lista para presentar otra, la de los vinos, que sometió a su cliente.

—¿Qué beberemos?

—Lo que quieras, pero un poco de champagne —dijo Levin.

—¡Cómo! ¿Desde el principio? ¿Te gusta la marca blanca?

—Cachet blanc —dijo el tártaro.

—Bueno, con las ostras sería demasiado.

—¿Qué vino de mesa serviré?

—Nuits; no, danos el clásico Chablis.

—¿Les serviré su queso?

—Sí, queso parmesano. ¿Prefieres tú otro quizá?

—No, me es indiferente —respondió Levin que no pudo menos de sonreír.

El tártaro desapareció veloz, con los faldones del frac revoloteándole por detrás. Cinco minutos después estaba de vuelta, con un plato de ostras en una mano y una botella en la otra.

Esteban Arcadievitch arrugó la servilleta, se la fijó sobre el chaleco, alargó la mano y, tranquilamente, comenzó a comer ostras.

—No son malas —dijo, sacándolas de las conchas con el tenedorcito de plata—. No son malas —repitió dirigiéndose ya a Levin, ya al tártaro, con mirada satisfecha y animada.

Levin comió las ostras, aunque hubiera preferido pan y queso pero no podía menos de admirar a Oblonsky. El tártaro mismo, después de descorchar la botella y escanciar el vino en copas de cristal, miró con sonrisa de satisfacción, sin dejar de arreglarse su corbata blanca de batista, a Esteban Arcadievitch.

—No te gustan mucho las ostras —dijo Oblonsky apurando la copa—. ¿No te gustan o es que te encuentras preocupado?

Deseaba ver alegre a Levin; pero éste, sin estar triste, se sentía incómodo, intranquilo, en medio de aquel vaivén y en la vecindad de gabinetes en donde algunos comían con señoras. Todo le ofuscaba, el gas, los espejos, hasta el mismo tártaro. Temía mancillar el sentimiento que le inundaba el alma.

—¿Yo? Sí, estoy preocupado; además, aquí todo me molesta, y no podrías imaginarte hasta qué punto. Es natural, a un campesino como yo todo esto tiene que parecerle extraño. Tan extraño como las uñas de aquel señor que vi en tu casa.

—Sí, ya noté que las uñas del pobre Grinewitch te interesaban mucho.

—No lo puedo evitar; trata de comprenderme y de colocarte en el punto de vista de un campesino. Nosotros procuramos tener manos aptas para el trabajo; por ese motivo, nos cortamos las uñas y nos remangamos las mangas con frecuencia. Aquí, al contrario, se dejan crecer las uñas todo lo posible, y para estar más seguros de no hacer nada con las manos, se ponen en los puños enormes botones, como Grinewitch.

Esteban Arcadievitch sonrió alegremente y dijo:

—Eso prueba que Grinewitch no tiene necesidad de trabajar con las manos: trabaja con la cabeza.

—Tal vez, sin embargo, eso me parece tan extraño como lo que estamos haciendo aquí. En el campo, nuestro afán es alimentarnos bien para reparar nuestras fuerzas que desgasta el trabajo, y aquí tu y yo tratamos de pasar en la mesa el mayor tiempo posible sin quedar satisfechos: por eso comemos ostras.

—Es exacto —replicó Esteban Arcadievitch—; pero, ¿no es el fin que la civilización persigue convertirlo todo en goce?

—Si tal es su fin, prefiero ser siempre bárbaro.

—¡Ya lo eres bastante! En tu familia todos sois salvajes.

Levin suspiró. Pensó en su hermano Nicolás y se sintió mortificado, entristecido, y su rostro se ensombreció, pero Oblonsky comenzó a hablar de un asunto con el cual logró distraerle en el acto.

—Bueno, ¿vendrás esta noche a casa, es decir, a casa de los Cherbatzky? —dijo guiñando maliciosamente un ojo y retirando el plato de conchas de ostras para servirse el queso.

—Sí, ciertamente —respondió Levin—, aunque me pareció que la princesa no me invitaba de buena gana.

—¡Qué idea! Son sus maneras de gran señora —respondió Esteban Arcadievitch—. Yo iré también después de oír un ensayo de canto en casa de la condesa Bonin. ¿Cómo es posible no tratarte de salvaje? Explícame. por ejemplo, tu huida de Moscú. Los Cherbatzky me han molestado más de una vez con preguntas respecto a ti, como si yo pudiera saber algo. Lo único que sé es que tú haces siempre lo que a nadie podría ocurrírsele.

—Sí —respondió Levin lentamente y con emoción— tienes razón, soy un salvaje; pero no es mi huida lo que lo ha probado, es mi regreso. He vuelto ahora...

—¡Qué feliz eres! —interrumpió Oblonsky, mirándole a los ojos.

—¿Por qué?

—Conozco a los hombres enamorados por los ojos, como a los caballos por la marca —exclamó Esteban Arcadievitch—. El porvenir es tuyo.

—Y tú, ¿no ves ya nada por delante?

—Yo no veo más que lo presente, y ese presente no es todo.

—¿Qué te pasa?

—Las cosas no van muy bien para mí. Pero no quiero hablar de ello, con más motivo cuando no podría explicártelo todo —respondió Esteban Arcadievitch—. Vamos a ver, ¿por qué has venido a Moscú? ¡Hola! Ven a retirar el servicio —gritó al tártaro.

—¿No lo adivinas? —respondió Levin sin apartar los ojos de Esteban Arcadievitch.

—Ya lo adivino, pero no debo ser el primero en hablar. Eso debe bastarte para conocer si adivino o no —dijo Arcadievitch mirando a Levin con aire picaresco.

—¡Pues bien! ¿Qué te parece? —preguntó Levin con voz temblorosa, sintiendo estremecérsele los músculos del rostro—. ¿Cómo consideras el asunto?

Esteban Arcadievitch bebió lentamente de su copa de Chablis mirando fijamente a Levin.

—¿Yo? —respondió—; ¡nada deseo tanto como eso, nada!

—Pero, ¿no te engañas? ¿Sabes bien de qué estamos hablando? —murmuró Levin con mirada fija ansiosa en su interlocutor—. ¿Crees realmente que sea posible?

—¿Por qué no?

—¿De veras? ¿Con toda sinceridad? Dime todo lo que piensas. Considera que tal vez me rechazarán y casi estoy seguro que será así.

—¿Por qué? —dijo Esteban al notar su emoción.

—Eso es lo que me figuro. ¡Sería terrible para mí y para ella!

—En todo caso, no veo nada molesto para ella; siempre es lisonjero para una joven el que la pidan en matrimonio.

—Las jóvenes en general tal vez, pero ella no.

Esteban Arcadievitch sonrió. Conocía muy bien los sentimientos de Levin, y sabía que, para él, todas las jóvenes del universo se dividían en dos categorías: en una, todas las jóvenes existentes con todas las debilidades humanas, jóvenes ordinarias; la otra categoría, compuesta por ella únicamente, sin la menor imperfección, y por encima de la humanidad entera.

—Espera, toma un poco de salsa —dijo Oblonsky deteniendo la mano de Levin, que rechazaba la salsera.

—No, espera, compréndeme bien, porque, para mí, es cuestión de vida o muerte. Jamás he hablado de esto a nadie, y no puedo hablar de ello más que a ti. Por muy diferentes que seamos uno de otro, con gustos y otros puntos de vista, no por eso dejo de saber que tú me quieres y que me comprendes, y yo respondo a tu cariño. Así, pues, ¡en nombre del Cielo!, sé sincero conmigo.

—No te he dicho más que lo que pienso —respondió Esteban Arcadievitch sonriendo—. Te diré más: mi esposa, mujer sorprendente... —y Oblonsky se detuvo un instante suspirando al recordar la situación en que se encontraba con su mujer—: Mi mujer, pues, tiene el don de doble vista, ve todo lo que pasa en el corazón de los demás; pero sobre todo prevé lo por venir cuando se trata del casamiento. ¡Así predijo el de la Chashawskoi con Brentein! Nadie quería creerlo, y sin embargo se realizó. Pues bien, mi mujer se inclina por ti.

—¿Cómo te explicas tú eso? No solamente te quiere, sino que asegura que Kitty será tu esposa.

Al oír esas palabras, una sonrisa que casi era de enternecimiento brilló en el rostro de Levin.

—¡Eso dijo! ¡Siempre he creído que tu esposa es un ángel...! Pero basta de hablar —añadió Levin levantándose.

—¡Pero siéntate, hombre!

Levin ya no podía estar quieto: dio dos o tres vueltas alrededor del cuarto con su paso firme y parpadeando para disimular las lágrimas. Después volvió a sentarse algo más calmado.

—Compréndeme —dijo— no es amor. He estado enamorado, pero no es eso. Es más que un sentimiento, es una fuerza interior que me domina. Me marché porque me convencí de que semejante dicha no podía existir. Una dicha sin nada de humano.

Por más que he luchado contra mí mismo, comprendo que toda mi vida radica en ello. Es preciso que eso se decida. Pero, ¿por qué te marchaste?

—¡Ah! ¡Si supieras cuantas ideas se aglomeran en mi mente! ¡Cuántas cosas quisiera preguntarte! Escucha. No puedes imaginarte qué servicio me has prestado. Soy tan feliz que me vuelvo egoísta. ¡Todo lo olvido! ¡Supe que mi hermano Nicolás estaba aquí, y lo he olvidado! Se me figura que él también debe de ser feliz. Estoy como loco... una cosa se me antoja terrible: tú que estás casado debes conocer ese sentimiento... nosotros, ya viejos..., con un pasado en el que no hubo amor sino pecado, ¿no es cosa terrible que nos atrevamos a aproximarnos a un ser puro, inocente? ¿No es horroroso? ¿Y no es justo que yo me encuentre indigno?

—No creo que tengas nada que reprocharte.

—Sin embargo —dijo Levin—, repasando mi vida con disgusto, tiemblo, maldigo, me quejo amargamente, si...

—¡Qué quieres!, el mundo es así —observó Oblonsky.

—No hay más que un consuelo. Me lo da esta oración que siempre me ha sido grata: «Perdónanos según la grandeza de tu misericordia y no por nuestros méritos.» De ese modo tan sólo puede ella perdonarme.

XI

Levin apuró su copa y, por algunos instantes, los dos amigos guardaron silencio.

—Debo decirte todavía otra cosa. ¿Conoces a Wronsky? —preguntó Esteban Arcadievitch.

—No, ¿por qué me lo preguntas?

—Trae otra botella —dijo Oblonsky al tártaro que les llenaba las copas—. Es porque Wronsky es uno de tus rivales.

—¿Quién es Wronsky? —preguntó Levin, cuya fisonomía, tan juvenilmente entusiasta poco antes, expresó un gran desagrado.

—Wronsky es uno de los hijos del conde Cirilo Wronsky y uno de los más notables modelos de la juventud dorada de San Petersburgo. Le conocí en Tver cuando yo estaba en el servicio; él venía para el reclutamiento. Es inmensamente rico, muy buen mozo y ayudante de campo del emperador. Tiene muy buenas relaciones y, a pesar de todo, es un buen muchacho. Por lo que he observado en él, es más que un buen muchacho todavía, pues se trata de un hombre instruido e inteligente. Irá lejos.

Levin se puso sombrío y guardó silencio.

—Como iba diciendo, apareció poco después de marcharte tú y, según se dice, está enamorado de Kitty; tú comprendes que la madre...

—Perdóname, pero no comprendo nada —respondió Levin poniéndose cada vez más sombrío.

En este momento pensó en Nicolás, con remordimiento por haberle olvidado.

—Espérate, hombre —dijo Esteban Arcadievitch tocándole el brazo y sonriendo—. Yo he dicho lo que sabía, pero repito que me parece que, en este delicado asunto, las probabilidades están de tu parte.

Levin palideció y se apoyó en el respaldo de una silla.

—¿Por qué no has venido nunca a cazar a mis tierras como me lo habías prometido? Ven esta primavera —dijo de pronto.

Se arrepentía con toda su alma de haber promovido esa conversación con Oblonsky; lo que acababa de saber sobre las pretensiones rivales de un oficial de San Petersburgo, le había herido profundamente, lo mismo que los consejos y suposiciones de Esteban Arcadievitch. Éste comprendió lo que pasaba en el alma de su amigo y sonrió.

—Iré cualquier día —contestó—; pero, mira, hermano, las mujeres son el resorte que lo mueve todo en este mundo. Mi situación particular es mala, muy mala, y todo a causa de las mujeres. Dime francamente tu opinión —continuó, con un cigarro en una mano y su copa en la otra.

—¿Sobre qué deseas mi opinión?

—Te lo diré: Supongamos que eres casado, que quieres a tu esposa y que otra mujer te ha seducido.

—Dispénsame, pero no comprendo eso; para mí, es como si después de comer me fuera a apoderar de un pan a una tahona.

Los ojos de Esteban Arcadievitch brillaron más que de costumbre y respondió:

—Y, ¿por qué no? El pan fresco a veces tiene un olor tan rico, que bien puede faltarnos la fuerza necesaria para resistir a la tentación.

Himmlisch war's wenn ich bezwang
Meine irdische Begier
Aber wenn mir's nicht gelang
Hatt ich auch ein gross Plaisir.

Al decir estos versos, Oblonsky sonrió maliciosamente. Levin no pudo menos que imitarle.

—Bromas aparte —continuó Oblonsky—; supongamos una mujer encantadora modesta, amorosa, que lo ha sacrificado todo y que sabemos que es pobre y se halla aislada: ¿debemos abandonarla cuando el mal está hecho? Ahora supongamos que sea necesario romper las relaciones para no turbar la vida de familia, ¿no debemos sentir lástima hacia ella y hacerle menos dura la separación? ¿No debemos ocuparnos de su porvenir?

—Dispénsame, pero tú ya sabes que para mí las mujeres se dividen en dos clases o, por mejor decir, hay mujeres y hay... Nunca he encontrado lindas y dignas arrepentidas. Las criaturas como esa francesa del mostrador con sus estremecimientos, me repugnan, lo mismo que todas las mujeres caídas.

—Y el Evangelio, ¿qué haces de él?

—Déjame tranquilo con tu Evangelio; Jesucristo no hubiera pronunciado esas palabras si hubiese sabido lo mal que habían de ser aplicadas. Por lo demás, convengo en que sólo se trata de una impresión personal. Las mujeres caídas me dan asco, lo mismo que a ti te lo puedan dar las arañas, lo cual no te ha impedido estudiar las costumbres de esos animales, ni a mí las de esas criaturas.

—Es cómodo juzgar de esa manera. Tú haces como aquel personaje de Dickens, que, con la mano izquierda y por detrás del hombro derecho arrojaba todas las cuestiones embarazosas. Negar un hecho semejante no es responder. ¿Qué debe uno hacer? Dime.

—No robar pan tierno.

Esteban Arcadievitch se echó a reír.

—¡Oh, moralista! Pero hazte cargo de la situación: He aquí dos mujeres; una de ellas se prevale de sus derechos, y éstos son tu amor que no puedes darle; la otra, lo sacrifica todo y no pide nada. ¿Qué debe uno hacer? ¿Cómo conducirse? ¡Es un drama espantoso!

—Si quieres que te diga lo que pienso, te diré que no creo en el drama. Verás por qué; según creo, el amor, los dos amores como los caracteriza Platón en su *Banquete*, ¿te acuerdas?, sirven de piedra de toque a los hombres: unos no comprenden más que uno de esos amores, los otros no lo comprenden. Los que no comprenden el amor platónico no tienen ninguna razón para hablar de drama. ¿Puede el drama existir en esas condiciones? Gracias por el placer que me has dado: ese es todo el drama. El amor platónico no puede saber más sobre el particular, porque en el todo es claro y puro, porque...

En ese momento, Levin se acordó de sus propios pecados y de las luchas interiores que había sostenido, por cuyo motivo añadió inopinadamente:

—El hecho es que tal vez tengas razón. Es muy posible... Yo no sé nada, absolutamente nada.

—Mira —dijo Esteban Arcadievitch—, tú eres un hombre de una pieza. Es tu mejor cualidad, pero también es tu defecto. Porque tu carácter es así, quisieras que la vida entera se compusiera de acontecimientos de una sola pieza igualmente. Por eso desprecias el servicio del Estado, porque no ves en él ninguna útil influencia social, y, según tú, cada acción debería responder a un fin preciso. Tú quisieras que el amor y la vida conyugal fueran una misma cosa.

Nada de eso existe. Además, el encanto, la variedad, la belleza de la vida, dependen precisamente de los matices.

Levin suspiró sin responder. Ya no escuchaba, pensaba en lo que le concernía.

De repente, casi al mismo tiempo, pensaron los dos que aquella comida que debía unirlos más, aunque dejándoles buenos amigos, les había hecho desinteresarse al uno del otro. Ninguno de ellos pensó ya más que en lo que le afectaba, sin preocuparse de su vecino. Oblonsky ya conocía ese fenómeno por haberlo experimentado antes varias veces después de comer; también sabía lo que debía hacer.

—¡La cuenta! —exclamó, y pasó a la sala vecina, en donde encontró a un ayudante de campo que conocía, y pronto se puso a conversar con él.

Hablaron de una actriz y del que la protegía. Esta conversación alivió a Oblonsky y le sirvió de sedante de la que acababa de tener con Levin, que siempre le obligaba a mantener su espíritu en fatigosa tensión.

Cuando el tártaro le presentó la cuenta de veintiocho rublos y algunos kopecks, sin olvidar la propina, Levin, que, como buen campesino, se hubiera espantado en otra ocasión por los catorce rublos que le correspondía pagar, no hizo ninguna objeción. Pagó y regresó a su casa para cambiarse de ropa y dirigirse a la de los Cherbatzky, donde debía decidirse su suerte.

XII

La joven princesa Kitty Cherbatzky tenía diecinueve años. En aquel invierno aparecía por primera vez en la sociedad. El éxito que tuvo fue mayor que el de sus hermanas y aun más que el que su madre esperaba. Ese primer invierno, sin contar toda la juventud danzante de Moscú, la cual estaba más o menos enamorada de Kitty, se le presentaron dos partidos muy serios: Levin y, poco después de haberse marchado éste, el conde Wronsky.

Las frecuentes visitas de Levin y su evidente amor a Kitty habían sido el objeto de las primeras conversaciones serias entre el príncipe y la princesa sobre el porvenir de Kitty, su hija menor. Estas conversaciones, con frecuencia, degeneraban en vivas discusiones. El príncipe era partidario de Levin, y decía que no podía hallarse mejor partido para Kitty.

La princesa, con la costumbre particular de las mujeres de desviar la cuestión, respondía que Kitty era muy joven, que no mostraba mucha inclinación por Levin, y que, por otra parte las intenciones de éste no parecían serias... pero no era eso todo lo que pensaba. Lo que no decía la princesa era que esperaba un partido más brillante, que no sentía simpatías por Levin y que no comprendía a este; por eso se alegro en extremo cuando Levin se marchó al campo.

—Ya ves cómo tenía razón —dijo triunfante a su marido.

Mayor fue su alegría cuando notó que Wronsky entraba en el número de los pretendientes, lo que le hizo concebir la esperanza no sólo de casar bien a Kitty, sino de una manera brillante.

Para la princesa no existía comparación posible entre los dos pretendientes. Lo que le desagradaba en Levin era su manera brusca y extraña de proceder en todo; su encogimiento en sociedad, que ella creía que era orgullo, y la vida de salvaje que llevaba en el campo, ocupado exclusivamente del ganado y los campesinos. Lo que le desagradaba todavía más era que Levin había pasado seis semanas junto a ellos, siempre vacilante y observador, como preguntándose si al declararse no conferiría a los Cherbatzky un honor excesivo. Debía comprender que cuando se visita constantemente la casa de una muchacha casadera, hay obligación de declarar sus intenciones. ¡Luego, haberse marchado de repente sin decir una palabra a nadie!

—Es una dicha —pensaba la princesa— que tenga tan pocos atractivos y que Kitty no se haya enamorado de él.

Wronsky, por el contrario, colmaba todos sus deseos: rico, inteligente, de noble familia, tenía por delante una carrera brillante, sea en la Corte o en el Ejército, y además, era encantador. ¿Qué más se podía soñar? Hacía la corte a Kitty, bailaba con ella, se había hecho presentar a sus padres. ¿Era posible dudar de sus intenciones? Y, sin embargo, la pobre madre pasaba un invierno cruelmente agitado.

Cuando la princesa se casó, hacía treinta y tres años, su casamiento fue arreglado gracias a los buenos oficios de una tía. El novio, conocido de antemano, vino a verla y a darse a conocer. La entrevista fue favorable, y la tía que arregló el matrimonio, informó a ambas partes de la impresión producida. Se señaló el día para la petición oficial; todo pasó de una manera sencilla y natural. Así es como la princesa recordaba todo lo pasado. Pero cuando se trató de casar a sus hijas, supo por experiencia que, aunque sencillo en apariencia, era en realidad un negocio arduo y complicado.

¡Cuántas ansiedades! ¡Cuántas inquietudes! ¡Cuánto dinero gastado! ¡Cuántas luchas con su marido cuando se trató de casar a Dolly y a Natalia! Y ahora tenía que pasar por las mismas inquietudes y por discusiones aún más penosas. El anciano príncipe, como todos los padres en general, era en extremo quisquilloso en materia de honor y en lo que se refería a la pureza de sus hijas, especialmente de Kitty, su favorita. A cada momento reprendía a la princesa, acusándola de comprometer el porvenir de su hija.

La princesa ya estaba acostumbrada a esas escenas desde el tiempo que se trató de establecer a sus hijas mayores; pero ahora se confesaba a sí misma que la exagerada susceptibilidad de su esposo tenía cierto fundamento. Muchos cambios se habían operado en la sociedad, y los deberes de una madre cada día se hacían más penosos.

Las contemporáneas de Kitty se reunían libremente, asistían a los cursos, afectaban modales despreocupados con los hombres y paseaban solas en carruaje. Muchas de ellas ya no hacían reverencias, y, lo que era más, grave aún, creían firmemente que a ellas correspondía la elección de marido y no a sus padres.

«¡Ya no se casa una como en otros tiempos!», decían todas esas jóvenes y hasta lo afirmaban las viejas. ¿Cómo se casaban ahora entonces? La princesa no podía averiguarlo, ni nadie la informaba de cómo se había de proceder. Ya no se aceptaba la costumbre francesa por la cual los padres tienen derecho a decidir de la suerte de sus hijos y hasta se criticaba severamente semejante costumbre. Tampoco se admitía el sistema inglés de dejar en completa libertad a las jóvenes. Y se consideraba un resto de barbarie la costumbre rusa de realizar casamientos valiéndose de un intermediario. Todos se burlaban de este sistema y la princesa también, ¿pero cómo hacer entonces para no equivocarse? Nadie lo sabía. Las personas consultadas por la princesa, respondían del mismo modo: «¡Ya es tiempo de renunciar a esas antiguas ideas! Los jóvenes son los que se casan y no los padres; a los primeros corresponde arreglarse como mejor les parezca». Razonamiento muy cómodo para los que no tenían hijos. La princesa comprendía que, permitiendo a Kitty la sociedad de los jóvenes, corría el riesgo de que se enamorase de alguno poco grato a sus padres y que resultara un mal marido o bien que no tuviera intención de casarse. Por más que dijeran, la princesa no era partidaria de dejar a los jóvenes casarse a su capricho, cosa tan imprudente como el dar a niños de cinco años pistolas cargadas para que jueguen. Kitty la preocupaba más de lo que las hermanas de ésta la habían preocupado.

Su temor en este momento era sobre todo que Wronsky se limitara a ser amable. Kitty estaba ciertamente enamorada, ella lo veía; pero la tranquilizaba la creencia de que Wronsky era hombre de honor; sin embargo, reconocía que, debido a la libertad nuevamente admitida en las relaciones sociales, era fácil trastornar a una joven, sin que esa clase de delito pudiera inspirar el menor escrúpulo a un hombre de mundo.

La semana anterior, Kitty había referido a su madre una conversación con Wronsky durante un cotillón, conversación que tranquilizó a la princesa, pero no del todo. Wronsky dijo a su pareja que él y su hermano estaban tan habituados a someterse en todo a la voluntad de su madre, que nada importante emprendían jamás sin consultarla, y añadió que, en aquellos momentos, esperaba su llegada como una felicidad de las mayores.

Kitty refirió eso sin darle importancia mayor, pero la princesa le dio un sentido de conformidad con sus deseos. Sabía que se esperaba a la condesa, y no dudaba de que se alegraría de la elección de su hijo; pero siendo así, ¿por qué temía éste ofenderla declarándose antes de su llegada? A pesar de las contradicciones, esa conversación inspiró confianza a la princesa, quizá porque tanto deseaba acabar con las inquietudes.

Por amarga que fuera para ella la desgracia de su hija mayor, Dolly, que estaba decidida a separarse de su marido, la suerte de su hija menor la absorbía por completo, pues la veía en vísperas de resolverse. Su turbación aumentó con la llegada de Levin. Temía que Kitty, por una delicadeza exagerada, rechazara a Wronsky en memoria del amor que por un momento había sentido por Levin, el regreso del cual le parecía que lo enredaría todo y alejaría el desenlace tan deseado por ella.

—¿Hace mucho que llegó? —preguntó a su hija.

—Ha llegado hoy, mamá.

—Te quiero decir una cosa... —comenzó la princesa, y por el aspecto serio de su rostro Kitty adivinó de qué se trataba.

—Mamá —dijo ésta sonrojándose y volviéndose hacia ella—. no me diga nada, se lo suplico, se lo ruego. Ya sé, todo lo sé.

Participaba de las ideas de su madre, pero los motivos que impulsaban a ésta la ofendían.

—Sólo quiero decirte que, habiendo dado esperanzas al uno...

—¡Mamá, querida mamá, en nombre del Cielo no me diga usted nada, me da miedo hablar de eso!

—No diré nada —respondió la madre, al ver las lágrimas de su hija—. Sólo una palabra, alma mía. Tú me has prometido no tener secretos para mí.

—¡Nunca, nunca los tendré! —exclamó Kitty, mirándola al rostro y ruborizándose—. No tengo nada que decir por ahora. No podría decir nada aunque quisiera, no soy...

«No, con esos ojos no se puede mentir» —pensó la madre sonriendo ante la emoción de Kitty, sin dejar de pensar cuán importante era para la pobrecita lo que pasaba en su corazón.

XIII

Después de comer, cuando anochecía, Kitty sintió algo parecido a lo que siente un joven la víspera de su primer negocio. Le latía el corazón con violencia y era incapaz de reunir ni de coordinar sus ideas.

Esta reunión, en donde se iban a encontrar por primera vez, decidiría de su suerte; era un presentimiento, y en su imaginación veía a sus dos pretendientes a veces juntos y a veces separados. Al pensar en el pasado, sus recuerdos se detenían con gusto, casi con enternecimiento en lo que se refería a Levin; todo le daba un encanto poético. La amistad que éste tuvo con aquel hermano que ella había perdido, amistad que databa de la niñez, la hacían pensar en él con placer y decirse que él la amaba, pues no dudaba de ese amor que la envanecía. Cierto malestar, al contrario, se apoderaba de ella al pensar en Wronsky, en cuyas relaciones comprendía que había algo falso, lo cual se reprochaba, porque Wronsky poseía en alto grado la calma y sangre fría del hombre de mundo, sin dejar de ser siempre amable y natural. En sus relaciones con Levin, todo era claro y sencillo, pero Wronsky le ofrecía perspectivas deslumbradoras y un brillante porvenir, mientras que con Levin lo venidero permanecía envuelto en espesa niebla.

Después de comer, Kitty subió a su cuarto para arreglar su tocado. En pie delante del espejo, vio que estaba bella, y, cosa importante ese día, que gozaba de buena salud y del pleno dominio de sí misma.

Cuando bajaba al salón a eso de las siete y media, un criado anunció: «¡Constantino Dmitrievitch Levin!» La princesa todavía estaba en su cuarto y el príncipe había salido. «Eso es», pensó Kitty, y toda su sangre le afluyó al corazón. Al pasar frente a un espejo, se asustó al verse tan pálida.

No tenía la menor duda de que Levin llegaba tan temprano para encontrarla sola y declararse. De repente la situación se le presentó bajo un nuevo aspecto. Ya no se trataba de ella únicamente ni de saber con quién sería feliz y a quién daría la preferencia; comprendía que pronto sería preciso herir al hombre que amaba y herirle cruelmente: ¿por qué? Porque el pobre muchacho estaba enamorado de ella, ¡pero no era culpa suya! Tenía que suceder así.

—¡Dios mío!, ¿es posible que tenga que hablarle yo misma? ¿Que tenga que decirle que no le quiero? Pero eso no es verdad. Entonces, ¿qué le diré? ¿Que quiero a otro? ¡Es imposible! Lo mejor es huir, sí, me escaparé.

Ya se acercaba a la puerta, cuando oyó sus pasos.

—No, no me iré, eso no es leal —se dijo—. ¿De qué tengo miedo? Yo no he hecho nada malo. ¡Que suceda lo que quiera, diré la verdad! ¡Nada puede intimidarme ante él! ¡Ahí está! —añadió al verle aparecer alto, fuerte y, no obstante, tímido.

Fijó en ella sus ojos brillantes.

Kitty le miró a la cara con un aire que parecía implorar su protección y le tendió la mano.

—Creo que he venido algo temprano —dijo él, recorriendo con la mirada el salón vacío.

Comprendió que no se había equivocado en sus previsiones y que nada le impediría hablar, pero tuvo miedo y el rostro se le ensombreció.

—¡Oh, no! No es temprano —respondió Kitty, sentándose cerca de la mesa.

—Es precisamente lo que yo quería para encontrar a usted sola —empezó él sin sentarse, sin mirarla para no perder valor.

—Mamá llegará dentro de un momento. Se cansó mucho ayer.

Hablaba sin saber lo que decía, sin apartar de él su mirada suplicante y acariciadora, Levin se volvió hacia ella, lo que le hizo ruborizarse y callar.

—Ayer le dije a usted que no sabía si permanecería aquí mucho tiempo y que eso dependía de usted.

Kitty inclinaba la cabeza cada vez más, no sabiendo que respondería a lo que él iba a decir.

—Que eso dependía de usted —repitió él—. Yo quería decir... decir... por eso he venido, que... ¿Querrá usted ser mi esposa? —murmuró sin darse cuenta de lo que estaba diciendo, pero con la sensación de haber hecho ya lo más difícil.

Se detuvo y la miró.

Kitty no levantó la cabeza; respiraba con dificultad y la dicha le inundaba el corazón. Jamás hubiera creído que la declaración de ese amor le causara una impresión tan viva. Pero todo esto no duró más que un momento. Se acordó de Wronsky y, levantando su sincera y límpida mirada hacia Levin, cuyo aspecto de desesperación notó, respondió apresuradamente:

—Eso no puede ser... perdóneme usted.

Un momento antes cuán cerca de él la veía, y lo necesaria que le era para su vida, ¡y de improviso, cuánto se alejaba y qué extraña le parecía!

—¡No podía ser de otro modo! —dijo Levin sin mirarla.

Saludó y quiso marcharse.

XIV

En este momento entró la princesa; al verlos solos y turbados, la contracción de su rostro delató un gran terror. Levin se inclinó ante ella sin decir una palabra. Kitty calló y bajó los ojos. «¡Gracias a Dios, debe de haberle dicho que no!», pensó la madre, y volvió a sus labios la sonrisa con la que recibía a sus amigos los jueves.

Se sentó e hizo diversas preguntas a Levin sobre su vida en el campo. Él también se sentó, esperando poder escabullirse a la llegada de otras personas.

Cinco minutos más tarde, fue anunciada una amiga de Kitty, la condesa Nordstone, que se había casado el invierno último.

Era una mujer flaca, joven, nerviosa y enfermiza, con grandes ojos negros y brillantes.

Quería a Kitty, y su cariño, como el que toda mujer casada siente por una soltera, se manifestaba por un vivo deseo de encontrarle un marido de acuerdo con sus ideas sobre la felicidad conyugal; deseaba casarla con Wronsky. En cuanto a Levin, a quien había visto frecuentemente en casa de los Cherbatzky, no le era simpático, y siempre que lo encontraba tenía gusto en mortificarle.

Hablando de él, decía:

—Me agrada mucho que me mire desde lo alto de su grandeza y que no me honre con sus conversaciones de sabio, porque soy demasiado torpe para que él condescienda a rebajarse hasta mí. Me encanta que no pueda tolerarme.

Tenía razón en cuanto a que Levin no podía sufrirla, y despreciaba en ella todo aquello de que más se gloriaba: su nerviosidad, su indiferencia o su refinado desdén por todo lo que, según ella, era material y grosero.

Entre Levin y la condesa Nordstone se estableció, pues, esa clase de relaciones que con bastante frecuencia se encuentra en la sociedad, por las cuales, dos personas amigas en apariencia, en el fondo se desprecian hasta el punto de que ni siquiera pueden molestarse ya una a otra.

La condesa, al momento, arremetió contra Levin:

—¡Ah! ¡Constantino Dmitritch, ya está usted en nuestra abominable Babilonia! —y le presentó su mano apergaminada.

Así le recordaba que él había llamado Babilonia a Moscú.

—¿Es Babilonia la que se ha convertido o es usted el que se ha corrompido? —añadió mirando a Kitty con aire burlón.

—Me siento lisonjeado, condesa, al ver que usted lleva una cuenta tan exacta de mis palabras —respondió Levin, que, habiendo tenido tiempo de reponerse, volvió al tono agridulce propio de sus relaciones con la condesa—. Es de suponer que mis palabras producen una fuerte impresión en usted.

—¡Sí! ¡Tomo nota de ellas! —y dirigiéndose a Kitty añadió—: ¿Has vuelto a patinar hoy? —y se puso a conversar con su amiguita.

Aunque no fuera de buen tono marcharse en aquel momento, Levin habría preferido cometer este acto de mala crianza al suplicio de tener que permanecer toda la velada viendo a Kitty observarle a hurtadillas y evitando su mirada. Trató de levantarse, pero la princesa lo notó y volviéndose hacia él le dijo:

—¿Piensa usted estar mucho tiempo en Moscú? ¿No es usted juez de paz en su distrito? Eso debe de ser un obstáculo para que se ausente por mucho tiempo.

—No, princesa, he renunciado esas funciones; no he venido más que por unos pocos días.

«Algo le ha pasado —pensó la condesa Nordstone, al examinar el rostro serio y sombrío de Levin—. No se lanza a sus discursos acostumbrados, pero conseguiré hacerle hablar. Nada me divierte tanto como ponerle en ridículo delante de Kitty.»

—Constantino Dmitritch —exclamó—, usted que todo lo sabe explíqueme por favor, ¿cómo es que en nuestras tierras de Kalouga, los campesinos y sus esposas deban cuanto poseen y no quieran pagar las rentas? Usted siempre los alaba, explíqueme eso.

En este momento una mujer penetró en el salón y Levin se levantó.

—Perdone usted, condesa; pero yo no sé nada y no puedo contestar —respondió Levin, fijándose en un oficial que entraba detrás de la dama.

«Debe de ser Wronsky», pensó, y para asegurarse, dirigió una ojeada a Kitty. Ésta tuvo tiempo de ver a Wronsky y de observar a Levin.

Éste, al ver los ojos brillantes de la joven, comprendió que ésta le amaba. Tan claramente lo adivinó, que mejor no lo habría sabido si ella misma se lo hubiera confesado.

¿Quién era ese hombre que ella amaba? Quiso averiguarlo y comprendió que a pesar suyo debía quedarse.

Muchos, en presencia de un rival afortunado, están dispuestos a negar sus cualidades y a no ver más que sus defectos; otros, al contrario, se preocupan de descubrir las ventajas que le procuró el éxito, y con el corazón oprimido no le encuentran más que méritos. Levin era de estos últimos, y pronto descubrió que Wronsky estaba lleno de atractivos y de estimables cualidades que nadie podía desconocer. Moreno, de mediana y bien proporcionada estatura; de rostro simpático, tranquilo y benévolo, todo en él, desde sus cabellos negros muy cortos y su barba afeitada, hasta su uniforme, era sencillo y elegante. Wronsky dejó pasar a la señora que pasaba al mismo tiempo que él, e inmediatamente se aproximó a la princesa y por último a Kitty.

Después de saludar a todas las personas presentes y de cambiar algunas palabras con ellas, se sentó sin haber dirigido la vista a Levin, cuyos ojos no se apartaban de él.

—Permítanme, señores, presentar a ustedes mutuamente —dijo la princesa señalando a Levin—, Constantino Dmitritch Levin y el conde Alejo Cirilovitch Wronsky.

Wronsky se levantó y fue a dar un amistoso apretón de manos a Levin.

—Yo debía, según creo, haber comido con usted este invierno —observó Wronsky con franca y abierta sonrisa—; pero inopinadamente usted se marchó al campo.

—Constantino Dmitritch —exclamó la condesa— desprecia y huye de la ciudad y sus habitantes.

—Veo que mis palabras hacen viva impresión en usted, puesto que las recuerda tan bien —dijo Levin, y al fijarse en que repetía lo que antes había dicho se sonrojó.

Wronsky miró a Levin y la condesa sonrió.

—Entonces, ¿usted vive siempre en el campo? —preguntó—. Debe de ser triste en invierno.

—Cuando uno está ocupado, no; además, uno solo no se fastidia —respondió Levin con cierta brusquedad.

—A mí me gusta el campo —dijo Wronsky, que notó el tono de mal humor de Levin, pero hizo como que no lo advertía.

—Pero, ¿usted no querría vivir allí siempre? —preguntó la condesa.

—No sé, nunca he pasado mucho tiempo en el campo; pero he experimentado una extraña sensación: jamás he echado tanto de menos el campo, la verdadera campiña rusa, como durante el invierno que pasé con mi madre en Niza. Ustedes saben lo triste que es Niza por sí misma. Tampoco Nápoles y Sorrento deben tomarse en fuertes dosis. Allí es donde se recuerda más vivamente a Rusia, sobre todo del campo, se diría que...

Su mirada tranquila y benévola se fijaba ya en Kitty, ya en Levin, al decir todo lo que se le ocurría.

La condesa Nordstone había comenzado a decir algo. Wronsky se detuvo y la escuchó con atención.

La conversación no decayó un momento, y la anciana princesa no tuvo necesidad de sacar sus grandes piezas de artillería: el servicio obligatorio y la educación clásica que reservaba para el caso de un silencio prolongado. La condesa no encontró siquiera la oportunidad de mortificar a Levin.

Éste quería tomar parte en la conversación general sin poderlo conseguir. A cada instante se decía: «Ahora puedo marcharme», y, sin embargo, se quedaba como si aguardase algo.

Se habló de mesas giratorias y de espíritus, y la condesa, que creía en el espiritismo, se puso a contar las maravillas que había presenciado.

—Condesa, ¡en nombre del Cielo!, hágame usted ver eso. Jamás he logrado ver nada extraordinario, por muy buena voluntad que haya puesto —exclamó Wronsky sonriendo.

—Muy bien, tendremos una sesión el sábado próximo —respondió la condesa. Y usted, Constantino Dmitritch, ¿cree en el espiritismo?

—¿Por qué me lo pregunta usted? Ya sabe usted lo que he de contestarle.

—Quería saber su opinión.

—Mi opinión es que las mesas giratorias prueban cuán poco ha progresado la buena sociedad, que en materia de creencias se halla al nivel de nuestros campesinos. Éstos creen en el *mal de ojo*, en el sortilegio, en las metamorfosis, y nosotros...

—Entonces, ¿usted no cree?

—No puedo creer, condesa.

—¿Y si le digo que yo misma lo he visto?

—Los campesinos también dicen que han visto al *damavoi*.

—Según eso, ¿usted opina que miento? —y se echó a reír alegremente.

—Pero no, María, Constantino Dmitritch dice simplemente que no cree en el espiritismo —interrumpió Kitty enrojeciendo por Levin.

Éste comprendió su intención e iba a contestar cuando Wronsky intervino y con su amable sonrisa volvió a llevar la conversación a los límites de la cortesía que amenazaba rebasar.

—¿Usted no admite la posibilidad? —preguntó Wronsky—. ¿Por qué? Admitimos, sin embargo, la existencia de la electricidad, que tampoco sabemos lo que es. ¿Por qué no podría existir una nueva fuerza desconocida hasta hoy, que...?

—Cuando se descubrió la electricidad —interrumpió Levin con viveza— no se vieron más que los fenómenos, sin conocer la causa que los producía, ni de dónde provenían; pasaron siglos antes de pensar en la aplicación. Los espiritistas, por el contrario, comenzaron por hacer escribir a las mesas y a evocar espíritus, y hasta mucho más tarde no se empezó a hablar de una fuerza desconocida.

Wronsky escuchaba atentamente, como siempre, y parecía que le interesasen esas palabras.

—Sí, pero los espiritistas dicen: «Ignoramos lo que es esta fuerza, aunque haciendo constar que existe y que obra en determinadas condiciones; a los sabios toca investigar en qué consiste». ¿Por qué, en efecto, no podría existir una fuerza nueva si...?»

—¿Por qué? —interrumpió Levin—. Siempre que usted frota lana contra resina, se produce electricidad como efecto cierto y conocido, mientras que el espiritismo no produce ningún resultado previsto; por consiguiente, sus efectos no pueden ser considerados como fenómenos naturales.

Wronsky, al notar que la conversación iba tomando un carácter demasiado serio para un salón, no respondió, y, a fin de cambiar el tema, dijo alegremente a las señoras:

—¿Por qué no hacemos un ensayo en el acto, condesa?

Pero Levin quería llegar al fondo de su demostración y prosiguió:

—La pretensión de los espiritistas de explicar sus milagros por una nueva fuerza, creo que no puede tener buen éxito. Sostienen que hay una fuerza sobrenatural y la quieren someter a una prueba material.

Todos esperaban que acabara de hablar, y él lo comprendió.

—Por lo que a mí toca, creo que usted sería un excelente médium —dijo a Levin la condesa—. ¡Usted, que en todo pone tanto entusiasmo!

Levin hizo un movimiento con los labios como para responder, pero no dijo nada y se sonrojó.

—¡Vamos, señoras, pongamos las mesas a prueba! —exclamó Wronsky—. ¿Nos permite usted, princesa?

Y Wronsky se levantó buscando con los ojos una mesa.

Kitty también se levantó, y su mirada encontró la de Levin. Le compadecía, pues tenía conciencia de ser causa de su dolor. Su mirada decía: «Si usted puede, perdóneme, ¡soy tan dichosa!» ¡La mirada de Levin contestaba: «¡Aborrezco al mundo entero, y a usted y a mí mismo!»

Mientras decía esto entre sí buscaba su sombrero.

La suerte volvió a serle contraria: apenas los demás se instalaban alrededor de las mesas y él se disponía a salir, cuando el anciano príncipe entró y, después de saludar a las señoras, se apoderó del brazo de Levin, exclamando con alegría:

—¡Ah! No sabía que estabas aquí. ¿Desde cuándo? ¡Encantado de verte!

El príncipe unas veces hablaba de tú a Levin, otras de usted. Le tomó del brazo sin hacer caso de Wronsky, que se encontraba en pie detrás de Levin, esperando tranquilamente que el príncipe le viera para saludarle.

Kitty pensó que la simpatía de su padre debía parecer dura a Levin después de lo que había pasado; también notó que el viejo príncipe respondía con frialdad al saludo de Wronsky. Éste, sorprendido de acogida tan glacial, parecía preguntarse sin perder su buen humor: ¿Cómo era posible que no estuviesen amistosamente predispuestos en favor suyo?

—¡Príncipe, devuélvanos a Constantino Dmitritch! —dijo la condesa—; queremos hacer un ensayo.

—¿Qué ensayo? ¿El de hacer girar las mesas? Pues bien, ustedes me excusaran, señoras y señores; pero a mi parecer, el juego del «Hurón» sería más divertido.

Al decir esto, miraba a Wronsky porque adivinó que era el autor de este pasatiempo, y agregó:

—Al menos el «Hurón» tiene algún sentido común.

Wronsky levanto los ojos, admirado, hacia el príncipe. y, ligeramente sonriente, se volvió hacia la condesa Nordstone, con la cual habló del baile de la semana próxima. En seguida preguntó a Kitty:

—¿Espero que usted irá?

Tan pronto como el príncipe le dejó libre, Levin pudo escapar. La impresión que le quedó de esta velada fue el rostro sonriente y dichoso de Kitty, al contestar a Wronsky respecto al baile.

XV

Aquella misma noche Kitty contó a su madre lo que había pasado entre ella y Levin. A despecho de lo que sentía por haberle entristecido, no dejaba de sentirse lisonjeada de que la hubiese pedido en matrimonio y aunque convencida de haber obrado bien, pasó gran parte de la noche sin poder conciliar el sueño.

Lo que más la impresionaba era el recuerdo de Levin, en pie junto al príncipe, fijando en ella y en Wronsky una mirada sombría y desolada. Los ojos se le llenaron de lágrimas. Pero luego, pensando en el que le reemplazaba, vio en su imaginación el rostro varonil y firme, su tranquilidad llena de distinción y su aspecto bondadoso; recordó el amor que le manifestaba y la alegría se apoderó de su alma. Posó de nuevo la cabeza sobre la almohada, sonriendo a su dicha.

—¡Es triste, muy triste!, pero yo no lo puedo remediar, ¡no es culpa mía! —se decía; mas una voz interior le repetía lo contrario.

¿Debía ella reprocharse el haber atraído a Levin o el haberle rechazado? No lo sabía; lo que sí sabía era que su felicidad no carecía de espinas.

—¡Señor, ten piedad de mí! ¡Señor, compadécete de mí! —repetía hasta que se quedó dormida.

Durante ese tiempo en el gabinete del príncipe tenía lugar una de esas escenas muy frecuentes entre los dos esposos respecto a su hija favorita.

—¿Lo que hay? ¡He aquí lo que hay! —gritaba el príncipe levantando los brazos a pesar de las preocupaciones que le producían los faldones de su bata forrada—. Usted carece de orgullo y de dignidad, usted pierde a su hija con ese modo bajo y ridículo de buscarle un marido.

—Pero, ¡en nombre del Cielo, príncipe! ¿Qué es lo que he hecho? —decía la princesa casi llorando.

Había ido a dar las buenas noches a su marido como de costumbre, muy satisfecha de su conversación con Kitty y, sin decir una palabra de la solicitud de Levin, se permitió acudir al proyecto de casamiento con Wronsky, que ella consideraba como cosa decidida, tan pronto como llegara la condesa. En aquel momento el príncipe estaba enojado y la había agobiado con duras palabras.

—¿Lo que usted ha hecho? En primer lugar, usted atrajo a un novio, lo cual será la comidilla de todo Moscú, y con razón. Si usted quiere dar *soirées*, délas, pero invite a todo el mundo y no únicamente a los pretendientes elegidos por usted. Convide a todos esos boquirrubios (así llamaba a los jóvenes de Moscú); haga usted venir a un arañador de piano, y que baile; pero, ¡por Dios!, ¡no concierte usted entrevistas como la de esta noche! Me desagrada ver eso, y usted ha logrado lo que deseaba: usted ha enloquecido a la chiquilla. Levin vale mil veces más que ese mequetrefe de San Petersburgo, hecho a máquina como sus semejantes: todos están cortados por el mismo patrón y todos son hombres artificiales. Y aunque fuera un príncipe heredero, mi hija no tiene necesidad de buscar a nadie.

—Pero yo, ¿qué culpa tengo?

—¿Qué culpa...? —gritó el príncipe enfurecido.

—Ya sé que escuchándote, no casaríamos jamás a Kitty. ¡tanto valdría marcharnos al campo!

—Eso sería lo mejor, efectivamente.

—Pero escúchame, yo no hago ninguna insinuación, no hago nada para atraerle. Pero si un hombre joven, buen mozo, enamorado, y que ella también...

—¡Eso es lo que a usted le parece! ¿Y si resulta que ella se enamora de él, y él piensa tanto en casarse como yo en meterme fraile? Quisiera no tener ojos para no ver esto. Y el espiritismo, y Niza, y el baile... (aquí el príncipe, tratando de imitar a su esposa, acompañaba cada palabra con una reverencia), estaremos muy orgullosos de haber hecho desgraciada a nuestra Catalina, y que a ella se le haya metido en la cabeza...

—Pero, ¿por qué piensas eso?

—No lo pienso, lo sé; para eso nos sirven los ojos a los hombres; las mujeres no ven nada. Por un lado veo a un hombre cuyas intenciones son serias, es Levin; por el otro, un lindo pájaro como ese señor, que no quiere más que divertirse...

—¡Esas son tus ideas!

—Te acordarás de ellas; pero demasiado tarde, desgraciadamente, como ocurrió con Dachinña.

—Bueno, no hablemos más —exclamó la princesa, porque el recuerdo de la pobre Dolly la detuvo al instante.

—¡Tanto mejor, buenas noches!

Los esposos se besaron haciéndose mutuamente la señal de la cruz, según costumbre; pero cada cual aferrado a su opinión, se separaron.

La princesa, tan persuadida poco antes de que la suerte de Kitty había quedado decidida en la última velada, sintió vacilar esa seguridad por las palabras de su esposo. Ya en su cuarto, y pensando aterrorizada en este desconocido porvenir, hizo como Kitty; repitió muchas veces de todo corazón: ¡Señor, ten piedad de nosotros! ¡Señor, ten piedad de nosotros!

XVI

Wronsky no había conocido nunca la vida de familia. Su madre, mujer de mundo, muy brillante en su juventud, tuvo, durante su casamiento, y especialmente después, aventuras románticas de las cuales se habló mucho. Wronsky no conoció a su padre y se educó en el cuerpo de pajes.

Apenas terminó sus estudios brillantemente en la escuela, de donde salió con el grado de oficial, hizo su entrada en el círculo militar más solicitado de San Petersburgo. Aunque a veces asistía a las reuniones del gran mundo, nada en ellas atraía su corazón. En Moscú experimentó, por primera vez, el encanto de la sociedad familiar de una joven de la alta sociedad, amable, ingenua y de la cual se sentía amado. Ese contraste con la vida lujosa pero grosera de San Petersburgo, le encantó, y no tuvo la menor idea de que pudiese haber algún inconveniente en sus relaciones con Kitty. En el baile, la invitaba con preferencia, iba a casa de sus padres y conversaba con ella de naderías, como se acostumbra en sociedad; lo que él le decía podía oírlo cualquiera, y, sin embargo, comprendía que esas frivolidades tomaban una significación particular al dirigirse a ella, y que de día en día le era más caro el vínculo que iba uniéndole a ella. Lejos de suponer que esta conducta pudiese ser calificada como una tentativa de seducción, sin intención de casarse, únicamente se imaginaba haber encontrado un placer nuevo y gozaba de este descubrimiento.

¡Grande habría sido su sorpresa al saber que haría desgraciada a Kitty si no se casaba con ella! No lo habría creído. ¿Cómo era posible admitir que esas encantadoras relaciones pudiesen ser peligrosas, y sobre todo que le obligaran a casarse? Jamás había pensado en la posibilidad del matrimonio. No solamente no comprendía la vida en familia, sino que, a su modo de ver de célibe, la familia, y particularmente el marido, formaban parte de una raza extraña, enemiga, y, sobre todo, ridícula. Aunque Wronsky no sospechara nada en absoluto de la conversación a que había dado lugar aquella tarde, salió de casa de los Cherbatzky con la sensación de haber estrechado más el misterioso vínculo que le unía a Kitty, por lo que le era preciso tomar una resolución; pero, ¿cuál?

—Lo más encantador es —se dijo al regresar a su casa impregnado de un sentimiento de frescura y de pureza, que tal vez provenía de no haber fumado en toda la tarde—, lo que hay más encantador es que, sin que ninguno de los dos pronunciemos una palabra, nos comprendemos tan bien en el lenguaje mudo de las miradas y por el tono de voz, que hoy, más claramente que nunca, me ha dicho que me quería. ¡Qué amable, qué sencilla y, sobre todo, qué confiada ha estado! Eso me hace mejor; ¡siento que hay corazón y algo bueno en mí!, ¡aquellos lindos ojos enamorados! ¿Y luego, después? Nada, eso me causa placer y a ella también; eso es todo.

En seguida reflexionó cómo podría acabar la noche. ¿En el club? ¿Jugar una partida de *bersigne*, y tomar *champagne* con Ignatin? No. ¿Al *Chateau des Fleurs*, para ver a Oblonsky, oír coplas y ver bailar el *cancan*? No, es fastidioso.

—Precisamente lo que me gusta de casa de los Cherbatzky es que de allí salgo mejor. Regresaré al hotel.

En efecto, marchóse a su cuarto en casa de Dussaux, se hizo servir la cena, se acostó y apenas dejó caer la cabeza sobre la almohada, se durmió profundamente.

XVII

A las once de la mañana del día siguiente, Wronsky fue a la estación de San Petersburgo a esperar a su madre, que debía llegar en el tren de esa hora, y la primera persona que encontró al subir la escalera, fue a Oblonsky, que venía a recibir a su hermana.

—¡Buenos días, conde! —le gritó Esteban—; ¿a quién vienes a buscar?

—A mi madre —y habiéndole estrechado la mano, subió la escalera junto con Oblonsky.

—Debe llegar hoy de San Petersburgo —añadió.

—¡Y yo que te esperé hasta las dos de la mañana! ¿Adónde fuiste al salir de casa de los Cherbatzky?

—Me marché a mi casa. A la verdad no tenía deseo de ir a ninguna parte, tan agradable me pareció el rato que pasé en casa de los Cherbatzky.

—Por la marca conozco a los caballos espantadizos, y a los enamorados por los ojos —dijo a Wronsky, como a Levin la víspera.

Wronsky sonrió sin defenderse, pero pronto cambió de conversación.

—¿Y a quién vienes a esperar? —preguntó.

—¿Yo? Vengo a esperar a una mujer muy bonita.

—¿De veras?

—*Homni soit qui mal y pense*; esta bonita mujer es mi hermana Ana.

—¡Ah! ¿La señora Karenin? —preguntó Wronsky.

—Ciertamente, creo que tú la conoces.

—Me parece que sí. Pero tal vez me equivoque.

Ese nombre de Karenin evocaba en Wronsky el recuerdo de una persona fastidiosa y afectada.

—Pero, al menos, ¿habrás oído nombrar a mi célebre cuñado, Alejo Alejandrovitch, conocido en el mundo entero?

—Le conozco de nombre y de vista. Sé que está lleno de sabiduría y de ciencia; pero ya sabes que no es eso lo que a mí me gusta, no es de mi cuerda, *not in my line* —dijo Wronsky.

—Sí, es un hombre notable, algo conservador, pero famoso —replicó Esteban Arcadievitch—; un hombre famoso.

—Pues tanto mejor para él —dijo Wronsky sonriendo—. ¡Ah, ya estás aquí! —exclamó al ver en la puerta de entrada al viejo criado de su madre—; ven por aquí.

Además del placer que Wronsky sentía al ver a Esteban Arcadievitch, placer común a muchos, hacía algún tiempo que experimentaba un gusto particular en encontrarse con él, porque para Wronsky era como aproximarse a Kitty. Le tomó, pues, del brazo y le dijo alegremente:

—¿Está convenido que el domingo próximo daremos una cena a la *diva*?

—Sí, por cierto; estoy haciendo una suscripción. Dime: ¿te presentaron anoche a mi amigo Levin?

—Sin duda, pero estuvo poco.

—Es un buen muchacho, ¿verdad?

—Yo no sé por qué, todos los moscovitas, exceptuando los presentes —dijo Wronsky en broma—, tienen algo de incisivo; siempre están irritados, se enfadan y parecen hallarse constantemente dispuestos a dar lecciones a la gente.

—Es bastante exacta la observación —respondió Esteban Arcadievitch riendo.

—¿Llega el tren? —preguntó Wronsky a un empleado.

—Ha salido de la última estación —contestó el interrogado.

El movimiento de la estación —que aumentaba—, las idas y venidas de los *artelchiks*, la llegada de guardias y de empleados superiores, la multitud de personas que esperaban a viajeros, todo indicaba la proximidad del tren. El tiempo era frío, y a través de la niebla se veían obreros vestidos de invierno que atravesaban en silencio los entrecruzados rieles de la vía. Ya se oía el estridente pitido del pesado monstruo que avanzaba pesadamente.

—No —continuó Arcadievitch, que tenía ganas de contar a Wronsky lo que Levin sentía por Kitty—. No, tú eres injusto con respecto a mi amigo: es un hombre muy nervioso, por lo que a veces puede ser desagradable; pero puede, en cambio, también ser encantador. Ayer tenía motivos particulares que podían hacerle muy feliz o muy desgraciado —añadió con una sonrisa muy significativa, olvidando por completo su simpatía de la víspera por su amigo, debido a la que Wronsky le inspiraba en aquel momento.

Éste se detuvo y preguntó sin rodeos:

—¿Quieres decir que ha pedido la mano de tu cuñada?

—Bien puede ser, así me pareció ayer tarde, y puesto que se marchó temprano y de mal humor, es seguramente porque habrá dado ese paso. Hace tanto tiempo que está enamorado, que me da lástima.

—¿De veras? Yo creo, sin embargo, que ella puede pretender a un partido mejor.

Al decir esto, Wronsky se enderezó y se puso a andar, añadiendo:

—No conozco a tu amigo; ¡pero, en efecto, debe ser una situación desagradable! Por eso muchos se contentan con las que se venden caro; al menos con ésas si uno no es aceptado, sólo se le echa la culpa al bolsillo. ¡Allí está el tren!

Efectivamente era el tren. El andén de espera tembló y la locomotora, arrojando por delante de ella los vapores más pesados por el frío, ya fue visible. Se veía la biela de la rueda central avanzar y retroceder con lentitud acompasada; el maquinista, arrebujado y cubierto de escarcha, hizo un saludo a la estación; detrás del ténder apareció el vagón de equipajes, que hizo temblar el muelle con más fuerza todavía; un perro gruñía en su jaula; por último llegaron los vagones de los pasajeros, que al detenerse el tren sufrieron una ligera sacudida.

Un conductor, de aspecto desenvuelto con pretensiones de elegancia, saltó del vagón dando un silbido; detrás de él descendieron los viajeros más impacientes: un oficial de la guardia, un modesto mercader atareado y sonriente con un saco cruzado al hombro, y un campesino con una mochila.

Wronsky, al lado de Oblonsky, observaba el espectáculo sin acordarse de su madre. Estaba lleno de emoción y de alegría por lo que había sabido con relación a Kitty. Se erguía y le brillaban los ojos al considerarse victorioso. El conductor se le acercó y le dijo:

—La condesa Wronsky está en este coche.

Estas palabras le despertaron y le hicieron pensar en su madre y en su próxima entrevista. Sin confesárselo a sí mismo, no respetaba mucho a su madre y no la quería; pero su educación y los deberes de sociedad no le permitían admitir que hubiera la más pequeña falta de consideración y deferencia en sus relaciones con ella.

Cuanto menos cariño sentía por ella, más exageraba las apariencias de amor y de consideración.

XVIII

Wronsky siguió al conductor: al entrar en el vagón, se detuvo para dejar paso a una dama que salía, y, con el tacto de un hombre de mundo, comprendió que pertenecía a la mejor sociedad. Después de excusarse, iba a seguir su camino cuando, involuntariamente, se volvió para mirarla otra vez no por su belleza, su gracia o su elegancia, sino debido a que la amable expresión de su rostro le pareció dulce y cariñosa.

En el momento que la miraba ella volvió la cabeza. Sus ojos grises, que lo espeso de las pestañas hacían parecer negros, le dirigieron una mirada amistosa y benévola. como si se tratara de un conocido, y en seguida pareció como si buscase a alguien entre la multitud. Por rápida que fuese esa mirada, bastó a Wronsky para observar en su fisonomía una viveza reprimida que se revelaba con la media sonrisa de sus labios frescos y por la expresión animada de sus ojos. Había en ella como un exceso de juventud y de alegría, que trataba de disimular; pero, sin darse cuenta, el relámpago cubierto de sus ojos aparecía en su sonrisa.

Wronsky entró en el vagón. Su madre, una anciana peinada con pequeños bucles, con ojos negros que parpadeaban, le recibió sonriéndole con sus finos labios. Se levantó, entregó a su doncella el maletín que llevaba y tendiendo a su hijo su manita seca, que él besó, le puso sus labios en la frente.

—¿Recibiste mi telegrama? ¿Te encuentras bien? ¡Gracias a Dios!

—¿Ha hecho usted un buen viaje? —preguntó el hijo sentándose junto a ella, pero poniendo atención a una voz de mujer que hablaba cerca de la puerta; sabía que era la de la señora que poco antes encontró.

—No soy de esa opinión —decía la voz.

—Es el punto de vista de San Petersburgo, señora.

—De ningún modo es un punto de vista femenino.

—Pues bien, permítame usted besarle la mano.

—Hasta la vista, Ivan Petrovitch; vea usted dónde está mi hermano y envíemelo —dijo la señora, y volvió a entrar en el vagón.

—¿Encontró usted a su hermano? —le preguntó la señora Wronsky.

Wronsky, hasta entonces, no había reconocido a la señora Karenina, a quien dijo:

—Su hermano de usted está aquí. Dispénseme usted, señora, por no haberla conocido; he tenido tan rara vez el honor de encontrar a usted, que estoy seguro de que ya no se acuerda de mí.

—Sí me acuerdo, y siempre le hubiera reconocido, porque su señora madre y yo no hemos hablado más que de usted en todo el viaje —y la alegría que había tratado de contener iluminó su rostro—. ¡Pero mi hermano no viene!

—Ve a llamarle, Alejo —dijo la anciana condesa.

Wronsky salió del vagón y gritó:

—¡Oblonsky, por aquí!

Ana Karenina, al ver a su hermano, no esperó a que llegara, salió del vagón, corrió hacia Oblonsky y, con un movimiento lleno de gracia y de energía, le echó los brazos al cuello y le abrazó estrechamente.

Wronsky no dejaba de mirarla y sonreía sin saber por qué.

Luego recordó que su madre le esperaba y volvió al vagón.

—¿Verdad que es encantadora? —preguntóle la condesa—. Su marido me la confió, lo que ha sido un placer para mí. Hemos charlado durante todo el viaje. Bueno, ¿y tú? Dicen que... usted se ocupa en conjugar el dulce verbo. ¡Tanto mejor, querido, tanto mejor!

—No sé a qué se refiere usted, mamá —respondió el hijo con frialdad—. ¿Salimos?

En aquel momento Ana Karenina entró a despedirse de la condesa.

—Condesa, usted encontró a su hijo y yo a mi hermano. Yo había agotado ya todas mis historias, y si el viaje dura más no habría sabido qué contarle.

—No importa; con usted daría yo la vuelta al mundo sin fastidiarme. Usted es una de esas mujeres con las que se puede hablar o callarse agradablemente. En cuanto a su hijo, no piense en él, se lo ruego; es imposible no separarse nunca.

Los ojos de Ana Karenina sonreían mientras escuchaba inmóvil. La condesa explicó a su hijo.

—Ana Arcadievna tiene un niño de unos ocho años; nunca se ha separado de él y la entristece haberle dejado solo.

—Hemos conversado constantemente de nuestros hijos. La condesa hablaba del suyo y yo del mío —contestó la señora Karenina dirigiéndose a Wronsky con una sonrisa acariciadora que iluminó su rostro.

Éste le devolvió el ataque en seguida en aquel pequeño asalto de coquetería y repuso:

—Eso debe de haber sido muy fastidioso para usted.

Ella no continuó en el mismo tono y, volviéndose a la vieja condesa dijo:

—Mil gracias; el día de ayer ha pasado con demasiada rapidez. Hasta la vista, condesa.

—Adiós, querida —respondió la condesa—. Déjeme usted besar su lindo rostro y decirle sencillamente, como lo puede hacer una anciana, que usted me ha conquistado.

Por trivial que fuera esta frase, hizo impresión en Ana Karenina, que se sonrojó, e inclinándose un poco presentó su rostro a la condesa.

En seguida tendió la mano a Wronsky con esa sonrisa que parecía pertenecer tanto a sus ojos como a sus labios. Wronsky estrechó esa manita, feliz, como cosa extraordinaria, al sentir su presión firme y enérgica.

Ana Karenina se alejo rápidamente.

—¡Encantadora! —quedó diciendo la condesa.

El hijo era de la misma opinión, y la siguió con la vista mientras pudo distinguir su elegante silueta. La vio aproximarse a su hermano, tomarle por el brazo y hablarle con animación. Era claro que lo que decía no tenía nada que ver con él, y esto no dejaba de ser una contrariedad para Wronsky.

—Y bien, mamá, ¿usted sigue perfectamente buena? —preguntó a su madre volviéndose hacia ella.

—Muy bien. Alejandro ha estado encantador, Wasia ha embellecido mucho y tiene un aire muy interesante.

Luego habló de lo que más le interesaba: del bautismo de su nieto, objeto de su viaje a San Petersburgo, y de la bondad del emperador para con su hijo primogénito.

—Allí viene Lorenzo —dijo Wronsky al ver al viejo criado—. Vámonos, ya no hay mucha gente.

Dio el brazo a su madre, mientras que el criado, la doncella y el portero, cargaban con el equipaje. Al salir del vagón, vieron correr a varios hombres, seguidos del jefe de estación hacia la parte trasera del tren.

Una desgracia había acaecido y todos corrían en la misma dirección.

—¿Qué hay? ¿Dónde? ¿Qué cayó? ¿Está aplastado? —se oía decir.

Esteban Arcadievitch y su hermana habían regresado también, y, muy conmovidos, se mantenían cerca del vagón para evitar que los atropellara el gentío.

Las señoras volvieron a entrar en el vagón, mientras Wronsky y Arcadievitch se informaban de lo que había ocurrido.

Un hombre perteneciente a una cuadrilla de obreros de la estación, ebrio o con la cabeza demasiado entapujada a causa del frío, no oyó el retroceso del tren y había sido aplastado.

Las señoras supieron esta desgracia antes del regreso de Wronsky y Oblonsky, quienes vieron el cadáver desfigurado. Oblonsky, todo trastornado, casi lloraba.

—¡Qué cosa más espantosa! ¡Si le hubieras visto, Ana!

Wronsky callaba; su simpático rostro estaba serio, pero absolutamente tranquilo.

—¡Ah, condesa! Si le hubiera usted visto —añadió Oblonsky—, y su esposa está allí ¡Es terrible! Se arrojó sobre el cuerpo de su marido. Dicen que él solo era el sostén de una familia numerosa. ¡Qué horror!

—No sé, ¿podría hacer algo por ella? —murmuró Ana Karenina.

Wronsky la miró, y volviéndose hacia la condesa, dijo:

—Vuelvo en seguida, mamá —y salió del vagón.

Cuando al cabo de pocos minutos regresó, Arcadievitch hablaba ya a la condesa de la nueva cantante, y la condesa miraba impaciente del lado de la puerta.

—Vámonos ahora —exclamó Wronsky.

Salieron todos juntos. Wronsky por delante con su madre, y tras ellos, Ana Karenina y su hermano. Los alcanzó el jefe de la estación, que deseaba decir algo a Wronsky.

—¿Usted ha entregado doscientos rublos al segundo jefe de la estación? Sírvase usted decir, señor, en qué se debe emplear.

—Es para la viuda respondió Wronsky encogiéndose de hombros—. ¿A qué esa pregunta?

—¿Usted ha dado eso? —le gritó Oblonsky por detrás, y apretando el brazo de su hermana —añadió—: ¡Muy bien, muy bien! ¿Verdad que es un joven encantador? Doy a usted la enhorabuena, condesa.

Y se detuvo con su hermana, buscando a la doncella de ésta.

Cuando salieron de la estación, el carruaje de Wronsky había partido. Todos hablaban de la desgracia ocurrida.

Al pasar cerca de ellos, un señor iba diciendo:

—¡Qué muerte tan horrible! Dicen que el tren lo dividió.

—¡Al contrario! ¡Qué hermosa muerte! Fue instantánea.

—¿Cómo es que no se toman más precauciones? —preguntó.

Ana Karenina subió al coche, y su hermano notó con sorpresa que le temblaban los labios y que se esforzaba por contener las lágrimas.

—¿Qué te pasa, Ana? —le preguntó.

—Es un mal presagio.

—¡Qué locura! Ya estás aquí, eso es lo importante. No tienes idea de cuanto espero de tu visita.

—¿Hace mucho que conoces a Wronsky?

—Sí, has de saber que tenemos esperanza de que se case con Kitty.

—¿De veras? Ahora hablemos de ti —añadió ella moviendo la cabeza como esforzándose por alejar una idea penosa que la importunaba—. Hablemos de tus asuntos. Recibí tu carta y aquí me tienes.

—Sí, en ti está toda mi esperanza.

—Entonces, cuéntamelo todo.

Arcadievitch comenzó su narración.

Al llegar a su casa hizo bajar del coche a su hermana, y después de estrecharle la mano suspirando, se retiró a sus ocupaciones.

XIX

Cuando entró Ana, Dolly se hallaba sentada en su saloncito ocupada en hacer leer francés a un hermoso muchacho gordo y de cabello rubio, que era el vivo retrato de su padre.

El niño, mientras leía, trataba de arrancar de su chaqueta un botón ya flojo. Varias veces su madre le había reñido por esto, pero la manita regordeta volvía siempre al desgraciado botón; fue preciso arrancarlo del todo y guardarlo.

—¡Ten las manos quietas, Grisha! —decía la madre, volviendo a hacer punto en un cobertor cuya labor hacía tiempo que duraba y al que volvía en los momentos difíciles.

Trabajaba de un modo nervioso, ajustando las mallas y contando los puntos. Aunque la víspera había dicho a su marido que no le importaba la llegada de su hermana, no por eso había dejado de disponerlo todo para recibirla.

Absorta, abatida por el dolor, Dolly, sin embargo, no olvidaba que su cuñada Ana estaba casada con un importante personaje oficial y era una gran señora de San Petersburgo.

—Al fin y al cabo, Ana no es culpable —se decía—, nada sé de ella que no sea en favor suyo, y nuestras relaciones han sido siempre buenas y afectuosas.

No obstante, el recuerdo que tenía del hogar de los Karenin no le era agradable. Había creído descubrir algo falso en la vida que llevaban.

Pero, ¿por qué no recibirla? Con tal de que no quiera meterse a consolarme. ¡Ya conozco todas esas resignaciones y esos consuelos cristianos, y sé lo que valen!

Dolly había pasado los últimos días sola con sus hijos; no quería comunicar a nadie sus sufrimientos, y, sin embargo, tampoco se sentía con fuerza para conversar de cosas indiferentes. Ahora sería preciso franquearse con Ana, y unas veces se alegraba de poder decir todo lo que la embargaba el alma, y otras sufría por tener que someterse a semejante humillación ante una hermana de él, a la que tendría que aguantar todos sus raciocinios y consejos.

A cada instante esperaba ver entrar a su cuñada y no apartaba los ojos del reloj. Pero, como siempre sucede en estos casos, se distrajo, no oyó que llamaban, y cuando el ruido de ligeros pasos y el roce de un vestido junto a la puerta la hicieron levantar la cabeza, su fatigado rostro expresó admiración y no placer.

—¡Cómo!, ¿ya estás aquí? —exclamó adelantándose a besarla.

—¡Dolly, cuánto me alegro de verte!

—¡Yo también tengo mucha alegría! —respondió Dolly con débil sonrisa, tratando de adivinar, por la expresión del rostro de Ana, lo que ésta podía saber—. Todo lo sabe —pensó, al observar la compasión que se pintó en sus facciones—. Ven, te voy a acompañar a tu cuarto —continuó, tratando de alejar el momento de una explicación.

—¿Es Grisha éste? ¡Dios mío, cuánto ha crecido! —y besó al niño poniéndose encarnada—. Permíteme que me quede aquí.

Se quitó el chal y, sacudiendo la cabeza con gracia, retiró su sombrero, que se había enredado con sus cabellos negros rizados.

—Te veo brillante de felicidad y de salud —dijo Dolly casi con envidia.

—¿Yo? Sí, Dios mío, Taina, ¿eres tú? ¿La contemporánea de mi pequeño Sergio? —y se volvió hacia la chiquilla que entraba corriendo.

Le tomó la mano y la besó.

—¡Qué niña tan encantadora! ¡Pero quiero verlos a todos!

No solamente se acordaba del nombre y de la edad de cada uno de los niños, sino también de su carácter y de las pequeñas enfermedades que había padecido, lo cual conmovió a Dolly.

—Pues bien, vamos a verlos; pero Wasia está durmiendo, ¡qué lástima!

Después de haber visto a los niños volvieron al salón solas. El café estaba servido. Ana se sentó delante de la mesa. Después dirigiéndose a su cuñada, le dijo:

—Dolly, Stiva me ha hablado.

Dolly la miró con frialdad; esperaba alguna frase de falsa simpatía, pero Ana no pronunció ninguna.

—Dolly, querida mía, no puedo hablarte en su favor, ni consolarte: es imposible; pero, querida amiga, me causas pena, ¡una pena profunda!

Las lágrimas le empañaban los ojos; se acercó a su cuñada, y con su manita firme se apoderó de la de Dolly, quien, a pesar de su aire frío y áspero, no la rechazó.

—Nadie —respondió— me puede consolar, todo ha acabado para mí.

Al decir esas palabras, la expresión de su rostro se había calmado un poco. Ana lleva a sus labios la enflaquecida mano que tenía en la suya.

—Pero, Dolly, ¿qué vamos a hacer?

—Todo ha concluido; ya no me queda nada por hacer; porque lo peor es, compréndeme bien, sentirme encadenada por los niños. No puedo separarme de ellos, y vivir con él es imposible; sólo el verle ya es un tormento.

—Dolly, mi querida Dolly, él me ha hablado, pero yo quisiera oírte a ti también. Cuéntamelo todo.

Dolly la miró con aire interrogador. En los ojos de Ana se leían afecto y simpatía muy sinceros.

—Sí, sí, con mucho gusto —respondió Dolly—. Pero te lo contaré todo, desde el principio. ¿Sabes cómo me casé? La educación que me dio mamá no solamente conservó mi inocencia, sino que me hizo absolutamente tonta. Yo no sabía nada. Dicen que los maridos cuentan su pasado a sus esposas, pero Stiva... —luego se arrepintió de llamarle Stiva y dijo—: Esteban Arcadievitch nunca me contó nada. No me creerás, pero hasta ahora yo no había sospechado que él hubiera conocido otra mujer que yo. ¡Así he vivido por espacio de ocho años! No solamente no suponía ninguna infidelidad en él, sino que creía imposible semejante cosa. Con semejantes ideas, ya puedes figurarte lo que sentí al saber de repente ese horror... esa villanía. Creer en que era feliz tan ingenuamente y... —continuó Dolly, tratando de contener sus sollozos— y recibir una carta de él, una carta de él a su manceba, la institutriz de mis hijos... ¡No, eso es demasiado cruel!

Se cubrió el rostro con su pañuelo y después prosiguió:

—Yo habría podido aún admitir un momento de arrebato, pero ese disimulo, esa continua astucia para engañarme, y ¿con quién? ¡Es horrible! ¡Tú no puedes comprender eso!

—¡Ah!, ¡sí!, lo comprendo, mi pobre Dolly —contestó, estrechándole la mano.

—¿Y te imaginas tú que él se hace cargo del horror de mi posición? ¡De ningún modo! Es feliz y está satisfecho.

—¡Oh, no! —interrumpió Ana con viveza—, me ha dado lástima, está lleno de remordimientos.

—¿Es capaz de eso? —preguntó Dolly, examinando atentamente el rostro de su cuñada.

—Sí, le conozco bien; no he podido verle sin sentir lástima. Las dos le conocemos. Es bueno, pero orgulloso; ¿cómo es posible que no se sintiera humillado? Lo que más me conmueve de él —Ana adivinó lo que podía conmover a Dolly— es que sufre por los niños, y porque comprende que te ha herido, matado, ¡a ti que él tanto ama...! ¡Sí, sí, te quiere más que a todo en el mundo! —y añadió con viveza para evitar que Dolly la interrumpiese—: constantemente repite: ¡no, no me perdonará jamás!

Dolly la escuchaba atentamente sin mirarla y dijo:

—Comprendo que sufra: el culpable debe sufrir más que el inocente, si comprende que es la causa de todo el mal. ¿Cómo he de perdonar? ¿Cómo puedo ser ya su esposa después de ella? Vivir con él en adelante será tanto más atormentador cuanto que continúo queriendo a mi amor de tiempos pasados...

Los sollozos le impidieron proseguir, pero, como si lo hiciera ex profeso, tan pronto como se calmaba un poco, el asunto que más profundamente la hería le volvía al pensamiento con mayor fuerza.

—Ella es joven y bonita —siguió diciendo—. ¿Quién me ha arrebatado mi juventud y mi belleza? ¡Él y sus hijos! Mi época ha pasado. Todo lo que yo tenía de bueno a él se lo he sacrificado, ahora es natural que una muchacha más fresca y más joven le sea más agradable. Seguramente habrán hablado de mí. O, peor todavía, han hecho caso omiso de mí. ¿Comprendes? —y su mirada se inflamaba de celos—. Después de eso, ¿qué podría decirme? Por otra parte, ¿podría yo creerle? No, ¡jamás!, todo ha concluido para mí, todo lo que constituía la recompensa de mis penas, de mis sufrimientos... ¿Lo creerías? Poco ha yo hacía trabajar a Grisha. Antes, eso era para mí un placer, ahora es un tormento. ¿Para qué molestarme? ¿Para qué tengo hijos? Lo más horrible, ¿ves?, es que mi alma toda está trastornada: todo mi amor, toda mi ternura, se ha transformado en odio, ¡sí, odio! Yo quisiera matarle y...

—Querida Dolly, todo eso lo comprendo; pero no te atormentes así: estás demasiado agitada, demasiado resentida para que puedas ver las cosas en su verdadero aspecto.

Dolly se calmó, y durante algunos minutos las dos guardaron silencio.

—¿Qué hacer? Ana, piensa en ello y ayúdame. Todo lo he examinado y no descubro nada ya.

Tampoco Ana descubría nada, pero su corazón respondía a cada palabra, a cada mirada de dolor de su cuñada.

—Mira lo que pienso —dijo por último—; como hermana suya, conozco su carácter y esa facultad que tiene para olvidarlo todo —y se llevó un dedo a la frente—, facultad muy a propósito para el arrebato; pero también para el arrepentimiento. En la actualidad, no cree, no comprende cómo pudo hacer lo que ha hecho.

—No: lo ha comprendido y lo comprende aún —interrumpió Dolly—. Por otra parte, tú te olvidas de mí; ¿es más liviano, aunque eso fuera, para mí el mal?

—Espera. Cuando me habló, te confieso que no vi toda la extensión de vuestra desgracia. Yo no tenía presente más que una cosa: la desunión de las dos familias. Él me dio lástima. Después de haber conversado contigo, veo, como mujer, otra cosa más, ¡veo tu sufrimiento, y no puedo expresarte cuánto te compadezco! Pero Dolly, querida mía, aunque comprendo tu desgracia, hay un aspecto de la cuestión que ignoro: no sé hasta qué punto le quieres tú todavía. Sólo tú puedes saber si le quieres bastante para perdonar. Si puedes, perdona.

—No —empezó Dolly; pero Ana la interrumpió besándole la mano.

—Conozco el mundo más que tú —le dijo—, y no se me oculta el modo de ser de hombres como Stiva. ¿Tú supones que él habrá hablado de ti con su querida? No creas eso. Ciertos hombres pueden cometer infidelidades, pero la esposa y el hogar doméstico de cada uno de ellos no deja nunca de ser un santuario. Establecen entre esas mujeres, que en el fondo de su corazón desprecian, y sus familias, una línea divisoria que jamás traspasan. No comprendo cómo puede ocurrir eso, pero es así.

—Fíjate en que él la besaba.

—Escucha, querida Dolly. Yo vi a Stiva cuando estaba enamorado de ti; me acuerdo que cuando venía a llorar a mi lado y a hablarme de ti. Sé, por tanto, a qué altura poética te colocaba, y también sé que, cuanto más tiempo ha vivido contigo mayor ha sido su admiración por ti. Habíamos concluido por reírnos de su insistencia en decir a cada instante: Dolly es una mujer sorprendente. Tú has sido y serás siempre un culto para él: esto de ahora no se puede llamar un impulso pasional.

—Pero, ¿si el impulso volviera a producirse?

—¡Imposible!

—¿Hubieras tú perdonado en mi lugar?

—No sé, no puedo saber... Sí puedo —repuso Ana después de haber reflexionado un momento—; ciertamente que puedo.

—Eso desde luego —interrumpió Dolly con viveza, respondiendo así a la idea que a menudo le preocupaba—; de otro modo no sería perdonar. Ahora ven, voy a llevarte a tu cuarto —añadió levantándose.

Mientras se iban estrechó en sus brazos a su cuñada.

—¡Querida Ana! ¡Qué dichosa soy desde que has llegado! ¡Sufro menos, mucho menos ahora!

XX

Ana estuvo todo el día en la casa, es decir, en la casa de los Oblonsky, y no recibió a ninguna de las personas que, informadas de su llegada, acudieron a verla. Pasó toda la mañana con Dolly y los niños. Escribió dos líneas a su hermano diciéndole que viniera a comer a casa. Le decía: «Ven, Dios es misericordioso.»

Oblonsky, pues, comió en su casa. La conversación fue general y su esposa le trató de tú por primera vez. Todavía existía frialdad entre ellos; pero ya no se hablaba de separación, y Arcadievitch preveía la posibilidad de una reconciliación.

Después de la comida llegó Kitty; apenas conocía a Ana y no dejaba de temer la acogida que le haría esta gran señora de San Petersburgo, que todos alababan; pero pronto vio que su persona le había sido grata. Ana fue sensible a la belleza y juventud de Kitty. Por su parte, Kitty quedó encantada de Ana y se enamoró de ella como generalmente las jóvenes se enamoran de las mujeres de más edad que ellas. Por otra parte nada en Ana hacía pensar en la mujer a la moda ni en la madre de familia. Se la habría tomado por una joven de veinte años al ver su talle flexible, su frescura y la animación de su rostro si no hubiera existido en su mirada una expresión seria y casi triste que impresionó y encantó a Kitty. Aunque muy sencilla y sincera, parecía llevar en sí un mundo superior cuya elevación era inaccesible a una niña.

Después de comer, Ana se acercó con viveza a su hermano, que fumaba, mientras Dolly se había retirado a su habitación.

—Stiva —le dijo señalando con la cabeza la habitación donde estaba su esposa—, ve, ¡y que Dios te proteja!

Él comprendió, tiró el cigarro y entró en el cuarto.

Ana se sentó en un canapé rodeada de los niños. Las dos mayores, y el pequeño para imitarlos, aun antes de sentarse a la mesa, se habían pegado a su nueva tía; apostaban a quién se acercaría más a ella, a quien le tomaría la mano o besaría primero, quién jugaría antes con sus anillos o se escondería en los pliegues de su vestido.

—¡Vamos! Cada uno a su sitio —dijo Ana.

Grisha, orgulloso y feliz, colocó su cabeza rubia bajo la mano de su tía, apoyándola en su regazo.

—¿Y cuándo es el baile? —preguntó a Kitty.

—La semana próxima; será un baile magnífico, uno de esos bailes en los que se divierte una siempre.

—¿Existen, pues, bailes en donde se divierte una siempre? —dijo Ana con suave ironía.

—Es extraño, pero así es. En casa de los Bobristhchiff siempre se divierte una; en la de los Nikitin también; pero en cambio, en la de los Wejekof siempre se fastidia una. ¿No ha observado usted eso?

—No, hija mía; para mí ya no hay baile divertido —Kitty vio en los ojos de Ana un mundo desconocido que aún le estaba vedado—; sólo hay para mí bailes más o menos fastidiosos.

—¿Cómo? ¿Es posible que *usted* se fastidie en el baile?

—¿Por qué no puedo *yo* fastidiarme?

Kitty pensaba que Ana adivinaba su respuesta.

—Porque usted es siempre la más linda.

Ana se ruborizaba fácilmente, y esta respuesta la hizo sonrojarse.

—En primer lugar, eso no es, y por otra parte, si así fuera, poco me importaría.

—¿Irá usted a ese baile?

—No podré evitarlo, me parece. Toma éste —dijo a Tania que se divertía en quitar los anillos de sus dedos blancos y afilados.

—¡Yo desearía tanto verla a usted en el baile!

—Pues bien, si he de ir, me consolaré al pensar que con ello doy gusto a usted. Grisha, no me despeines más —dijo arreglándose una trenza con la que el niño jugaba.

—Ya la veo a usted en el baile con un traje color de malva.

—¿Por qué precisamente color de malva? Vaya, hijos míos, miss Hull os llama para el té —y envió a los niños al comedor—. Ya sé por qué quiere usted que yo vaya a ese baile: usted espera un gran resultado.

—¿Cómo lo sabe usted? ¡Es verdad!

—¡Oh, qué linda edad la de usted! Recuerdo esa nube azul parecida a las que se ven en las montañas de Suiza. Todo aparece a través de esa nube, en esa dichosa edad en que se acaba la infancia, y todo lo que esa nube cubre ¡es bello, encantador! Después aparece poco a poco un sendero cada vez más angosto y en el que entramos con miedo, por más luminoso que nos parezca... ¿quién no ha pasado por él?

Kitty escuchaba sonriente y pensaba: «¿Cómo ha pasado ella por allí? ¡Quisiera conocer su historia!», y al punto se acordó del aspecto nada poético del marido de Ana. Ésta continuó:

—Estoy al corriente de todo, Stiva me lo ha contado. Ésta mañana vi a Wronsky en la estación; me gusta mucho.

—¡Ah! ¿Estaba allí? ¿Qué le ha contado Stiva?

—Stiva ha charlado. Me alegraría mucho que se llevara a efecto. Hice el viaje con la madre de Wronsky, la que no cesó de hablarme de su hijo querido. Ya sé que las madres no son imparciales, pero...

—¿Qué le dijo a usted la madre?

—Muchas cosas, es su hijo predilecto; con todo, se ve que se trata de un hombre caballeroso. Me contó que quiso renunciar a toda su fortuna en favor de su hermano; que cuando niño había salvado a una mujer que se ahogaba. En una palabra, es un héroe —añadió Ana sonriendo y acordándose de los doscientos rublos que dio en la estación.

No habló de ese hecho que recordaba con cierto malestar, pues comprendía que en la intención había influido ella muy de cerca.

—La condesa me ha rogado mucho que vaya a su casa, y me alegrará volver a verla; iré mañana... Gracias a Dios, Stiva está mucho rato con Dolly —añadió levantándose con un aire que a Kitty le pareció algo contrariado:

—¡Yo seré el primero! ¡No, seré yo! —gritaban los niños, que ya habían concluido de tomar el té, y que entraban corriendo en dirección a su tía Ana.

—¡Todos juntos! —dijo ésta, saliéndoles al encuentro.

Les tomó en brazos y les echó a todos en un diván, riendo al oír sus gritos de alegría.

A la hora del té, Dolly salió del cuarto. Esteban Arcadievitch había salido por otra puerta.

—Temo que tengas frío allá arriba —dijo Dolly a Ana—. Quisiera que te instalaras abajo, así estaríamos más cerca las dos.

—No te preocupes por mí, te lo ruego —y trataba de adivinar por el rostro de Dolly si la reconciliación se había efectuado.

—Tal vez aquí hay demasiada luz —observó Dolly.

—Te aseguro que duermo bien en cualquier parte.

—¿De qué se trata? —preguntó Oblonsky al entrar en el salón y dirigiéndose a su esposa.

Por el tono de voz, Kitty y Ana comprendieron que se habían reconciliado.

—Desearía que Ana se instalara aquí; pero sería preciso bajar cortinas. Nadie podrá hacerlo, y será necesario que yo lo haga —dijo Dolly a su marido.

«¿Quién sabe si la reconciliación es completa?», pensó Ana al notar la frialdad con que hablaba Dolly.

—No compliques las cosas, Dolly —exclamó el marido—, ¿quieres?, yo arreglaré eso.

Ana pensó:

—Sí, ya está hecha.

—Ya sé de qué modo lo harás —contestó Dolly con sonrisa burlona—, darás la orden a Matvei y él no lo comprenderá; en seguida te irás y Matvei lo enredará todo.

—Gracias a Dios —pensó Ana— están completamente reconciliados —y contenta por haber logrado lo que deseaba, se acercó a Dolly y la besó.

—No sé por qué nos desprecias tanto a Matvei y a mí —exclamó Arcadievitch, dirigiéndose a su esposa con imperceptible sonrisa.

Durante toda la velada, Dolly estuvo algo irónica con su marido. Éste se mostró satisfecho y contento, sin extralimitarse, como queriendo hacer ver que el perdón no le hacía olvidar sus faltas.

A eso de las nueve y media, la conversación en la mesa era viva y animada, cuando surgió un incidente, que pareció extraño a todos, aunque, en apariencia, nada tenía de extraordinario.

Se hablaba de un amigo de San Petersburgo, común a todos y Ana se levantó con viveza diciendo:

—Tengo su retrato en mi álbum; voy a traerlo, y al mismo tiempo verán ustedes a mi pequeño Sergio.

Generalmente, a las diez, daba las buenas noches a su hijo, y frecuentemente le acostaba ella misma antes de ir al baile. De improviso se sintió muy triste por estar lejos de él. Por más que hablara de otra cosa, su pensamiento volvía siempre a su pequeño Sergio, de cabellos rizados, y sintió un vivo deseo de ir a contemplar su retrato y de acariciarlo.

Salió al punto con el paso ligero y decidido que le era peculiar. La escalera por la que subía a su cuarto daba al gran vestíbulo que servía de entrada.

Al salir del salón, sonó la campanilla en la antecámara.

—¿Quién será? —dijo Dolly.

—Es muy temprano para que vengan por mí y muy tarde para que sea una visita —hizo observar Kitty.

—Tal vez me traerán papeles —dijo Arcadievitch.

Ana se dirigió a la escalera, y vio acudir al criado para anunciar a una visita, mientras ésta esperaba, alumbrada por la lámpara del vestíbulo. Ana se inclinó hacia el pasamano para ver quién era, e inmediatamente conoció a Wronsky. Sintió una extraña sensación de alegría y de miedo. Él se mantenía en pie, con el abrigo puesto, y buscando algo en el bolsillo. Al llegar ella a la mitad de la escalerita, Wronsky levantó los ojos y la vio; en seguida su rostro tomó una expresión humilde y sumisa.

Ana le saludó moviendo ligeramente la cabeza, y oyó que Arcadievitch llamaba a Wronsky muy recio: éste se excusaba de entrar.

Cuando la señora Karenina bajó con el álbum, Wronsky se había marchado, y Arcadievitch contó que Wronsky no había venido más que para que le dijera la hora de una comida que se daba al día siguiente en honor de una celebridad que se hallaba en la ciudad, de paso.

—¡No ha querido entrar de ningún modo! ¡Qué original!

Kitty se sonrojó. Creía ser la única que comprendía por qué había venido y no había querido entrar en el salón, y pensó:

—Habrá estado en casa, no habrá encontrado a nadie y habrá supuesto que yo estaba aquí, y por Ana no habrá querido entrar; además, es ya tarde.

Se miraron todos sin hablar y se pusieron a hojear el álbum de Ana.

Nada tenía de extraordinario ir a las nueve y media de la noche a pedir un informe a un amigo, sin entrar en el salón; sin embargo, todos se sorprendieron y Ana más que nadie; hasta le pareció que aquello no estaba bien.

XXII

Apenas había comenzado el baile cuando Kitty y su madre subieron la gran escalera brillantemente iluminada y cubierta de flores, en la cual había lacayos empolvados, con libreas rojas. En el vestíbulo, en donde Kitty y su madre se arreglaban, delante de un espejo, sus vestidos y tocado antes de entrar en el salón, se oía un zumbido parecido al de una colmena y el sonido de los violines de la orquesta que estaba afinando para el primer vals.

Un viejecito que ordenaba sus escasos cabellos blancos delante de otro espejo, esparciendo a su alrededor un penetrante perfume, miró a Kitty con ojos de admiración. Ya la había encontrado en la escalera, donde se hizo a un lado para dejar paso. Un jovencito imberbe, de aquellos que el príncipe Cherbatzky llamaba boquirrubios, con chaleco abierto y corbata blanca, que constantemente rectificaba al andar, la saludó, después le rogó que le favoreciera con una contradanza. La primera la tenía ofrecida a Wronsky, y fue preciso prometer la segunda al jovencito. En la puerta se hallaba un militar abotonándose los guantes; lanzó una mirada de admiración a Kitty y se retorció el bigote.

Muchas preocupaciones había causado a Kitty el vestido, el tocado y todos los preparativos necesarios para ese baile; pero, ¿quién lo hubiera adivinado al verla entrar ahora con su traje de tul rosado? Llevaba con tanta naturalidad sus adornos y encajes, que se hubiera creído que había nacido vestida de baile, con una rosa prendida en su adorable cabeza.

Kitty estaba aquel día muy linda; se sentía orgullosa con *su* vestido, sus zapatos y sus guantes; pero lo que más le gustaba de *su toilette,* era la cinta de terciopelo negro estrecha que adornaba *su* cuello y que delante del espejo encontró de gran *chic.* En rigor se podría criticar lo demás; pero esa cinta, nunca.

Antes de entrar en el salón de baile, al pasar delante de un espejo, Kitty echo una rápida mirada y quedó satisfecha. En los hombros y en los brazos sentía una frescura de mármol, que le agradaba. Sus ojos brillaban, sus labios sonreían involuntariamente; se sentía feliz.

Apenas apareció en la sala y se hubo aproximado al grupo de mujeres cubiertas de tul, de flores y de encajes, a la expectativa de bailadores, Kitty fue invitada a valsar, por el mejor y principal caballero, según la jerarquía del baile, el célebre director de cotillones, el simpático, el elegante Jorge Korsunsky, un hombre casado. Acababa de separarse de la condesa Bonir con la cual había abierto el baile, cuando vio a Kitty. Inmediatamente se dirigió a ella con ese paso libre y seguro peculiar de los directores de cotillones, y sin preguntarle si quería, si deseaba bailar, la tomó por su flexible talle. Kitty se volvió buscando a quién confiar su abanico. La señora de la casa se encargó de él.

—Ha hecho usted muy bien de venir temprano —le dijo Korsunsky—; no comprendo esa moda de llegar tarde.

Kitty apoyó su brazo izquierdo en el hombro de su pareja y sus diminutos pies se deslizaron ligeramente sobre la alfombra acompasadamente.

—Con usted se descansa bailando —dijo Korsunsky dando algunos pasos menos rápidos antes de lanzarse al torbellino del vals—. ¡Qué ligereza! ¡Qué exactitud...! ¡Es encantador!

Era lo que repetía a todas las que bailaban con él.

Kitty sonrió por la alabanza y continuó examinando la sala por encima del hombro de su pareja; no era la primera vez que se encontraba en sociedad y por consiguiente no confundía a las personas debido a la embriaguez de las primeras impresiones; además no era víctima del hastío, y todos aquellos rostros no le eran bastante familiares para fatigarla. Observó el grupo que se formó en un ángulo de la sala a la izquierda; allí se reunía lo más florido de la sociedad: la bella Lydia, mujer de Korsunsky, excesivamente escotada; la señora de la casa, el calvo Krivin, siempre entre la más brillante sociedad. Luego Kitty descubrió a Stiva, y en seguida el elegante talle de Ana. Allí estaba *él* también; Kitty no le había vuelto a ver desde la noche en que se le declaró Levin. Le vio de lejos y observó que él también la miraba.

—¿Daremos otra vuelta? ¿No está usted cansada? —preguntó Korsunsky un tanto fatigado.

—No, gracias.

—¿Dónde quiere usted que la lleve?

—Allá está Ana Karenina, lléveme a su lado.

—Donde usted ordene.

Y Korsunsky, retardando el paso, pero siempre a compás, la llevó hacia el grupo de la izquierda, diciendo al pasar. «Perdón, señoras; dispensen, señoras», y girando entre esa profusión de encajes de tul y de cintas, sentó a Kitty después de una última vuelta que hizo caer el vestido de ésta sobre las rodillas de Krivin ocultándole en una nube de tul, y quedando al descubierto los zapatitos de color de rosa de Kitty.

Korsunsky saludó, se irguió con aire desembarazado y presentó el brazo a su bailarina para llevarla donde estaba Ana. Kitty, algo aturdida, libró a Krivin de sus faldas y se volvió buscando a Ana Karenina. El vestido de ésta no era de color de malva como Kitty había supuesto, era negro. Llevaba un vestido escotado de terciopelo, con sus admirables hombros y bellos brazos desnudos. Los adornos de su vestido eran encajes de Venecia; una guirnalda de miosotas lucía en sus negros cabellos, y en el corpiño, un ramillete de iguales flores estaba sostenido por un lazo negro. Su tocado era muy sencillo y sólo era de notar una cantidad de pequeños bucles naturalmente rizados, que se escapaban por todos lados, por las sienes y la nuca. Del cuello, firme como un marfil, pendía un collar de perlas finas.

Kitty veía todos los días a Ana y se había enamorado de ella, pero sólo ahora, que se le presentó vestida de negro, comprendió cuán hermosa era. La impresión fue tan viva, que le pareció verla por primera vez. Se hizo cargo de que su gran encanto consistía en saber borrar completamente su *toilette*. Sus adornos no existían, no formaban más que el marco de donde ella destacaba, sencilla, natural, elegante y, sin embargo, llena de alegría y animación.

Cuando Kitty se incorporó al grupo en donde Ana conversaba con el dueño de la casa con la cabeza ligeramente vuelta hacia él y siempre muy derecha, estaba diciendo:

—No, yo no seré la primera en tirar la piedra, aunque lo desapruebo.

Al ver a Kitty, la acogió con afectuosa y protectora sonrisa. Con una ojeada femenina juzgó la *toilette* de la joven y movió la cabeza en señal de aprobación que la joven advirtió.

—Usted hasta su entrada en el baile la hace danzando —le dijo Ana.

—Un baile en donde se encuentra la princesa debe animarse en el acto —dijo Korsunsky, y añadió inclinándose—: ¿Una vuelta, Ana Arcadievna?

—¡Ah! ¿Ustedes se conocen? —preguntó el dueño de la casa.

—¿A quién no conocemos mi esposa y yo? Somos como el lobo blanco. ¿Una vuelta, Ana Arcadievna?

—No bailo cuando puedo evitarlo.

—Usted no puede hoy.

En ese momento se aproximó Wronsky. Ana entonces contestó asiendo el brazo de Korsunsky y sin hacer caso del saludo de Wronsky.

—Pues bien, en ese caso, bailemos.

Kitty, al notar que la señora Karenina no hacía caso de Wronsky, pues la intención era manifiesta, se dijo:

—¿Por qué está enojada con él?

Wronsky se aproximó a Kitty, le recordó la primera contradanza prometida y le manifestó cuánto sentía no haberla visto hacía algún tiempo. Kitty escuchaba sin perder de vista a Ana, que estaba bailando. Esperaba que Wronsky la invitara para bailar, y como éste no lo hacía, le miró con asombro.

Wronsky, que lo comprendió, la invitó con cierta precipitación. Apenas habían dado los primeros pasos, la música se detuvo. Kitty miró a su compañero, cuyo rostro estaba tan cerca del suyo... durante largo rato. Muchos años después, Kitty recordaba, con una vergüenza que le desgarraba el corazón, la mirada de amor que ella en ese instante le había dirigido y a la cual él no respondió.

Del otro extremo de la sala, Korsunsky gritaba apoderándose de la primera bailarina que la suerte le deparó:

—¡Perdón, perdón! ¡Un vals!, ¡un vals!

XXIII

Wronsky dio unas vueltas con Kitty, y luego ésta volvió al lado de su madre. Apenas tuvo tiempo de cambiar algunas palabras con la condesa Nordstone, cuando Wronsky vino de nuevo a buscarla para la contradanza. Hablaron largamente de Korsunsky y de su mujer, de quienes Wronsky decía que eran dos amables niños de cuarenta años; hablaron del teatro de sociedad que se organizaba. Hubo un momento, sin embargo, en que produjo viva emoción a Kitty, preguntándole si Levin estaba en Moscú; añadió que Levin le era muy simpático. Kitty no contaba con que su asunto se dilucidaría durante la contradanza; siempre creyó que se arreglaría durante el cotillón, y por ese motivo lo esperaba con el corazón palpitante. Aunque Wronsky no la hubiese invitado mientras bailaron la contradanza, no dudaba que bailaría el cotillón con él, como había ocurrido en bailes anteriores. Estaba tan segura de esto, que no aceptó cuatro invitaciones diciendo que estaba comprometida.

Todo el baile, hasta la última cuadrilla, fue para Kitty como un sueño encantador, lleno de flores, de alegres sonidos y de momento. No dejaba de bailar hasta que ya no podía más, e imploraba un movimiento de descanso. Al bailar las últimas cuadrillas con uno de los jóvenes fastidiosos, se encontró frente a Wronsky y a Ana. No se había aproximado a ésta desde el principio del baile; ahora se le aparecía otra vez bajo un aspecto nuevo e inesperado. Kitty creyó observar en ella los síntomas de una sobreexcitación que ella conocía por experiencia, la sobreexcitación del éxito.

Kitty sabía a lo que debía atribuir aquella mirada brillante animada, aquella sonrisa de dicha y de triunfo, aquellos labios entreabiertos, aquellos movimientos llenos de gracia y armonía.

—¿Son todos los hombres los que causan ese cambio, o es uno solo? —se preguntaba.

Dejó que su desgraciada pareja tratara en vano de seguir el hilo de una conversación interrumpida, y aunque sometiéndose con aparente buena voluntad a los ruidosos mandatos de Wronsky, que ahora ordenaba el gran círculo, y luego la cadena, ella observaba y su corazón cada vez lo sentía más oprimido.

—¡No, no es la admiración de la muchedumbre la que le produce ese entusiasmo, es la admiración de uno solo; ¿quién será? ¿Será él?

Cada vez que Wronsky dirigía la palabra a Ana, los ojos de ésta se iluminaban y la felicidad la hacía entreabrir sus bellos labios. Parecía querer disimular esta alegría, pero no por eso se revelaba menos la dicha en su rostro.

«¿Y él?», pensó Kitty.

Le miró y ¡quedó espantada! El sentimiento que tan claramente revelaba el rostro de Ana, era igualmente visible en el de Wronsky. ¿Qué había sido de aquella sangre fría, de aquella actitud apacible, de aquella fisonomía siempre tranquila? Ahora, al dirigirse a Ana, inclinaba la cabeza como dispuesto a prosternarse, y su mirada tenía una expresión a la vez humilde y apasionada; parecía decir: «No quiero ofender a usted, pero quisiera salvar a mi corazón. ¿Podré hacerlo?»

Su conversación versaba sobre trivialidades, y, sin embargo, a Kitty le parecía que su suerte dependía de cada una de aquellas palabras. Y cosa extraña que, para ellos también, al hablar del francés extraño de Ivan Ivanitchy y del estúpido casamiento de la señorita Elitzky, sus palabras tomaban una significación particular, cuyo alcance comprendía tanto Kitty.

En el alma de la pobre niña, el baile, la concurrencia todo se confundía como en una niebla. La fuerza de la educación fue la única que la sostuvo y la ayudó a cumplir con su obligación de bailar y de responder a las preguntas que se le hacían hasta sonriendo. Pero en el momento en que se organizó el cotillón, en que comenzaron a colocar sillas y a salir de las salas para reunirse en el gran salón,

Kitty sintió como un ataque de desesperación y de terror. Había rechazado cinco invitaciones, ya no la invitaban y probablemente continuarían sin hacerlo porque, a juzgar por el buen éxito que había tenido siempre en la sociedad, no podía nadie imaginarse que no tuviera pareja. Pensó en decir a su madre que se sentía indispuesta y abandonar el baile, pero no tuvo valor para hacerlo. Se sentía aniquilada.

Se retiró a un gabinete y se dejó caer en un sillón. La ola vaporosa de su vestido envolvía como una nube su cuerpo sutil. Su brazo de chiquilla, flaco y delicado, pendía sin fuerza como hundido en los pliegues de su falda rosada. La mano del otro brazo agitaba nerviosa un abanico para refrescar su ardiente rostro. Aunque parecía una frágil mariposa detenida en la hierba pronta a desplegar las temblorosas alas, un espantoso abatimiento le desgarraba el corazón.

—¡Tal vez me equivoque, puede ser que eso no exista! —exclamaba, y recordó lo que había visto.

La condesa Nordstone se aproximó a ella, que no oyó sus pasos sobre la alfombra, y le dijo:

—Kitty, ¿qué te pasa?

Los labios de Kitty se estremecieron y se levantó con viveza.

—Kitty, ¿no vienes a bailar el cotillón?

—¡No, no! —y su voz temblaba.

—Él la ha invitado delante de mí —la Nordstone bien sabía que Kitty comprendía de quién se trataba—, y ella le ha contestado: «¿No lo baila usted con la princesa Cherbatzky?»

—Nada de eso me importa —respondió Kitty.

Ella era la única que sabía que, la víspera, un hombre a quien amaba había tal vez sido sacrificado a un ingrato.

La condesa fue en busca de Korsunsky, con quien debía bailar el cotillón, y le rogó que invitara a Kitty.

Felizmente para ésta, no se vio obligada a conversar; su caballero, en calidad de director, pasaba su tiempo en correr de uno al otro organizando figuras. Wronsky y Ana estaban casi frente a Kitty y ésta los veía unas veces cerca, otras lejos, cuando les llegaba el turno de bailar. Cuanto más los observaba más patente veía su desgracia. Parecían solos a pesar de la muchedumbre, y en el rostro de Wronsky, habitualmente tan impasible, Kitty advirtió esa expresión palpable de humildad y temor que revela un rostro cuando se siente culpable.

Ana sonreía y el correspondía a su sonrisa. Cuando ella reflexionaba él se ponía serio. Una fuerza casi sobrenatural atraía hacia Ana las miradas de Kitty. Ana estaba seductora con su vestido negro, sus hermosos brazos cubiertos de brazaletes, su delicioso cuello, rodeado de perlas, y sus negros cabellos rizados y algo en desorden. Los movimientos ligeros y graciosos de sus pequeñísimos pies, su lindo rostro animado, todo en ella era sugestivo; pero en ese encanto había algo de terrible y de cruel.

Kitty la admiraba todavía más que antes, aunque sentía aumentar su sufrimiento; estaba agobiada y su rostro lo delataba, Wronsky, al pasar cerca de ella en una figura, no la reconoció en el acto; tan alterada estaba su fisonomía.

—¡Qué hermoso baile! —dijo él por decir algo.

—Sí —fue la respuesta.

Como a mitad del cotillón, en una figura recientemente inventada por Korsunsky, Ana salió del círculo para llamar a dos caballeros y a dos damas que faltaban: una de éstas fue Kitty, que acudió toda turbada. Ana, con los ojos medio cerrados, la miró y le apretó la mano sonriendo; pero de pronto, observando la expresión de desconsolada sorpresa con que respondió Kitty, se volvió hacia la otra bailarina, y le dijo algo con tono animado.

Kitty pensó: «Sí, hay en ella una seducción extraña, casi infernal.»

Ana no quería quedarse a cenar, y el dueño de la casa insistía.

—¡Quédese usted, Ana Arcadievna! —le dijo Korsunsky tomándola del brazo—. ¡Qué invención la de mi cotillón! ¿Verdad que es una maravilla?

Y trató de llevarla; el dueño de la casa le animaba con una sonrisa.

—No, no puedo quedarme —respondió Ana sonriendo también; pero, a pesar de esa sonrisa, los dos caballeros, por el tono de su voz, comprendieron que se quedaría.

—No, porque he bailando más esta noche en Moscú que durante todo el invierno en San Petersburgo.

En seguida se volvió hacia Wronsky, que se mantenía cerca de ella.

—Es preciso descansar antes del viaje.

—Pero, ¿decididamente se marcha usted mañana?

—Creo que sí —respondió Ana como admirada de la audacia de esta pregunta.

Mientras ella le hablaba, el brillo de su mirada y el encanto de su sonrisa abrasaban el corazón de Wronsky,

Ana no asistió a la cena y partió.

XXIV

—Debe existir en mí algo repulsivo —pensaba Levin al salir de casa de los Cherbatzky, y mientras se dirigía a la de su hermano—. No soy simpático a los otros hombres. Dicen que es orgullo. No tengo orgullo. Si lo tuviera no estaría en la situación en que me encuentro.

Se figuraba a Wronsky feliz, amable, tranquilo, lleno de ingenio, sin conocer ni la posibilidad de encontrarse jamás en una situación semejante a la suya.

—Ella tenía que decidirse por él, es natural, y yo no puedo quejarme de nada ni de nadie. ¡Sólo yo soy culpable! ¿Qué derecho tenía para suponerla dispuesta a unir su vida a la mía? ¿Quién soy? ¿Qué soy? Un hombre inútil para sí y para los otros.

Y le vino a la memoria el recuerdo de su hermano Nicolás.

—¡No tiene razón de decir que todo es malo y detestable en este mundo! ¿Hemos juzgado nunca a Nicolás con justicia? Para Prokoff, que le encontró ebrio y astroso, es un ser miserable, pero yo lo veo de otro modo. Conozco su corazón y sé que nos parecemos. ¡Y yo, que en vez de ir a buscarle me fui a comer y vine aquí!

Levin se acercó a una farola para leer la dirección de su hermano y llamó a un *isvostchik*. Durante el largo trayecto, Levin fue recordando uno por uno todos los incidentes de la vida de su hermano. Recordó que en la Universidad, un año después de haberse separado de él, su hermano había vivido como un monje, sin hacer caso de las bromas de sus camaradas, cumpliendo con el mayor rigor todas las prácticas religiosas, oficios, cuaresmas, huyendo de todos los placeres y sobre todo de las mujeres. ¿Cómo más tarde se había dejado arrastrar y se había juntado con gentes de la peor especie para llevar una vida de libertinaje? Le vino a la memoria lo que le ocurrió con un chiquillo que sacó del campo para educarle y al que maltrató de tal modo en un acceso de cólera, que poco faltó para ser condenado por maltrato de obra y mutilación. Recordó igualmente que su hermano confió una letra de cambio a un estafador para pagar una deuda de juego, y que tuvo que demandar al estafador por no haber pagado. Era precisamente la letra de cambio que Sergio Ivanovitch acababa de pagar. También se acordó de la noche que Nicolás pasó en el cuerpo de guardia por escándalo nocturno; del pleito ruidoso que entabló contra su hermano Sergio, acusándole de no querer entregarle su parte en la herencia de su madre, y en fin, de su última aventura, cuando, ocupando un empleo en el Oeste, fue citado ante un juez por haber abofeteado a un superior.

Todo eso era odioso; pero en Levin producía menos mala impresión que en los que no conocían a Nicolás, porque creía conocer el fondo de ese corazón y su verdadera historia.

Levin no olvidaba que, cuando Nicolás buscó un freno para sus malas pasiones en la devoción, nadie lo aprobó ni lo apoyó; todos se habían burlado de él, y cuando llegó la caída, nadie hizo nada por levantarle, todos huían de él con horror y asco.

Levin comprendía, en lo más profundo de su corazón, que Nicolás no era más culpable que los que le despreciaban. ¿Era acaso responsable de su natural indómito, de su limitada inteligencia? ¿No había él tratado de continuar por la buena vía? Le hablaré con el corazón en la mano y le obligaré a que haga lo mismo. Le probaré que le comprendo, porque le quiero.

Se hizo conducir al hotel que la dirección indicaba. Eran las once de la noche.

El portero le dijo:

—¡Arriba, números 12 y 13!

—¿Está en casa?

—Probablemente.

La puerta del número 12 estaba entornada, y del cuarto salía una nube espesa de humo de tabaco de mala clase. Levin oyó una voz desconocida, y en seguida comprendió al oírle toser que su hermano estaba allí.

Cuando entró a una especie de antecámara la voz decía:

—Todo depende del modo razonable y racional de llevar el asunto.

Levin echó una ojeada por la abertura de la puerta y vio que el que hablaba era un joven vestido como hombre del pueblo con un enorme gorro en la cabeza. En el sofá estaba sentada una mujer muy delgada con un vestido de lana sin cuello ni puños. A Levin se le oprimió el corazón al ver entre qué clase de gente vivía su hermano. Nadie le oyó. Se quitó los zapatos y escuchó lo que decía el individuo mal vestido. Hablaba de un negocio que trataba de ultimar.

—¡Qué el diablo se lleve a las clases privilegiadas! —dijo su hermano después de toser—. ¡Macha! Trata de darnos la cena, y danos vino si queda; si no, haz que lo traigan.

La mujer se levantó, y al salir, vio a Constantino al otro lado del tabique y exclamó:

—Un señor pregunta por usted, Nicolás Dmitrievitch.

—¿Qué quiere usted? —gritó con cólera la voz de Nicolás.

—Soy yo —contestó Constantino saliendo con tono irritado.

Levin oyó que se levantaba con viveza agarrándose a alguna cosa, y vio erguirse delante de él la figura alta, flaca y encorvada de su hermano, cuyo aspecto salvaje, huraño y enfermizo le causó miedo.

Había enflaquecido mucho desde la última vez que Constantino le vio tres años antes. Vestía una levita muy corta. Su cuerpo, sus manos, todo parecía haberle crecido. Los cabellos eran más ralos, el bigote se le erizaba sobre el

labio como en otro tiempo, y su mirada asustada se fijó en Levin con cierta ingenuidad.

Al reconocer a su hermano, exclamó de repente:

—¡Ah! ¡Kostia! —y le brillaron los ojos de alegría.

Luego, volviéndose hacia el joven hizo un movimiento nervioso con la cabeza y el cuello, que Levin conocía perfectamente, como si la corbata le sofoca-
ra, y en su rostro se pintó una expresión salvaje y cruel.

—He escrito a Sergio Ivanitch y a usted, pero no conozco a usted ni ganas.
¿Qué quieres? ¿Qué quiere usted de mí?

Constantino había olvidado lo que había en aquella naturaleza de malo y lo
difícil que resultaba sostener con él toda relación de familia. Al pensar en su
hermano, se le había figurado muy diferente. El recuerdo le vino al ver de nuevo
sus rasgos y aquellos extraños movimientos de cabeza.

—Pero si yo no quiero nada de ti, he venido únicamente a verte.

El aire tímido de su hermano calmó a Nicolás.

—¡Ah! Si es así, entra y siéntate —dijo haciendo una mueca—. ¿Quieres
cenar? ¡Macha! Trae tres raciones. No, aguarda. ¿Sabes quién es? —preguntó
señalando al individuo mal vestido—. Es mi amigo, el señor Kritzky. Le conocí en Kiev; es un hombre muy notable. Naturalmente la policía le perseguía porque no es ningún cobarde.

Y miró a cada uno de los presentes, como hacía siempre después de haber
hablado. En seguida, dirigiéndose a la mujer que se disponía a salir, le gritó:

—¡Espera, te digo!

Los miró a todos otra vez, y se puso a contar, con la dificultad de expresión
que Constantino conocía, toda la historia de Kritzky: cómo había sido expulsado de la Universidad por haber querido fundar una sociedad de socorros y de
escuelas dominicales; cómo después fue nombrado maestro de instrucción primaria para inmediatamente quedar cesante; cómo había sido sometido a los tribunales sin saber por qué...

Constantino preguntó a Kritzky para romper el silencio molesto que siguió:

—¿Usted es de la Universidad de Kiev?

—Sí, lo he sido —respondió aquél frunciendo el entrecejo.

—Y esta mujer —interrumpió Nicolás señalándola— es María Nicolaevna,
compañera de mi vida. La saqué de una casa de lenocinio, pero la quiero y la
estimo, y todos los que deseen mi amistad han de quererla y estimarla. La considero mi esposa. Así, pues, ya sabes con quien tratas, y si crees rebajarte, eres
libre para marcharte.

Y echó una mirada interrogadora a los que le rodeaban.

—No comprendo en qué podría rebajarme.

—Entonces, Macha, haz que nos traigan tres raciones, aguardiente y vino.
No, espera, no, es inútil.

XXV

—Mira —continuó Nicolás Levin arrugando el entrecejo con esfuerzo y
agitándose, porque no sabía qué decir ni qué hacer—. Mira —y mostraba en un
rincón del cuarto unas barras de hierro amarradas con cuerdas—. ¿Ves eso? Es
el principio de una obra nueva que emprendemos. Esta obra es un artel profesional.

Constantino ya no escuchaba; observaba aquel rostro enfermizo de tísico, y su compasión, que iba en aumento, no le permitía poner atención en lo que decía su hermano. Bien sabía que esta obra no era más que una áncora de salvación que podría hacer que Nicolás no se despreciara a sí mismo completamente.

Nicolás continuó:

—Ya sabes que el capital aplasta al obrero; el obrero para nosotros es el campesino; él es el que lleva todo el peso del trabajo. Y por más que se esfuerce, no puede salir de su condición de bestia de carga; todo el beneficio, todo cuanto pudiera mejorar la suerte de los campesinos, dándoles algún desahogo, y por consiguiente alguna instrucción, todo se lo embucha el capitalista. Y la sociedad está de tal manera constituida, que, cuanto más trabaje el obrero, más engordarán los propietarios y mercaderes a costa suya, mientras él continuará siendo bestia de carga. ¡Eso es lo que hay que cambiar! —y miró a su hermano con aire interrogador.

—Sí, efectivamente —respondió Constantino al observar que en los pómulos de su hermano se formaban dos manchas rojas.

—Estamos organizando un artel de cerrajería, en donde todo será común: el trabajo, los beneficios, hasta las mismas herramientas.

—¿Dónde se establecerá ese artel?

—En la aldea de Vasdrem, en el Gobierno de Kazan.

—¿Por qué en una aldea? Seguramente el trabajo no falta en el campo. ¿Para qué establecer allí un artel de cerrajería?

—Porque el campesino continúa siendo siervo como antes, y por eso es por lo que a Sergio y a ti os es desagradable que se trate de sacarle de esa esclavitud —respondió Nicolás contrariado por la observación.

Mientras hablaba, Constantino había estado examinando el triste y sucio cuarto. Suspiró y el suspiro irritó más a Nicolás.

Éste continuó:

—Conozco las preocupaciones aristocráticas de Sergio y las tuyas; ya sé que Sergio emplea toda su inteligencia en defender los males que nos abruman.

—¿A propósito por qué hablas de Sergio? —dijo sonriendo Levin.

—¿Sergio? Te diré por qué hablo de él —gritó Nicolás de improviso—. Te diré por qué. Pero, ¿para qué? Dime solamente, ¿por qué has venido? Tú desprecias todo eso. ¡Mejor! ¡Vete a todos los diablos! ¡Vete! —y se levantó de la silla gritando—. ¡Vete, vete!

—Yo no desprecio nada —contestó Constantino con dulzura—. Ni discuto siquiera.

En aquel momento entró María Nicolaevna. Nicolás se volvió hacia ella enfurecido, pero la joven se le aproximó y le dijo algunas palabras al oído.

—Estoy enfermo, todo me irrita —exclamó Nicolás más tranquilo y respirando fatigosamente— y tú vienes a hablarme de Sergio y de sus artículos. ¡Cuántas locuras! ¡Cuántas mentiras! ¡Cuántos errores! ¿Cómo puede un hombre hablar de aquello que no conoce? ¿Ha leído usted su artículo? —añadió dirigiéndose a Kritzky.

Y acercándose a la mesa, quiso quitar los cigarrillos a medio hacer que había encima.

—No lo he leído —respondió Kritzky con aire sombrío, pues no quería intervenir en la conversación.

—¿Por qué? —preguntó Nicolás irritado.

—Porque me parece inútil perder el tiempo.

—Permítame usted: ¿Cómo sabe que sería tiempo perdido? Para muchos, este artículo es inaccesible porque no pueden comprenderlo; pero en cuanto a mí, es diferente: leo los pensamientos a través del papel, y sé en qué punto es débil.

Nadie respondió. Kritzky se levantó y tomó su gorro.

—¿No quiere usted cenar? En ese caso, buenas noches. Vuelva usted mañana con el cerrajero.

Apenas salió Kritzky, Nicolás hizo un guiño con un ojo sonriendo.

—No es muy fuerte ése tampoco, ya veo que...

Kritzky le llamó desde el umbral de la puerta.

—¿Qué hay? —preguntó Nicolás, y fue a reunirse con él en el corredor.

Al quedarse solo con María Nicolaevna, Levin se dirigió a ella.

—¿Hace mucho que usted está con mi hermano?

—Hará pronto dos años. Su salud se ha debilitado; bebe mucho.

—¿Cómo así?

—Bebe mucho aguardiente. Eso le perjudica.

—¿Bebe con exceso? —preguntó Levin en voz baja.

—Sí —fue la respuesta, pero mirando con temor hacia la puerta, en donde en seguida apareció Nicolás Levin.

—¿De qué habláis? —preguntó mirándoles atentamente uno tras otro con ojos asustados y frunciendo el ceño.

—De nada —contestó Constantino confuso.

—Tú no quieres contestar: pues bien, no contestes; pero no tienes nada que hablar con ella. Es una ramera y tú eres un hidalgo. Ya veo que lo has comprendido todo, y lo has juzgado, y que ves mis errores con desprecio —dijo, y al hablar así elevaba la voz.

—Nicolás Dmitrievitch, Nicolás Dmitrievitch —murmuró María Nicolaevna aproximándose a él.

—¡Bueno, bueno! ¿Y esa cena? ¡Ah! ¡Allí está! —gritó al ver entrar a un criado con el servicio—. ¿Por aquí? —continuó gritando con tono irritado, e inmediatamente se sirvió un vaso de aguardiente que bebió con avidez—. ¿Quieres? —preguntó ya tranquilo a su hermano—. No hablemos más de Sergio Ivanitch. De todos modos, me alegro de verte. Por más que queramos, tú y yo no somos extraños el uno para el otro. ¡Bebe, pues! Cuéntame lo que haces —siguió diciendo sin dejar de masticar un pedazo de pan y vaciando otra copa—. ¿Cómo vives?

—Como siempre, solo, en el campo. Me ocupo en la agricultura —y miraba asustado la avidez con que Nicolás comía y bebía tratando de disimular lo que experimentaba.

—¿Por qué no te casas?

—No se ha presentado la ocasión —respondió Constantino poniéndose colorado.

—¿Por qué? En cuanto a mí, ya se acabó, he estropeado mi existencia. Digo y siempre diré que si me hubieran dado mi parte de herencia cuando la necesitaba, otra sería mi vida.

Constantino se apresuró a cambiar de conversación.

—¿Sabes que tu Vanioucha está en mi casa en Pakrofsky, en el escritorio?

Nicolás tuvo un movimiento nervioso en el cuello y pareció reflexionar.

—Cuéntame lo que pasa en Pakrofsky. ¿Está la casa como antes? ¿Y nuestros abedules? ¿Y nuestro cuarto de estudio? ¿Es posible que todavía viva Felipe el jardinero? ¡Cómo me acuerdo del pabelloncito, del gran sofá! No cambies nada de la casa. Cásate pronto y reanuda la vida de otros tiempos. Entonces iré a verte, si tienes una buena esposa.

—¿Por qué no vienes ahora? ¡Nos arreglaríamos tan bien juntos...!

—Ya hubiera ido si no temiera encontrarme a Sergio.

—No le encontrarás. Vivimos completamente independientes.

—Sí, pero por más que digas, tienes que decidirte entre él y yo.

Nicolás dijo esto mirando a su hermano con temor.

Esta timidez enterneció a Levin.

—Si quieres que te diga sinceramente lo que pienso respecto a tu disgusto con Sergio, te he de manifestar que no tomo partido ni por el uno ni por el otro. Mi opinión es que ambos estáis en un error; pero el tuyo se exterioriza y el de Sergio no.

—¡Ah, ahora lo has comprendido! ¡Lo has comprendido! — exclamó Nicolás con alegría.

—Te diré algo más aún; personalmente tu amistad me interesa más, porque...

—¿Por qué? ¿Por qué?

Constantino no se atrevió a decir que el motivo era porque Nicolás, como más desgraciado, tenía más necesidad de su cariño; pero él lo comprendió y volvió a beber con aire sombrío.

—¡Basta, Nicolás Dmitrievitch! —gritó María Nicolaevna avanzando su gruesa mano hacia el frasco de aguardiente.

—¡Déjame, no me molestes o te pego!

María sonrió con sumisión que desarmó a Nicolás, y entonces quitó la botella.

—¿Tú crees que ésta no comprende nada? —dijo Nicolás—. Lo comprende todo mejor que nosotros. ¿Verdad que hay algo en ella gracioso, bondadoso?

—¿Nunca había estado usted en Moscú? —preguntó Constantino, por decir algo.

—No le hables de usted. Le da miedo. Con excepción del juez de paz que la juzgó cuando quiso salir de la casa en donde estaba, nadie la ha tratado de usted. ¡Dios mío! ¡Qué falta hace en el mundo el sentido común! —exclamó de repente—. ¡Qué monstruosidades son esas nuevas instituciones, esos Jueces de paz, esos *semstvos!*

Y empezó a contar sus aventuras con las nuevas instituciones.

Constantino escuchaba; esa necesidad que, lo mismo que su hermano, sentía de la negación de la crítica, que con tanta frecuencia manifestaba, repentinamente se le hizo desagradable y dijo bromeando:

—¡Todo eso lo comprenderemos en el otro mundo!

—¡En el otro mundo! ¡Oh! ¡No me gusta ese otro mundo, no me gusta! —repetía Nicolás fijando en su hermano su mirada asustada—. ¡Sería bueno salir de toda esta confusión, de todas estas infamias, pero tengo miedo de la muerte; tengo un miedo terrible!

Se estremeció.

—¡Pero bebe algo! ¿Quieres *champagne* o quieres que salgamos? ¡Vamos a ver a las gitanas! Ya sabes que me he dedicado a amar a las gitanas y las canciones rusas.

Se le enredaba la lengua y saltaba de un asunto a otro.

Constantino, con ayuda de Macha, le convenció de que no saliera. Por último le acostaron completamente borracho.

Macha prometió a Levin escribirle si fuese preciso, y que trataría de hacer que Nicolás fuera a vivir con él.

XXVI

Al día siguiente por la mañana Levin salió de Moscú, y por la noche estaba de regreso en su casa. En el camino entabló conversación con sus compañeros de viaje; habló de política, de ferrocarriles, y, como en Moscú, se sintió abrumado por tantas opiniones diferentes, estuvo descontento de sí mismo y avergonzado sin saber de qué. Pero cuando descubrió a Ignacio, su cochero tuerto, con el cuello de su capote levantado, con su trineo que cubría una alfombra, iluminado por la vacilante luz de los faroles de la estación, sus caballos de bien peinadas colas y adornados con cascabeles; cuando el cochero, al instalarle en el trineo, le contó lo que pasaba en la casa: que Simón el contratista había vuelto, que Pava, la más hermosa de sus vacas, había parido, le pareció como si saliera poco a poco de un sueño de confusión, y su descontento y su vergüenza desaparecieron. La sola vista de Ignacio y de los caballos fue un alivio para él. Cuando se puso su *tulup* y sentado, bien envuelto, en su trineo, se puso a pensar en las órdenes que daría a su llegada sin dejar de examinar el caballo de tiro que antes era su caballo de silla (animal rápido pero obligándolo), el pasado le pareció muy distinto. Ya no quiso ser otra persona diferente y sólo deseó ser mejor de lo que había sido hasta entonces. En primer lugar, ya no esperaría felicidades extraordinarias y se conformaría con la realidad presente, resistiría a las malas pasiones, como aquella que le dominaba el día en que pidió la mano de Kitty. En fin, se hizo la promesa de no volver a olvidarse de Nicolás y de ayudarle cuando éste se encontrara en peor situación, y temía que esto sucediera pronto. La conversación que tuvo con él sobre el comunismo y que había mirado con indiferencia, le acudió ahora a la memoria y le hizo reflexionar. Consideraba absurda una reforma de las condiciones económicas, pero no le impresionaba menos el contraste injusto de la miseria del pueblo comparada con las superfluidades de que él gozaba. Se prometió trabajar en lo sucesivo más de lo que lo había hecho hasta aquel día, y reducir el lujo con que hasta entonces había vivido. Sumido en esas reflexiones, recorrió la distancia entre la estación y su casa lleno de dulces pensamientos.

Una débil claridad que salía de las ventanas del cuarto de su anciana sirvienta se reflejaba en los escalones cubiertos de nieve. Kusma, el criado, se despertó sobresaltado y se precipitó descalzo y medio dormido para abrir la puerta. «Laska», la perra de caza, corrió hacia su amo, y, al pasar, por poco derriba a Kusma; se puso derecha sobre sus patas traseras con el deseo de colocar las delanteras sobre Levin en señal de cariño.

Agatha Mikhailovna dijo a Levin:

—Pronto vuelve usted, padrecito mío.

—Me he aburrido en Moscú, Agatha Mikhailovna. Está uno bien en casa de los otros, pero está mejor en su propia casa.

Levin entró en su despacho, que estaba alumbrado con bujías traídas precipitadamente. Poco a poco se le fueron presentando los detalles familiares: los grandes cuernos de ciervo, los estantes llenos de libros, el espejo, la estufa con sus hornillos que hacía tiempo pedían una reparación, el viejo sofá de su padre, la gran mesa sobre la cual había un libro abierto, un cenicero roto y un cuaderno cubierto de letra suya.

Al encontrarse allí, comenzó a dudar de que le fuera posible cambiar de existencia para adoptar la que había soñado durante el camino. Todas esas señales de su vida pasada parecían decirle: «No, no nos abandonarás, no te convertirás en otro, seguirás siendo lo que siempre has sido, con tus dudas, con tu perpetuo descontento de ti mismo, con tus estériles tentativas de mejora, con tus recaídas y tu eterna esperanza de una felicidad que no se hizo para ti.»

Eso le decían los objetos exteriores; pero una voz interior, muy diferente, le decía en cambio que no debía ser esclavo de su pasado, que cada uno hacía de sí lo que quería. Obedeciendo a esta voz, se dirigió a un rincón de la habitación en donde se encontraban dos pesas gimnásticas; las levantó para ejercitar sus músculos y tratar de hacerse fuerte y vigoroso. Se oyó un ruido junto a la puerta y él abandonó sus pesas.

Era el administrador. Le comunicó que, gracias a Dios, todo iba bien; en seguida confesó que el alforfón se había quemado en el nuevo secador. Levin se enfadó. Ese secador construido y en parte inventado por él, no había sido aprobado por el administrador, que ahora informaba del accidente con calma y cierto aire de triunfo modesto. Levin estaba convencido de que se habían desatendido las precauciones que cien veces recomendara. Se puso de muy mal humor y regañó al administrador. Pero éste le confirmó el feliz e importante acontecimiento que antes había sabido: que «Pava», la mejor, la más hermosa de las vacas comprada en la Exposición había parido.

Levin dijo al intendente:

—Kusma, dame pronto mi *tulup* y haz que me enciendan una linterna. Voy a verla.

El establo de las vacas de valor estaba próximo a la casa. Levin atravesó el patio andando por encima de los montones de nieve acumulada debajo de las lilas, se acercó al establo y abrió la puerta, cuyos goznes se resistían a girar por efecto del hielo; salió una bocanada de olor cálido de estiércol; las vacas, admiradas de la inesperada luz de la linterna, dieron vuelta en sus lechos de paja fresca. Las ancas relucientes y negras con manchas blancas de la vaca holandesa brillaron en la penumbra; «Berkut», el toro, con su anillo que le atravesaba las narices, quiso levantarse, luego cambió de idea y no hizo más que soplar con fuerza cuando pasaron cerca de él.

La hermosa «Pava», inmensa como un hipopótamo, estaba echada cerca de su ternero, al que olía formándole una trinchera con su cuerpo.

Levin entró en el establo, la examinó y levantó al ternero manchado de blanco y rojo, sobre sus largas patas vacilantes.

«Pava» bramó de emoción, pero se tranquilizó cuando Levin le devolvió su ternero, que ella se puso a lamer resoplando con fuerza. El animalito se agazapó bajo los flancos de su madre meneando la cola.

—Alumbra aquí, Fedor, dame la linterna —ordenó Levin—. ¡Como la madre!, aunque con el pelo del padre. ¡Qué bonito animal!, ¡largo y fino! ¿Verdad que es muy bonito, Wassili Federovitch? —añadió volviéndose hacia el administrador y olvidando, en la alegría que le causaba el becerro recién nacido, el disgusto del alforfón quemado.

—Lo bonito le viene de sus padres. ¿Cómo había de ser feo? El contratista vino al día siguiente que usted se marchó. Constantino Dmitrevitch, sería conveniente arreglarse con él. Ya tuve el honor de hablar a usted de la máquina.

Estas palabras bastaron para que Levin volviera a pensar en todos los detalles de su explotación, la cual era grande y complicada; así es que del establo se fue derecho a su escritorio, en donde habló con el contratista y con el administrador. Después volvió a la casa y subió a la sala.

XXVII

La casa de Levin era grande y antigua, y toda entera la ocupaba él solo, y le daba calor. Esto era absurdo y absolutamente contrario a su nuevo programa. Él lo comprendía bien; pero esta casa constituía para él todo un mundo, mundo en donde habían vivido y muerto su padre y su madre. Habían pasado allí una existencia que, para Levin, era el ideal de la perfección, y su sueño de volver a reanudar esa vida con una familia suya era el que esperaba ver realizado. Apenas se acordaba de su madre; pero ese débil recuerdo le era sagrado, y si un día se casaba, su esposa, en su imaginación, había de parecerse a ese encantador y adorado ideal.

El amor, para él, no podía existir fuera del matrimonio; iba aún; más lejos: pensaba antes en la familia y después en la esposa que debía dársela. Sus ideas sobre el casamiento eran, pues, opuestas a las de la mayoría de sus amigos, que lo consideraban únicamente como uno de los numerosos actos impuestos por la vida social, mientras que para Levin era el acto fundamental de la existencia, de donde emanaba toda la felicidad. ¡Y ahora él se veía en la necesidad de renunciar a ese acto!

Cuando volvió a la salita, en donde generalmente tomaba el té y se sentó en su sillón con un libro en la mano, mientras Agatha Mikhailovna le traía la taza y se colocaba cerca de la ventana, diciéndole como de costumbre: «Permítame usted sentarme, padrecito», sintió, cosa extraña, que no había renunciado a sus sueños y que no podía vivir sin ellos. Sería Kitty o sería otra; pero alguna tenía que ser. Esa vida de familia futura le ocupaba la imaginación al pasearse por el cuarto, deteniéndose a veces para escuchar la charla de Agatha Mikhailovna. Sentía en el fondo de su alma algo que se aplacaba, pero que irrevocablemente se fijaba.

Agatha Mikhailovna contaba que Prokhor había olvidado a Dios, y en vez de comprar un caballo con el dinero que Levin le había dado, se emborrachaba constantemente y había pegado a su mujer hasta casi matarla. Levin escuchaba sin dejar de leer su libro y volvía al hilo de los pensamientos que esta lectura le sugería. El libro era de Tyndall, sobre el calor. Recordó haber criticado a Tyndall el orgullo con que hablaba del éxito de sus experimentos y de su falta de puntos de vista filosóficos. De repente se le ocurrió una idea alegre.

—Dentro de dos años podré tener dos holandesas, y «Pava» vivirá todavía; ¡doce hijas de «Berkut» se podrán haber sumado al rebaño! ¡Eso será soberbio!

Y continuó su lectura:

«¡Pues bien, supongamos que la electricidad y el calor no sean más que la misma cosa, pero, ¿puede uno emplear las mismas unidades en las ecuaciones que sirven para resolver esta cuestión? No. ¿Y entonces? El lazo que existe entre todas las fuerzas de la naturaleza se siente de sobra instintivamente...»

—¡Y qué hermosa manada cuando la hija de «Pava» se haya convertido en una vaca berrenda en castaño! saldremos con mi esposa y con algunas visitas para verlas volver al establo. Mi mujer dirá: «Kostia y yo hemos criado a esta ternera como a un niño.» Una de las visitas le preguntará: «¿Qué placer puede usted encontrar en eso?» «Lo que le gusta a él me gusta a mí también.» Pero, ¿quién será esta esposa?

Y recordó lo que había pasado en Moscú.

—¿Qué haré? No puedo hacer nada. Pero ahora todo ira ya de otro modo. Es una imbecilidad dejarse dominar por el pasado; es preciso luchar para vivir mejor, mucho mejor...

Levantó la cabeza y se perdió en los pensamientos que acudían a su mente. La vieja «Laska», que no había digerido todavía la dicha de haber vuelto a ver a su amo, había ido a dar una vuelta por el patio ladrando; entró en el cuarto meneando la cola de satisfacción y trayendo algo del aire fresco del exterior. Se aproximó a su amo, le puso la cabeza en la mano y pedía una caricia gimiendo de un modo quejumbroso.

La anciana Agatha, al ver esto, exclamó:

—No le falta más que hablar; no es más que un perro, pero comprende que el amo ha vuelto y que se halla triste.

—¿Por qué triste?

—¿No lo estoy viendo acaso, padrecito? Ya es tiempo que conozca yo a mis amos. ¿No he crecido con ellos? Con tal que la salud sea buena y la conciencia pura, lo demás no significa nada.

Levin la miró con atención, admirado de ver que adivinaba sus pensamientos.

—¿Si tomara usted otra taza? —dijo, y salió para traer el té.

«Laska» continuaba con la cabeza apoyada en la mano de su amo. Él la hizo una caricia, e inmediatamente la perra se echó como un ovillo a los pies de Levin con la cabeza sobre una pata trasera, y como prueba que todo iba bien y volvía el orden, abrió la boca, pasó la lengua entre sus viejos dientes y con ligero chasquido de labios, se quedó en un reposo lleno de beatitud. Levin no perdió de vista sus movimientos.

«Haré lo mismo. ¡Todo puede arreglarse todavía!», pensó.

XXVIII

Ana Arcadievna envió, al día siguiente del baile, un telegrama a su marido comunicándole que aquel mismo día salía de Moscú.

—No, es preciso, es necesario que me vaya, es mejor que sea hoy —decía a su cuñada, para explicarle su cambio de proyectos, como si se acordara de pronto de los numerosos asuntos que la esperaban.

Esteban Arcadievitch comía fuera de casa, pero prometió regresar oportunamente para acompañar a su hermana a las siete a la estación. Kitty no había ido; envió un papelito diciendo que estaba con jaqueca.

Dolly y Ana comieron solas con los niños y la inglesa. Los niños, fuera por inconstancia o por instinto, no jugaban con su tía como el día de su llegada; el cariño que la tenían había desaparecido, y se preocupaban muy poco de su marcha. Ana pasó la mañana disponiendo su viaje, escribió algunos billetes de despedida, terminó sus cuentas e hizo sus baúles. A Dolly le pareció que no tenía el alma tranquila y que aquella agitación, que ella conocía por experiencia, obedecía a cierto descontento de sí misma. Después de comer, Ana subió a su cuarto a vestirse y Dolly la siguió.

Dolly le dijo:

—Te encuentro muy extraña hoy.

—¡Yo! ¿Eso crees? No, no estoy extraña, acaso mala. Eso me sucede a veces, tengo ganas de llorar. Es absurdo, pero ya me pasará.

Así habló ocultando el rostro avergonzado en un saquito que contenía su tocado de noche y sus pañuelos. Las lágrimas le brillaban en los ojos; apenas podía contenerlas.

—No tenía ganas de salir de San Petersburgo, y ahora no quisiera marcharme de aquí.

—Viniste a hacer una buena acción —y la observaba atentamente.

Ana la miró con los ojos llenos de lágrimas.

—No digas eso, Dolly. No he hecho nada absolutamente, y no podía hacer nada. A veces me pregunto por qué parecen todos ponerse de acuerdo para lisonjearme. ¿Qué es lo que he hecho y qué podía hacer? Tú has encontrado bastante amor en tu corazón para perdonar...

Dolly contestó:

—Sólo Dios sabe lo que habría sucedido sin ti. ¡Qué feliz eres, Ana! Todo es claridad y pureza en tu alma.

—Cada uno tiene sus *skeletons* en el alma, como dicen los ingleses.

—¿Qué *skeletons* puedes tú tener? ¡En ti todo es claro y puro!

—¡Tengo los míos! —exclamó Ana de repente, y una inesperada sonrisa astuta, burlona, le contrajo los labios a pesar de las lágrimas.

—En ese caso, son *skeletons* alegres.

—¡Oh no, son muy tristes! ¿Sabes por qué me marcho hoy en vez de mañana? Es una confesión que me pesa, pero quiero hacértela.

Se sentó en un sofá con aire decidido mirando fijamente a Dolly.

Ésta, muy sorprendida, vio que Ana se había puesto encarnada, hasta el blanco de los ojos, hasta los negros ricillos de su nuca.

—Sí —continuó Ana—, ¿sabes por que Kitty no vino a comer? Tiene celos de mí... yo tuve la culpa de que anoche el baile, en lugar de ser una alegría para ella, haya sido un martirio. Pero de veras, no soy culpable, y cuando más, lo soy muy poco —y acentuó más estas últimas palabras.

Dolly le dijo riendo:

—¡Cómo te has parecido a Stiva al decir eso!

Ana se ofendió.

—¡Oh no, no! Yo no soy Stiva. Te cuento esto porque ni un solo instante dudo de mí misma —dijo ensombreciéndose.

Pero en el momento mismo de hablar así, comprendía que no era verdad. No solamente dudaba de sí misma, sino que el recuerdo de Wronsky le causaba tal emoción, que se marchaba antes del día que pensaba hacerlo. Únicamente para no encontrarse con él.

—Sí, Stiva me dijo que habías bailado el cotillón con él, y que él...

—No podrías imaginarte cómo se han ido combinando las cosas. Yo pensaba ayudar al casamiento, y en lugar de ayudar... tal vez a pesar mío he... —se sonrojó y no continuó.

—¡Oh! Esas cosas se comprenden en el acto —dijo Dolly.

—Me desesperaría si por su parte hubiera algo serio, pero estoy segura de que todo eso se olvidará pronto y que Kitty ya no me guardará rencor.

—En realidad, hablando con franqueza, yo no sentiría que se desarreglara ese casamiento. Es mejor que queden ahí las cosas si Wronsky ha sido capaz de enamorarse de ti en un día.

—¡Oh, Dios mío! ¡Sería una gran locura!

Al decir eso, el rostro de Ana se sonrojó de satisfacción al oír expresar por otra el pensamiento que le embargaba el alma.

—¡Y ya ves cómo me marcho!, llevándome la enemistad de Kitty, a quien tanto quiero. ¡Es tan encantadora! Pero tú arreglarás eso, Dolly ¿verdad?

Dolly apenas pudo contener una sonrisa. Quería a Ana, pero no le desagradaba encontrar también en ella debilidades.

—¿Una enemiga? ¡Imposible!

—Yo habría deseado que me quisierais tanto como yo os quiero, y ahora muchísimo más que antes —dijo Ana con lágrimas en los ojos—. ¡Dios mío, que tonta estoy hoy! —se pasó el pañuelo por los ojos y comenzó a vestirse.

En el momento de marcharse llegó, por fin, Esteban Arcadievitch con el rostro encendido y animado, oliendo a vino y a tabaco.

El enternecimiento de Ana se comunicó a Dolly, y al besar a su cuñada por última vez, murmuró:

—Piensa, Ana, que jamás olvidaré lo que has hecho por mí, y que te quiero y te querré siempre como a mi mejor amiga.

—No sé por qué —respondió Ana besándola y conteniendo las lágrimas.

—Me has comprendido y sigues comprendiéndome. ¡Adiós, querida mía!

XXIX

—¡Al fin, todo ha concluido a Dios gracias! —fue lo primero que pensó Ana después de haberse despedido de su hermano, que se mantuvo en la portezuela del vagón hasta la tercera señal de la campanilla.

Se sentó en el pequeño sofá cerca de Annuchka, su doncella, y examinó el compartimento débilmente alumbrado.

—Gracias a Dios, veré mañana a Sergio y a Alejo Alejandrovitch, y volveré a mi vida ordinaria.

Con la misma necesidad de movimiento que había tenido todo el día, Ana miró minuciosamente su instalación para el viaje; con sus diestras y lindas manos sacó una manta de su maletín rojo, que colocó sobre las rodillas, se envolvió los pies y se arrellanó. Una señora enferma hacía ya sus preparativos para pasar la noche. Otras dos señoras dirigieron la palabra a Ana, y una anciana gorda, envolviéndose las piernas con una colcha, censuró la calefacción del coche. Ana respondió a las señoras, pero comprendiendo que su conversación no podría interesarla, pidió a Annuchka su linterna de viaje, la colgó en el respaldo de su sillón y sacó del maletín una novela inglesa y un cuchillo de cortar papel. Al principio le fue difícil leer, había muchas idas y venidas a su alrededor. Cuando el tren se puso en movimiento involuntariamente escuchó los ruidos que llegaban a ella: el viento que azotaba los vidrios, el revisor que pasaba cubierto de copos de nieve... La conversación de sus compañeras de viaje, que hablaban de la tempestad reinante, todo la distraía de su lectura. Después hubo más monotonía: siempre las mismas sacudidas y el mismo ruido, la misma nieve azotando la ventana, iguales cambios bruscos de temperatura, ya el calor ya el frío, idénticos rostros entrevistos en la penumbra, las mismas voces... Por último logró leer y enterarse de lo que leía. Annuchka dormitaba con el pequeño maletín rojo en el regazo, que sujetaba entre sus gruesas manos de guantes dobles, uno de los cuales estaba desgarrado. Aunque Ana comprendía lo que leía, se le hacía imposible interesarse por la vida de otro, teniendo tanta necesidad de preocuparse de su propia vida exclusivamente.

La heroína de su novela cuidaba enfermos: ella hubiera querido también andar de puntillas en el cuarto de un enfermo; un miembro del Parlamento pronunciaba un discurso: ella habría querido pronunciarlo en su lugar; lady Mary montaba a caballo y todos admiraban su audacia: ella hubiese querido hacer lo mismo. Pero era preciso permanecer quieta y en sus esfuerzos para no impacientarse maltrataba involuntariamente su cortapapeles.

El héroe de su novela estaba en el apogeo de la felicidad inglesa, un título de barón y una propiedad, y Ana hubiera querido marcharse a esa propiedad, cuando de improviso le pareció que había en todo ello motivos de vergüenza para él.

—Pero, ¿de qué se avergonzaría el barón? ¿Y de qué podría yo avergonzarme?

Así pensaba apoyándose en el respaldo de su asiento, sorprendida y desconcertada, apretando el cortapapeles entre las manos. ¿Qué había hecho ella? Pasó revista de sus recuerdos de Moscú: todos eran buenos y agradables. Se acordó del baile, de Wronsky, de sus relaciones con él, de su semblante sumiso y enamorado; ¿había en eso algo de que ella pudiera avergonzarse? Y, sin embargo, el sentimiento de vergüenza aumentaba con ese recuerdo, le parecía que una voz interior le gritaba como en el juego del escondite a propósito de Wronsky. ¿Te quemas, te quemas? ¡Caliente, caliente! ¿Qué significa todo eso? —se preguntó, cambiando de posición con aire resuelto—. ¡Tendré acaso miedo de mirar esos recuerdos cara a cara! ¿Qué hay en definitiva? ¿Puede haber algo de común entre ese oficialito y yo, exceptuando las relaciones que se tienen con todo el mundo?

Sonrió con desdén y volvió a tomar el libro, pero decididamente no comprendió nada de lo que leía. Frotó su cortapapel contra el vidrio helado para pasárselo ya frío por las mejillas ardientes, y se echó a reír. Sintió que cada vez era mayor la tensión de los nervios, que se abrían desmesuradamente los ojos, que se le crispaban los dedos que algo la ahogaba; las imágenes y los sonidos tomaban para ella en la semioscuridad del vagón una importancia exagerada. A cada instante se preguntaba si el tren avanzaba o retrocedía o si estaba detenido. ¿Era realmente Annuchka la que se encontraba allí cerca de ella o era una extraña? ¿Qué era lo que había suspendido del gancho? ¿Un capote o un animal? ¿Qué es lo que había de abandonarse a esa inconsciencia?, pero comprendió que todavía podría resistir poniendo en juego la fuerza de voluntad.

Para tratar de dominarse se levantó, se quitó la manta escocesa, el cuello de pieles y por un momento se encontró bien. Entró un hombre flaco vestido con el traje de campesino, con un casacón amarillo al que faltaba un botón. Reconoció en él al encargado de la estufa, vio que observaba el termómetro y no que el viento y la lluvia, al entrar él, se habían introducido en el vagón. Después todo fue confusión de nuevo. El campesino de alta estatura se puso a roer alguna cosa contra el tabique; la señora anciana alargó las piernas y llenó el vagón de una especie de nube negra; en seguida creyó oír un ruido raro, algo que se desgarraba rechinando, un fuego rojo y deslumbrador brilló para desaparecer detrás de una pared. Se sintió caer en un foso.

Todas esas sensaciones eran más bien divertidas que espantos. La voz del hombre cubierto de nieve le gritó un nombre al oído y ella se irguió, volvió en sí y comprendió que se aproximaban a una estación y que aquel hombre era el revisor. Inmediatamente pidió su chal y su cuello de pieles a Annuchka, se los puso y se dirigió a la puerta.

—¿Quiere salir la señora? —preguntó Annuchka.

—Sí, necesito respirar, ¡hace mucho calor aquí dentro!

La nevasca y el viento le dificultaron el paso, lo cual le pareció curioso, e hizo grandes esfuerzos para abrir más la puerta. El viento parecía esperarla fuera para llevársela silbando alegremente, pero ella se asió a un poste con una mano, contuvo su vestido con la otra y bajó al andén.

Una vez defendida por el vagón se encontró algo más tranquila, y con verdadero placer respiró a plenos pulmones el aire frío de aquella tempestuosa noche. En pie cerca del coche, miró a su alrededor; el muelle se hallaba cubierto de nieve y la estación brillante de luces.

XXX

El viento soplaba con furia, se introducía por las ruedas, remolineaba alrededor de los postes, cubriendo de nieve hombres y vagones. Algunas personas corrían de un lado a otro abriendo y cerrando las grandes puertas de la estación, conversando alegres y haciendo rechinar con los pies las tablas del pavimento del muelle. Una sombra, al agacharse, tocó ligeramente a Ana; luego oyó el golpe de un martillo golpeando.

—¡Qué se mande el telegrama! —gritaba una voz colérica que salía de las tinieblas, del otro lado de la vía.

—¡Por aquí, número 28, si quiere hacer usted el favor! —gritaban por otro lado.

Dos caballeros, con el cigarro encendido en la boca, pasaron cerca de Ana, que se preparaba a entrar en el coche después de haber respirado con fuerza, como para hacer provisión de aire fresco, y ya sacaba la mano de su manguito, cuando la silueta de un hombre vestido de militar le tapó la vacilante luz del reverbero. Este hombre se aproximó a ella. Era Wronsky; al punto le reconoció.

La saludó llevando la mano a la visera de su gorra, y respetuosamente preguntó si le podría ser útil. Ana le miró y por algunos momentos no pudo responderle. A pesar de la sombra, ella observó o creyó observar en sus ojos la misma expresión de entusiasmo que tanto le había impresionado la víspera. ¡Qué de veces no se había ella repetido que Wronsky no era para ella más que uno de tantos jóvenes como se encuentran por centenares en el mundo, y en el cual no se permitiría pensar. ¡Y ahora al reconocerle, se sentía poseída de orgullosa satisfacción! Inútil preguntarle por qué se encontraba allí; estaba tan segura como si él se lo hubiera dicho, que era por estar cerca de ella.

—No sabía que usted pensaba ir a San Petersburgo. ¿Por qué va usted? —le preguntó dejando caer la mano; una alegría imposible de contener le iluminaba el semblante.

—¿Por qué voy? —repitió el mirándola fijamente—. Usted perfectamente sabe que sólo voy para estar donde usted esté. No puedo hacer otra cosa.

En aquel momento, el viento, como si hubiera vencido todos los obstáculos, barrió la nieve del techo de los vagones, y agitó en triunfo una plancha de hierro que había desprendido. El pito de la locomotora silbó quejumbroso y triste, pero para nunca jamás el horror de la tempestad le había parecido más hermoso. Acababa de escuchar palabras que su razón temía, pero que su corazón deseaba.

Guardó silencio, y él comprendió la lucha que se libraba en su interior.

—Perdóneme usted si lo que he dicho le desagrada —murmuró él con humildad.

Hablaba respetuoso, pero en tono tan resuelto, tan decidido, que ella permaneció mucho rato sin hablar; por último dijo:

—No está bien lo que usted dice, y si es hombre de honor, lo olvidará como yo haré.

—No lo olvidaré; jamás podré olvidar ningún gesto de usted, ninguna de sus palabras.

—¡Basta, basta! —exclamó Ana, esforzándose por dar a su rostro una expresion severa, y apoyándose en el poste, subió precipitadamente los escalones de la pequeña plataforma y entró en el vagón. Se detuvo a la entrada tratando de hacer memoria de lo que había pasado, sin poder recordar las palabras pronunciadas por los dos. Presentía que esta corta conversación los había aproximado y se sentía a la vez horrorizada y dichosa. Al cabo de algunos segundos acabó de entrar y ocupó su asiento.

El estado nervioso que tanto le había atormentado, aumentaba. Seguía pensando que algo iba a romperse en ella. Imposible dormir; pero aquella tensión de espíritu no tenía nada de penosa: era más bien una turbación alegre.

Por la mañana se adormeció en su sillón. Era de día cuando se despertó, y ya se aproximaban a San Petersburgo. Entonces el recuerdo de su marido, de su hijo, de su casa, con todas las pequeñas preocupaciones que la aguardaban aquel día y los siguientes, aturdió su mente.

Tan pronto como el tren se detuvo en la estación, Ana bajó del coche, y el primer rostro que vio fue el de su marido.

—¡Dios mío! ¿Por qué se le han vuelto tan largas las orejas? —pensó al ver la fisonomía fría, pero distinguida, de su esposo; impresionada por el efecto que hacían los cartílagos de sus orejas bajo las alas de su sombrero redondo.

El señor Karenin, al ver a su esposa, avanzó hacia ella mirándola atentamente con sus grandes y fatigados ojos y con la irónica sonrisa que le era peculiar.

Esa mirada fue desagradable para Ana; esperaba encontrar diferente a su esposo; y una sensación dolorosa se adueñó de su corazón. No solamente estaba descontenta de sí misma, sino que además sentía cierta hipocresía en sus relaciones con Alejo Alejandrovitch; este sentimiento no era nuevo, lo había experimentado en otro tiempo, sin darle entonces importancia; pero hoy todo lo veía claro y sufría.

—¡Ya ves que soy un marido tierno, tan tierno como el primer año de nuestro enlace! —dijo con voz lenta y en el tono burlón que generalmente adoptaba, como si hubiera querido ridiculizar a los que decían: «Ardía en deseos de volver a verte.»

—¿Cómo sigue Sergio? —le preguntó ella.

—¿De ese modo correspondes a la llama de mi pasión? Está bien, muy bien.

XXXI

Wronsky ni siquiera había tratado de dormir aquella noche; toda la pasó sentado en su sillón, con los ojos muy abiertos, mirando con la mayor indiferencia a los que entraban y salían. Para él los hombres no tenían mayor importancia que las cosas. Aquellos que se admiraban de su imperturbable calma, aquel día lo hubieran encontrado diez veces más orgulloso e impasible. Un joven nervioso, empleado en el tribunal de distrito, sentado a su lado en el coche, hizo cuanto pudo para darle a entender que figuraba en el número de los vivientes; le pidió fuego, le dirigió la palabra, hasta le tocó ligeramente con el pie. Ninguna de esas demostraciones surtió efecto, y no consiguió evitar que Wronsky le siguiera mirando con tanto interés como miraba el faro. Ese joven, ya predispuesto contra su vecino, comenzó a odiarle al ver que tan completamente ignoraba su existencia.

Wronsky ni miraba ni oía nada. Le parecía haberse vuelto un héroe, no porque creyese haber conmovido el corazón de Ana, sino porque el poder del sentimiento que experimentaba le volvía orgulloso y le hacía feliz.

¿Qué resultaría de todo ello? No lo sabía ni pensaba en ello, pero sentía que todas sus fuerzas dispersas hasta hoy, tenderían ahora todas con terrible energía, hacia un solo y único objetivo. Al salir del coche en la estación de Bologol para tomar un vaso de soda, había visto a Ana, y en la primera palabra le había casi involuntariamente expresado lo que sentía. Se alegraba de ello, porque así ahora ella lo sabía todo y pensaría en él. De regreso a su vagón, repasó uno por uno todos sus recuerdos hasta los más pequeños, y vio en su imaginación la posibilidad de un porvenir que agotó su corazón.

Llegado que hubo a San Petersburgo, no obstante la noche de insomnio, se sintió fresco y bien dispuesto, como si saliera de un baño frío. Se detuvo cerca de su coche para verla pasar. «Veré una vez más su rostro, su modo de andar —pensaba sonriendo involuntariamente—; quizá me dirá una palabra, me dirigirá una mirada, una sonrisa.» Pero fue el marido a quien vio primero, escoltado por cortesía por el jefe de la estación a través de la muchedumbre.

—¡Ay de mí, sí! ¡Es el marido!

Y hasta aquel momento no comprendió Wronsky que el marido era una parte esencial de la existencia de Ana. No ignoraba que tuviera un marido; pero no había creído en él, hasta el momento en que divisó su cabeza, sus hombros y sus piernas y en que le vio acercarse tranquilo a Ana y cogerle la mano como hombre que tenía derecho a hacerlo.

Es preciso creer que la figura de Alejo Alejandrovitch, con su frescura de ciudadano, su aire severo y seguro de sí mismo, su sombrero redondo, su espalda ligeramente encorvada, le produjo a Wronsky el efecto desagradable que experimenta el hombre que, muerto de sed, encuentra un manantial de agua pura profanada por la presencia de un perro, de un carnero o de un cerdo. Lo que más turbaba a Wronsky era el paso tieso y presuntuoso de Alejo Alejandrovitch. No reconocía a nadie más el derecho de amar a Ana. Cuando ésta se presentó, su vista le reanimó; no había cambiado y el corazón de Wronsky se conmovió. Dio orden a su criado alemán, que acababa de llegar, de llevarse el equipaje, mientras él se aproximaba a ella. Observó el encuentro de los esposos, y con la perspicacia que da el amor, comprendió perfectamente la imperceptible contrariedad con que Ana recibió a su marido.

Wronsky exclamó para sí:

—No, no le quiere y no podría tampoco quererle.

En el momento de reunirse a su esposo, Wronsky notó con alegría que ella adivinaba que él se aproximaba; pero, no obstante, continuó marchando hacia su marido.

Cuando Wronsky estuvo cerca de ella, saludó a la vez al marido y a la esposa, para dejar al señor Karenin la facultad de tomar parte del saludo si quería, y le dijo:

—¿Ha pasado usted bien la noche?

—Gracias, muy bien —respondió ella.

El rostro de Ana Karenina mostraba fatiga y no tenía la animación de costumbre; cierto desagrado se delataba en la mirada, que se desvaneció tan pronto como apareció Wronsky. Eso bastó para que éste se sintiera dichoso; contempló Ana a su marido para averiguar si conocía al conde. Alejo Alejandrovitch le miraba con cierto desagrado y parecía reconocerle vagamente. El aplomo de Wronsky tropezó esta vez con la glacial tranquilidad de Alejo Alejandrovitch.

Ana le presentó a Wronsky, diciendo:

—¡El conde Wronsky!

—¡Ah! Me parece que nos conocemos —dijo Alejo Alejandrovitch con indiferencia tendiéndole la mano; luego, dirigiéndose a su esposa, añadió—: ¿Según veo has viajado con la madre a la ida y a la vuelta con el hijo? —y daba a sus palabras la misma importancia que si cada una de ellas valiera un rublo—. Sin duda se encuentra usted acabando una licencia —y sin esperar la respuesta se volvió a su esposa y le dijo en el mismo tono—: ¿Y qué tal? ¿Hubo muchas lágrimas en Moscú al despedirse?

Al hablar exclusivamente a su esposa, demostraba a Wronsky que Karenin deseaba quedar solo con ella. Completó su pensamiento tocándose el sombrero y volviéndole la espalda, pero Wronsky se dirigió aún a Ana.

—Espero tendré el honor de presentarme en casa de usted.

Alejo Alejandrovitch le lanzó una de sus miradas fatigadas y respondió con frialdad:

—Tendré mucho gusto. Recibimos los lunes.

En seguida se separó definitivamente de Wronsky, y siempre bromeando dijo a su mujer:

—¡Qué fortuna disponer de media hora de libertad para venir contigo y probarte así mi ternura!

—Subrayas demasiado tu ternura para que yo la aprecie —respondió Ana en el mismo tono burlón, aunque involuntariamente escuchaba tras ellos los pasos de Wronsky—. ¡Qué me importa! —pensó, y luego preguntó a su marido cómo había pasado Sergio el tiempo durante su ausencia.

—¡Pues muy bien! Marieta dice que ha estado muy formal, y siento decírtelo, no te ha echado de menos, no le sucede lo mismo que a tu marido. Gracias, querida mía, por haber venido un día antes. Nuestra querida *Samovar* va a estar contentísima (llamaba así a la condesa Lydia Ivanovna a causa de su perpetuo estado de emoción y de agitación); ha preguntado mucho por ti, y me atrevo a aconsejarte que vayas a verla hoy. Ya sabes que su corazón sigue sufriendo por todo; actualmente, además de sus inquietudes habituales, se preocupa también de la reconciliación de los Oblonsky.

La condesa Lydia era amiga de su marido y el centro de cierta sociedad a la cual pertenecía Ana a causa de él.

—¡Pero yo le he escrito!

—Ella quiere conocer detalles. Ve a verla, querida, si no te encuentras demasiado cansada. Condrat hará venir al carruaje, y yo voy al consejo. En fin, ya no comeré sólo —en esto Alejo Alejandrovitch hablaba seriamente—. No podrías figurarte lo acostumbrado que estoy...

Y con sonrisa muy particular, le estrechó mucho tiempo la mano y la acompañó hasta el carruaje.

XXXII

La primera cara que Ana Karenina divisó al entrar en su casa, fue la de su hijo, el cual se lanzó a la escalera a despecho del aya, gritando en un transporte de alegría:

—¡Mamá, mamá! —y le saltó al cuello, mientras decía al aya—: Ya sabía yo que era mamá.

Pero tanto el hijo como el padre produjeron a Ana una especie de desilusión: se imaginaba a su hijo más hermoso de lo que era en realidad, y, sin embargo, estaba encantador, con su cabeza rizada, sus ojos azules y sus bien formadas piernecitas con medias bien estiradas.

Ana sintió un bienestar casi físico, al sentirse cerca de él, y al recibir sus caricias, y un alivio moral al contemplar aquellos ojos de una expresión tan confiada y tan cándida. Atendió a sus infantiles preguntas mientras contó que en Moscú había una niñita, llamada Tania, que ya sabía leer y que hasta enseñaba a leer a otros niños.

—¿No soy tan bueno como ella? —preguntó Sergio. Para mí no hay nada en el mundo mejor que tú.

—Lo sé muy bien —dijo el niño sonriendo.

Apenas había acabado de almorzar Ana, cuando le anunciaron a la condesa Lydia Ivanovna. La condesa era una mujer alta y fuerte, de color amarillo y enfermizo, con espléndidos ojos negros y pensativos. Ana la quería bastante, pero ese día, por primera vez, notó también sus defectos.

—Y qué tal, amiga mía, ¿les llevó usted la rama de olivo? —preguntó la condesa al entrar.

—Sí, se ha arreglado todo; pero la cosa no era tan grave como suponíamos. En general, mi cuñada es demasiado pronta en sus resoluciones.

Pero la condesa Lydia, que se interesaba por todo lo que le importaba, tenía costumbre de no tomar interés ninguno por lo que, según decía, le interesaba. Interrumpió a Ana diciendo:

—Sí, hay muchos males y tristezas en la tierra, y yo me siento aniquilada hoy.

—¿Qué es lo que sucede? —preguntó Ana sonriendo involuntariamente.

—Comienzo a cansarme de luchar sin fruto por la verdad y me siento desconcertada. La obra de nuestras hermanitas (se trataba de una institución filantrópica y patrióticamente religiosa) marchaba perfectamente; pero no se puede hacer nada con esos señores —y la condesa adoptó un tono de irónica resignación—. Se apoderaron de la idea para desfigurarla por completo, y ahora la juzgan pobremente, miserablemente. Sólo dos o tres personas, entre ellas el marido de usted, comprenden el objeto de esta obra; las otras no hacen más que desacreditarla. Ayer Paravdine me escribió...

Y la condesa le hizo un resumen de Paravdine, célebre paneslavista residente en el extranjero. Después refirió los diferentes obstáculos en que se trataba de dificultar la Unión de las Iglesias; se extendió en consideraciones sobre los disgustos que esto le causaba, y se marchó precipitadamente, porque aquel día aún tenía que asistir a una reunión del comité eslavo.

«Todo esto existía antes; ¿cómo es que no lo había observado yo? —pensó Ana—. ¿Estaba su amiga más nerviosa hoy que de costumbre? En realidad todo esto es extravagante, se trata de una mujer que no tiene más idea que la caridad, es cristiana, y se enoja y lucha contra otras personas cuyo fin es igualmente la religión y la caridad.»

Después de la condesa Lydia llegó una amiga, esposa de un alto funcionario, que la puso al corriente de las noticias de la ciudad. Alejo Alejandrovitch estaba en el ministerio. Una vez sola, Ana empleó el tiempo, hasta la hora de la comida, en asistir a la de su hijo, que comía sólo, en poner en orden sus cosas y en atender a su correspondencia atrasada. Con las ocupaciones ordinarias de su vida, iban desapareciendo la confusión y la vergüenza de que había sufrido tanto en el camino. Se volvía a sentir tranquila y reprochable, hasta el punto de admirarse de su estado de ánimo de la víspera. ¿Qué había pasado de tan grave? Wronsky había cometido una locura que sería fácil conseguir que no fuera más lejos. Inútil hablar de ello a Alejo, porque de otro modo parecía que le daba importancia al asunto. Y recordó un pequeño episodio con un dependiente de su marido, que ella creyó deber contar a éste. Alejo Alejandrovitch le contestó que toda mujer de sociedad debía estar apercibida para incidentes de esa clase, pero que su confianza en ella era demasiado absoluta, para que se permitiera tener celos humillantes y no fiara en su tacto.

«Es mejor callar, y por otra parte, gracias a Dios, no tengo nada que decir», pensó Ana.

XXXIII

Hacia las cuatro de la tarde, Alejo Alejandrovitch regresó del ministerio; pero, como le sucedía con frecuencia, no tuvo tiempo de entrar en las habitaciones de su esposa. Pasó, sin detenerse, a su despacho, para dar audiencia a los solicitantes que le aguardaban y firmar algunos papeles traídos por el jefe de gabinete.

A la hora de la comida llegaron los invitados (los Karenin tenían diariamente cuatro personas a la mesa): una anciana, prima de Alejo Alejandrovitch, un jefe de división del ministerio con su esposa y un joven que le estaba recomendado para asuntos del servicio.

Ana fue a recibirlos a la sala. En el gran reloj de bronce del tiempo de Pedro I, daban las cinco cuando Alejo Alejandrovitch, de frac y corbata blanca y con dos condecoraciones, salía de su despacho; debía ir a algunas reuniones después de comer; todos sus momentos estaban ocupados, y para lograr hacerlo todo en el día, necesitaba una regularidad y una puntualidad rigurosa; su divisa era: «sin prisas y sin descanso». Entró, saludó a los presentes y se sentó sonriendo a su mujer.

—¡Al fin se acabó mi soledad! No podrías imaginarte cuán *molesto* es comer solo (recalcó la palabra *molesto*).

Durante la comida hizo varias preguntas a su esposa sobre Moscú y particularmente acerca de Esteban Arcadievitch, con su sonrisa burlona; pero la conversación no dejó de ser general y versó principalmente sobre cuestiones de servicio y sobre la sociedad de San Petersburgo.

Concluida la comida, pasó una media hora con sus huéspedes y en seguida salió para ir al consejo, después de dar la mano a su mujer. Ana había sido invitada por la princesa Betsy Tverskoi para aquella noche; pero no fue ni allí ni al teatro, en donde tenía palco. Se quedó en casa porque la costurera había faltado a su palabra.

Luego que sus convidados se marcharon, Ana se ocupó de su tocado, y sufrió una contrariedad al saber que, de tres vestidos enviados a que se reformaran, antes de su viaje a Moscú, dos no estaban listos y el tercero no se lo habían traído. La costurera vino a excusarse, pero Ana, impaciente, le riñó tanto, que después se sintió muy avergonzada.

Para calmarse, pasó la velada al lado de su hijo, le acostó ella misma, le arregló las colchas y, al retirarse, le dio la bendición, haciendo la señal de la cruz. Aquella noche fue de reposo para ella, y, con la conciencia libre de un gran peso, esperó a su marido junto a la chimenea, leyendo su novela inglesa. La escena del ferrocarril que le había parecido tan grave, ya no fue a sus ojos más que un incidente sin importancia de la vida social.

A las nueve y media en punto sonó la campanilla de la puerta de la calle, y Alejo Alejandrovitch entró.

—¡Eres tú por fin! —dijo tendiéndole la mano.

Éste la besó y se sentó al lado de su esposa.

—¿Resultó eficaz tu viaje? —preguntó él.

—Sí, muy bien —y Ana le contó todos los detalles: el viaje con la anciana condesa, la llegada, el accidente del ferrocarril, la lástima que le dio su hermano al principio y Dolly después.

—No admito que se pueda excusar a semejante hombre, aunque sea tu hermano —dijo Alejo con severidad.

Ana sonrió, porque sabía que con tal severidad se empeñaba en probar que ni las relaciones de parentesco podían influir en la equidad de sus juicios: era un rasgo de su carácter que ella estimaba en él.

—Me alegro mucho de que todo haya terminado con tanta felicidad y que tú hayas podido regresar. ¡Y qué se dice por allá de la nueva medida que yo he introducido en el consejo!

Ana no había oído hablar nada de eso y se avergonzó un poco por haber olvidado una cosa tan importante para su marido.

—Aquí ha hecho mucho ruido —dijo él con aire satisfecho.

Ella conoció que Alejo Alejandrovitch tenía algo lisonjero para él que contarle, y con sus preguntas le obligó a hablar de las felicitaciones que había recibido.

—He quedado muy contento, mucho; eso prueba que ya comienzan a existir entre nosotros opiniones razonables y serias.

Cuando hubo tomado el té con leche y pastas, se levantó para dirigirse a su gabinete de trabajo

—¿No has querido salir esta noche? ¿Te habrás fatigado mucho? —dijo antes de marcharse.

—¡Oh, de ningún modo! —contestó ella, levantándose también para acompañarle, y en seguida le preguntó—: ¿Qué lees ahora?

—Leo *La Poesía de los infiernos*, del duque de Lille. Es un libro muy notable.

Ana sonrió, como sonríe uno al notar las debilidades de las personas que se quieren, y pasando el brazo por el de su marido, le siguió hasta la puerta de su despacho. Sabía que la costumbre que tenía de leer por la noche se había convertido en una necesidad, y que para él constituía un deber estar al corriente de todo lo que parecía interesante al mundo literario, a pesar de los deberes oficiales que le absorbían su tiempo casi por completo. Sabía también que sin dejar de interesarle especialmente las obras políticas, de filosofía y de religión, no dejaba pasar ningún libro de arte o de poesía cualquiera que fuera su mérito, sin hacerse cargo de él, precisamente porque el arte y la poesía eran contrarios a su temperamento, Y si en política, en filosofía o en religión llegaba a tener dudas sobre algunos puntos y trataba de aclararlos, Alejo Alejandrovitch jamás vacilaba en sus juicios cuando se trataba de poesía, de arte y sobre todo de música. Le gustaba hablar de Shakespeare, de Rafael, de Beethoven, del alcance de las nuevas escuelas de pintores, de poetas y de músicos; clasificaba esas escuelas con rigorosa lógica, pero jamás había comprendido ni una sola nota musical.

—¡Pues bien, que Dios te bendiga! Te dejo; voy a escribir a Moscú —dijo Ana en la puerta del despacho, en donde se habían preparado, como de costumbre, cerca del sillón de su marido, bujías y una botella de agua.

—Es, sin embargo, un hombre bueno, honrado, leal y notable en su esfera —se dijo Ana al entrar en su gabinete, como si hubiera tenido que defenderle contra algún adversario que hubiese pretendido que no era posible quererle—. Pero, ¿por qué le sobresalen tanto las orejas? Se habrá hecho cortar el pelo demasiado.

A las doce en punto de la noche, Ana todavía estaba escribiendo a Dolly en su pequeño escritorio, cuando se oyeron los pasos de Alejo Alejandrovitch; iba con bata y chinelas, bien lavado y peinado, con un libro debajo del brazo. Aproximándose a su esposa antes de entrar en la alcoba, le dijo sonriendo:

—Se hace tarde.

«¿Con qué derecho le ha mirado él así?», pensó Ana en aquel momento recordando la ojeada que Wronsky había echado a Alejo Alejandrovitch.

Luego fue a desnudarse y pasó a su alcoba. ¿Dónde estaba esa llama que animaba toda su fisonomía en Moscú, que le iluminaba los ojos y la sonrisa? Estaba apagada, o por lo menos muy oculta.

XXXIV

Al salir de San Petersburgo, Wronsky había cedido su habitación de la Morskaya a su amigo Petritzky, su mejor camarada.

Petritzky era un teniente joven que no tenía nada de ilustre; no solamente no era rico, sino que estaba de deudas hasta el cuello; todas las noches volvía ebrio a su casa; con mucha frecuencia quedaba arrestado en el cuarto de banderas por aventuras a veces extrañas y a veces escandalosas; pero, a pesar de todo, se hacía querer de sus camaradas y de sus jefes.

Al regresar Wronsky a su morada a eso de las once de la mañana, vio estacionado en su puerta un carruaje de *isvostchik* muy conocido. Llamó a la puerta, desde donde oyó la risa de varios hombres y el gorjeo de una voz de mujer, y después la voz de Petritzky que gritaba a su ordenanza:

—¡Si es uno de esos miserables, no le dejes entrar!

Wronsky, sin hacerse anunciar, pasó a la primera pieza.

La baronesa Shilton, la amiga de Petritzky, en bata de raso color de lila, con la faz despierta y rodeada de bucles rubios, hacía café en una mesa redonda, y como un canario llenaba la sala con su jerigonza parisiense. Petritzky, de levita, y el capitán Kamerowsky, de gran uniforme, estaban sentados cerca de ella.

—¡Bravo, Wronsky! —gritó Petritzky saltando de la silla ruidosamente—. ¡El amo en persona! ¡Baronesa, sírvale usted café en la cafetera nueva! Deseo que sea de tu gusto el adorno de la sala —añadió, señalando a la baronesa—. ¿Ustedes se conocen, según creo?

—¡Vaya si nos conocemos! —respondió Wronsky riendo alegremente y dando la mano a la baronesa—. Somos antiguos amigos.

—¿Usted regresa de viaje? —dijo la baronesa—. Entonces me marcho; me voy inmediatamente si molesto.

—En cualquier parte que usted esté, está en su casa, baronesa —respondió Wronsky—. Buenos días, Kamerowsky —dijo dirigiéndose a éste y dándole la mano con frialdad.

—Nunca sería usted capaz de decir una cosa tan amable —respondió ella dirigiéndose a Petritzky.

—¿Por qué no? Después de comer yo diría lo mismo.

—No tiene mérito después de comer. Bueno, voy a preparar el café, mientras usted va a vestirse.

Y volvió a sentarse dando la vuelta a la llave de la cafetera nueva precipitadamente.

—Pedro —añadió—, déme el café.

Llamaba Pedro a Petritzky, porque era su nombre patronímico. No disimulaba el vínculo que le unía a él.

—Voy a poner más café.

—Usted lo estropeará.

—No, no lo estropearé. ¿Y su esposa? —dijo de repente la baronesa a Wronsky, interrumpiéndole su conversación con los camaradas—. Aquí le hemos casado a usted. ¿Ha venido con usted su esposa?

—No, yo nací en Bohemia, y bohemio seguiré siendo hasta la muerte.

—¡Tanto mejor!, ¡tanto mejor! Déme usted la mano.

Y sin dejarle marchar, la baronesa se puso a explicarle su último plan de vida y a pedirle consejo, intercalando muchos chistes.

—¡Él no quiere darme autorización para el divorcio! (Él era el marido.) Pienso entablar un pleito. ¿Qué le parece a usted? ¡Kamerowsky!, tenga cuidado del café, ¡ya ve que estoy hablando de negocios! Tengo, pues, intención de demandarle ante los tribunales para que me devuelva mi fortuna. Con el pretexto de que le soy infiel, quiere aprovecharse de lo que me pertenece. ¿Comprende usted la estupidez?

A Wronsky le divertía esta charla. Aprobaba a la baronesa, le daba consejos riendo y volvía al tono que le era habitual en sus relaciones con esta clase de mujeres.

Según las ideas de esa clase de gente de San Petersburgo la humanidad se divide en dos clases muy distintas: la primera se compone de personas insípidas, tontas y sobre todo ridículas, las cuales se imaginan que un marido ha de vivir solamente con la mujer con que se casó; que las jóvenes deben ser puras, las esposas castas, los hombres valientes, sobrios y firmes; que es preciso educar a sus hijos, ganarse la vida, pagar las deudas y otra necedades por ese estilo. A esta categoría pertenecen los pasados de moda y los fastidiosos. En cuanto a la otra clase, a la cual Wronsky se vanagloriaba de pertenecer, para formar parte de ella, era indispensable ante todo ser elegante, generoso, audaz, divertido, abandonarse sin reparos a todas sus pasiones y burlarse de lo demás.

Todavía bajo la impresión de la atmósfera tan diferente de Moscú, Wronsky se aturdió un poco al volver a su antigua vida, pero pronto se encontró en su elemento con la misma satisfacción que uno encuentra al volver a ponerse sus antiguas chinelas.

El famoso café no se sirvió nunca, se derramó de la cafetera en una alfombra de valor, manchó el vestido de la baronesa, pero consiguió su objeto, que era provocar grandes risas.

—Pues bien, me retiro, porque si permaneciera más tiempo usted no se vestiría nunca y yo cargaría mi conciencia con el peor de los crímenes que puede cometer un hombre bien criado, el crimen de no lavarse. ¿Me aconseja usted entonces que le ponga un puñal al pecho?

—Ciertamente, pero de modo que su pequeña mano se acerque a mis labios; así la besaré, y la cosa terminará satisfactoriamente para todos —respondió Wronsky.

—¡Hasta la noche, en el teatro francés!

Y la baronesa arrastrando la cola de su vestido, que crujía al andar desapareció.

Kamerowsky se levantó también, y Wronsky, sin esperar que se marchara, le tendió la mano y pasó a su tocador.

Mientras se lavaba, Petritzky le informó rápidamente del estado de la situación. Ni un céntimo, un padre que había declarado no querer dar más ni pagar ninguna deuda. Un sastre decidido a hacerle detener y otro sastre con las mismas intenciones. Un coronel resuelto a que, si ese escándalo continuaba, le haría salir del regimiento. La baronesa desagradable, como rábano amargo, sobre todo a causa de sus continuas ofertas de dinero, y otra, una belleza de estilo oriental, severa, del genero Rebecca, a la que era preciso enseñárselo. Un duelo con Berkashef, que quería enviarle sus testigos, pero que seguramente no le enviaría nada. Por lo demás todo iba bien y del modo más gracioso del mundo. En seguida Petritzky comenzó el relato de las noticias del día, sin dejar tiempo a su amigo de saborear nada. Aquella charla, aquella habitación que hacia tres años ocupaba, todas aquellas gentes que le rodeaban, contribuían a hacer volver a Wronsky a las costumbres indolentes de su vida de San Petersburgo, y hasta experimentó cierto bienestar por encontrarse allí.

—¿Es posible? —exclamó soltando el grifo de su lavabo que le vaciaba con un chorro de agua la cabeza y el grueso cuello—, ¿es posible? —acababa de saber que Laura había abandonado a Fertinghof por Mileef—. ¿Y continuó tan tonto y tan satisfecho de sí mismo? ¿Y Busulkof?

—¡Ah, Busulkof! Es toda una historia —dijo Petritzky—. ¿Tú no conoces su pasión por el baile? No pierde uno solo de la corte. ¿Has visto los nuevos cascos? Son muy bonitos, muy ligeros, va allí de uniforme. No, pero escucha la historia...

—Estoy escuchando, estoy escuchando —respondió Wronsky frotándose la cara con una toalla.

—Una gran duquesa pasa del brazo de un embajador extranjero y, descuidadamente para él, la conversación versa sobre los nuevos cascos en la cabeza (y Petritzky tomaba la actitud de Busulkof de gran uniforme) y le ruega que tenga la bondad de enseñarle su casco. Él no se mueve. ¿Qué significa eso? Sus camaradas le hacen señas y gestos. ¡Dale, hombre! Nada, permanece tranquilo como un muerto. Ya puedes imaginarte esta escena. En fin, quieren quitarle el casco, pero él forcejea, se lo quita y lo presenta él mismo a la duquesa. ¡Ese es el nuevo modelo!, dice ésta al devolvérselo. ¿Y que sucede entonces? Pues que se escapan del casco confites, dos libras de golosinas de confitería. ¡Eran las provisiones del pobre muchacho!

Wronsky reía con toda su alma, y mucho tiempo después, al hablar de cualquier otra cosa, volvía a reír pensando en el desgraciado casco, con una risa joven que descubría sus dientes blancos y regulares.

Una vez al corriente de las noticias del día, Wronsky se puso el uniforme con ayuda de su asistente y fue a presentarse en la plaza. Pensaba después ir a casa de su hermano, a casa de Betsy y hacer varias visitas, a fin de poder presentarse en el mundo frecuentado por los Karenin. Como es corriente en San Petersburgo, salió de su casa con el propósito de no volver antes de muy entrada la noche.

94

SEGUNDA PARTE

I

Hacia fines del invierno, los Cherbatzky tuvieron una consulta de médicos acerca de la salud de Kitty. Estaba enferma y la proximidad de la primavera no hacía más que empeorar el mal. El médico de la casa había recetado el aceite de hígado de bacalao, después hierro y por último nitrato de plata. Pero como no había resultado eficaz ninguno de esos remedios aconsejó un viaje al extranjero.

Entonces se resolvió consultar a una celebridad médica. Esta celebridad era un hombre joven todavía y bien parecido, el cual exigió un examen minucioso de la enferma. Insistió con cierta complacencia sobre el hecho de que el pudor de las jóvenes no era más que un resto de barbarie, y que nada más natural que auscultar a una joven medio vestida. Como él lo hacía diariamente sin dar al acto la menor importancia, el pudor de las jóvenes, ese resto de barbarie, le parecía casi una injuria personal.

Fue preciso resignarse, porque, aunque todos los médicos salieran de la misma escuela, estudiasen los mismos libros y tuviesen, por consiguiente, la misma y única ciencia, por cualquier motivo se había decidido y convencido a la princesa de que la celebridad médica en cuestión poseía la ciencia especial que había de salvar a Kitty. Después de un profundo examen, de una auscultación seria de la pobre enferma, confusa y ruborosa, el celebre médico se lavó las manos cuidadosamente y volvió al salón donde se hallaba el príncipe, quien le escuchó con aire sombrío y una especie de ronquido. Como hombre que nunca había estado enfermo, no creía en la medicina, y como hombre de buen sentido, toda aquella comedia le irritaba tanto más cuanto que era tal vez el único que comprendía bien la causa del mal de su hija. «¡He aquí uno que se vuelve con el rabo entre las piernas!», se dijo, manifestando así su opinión del diagnóstico del celebre doctor!» A éste, por su parte, le costaba trabajo llevar la condescendencia hasta dirigirse a la mediocre inteligencia de aquel viejo hidalguillo, y apenas pudo disimular su desdén, casi no creía necesario hablar a aquel pobre hombre, puesto que la princesa era la que llevaba y gobernaba la casa. Ante ella se disponía a derramar su torrente de elocuencia. En aquel momento entró ella con el médico de cabecera y el anciano príncipe se alejó, para no demostrar de un modo ostensible lo que pensaba de todo aquello. La princesa, muy turbada, ya no sabía qué hacer; se sentía muy culpable con respecto a Kitty.

—¡Bueno, doctor! Decida usted de nuestra suerte. ¡Dígamelo todo! ¿Hay esperanza todavía? —quiso decir, pero le temblaron los labios y se detuvo.

—Estaré a las órdenes de usted, princesa, cuando haya consultado con mi colega. Entonces tendremos el honor de dar a usted nuestra opinión.

—¿Será preciso dejar a ustedes solos?·

—Como a usted le parezca.

La princesa suspiró y salió.

El médico de la casa, tímidamente, emitió su opinión de que se trataba de un principio de disposición tuberculosa porque, etc. El célebre doctor le escuchó y, en medio de su discurso, sacó del bolsillo su gran reloj de oro.

—Sí —dijo—, pero...

Su cofrade se detuvo respetuosamente

—Usted sabe que no es posible precisar el principio del desarrollo tuberculoso; antes de la aparición de las cavernas no hay nada positivo. En el presente caso, no se puede hacer nada más que temer ese mal, en presencia de síntomas tales como la mala alimentación, la nerviosidad y otros. La cuestión, pues, debe exponerse así: ¿Qué hay que hacer, puesto que existen razones para temer un desarrollo tuberculoso, para conservar una buena alimentación?

—Pero usted bien sabe que aquí se oculta alguna causa moral, —se permitió observar el médico de la casa con sonrisa maliciosa.

—¡Eso desde luego! —respondió el célebre doctor, mirando de nuevo al reloj—. Mil perdones. ¿Sabe usted si el puente del Yausa está arreglado, o si es necesario dar la vuelta?

—Está arreglado.

—En este caso, todavía tengo veinte minutos. Decíamos, pues, que la cuestión es la siguiente: regularizar la alimentación y fortificar los nervios; lo uno no se consigue sin lo otro, y es preciso obrar sobre las dos mitades del círculo.

—Pero, ¿el viaje al extranjero?

—Soy enemigo de esos viajes al extranjero. Sírvase usted seguir mi razonamiento: si se ha iniciado el desarrollo tuberculoso, lo cual nosotros no podemos saber, ¿para qué sirve un viaje? Lo esencial es encontrar el medio de lograr una buen alimentación —y desarrolló su plan de una curación por medio de las aguas de Soden, curación cuyo mérito principal, según el, consistía en ser absolutamente inofensiva.

El médico de la casa escuchaba muy atento y respetuoso, y hubo de decir:

—Pero en favor de un viaje al extranjero hago valer el cambio de hábitos, el alejamiento de condiciones propias para traer a la memoria enojosos recuerdos. Además, la madre lo desea —añadió.

—En ese caso, que vayan; pero con tal que esos charlatanes alemanes no vayan a agravar el mal, es preciso en absoluto que sigan nuestras prescripciones estrictamente. ¡Dios mío, sí!, desde luego, no tienen más que marcharse.

Miró de nuevo su reloj.

—Ya es tiempo de que me separe de usted —y se dirigió a la puerta.

El célebre doctor dijo a la princesa, probablemente por un sentimiento de decoro, que deseaba ver a la enferma nuevamente.

—¡Cómo! ¿Otro examen? —exclamó la princesa aterrorizada.

—¡Oh, no! Nada más que unos detalles, princesa.

—Entonces, entre usted, hágame el favor.

Y la madre acompañó al doctor al saloncito de Kitty. La pobre niña, muy enflaquecida, colorada y con los ojos brillantes de emoción, después de la confusión que le había causado la visita del médico, se hallaba en pie en medio de la habitación. Cuando los vio entrar, se le llenaron los ojos de lágrimas y se puso más colorada. La enfermedad y el método higiénico a que la obligaban, le parecían tonterías ridículas. ¿Qué significaba este sistema de curación? ¿No era lo mismo que recoger los pedazos de un jarro roto con la esperanza de que una vez unidos quedara tan intacto como antes? ¿Podría su corazón volver a la salud a fuerza de píldoras y de polvos? Pero no se atrevía a contrariar a su madre, tanto más cuando ésta se sentía tan culpable.

—Dígnese usted sentarse, princesa —le dijo el doctor.

Sentóse él frente a ella, le tomó el pulso y comenzó, con una sonrisa, una serie de fastidiosas preguntas. Ella le contestó al principio, pero luego, ya impaciente, se levantó.

—Dispénseme, doctor; en verdad, todo eso no conduce a nada. Ya es la tercera vez que me hace la misma pregunta.

El médico no se ofendió.

—Es una irritabilidad enfermiza —hizo observar a la princesa cuando Kitty salió—. Además, ya había yo concluido.

Y el doctor explicó el estado de la enferma a su madre como a una persona excepcionalmente inteligente, haciéndole, para concluir, las recomendaciones más minuciosas sobre el modo de beber esas aguas, cuyo mérito a sus ojos era el de ser inútiles. El doctor reflexionó profundamente sobre si era conveniente el viaje, y el resultado de sus reflexiones fue que se podía hacer a condición de no fiarse de los charlatanes y de no seguir más prescripciones que las suyas.

Cuando el doctor partió, hubo un alivio general, como si hubiese acontecido algo feliz. La madre volvió al lado de su hija, muy repuesta, y Kitty tomó también un aspecto de calma y apacibilidad. Ahora le sucedía con frecuencia que disimulaba lo que sentía.

—¡De veras, mamá,. me siento bien! Pero si usted lo desea viajaremos —dijo, y para probar lo que le interesaba el viaje habló de sus preparativos de marcha.

II

Dolly sabía que la consulta había de celebrarse aquel día y, aunque estaba apenas restablecida de un parto (había dado a luz una niña), y aunque tenía un niño enfermo, dejó al recién nacido y al enfermo, para enterarse de la suerte de Kitty.

—¿Y qué tal? —dijo al entrar sin quitarse el sombrero—. Ustedes parecen alegres, eso quiere decir que todo va bien.

Quisieron contarle lo que el médico había dicho; pero aunque había hablado muchísimo con muy lindas frases, nadie pudo exactamente recordar sus discursos. El punto interesante era la decisión referente al viaje. Dolly suspiró involuntariamente. Iba a perder a su hermana, a su mejor amiga. ¡Y para ella la vida tenía tan pocos atractivos...! Las relaciones que sostenía con su marido le parecían cada vez más humillantes. La reconciliación realizada gracias a Ana no había durado, y la unión de la familia chocaba contra los mismos escollos. Esteban Arcadievitch permanecía poco en su casa y en sus ausencias dejaba dinero escaso. Dolly se veía atormentada constantemente por la sospecha de que le fuera infiel; pero acordándose con horror de los sufrimientos que le originaron los celos, y tratando ante todo de que no se destruyera la vida familiar, prefería dejarse engañar, pero despreciando a su marido y despreciándose a sí misma por esta debilidad. Por otra parte, los cuidados de una numerosa familia le imponían abrumadores deberes.

La princesa le preguntó:

—¿Cómo siguen los niños?

—¡Ah!, ¡mamá, tenemos muchos dolores de cabeza! Lili está en cama y temo que sea la escarlatina. Hoy he salido para saber cómo estaban ustedes, porque después quizá no podré salir ya.

En aquel momento entró el príncipe, presentó su mejilla a Dolly para que le besara, platicó un rato con ella y, en seguida, dirigiéndose a su esposa, exclamó:

—¿Qué ha decidido usted? ¿Se marcha? ¿Y qué hará usted de mí?

—Creo, Alejandro, que será mejor que te quedes.

—Como te parezca.

—¿Por qué no viene papá con nosotras, mamá? —dijo Kitty—. Resultaría más alegre para él y para nosotras.

El príncipe fue a acariciar los cabellos de Kitty; ésta levantó la cabeza e hizo un esfuerzo para sonreír al mirarle. Le parecía que sólo su padre, aunque no dijera nada, la comprendía. Era la menor y por consiguiente la preferida del anciano príncipe, y ella creía que el cariño le hacía perspicaz. Cuando su mirada encontró la de su padre, que la examinaba con atención, le pareció leer en su alma y que descubría todo lo malo que había en ella. Se sonrojó y se inclinó hacia él esperando que la besara; pero él se contentó con darle un tironcito de los cabellos diciendo:

—¡Qué demontre de moños! ¡No le dejan a uno llegar hasta su hija! ¡Como si acariciara uno los cabellos de alguna anciana muerta! ¿Y qué tal, Dolinka, qué hace tu *triunfo*?

—Nada, papá —contestó Dolly, comprendiendo que se trataba de su marido—, siempre está viajando. Apenas le veo —no pudo evitar de añadir con sonrisa irónica.

—¿No ha ido todavía a vender la madera al campo?

—No, pero piensa hacerlo.

—¿De veras? Entonces hay que darle el ejemplo —dijo el príncipe—. Y tú, Kitty, ¿sabes lo que has de hacer? Es preciso que cualquier mañana, al despertarte, digas: me siento contenta y animada, ¿por qué no ir otra vez a dar paseos por la mañana con papá durante una buena helada? ¿Eh?

Al oír esas palabras tan sencillas, Kitty se turbó como si la acusaran de un crimen.

—Sí, todo lo sabe, todo lo comprende; con esas palabras quiere significar que, por más humillada que me encuentre debo sobreponerme a mi humillación.

No pudo responder, rompió a llorar y salió de la habitación.

—¡Ese es uno de tus rasgos característicos! —dijo la princesa, enojada contra su marido—; siempre has... —y dio principio a un discurso lleno de reproches.

El príncipe comenzó por recibir tranquilamente las reprensiones de su esposa, pero luego el rostro se le ensombreció.

La princesa añadió:

—¡La pobrecilla da tanta lástima! Tú no comprendes que la hace sufrir la misma pequeña alusión que se haga a lo que es causa de su dolor? ¡Ah! ¡Cómo se puede uno equivocar al juzgar a las personas!

Por la inflexión de su voz, Dolly y el príncipe comprendieron que hablaba de Wronsky.

—¡No comprendo cómo no existen leyes para castigar acciones tan viles, tan poco nobles!

El príncipe, siempre sombrío, se levantó de su asiento y se dirigió a la puerta como si quisiera huir, pero se detuvo en el umbral y exclamó:

—Hay leyes, madrecita mía, y ya que me obligas a hablar te haré observar que la verdadera culpable en todo este negocio eres tú, y nadie más que tú. Hay leyes contra esos galancetes y las habrá siempre; aunque viejo, yo hubiera sabido castigar a ése, si no hubieras sido tu la primera en atraerle a nuestra casa. ¡Y ahora cúrala, que la vean todos tus charlatanes!

El príncipe hubiera dicho mucho más si la princesa, como siempre que la cuestión se agravaba, no se hubiese sometido y humillado.

—¡Alejandro, Alejandro! —murmuró llorando y acercándose.

Al verla llorar, el príncipe se calló.

—¡Sí, sí! ¡Para mí también es cosa muy dura! ¡Basta, basta! No llores. El mal no es grande. Dios es misericordioso. Gracias —añadió, sin saber lo que decía, dominado por la emoción; y sintiendo que la princesa le besaba la mano, cubriéndola de lágrimas. se retiró de la habitación.

Dolly, con su instinto maternal, había querido seguir a Kitty a su cuarto, comprendiendo que debía tener cerca de ella los consuelos de una mujer; pero al oír los reproches de su madre y las palabras coléricas de su padre, trató de intervenir en cuanto se lo permitía su respeto filial. Cuando el príncipe se alejó, habló así a su madre:

—Hace mucho que quería decir a usted una cosa, mamá; no sé si ya lo sabe: que Levin tenía intención de pedir la mano de Kitty la última vez que estuvo aquí. Así se lo dijo a Stiva.

—Bueno, ¿y qué? No comprendo.

—¿Lo rehusó Kitty tal vez? ¿No le ha dicho nada ella a usted?

—No, ella no me ha hablado de ninguno de los dos, es demasiado orgullosa; pero sé que todo eso viene de...

—Pero, mamá, piense usted que si ella hubiera rechazado a Levin, yo muy bien sé que nunca lo habría hecho sin la presencia del otro.

La princesa se sentía demasiado culpable para no apelar al recurso de enfadarse.

—¡No comprendo ya nada! Ahora todos quieren obrar a su capricho; ya nadie dice nada a su madre, y después...

—Mamá, voy a entrar a verla.

—Ve, no te lo impido —contestó la madre.

III

Al entrar en el gabinetito de Kitty, tapizado de tela color rosa, con figurinas de Sajonia, Dolly se acordó con qué gusto las dos habían adornado aquella habitación el año anterior. ¡Cuán alegres y felices eran entonces! Se le oprimió el corazón al contemplar ahora a su hermana, inmóvil, sentada en una silla baja al lado de la puerta, con los ojos fijos en la alfombra. Kitty, al ver a Dolly, perdió la expresión fría y severa de su rostro. Dolly, sentándose junto a ella, dijo:

—Temo mucho que una vez que vuelva a casa, ya no pueda volver a salir; por este motivo, quiero charlar un rato contigo.

—¿De qué? —preguntó Kitty con viveza levantando la cabeza.

—¿De qué sino de tus sufrimientos?

—No tengo sufrimientos.

—¡Vamos, Kitty! ¿Te imaginas acaso que no sé nada? Lo sé todo, y si quieres creerme, todo eso no vale la pena. ¿Quién de nosotras no ha pasado por esas contrariedades?

Kitty callaba y su rostro tomaba de nuevo una expresión severa.

—Eso no vale el pesar que te ocasiona —continuó Dolly llegando derecha al asunto.

—¿Quién te ha dicho eso?

—Estoy segura de que estaba enamorado de ti, que todavía lo está pero...

—No hay nada que me exaspere tanto como esos pésames —exclamó Kitty irritándose de repente.

Se agitó en su silla, y con los dedos maltrataba nerviosa la hebilla de su cinturón.

Dolly conocía ese hábito de su hermana cuando tenía alguna pena. Sabía que era capaz de decir cosas duras y desagradables en un momento de arrebato, y trataba de calmarla; pero ya era demasiado tarde.

Kitty continuó diciendo:

—¿Qué quieres darme a entender? ¿Que me he enamorado de un hombre que no me quiere, y que me muero por él? ¿Y es mi hermana la que me dice eso, una hermana que cree con ello demostrarme su simpatía? ¡No necesito esa lástima hipócrita!

—Kitty, eres injusta.

—¿Por qué me atormentas?

—No es ésa mi intención. Te veo triste.

Kitty, en su arrebato, no oyó nada.

—No tengo por qué afligirme, ni hay para qué consolarme. Soy demasiado orgullosa para querer a un hombre que no me quiere.

—No es eso lo que te quiero decir... Escucha, dime la verdad —añadió Daria Alejandrovna cogiéndole la mano—. Dime si Levin te ha hablado.

Al oír el nombre de Levin, Kitty no pudo contenerse, saltó de su silla, tiró al suelo la hebilla del cinturón que se arrancó y con precipitados ademanes exclamó:

—¿A propósito de qué me vienes a hablar de Levin? ¡No sé, en verdad, qué gusto tenéis en atormentarme! He dicho y repito que soy orgullosa e incapaz de hacer nunca lo que tú has hecho: ¡De volver con un hombre que me hubiera hecho traición! ¡Tú te resignas, yo no podría jamás!

Al decir esas palabras, miró a su hermana. Dolly bajaba triste la cabeza sin contestar. Y Kitty, en vez de salir del cuarto como lo había intentado, se sentó cerca de la puerta y se tapó el rostro con el pañuelo.

El silencio se prolongó algunos minutos. Dolly pensaba en sus propias penas; demasiado comprendía su humillación, que ahora le parecía más cruel por habérsela echado en cara su hermana. Nunca la hubiera creído tan despiadada. Pero de pronto oyó el roce de un vestido, un sollozo apenas contenido y dos brazos le rodearon el cuello. Kitty estaba de rodillas delante de ella.

—¡Dolinka, soy tan desgraciada, perdóname! —y el rostro inundado de lágrimas se ocultó en los pliegues del vestido de Dolly.

Tal vez aquellas lágrimas eran necesarias para que las dos hermanas volvieran a un completo acuerdo. No obstante, después de haber llorado mucho, no hablaron más del asunto que a las dos tanto interesaba. Kitty sabía que estaba perdonada: pero también sabía que las crueles palabras que se le habían escapado sobre la humillación de Dolly quedarían grabadas en el corazón de su pobre hermana. Dolly, por su parte, comprendió que había adivinado la verdad, que el gran dolor de Kitty era por haber rechazado a Levin para verse engañada por Wronsky, y que su hermana no estaba lejos de querer al primero y aborrecer al otro. Kitty no habló de su estado de alma en general.

—¡No tengo pena —dijo un poco calmada—, pero no puedes imaginarte qué feo, repugnante y grosero me parece todo, hasta yo misma! ¡No creerías los malos pensamientos que me vienen a la imaginación!

—¿Qué malos pensamientos puedes tú tener? —preguntó Dolly sonriendo.

—Los más malos, los más feos. No puedo decírtelos. No es tristeza ni hastío. Es peor, mucho peor. Se diría que todo lo bueno que había en mí ha desaparecido, sólo lo malo ha quedado. ¿Cómo explicarte eso? Papá me habló hace poco: he creído que su pensamiento secreto es que necesito un marido. Mamá le lleva al baile: se me figura que se propone desembarazarse de mí y casarme pronto. Sé que no es verdad y no puedo desprenderme de esas ideas. Los llamados jóvenes casaderos me son intolerables. La impresión que me hacen es como si me tomaran medidas. Antes era un placer para mí ir a las reuniones, me gustaba preocuparme del tocado, del vestido; ahora me parece indecente y me siento humillada. ¿Qué quieres que diga? El doctor... pues bien...

Kitty se detuvo; quería decir que desde que sentía esa transformación en ella, no podía ver a Esteban Arcadievitch sin que se le ocurrieran las conjeturas más extravagantes.

—Pues bien, sí, todo toma a mis ojos el aspecto más repugnante —continuó—, es una enfermedad, quizá pase. No me encuentro bien más que en tu casa con los niños.

—¡Qué lástima que no puedas venir ahora!

—Iré de todos modos, he tenido ya la escarlatina y haré que mamá se decida.

Kitty insistió tanto, que se le permitió ir a casa de su hermana; mientras duró la enfermedad, porque en efecto se declaró la escarlatina, ayudó a Dolly a cuidar a los niños. Éstos no tardaron en entrar en la convalecencia sin accidentes enojosos, pero la salud de Kitty no mejoraba. Las Cherbatzky salieron de Moscú durante la cuaresma y se dirigieron al extranjero.

IV

La alta sociedad de San Petersburgo es reducida. Poco más o menos, todos se conocen y se visitan; pero existen su divisiones.

Ana Arcadievna Karenina tenía relaciones amistosas en tres círculos diferentes y todos formaban parte del gran mundo. Uno de ellos era el círculo oficial al que pertenecía su marido y compuesto de sus colegas y de sus subalternos, unidos o divididos entre sí por las más variadas relaciones sociales y a veces las más caprichosas.

Ana no podía comprender ahora el sentimiento de respeto casi religioso que sintió al principio por todos esos personajes. En la actualidad, los conocía como se conoce a las personas en una ciudad de provincia, con sus debilidades y sus manías; sabía dónde les apretaba el zapato, cuáles eran sus relaciones entre ellos y con el centro común al que cada uno de ellos correspondía. Pero este grupo oficial, al que le ligaban los intereses de su marido, no le gustó nunca, e hizo lo que pudo para evitarle, a pesar de las insinuaciones de la condesa Lydia. El segundo círculo al que Ana estaba ligada era el que había contribuido a la carrera de Alejo Alejandrovitch. La condesa Lydia Ivanovna era el eje de este círculo; se componía de mujeres de edad, feas, caritativas y devotas, y de hombres inteligentes, instruidos y ambiciosos. Hubo uno que le dio el sobrenombre de la conciencia de la sociedad de San Petersburgo. Karenin apreciaba mucho a ese corrillo, y Ana, cuyo carácter flexible se asimilaba fácilmente a los que la rodeaban, se había hecho con muchos amigos en él. Después de su viaje a Moscú, ese centro se le hizo insoportable: le pareció que a ella misma le faltaba naturalidad, igual que a los demás, y visitó a la condesa Lydia lo menos posible.

En fin, Ana sostenía también relaciones con la más alta sociedad, la de bailes, comidas, brillantes tocados... esa sociedad que está asida con una mano a la corte para no caer en la medianía que cree despreciar, pero cuyos gustos se acercan tanto a los de aquéllos que vienen a ser idénticos. El vínculo que unía a Ana con esa sociedad era la princesa Betsy Tverskoï, esposa de uno de sus primos, rico, con veinte mil rublos de renta, y que se enamoró de Ana desde que ésta se presentó en San Petersburgo. La princesa Betsy atraía mucho a Ana y le daba bromas sobre la sociedad que veía en casa de la condesa Lydia.

—Cuando yo sea vieja y fea, haré lo mismo, pero una joven como usted no debe todavía ocupar un puesto en ese asilo de viejos.

Al principio, Ana había hecho lo posible por evitar la sociedad de la princesa Tverskoï, porque el modo de vivir en esas altas esferas exigía dispendios que superaban a sus medios; pero después de su regreso de Moscú, todo cambió. Descuidó a sus amigos razonables y sólo frecuentó la alta sociedad. Allí fue donde tuvo la perturbadora alegría de encontrar a Wronsky; se veían sobre todo en los salones de Betsy, que de soltera se llamaba Wronsky, y era prima hermana de Alejo; éste, por otra parte, se encontraba en todos los lugares donde podía entrever a Ana para hablarle de su amor. Ella no coqueteaba con él, pero al verle, su corazón desbordaba del mismo sentimiento de plenitud que se apoderó de ella la primera vez cerca del vagón; esta alegría se revelaba en sus ojos, en su sonrisa, y no tenía bastante dominio sobre sí misma para disimularla.

Ana, al principio, creyó sinceramente que le disgustaba la persecución de que Wronsky la hacía objeto; pero una tarde que llegó a una casa, donde pensaba encontrarle, y Wronsky no llegó, comprendió claramente, por el dolor que experimentó cuán vanas eran sus ilusiones, y que esta obsesión, lejos de desagradarla, constituía el interés dominante de su vida.

Una célebre artista cantaba en la Ópera por segunda vez, y toda la sociedad de San Petersburgo estaba en el teatro. Wronsky vio allí a su prima, y sin aguardar el entreacto, se levantó de la butaca que ocupaba y subió a su palco.

—¿Por qué no vino usted a comer? —le preguntó ella y después añadió a media voz sonriendo, y de modo que sólo él la oyera—: Admiro la doble vista de los enamorados, *no está aquí*, pero vuelva usted después de la Ópera.

Wronsky la miró como preguntando; Betsy le respondió con un pequeño movimiento de cabeza, y él, con una sonrisa de agradecimiento, se sentó a su lado.

—¿Qué se ha hecho de aquellas bromas de usted de otros tiempos? —continuó la princesa, que con gusto particular seguía los progresos de esta pasión. Está usted cogido en las redes de que tanto se reía.

—Es lo que más deseo —dijo Wronsky sonriendo de buen humor—. Sólo me quejo de no estar bastante cogido, porque a decir verdad, comienzo a perder toda esperanza.

—¿Cuál es esa esperanza que usted puede perder? —continuó Betsy tomando de repente la defensa de su amiga—. Entendámonos.

Pero sus ojos despiertos revelaban claramente que sabía tanto como él cuál era esa esperanza.

—Ninguna —respondió Wronsky riendo y mostrando los dientes blancos e iguales—. Dispénseme usted —continuó, tomando los gemelos de la mano de su prima para mirar por encima de su hombro uno de los palcos opuestos—, temo ponerme en ridículo.

Bien sabía él que a los ojos de Betsy, lo mismo que a los de las personas de su categoría, no corría riesgo alguno. Sabía perfectamente, que si un hombre podía parecerles ridículo por amar sin esperanzas a una joven o a una mujer soltera, no sucedía lo mismo si amaba a una casada, exponiéndose a todo por seducirla; el papel que él representaba era grande e interesante, y por este motivo Wronsky, al dejar los gemelos, miró a su prima con una sonrisa que disimulaba bajo su bigote.

—¿Por qué no vino usted a comer? —le preguntó ella sin poder menos de admirarle.

—He estado muy ocupado. Usted me preguntará, ¿en qué? No podría nunca adivinarlo. Le apuesto cien contra uno, mil contra uno, que no lo adivina. He reconciliado a un marido con el hombre que ofendió a su esposa; ¡sí, de veras!

—¿Y lo ha conseguido usted?

—Casi, casi.

—Quiero que me cuente usted eso en el primer entreacto —y se levantó.

—Imposible, voy al Teatro Francés.

—¿Abandona usted a la Nilsson por eso? —dijo Betsy indignada, sin embargo ella no hubiera podido distinguir a la Nilsson de la última corista.

—No lo puedo evitar: tengo una cita para ese asunto de la reconciliación.

—Bienaventurados los que aman la justicia —dijo Betsy acordándose de haber oído eso en alguna parte.

V

—Es un poco picante, pero tan gracioso, que tengo ganas de contárselo —exclamó Wronsky mirando los ojos inteligentes de su prima—; por otra parte, no nombraré a nadie.

—Yo lo adivinaré, mejor.

—Escuche usted, pues: dos jóvenes de buen humor...

—Oficiales de su regimiento de usted, naturalmente.

—No he dicho que fuesen oficiales, sino simplemente jóvenes que habían almorzado bien.

—Traducción: ebrios.

—Es posible... van a comer a casa de un camarada; son de carácter muy expansivo. Ven a una joven en un *isvostchik* que pasa al lado de ellos, se vuelve y, según les parece al menos, los miraba riendo; la persiguen a galope. Con gran sorpresa para ellos, la belleza se detiene precisamente delante de la casa a donde se dirigían; sube al piso superior, y no ven más que unos lindos labios frescos y rojos bajo un velo, y dos diminutos pies.

—Habla usted con tal animación, que estoy por creer que uno de ellos era usted.

—¿De qué me está usted acusando? Los dos jóvenes suben a casa de su camarada, que daba una comida de despedida, y esa despedida les obliga a beber tal vez un poco más de lo razonable. Hacen preguntas a su huésped sobre las personas que habitan la casa. Él no lo sabe, pero el criado del amigo responde a la pregunta: «¿Hay señoritas arriba?» «Hay muchas.» Después de la comida, los jóvenes van al despacho del amigo y escriben una carta apasionada a la desconocida, llena de ardientes protestas; la suben ellos mismos a fin de explicar lo que la carta pudiera contener de oscuro.

—¿Por qué me cuenta usted semejantes horrores? ¿Y qué sucedió?

—Llaman, una criada viene a abrir, ellos le entregan la carta afirmando que están dispuestos a morir delante de aquella puerta. La criada, muy sorprendida, parlamenta, cuando aparece un señor colorado como un camarón con patillas como dos morcillas, declarando que allí no vive más mujer que su esposa.

—¿Cómo sabe usted que sus patillas parecían morcillas? —preguntó Betsy.

—Verá usted. Hoy he intervenido para que se hiciera la paz.

—¿Y qué ha resultado?

—Es lo más interesante del cuento. Resulta que esa feliz pareja la forman un consejero y una consejera titular. El consejero titular los demandó ante las autoridades y yo me he visto obligado a servir de mediador. ¡Qué mediador! Talleyrand a mi lado no sería nada.

—¿Qué género de dificultades ha encontrado usted?

—Verá usted. Comenzamos por excusarnos lo mejor que pudimos, como era natural. «¿Nos aflige esa enojosa equivocación?», dijimos. El consejero titular parece dispuesto a una avenencia, pero se empeñaba en manifestar sus ideas y tan pronto como empieza a hacerlo se encoleriza otra vez, dice palabras gruesas y yo me veo obligado a lucir de nuevo mi talento diplomático: «Convengo en que su conducta ha sido deplorable, pero sírvase usted observar que se trata de un error: son jóvenes y acaban de comer bien. ¿Usted comprende? Ahora se arrepienten de todo corazón y suplican a usted que les perdone su error». El consejero titular vuelve a calmarse. «Convengo en ello, señor conde, y estoy dispuesto a perdonar; pero usted debe comprender también, que mi esposa, mujer honrada, se ha visto expuesta a las persecuciones a las groserías, a los insultos de pícaros bribones, de mísera...» Como los pícaros bribones se hallaban presentes, heme interviniendo para calmarles a su vez, y volviendo a valerme de la diplomacia, etcétera; tantas veces como el negocio está a punto de acabar satisfactoriamente, mi consejero titular vuelve a encolerizarse, su rostro encendido con sus dos morcillas se pone en movimiento y yo me ahogo entre sutilezas como negociador.

—¡Ah, querida, es preciso que le cuente yo eso! —dijo Betsy a una dama que entraba en el palco—. ¡Me ha regocijado tanto! ¡En fin!, buena suerte —añadió tendiendo a Wronsky los dedos que el abanico le dejaba libres, y haciendo un movimiento de hombros para evitar que su corpiño se subiera se volvió, en la delantera del palco, hacia la luz del gas, para que se la viera mejor.

Wronsky fue al Teatro Francés en busca del coronel de su regimiento, que no perdía una sola representación; tenía que hablarle de la labor de pacificación que le ocupaba y le divertía hacia tres días. Los héroes de esta historia eran Petritzky y un joven príncipe Kedrof, recientemente incorporado al regimiento, un muchacho agradable y buen camarada. Se trataba, punto capital, de los intereses del regimiento, porque los dos jóvenes formaban parte del escuadrón de Wronsky.

Wanden, el consejero titular, había presentado una queja al coronel contra sus oficiales por haber insultado a su esposa. Ésta, decía Wanden, casada desde hacía apenas cinco meses, y en estado interesante, había ido a la iglesia con su madre, pero sintiéndose indispuesta, tomó el primer *isvostchik* que pasó, para regresar pronto a su casa. Los oficiales la persiguieron y debido a la emoción llegó a su casa más enferma que antes y subió corriendo la escalera. Wanden, que había vuelto poco antes de la oficina, oyó voces y sonar la campanilla, y al ver que tenía que habérselas con dos oficiales ebrios, los echó de allí. Exigía que fueran severamente castigados.

—Por más que usted diga, Petritzky se pone inaguantable —contestó el comandante a Wronsky—; no transcurre semana sin que cometa alguna calaverada. Ese señor ofendido irá más lejos, no se limitará a esto.

Wronsky había ya comprendido la inutilidad de un duelo en estas circunstancias y la necesidad de calmar al consejero titular y echar tierra al asunto. El coronel le había mandado a llamar porque le consideraba hombre de ingenio y que se interesaba por el honor de su regimiento. Después de esta deliberación fue cuando Wronsky, acompañado de Petritzky y de Kedrof, se dirigió a presentar excusas al consejero titular, esperando que su nombre y sus cordones de ayudante de campo contribuirían a aplacar al ofendido. Wronsky únicamente pudo lograr algo, como acababa de referir, y todavía parecía dudosa la reconciliación.

En el teatro, Wronsky llevó al coronel a la sala de descanso y le comunicó el resultado de su misión. Después de reflexionar, éste resolvió dejar el asunto como estaba; pero no pudo menos de reír mientras hacía algunas preguntas a Wronsky.

—¡Mal negocio, pero muy gracioso! Sin embargo, Kedrof no puede batirse con ese señor. ¿Y cómo encuentra usted a Clara esta noche? ¡Encantadora! —dijo hablando de una actriz francesa—. Por más frecuentemente que uno la vea, siempre hay en ella un aspecto nuevo. No hay como las francesas para eso.

VI

La princesa Betsy abandonó el teatro sin esperar el final del último acto. Apenas tuvo tiempo de entrar en su gabinete tocador para empolvarse su largo rostro pálido, arreglar un poco su vestido y ordenar que se sirviera el té en el gran salón, cuando llegaron los carruajes y se detuvieron en la gran escalinata de su palacio de la gran Morskaya. El monumental portero abrió sin ruido la inmensa puerta a las visitas. El ama de la casa, con la tez y el cabello ya frescos, fue a recibir a sus convidados. Las paredes del gran salón estaban cubiertas de telas oscuras, y el suelo con mullidas alfombras; sobre una mesa cuyo mantel, blanco como la nieve, estaba iluminado con numerosas bujías, se encontraba un samovar de plata, con un servicio de té de transparente porcelana.

La princesa se sentó delante del samovar y se quitó los guantes. Algunos lacayos, hábiles en el transporte de sillas casi sin que nadie lo notara, ayudaron a sentarse a todos. Y a separarlos en dos campos: uno alrededor de la princesa, el otro en un rincón del salón en torno a una bella embajadora de cejas negras muy arqueadas, vestida de terciopelo negro también. La conversación, como sucede al principio de una velada interrumpida por la llegada de nuevos rostros, la oferta de té y los cambios de cortesía, parecía tratar de fijarse.

Un diplomático, en el grupo de la embajadora, decía:

—Es notablemente bella como actriz. ¿Ha observado usted cómo ha caído?

—¡Suplico a usted que no hablemos de la Nilsson! Ya no se puede decir nada nuevo —dijo una gruesa dama rubia muy colorada, sin pestañas, ni moño, con un vestido de seda ajado; era la princesa Miagkaïa, célebre por el modo de decirlo todo y llamada a causa de su desenfado *l'Enfant* terrible.

La princesa estaba sentada entre los dos grupos, escuchando con interés lo que se decía en cada uno de ellos.

—Tres personas me han dicho esa misma frase sobre Kaulbach. Hay que creer que se han puesto de acuerdo. ¿Y por qué esa frase tiene tanto éxito?

Esta observación hizo callar a los que hablaban.

—Cuéntenos usted algo divertido, pero que no haya maldad —dijo la embajadora, que poseía ese arte de conversar que los ingleses llaman *small talk*, dirigiéndose al diplomático.

—Se asegura que es la cosa más difícil, porque sólo la maldad es divertida —respondió éste con una sonrisa—. Probaré, sin embargo. Déme usted un asunto, de eso depende todo. Cuando uno tiene el asunto, nada es más fácil que desarrollarlo y adornarlo. Siempre he creído que los célebres *causeurs* del siglo pasado se verían hoy muy apurados, debido a que en nuestros días el ingenio se ha hecho fastidioso.

—No es usted el primero que lo dice —interrumpió la embajadora riendo.

La conversación se iniciaba de una manera demasiado anodina para que pudiera durar mucho en el mismo tono, y para reanimarla fue preciso recurrir al único medio infalible: la murmuración.

—¿No encuentra usted que Tushkewitch tiene algo de Luis XV? —dijo alguien señalando con los ojos a un guapo joven rubio que estaba cerca de la mesa.

—¡Oh, sí! Tiene el estilo del salón, por eso viene con tanta frecuencia.

Este género de conversación se sostuvo, porque no consistía más que en alusiones: no se podía hablar de este asunto abiertamente, pues se trataba de las relaciones de Tushkewitch con la dueña de la casa.

Alrededor del samovar, la conversación vaciló mucho tiempo entre los tres inevitables temas: las noticias de día, el teatro y la censura del prójimo: este último prevaleció.

—¿Ha oído usted decir que la Maltishef, la madre, no la hija, se está haciendo un vestido de diablo rosado?

—¿Es posible? No, es delicioso.

—Me admiro que, con su ingenio, porque lo tiene, no comprenda ella lo ridículo que resulta eso.

Cada uno emitió su opinión para criticar y desgarrar a la desgraciada Maltishef, y la conversación continuó viva y chispeante como un leño que arde.

El marido de la princesa Betsy, un buen hombre gordo, coleccionador apasionado de grabados, entró sin ruido en aquel momento; le habían dicho que su mujer tenía algunas visitas, y quiso presentarse en el salón antes de irse al círculo. Se aproximó a la princesa Miagkaïa, que no le oyó a causa de las alfombras.

—¿Le ha gustado a usted la Nilsson? —le preguntó.

—¡Qué modo de asustar así a las gentes!, cayendo del cielo sin avisar —exclamó ella—. No me hable usted de la Ópera, se lo ruego: usted no entiende de música. Prefiero descender hasta usted y hablarle de sus grabados y de sus mayólicas. Vamos a ver, ¿qué nuevo tesoro ha descubierto?

—Si usted lo desea, se lo enseñaré, pero no comprenderá usted su valor.

—Enséñemelo de todos modos. Estoy ilustrándome en casa de esas gentes, ¿cómo las llama usted? ¿Los banqueros? Poseen soberbios grabados que me hicieron ver.

—¡Cómo! ¿Ha ido usted a casa de Shützbourg? —preguntó la dueña de la casa desde su asiento cerca del samovar.

—Sí, querida, nos convidaron, a mi marido y a mí, a comer y me dijeron que en aquella había una salsa que costaba mil rublos —respondió la princesa Miagkaïa en alta voz, sabiendo que todos la escuchaban—: y era una salsa pésima, una cosa verdosa. Yo les invité a mi vez y les serví una salsa que costaba ochenta y cinco kopecks y quedaron encantados. ¡Yo no puedo permitirme el lujo de salsas de a mil rublos!

—¡Es única! —dijo Betsy.

—¡Estupenda! —añadió alguno.

La princesa Miagkaïa no dejaba nunca de producir efecto, que consistía en decir con buen sentido las cosas más vulgares que no siempre venían a propósito, como en este caso; pero a las gentes con las cuales convivía, ese tosco sentido común daba pie a los chistes más finos. Su buen éxito la sorprendía a ella misma, lo que no le impedía gozar de él.

Aprovechando el silencio que siguió, la dueña de la casa se propuso que la conversación fuese más general, y dirigiéndose a la embajadora le dijo:

—¿Decididamente usted no quiere tomar té? ¡Venga hacia aquí!

—No, estamos bien en nuestro rincón —respondió ella riendo, y continuando una conversación interrumpida que le interesaba mucho: se trataba de los Karenin, marido y mujer.

—Ana me parece muy cambiada desde su viaje a Moscú ¿Hay algo extraño en ella? —decía una de sus amigas.

La embajadora contestó:

—La causa del cambio es que ha tenido tras ella la sombra de Alejo Wronsky.

—¿Qué tiene que ver eso? Hay un cuento de Grimm en el que a un hombre, en castigo de no sé qué, le privan de su sombra. Nunca he comprendido bien esa clase de castigo, pero tal vez sea doloroso para una mujer que la priven de su sombra.

—Sí, pero las mujeres que tienen sombras, generalmente acaban mal —dijo la amiga de Ana.

—¡Si tuviera usted la pepita! —exclamó de repente la princesa Miagkaïa al oír esas palabras—. La Karenina es una mujer encantadora y a quien quiero mucho; en cambio, no quiero a su marido.

—¿Por qué no le quiere usted? —preguntó la embajadora—. Es un hombre muy notable. Mi marido asegura que en Europa hay pocos hombres de Estado que valgan lo que él.

—Mi marido opina lo mismo, pero yo no —respondió la princesa—; si nuestros maridos no pensaran eso de él, nosotras habríamos visto siempre a Alejo Alejandrovitch tal como es, y a mi parecer, no es más que un tonto; lo digo en voz baja, pero me agrada decirlo. En otro tiempo, cuando me creía obligada a encontrarle talento, me consideraba yo misma una bestia porque no sabía cómo descubrir ese talento en él pero tan pronto como dije, por supuesto muy quedito, es un tonto todo quedó explicado. En cuanto a Ana, no la abandono a ustedes: es amable y buena. ¿Es culpa de ella, ¡pobre mujer!, si todos se enamoran y la persiguen como su sombra?

—No me permito juzgarla —dijo la amiga de Ana para disculparse.

—El que no haya nadie que nos siga como nuestra sombra no prueba que tengamos derecho para juzgar.

Después de haber contestado así, la amiga de Ana, la princesa y la embajadora se acercaron a la mesa del té y tomaron parte en una conversación general sobre el rey de Prusia.

—¿De quién han dicho ustedes picardías? —preguntó Betsy.

—De los Karenin; la princesa nos ha hecho una descripción de Alejo Alejandrovitch —respondió la embajadora sonriendo sentándose cerca de la mesa.

—Es enojoso que no hayamos podido oírla —respondió Betsy mirando hacia la puerta—. ¡Ah, ya esta usted aquí por fin! —añadió volviéndose hacia Wronsky, que acababa de entrar.

Wronsky conocía y veía diariamente a todas las personas que encontró aquella noche en el salón de su prima; así es que entró con la tranquilidad del que vuelve a ver a los que hace poco había dejado.

—¿De dónde vengo? —respondió a la pregunta que le hizo la embajadora—. Debo confesarlo: del teatro de los Bufos, y siempre con gusto, aunque haya ido cien veces a él. Es encantador, es humillante confesar que en la Ópera me duermo mientras que en los Bufos me divierto todo el tiempo. Hoy...

Mencionó el nombre de una actriz francesa, pero la embajadora le detuvo con una expresión cómica de terror.

—¡No nos hable usted de ese horror!

—Callo, mucho más cuando todas ustedes conocen a ese horror.

Y la princesa Miagkaïa añadió:

—Y todas ustedes irían tras ella si estuviera admitido, como en la Ópera.

VII

Se oyeron pasos cerca de la puerta, y Betsy, segura de que iba ver entrar a Ana, miró a Wronsky. Él también miraba hacia la puerta, y su rostro revelaba una extraña alegría, de esperanza y por tanto de temor. Se levantó lentamente de su asiento. Apareció Ana. Esta atravesó la pequeña distancia que la separaba de la dueña de la casa con paso rápido, ligero y decidido, lo cual la distinguía de todas las otras mujeres de su categoría; se mantenía muy derecha, como de costumbre; fijando la mirada en Betsy, fue a darle la mano sonriendo, y con la misma sonrisa se volvió hacia Wronsky. Éste la saludó profundamente y le presentó una silla.

Ana inclinó un poco la cabeza y se ruborizó como contrariada. Algunas personas amigas vinieron a darle la mano. Ella las recibió con animación y volviéndose hacia Betsy dijo:

—Vengo de casa de la condesa Lydia; hubiera querido venir antes, pero me retuvieron. Allí estaba sir John: es un hombre muy interesante.

—¡Ah!, ¿el misionero?

—Sí, refiere cosas muy curiosas sobre su vida en las Indias.

La conversación, interrumpida a la entrada de Ana, volvió a vacilar, como la llama de una lámpara pronta a apagarse.

—¡Sir John!

—Sí, le he visto. Habla bien. La Wlatief está positivamente enamorada de él.

—¿Es cierto que la Wlatief más joven se casa con Tapof?

—Se asegura que es cosa decidida.

—Me admira que los padres consientan.

—Según dicen, es un casamiento de amor.

—¿De amor? ¿De dónde saca usted ideas tan antediluvianas? ¿Quién habla de amor en nuestros días?

—¡Ay de mí! Esta moda vieja tan ridícula se encuentra siempre —dijo Wronsky.

—Peor para los que la conservan: no conozco, como casamientos felices, más que los matrimonios de conveniencia.

—Sí, pero, ¿no vemos con frecuencia que esos casamientos de conveniencia fracasan precisamente porque falta ese amor que usted desconoce?

—Entendámonos: lo que llamamos matrimonio de conveniencia es el que se hace cuando los contrayentes han expulsado ya los malos humores. El amor es un mal el cual es preciso haber pasado como la escarlatina.

—En ese caso sería prudente recurrir a un sistema de inoculación artificial para preservarse de él como de las viruelas.

—En mi juventud, estuve enamorada de un sacristán: quisiera saber si eso me ha servido de algo.

—No, sin broma, creo que para conocer bien el amor, es necesario que, después de haberse engañado una vez, pueda repararse el error.

—¿Aun después del matrimonio? —preguntó la embajadora riendo.

—*It is never too late to mend* (nunca es demasiado tarde para corregirse) — dijo el diplomático citando un proverbio.

—¡Cabal! —interrumpió Betsy—. Engañarse primero para volver a la verdad después. ¿Qué le parece a usted? —preguntó dirigiéndose a Ana, que escuchaba la conversación sonriendo.

Wronsky la miró y esperó su respuesta palpitándole violentamente el corazón; cuando ella hubo hablado, respiró como si se hubiese escapado de un peligro.

—Creo —dijo Ana jugando con un guante— que si hay tantas opiniones como cabezas, también hay tantas maneras de amar como corazones.

Y añadió, volviéndose bruscamente hacia Wronsky:

—He recibido carta de Moscú. Me dicen que Kitty Cherbatzky está muy enferma.

—¿De veras? —dijo Wronsky con aire sombrío.

Ana le miró de un modo severo.

—¿Le es indiferente a usted eso?

—Al contrario, me impresiona mucho. ¿Qué le escriben a usted de particular, si no es indiscreta la pregunta?

Ana se levantó y se acercó a Betsy. Apoyándose en su silla, le dijo:

—¿Quiere usted darme una taza de té?

Mientras Betsy le servía el té, Wronsky se aproximó a Ana.

—¿Qué le escriben?

—Frecuentemente he pensado que si los hombres pretenden saber proceder con nobleza, en realidad no hacen más que decir una frase que carece de sentido —dijo Ana sin responderle directamente—. Hace mucho tiempo que deseaba decirle eso —añadió, dirigiéndose a una mesa llena de álbumes.

—No sé lo que significan sus palabras —dijo él al ofrecerle el té.

Ella dirigió una mirada hacia el sofá cercano, y él se sentó en seguida.

—Sí, quería decírselo —continuó sin mirar—. Usted ha procedido muy mal.

—¿Cree usted que no lo siento acaso? Pero, ¿quien tiene la culpa?

—¿Por qué me dice usted eso? —contestó ella con mirada severa.

—Usted ya lo sabe —dijo resistiendo la mirada de Ana sin bajar los ojos. Ella fue la que se turbó.

—Esto sólo prueba que no tiene usted corazón —exclamó ella; pero sus ojos expresaban lo contrario—. De lo que usted hablaba hace poco era de un error, no era del amor.

—Recuerde usted que le he prohibido pronunciar esa palabra —añadió Ana estremeciéndose, y en seguida comprendió que con esa palabra *prohibido* se reconocía ciertos derechos sobre él, y parecía animarle a hablar—. Hace tiempo que deseaba tener una explicación con usted —prosiguió mirándole al rostro y con tono firme, aunque sus mejillas estaban sumamente encendidas—. Hoy he venido expresamente, porque sabía que le encontraría a usted. Es preciso que todo eso concluya. Jamás he tenido que ruborizarme delante de nadie, y usted me produce la dolorosa pena de sentirme culpable.

Wronsky la contemplaba impresionado por la elevada manifestación de su belleza.

—¿Qué quiere usted que yo haga? —respondió simplemente y con seriedad.

—Quiero que usted vaya a Moscú a pedir perdón a Kitty.

—¡Usted no quiere eso!

Él sintió que Ana se esforzaba en decir una cosa, mientras deseaba otra diferente.

—Si usted me ama como dice, haga que yo no pierda mi tranquilidad —murmuró Ana.

El rostro de Wronsky se aclaró.

—¿No sabe usted que usted es mi vida? Pero no conozco la tranquilidad y no puedo dar lo que no tengo. Darme completamente, darle mi corazón, sí. No puedo separarla a usted de mí por el pensamiento. A mis ojos usted y yo no formamos más que uno. No veo en perspectiva más que la desgracia, la desesperación o la felicidad, ¡y que felicidad! ¿Será de veras imposible? —murmuró entre labios sin atreverse a pronunciar las palabras; pero ella le oyó.

Todas las fuerzas de su inteligencia parecían no tener más objeto que responder como su deber lo exigía; pero en vez de hablar, le miraba con los ojos llenos de amor y guardó silencio.

«¡Dios mío! —pensó él en un transporte de alegría—, ¡en el mismo momento en que yo desesperaba, en que creía no lograr nunca nada, he ahí el amor, me ama, es una confesión!»

—Haga usted eso por mí, seamos buenos amigos y no vuelva a hablar así —decían sus palabras; su mirada hablaba de otra manera muy diferente.

—Jamás seremos amigos, usted lo sabe perfectamente. ¿Hemos de ser los seres más felices o los más desgraciados? A usted le toca decidir.

Ella quiso hablar, pero Wronsky la interrumpió.

—Lo único que pido es el derecho a esperar y a sufrir como en este momento; si es posible, ordene que yo desaparezca y desapareceré. Jamás me volverá usted a ver si mi presencia le es penosa.

—Yo no le despido.

—Entonces no quiera usted cambiar nada, deje las cosas como están —dijo él con voz temblorosa—. ¡Allí viene su esposo!

Efectivamente, Alejo Alejandrovitch entraba en aquel momento con su aire tranquilo y su paso desagradable, falto de gracia.

Se aproximó a la dueña de la casa, dirigió una mirada al pasar cerca de Ana y de Wronsky, se sentó junto a la mesa del té, y con su voz lenta y bien timbrada, con esa sonrisa que siempre parecía burlarse de alguien o de alguna cosa, dijo mirando a la reunión:

—Rambouillet está completo. ¡Las Gracias y las Musas!

Pero la princesa Betsy, que no podía sufrir ese tono burlón, *sneering*, como ella decía, le llevó muy pronto, como consumada ama de casa, a tratar de una cuestión seria. Se habló de servicio obligatorio, y Alejo Alejandrovitch lo defendió con calor contra los ataques de Betsy.

Ana y Wronsky se quedaron cerca de la mesita.

—Eso se vuelve inconveniente —dijo una señora en voz baja, señalando con la mirada a Karenin, a Ana y a Wronsky.

—¿Qué le decía yo? —contestó la amiga de Ana.

Estas señoras no fueron las únicas que hicieron la observación; hasta la princesa Miagkaïa y Betsy, más de una vez dirigieron la vista hacia donde se encontraban aislados; sólo Alejo Alejandrovitch no se ocupó de ellos, no se distrajo de la interesante conversación que había comenzado.

Betsy, al ver el mal efecto que sus amigos producían, maniobró de manera que la reemplazaran momentáneamente para replicar a Alejo Alejandrovitch, y se acercó a Ana.

—Admiro siempre —le dijo— la limpidez y claridad de lenguaje de su marido de usted; cuando habla, las cuestiones más trascendentales me parecen accesibles.

—¡Oh, sí! —respondió Ana sin comprender una palabra de lo que Betsy decía; y radiante de felicidad, se levantó, se aproximó a la gran mesa y se mezcló en la conversación general.

Al cabo de una media hora Alejo Alejandrovitch propuso a su esposa retirarse: pero ella respondió, sin mirarle, que deseaba quedarse a cenar. Alejo Alejandrovitch se despidió de la sociedad y se marchó.

El viejo cochero de Karenin, un tártaro gordo vestido con su impermeable, contenía con trabajo, frente a la escalinata, los caballos excitados por el frío. Un lacayo mantenía abierta la portezuela del carruaje. El portero, en pie cerca de la puerta, la mantenía abierta de par en par, y Ana escuchaba gozosa lo que Wronsky le decía, desenredando con nerviosa mano la blonda de su manga, que se había enredado en el broche de su capotillo.

Wronsky, al acompañarla al carruaje, le decía:

—Usted no se ha comprometido a nada, convengo en ello; pero sabe que no es amistad lo que pido; para mí, la única felicidad de mi vida está contenida en esa palabra que a usted le desagrada tanto: amor.

—El amor —repitió ella lentamente, como si se hablase a sí misma; luego, habiendo conseguido desenredar su blonda, dijo de repente—: Esa palabra me desagrada porque existe para mí, en ella, una significación más profunda y mucho más grave de lo que usted pudiera imaginarse. Hasta luego —añadió mirándole bien a la cara.

Le tendió la mano y, con paso rápido, pasó delante del portero y desapareció en su carruaje.

La mirada, el apretón de manos, trastornaron a Wronsky. Se besó la palma de la mano que sus dedos habían tocado, y regresó a su casa muy persuadido de que esta bendita velada le había aproximado más a ella que los dos meses anteriores.

VIII

Alejo Alejandrovitch no había encontrado inconveniente en que su esposa hubiese conversado con Wronsky a solas y de una manera tan tranquila; pero le pareció que otras personas habían mostrado cierta extrañeza, y resolvió hacérselo observar a Ana.

Como acostumbraba, Alejo Alejandrovitch, al regresar a su casa, pasó a su despacho, se instaló en su sillón, abrió el libro que leía en el lugar marcado por un cortapapel y estuvo leyendo un artículo sobre el papismo hasta la una de la mañana. De cuando en cuando se pasaba la mano por la frente y sacudía la cabeza como para alejar un pensamiento importuno. A la hora de costumbre hizo su tocado de noche. Ana no había regresado todavía. Con el libro bajo el brazo se dirigió a su cuarto, pero en vez de sus preocupaciones ordinarias sobre los asuntos de su cargo, pensó en su mujer y en la impresión desagradable que había experimentado respecto a ella. Incapaz de meterse en la cama, se paseó de un lado a otro con las manos a la espalda, sin poder decidirse a acostarse, antes de haber reflexionado sobre los incidentes de la velada.

Al principio encontró sencillo y natural dirigir una observación a su esposa, pero al reflexionar, le pareció que esos incidentes se prestaban a una complicación molesta. Karenin no estaba celoso. Según él, un marido ofendía a su esposa mostrándole celos, pero, ¿por qué esa ilimitada confianza en ella y por qué esa convicción de que su esposa le seguía queriendo como siempre? Eso es lo que no se preguntaba. No habiendo sentido hasta entonces ni sospechas ni dudas, se decía que conservaría siempre una confianza absoluta. Con todo, aunque conservaba esos sentimientos, se sentía en presencia de una situación ilógica y absurda que le sorprendía inadvertido. Hasta aquel día, no había luchado con las dificultades de la vida, excepto en la esfera de su servicio oficial; la impresión que ahora sentía era la de un hombre que, al pasar un puente sobre un precipicio, se da cuenta de pronto de que el puente está desmontado y que el abismo profundo se halla a sus pies. Este abismo era para él la vida real, y el puente, la existencia artificial, que era la única que había conocido hasta entonces. La idea de que su esposa pudiese amar a otro se le ocurría por primera vez y le aterrorizaba.

Sin pensar en desnudarse, continuó paseándose con paso rítmico sobre el entarimado sonoro, atravesando sucesivamente el comedor alumbrado con una sola lampara, el salón oscuro en donde un débil rayo de luz iluminaba su gran retrato recientemente pintado, el gabinete de su mujer en donde había dos bujías encendidas encima de bibelots valiosos, de su escritorio y de los retratos de parientes y amigos. Llegado que hubo a la puerta de la alcoba volvió sobre sus pasos.

De cuando en cuando se detenía diciéndose:

—Sí, es preciso detener todo eso, tomar una resolución, decirle mi modo de ver; pero, ¿qué decirle y que resolución tomar? Al fin y al cabo, ¿qué es lo que ha pasado? Nada. Se entretuvo hablando mucho tiempo con él..., pero, ¿con quién no conversa una mujer en sociedad? Mostrarme celoso por tan poco sería una humillación para los dos.

Pero ese razonamiento que al principio le pareció sin réplica, de improviso se le antojó sin valor. De la puerta del dormitorio se dirigió al comedor; luego, al atravesar el salón oscuro, le pareció oír una voz que le decía: «Puesto que otros han parecido sorprenderse, es porque hay algo... Sí, es preciso cortar de raíz todo eso, tomar una determinación... ¿cuál?»

Sus pensamientos, lo mismo que su cuerpo, describían el mismo círculo y no se le ocurría ninguna idea nueva. Lo notó, pasóse la mano por la frente y se sentó en el *boudoir*.

Allí, mirando la mesa de escribir de Ana con su cuaderno de papel secante, cubierto de malaquita, y una cartita, sin concluir, sus ideas tomaron otro rumbo; pensó en ella, en lo que podía sentir. Su imaginación le representó la vida de su esposa, las necesidades de su espíritu y de su cuerpo, sus gustos, sus deseos; y la idea de que ella podía y debía tener una existencia personal, independiente de la suya, se apoderó de él con tanta fuerza, que se apresuró a rechazarla. Era el abismo que no se atrevía a sondear con la mirada. Entrar en la vida de otro por la reflexión y el sentimiento, era cosa enteramente desconocida para él y le parecía peligroso.

«Lo más terrible es —pensó— que esta insensata inquietud se adueña de mí en el momento de últimar mi obra (el proyecto que quería que se aprobase), cuando tengo más necesidad de todas las fuerzas de mi espíritu y de mayor tranquilidad.» ¿Qué hacer? No soy de los que no se atreven a mirar los peligros de frente. Necesito reflexionar, tomar una resolución y librarme de esta inquietud —dijo en alta voz—. No creo tener derecho a escudriñar sus sentimientos, a mezclarme en lo que pasa o no pasa en su alma: ese es asunto de su conciencia y entra en el dominio de la religión —se dijo, muy aliviado por haber encontrado una ley que aplicar a las circunstancias que acababan de surgir—. Así es que —continuó— las cuestiones relativas a sus sentimientos, son asuntos de conciencia que yo no debo tocar. Mi deber está claro. Obligado, como jefe de familia, a dirigirla, a señalarle los peligros que preveo, siendo responsable de su conducta, debo, si es preciso, hacer uso de esos derechos.

Alejo Alejandrovitch formó el esquema de lo que debía decir a su mujer, deplorando la necesidad que le obligaba a emplear su tiempo y sus fuerzas intelectuales en asuntos de familia; a pesar suyo, ese esquema tomó en su cabeza la forma clara, precisa y lógica de un informe.

—Debo convencerla de lo siguiente: primero, de la significación e importancia de la opinión pública; segundo, del sentido religioso del matrimonio; tercero, de las desgracias que pueden sobrevenir para su hijo, y cuarto, de las desgracias que pueden recaer sobre ella misma.

Y Alejo Alejandrovitch se apretó las manos haciendo crujir las articulaciones de los dedos. Esa mala costumbre le calmaba y le hacía recuperar el equilibrio de que tanta necesidad tenía.

Se oyó un ruido de carruaje delante de la casa, y Alejo Alejandrovitch se detuvo en medio del comedor. Pasos de mujer subían la escalera. Con su discurso ya preparado permaneció allí, en pie, apretándose los dedos para hacerlos crujir de nuevo. Aunque satisfecho de su pequeño discurso, tuvo miedo al sentirla venir, de lo que iba a pasar.

IX

Ana entró, jugando con las borlas de su *bashlik* y con la cabeza inclinada, el rostro radiante, pero no de alegría; era más bien el resplandor de un incendio en una noche oscura. Cuando vio a su marido, levantó la cabeza y sonrió como si despertara.

—¿No te has acostado? ¡Qué milagro! —dijo desembarazándose de su *bashlik*, y sin detenerse, pasó a su gabinete de tocador, gritando desde el umbral a su esposo—: ¡Ya es tarde, Alejo Alejandrovitch!

—Ana, necesito hablar contigo.

—¿Conmigo? —preguntó sorprendida, entrando y mirándole—. ¿Qué hay? ¿Acerca de qué? —y se sentó—. ¡Bueno!, hablemos, puesto que es necesario, pero mejor sería dormir.

Ana decía lo primero que le venía a la boca, admirada ella misma de mentir con tanta facilidad. Hablaba con naturalidad, y parecía realmente tener mucho sueño. Se sentía sostenida y empujada por una fuerza invisible que la revestía con una impenetrable armadura de falsedad.

—Ana, es necesario que te pongas sobre aviso.

—Sobre aviso, ¿por qué?

Le miró tan alegre y sencillamente, que para alguno que no la hubiese conocido como la conocía su marido el tono de voz le habría parecido perfectamente normal. Pero para él, que sabía que no podía cambiar ninguno de sus hábitos sin que ella le preguntara la causa y que el primer impulso de su esposa era siempre el de comunicarle sus alegrías y sus penas, el hecho de no querer ahora notar su agitación ni hablar de sí misma, era para él muy significativo. Esta alma que en otro tiempo era tan franca, tan ingenua para con él, le parecía muy cambiada. Hasta creyó notar, por el tono que tomaba, que no trataba de disimular nada y que claramente decía: «Sí, así es como debe ser y será en lo sucesivo.» El efecto que esto le produjo fue el que siente un hombre que al regresar a su casa la encuentra cerrada con llave. Alejo pensó: «Tal vez se encuentre la llave aún.»

—Quiero hacerte ver el peligro —dijo con calma— de la interpretación que la gente puede dar a tu imprudencia y ligereza por tu conversación demasiado animada esta noche con el conde Wronsky (pronunció ese nombre lentamente y con firmeza), lo cual ha atraído la atención hacia ti.

Hablaba así sin desprender la vista de los ojos risueños, pero impenetrables, de Ana, y mientras hablaba, sentíase aterrorizado, comprendiendo que sus palabras eran inútiles y baldías.

—Siempre lo mismo —contestó ella, como si no comprendiera nada absolutamente, y no diera importancia más que a una parte de la frase—. A veces te molesta que yo me fastidie, y otras, no te gusta que me divierta. Esta noche no me he fastidiado, ¿y eso te duele?

Alejo Alejandrovitch se estremeció y volvió a estrujarse las manos para hacer crujir las articulaciones de los dedos.

—Te suplico que tengas las manos quietas; detesto eso —le dijo su esposa.

—Ana, ¿eres efectivamente tú? —repuso Alejo Alejandrovitch, haciendo un esfuerzo para contener el movimiento de sus manos.

—Pero en fin, ¿qué es lo que hay? —preguntó Ana con sorpresa sincera y casi cómica—. ¿Qué quieres de mí?

Alejo Alejandrovitch guardó silencio, pasándose la mano por la frente y los párpados. Comprendía que en lugar de indicar a su esposa sus errores con respecto a la sociedad, se preocupaba a pesar suyo de lo que pasaba en la conciencia de ésta, y tal vez se estrellaba contra un obstáculo imaginario.

—He aquí lo que quería decirte —repuso fría y tranquilamente— y te ruego que me escuches hasta el fin. Tú sabes que considero los celos como un sentimiento ofensivo y humillante por el que no me dejaré arrastrar nunca, pero hay ciertos límites sociales que no se pueden traspasar impunemente. Hoy, juzgando por la impresión que has producido, no soy yo, son todos los que lo han observado, tu conducta no ha sido correcta.

—Decididamente no sé de qué me hablas —dijo Ana encogiéndose de hombros—. (Eso le es perfectamente indiferente, no teme más que la opinión de la sociedad.) Estás enfermo, Alejo Alejandrovitch —añadió levantándose para marcharse, pero él la detuvo adelantándose hacia ella.

Ana jamás le había visto una cara tan sombría y tan desagradable; permaneció en pie, inclinando a un lado la cabeza para quitarse con sus ágiles manos las grandes agujas de sus cabellos.

—¡Bueno!, ya escucho —dijo tranquilamente en tono burlón—; hasta escucharé con interés, porque quisiera comprender de qué se trata.

Ella misma estaba admirada del tono seguro y naturalmente tranquilo que empleaba, lo mismo que de la elección de sus palabras.

—No tengo derecho a investigar tus sentimientos porque lo creo inútil y hasta peligroso —comenzó diciendo Alejo Alejandrovitch—; si registramos demasiado profundamente nuestras almas, se corre el riesgo de tocar cosas que podrían pasar inadvertidas. Tus sentimientos pertenecen a tu conciencia; pero estoy obligado por ti, por mí, por Dios, a recordarte tus deberes. Nuestras existencias han sido unidas no por los hombres, sino por Dios. Ese vínculo no puede ser roto más que por un crimen, y semejante crimen lleva consigo el castigo.

—No comprendo nada de eso. ¡Ay, Dios mío, qué sueño tengo por desgracia mía! —y continuó desarreglándose los cabellos y retirándose las últimas horquillas.

—Ana, en nombre del Cielo, no hables así —dijo Alejo con suavidad—. Tal vez me equivoque pero, créeme, lo que te digo es tanto en bien tuyo como en bien mío: soy tu marido y te quiero.

El rostro de Ana se puso sombrío un momento, y el resplandor burlón de sus ojos se apagó; pero la palabra te quiero la irritó.

«¡Amar! —pensaba ella—. ¿Sabe él acaso lo que es? ¿Puede amar? Si no hubiera oído hablar de amor habría ignorado siempre esa palabra.»

—Alejo Alejandrovitch, en verdad, no te comprendo —agregó en voz alta—; explícame lo que encuentras...

—Permíteme acabar. Te quiero, pero no hablo por mí; los principales interesados sois tu hijo y tu misma. Es muy posible, lo repito, que mis palabras te parezcan baldías y fuera de lugar; tal vez son el resultado de un error de parte mía; en ese caso te ruego que me perdones; pero si comprendes que hay algún fundamento en el fondo de mis observaciones, te suplico que reflexiones, y si tu corazón te lo dicta, sé franca conmigo.

Alejo Alejandrovitch, sin parar mentía en ello, decía cosas diferentes en absoluto a las que había preparado.

—No tengo nada que decirte, y —añadió con viveza disimulando con dificultad una sonrisa— de veras, ya es hora de acostarse.

Alejo Alejandrovitch suspiró y, sin hablar más, se dirigió a su alcoba.

Cuando ella a su vez entró, ya él estaba acostado. Tenía los labios apretados con aspecto severo y no la miraba. Ana se acostó creyendo que él le hablaría, lo cual deseaba y temía a un mismo tiempo. Él no habló.

Ana aguardó mucho tiempo sin moverse y acabó por olvidarle; pensaba en otro, cuya imagen la emocionaba y le llenaba el corazón de culpable alegría. De pronto oyó un ronquido regular y tranquilo; pareció asustar al mismo que lo producía y el ruido se detuvo. Pero un instante después el ronquido se repitió sosegado y regular.

—Demasiado tarde, demasiado tarde —pensó ella sonriendo, y permaneció mucho tiempo inmóvil con los ojos abiertos, creyendo que los sentía brillar en la oscuridad.

X

Desde aquella noche, comenzó una nueva vida para Alejo Alejandrovitch y su esposa. En apariencia nada había de particular. Ana continuaba asistiendo a las reuniones, sobre todo a casa de la princesa Betsy, y en todas partes encontraba a Wronsky: Alejo Alejandrovitch lo notaba sin poderlo impedir. A cada tentativa de explicación por parte de él, Ana oponía una sorpresa burlona completamente impenetrable.

Exteriormente, nada había cambiado; pero las relaciones entre los dos eran muy otras. Alejo Alejandrovitch, tan fuerte cuando se trataba de negocios del Estado, ante esta dificultad se sentía impotente. Esperaba el golpe final con la cabeza baja y resignado como un buey en el matadero. Cuando le venían esos pensamientos, se decía que debía probar una vez todavía con la bondad, la ternura y el razonamiento de salvar a Ana y hacerla volver al buen camino; cada día se proponía hablarla; pero tan pronto como lo intentaba el mismo espíritu perverso y de falsedad que la dominaba se adueñaba también de él, y hablaba de un modo muy diferente al que hubiera deseado. Involuntariamente tomaba un tono de burla, con el que parecía mofarse de los que hubieran hablado como él. No era con ese tono con el que podía expresar lo que tenía que decir...

XI

Lo que para Wronsky había sido durante más de un año el único y supremo fin de la vida, y para Ana un sueño de dicha, tanto más encantador cuanto que le parecía inverosímil y terrible, se había realizado. En pie cerca de ella, pálido y tembloroso, le suplicaba que se calmara. Sin saber cómo ni por qué.

—¡Ana, Ana! —decía con voz conmovida—. ¡Ana, en nombre del cielo!

Cuanto más elevaba él la voz, más inclinaba ella la cabeza. Aquella cabeza antes tan arrogante y alegre, ahora humillada, la habría inclinado hasta el suelo, y habría caído del sofá si él no la hubiera sostenido.

—¡Dios mío, perdóname! —sollozaba apretándole la mano contra su pecho.

Se encontraba tan criminal, tan culpable, que no le quedaba más que humillarse y pedir perdón, y era a él a quien pedía perdón, pues no tenía más que a él en el mundo. Al mirarle, su humillación le parecía tan palpable, que no podía pronunciar otra palabra. Él, por su parte, experimentaba lo que el asesino delante del cuerpo inanimado de su víctima. El cuerpo inmolado por ellos era su amor, la primera faz de su amor. Había algo terrible y odioso en el recuerdo de lo que habían pagado como precio de su vergüenza.

El sentimiento de la degradación moral que abrumaba a Ana se comunicó a Wronsky. Pero cualquiera que sea el horror del asesino ante el cadáver de su víctima, hay que ocultarle y sacar algún provecho del crimen cometido. Y semejante al criminal que se lanza rabioso sobre el cadáver y le arrastra para dividirle en pedazos, Wronsky cubría de besos la cabeza y hombros de su amiga. Ella le tenía de la mano y no se movía. Sí, esos besos los había comprado pagando con su honra, y esa mano, que le pertenecía para siempre, era la de su cómplice. Ana levantó esa mano y la besó. Wronsky cayó de rodillas, tratando de ver aquel rostro que ella ocultaba sin querer hablar. Al fin se levantó haciendo un esfuerzo y le rechazó:

—¡Todo ha concluido! ¡Y ya no me quedas más que tú, no lo olvides!

—¡Cómo puedo olvidar lo que constituye mi vida! Por un instante de esa felicidad...

—¡Qué felicidad! —exclamó ella con un sentimiento tan profundo de asco y de terror, que se lo comunicó—. ¡En nombre del cielo! ¡No digas ni una palabra, ni una palabra más!

Se levantó y se alejó de él.

—¡Ni una palabra más! —repitió con melancólica desesperación, y se marchó.

Al principio de esta nueva vida, le pareció imposible manifestar la vergüenza, el espanto, el gozo que experimentaba; más bien que expresar lo que pensaba con palabras insuficientes y triviales, prefería callar; más tarde, tampoco encontró palabras propias para definir lo complejo de sus sentimientos, ni aun sus pensamientos traducían las impresiones de su alma.

—No —se decía—, no puedo reflexionar ahora, lo haré más tarde cuando me halle más tranquila.

Pero esa calma de espíritu, no venía; cada vez que recordaba lo que había acontecido y lo que sucedería luego, se llenaba de terror y trataba de rechazar esas ideas.

—Más tarde, más tarde —se repetía—; cuando esté con más calma.

En cambio, cuando, durante el sueño, perdía todo dominio sobre sus reflexiones, su situación se le presentaba en toda su espantosa realidad. Casi todas las noches soñaba lo mismo. Soñaba que los dos eran maridos suyos y compartían sus caricias. Alejo Alejandrovitch lloraba al besarle las manos y decía: «¡Qué felices somos ahora!» Y Alejo Wronsky también era su marido. Se admiraba de haber creído que eso fuese imposible y reía al explicarles que todo iba a arreglarse, y que, en lo sucesivo, los dos vivirían satisfechos y contentos. Pero ese sueño la oprimía como una pesadilla y se despertaba espantada.

XII

En los primeros días, después de su regreso de Moscú, cada vez que Levin se sonrojaba y se estremecía al recordar la vergüenza que le producía la negativa que había recibido, pensaba:

—Así sufrí y hasta me creí hombre perdido al salir mal de mi examen de física; después, cuando comprometí aquel negocio de mi hermana que me había sido confiado... ¿Y ahora? Ahora que los años han pasado, me acuerdo de esas desesperaciones con sorpresa. Lo mismo sucederá con el dolor que hoy me aflige: el tiempo pasará y yo me volveré indiferente.

Pero pasaron tres meses y la indiferencia no llegaba, y su sufrimiento era tan vivo como en los primeros días. Lo que le inquietaba más, era que, después de haber soñado tanto en la vida de familia, y de haberse creído tan bien preparado para ella, no solamente no se había casado, sino que se encontraba más lejos del matrimonio que nunca. Como una especie de enfermedad comprendía, lo mismo que todos los que le rodeaban que no es bueno que el hombre viva solo. Recordaba que antes de marcharse a Moscú había dicho en cierta ocasión a su vaquero Nicolás, campesino sencillo con el que a veces conversaba:

—¿Sabes una cosa, Nicolás? Tengo ganas de casarme.

Nicolás, inmediatamente, le había contestado sin titubear:

—Hace mucho tiempo que debió usted haberlo hecho, Constantino Dmitritch.

¡Y jamás había estado tan lejos del casamiento! Es que la plaza estaba tomada, y si llegara a encontrar a alguna muchacha entre sus conocidas, sentía cuán imposible sería para él sustituir a Kitty en su corazón; por otra parte, los recuerdos del pasado le atormentaban aún. Por más que pensara que, al fin y al cabo, él no había cometido ningún delito, se avergonzaba de esos recuerdos tanto como de aquellos que le parecían los más molestos de su vida. El sentimiento de su humillación, aunque tan poco grave, pesaba mucho más sobre su conciencia que cualquiera de las malas acciones de su pasado. Era una herida que no se quería cicatrizar.

Sin embargo, el tiempo y el trabajo concluyeron por realizar su obra; las dolorosas impresiones poco a poco se fueron borrando por los acontecimientos importantes (a pesar de su modesta apariencia) de la vida de campo. Cada día se llevaba un jirón de recuerdo de Kitty; hasta llegó a desear con impaciencia la noticia de su casamiento con la esperanza de que esta noticia le curaría, como se cura el dolor con la extracción de la muela.

Vino la primavera, bella, amistosa, sin traiciones ni falsas promesas: una de esas primaveras que regocijan a las plantas y los animales lo mismo que a los hombres. Esta espléndida estación dio a Levin nuevo ardor; confirmó su resolución de olvidarse del pasado para organizar su solitaria vida en condiciones de estabilidad e independencia. No se habían realizado todos los planes que formó al regresar al campo, pero el punto esencial, la castidad de su vida, no había sufrido; podía mirar a los que le rodeaban sin que la vergüenza de una caída le humillase en su propia estimación.

Hacia el mes de febrero, María Nicolaevna le había escrito manifestándole que el estado de su hermano empeoraba, sin que fuera posible obligarle a que se cuidara. Esta carta le hizo partir en el acto para Moscú. Allí convenció a Nicolás a consultar a un médico y después a ir a tomar baños al extranjero; hasta que le hizo aceptar un préstamo de dinero para los gastos de viaje. Por este lado, podía estar satisfecho de sí mismo.

Además de su explotación y de sus lecturas acostumbradas, Levin emprendió durante el invierno un estudio sobre la economía rural, en el cual partía del principio de que el temperamento del trabajador es un hecho tan absoluto como el clima y la naturaleza del suelo; la ciencia agronómica, según el, debía tener muy en cuenta esos tres elementos.

Su vida fue muy ocupada, no obstante su soledad; la única cosa que le faltaba era la posibilidad de comunicar a otros, además de su anciana sirvienta, las ideas que se desarrollaban en su cabeza; así es que concluyó por hablar con ésta de las teorías de economía rural y especialmente de filosofía, que era el tema favorito de Agatha Mikhailovna.

La primavera fue bastante tardía. En las últimas semanas de Cuaresma, el tiempo había sido claro, pero frío. Aunque el sol produjera algún deshielo durante el día, por la noche descendía la temperatura a siete grados bajo cero por lo menos; la costra que la helada formaba sobre la nieve era tan dura, que ya no había caminos trazados. El día de Pascua nevó todo el día, vino un viento cálido, se amontonaron las nubes y, durante tres días y tres noches, una lluvia fría y tempestuosa cayó sin cesar; el jueves calmó el viento, y entonces se extendió por el suelo una niebla espesa y gris como para ocultar los misterios que se realizaban en la naturaleza: el hielo que crujía y se fundía por todas partes, los ríos en estado de repentino deshielo, los torrentes, cuyas aguas espumosas y agitadas se escapaban con violencia... Al atardecer se vio sobre la colina Roja que la niebla se desgarraba, las nubes se disipaban en vellones blancos y la primavera, la verdadera primavera, apareció deslumbradora. Al día siguiente, un brillante sol acabó de fundir las ligeras capas de hielo que aún quedaban sobre las aguas, y el aire tibio se llenó de vapores que ascendían de la tierra, la hierba antigua tomó un tinte verde y la nueva comenzó a mostrarse en el suelo semejando a millares de pequeñas agujas; las yemas de los abedules, de las zarzas, de los groselleros se inflaron de savia, y sobre sus ramas, doradas por el sol, enjambres de abejas cayeron zumbando.

Alondras invisibles entonaban su alegre canto al ver el campo libre de nieve; las avefrías parecían llorar por sus pantanos sumergidos por las aguas torrenciales; los gansos silvestres y las cigüeñas se elevaban en los aires con su grito primaveral.

Las vacas, cuyo pelo era el de invierno, mugían al salir de sus establos rodeando a las ovejas de vellón pesado; saltaban los corderos torpemente; los niños corrían descalzos por los húmedos senderos, dejando impresa la huella de sus pies; las campesinas charlaban alegres en el borde del estanque mientras lavaban la ropa; por todos lados resonaba el hacha de los campesinos componiendo sus rastrillos y carretas. La primavera había vuelto realmente.

XIII

Por primera vez, Levin no se endosó la pelliza; vestido ligeramente y calzado con sus grandes botas, salió; atravesó los arroyos que el sol hacía deslumbrantes, colocando el pie ya sobre el resto de hielo, ya sobre el lodo endurecido.

La primavera es la época de proyectos y de planes, pero Levin, al salir, sabía tanto lo que iba a emprender primero, como el árbol puede saber en qué sentido crecerán sus retoños y tiernas ramas contenidas en sus botones; pero comprendía que los más prudentes planes hervían en su mente.

Fue primero a ver el ganado. Se habían sacado las vacas, que se calentaban al sol, bramando como si imploraran la gracia de ir al campo. Levin las conocía todas en sus menores detalles. Las examinó con atención y, satisfecho, dio orden al pastor de que las llevara a los pastos y de hacer salir a los terneros. Las vaqueras, recogiéndose las enaguas y chapoteando en el fango descalzas, sin que los pies estuviesen curtidos aún, arreaban con un palo en la mano a los terneros, locos de contento por la primavera que les permitía ya salir del patio, salida que las vaqueras defendían. Los recentales de aquel año eran de rara hermosura; los de más edad, grandes como vacas, y la becerra de «Pava», ya de tres meses, parecía tener un año. Levin admiró y dio orden de que sacaran las artesas y les dieran un pienso de heno detrás de la empalizada portátil que les servía de cercado.

Pero sucedió que esas empalizadas, hechas en el otoño, no estaban en buen estado por falta de uso. Hizo llamar al carpintero que reparaba la trilladora. No estaba allí, se ocupaba de los rastrillos que debían haberse compuesto durante la Cuaresma. Levin se impacientó. ¡Siempre este eterno descuido, que hacía tanto tiempo combatía estérilmente! Supo que las empalizadas, como se habían empleado durante el invierno, se habían llevado a la cuadra de los obreros, en donde, como no eran muy recias, estaban ya rotas.

En cuanto a los rastrillos y arados que debieron haber sido reparados durante el invierno, para lo cual se empleaban tres carpinteros, nada se había hecho; se reparaban los rastrillos en el momento de ir a emplearse. Levin llamó al administrador, y tardando en llegar éste, fue en su busca él mismo. El administrador, radiante ese día como un astro, acudió al llamamiento del amo, vestido con un *tulup* guarnecido de piel de carnero rizada, rompiendo una paja con los dedos.

—¿Por qué no está el carpintero en la máquina?

—Es que quería decir á usted, Constantino Dmitritch, que es preciso reparar los arados. Va a ser necesario arar.

—¿Qué ha hecho usted, pues, durante el invierno? Más ¿para qué necesita un carpintero? ¿Dónde están las empalizadas para los terneros?

—He mandado que se vuelvan a poner en su lugar. ¿Qué quiere usted que se haga con esa gente? —dijo el administrador con gesto desesperado.

—No es con esa gente, sino con el administrador con quien no se puede hacer nada —contestó Levin acalorándose—. ¿Para qué le pagan a usted?

Pero recordando a tiempo que no lograría nada con gritar, se detuvo y no hizo más que suspirar.

—¿Se podrá sembrar? —preguntó después de un momento de silencio.

—Mañana o pasado mañana empezarán detrás de Turkino.

—¿Y el trébol?

—He enviado a Wassili y a Wishka a que lo siembren, pero no sé si lo conseguirán; todavía está la tierra muy fangosa.

—¿En cuantas *dessiatines*?

—En seis.

—¿Por qué no por todas partes? —gritó Levin encolerizado.

Estaba furioso al saber que en vez de veinticuatro *dessiatines* no se sembraban más que seis. Su propia experiencia, lo mismo que la teoría, le había convencido de que se debía sembrar el trébol cuanto antes, casi en la nieve, y nunca lo conseguía.

—Nos faltan braceros, ¿qué quiere usted que se haga con esas gentes? Tres trabajadores no vinieron, y Simón...

—Mejor hubiera sido no ocuparles en descargar la paja.

—Por eso no están descargando.

—¿Dónde están entonces todos?

—Cinco están en la compota —el administrador quería decir *compost* (abono)—, cuatro en la avena, removiéndola; ¡con tal que no se eche a perder, Constantino Dmitritch!

Para Levin eso significaba que la avena inglesa, destinada a la sementera, estaba ya perdida. ¡En esto también habían desobedecido sus órdenes!

—¿No le he dicho a usted, durante la Cuaresma, que se colocaran chimeneas para ventilarla? —gritó.

—No tenga usted cuidado, todo se hará a su debido tiempo.

Levin, furioso, hizo un ademán de descontento y fue a examinar la avena al granero; en seguida se dirigió al establo.

La avena no estaba todavía estropeada, pero el peón la removía con la pala en vez de bajarla sencillamente de un piso al otro. Levin tomó a dos braceros para enviarles al trébol. Poco a poco se calmó con respecto a su administrador; por otra parte, el tiempo era tan hermoso que no se podía estar enfadado.

—¡Ignacio! —gritó a su cochero, que con las mangas remangadas lavaba la carretela junto al pozo—. Ensíllame un caballo.

—¿Cuál?

—«Kolpik».

Mientras ensillaban el caballo, Levin llamó al administrador, que iba y venía a su alrededor, a fin de volver a ser interrogado, y le habló de los trabajos que se debían hacer en la primavera y de sus proyectos de agronomía: había que transportar el abono lo más pronto posible, de manera que se terminara ese trabajo antes de la primera siega; era preciso arar el campo más lejano, luego recoger el heno por cuenta propia y no segar a medias con los campesinos.

El administrador escuchaba atentamente, como un hombre que hace esfuerzos por aprobar los proyectos del amo; tenía esa fisonomía desalentada y abatida que Levin conocía, y que le irritaba muchísimo. El administrador se atrevió a decir:

—Todo eso está bien, pero ya veremos lo que Dios dispone.

Ese tono contrariaba y casi desesperaba a Levin; mas era lo mismo con todos los administradores que había tenido a su servicio, todos acogían sus proyectos con el mismo aire resignado; así es que había decidido no enojarse nunca, pero no por eso empleaba menos fogosidad al luchar con ese desgraciado: ¡Lo que Dios disponga! —esas palabras le daban la sensación de que una especie de fuerza elemental era destinada a ponerle obstáculos en todo.

—Veremos, Constantino Dmitritch, si hay tiempo para eso.

—¿Y por qué no?

—Será necesario disponer de quince braceros más, y no vienen. Hoy vinieron unos que pedían setenta rublos por la temporada de verano.

Levin guardó silencio. ¡Siempre nuevos obstáculos! Sabía que por más esfuerzos que hiciera, nunca sería posible conseguir más de treinta y siete o treinta y ocho braceros a un precio regular; se conseguían a veces hasta cuarenta, ni uno más; pero quería probar otra vez.

—Envíe usted a buscar a Ysuri y a Tchefirofka; si no vienen, es preciso ir en busca de otros.

—Enviaré —dijo Basilio Fedorovitch con aire abatido—. Y luego, los caballos que están muy fatigados.

—Compraremos otros; pero ya sé —añadió riendo— que usted hará tan poco y tan mal hecho como le sea posible. Además le advierto ahora que este año no dejaré que obre a su antojo. Lo haré todo yo mismo.

—¡Como si usted durmiera demasiado! En cuanto a nosotros, preferimos siempre trabajar a la vista del amo.

—Así pues, haga sembrar el trébol y yo mismo ire a verlo —dijo al montar el caballito que el cochero acababa de traerle.

—¡Constantino Dmitritch —gritó el cochero— no podrá usted pasar los arroyos!

—Entonces iré por el bosque.

En su caballito, muy descansado, que resoplaba en todos los abrevaderos y tiraba de la brida en su alegría de salir del establo, Levin salió del fangoso patio y se halló en pleno campo.

La satisfacción que había experimentado en la casa aumentó. El paso de su excelente caballo le balanceaba suavemente, aspiraba con fuerza el aire tibio, pero impregnado todavía de la frescura de la nieve, de la que aún se veían rastros. Gozaba contemplando cada uno de sus árboles con las nuevas hojas que renacían y los botones casi a punto de abrirse. Al salir del bosque, se presentó a sus ojos la enorme extensión del campo semejante a una inmensa alfombra de verde terciopelo; no había que deplorar partes mal sembradas de trigo ni yermas, pero quedaban restos de nieve en los fosos. Advirtió que el caballo de un campesino y un potro pisoteaban un campo sembrado; sin enfadarse, mandó a un campesino que pasaba que los sacara; con la misma calma recibió la respuesta irónica y tonta de otro campesino a quien preguntó: «Y qué tal, Ignacio, ¿sembraremos pronto?» «Hay que arar primero, Constantino Dmitritch.» Cuanto más adelantaba, mayor era su buen humor y mejores encontraba sus planes agrícolas, que parecían aventajarse unos a otros en perfección: proteger los campos del lado del Sur, con plantaciones que evitarían que la nieve durara demasiado tiempo; dividir en nueve partes sus tierras laborables de las cuales seis serían abonadas y tres se dedicarían al cultivo de forraje; construir una casa de vacas en la parte más lejana de la posesión y formar allí un estanque; tener cercos portátiles para el ganado a fin de aprovechar el abono en las praderas; conseguir de este modo cultivar trescientas *dessiatines* de trigo, cien *dessiatines* de patatas y ciento cincuenta de trébol sin esquilmar la tierra...

Sumido en esas reflexiones y dirigiendo su caballo con prudencia para no perjudicar sus tierras, llegó al lugar en donde su gente sembraba el trébol. El carro cargado de semilla, en vez de detenerse en el límite del campo, había penetrado en el trigo, que el caballo pisoteaba con los cascos. Los dos trabajadores, sentados en la orilla del camino, encendían sus pipas. La semilla del trébol, sin cribar, la habían echado en el carro mezclada con tierra formando terroncitos duros y secos.

Al ver venir al amo, el trabajador Basilio se dirigió al carro y Michka se puso a sembrar. Todo eso significaba desorden, pero Levin rara vez se enojaba con sus jornaleros. Cuando Basilio se aproximó le ordenó que sacara el caballo del carro al camino.

—Eso no importa, Barin, eso retoñará —dijo Basilio.

—Hazme el favor de obedecer sin observaciones —respondió Levin.

—Voy —contestó Basilio al ir a tomar el caballo.

—¡Qué sembrados!, ¡Constantino Dmitrich! —añadió como para ser perdonado—. ¡No hay nada más hermoso! Pero no se adelanta mucho, la tierra está tan pesada que en cada pie se le pegan a uno libras de lodo.

Levin preguntó:

—¿Por qué no se ha pasado el trébol por la criba?

—Eso no tiene importancia y ya se arreglará —respondió Basilio tomando las apelmazadas semillas y desmenuzándolas con las manos.

Basilio no era culpable, pero la contrariedad del amo no fue menos viva. Bajó del caballo, tomó el sembrador de manos de Basilio y se puso a sembrar él mismo.

—¿Dónde te detuviste?

Basilio indicó el lugar con el pie y Levin continuó sembrando lo mejor que pudo; pero la tierra parecía un pantano, y poco después se detuvo bañado en sudor para entregar el sembrador al jornalero.

—La primavera es hermosa —dijo Basilio—, es una primavera que los viejos no olvidarán en nuestra aldea; en casa el viejo también ha sembrado trigo y pretende que no se distingue del centeno.

—¿Hace mucho que siembran trigo por allá?

—Usted mismo fue el que nos enseñó a sembrarlo. El año pasado usted me dio dos medidas.

—Bueno, ten cuidado —dijo Levin volviendo a su caballo—; vigila a Michka, y si el sembrado va bien, tendrás cincuenta kopecks por cada *dessiatine*.

—Se lo agradecemos a usted humildemente; estaríamos contentos hasta sin eso.

Levin volvió a montar y fue a ver el campo de trébol del año anterior; después, el que se estaba arando para el trigo de verano.

El trébol crecía admirablemente y la labor preparatoria para la sementera era excelente; dentro de dos o tres días las siembras podrían comenzar.

Levin, satisfecho, regresó por los arroyos, con la esperanza de que el agua hubiera bajado; en efecto, pudo atravesarlos, y al pasar asustó a dos patos.

—Debe de haber becadas —pensó, y un guarda que encontró cerca de su casa le confirmó esta suposición.

Espoleó al caballo para llegar a la hora de comer y preparar la escopeta para salir de caza aquella noche.

XIV

En el momento en que regresaba Levin a su casa, de muy buen humor, oyó un sonido de campanillas del lado de la gradería de la entrada.

—Alguien llega del ferrocarril —pensó—; es la hora del tren de Moscú... ¿Quién puede venir? ¿Será mi hermano Nicolás? ¿No me dijo que en vez de ir al extranjero, vendría tal vez a mi casa?

Por un momento temió que aquella visita interrumpiese sus planes para la primavera; pero, avergonzado por ese temor egoísta, en su pensamiento abrió los brazos a su hermano y se puso a esperar con tierna alegría que de veras fuera el anunciado por las campanillas.

Espoleó a su caballo, y al dar vuelta a un cercado de acacias que le ocultaba la casa, descubrió un trineo de alquiler ocupado por un viajero con pelliza. No era su hermano.

—Con tal que sea alguno con el que se pueda hablar —pensó—. ¡Ah! —exclamó al reconocer a Esteban Arcadievitch—, ¡es el huésped más amable! ¡Cuánto me alegro de verle! ¡Él me dirá si Kitty se ha casado!

Ni aun el recuerdo de Kitty le causaba ya dolor en aquel hermoso día de primavera.

—¿No me esperabas? —le dijo Esteban saliendo del trineo con la cara llena de lodo, pero radiante de salud y de satisfacción—. He venido, primero, a verte; segundo, a cazar un poco, y tercero, a vender la madera de Yergushovo.

—¡Magnífico! ¿Qué te parece esta primavera? ¿Cómo has podido llegar hasta aquí en trineo?

—En *telega* es más difícil todavía, Constantino Dmitritch —dijo el cochero, un viejo conocido.

—En fin, me alegro mucho de verte —exclamó Levin sonriendo con alegría infantil.

Acompañó a su huésped al cuarto destinado a las visitas, a donde pronto llevaron su equipaje: un saco, una escopeta y una caja de cigarros. En seguida, Levin fue en busca del administrador para hacerle observaciones sobre el trébol y la labor.

Agatha Mikhailovna, que tomaba muy en serio el honor de la casa, le detuvo al pasar el vestíbulo para hacerle algunas preguntas referentes a la comida.

—Haga usted lo que le parezca, pero dése prisa —respondió sin dejar de andar.

Cuando regresó, Esteban Arcadievitch salía de su cuarto, lavado, peinado y sonriente. Subieron juntos al primer piso.

—¡Qué contento estoy de haber llegado hasta tu casa! ¡Al fin me voy a iniciar en los misterios de tu existencia! ¡Verdaderamente te envidio! ¡Qué casa! ¡Qué cómodo, claro y alegre es todo! —decía Esteban Arcadievitch, olvidando que no siempre había allí claridad y primavera—. ¡Y tu criada! ¡Qué buena mujer! No te falta más que una bonita confidente con delantal blanco, pero eso no se adapta a tu estilo severo y monástico.

Entre otras noticias interesantes, Esteban Arcadievitch contó a su huésped que Sergio Ivanitch pensaba salir al campo aquel verano; no dijo una palabra de los Cherbatzky, limitándose a darle recuerdos que su esposa le mandaba. Levin agradeció esta delicadeza. Como siempre, había reunido en su soledad una porción de ideas y de impresiones que no podía contar a los que le rodeaban, pero que refirió a Esteban Arcadievitch. Le hizo una relación de todo: de su alegría primaveral, de sus planes y sinsabores agrícolas, de sus observaciones sobre los libros que había leído y, sobre todo, de la idea fundamental del trabajo que había tratado de escribir, que era, sin que él se diera cuenta, una crítica de todas las obras de economía rural. Esteban Arcadievitch, amable y de inteligencia fácil para comprenderlo todo, esta vez se mostró más cordial todavía. Levin hasta creyó observar cierta consideración hacia él, que unida a un matiz de ternura, le lisonjeó.

Los esfuerzos unidos de Agatha Mikhailovna y del cocinero dieron por resultado que los dos amigos, muertos de hambre, se lanzaran sobre la *zakuska*, mientras venía la sopa, comieron pan con mantequilla, salazones, hongos y Levin mandó por fin subir la sopa, sin esperar los pastelitos hechos por el cocinero con la esperanza de deslumbrar al huésped; pero Esteban Arcadievitch, acostumbrado a otras comidas, no cesó de encontrarlo todo excelente: los licores hechos en casa, el pan, la mantequilla, las salazones, los hongos, la sopa, la gallina con salsa blanca, el vino de Crimea, fueron proclamados deliciosos.

—¡Perfecto, muy bueno! —dijo encendiendo un grueso tabaco después del asado—. Esto me hace el efecto de haber escapado de las sacudidas y alborotos de un buque para desembarcar en una costa hospitalaria. Así, ¿tú dices que el elemento representado por el trabajador debe ser estudiado aparte de los otros y servir de guía en la elección de los procedimientos económicos? Yo soy profano en esas cuestiones, pero me parece que esa teoría y sus aplicaciones influirían en el jornalero...

—Sí, pero aguarda, yo no hablo de economía política, sino de economía rural considerada como una ciencia. Hay que estudiar los datos, los fenómenos, igual que para las ciencias naturales, y al jornalero desde el punto de vista económico y etnográfico.

En aquel momento entró Agatha Mikhailovna con los dulces.

—Te felicito, Agatha Mikhailovna —dijo Esteban Arcadievitch besándole la punta de los dedos—. ¡Qué salazones y qué licores! Y bien, Kostia, ¿no es hora ya de partir? —añadió.

Levin miró por la ventana al sol que desaparecía detrás de la cima aún desnuda de los árboles.

—Ya. ¡Kusma, que enganchen! —gritó bajando la escalera corriendo.

Esteban Arcadievitch bajó también, y fue a sacar, con cuidado, su escopeta; era un arma de modelo nuevo y costoso.

Kusma, que preveía una gratificación, no se alejaba de él, le ayudó a ponerse las medias y las botas de caza, y Esteban Arcadievitch le dejó hacer complaciente.

—Kostia, si viene el mercader Rabenin, hazme el favor de decir que le reciban y le hagan esperar.

—¿Es a él a quien vas a vender la madera?

—Ciertamente he tenido negocios con él *positiva y definitivamente.*

Esteban Arcadievitch se echó a reír porque eran las palabras favoritas del mercader.

—Sí, es verdad que habla de un modo muy extraño— dijo, acariciando a «Laska», que daba vueltas ladrando alrededor de Levin lamiéndole la mano, las botas o la escopeta, y añadió—: Sabe a dónde va su amo.

Un pequeño coche de caza les esperaba a la puerta.

—Hice enganchar, aunque vamos cerca de aquí; pero si prefieres iremos a pie.

—De ningún modo, mejor es el carruaje —contestó sentándose en el carro.

Se envolvió los pies con una manta escocesa color tigre y encendió un cigarro.

—¡Cómo puedes pasar sin fumar, Kostia! El cigarro no solamente es un placer, sino también como el coronamiento del bienestar. ¡Esta es la verdadera existencia! ¡Así es como yo quisiera vivir!

—¿Quién te lo impide? —dijo Levin sonriendo.

—Sí, tú eres un hombre feliz, porque posees todo lo que te gusta: ¿te gustan los caballos?, los tienes; ¿los perros?, los tienes, lo mismo que abundante caza; en fin, adoras la agronomía, y puedes ocuparte en ella.

—Tal vez lo que ocurre es que aprecio lo que poseo, y que no deseo con demasiado ardor lo que no poseo —respondió Levin pensando en Kitty.

Esteban Arcadievitch le comprendió, pero le miró sin decir nada.

Levin le agradecía el no haber aún hablado de los Cherbatzky y que hubiese adivinado, con su tacto habitual, que era un asunto que él temía. Pero en aquel momento habría querido, sin preguntar nada, saber a qué atenerse respecto a ello.

—¿Cómo van tus asuntos? —le dijo, por fin, reprochándose el no pensar más que en lo que personalmente le interesaba.

Los ojos de Esteban Arcadievitch se animaron.

—Tú no admites que se pueda desear pan tierno cuando uno dispone de su ración correspondiente; según tú, es un crimen, y yo, en cambio, no admito que se pueda vivir sin amor —respondió, habiendo comprendido a su manera la cuestión de Levin—; no lo puedo remediar, así soy. Y en realidad, cuando uno reflexiona que se hace tan poco daño a los otros y se proporciona tanto placer a sí mismo...

—Pero... ¿es que acaso te has encaprichado de nuevo? —preguntó Levin.

—¡Sí, hermano! Tú conoces el tipo de las mujeres de Ossian, de esas mujeres que sólo se ven en sueños. Pues bien, a veces existen en realidad, y entonces son terribles. La mujer, indudablemente, es un tema inagotable: por más que se estudie, siempre se encuentra en ella algo nuevo.

—Entonces no vale la pena de estudiarla.

—¡Oh, sí! No sé quién fue el que dijo que la felicidad consiste en buscar la verdad y no en encontrarla...

Levin escuchaba sin hablar, pero por más que se lo proponía, no podía penetrar el alma de su amigo, ni comprender el encanto que encontraba a esa clase de estudios.

XV

El lugar a donde Levin condujo a Oblonsky, no estaba lejos de allí; se encontraba en un bosquecillo de álamos; le colocó en un rincón cubierto de musgo y algo pantanoso; aunque desembarazado de nieve; él se puso al lado opuesto, cerca de un abedul doble; apoyó la escopeta en una de las ramas inferiores, se quitó la chaqueta, se apretó un cinturón e hizo algunos movimientos con los brazos para asegurarse que nada le embarazaría para tirar.

La vieja «Laska», que le seguía paso a paso, se echó con precaución enfrente de él y levantó las orejas. El sol se ponía por detrás del gran bosque, y del lado del Este, los abedules y los álamos mezclados se destacaban limpiamente con sus ramas caídas y sus botones casi abiertos.

En el gran bosque, en los lugares en donde la nieve no había desaparecido del todo, se oía correr el agua con suave murmullo, en numerosos arroyuelos; los pájaros gorjeaban revoloteando de un árbol a otro. Por momentos parecía que el silencio era completo, y entonces se oía el rumor de las hojas secas removidas por el deshielo o por la hierba que retoñaba.

—¡En verdad, se ve y se oye crecer la hierba! —se dijo Levin como el resto al observar una hoja de álamo, húmeda y ennegrecida, que la punta de una nueva hierbecilla, saliendo del suelo, levantaba. Él estaba en pie escuchando y mirando ya la tierra cubierta de musgo, ya a «Laska» en acecho, o bien la sumidad todavía despojada de los árboles del bosque que se extendía como un océano al pie de la colina; después, el cielo oscurecido que se iba cubriendo de nubecillas blancas. Un buitre se remontó en los aires agitando sus alas lentamente por encima de la selva; otro tomó la misma dirección y desapareció. En la espesura, el gorjeo de los pájaros se hizo más vivo y animado; a lo lejos se oyó el canto del búho; «Laska» levantó las orejas, dio cautelosamente algunos pasos y bajó la cabeza para oír mejor. Del otro lado del río, un cuclillo repitió por dos veces su débil grito y luego calló enronquecido.

—¿Oyes? ¡Ya canta el cuclillo! —dijo Esteban Arcadievitch abandonando su punto.

—Sí, lo oigo —contestó Levin, a disgusto por tener que romper el silencio—. ¡Cuidado ahora!, ya va a comenzar esto.

Esteban Arcadievitch regresó a su escondrijo, y ya no se vio más que la chispa de un fósforo seguida del pequeño resplandor rojo de su cigarrillo y por un ligero humo azulado.

Chic, chic, hizo la escopeta de Esteban al montarla.

—¿Qué es lo que se oye allá? —preguntó llamando la atención de Levin sobre un ruido sordo que hacía pensar en la voz de un niño que quisiera imitar el relincho de un caballo.

—¿No sabes lo qué es? Es una liebre. Pero, ¡cuidado! ¡No hablemos más! —exclamó Levin montando también su escopeta.

A lo lejos se oyó un silbido con la cadencia tan conocida del cazador, y dos o tres segundos después se repitió el silbido transformándose en un débil grito ronco. Levin miró hacia arriba a derecha e izquierda, y al fin vio sobre su cabeza, en el azul algo oscurecido del cielo, y sobre la sumidad de los álamos balanceándose suavemente, un pájaro que volaba hacia él; su canto, bastante parecido al de una tela que se desgarrara a compás, le llegó a los oídos; ya distinguía el pico largo y el largo cuello de la becada, pero apenas apuntó cuando brilló un relámpago rojo en el matorral detrás del cual estaba Oblonsky; el pájaro se agitó en el aire como herido por una flecha. Otro fulgor, y el pájaro, tratando en vano de detenerse, aleteó durante un segundo y cayó pesadamente al suelo.

—¿Habré errado el tiro? —gritó Esteban Arcadievitch, a quien el humo impedía ver.

—¡Allí está! —dijo Levin mostrando a «Laska» que, con una oreja levantada y el pájaro en la boca, movía la cola y traía lentamente a su amo la pieza cobrada.

La perra parecía sonreír.

—¡Me alegro mucho que hayas hecho blanco! —dijo Levin, aunque sentía una especie de envidia.

—El cañón derecho de mi escopeta falló; ¡mal comienzo! —respondió Esteban Arcadievitch volviendo a cargar—. ¡Ah, allí va otra!

—En efecto, los silbidos se sucedían rápidos y agudos. Dos becadas volaron por encima de los cazadores, persiguiéndose una a otra; se oyeron cuatro tiros, y las becadas, como golondrinas, giraron sobre sí mismas y cayeron.

La cacería fue excelente. Esteban Arcadievitch mató dos piezas más y Levin también dos, pero una de ellas no se encontró. El día se oscurecía cada vez más. Venus, con su luz de plata, se mostraba ya en el poniente, y en el levante brillaba Arturo con su fuego rojo algo sombrío; Levin contempló la Osa Mayor por intervalos. Ya no se veían becadas, pero resolvió esperarlas hasta que Venus se elevara en el horizonte y que la Osa Mayor fuera completamente visible. La estrella había pasado más allá de los abedules, el carro de la Osa Mayor brillaba ya en el cielo y él esperaba todavía. Esteban Arcadievitch preguntó:

—¿No es hora de irnos ya?

Todo estaba tranquilo en la selva, ni un pájaro se movía.

—Esperemos un poco —respondió Levin.

—Como quieras.

En aquel momento estaban a quince pasos uno del otro.

—¡Stiva! —exclamó de improviso Levin—, no me has dicho si tu cuñada se ha casado o no.

Se sentía con tanta calma y su resolución era tan reciente, que creía que nada podía conmoverle. Pero no esperaba la contestación de Esteban Arcadievitch.

—No se ha casado y no piensa en el casamiento; está muy enferma y los médicos la envían al extranjero. Hasta se teme por su vida.

—¿Qué es lo que dices? —exclamo Levin—. Enferma. Pero, ¿qué tiene...? ¿Cómo...?

Mientras hablaban, «Laska», con las orejas tiesas, examinaba el cielo y los miraba con aire de reproche.

Probablemente se decía: «¡Han elegido el momento oportuno para conversar! ¡Allí viene una, allí está! ¡Cabal! La erraron.»

En aquel momento un agudo silbido llegó a los oídos de los dos cazadores, y al mismo tiempo dispararon; las dos detonaciones, los dos relámpagos fueron simultáneos. La becada batió las alas, plegó sus delgadas patas y cayó en la espesura del bosque.

—¡Ha sido buena! ¡Juntos! —gritó Levin corriendo con «Laska» a buscar la becada—. ¿Qué es lo que me causó tanta pena hace poco? ¡Ah, sí! Kitty está enferma —recordó—. ¿Qué hacer? ¡Es muy triste eso! ¡La encontró! ¡Bien por el perro! —añadió, tomando el pájaro de la boca de «Laska» para guardarlo en su morral, casi lleno ya.

XVI

De regreso, Levin hizo algunas preguntas a su amigo sobre la enfermedad de Kitty y sobre los proyectos de los Cherbatzky; oyó con agrado las contestaciones de Oblonsky, comprendiendo, sin confesárselo, que aún le quedaba alguna esperanza, y casi contento de que la que le había hecho sufrir tanto, sufriese a su vez. Pero cuando Esteban Arcadievitch habló de las causas de la enfermedad de Kitty, y pronunció el nombre de Wronsky, Levin le interrumpió:

—No tengo ningún derecho a penetrar los secretos de familia, que de ningún modo me interesan.

Esteban Arcadievitch sonrió imperceptiblemente, al observar la transformación repentina de Levin, que en un segundo había pasado de la alegría a la tristeza, como le sucedía con frecuencia.

—¿Has cerrado el trato con Rabenin, para la madera? —preguntó.

—Sí, me la paga muy bien: treinta y ocho mil rublos, de los cuales, ocho mil al contado y el resto en seis años. No ha dejado de costarme bastante trabajo; nadie me ofrecía más.

—Das el bosque regalado —dijo Levin con aire sombrío.

—¿Cómo regalado? —respondió Esteban Arcadievitch con sonrisa de buen humor, sabiendo de antemano que ahora Levin lo encontraría todo mal.

—Ese bosque vale por lo menos quinientos rublos la *dessiatin*.

—He aquí el tono despectivo de los grandes agricultores, cuando se trata de nosotros, los pobres diablos de ciudadanos. Y, sin embargo, cuando se trata de realizar un negocio, lo sabemos hacer mejor que vosotros. Créeme, lo he calculado todo; la madera de mi bosque la he vendido en muy buenas condiciones, y sólo temo una cosa, y es que el comprador se arrepienta. Es leña para quemar, y no habrá más de treinta *sagenas* por *dessiatin*, y él me paga doscientos rublos por *dessiatin*.

Levin sonrió con desdén.

—Así son estos señores de la ciudad —pensó—; por una vez en diez años que vienen al campo y con dos o tres palabras del vocabulario campesino que aplican a tontas y a locas se imaginan conocer ya el negocio. «Habrá treinta *sagenas*»; hablan sin saber una palabra de lo que dicen. Yo no me permito hacerte observaciones cuando se trata de los papeles inútiles de tu administración —dijo— y si tuviera necesidad de ti, te pediría consejos. ¿Y tú te consideras capacitado en materia de bosques? ¡No es tan sencillo! En primer lugar, ¿has contado los árboles?

—¿Qué es eso de contar los árboles? —exclamó riendo Esteban, buscando siempre el modo de distraer a su amigo de su mal humor—. Eso equivale a contar las arenas del mar, los rayos de luz de los planetas; ni un genio lo conseguiría.

—Bueno, bueno, te aseguro que el genio de Rebenin lo consigue; no hay comerciante que compre sin contar, a menos que le den la madera regalada, como tú. Conozco el bosque, pues por allí voy a cazar todos los años; vale quinientos rublos la *dessiatin* al contado, mientras que él te da doscientos a plazos. Le regalas treinta y cinco mil rublos por lo menos.

—Deja esas cuentas galanas —dijo Esteban Arcadievitch con tono quejumbroso—. Entonces, ¿cómo es que nadie me ha ofrecido ese precio?

—Porque los contratistas se ponen de acuerdo y se indemnizan entre sí. Conozco a toda esa gente, he tenido que habérmelas con ellos; no son contratistas, sino revendedores, como los chalanes; ninguno de ellos se contenta con un beneficio del diez o el quince por ciento; aguardan hasta que pueden comprar por veinte kopecks lo que vale un rublo.

—Tú lo ves todo negro.

—De ningún modo —dijo tristemente Levin cuando ya se acercaban a la morada.

Delante de la casa estaba detenida una sólida *telega*, con un caballo bien cuidado; el gordo dependiente de Rebenin envuelto en su caftán, tenía las riendas. El mercader ya había entrado en la casa y salió al vestíbulo al encuentro de los dos amigos. Rebenin era un hombre de mediana edad, alto y flaco con bigote; su prominente barba la llevaba rasurada; tenía los ojos apagados y a nivel de la frente. Vestía una levita larga muy oscura, con los botones de detrás muy bajos; llevaba botas altas y, sobre las botas, polainas. Se adelantó sonriente hacia los recién llegados enjugándose el rostro con el pañuelo y tratando de apretarse la levita, que no la necesitaba. Tendió a Esteban Arcadievitch una mano que parecía agarrar algo.

—¡Ah! ¿Ya llegó usted? —dijo Oblonsky dándole la mano—, muy bien.

—No me habría atrevido a desobedecer las órdenes de Vuecencia, aunque los caminos están muy mal. Casi he hecho todo el camino a pie, pero he llegado el día señalado. Mis respetos, Constantino Dmitritch —añadió volviéndose a Levin, con intención de aferrarle también la mano; pero este pareció no darse cuenta del ademán, y se puso tranquilamente a sacar las becadas de su morral.

—¿Se han divertido ustedes cazando? ¿Qué pájaro es ese? —preguntó Rebenin mirando las becadas con desprecio—. ¿A qué sabe eso? —y movió la cabeza como desaprobando y dudando de la posibilidad de condimentar semejante volátil para hacerlo comestible.

—¿Quieres pasar a mi despacho? —dijo Levin en francés—. Entren ustedes a mi despacho, allí discutirán mejor su negocio.

—Donde usted quiera —respondió el contratista en tono desdeñoso, queriendo hacer comprender que si otros podían encontrar dificultades para últimar un negocio, él no.

En el despacho, Rebenin buscó maquinalmente con la mirada el *icono*, pero cuando lo descubrió no se persignó. Echó una ojeada a la biblioteca y a los estantes llenos de libros con el mismo aire desdeñoso y perplejo que había tenido para la becada.

—Y bien, ¿trae usted el dinero? —preguntó Esteban Arcadievitch.

—El dinero no hará falta, pero he venido a hablar un poco.

—¿De qué hemos de hablar? —preguntó Oblonsky.

—¿Podemos sentarnos? —dijo Rebenin sentándose y apoyándose en el respaldo del sillón del modo más incómodo—. Hay que ceder un poco, príncipe: sería un pecado no hacerlo. En cuanto al dinero, está listo, hasta el último kopeck; por ese lado no habrá obstáculo.

Levin, que guardaba su escopeta en un armario y se disponía a salir del cuarto, se detuvo al oír las últimas palabras del mercader.

—Usted compra el bosque por un precio sumamente bajo —dijo—; mi amigo ha venido a hablarme demasiado tarde. Yo le hubiera aconsejado que pidiera mucho más.

Rebenin se levantó y sonriendo miró a Levin de arriba abajo, y dirigiéndose a Esteban Arcadievitch exclamó:

—Constantino Dmitrich es demasiado exigente; ya no se puede comprar nada en su casa. He regateado el precio de su trigo y se lo pagaba muy bien.

—¿Por qué le he de regalar yo a usted lo que me pertenece? Ni me lo he encontrado ni lo he robado.

—Dispense usted; en estos tiempos es absolutamente imposible robar, todo se hace honrada y lícitamente. ¿Quién podría robar? Hemos hablado lealmente. El bosque es demasiado caro, no podré conseguir mi objeto. Debo rogar al príncipe que ceda un poquito.

—Pero, díganme ustedes: ¿está o no está el negocio hecho? Si no lo está, no hay que regatear más; ¡yo compro el bosque!

La sonrisa de Rebenin desapareció de sus labios; se cambió en una expresión de ave de rapiña rapaz y cruel. Con sus dedos huesudos se desabotonó la levita, enseñando la camisa, el chaleco con botones de cobre, la cadena del reloj y sacó del pecho una gruesa y usada cartera.

—El bosque es mío si usted no lo toma a mal —hizo la señal de la cruz y alargó la mano—. Toma mi dinero, yo tomo tu bosque. Así es como Rebenin entiende los negocios; no cuenta sus kopecks —exclamó tartamudeando y agitando la cartera con aire descontento.

—Yo no me daría ninguna prisa si estuviera en tu lugar —dijo Levin.

—Pero si le he dado mi palabra —contestó Oblonsky sorprendido.

Levin salió del despacho cerrando con violencia la puerta. El mercader le vio salir y movió la cabeza sonriendo.

—Todo eso es efecto de la juventud, decididamente es una niñada. Créame usted, puedo decir que sólo compro por amor propio, y porque quiero que se diga: «Rebenin es el que compró el bosque de Oblonsky», y sólo Dios sabe cómo saldré. Sírvase usted escribirme el pequeño contrato que hemos hecho.

Una hora después el mercader regresaba en su *telega* bien envuelto en pieles, con su contrato en el bolsillo.

—¡Oh, estos señores son siempre los mismos! —dijo a su dependiente.

—Así es —respondió el dependiente dándole las riendas—. ¿Y respecto a la compra, Miguel Ignatich?

—¡Ja, ja! —fue la respuesta.

XVII

Esteban Arcadievitch entró en la sala con los bolsillos repletos de paquetes de billetes que no podían hacerse efectivos hasta tres meses después, pero que el mercader logró hacérselos tomar. La venta estaba hecha, tenía el dinero en su cartera; la caza había sido espléndida; era, pues, perfectamente feliz y estaba contento, y deseaba disipar la tristeza que se adueñaba de su amigo. Un día que comenzó tan bien, debía terminar del mismo modo.

Pero Levin, por más deseos que tuviera de mostrarse amable con su huésped, no podía abandonar su mal humor. La embriaguez de alegría que sintió al saber que Kitty no se había casado duró poco. Soltera y enferma; ¡tal vez enferma de amor por uno que la desdeñaba! Eso, para él, era casi una injuria personal. ¿No había Wronsky, en cierto modo, adquirido el derecho de despreciarle a él, Levin, puesto que desdeñaba la que le había rechazado? Era, pues, un enemigo. Esta impresión no la razonaba. Se sentía herido, lastimado, descontento de todo y, en particular, por aquella absurda venta de madera, que se había realizado bajo su techo, sin poder impedir que Oblonsky se dejara engañar.

—Bueno, ¿ya está hecho? —dijo yendo al encuentro de Oblonsky—. ¿Quieres cenar?

—No es posible rehusar. ¡Qué apetito tiene uno en el campo! Es admirable. ¿Por qué no ofreciste un bocado a Rebenin?

—¡Qué se lo lleve el diablo!

—¿Sabes que me sorprende tu modo de tratarle? Ni le has dado la mano siquiera. ¿Por qué?

—Porque no la doy a mi criado y mi criado vale mil veces más que él.

—¡Qué ideas tan atrasadas! Y de la fusión de las clases, ¿qué se hizo?

—Abandono esas fusiones a las personas para las cuales es agradable; por lo que a mí se refiere, me da asco.

—Decididamente eres un retrógrado.

—En realidad nunca me he preguntado lo que soy. Simplemente soy Constantino Levin y nada más.

—Y Constantino Levin de muy mal humor —dijo Oblonsky riendo.

—Es verdad, ¿y sabes por qué? Debido a esa ridícula venta; dispensa la palabra.

Esteban Arcadievitch puso la cara de la inocencia calumniada, y respondió con una mueca, bromeando:

—Veamos. ¿Cuándo no se ha dicho al que vende cualquier cosa «podría usted haber sacado más dinero», y nadie piensa en dar este dinero antes de la venta? No, bien se ve que tienes ojeriza contra ese pobre Rebenin.

—Es posible, y te diré por qué. Me vas a tratar otra vez de retrógrado y a darme algún otro nombre no muy halagador; no puedo evitar el afligirme al ver a la nobleza, esa nobleza a la cual, a pesar de la fusión de las clases, me siento dichoso en pertenecer, que se va empobreciendo. Pase si este empobrecimiento fuera causado por prodigalidades, no diría yo nada. Vivir como grandes señores es propio de los nobles, y sólo ellos lo saben hacer. Por eso no me siento lastimado de ver que los campesinos compren nuestras tierras; el propietario no hace nada, el campesino trabaja; es justo que el trabajador ocupe el lugar del ocioso, está muy bien. Pero lo que me incomoda y me aflige es ver despojar a la nobleza por efecto, ¿cómo diré yo?, de su inocencia. Aquí, un arrendatario polaco compra una magnífica finca por la mitad de su valor a una señora que habita en Niza. Allá, un mercader toma en arriendo, por un rublo el *dessiatin*, lo que vale diez. Hoy eres tú que, sin ton ni son, haces a ese pillo un regalo de unos treinta mil rublos.

—Pero, ¡hombre! ¿Había yo acaso de contar mis árboles uno por uno?

—Ciertamente; si tú no los has contado, puedes estar seguro de que el mercader lo ha hecho por ti y sus hijos tendrán los medios de vivir y de instruirse, de lo que los tuyos tal vez carecían.

—¿Qué quieres? A mi modo de ver, hay mezquindad en ese modo de calcular. Nosotros tenemos nuestros negocios, ellos tienen los suyos, y es preciso que también obtengan sus beneficios. Al presente, es una cosa que ya no puede evitarse... Allí viene mi tortilla favorita, y después, Agatha Mikhailovna nos dará una copa de su buen aguardiente.

Esteban Arcadievitch se sentó a la mesa, bromeó con Agatha Mikhailovna y aseguró no haber disfrutado nunca de una comida y una cena tan ricas.

—Al menos usted sabe distinguir —dijo Agatha Mikhailovna— y dice algo agradable, mientras que, si Constantino Dmitritch no encontrara más que un pedazo de pan, lo comería y se marcharía sin hablar palabra.

Levin, a pesar de sus esfuerzos por dominar su humor triste y sombrío, permaneció taciturno; había una pregunta que no se decidía a hacer y no encontraba ni la ocasión de dirigirla a su amigo, ni la forma que debía darle. Esteban Arcadievitch había vuelto a su cuarto, se había desnudado, lavado, puéstose una hermosa camisa y, por último, acostado, mientras Levin continuaba todavía paseándose por el cuarto, hablándole de trivialidades, sin atreverse a preguntar lo que tanto deseaba. Luego, sacando de su envoltorio un jabón perfumado que Agatha Mikhailovna había puesto para Oblonsky y que éste no empleaba, dijo:

—¡Qué bien arreglado está! ¡Mira, es realmente una obra de arte!

—Sí, todo se perfecciona en nuestros días —contestó Oblonsky bostezando como un bienaventurado—. Los teatros, por ejemplo, y —volviendo a bostezar— esas luces eléctricas tan curiosas.

—Sí, las luces eléctricas... y ese Wronsky, ¿dónde está ahora? —preguntó de repente, poniendo el jabón donde estaba.

—¿Wronsky? —preguntó Esteban Arcadievitch dejando de bostezar—, está en San Petersburgo. Se marchó poco después que tú te fuiste y no ha vuelto a

Moscú. ¿Sabes, Kostia? —añadió apoyándose en la mesita que había cerca de su cama y descansando en la mano el rostro en el que sus cariñosos y soñolientos ojos iluminaban como dos estrellas—; si quieres que te lo diga, tú tienes en parte la culpa de toda esta lamentable historia; tuviste miedo de un rival, y te repito lo que entonces te decía: no sé cuál de los dos contaba con más probabilidades. ¿Por qué no te adelantaste? Yo bien te decía que... —y bostezó tratando de no abrir la boca.

—¿Sabe éste o no el paso que di? —se preguntó Levin mirándole—. En su fisonomía hay astucia y diplomacia —y comprendiendo que se ponía colorado, fijó los ojos en Oblonsky sin hablar.

—Si experimento algún sentimiento —continuó Oblonsky—, fue una atracción superficial, un deslumbramiento producido por esta alta aristocracia, por su posición en la sociedad, deslumbramiento más violento en la madre que en ella.

Levin frunció el ceño. La injuria de la negativa sufrida le oprimió el corazón como si acabara de recibir la herida. Afortunadamente estaba en su casa, y cuando uno esta en su casa se siente más fuerte.

—Espera, espera —interrumpió—. ¿Hablas de aristocracia? ¿Quieres decirme en qué consiste la de Wronsky o de cualquier otro, y en qué puede justificar el desprecio que se me ha hecho? Tú le consideras un aristócrata. No soy de esa opinión. ¿Un hombre cuyo padre salió de la nada a fuerza de intrigas, cuya madre ha tenido líos, Dios sólo sabe con quien? ¡Oh, no! Los aristócratas, para mí, son hombres que pueden señalar en su pasado tres o cuatro generaciones honradas, perteneciendo a las clases más cultivadas (sin hablar de facultades intelectuales extraordinarias, que eso es otra cosa), que jamás se han inclinado ante nadie, ni han tenido necesidad de nadie, como mi padre y mi abuelo. Y conozco a muchas familias en el mismo caso.

En cuanto a ti, tú haces regalos de treinta mil rublos y un pitillo y me encuentras mezquino porque cuento los árboles que tengo; pero tú percibes sueldos y no sé qué más, que no percibiré nunca. ¡Esa es la razón que me hace apreciar lo que me dejó mi padre y lo que mi trabajo me proporciona, y digo que nosotros somos los aristócratas y no los que viven a costa de los poderosos de este mundo, y que se venden por veinte kopecks!

—¡Pero qué me estas diciendo! Soy en todo de tu opinión —respondió alegremente Oblonsky, gozando con la ocurrencia de su amigo, sin dejar de comprender que también él figuraba en el número de los aludidos—. No eres justo para con Wronsky, pero no se trata de él. Francamente te digo: en tu lugar, yo iría a Moscú y...

—No, ignoro si tú has sabido lo que pasó, y, por lo demás, me es indiferente... Pedí la mano de Catalina Alejandrovna y no me fue concedida, lo que hace que su recuerdo me sea penoso y humillante.

—¿Por qué? ¡Qué locura!

—No hablemos más de eso. Dispénsame si me has encontrado descortés para contigo. Ya está explicado el motivo.

Y volviendo a su aire acostumbrado, le dijo apoderándose de su mano:

—¿No estás enojado conmigo, Stiva? Te suplico que no me guardes rencor.

—¿Quién piensa en eso? Me alegro, por el contrario, de que nos hayamos franqueado mutuamente. ¿Y oyes?, la caza es muy buena por la mañana. ¿Quieres que vayamos? Yo me pasaría sin dormir y de allí me iría derecho a la estación.

—Perfectamente.

XVIII

Wronsky, aunque absorbido por su pasión, no había cambiado nada del curso exterior de su vida. Conservó todas sus relaciones mundanas y militares. Su regimiento ocupaba un lugar preeminente en su existencia; primero, porque lo quería, y más aún, porque allí le adoraban; no se contentaban con admirarle, le respetaban, se enorgullecían de que un hombre de su clase y valía intelectual colocara los intereses de su regimiento y de sus camaradas por encima de los éxitos de vanidad y de amor propio a que tenía derecho. Wronsky conocía los sentimientos que inspiraba, y se creía obligado, en cierto modo, a mantenerlos. Por otra parte, la vida militar por sí misma le gustaba.

Inútil es decir que a nadie hablaba de su amor. Jamás se le escapó una palabra imprudente, ni aun cuando tomaba parte en algún acto de libertinaje con sus camaradas (además, bebía con mucha moderación), y sabía cerrar la boca a los indiscretos que se permitían hacer la menor alusión a sus amores. Sin embargo, su pasión era conocida de toda la ciudad, y los jóvenes envidiaban lo que precisamente era más desagradable en su amor: la alta posición de Karenin, que contribuía a poner en evidencia sus relaciones amorosas.

La mayor parte de las señoras jóvenes. celosas y cansadas de oír llamar *justa* a Ana, no sentían que se hubiesen realizado sus predicciones, y sólo aguardaban la sanción de la opinión pública, para abrumarla con su desprecio. Ya tenían preparado el fango que le arrojarían cuando llegara el momento oportuno. Las personas de experiencia y las de elevada jerarquía, veían con pesar que se avecinaba un escándalo.

La madre de Wronsky, al principio, se había enterado con gusto de las amorosas relaciones de su hijo; según ella, nada mejor para acabar de formar a un joven, que un amor en el gran mundo; por otra parte, veía con cierto placer que, después de todo, la Karenina, que parecía tan enamorada de su hijo, no fuera más que una mujer como cualquier otra, cosa por lo demás muy natural tratándose de una mujer bella y elegante; así pensaba la vieja condesa.

Pero este modo de ver cambió cuando supo que su hijo, a fin de no alejarse de su regimiento y de Ana Karenina, había rechazado un ascenso importante en su carrera. Además, en vez de ser la relación amorosa brillante y mundana que ella hubiera aprobado, resultaba que esta pasión se iba volviendo trágica a lo Werther, y temía que su hijo acabara por cometer algún disparate. Desde la inopinada salida de éste de Moscú, no le había vuelto a ver, y le había hecho avisar por su hermano que deseaba verle.

Su hermano mayor no estaba tampoco satisfecho, no porque le importara que el tal amor fuera profundo o efímero, tranquilo o violento, inocente o culpable (él mismo, aunque padre de familia, sostenía a una bailarina y no tenía derecho a ser severo), pero sabía que este amor desagradaba en lugar elevado y, por tanto, vituperaba a su hermano.

Wronsky, además de sus relaciones mundanas y su servicio, tenía una pasión que le absorbía: la de los caballos. Aquel verano habían de celebrarse carreras de oficiales. Se hizo inscribir y compró una yegua inglesa de pura raza; a pesar de su amor, y aunque fuera hombre reservado, aquellas carreras tenían para él un vivo atractivo. Por otra parte, ¿por qué no podían ser compatibles con sus pasiones? Necesitaba tener algo que le interesase aparte de Ana, para descansar de las violentas emociones que le agitaban.

XIX

El día de las carreras de Krasnoe-Selo, Wronsky, más temprano que de costumbre, fue a comer un bistec en el comedor común de los oficiales; no estaba rigurosamente obligado a disminuir su alimentación, porque su peso correspondía al de cuatro *pouds* exigidos; pero no convenía engordar, por lo que se abstenía de azúcar y de farináceas. Se sentó a la mesa, con la levita desabotonada descubriendo un chaleco blanco, y abrió una novela francesa; con los codos sobre la mesa parecía absorto en su lectura, pero tomaba esta actitud únicamente para verse libre de las conversaciones de los que iban y venían; su pensamiento estaba en otra parte.

Pensaba en la cita que Ana le había dado para después de las carreras. Hacía tres días que no la había visto, y se preguntaba si ella podría cumplir su promesa, porque su marido había regresado a San Petersburgo de un viaje al extranjero. ¿Cómo haría para saberlo? En la casa de campo de Betsy, su prima, fue donde se vieron la última vez; a casa de los Karenin iba lo menos posible, ¿se atrevería a ir?

—Sencillamente, diré que Betsy me ha encargado averiguar si Ana piensa asistir a las carreras. Sí, ciertamente, iré —esto decidió para sí, y su imaginacion le pintó tan viva la felicidad de esta entrevista, que la alegría irradió en su rostro por encima del libro—. Haz que vayan a decir a mi casa que enganchen pronto la troika a la carretela —dijo al joven que le servía el bistec muy caliente en una fuente de plata.

Acercó el plato y se sirvió.

En la sala de billar próxima, se oía el ruido de las bolas y de voces que charlaban y reían; dos oficiales se presentaron en la puerta; uno de ellos muy joven, de rostro delicado, que acababa de salir del cuerpo de los pajes (cadetes); el otro, gordo y viejo, tenía los ojos pequeños, húmedos, con un brazalete en la manga.

Wronsky los miró y siguió comiendo y leyendo a la vez, con aire disgustado, como si no los hubiera notado.

—Tomas fuerzas, ¿eh? —preguntó el oficial gordo sentándose a su lado.

—Ya lo ves —respondió Wronsky limpiándose la boca y frunciendo el ceño, siempre sin mirarles.

—¿No temes engordar? —continuó diciendo el oficial gordo aproximando una silla al más joven.

— ¿Qué? —preguntó Wronsky enseñando los dientes, al hacer una mueca de enojo y aversión.

—¿No temes engordar?

—¡Muchacho, Jerez! —gritó Wronsky sin responder, y puso su libro al otro lado del plato para continuar leyendo.

El gordo se apoderó de la carta de vinos y la pasó al más joven diciéndole:

—Mira lo que podríamos beber.

—Vino del Rhin, si te parece —respondió el joven, tratando de atusarse el imperceptible bigote, mirando tímidamente a Wronsky con el rabillo del ojo.

Viendo que no se movía, se levantó y dijo:

—Vamos a la sala de billar.

El oficial gordo se levantó también y los dos se dirigieron hacia la puerta.

En este instante entró un capitán de caballería, joven, grande y buen mozo, llamado Yashvin; hizo a los dos oficiales un desdeñoso saludo y se aproximó a Wronsky.

—¡Ah! ¡Estás ahí! —exclamó poniéndole con viveza una gran mano sobre el hombro.

Wronsky se volvió molesto, pero su rostro pronto tomó una expresión dulce y amistosa.

—Haces bien, Alejo —dijo el capitán con su voz sonora—; come ahora y rocía la comida con una copita por encima.

—No tengo apetito.

—Esos son los inseparables—añadió Yashvin mirando con aire burlón a los dos oficiales que se alejaban, y se sentó doblando sus largas piernas aprisionadas en los estrechos pantalones del uniforme y demasiado largas para la altura de las sillas.

—¿Por qué no fuiste al teatro ayer? La Numerof, en verdad, no estaba mal; ¿dónde has estado?

—Pasé el rato en casa de los Tverskoi.

—¡Ah!

En el regimiento, Yashvin era el mejor amigo de Wronsky, aunque fuera tan jugador como libertino. No se podía decir que era hombre sin principios; los tenía, pero eran absolutamente inmorales. Wronsky admiraba su fuerza física excepcional, que le permitía beber como un barril sin fondo y vivir sin dormir en absoluto en caso de necesidad; no admiraba menos su fuerza moral, que le hacía temible hasta para sus jefes, de los cuales sabía hacerse respetar, lo mismo que de sus camaradas. En el club inglés estaba considerado como el primer jugador, porque, sin dejar nunca de beber, arriesgaba sumas considerables con una calma y presencia de espíritu imperturbables.

Si Wronsky sentía amistad y cierta consideración por Yashvin, era porque sabía que su propia fortuna y posición social no influían para nada en la simpatía que éste le tenía. Era querido por sí mismo y no por interés. Así es que Yashvin era el único a quien Wronsky había querido hablar de su amor, convencido como estaba de que, a pesar de su afectado desprecio por toda clase de sentimientos amorosos, era el único que podría comprender su pasión con todo lo que tenía de serio y absorbente. Además, sabía que era incapaz de entregarse a habladurías o calumnias. Esas razones hacían que su presencia le fuera grata.

—¡Ah, sí! —exclamó el capitán cuando se pronunció el nombre de los Tverskoi; y se mordió el bigote clavando en el sus ojos negros y brillantes.

—Y tú, ¿qué has hecho?, ¿has ganado?

—Ocho mil rublos, de los cuales tres mil no cobraré probablemente.

—Entonces puedo hacerte perder —dijo Wronsky riendo—; su camarada había apostado una suma fuerte por él.

—No pienso perder; sólo Mahotine es de temer.

Y la conversación versó sobre las carreras, único asunto interesante de momento.

—Vamos, ya he concluido —dijo Wronsky levantándose.

Yashvin se levantó también estirando sus largas piernas.

—No puedo comer tan temprano, pero voy a beber algo. Te sigo. ¡Mozo, vino! —gritó con su voz de trueno; esta voz era célebre en el regimiento—. No, no, es inútil —gritó poco después—; si vas a tu casa, te acompaño.

XX

Wronsky ocupaba una gran *izba* finlandesa muy limpia y dividida en dos por un tabique. Petritzky vivía con él lo mismo en el campo como en San Petersburgo; dormía cuando Wronsky y Yashvin entraron.

—Basta de dormir, levántate —dijo Yashvin yendo a sacudirle por los hombros, detrás del tabique en donde estaba acostado con la nariz hundida en la almohada.

Petritzky saltó poniéndose de rodillas y mirando a su alrededor.

—Ha venido tu hermano —dijo a Wronsky—, me ha despertado; ¡que vaya al diablo! Dijo que volvería.

Y se echó de nuevo sobre la almohada recogiendo la colcha.

—¡Déjame en paz, Yashvin! —gritó con cólera a su camarada, que se entretenía en retirarle la colcha; luego, volviéndose hacia él y abriendo los ojos—: Mejor harías en decirme lo que puedo beber para quitarme el gusto desagradable que tengo en la boca.

—Aguardiente ante todo —ordenó Yashvin con su voz ronca—. Tereshtchenko, pronto, una copa de aguardiente y pepinos para tu amo —gritó, encantado él mismo de la sonoridad de su voz.

—¿Crees que eso sea bueno? —preguntó Petritzky, y se frotó los ojos haciendo una mueca—. ¿Tomarás tú también?

—Si es para los dos, acepto. Wronsky, ¿tú beberás también?

Y saliendo de la cama se adelantó envuelto en la colcha con los brazos levantados canturreando en francés: *Il etait un roi de Thule.*

—¿Beberás tú, Wronsky?

—¡Vete a paseo! —respondió éste poniéndose una levita que le había traído su criado.

—¿Adónde piensas ir? —le preguntó Yashvin al ver aproximarse a la casa una carretela tirada por tres caballos—. Ahí está tu troika.

—A la caballeriza, y de allí a casa de Bransky, con quien tengo que arreglar un asunto —respondió Wronsky.

En efecto, había prometido a Bransky llevarle dinero, y Bransky vivía a diez verstas de Peterkof; pero sus camaradas pronto comprendieron que también iba a otra parte.

Petritzky guiñó el ojo con un gesto que significaba: «sabemos lo que quiere decir Bransky», y continuó canturreando.

Yashvin se contentó con decir:

—¡No tardes! ¿Estás contento con tu compra? —preguntó mirando por la ventana el caballo que él le había vendido.

En el momento de marcharse Wronsky, Petritzky le detuvo gritando:

—¡Espera! tú hermano me dejó una carta y una esquela para ti. ¿Qué he hecho de ellas? ¡Esa es la cuestión! —declamó Petritzky, poniéndose el índice sobre la nariz.

—¡Habla, pues! ¡Qué bruto eres! —dijo Wronsky sonriendo.

—¡No encendí fuego en la chimenea, luego debe estar aquí, o en alguna parte!

—Vamos, basta de tonterías: ¿dónde esta la carta?

—Te aseguro que lo he olvidado. Tal vez soñé todo eso. ¡Espera! ¡Espera! No te enfades; si hubieras bebido como yo ayer, no sabrías ni dónde habías pasado la noche; voy a tratar de acordarme.

Petritzky fue detrás del tabique y se volvió a acostar.

—Así es como yo estaba acostado, y él estaba allí, sí, sí, sí, ya di con ella.

Y sacó la carta de debajo del colchón.

Wronsky tomó la carta acompañada de una esquela de su hermano; era lo que suponía: su madre le reprochaba el no haber ido a verla y su hermano le decía que tenía que hablarle.

—¿Qué les importa a ellos? —murmuró, presintiendo de qué se trataba y arrugó los dos papeles que metió entre los botones de su levita, con la intención de volver a leerlos en el camino con más atención.

En el momento en que salía de la *izba*, encontró a dos oficiales, uno de ellos de su regimiento. La habitación de Wronsky servía, con la complacencia de su propietario, de lugar de reunión.

—¿Adónde vas?

—A Peterhof por ciertos negocios...

—¿Ha llegado el caballo?

—Sí, pero no lo he visto todavía.

—Dicen que «Gladiator», de Mahotin, cojea.

—¡Tonterías! Pero, ¡cómo van ustedes a correr con semejante lodo!

—¡Allí están mis salvadores! —exclamó Petritzky al ver entrar a los recién llegados.

Su ordenanza, en pie delante de él, le ofrecía en una bandeja aguardiente y pepinos salados.

—Yashvin es el que me receta beber para refrescarme.

—Ayer buen rato nos dio usted —dijo uno de los oficiales—; no pudimos dormir en toda la noche.

—Debo contarle a usted cómo se terminó —empezó a decir Petritzky—: Wolkof se subió al techo y desde allí nos declaró que estaba triste. Yo propuse que hiciéramos música y tocamos una marcha fúnebre. Y al son de la marcha fúnebre se durmió.

—Bebe tu aguardiente y échale encima agua de Seltz con mucho limón —dijo Yashvin animando a Petritzky como una madre que quiere hacer tomar un remedio a su hijo—. Después de eso, podrás tomar un poco de *champagne*, media botella.

—Eso sí tiene sentido común. ¡Wronsky, aguarda un poco y bebe con nosotros!

—No, señores, adiós. No bebo hoy.

—¿Por qué? ¿Temes aumentar en peso? Entonces, bebamos sin él ¡qué nos traigan agua de Seltz y un limón!

—¡Wronsky! —gritó uno de los oficiales cuando éste salía.

—¿Qué hay?

Deberías cortarte el pelo para pesar menos; especialmente el de la frente.

Wronsky, en efecto, comenzaba a perder el cabello. Se echó a reír y tirando su casquete sobre la frente en donde los cabellos eran más ralos, salió y subió a la carretela.

—¡A la cuadra! —ordenó.

Iba a sacar las cartas para volver a leerlas; pero a fin de no pensar más que en su caballo, dejó esa tarea para más tarde.

XXI

La cuadra provisional, una barraca formada por tablas, se encontraba cerca del campo de las carreras. El picador era el único que había montado a la yegua para pasearla. Wronsky no sabía en qué estado la encontraría. Un joven que servía de mozo conoció la carretela de lejos, y en seguida llamó al picador, un inglés de rostro seco con un mechón de pelos en la barba. Éste salió al encuentro de su amo, bamboleándose como un *jockey*, con los codos separados del cuerpo; vestía una chaqueta corta y calzaba botas de montar.

—¿Cómo está «Frou-frou»? —preguntó Wronsky en inglés.

—*All right, sir* —respondió el inglés con voz gangosa—. Es mejor no entrar —añadió levantándose el sombrero—, la he puesto un bozal y eso la agita. Si alguien se aproxima se inquietará.

—Entraré de todos modos. Quiero verla.

—Entonces, vamos —respondió el inglés de mal humor, y sin abrir la boca y con su andar desconcertado se dirigió a la cuadra; un mozo de servicio con chaqueta blanca, una escoba en la mano, limpio y despierto les introdujo.

Cinco caballos ocupaban la caballeriza, cada uno en su lugar; el de Mahotine, el más temible competidor de Wronsky, «Gladiator», alazán de cinco vershoks, debía estar allí. Wronsky sentía más curiosidad por verle que por ver a su propio caballo; pero según las reglas de las carreras, no debía hacérselo enseñar, y ni aun hacer preguntas sobre él.

Sin dejar de andar, a lo largo del corredor, el mozo abrió la puerta de la segunda plaza, y Wronsky entrevió un vigoroso alazán calzado de las cuatro patas. Era «Gladiator». Lo sabía; pero en seguida se volvió del lado de «Frou-Frou», del mismo modo que si hubiera vuelto para no leer una carta abierta dirigida a otro.

—Es el caballo de Mak... Mak... —dijo el inglés sin lograr pronunciar el nombre, señalando el puesto de «Gladiator» con sus dedos sucios.

—¿De Mahotine? Sí, es el único adversario serio.

—Si usted lo montara yo apostaría por usted —dijo el inglés.

—«Frou-Frou» es más nerviosa, éste es más sólido —respondió Wronsky sonriendo por el elogio del *jockey*.

—En las carreras con obstáculos todo consiste en el arte de montar en el *pluck* —dijo el inglés.

El *pluck*, es decir, la audacia y sangre fría. Wronsky sabía que esto no le faltaba, y lo que es más, estaba firmemente convencido de que nadie tenía más que él.*

—¿Está usted seguro de que no es necesaria una fuerte transpiración?

—De ningún modo —contestó el inglés—. No hable usted en alta voz, se lo ruego, la yegua se asusta —añadió, señalando con la cabeza un espacio cerrado en donde se oía piafar al animal sobre la paja.

Abrió la puerta y Wronsky entró en el recinto ligeramente alumbrado por una pequeña claraboya. Una yegua baya oscura, con bozal, piafaba nerviosamente contra la paja fresca.

La conformación algo defectuosa de su yegua predilecta causó impresión en Wronsky. «Frou-frou» era de mediana alzada; las costillas y el pecho, estrechos, aunque el último fuese saliente; la grupa la tenía ligeramente deprimida, y las patas, sobre todo las traseras, un poco torcidas, los músculos parecían débiles y los ijares muy anchos a pesar del entrenamiento y de lo flaco del vientre. Sobre las rodillas, sus patas, vistas de frente, parecían verdaderos husos, y viéndolas de lado, eran enormes. Excepto los flancos, se hubiera podido decir que estaba vacía por los dos lados. Pero tenía un mérito que hacía olvidar todos esos defectos, era de pura raza, o, como dicen los ingleses, era de pura sangre. Sus músculos resaltaban por debajo de una red de venas cubiertas con una piel lisa y suave como el raso. Cabeza afilada, ojos a nivel de la cuenca, brillantes y animados, narices salientes y móviles que parecían inyectadas de sangre. Todo en el aspecto de este bonito animal tenía algo de decisión, de energía y de finura. Era una de esas bestias a las cuales parece faltar la palabra debido a alguna parte incompleta de su mecanismo. Wronsky tuvo el sentimiento de ser comprendido por el animal mientras él la contemplaba. Al entrar él, la yegua aspiró el aire con fuerza, miró de lado mostrando lo blanco de su ojo inyectado de sangre, trató de sacudir su bozal y se agitó sobre las patas como movida por resortes.

—Ya ve usted lo agitada que está —dijo el inglés.

—¡So!, hermosa, ¡so! —exclamó Wronsky aproximándose para calmarla, pero cuanto más se aproximaba más se excitaba la yegua.

Sólo se tranquilizó cuando le acarició la cabeza y el cuello; se veían sus músculos aparecer y estremecerse bajo su delicada piel. Wronsky colocó en su sitio una mecha de crines que la yegua había echado al otro lado del cuello, aproximó el rostro a las narices que la yegua inflaba dilatándolas como las alas de un murciélago. Respiró ruidosamente, enderezó las orejas y alargó el hocico negro hacia donde él estaba para tirarle de la manga; pero no pudiendo hacerlo a causa del bozal, se puso a patear de nuevo.

—¡Quieta, hermosa, cálmate! —le dijo Wronsky acariciándola y salió del establo convencido de que su yegua se encontraba en muy buenas condiciones.

Pero la agitación del animal se le había comunicado; él también sentía que la sangre se le agolpaba al corazón y que se apoderaba de él la necesidad de movimiento, de acción; habría querido morder como la yegua; era algo a la vez turbulento y divertido.

—¡Bueno!, cuento con usted —dijo al inglés—. A las seis y media sobre el terreno.

—Todo estará listo. Pero, ¿adónde va usted, milord? —preguntó el inglés, llamándole lord, título que jamás empleaba.

Wronsky admirado de esta audacia, levantó la cabeza y miró al inglés como sabía hacerlo, no en los ojos, sino encima de la frente; se dio cuenta de que el picador no le había hablado como a su amo sino como a un *jockey*. Le respondió:

—Necesito ver a Bransky y volveré dentro de una hora.

—¡Cuántas veces me han hecho esa pregunta hoy! —pensó y se sonrojó, lo cual raras veces le sucedía.

El inglés le observó con atención; parecía adivinar a dónde iba su amo.

—Lo principal es estar tranquilo antes de la carrera; no se preocupe, no se inquiete usted por nada.

—*All right* (muy bien) —respondió Wronsky sonriendo, y subiendo a su carretela, se hizo conducir a Peterhof.

Apenas había comenzado a andar, cuando el cielo, cubierto desde por la mañana, se oscureció enteramente y comenzó a llover.

—Es un fastidio —pensó Wronsky levantando el toldo de la carretela—; había lodo, ahora se volverá un pantano.

Aprovechando aquel momento de soledad, sacó las cartas de su madre y de su hermano para leerlas.

Siempre la misma historia: tanto su madre como su hermano creían necesario intervenir en sus asuntos amorosos. Esto le irritaba hasta la cólera, que en él era tan rara.

—¿Qué tienen ellos que ver en eso? ¿Por qué se creen obligados a ocuparse de mí?, ¿de pensar en mí? Es porque se dan cuenta de que existe algo que no pueden comprender. Si se tratara de relaciones vulgares, me dejarían en paz; pero adivinan que no es así, que esta mujer no es un juguete para mí, que la quiero más que a mi vida. Eso les parece increíble e irritante. Cualquiera que sea nuestra suerte, nosotros lo hemos querido y no nos arrepentimos —dijo uniéndose a Ana con la palabra *nosotros*—. Pero no, ellos quieren enseñarnos a vivir; ellos, ¡que ni siquiera tienen idea de lo que es la dicha!, no saben que, sin este amor, no habría para mí en este mundo ni alegría ni dolor; la vida no existiría.

En el fondo, lo que más le irritaba contra los suyos, es que su conciencia le decía que tenían razón. Su amor por Ana no era una atracción pasajera, destinada, como tantos otros amoríos mundanos, a desaparecer sin dejar más rastro que algunos recuerdos dulces o penosos. Comprendían perfectamente todas las torturas de su situación, todas las dificultades a los ojos del mundo al cual necesitaba ocultarlo todo, ingeniándose en la mentira, en el engaño, en la invención de toda clase de astucias, Y aunque su mutua pasión era tan violenta, que sólo en ella pensaban, se veían obligados a ocuparse de los demás.

Esa frecuente necesidad de disimular y de fingir, le volvieron con fuerza al pensamiento. Nada había más contrario a su naturaleza, y recordó el sentimiento de vergüenza, que frecuentemente había sorprendido en Ana, cuando ella también se veía precisada a mentir.

Desde que empezaron sus relaciones con Ana, experimentaba a veces una extraña sensación de repugnancia y repulsión que no podía definir. ¿Contra quién...? ¿Contra Alejo Alejándrovitch? ¿Contra sí mismo? ¿Contra el mundo entero...? No lo sabía.

Rechazaba esta impresión cuanto le era posible.

—Si antes ella era desgraciada, pero orgullosa y tranquila, hoy no lo puede ser, por más esfuerzos que haga por parecerlo.

Y por primera vez, la idea de poner término a esta vida de disimulo se le ofreció clara y precisa.

—Cuanto antes mejor —se dijo—. Es preciso que lo abandonemos todo, tanto ella como yo, y que, solos con nuestro amor, nos vayamos a ocultar a alguna parte.

XXII

El aguacero duró poco, y cuando Wronsky llegó con sus caballos de tiro que galopaban a rienda suelta en el lodo, el sol había vuelto a aparecer iluminando los techos de las casas de campo y el follaje mojado de los viejos tilos, cuya sombra se proyectaba desde los jardines de la vecindad sobre la calle principal. El agua caía de los techos, y las ramas de los árboles parecían sacudir alegres las gotas de lluvia. Ya no pensaba en el perjuicio que la lluvia podía causar en el campo de las carreras; se regocijaba suponiendo que, gracias a la lluvia, Ana estaba sola; porque sabía que Alejo Alejándrovitch, de regreso de un viaje a los baños, desde hacia varios días, no había aún salido de San Petersburgo para el campo.

Wronsky hizo detener los caballos a corta distancia de la casa, y para llamar lo menos posible la atención, entró en el patio a pie, en vez de hacerlo por la puerta principal que daba a la calle.

—¿Ha llegado el señor? —preguntó a un jardinero.

—Todavía no, pero la señora sí está en casa. Sírvase usted llamar y le abrirán.

—No, prefiero entrar por el jardín.

Al enterarse de que estaba sola, se le ocurrió sorprenderla; no había anunciado su visita, y ella no podía sospechar que fuera a causa de las carreras; avanzó, pues, con precaución a lo largo de los senderos enarenados y llenos de flores por los lados, levantando el sable para no hacer ruido; llegó hasta el terraplén que de la casa bajaba al jardín. Las preocupaciones que le asaltaron en el camino, las dificultades de su situación, todo lo olvidó, no pensaba más que en la dicha de poder verla dentro de un momento, de verla en realidad, en persona, y no con el pensamiento solamente. Ya subía las gradas del terraplén con el mayor sigilo, cuando se acordó de lo que siempre olvidaba y que formaba uno de los aspectos más dolorosos de sus relaciones con Ana: la presencia de su hijo, ese niño de mirada investigadora.

El niño era el principal obstáculo para sus entrevistas. Ni él ni Ana, hallándose él presente, se permitían una sola palabra que no pudiese ser oída por todos. Jamás la menor alusión que el niño pudiese entender. No habían necesitado ponerse de acuerdo para ello; uno y otra habrían creído hacerse una injuria pronunciando una palabra equívoca: delante de él conversaban como simples conocidos. A pesar de esas precauciones, Wronsky con frecuencia tropezaba con la mirada investigadora y algo desconfiada de Sergio fija en él; unas veces se mostraba tímido, otras cariñoso, casi nunca el mismo. El niño parecía darse cuenta de que entre Wronsky y su madre existía un vínculo muy serio cuya significación no alcanzaba a penetrar.

Sergio, en efecto, hacía vanos esfuerzos para averiguar como debía portarse con aquel señor. Había adivinado con la fina intuición de la infancia, que su padre, el aya y la criada veían con horror a aquel caballero, mientras que su, madre en cambio, le trataba como a su mejor amigo.

«¿Qué significa todo eso? ¿Quién es él? ¿Debo yo amarle? Y si no comprendo nada, ¿tengo yo la culpa? ¿Soy un niño malo o de pocos alcances?», pensaba Sergio.

De ahí provenía su timidez, su aspecto investigador y perverso y ese carácter variable que tanto molestaba a Wronsky. Además, en presencia del niño siempre experimentaba esa repulsión sin causa aparente, que le perseguía de algún tiempo atrás. Wronsky y Ana se asemejaban a dos navegantes a quienes la brújula advierte que van perdiendo el rumbo sin que les sea posible detener su embarcación, y cada minuto les aleja más del buen camino. Reconocer ese movimiento que les arrastra, ¡es también reconocer su pérdida! El niño, con su ingenua mirada, era la implacable brújula. Los dos lo comprendían así sin querer convenir en ello.

Aquel día, Sergio no estaba en casa. Ana se encontraba sola, sentada en el mirador esperando el regreso de su hijo, al que había sorprendido la lluvia durante su paseo. Había enviado a la doncella y a un criado en busca suya. Vestida con una bata blanca bordada, se hallaba sentada en un ángulo del mirador. Oculta por las plantas y las flores, no oyó llegar a Wronsky. Con la cabeza en suave inclinación, con sus bellas manos llenas de joyas, aproximaba hacia ella una regadera. La belleza de su rostro, de su cabellera negra rizada, de aquellos brazos, de sus manos, de toda su persona, causaba profunda impresión en Wronsky cada vez que la veía y le producía una nueva sorpresa. Se detuvo y la contempló enajenado. Por instinto sintió ella su llegada; al primer paso de Wronsky, soltó la regadera y volvió hacia él su rostro hermoso.

—¿Qué tiene usted? ¿Está enferma? —le preguntó en francés acercándose.

Habría corrido, pero temiendo ser visto, echó una mirada a su derredor y hacia la puerta del mirador sonrojándose como siempre que se veía obligado a temer y a disimular.

—No, estoy buena —contestó Ana levantándose y apretando con efusión la mano que él le tendía—. No te esperaba.

—¡Dios mío, qué manos tan frías!

—Me has asustado; estoy sola, pero espero a Sergio que ha ido a dar un paseo; regresará por aquí.

A despecho de la tranquilidad que afectaba le temblaban los labios.

—Perdonadme que haya venido, pero no podía pasar todo un día sin veros —prosiguió en francés evitando de este modo el tratamiento de *usted* imposible o el de *tú* peligroso en ruso.

—No tengo nada que perdonar; soy muy feliz.

—Pero, ¿estáis enferma o triste? —dijo inclinándose hacia ella sin soltar su mano—. ¿En qué pensáis?

—Siempre en lo mismo —contestó sonriendo.

Decía la verdad. A cualquier hora del día, en cualquier momento que la hubieran preguntado, habría contestado invariablemente que pensaba en su dicha y en su desgracia.

En el momento en que él entró, se estaba preguntando precisamente, ¿por qué algunos, por ejemplo Betsy, cuyas relaciones con Toushkewitch conocía, veían con tanta indiferencia lo que para ella era tan cruel? Este pensamiento la había atormentado más aquel día. Hablaron de las carreras, y él, para distraerla de su turbación, contó los preparativos que se hacían, en un tono siempre tranquilo y natural.

«¿Debo o no decírselo? —pensó al mirar aquellos ojos serenos y cariñosos—. Parece tan feliz, esa carrera le divierte tanto, que tal vez no comprenda toda la importancia de lo que nos sucede.»

—No me habéis dicho en qué pensabais cuando entré —al decir esto interrumpió lo que refería—; os suplico que me lo digáis.

Ana no respondió. Con la cabeza inclinada, alzó los ojos hacia él; interrogaba con la mirada mientras jugaba con una hoja desprendida. El rostro de Wronsky en seguida tomó la expresión del que humildemente adora; de esa abnegación absoluta, de esa idolatría que la habían conquistado.

—Me da el corazón que algo ha sucedido. ¿Podré estar tranquilo un instante cuando sé que tenéis una pena de la que yo no participo? ¡En nombre del Cielo, hablad! —repitió en tono de súplica.

«Si no comprende toda la importancia de lo que tengo que decirle, jamás le perdonaré. Es mejor callar que ponerle a prueba», pensó sin dejar de mirarle; le temblaba la mano.

—¡Dios mío! ¿Qué es lo que hay? —dijo tomándole la diestra.

—¿Hay que decirlo?

—Sí, sí, sí.

—Estoy encinta —murmuró lentamente.

La hoja que tenía entre los dedos tembló más aún; pero no apartó los ojos de él, porque trataba de leer en su rostro cómo recibiría esta confesión.

Él palideció; quiso hablar, pero se detuvo, inclinó la cabeza y soltó la mano que tenía entre las suyas.

«Sí, comprende todo el alcance de este acontecimiento», pensó Ana y le cogió la mano.

Pero se equivocaba al suponer que él sentía lo que ella. Al recibir esta noticia, esa extraña impresión de horror que le perseguía se había apoderado de él con más fuerza que nunca y comprendió que había llegado la crisis que tanto deseaba. En lo sucesivo, no podía ya ocultar nada al marido, y se hacía indispensable salir cuanto antes, a cualquier precio, de aquella odiosa e insoportable situación. Ana le había comunicado su turbación. Él la miró con sus ojos humildemente sumisos, le besó la mano, se levantó y se puso a pasear de un lado a otro en el mirador, sin decir una palabra.

Cuando volvió a acercarse a ella, le dijo con acento decidido:

—Ni vos ni yo hemos considerado nuestras relaciones como felicidad pasajera. Ahora nuestra suerte está echada. Es absolutamente necesario que pongamos término a las mentiras en que vivimos —y miró a su alrededor.

—¡Poner término! ¿Cómo podemos ponerles término, Alejo? —dijo ella con dulzura.

Se había calmado y le sonreía con ternura.

—Es preciso que abandonéis a vuestro marido y que unamos nuestras existencias.

—¿No están ya unidas? —respondió en voz baja.

—No del todo; por completo, no.

—Pero, ¿qué hacer, Alejo? Dime qué —añadió con triste ironía al pensar en lo crítico de su situación—. ¿No soy la mujer de mi esposo?

—Por difícil que sea una situación, siempre existe una salida; se trata únicamente de tomar una resolución. Cualquier cosa es mejor que la vida que llevas. ¿Crees acaso que yo no veo los obstáculos que se oponen y el tormento que sufres? ¡Tu marido, tu hijo, la sociedad, todo!

—Mi marido, no —respondió sonriendo—. No le conozco. no pienso en él. Ignoro si existe.

—No eres sincera. Te conozco: también te torturas por él.

—Pero él no sabe nada.

Al decir esto, se le puso el rostro encendido; el cuello, la frente, las mejillas, se le colorearon, y los ojos se le llenaron de lágrimas.

—No hablemos más de él.

XXIII

No era la primera vez que Wronsky trataba de hacerla comprender y juzgar su situación, pero nunca con tanto empeño como entonces, y casi siempre se había estrellado contra las mismas apreciaciones superficiales y casi fútiles. Le parecía que ella se hallaba entonces bajo el imperio de los sentimientos que no quería o no podía profundizar, y la verdadera Ana desaparecía hasta aparecer un ser extraño e indescifrable que no lograba él comprender, y que se le convertía en algo casi repulsivo. Aquel día quiso tener una explicación completa.

—Que lo sepa o no —dijo con voz firme y tranquila—, poco importa. No podemos, *usted* no puede permanecer en esta situación, y ahora menos que nunca.

—¿Qué es lo que se debe hacer, según usted? —preguntó ella con la misma ironía burlona.

Ella, que había temido tanto que él acogiera su confidencia con ligereza, ahora le desagradaba que viera la necesidad absoluta de tomar una resolución enérgica.

—Confiéseselo todo y abandónele.

—Supongamos que lo haga, ¿sabe usted lo que resultará? Voy a decírselo —y en sus ojos, un momento antes tan tiernos, hubo un relámpago de maldad, y añadió remedando a su marido—: ¡Ah, usted quiere a otro y tiene relaciones criminales! Yo había advertido a usted las consecuencias que tal conducta tendría desde el punto de vista de la religión, de la sociedad y de la familia. No ha querido usted escucharme; ahora, pues, no puedo entregar mi nombre a la vergüenza, y... —ella iba a decir mi hijo, pero se detuvo, porque no podía hablar en broma tratándose de su hijo—. En una palabra me dirá abierta y concretamente, en el tono que toma cuando discute sobre negocios de Estado, que no puede dejarme libre y que dará los pasos necesarios para evitar un escándalo. Eso es lo que ocurrirá, porque no es un hombre, es una máquina, y, cuando se enfada, es una máquina muy dañina.

Y se acordó del lenguaje y de la fisonomía de su marido, decidida a reprocharle en su interior todo lo que podía encontrar de malo en él, con tanta menos indulgencia cuanto más culpable se sentía.

—Pero, Ana —dijo Wronsky con dulzura, con la esperanza de convencerla o calmarla—; es preciso comenzar por confesarlo todo, y después obraremos según él proceda.

—Entonces, ¿será preciso huir?

—¿Por qué no? No veo la posibilidad de seguir viviendo así; no se trata de mí, sino de *usted* que sufre.

—¡Huir, y volverme públicamente su manceba! —dijo ella con maldad.

—¡Ana! —exclamó el contristado.

—¡Sí, su querida y perderlo todo...! —quiso decir mi hijo, pero no pudo pronunciar esa palabra.

Wronsky era incapaz de comprender que aquella naturaleza fuerte y leal estuviera dispuesta a aceptar la falsa situación en que se encontraba sin procurar salir de ella; no sospechaba que el obstáculo fuera esa palabra —hijo— que ella no se atrevía a pronunciar.

Cuando Ana pensaba en la vida de ese niño al lado del padre que ella habría abandonado, el horror de su falta le parecía tan grande que, como verdadera mujer, ya no se hallaba en estado de razonar, y sólo trataba de tranquilizarse y persuadirse de que todo podría aún continuar como antes; necesitaba a cualquier precio aturdirse y olvidar el espantoso pensamiento que la abrumaba: ¿qué será del niño?

—Te lo ruego, te lo suplico —exclamó ella de repente en tono diferente, lleno de ternura y sinceridad—, no me hables nunca de eso.

—¡Jamás, jamás! Déjame ser juez de la situación. Comprendo bien la bajeza y el horror; pero no es tan fácil como tú crees. Ten confianza en mí, y no me vuelvas a decir nada respecto a eso. ¿Me lo prometes?

—Te prometo todo lo que quieras, pero, ¿cómo puedo yo estar tranquilo después de lo que acabas de confiarme? ¿Puedo acaso tener calma cuando tú tienes tan poca?

—¡Yo! —repitió ella—. Es verdad que me atormento; pero eso no ocurrirá si tú no me vuelves a hablar más de ello.

—No lo comprendo...

—Ya sé —interrumpió Ana— lo que tu naturaleza tan leal sufre al tener que mentir; me das lástima, y frecuentemente me digo que has sacrificado tu vida por mí.

—¡Es precisamente lo que yo digo de ti! Hace poco me preguntaba cómo habías podido inmolarte por mí. ¡No me perdono el haberte hecho desgraciada!

—¡Yo desgraciada! —dijo acercándose a él y mirándole con una sonrisa llena de amor—. ¡Yo! ¡Pero si soy como el que muriendo de hambre le dan de comer, olvida el frío y que está cubierto de harapos y está lejos de considerarse desgraciado! ¡Yo desgraciada! No, esta es mi dicha...

La voz del pequeño Sergio, que regresaba, se oyó. Ana echó una mirada en torno suyo, se levantó con viveza y, con sus lindas manos cargadas de joyas, tomó la cabeza de Wronsky, le miró largo tiempo, acercó su rostro al suyo, le besó en los labios y en los ojos, y luego quiso rechazarle y dejarle, pero él la contuvo.

—¿Cuándo? —murmuró mirándola enajenado.

—Hoy a la una —respondió en voz baja y suspirando.

Corrió al encuentro de su hijo. Sergio, sorprendido por la lluvia en el parque, se había guarecido en un pabellón con el aya.

—¡Pues bien, hasta luego! —dijo Ana al marcharse—, he de arreglarme para las carreras; Betsy me ha prometido venir por mí.

Wronsky miró su reloj y partió precipitadamente.

XXIV

Wronsky estaba tan conmovido y preocupado que, aunque fijó los ojos en la esfera del reloj, no vio la hora.

Abstraído pensando en Ana, llegó a su carretela, que esperaba en el camino, andando con precaución a causa del barro. Sólo recordaba lo que estaba resuelto a hacer, pero sin que la reflexión interviniese. Se aproximó al cochero, que estaba dormido en su asiento, le despertó maquinalmente, observó una nube de moscardones revoloteando sobre los caballos bañados en sudor, saltó a la carretela y se hizo conducir a casa de Bransky. Había andado cinco o seis verstas, cuando su espíritu se aclaró; entonces comprendió que se había retrasado y volvió a mirar el reloj. Señalaba las cinco y media.

Aquel día había varias carreras. Primero los caballos de tiro; en seguida, una carrera de oficiales, de dos verstas, y una segunda de cuatro. La carrera en que él había de tomar parte era la última. En rigor, podía aún llegar a tiempo sacrificando a Bransky; de lo contrario, corría riesgo de no llegar al hipódromo hasta que hubiera llegado la corte, lo cual no era conveniente. Desgraciadamente había dado su palabra a Bransky, por cuyo motivo recomendó al cochero que arreara los caballos. A los cinco minutos había hablado con Bransky y volvió a marcharse a todo galope. Ese traqueteo le sentó bien. Poco a poco fue olvidando sus inquietudes y acabó por no sentir más que la emoción de la carrera y el deseo de llegar a tiempo; dejaba atrás a todos los coches que venían de San Petersburgo o de las cercanías.

Nadie había en su casa más que su criado, esperándole en el umbral de la puerta; todos se habían marchado ya.

Mientras cambiaba de ropa, su criado tuvo tiempo de contarle que la segunda carrera había comenzado y que algunas personas habían preguntado por él.

Wronsky se vistió sin apresurarse, porque sabía conservar la calma, y se hizo llevar a las caballerizas. Desde allí se veía un mar de carruajes de toda clase, peatones, soldados y todas las tribunas llenas de espectadores. La segunda carrera iba a comenzar, pues oyó la campana que la anunciaba. Cerca de la cuadra, encontró al alazán «Gladiator» de Mahotine, que llevaban cubierto con una gualdrapa color naranja y azul con enormes orejeras.

Preguntó al palafrenero:

—¿Dónde está Cord?

—En la cuadra, esta ensillando —le contestó.

«Frou-frou» estaba ya ensillada.

—¿He llegado tarde?

—*All right, all right* —dijo el inglés—, no se inquiete usted por nada.

Wronsky echó la última mirada a las elegantes formas de su yegua y se alejó con pesar. La yegua temblaba. El momento era oportuno para aproximarse a las tribunas sin ser observado.

La carrera de las dos verstas concluía, y todos los ojos se fijaban en un jinete guardia y en un húsar detrás de él, azotando con furia sus caballos para llegar al término. La gente afluía por todos lados hacia aquel punto, y un grupo de soldados y de oficiales de la guardia saludaban con grandes gritos de alegría el triunfo de un oficial de los primeros y camarada de los segundos.

Wronsky se confundió entre la multitud en el momento en que la campana anunciaba el fin de la carrera, mientras que el vencedor, cubierto de lodo, agobiado de cansancio sobre la silla, dejaba caer las riendas de su montura sofocada y bañada en sudor.

El semental, que con dificultad estiraba los corvejones, detuvo con esfuerzo su rápida carrera; el oficial, como despertando de un sueño, miraba a su alrededor y sonreía con trabajo. Un gran número de amigos y de curiosos le rodeó.

Wronsky ex profeso se alejaba del mundo elegante que con tranquilidad circulaba conversando alrededor de la galería. Ya había visto a Ana, a Betsy y a la esposa de su hermano y no quería aproximarse a ellas, a fin de evitar toda distracción pero a cada paso tropezaba con conocidos que le detenían y le contaban detalles de la última carrera, o le preguntaban el motivo de su tardanza.

Cuando estaban distribuyendo los premios en el pabellón, y todos se dirigían hacia aquel lado, Wronsky vio acercarse a su hermano Alejandro, que, como Alejo, era de mediana estatura y algo rechoncho, pero era más guapo que él a pesar de tener el rostro muy colorado y la nariz de un bebedor; llevaba el uniforme de coronel.

—¿Recibiste mi carta? —preguntó Alejandro a su hermano—. No se te encuentra nunca.

Alejandro Wronsky, a pesar de su vida de libertinaje y su propensión a la embriaguez, frecuentaba exclusivamente a las gentes de la corte. Aunque conversaba con su hermano de un desagradable asunto, sabía conservar la cara sonriente como si bromeara de un modo inofensivo, porque comprendió que debían ser observados.

—La he recibido; no comprendo por qué te preocupas.

—Me preocupo porque hace poco me hicieron observar tu ausencia, y tu presencia el lunes en Peterhof.

—Hay cosas que sólo las pueden juzgar los directamente interesados. Y el asunto que te preocupa es tal...

—Sí, pero cuando se piensa así no debe continuar uno en el servicio, no sé...

—No te mezcles en eso, es lo único que te ruego.

Alejo Wronsky se puso pálido y su rostro se estremecía de disgusto. Rara vez se encolerizaba, pero cuando esto ocurría le temblaba la barba y se volvía peligroso. Alejandro lo sabía y sonrió alegremente.

—No quise hacer más que entregarte la carta de nuestra madre; contéstale y no te pongas de mal humor antes de la carrera. ¡Buena suerte! —añadió en francés alejándose.

Tan luego como se hubo marchado, otro se acercó a Wronsky.

—¡Cómo! ¿Ya no reconoces a tus amigos? ¡Buenos días, querido!

Era Esteban Arcadievitch, con el rostro animado, las patillas muy peinadas y llenas de pomada, tan brillante en la sociedad elegante de San Petersburgo como en la de Moscú.

—Llegué ayer, y heme aquí encantado de asistir a tu triunfo. ¿Cuándo volveremos a vernos?

—Mañana a la hora de comer, en la mesa de los oficiales —contestó Wronsky, y excusándose de dejarle, le estrechó la mano y se dirigió al lugar a donde habían llevado los caballos para la carrera de obstáculos.

Los palafreneros conducían a los caballos aniquilados por la última carrera, y los de la carrera siguiente iban apareciendo unos después de otros. La mayor parte eran caballos ingleses. Bien cinchados y encapuchados, semejaban enormes pájaros.

«Frou-frou», hermosa en su flacura, se aproximaba colocando un casco tras el otro, con paso elástico que rebotaba; no lejos de allí estaban quitando la manta que cubría a «Gladiator». La figura soberbia, regular y robusta del semental, con espléndida grupa y admirables patas, llamó la atención de Wronsky. Quería aproximarse a «Frou-frou», pero alguien al pasar le detuvo también.

—Allí esta Karenin buscando a su esposa, que se encuentra en el pabellón. ¿La ha visto usted?

—No —respondió Wronsky, y sin volver la cabeza llegó a donde estaba su yegua.

Apenas tuvo Wronsky tiempo de examinar algo que faltaba rectificar en la silla, cuando llamaron a los que debían correr para distribuirles sus números de orden. Todos se acercaron serios, casi solemnes, y varios de entre ellos muy pálidos. Eran dieciocho. A Wronsky le correspondió el número siete.

—¡A montar! —gritaron.

Wronsky se aproximó a su yegua. Comprendía que era como sus camaradas, blanco de todas las miradas, y como siempre el malestar que esto le producía, hacía que sus movimientos fueran más lentos. Cord se había puesto su traje de gala en honor de las carreras; llevaba una levita negra abotonada hasta el cuello; el de la camisa, excesivamente almidonado, le hacía resaltar los carrillos. Calzaba botas de montar y un sombrero redondo. Tranquilo y con aire de importancia como de costumbre, en pie delante del caballo, él mismo le tenía de la brida. «Frou-frou» temblaba y parecía atacada de un exceso de fiebre. Miraba a Wronsky con el rabillo del ojo y tenía los ojos inyectados de sangre. Wronsky pasó el dedo por debajo de la cincha. La yegua reculó y levantó las orejas. El inglés hizo un gesto sonriendo, sorprendido de que se pudiese dudar de su manera de ensillar un caballo.

—Monte usted y estará menos nervioso —le dijo.

Wronsky echó la última ojeada a sus competidores; sabía que no los volvería a ver durante su carrera. Dos de ellos se dirigían ya al punto de partida. Goltzen, su amigo y uno de los más fuertes corredores, giraba alrededor de su caballo color bayo sin poder montarle. Un pequeño húsar de la guardia, con pantalón de caballería, encorvado sobre su cabalgadura para imitar a los ingleses, se ensayaba en el galope. El príncipe Kuslof, blanco como la nieve, montaba una yegua de pura sangre, que un lacayo conducía de la brida. Wronsky, como todos sus camaradas, conocía el feroz amor propio de Kuslof lo mismo que la *debilidad* de sus nervios. Nadie ignoraba el miedo que todo le causaba, pero debido a ese amor propio, a pesar de saber que en cada obstáculo había un cirujano con enfermeros y camillas y que se corría el riesgo de herirse, resolvió tomar parte en la carrera.

Wronsky le dirigió una sonrisa de aprobación. Pero el más terrible rival de todos, Mahotine, con su famoso «Gladiator», no estaba allí.

Cord decía a Wronsky:

—No se apresure usted, y sobre todo, no olvide una cosa muy importante: al aproximarse a un obstáculo, no detenga ni lance su caballo, déjelo usted libre.

—¡Bien, bien! —contestó Wronsky tomando las riendas.

—Si es posible, vaya delante y sirva de guía a los demás; si no es posible, no se desanime, aun cuando sea usted el último.

Sin dejar que su yegua hiciera el menor movimiento, Wronsky se lanzó a la silla con ligereza y sin el menor esfuerzo se sentó en ella, igualó las riendas dobles entre los dedos y Cord soltó el animal. «Frou-frou» alargó el cuello estirando las riendas; parecía preguntarse qué pie avanzaría primero al arrancar, y balanceaba a su jinete en su flexible lomo avanzando con elástico paso. Cord seguía a grandes zancadas. La yegua, excitada, trataba de engañar al que la montaba tirando ya a la derecha, ya a la izquierda; Wronsky, inútilmente, hacía lo posible por calmarla con la voz y con caricias.

Se aproximaban al lado del río, punto de partida; Wronsky, precedido de algunos y seguido de otros, oyó detrás el galope de un caballo por el fango del camino. Era «Gladiator» montado por Mahotine, que, al pasar, le sonrió, mostrando sus largos dientes. Wronsky le correspondió con una mirada de cólera. No quería a Mahotine, y le desagradó que galopara a su lado enardeciéndole la yegua. Además veía en él a un terrible adversario.

«Frou-frou», adelantando la mano izquierda, arrancó a galope, brincó dos veces, molestada por sentirse detenida por el bridón, y cambió el paso tomando un trote que sacudió con fuerza a su jinete. Cord, disgustado, corría al lado casi tan deprisa como el animal.

XXV

El campo de carreras, una elipse de cuatro verstas, se extendía delante de la tribuna principal y tenía nueve obstáculos: el río; una gran barrera de dos *archines* de elevación enfrente de la tribuna; un foso seco, uno lleno de agua, una cuesta muy inclinada; una banqueta irlandesa (el obstáculo más difícil), es decir, un terraplén cubierto de haces de ramas detrás del cual otro foso invisible obligaba al jinete a saltar dos obstáculos a un tiempo, con riesgo de matarse; después de la banqueta, tres fosos más, dos de ellos llenos de agua, y por último el término enfrente de la tribuna. El punto de partida no estaba dentro del círculo mismo, sino a unas cien *sagenas* fuera de él, y en este espacio se encontraba el primer obstáculo, el río, que se podía saltar o rodear, a elección de los jinetes.

Éstos se colocaron en fila esperando la señal. Por tres veces seguidas se hizo partida falsa, y fue preciso volver a empezar. El coronel que dirigía la carrera dio muestras de impaciencia. Por fin, a la cuarta señal arrancaron bien.

Todos los ojos, todos los gemelos se dirigieron a los corredores.

—¡Ya partieron! ¡Allá van! —gritaban por todos lados.

Y para verlos mejor, los espectadores, en grupos o aislados se precipitaron hacia donde creían poder observarlos con mayor claridad. Al principio, los jinetes se diseminaron un poco. De lejos, parecían correr juntos; pero las distancias que les separaban eran de relativa importancia.

«Frou-frou», agitada y demasiado nerviosa, perdió terreno al principio; pero Wronsky, aunque la contenía, fácilmente se adelantó a dos o tres caballos, y bien pronto, sólo «Gladiator» iba delante, llevando una ventaja a la yegua de todo su largo. Y también la linda «Diana», a la cabeza de todos, montada por el desgraciado Kuslof, medio muerto de emoción.

Durante esos primeros minutos, Wronsky ya no fue dueño de sí mismo ni tampoco de su cabalgadura.

«Gladiator» y «Diana» se reunieron y atravesaron el río de un salto casi igual. «Frou-frou» se lanzó ligera tras ellos como si hubiera tenido alas: en el momento en que Wronsky se sintió en el aire, divisó, debajo de las patas de su yegua, a Kuslof bregando con «Diana» del otro lado del río (había soltado las riendas después de haber saltado, y su animal se desplomó con él). Wronsky supo esos detalles más tarde; en aquel instante no vio más que una cosa: que «Frou-frou» iba a echarse sobre «Diana». Pero «Frou-frou», semejante a un gato que cae, hizo un poderoso esfuerzo de lomo y patas al saltar, y tocó tierra más allá del caballo derribado.

—¡Muy bien, hermosa! —pensó Wronsky.

Desde el río, volvió a recuperar el pleno dominio de su montura, y le detuvo un poco, con intención de saltar la gran barrera después de Mahotine, al que no pensaba adelantar hasta que llegaran al espacio de unos doscientos *sagenes* libre de obstáculos.

Esta gran barrera se levantaba exactamente donde estaba la tribuna imperial; el mismo emperador, la corte y una inmensa muchedumbre miraban cómo se acercaban.

Wronsky sentía todas la miradas fijas en él, pero él no veía más que las orejas de su yegua, la tierra desaparecía delante de sus ojos; de cuando en cuando divisaba la grupa de «Gladiator» y sus patas blancas golpeaban el suelo a compás, siempre a la misma distancia de «Frou-frou». «Gladiator» se lanzó a la barrera, agitó la cola rabona y desapareció de delante de Wronsky sin haber tocado el obstáculo.

—¡Bravo! —gritó una voz.

En el mismo instante las tablas de la barrera pasaron como un relámpago a los ojos de Wronsky, su cabalgadura saltó sin variar de paso; pero él oyó un crujido detrás: «Frou-frou», excitada por la vista de «Gladiator», había brincado demasiado pronto y sus cascos traseros chocaron contra la barrera; sin embargo, su velocidad no disminuyó, pero Wronsky no dejó de comprender que la distancia no se acortaba, al ver la grupa de «Gladiator», su cola corta y sus rápidas patas calzadas.

«Frou-frou» parecía pensar lo mismo que su amo, porque sin ser espoleada, aumentó la velocidad de modo sensible, torciendo hacia la cuerda del cercado, lado ocupado por Mohotine. Wronsky se preguntaba si no sería posible adelantarse a él por el otro lado de la pista, cuando «Frou-frou» por sí misma tomó esa dirección. La espaldilla, oscurecida por el sudor, se aproximó a la grupa de «Gladiator». Durante algunos segundos corrieron apareados; más, para acercarse a la cuerda, Wronsky excitó a su montura, y con rapidez en la bajada, pasó a Mahotine, del cual entrevió el rostro cubierto de lodo; le pareció verle sonreír. Aunque detrás, estaba sumamente cerca y Wronsky no dejaba de oír el galope regular y la respiración precipitada, no fatigada, del semental.

Los dos obstáculos siguientes, el foso y la barrera, fueron saltados sin dificultad; pero oía que se aproximaba el galope y la respiración de «Gladiator». Wronsky forzó el paso de «Frou-frou», y sintió con alegría que la velocidad aumentaba. El ruido de los cascos de «Gladiator» se alejaba.

Ahora, él era el que iba a la cabeza, como tanto deseaba, y como el inglés Cord le había recomendado; estaba seguro del éxito. Aumentaba su emoción su alegría y su cariño a «Frou-frou». Hubiera querido mirar hacia atrás, pero no se atrevía, y trataba de calmarse y de no rendir de cansancio a su yegua. No quedaba más que un obstáculo que saltar, la banqueta irlandesa, el peor de todos; si después de pasarle continuaba a la cabeza, su triunfo sería infalible.

Él y «Frou-frou» vieron de lejos la banqueta, y los dos se sintieron vacilar un instante. Wronsky observó esta vacilación en las orejas de la yegua, y ya levantaba el látigo, cuando comprendió a tiempo que ella sabía mejor lo que había que hacer. El inteligente animal se abandonó a la velocidad adquirida que tan buen resultado le dio al saltar el foso y siguió galopando a compás y sin esfuerzo.

Algunas voces gritaron:

—¡Bravo, Wronsky!

Ya sabía él que sus camaradas y amigos le aguardaban cerca del obstáculo, y distinguió la voz de Yashvin, sin verle.

«¡Oh, valiente!», pensaba de «Frou-frou» sin dejar de escuchar lo que pasaba detrás de él. «Ya saltó», pensó, al oír cerca el galope de «Gladiator».

Quedaba todavía el último foso de dos *archines* de altura. Apenas le hacía caso Wronsky; pero queriendo llegar antes que los otros, se puso a excitar a su yegua, que estaba aniquilándose; tenía el cuello y las espaldillas empapadas de sudor, lo mismo que la cruz, la cabeza y las orejas. Pero no dudaba que tendría la resistencia necesaria para recorrer los doscientos *sagenes* que le separaban de la meta, y sólo notaba la aceleración de la carrera por sus cascos, que casi no tocaban la tierra. El foso fue saltado sin que él se diera cuenta. «Frou-frou» no saltó, sino que pasó volando como un pájaro pero en aquel momento, Wronsky vio, horrorizado, que, en vez de seguir el impulso de su yegua, el peso de su cuerpo, al volver a caer en la silla, por un descuido, tan inexplicable como imperdonable, se había desviado. ¿Cómo había sucedido aquello? No podía explicárselo; pero si comprendió que le acontecía una cosa terrible: el alazán de Mahotine pasó delante de él como un relámpago.

Wronsky tocaba el suelo con un pie: la yegua se fue dejando caer sobre ese pie, y apenas tuvo tiempo de sacarle cuando el animal se desplomó completamente, resoplando fatigosamente, y con su delicado cuello cubierto de sudor hacía inútiles esfuerzos para volverse a levantar; yacía en el suelo y se estremecía como un pájaro herido. Debido al movimiento que Wronsky hizo en la silla se le había roto la espina dorsal. Hasta más tarde no comprendió lo absurdo de su descuido. En aquel instante no le atormentaba otra cosa que el ver a «Gladiator» alejarse con rapidez, y él allí solo en el suelo empapado con «Frou-frou» derribada a sus pies, mirándole con sus hermosos ojos que trataba de acercar alargando el cuello. Fuera de sí, Wronsky tiraba de las riendas sin saber lo que hacía. El pobre animal se agitó entonces como un pájaro cogido en la trampa, esforzándose por levantarse sobre sus patas delanteras; pero, impotente para levantar las de atrás, se desplomó temblando sobre el costado. Wronsky, pálido, desfigurado por la cólera, le dio una patada con el tacón en el vientre para obligarla a levantarse; no se movió y dirigió a su amo una de esas miradas que hablan, hundiendo el hocico en el suelo.

—¡Oh, Dios mío! ¿Qué es lo que he hecho? —aulló Wronsky cogiéndole la cabeza entre sus manos—. ¿Qué es lo que he hecho?

Y el pensamiento de la carrera perdida, de su falta humillante e imperdonable, del infeliz animal maltrecho, todo al mismo tiempo le agobiaba.

—¿Qué ha hecho? —todos acudían hacia él, el cirujano y su ayudante, sus camaradas, mucha gente. Con gran pesadumbre se sentía sano y salvo.

Como la yegua tenía la espina dorsal rota, era preciso rematarla. Wronsky era incapaz de responder una palabra a ninguna de las preguntas que le hacían. Se retiró del campo de las carreras sin recoger su gorro del suelo, andando a la ventura sin saber a dónde iba. ¡Estaba desesperado!

Era la primera vez de su vida en que se veía víctima de una desgracia que él no podía reparar, y de la cual se reconocía como el único culpable.

Yashvin corrió tras él con su gorro en la mano y le condujo a su habitación A la media hora, Wronsky estaba más tranquilo y volvió a recobrar el dominio de sí mismo. Pero durante mucho tiempo la tal carrera fue para él un recuerdo de los más dolorosos, de los más crueles de su existencia.

XXVI

Las relaciones de Alejo Alejandrovitch con su esposa, en apariencia, no habían cambiado; lo único que se podía observar, era que Karenin estaba más abrumado de trabajo que nunca.

Así que llegó la primavera, se marchó, según su costumbre, al extranjero, a fin de reponerse de las fatigas del invierno con una cura de aguas.

Regresó en julio y volvió a sus ocupaciones con nueva energía. Su mujer se había instalado en el campo, en las cercanías de San Petersburgo, como antes. Él permanecía en la ciudad.

Desde aquella conversación que tuvieron después de la velada en casa de la princesa Tverskoi, ya no se había hablado entre ellos de sospechas ni de celos; pero el tono burlón habitual de Alejo Alejandrovitch fue muy cómodo para él en sus relaciones con su esposa; su frialdad había aumentado, aunque no parecía conservar de la tal conversación más que cierta contrariedad, y aun ésta era apenas perceptible.

—No has querido darme explicaciones —parecía decir—; peor para ti, ahora te ves obligada a venir a mí, y yo a mi vez soy el que no quiere explicarse.

Y, con el pensamiento, se dirigía a su esposa como un hombre furioso por no haber podido apagar un incendio y que dijera al fuego: «¡Arde, bueno, pero para ti!»

Este hombre tan sutil, tan sensato cuando se trataba de la administración, no comprendía lo que esta conducta tenía de absurdo. No lo comprendía, porque la situación le parecía demasiado terrible para medirla o penetrarla. Prefirió enterrar en su alma el afecto que sentía por su esposa e hijo, como en un cofre sellado y con cerrojo. Hasta con su hijo adoptó una actitud singularmente fría; no le daba más nombre que el de joven, con aquel mismo tono irónico que empleaba para Ana.

Alejo Alejandrovitch aseguraba que nunca había tenido tantos asuntos importantes como aquel año; pero no decía que esos asuntos él mismo se los creaba, a fin de no tener que abrir el cofre secreto, que contenía sentimientos tanto más abrumadores cuanto más tiempo los había tenido encerrados.

Si alguno se hubiera tomado la libertad de preguntarle lo que pensaba de la conducta de su esposa, aquel hombre tranquilo y pacífico se habría encolerizado en vez de contestar. Por eso su fisonomía adquiría siempre un aire digno y severo cuando le preguntaban por la salud de Ana. Debido a los esfuerzos que hacía para no pensar en la conducta de su esposa, había logrado no pensar en ella.

La residencia de verano de los Karenin estaba en Peterhof, y la condesa Lydia Ivanovna, que vivía allí lo más del año, mantenía relaciones de buena vecindad con Ana. Ese año, la condesa no quiso ir a Peterhof, y hablando un día con Karenin hizo algunas alusiones a los inconvenientes que resultaban de la intimidad de Ana con Betsy y Wronsky. Alejo Alejandrovitch la detuvo con severidad, declarando que, para él, su esposa estaba por encima de toda sospecha. Desde entonces había evitado ver a la condesa. Decidido a no observar nada, no echaba de ver que muchas personas comenzaban a mostrar cierta frialdad con su mujer, ni había tratado de comprender por qué ésta había insistido en instalarse en Tsarkoe, en donde vivía Betsy, no lejos del campamento de Wronsky.

No se permitía a sí mismo reflexionar, y no reflexionaba; pero, a pesar de todo, sin explicarse consigo mismo, sin prueba ninguna, sabía que era engañado, no dudaba de ello y sufría profundamente.

Cuántas veces, durante sus ocho años de felicidad conyugal, se le ocurrió preguntarse, al ver matrimonios desavenidos: ¿Cómo es posible llegar a semejante estado de desunión? ¿Cómo es posible que los que tienen tal desgracia, no hagan lo posible por salir, a todo coste, de una situación tan absurda?

Y ahora que la desgracia llamaba a su puerta, no solamente no pensaba en el modo de librarse de ella, sino que se negaba a admitir la existencia de esa situación con su esposa, por la razón que le espantaba lo que había en ella de terrible y de contrario a la naturaleza.

Después de su regreso del extranjero, Alejo Alejandrovitch había ido dos veces a ver a su esposa al campo: una vez a comer, la otra para pasar la noche con varios invitados, pero sin acostarse allí como lo había hecho los años anteriores.

El día de las carreras había sido para él un día muy ocupado; sin embargo, al hacer el programa de lo que haría aquel día, decidió ir a Peterhof después de comer temprano y de allí se dirigiría a las carreras, a las que asistiría la corte era, pues, conveniente que le vieran en ellas. Igualmente, por decoro, había resuelto ir a ver a su esposa cada semana; por otra parte, era el 15 del mes, fecha en que entregaba a Ana el dinero necesario para los gastos de la casa.

Todo eso lo combinó con la fuerza de voluntad que le caracterizaba, y sin tolerar que su pensamiento fuera más allá.

La mañana de ese día fue para él de muchas ocupaciones: la víspera había recibido un folleto de un viajero célebre por sus excursiones a la China. El folleto iba acompañado de un billete de la princesa Lydia, en que le rogaba que recibiera a ese viajero, que le parecía, por varias razones, ser un hombre útil e interesante.

No habiendo podido Alejo Alejandrovitch terminar la lectura del folleto por la noche, concluyó de leerlo en la mañana. Luego vinieron las peticiones, los informes, las recepciones, los nombramientos, las revocaciones, las distribuciones de recompensas, las pensiones, los sueldos, la correspondencia, todo ese trabajo de los días que no son feriados, como decía Alejo Alejandrovitch; trabajo que le ocupaba tanto tiempo.

En seguida, tenía sus tareas particulares: la visita de médicos y la de su administrador. Este último no le entretuvo mucho; no hizo más que entregarle dinero y un informe muy conciso sobre el estado de sus negocios, que aquel año no habían sido muy brillantes; los gastos resultaron muy crecidos y producían un déficit.

El doctor, médico célebre, amigo de Karenin, le entretuvo, en cambio, un tiempo considerable. Fue sin ser llamado, y Alejo Alejandrovitch se sorprendió de su visita y de la escrupulosa atención con que le auscultó y le hizo preguntas. Ignoraba que su amiga la condesa Lydia, impresionada por su estado poco normal, había suplicado al doctor que le viera y examinara cuidadosamente.

—Hágalo usted por mí —le había dicho la condesa.

—Lo haré por Rusia, condesa —respondió el doctor.

—¡Qué hombre tan bueno! —exclamó la condesa.

El doctor no quedó satisfecho de su examen. El hígado se encontraba congestionado, la alimentación mala, el resultado de los baños nulo. Recomendó más ejercicio físico, menos tensión moral y, sobre todo, alejar toda preocupación. Esto era tan fácil como dejar de respirar.

El médico se marchó dejando a Alejo Alejandrovitch con la desagradable impresión de que tenía un principio de enfermedad incurable.

Al alejarse de su enfermo, el doctor encontró en la gradería al jefe de gabinete de Alejo Alejandrovitch, llamado Studin, su camarada de Universidad. Aunque rara vez se veían, no por eso dejaban de ser buenos amigos; por esta razón, el doctor no hubiera hablado a otros con la misma franqueza que a Studin.

—Me alegro mucho de que usted le haya visto—dijo éste—; no va bien, me parece; ¿qué dice usted?

—Lo que digo —respondió el doctor, haciendo señas a su cochero por encima de la cabeza de Studin de que avanzara—. Esto es lo que digo —y saco un dedo de su guante—: si usted quiere romper una cuerda que no esté muy tirante difícilmente lo conseguirá; pero si la tirantez es excesiva, logrará romperla con sólo tocarla. Eso es lo que sucede, debido a su vida demasiado sedentaria y a un trabajo demasiado escrupuloso, y además existe una presión violenta del exterior —concluyó el doctor levantando las cejas con aire significativo—. ¿Irá usted a las carreras? —añadió al entrar en su carretela; y respondiendo a algunas palabras de Studin, pues no todas llegaron a sus oídos, dijo—: Sí, ciertamente, eso necesita demasiado tiempo.

Inmediatamente después del doctor, llegó el célebre viajero, y Alejo Alejandrovitch, auxiliado por el folleto que había leído la víspera, y gracias a algunas nociones anteriores sobre la cuestión, sorprendió al viajero por la extensión de sus conocimientos y el alcance de sus ideas. Al mismo tiempo anunciaron al mariscal del gobierno, que llegaba a San Petersburgo, con el cual tuvo que conferenciar. Después de haberse marchado el mariscal, fue preciso terminar la tarea cotidiana con el jefe de gabinete y después hacer una visita importante y grave a un personaje oficial. Alejo Alejandrovitch no tuvo tiempo más que para ir a comer, a las cinco, con su jefe de gabinete, a quien invitó para acompañarle al campo y a las carreras.

Sin saber por qué, ahora procuraba siempre que asistiera una tercera persona a sus entrevistas con su esposa.

XXVII

Ana se hallaba en su cuarto, en pie delante de un espejo atando el último nudo a su vestido, con ayuda de Anuchka, cuando el rumor de ruedas de un carruaje sobre la arena delante de la gradería llegó a sus oídos.

«Es algo temprano para que sea Betsy», pensó, y mirando por la ventana vio un coche, y en él el sombrero negro y las orejas tan conocidas de Alejo Alejandrovitch.

—¡Qué fastidio! ¿Pensará venir a pasar la noche? —dijo para sí, y la espantó el resultado que esta visita podía tener.

Sin reflexionar un instante, y dominada por el espíritu de la mentira que se le hacía familiar y que ejercía un poder absoluto en ella, bajó radiante de alegría a recibir a su marido, y se puso a hablar sin saber lo que decía:

—¡Qué amables son ustedes! —dijo tendiéndoles la mano y sonriendo a Studin como a un amigo de la casa—. Espero que te quedarás aquí esta noche (el demonio de la mentira le dictaba esas palabras). Iremos juntos a las carreras ¿verdad? ¡Qué lástima que me haya comprometido con Betsy, que debe venir por mí!

Alejandrovitch hizo un ligero mohín al oír ese nombre.

—¡Oh, yo no separaré a las inseparables! —replicó con tono burlón—. Iremos los dos, Miguel Wassilievitch. El doctor me ha recomendado el ejercicio; haré una parte del camino a pie, y me figuraré hallarme en los baños.

—Pero no hay prisa —contestó Ana—. ¿Quieren ustedes té? —y llamó—: ¡Sirva usted el té y avise a Sergio de que ha llegado Alejo Alejandrovitch! Y, ¿cómo va tu salud...? Miguel Wassilievitch, usted no ha venido todavía a verme. Mire usted qué bonito he arreglado mi balcón.

Se dirigía unas veces a su marido y otras a la visita.

Hablaba sencilla y naturalmente, pero demasiado y con demasiada precipitación; de ello se dio cuenta al sorprender la curiosa mirada de Miguel Wassilievitch, que la observaba a hurtadillas. Éste se alejó hacia el lado del terrado y Ana se sentó cerca de su marido.

—No tienes muy buen semblante.

—Sí, el doctor ha estado a verme esta mañana y me privó de una hora de tiempo. Estoy seguro de que fue enviado por alguno de mis amigos. ¡Es tan preciosa mi salud!

—¿Qué te ha dicho?

Y le hizo preguntas sobre su salud y sus trabajos, instándole a que se estableciera en el campo. Todo eso lo decía alegre, viva y animada; pero Alejo no daba ninguna importancia al tono; oía las palabras y las aceptaba en su verdadero sentido, respondiendo sencillamente, pero con ironía. Esta conversación no tenía nada de particular; y, sin embargo, más tarde Ana la recordaba y le hacía sufrir verdaderamente.

Sergio entró acompañado de su aya. Si Alejo Alejandrovitch hubiera querido observar, habría notado el aire tímido del niño al mirar a sus padres. Miró primero a su padre y después a su madre, pero él no quería ver y no vio nada.

—¡Eh, buenos días, joven! Hemos crecido, nos estamos haciendo un buen mozo.

Y tendió la mano a Sergio todo turbado. Este niño siempre había sido tímido con su padre, pero desde que éste le llamaba joven y desde que se devanaba los sesos por saber si Wronsky era un amigo o un enemigo, se había vuelto más tímido todavía. Se dirigió a su madre como para que le protegiera. Sólo a su lado estaba contento. Mientras tanto, Alejo tomaba a su hijo por los hombros y hacía preguntas a su aya con referencia a él. Ana vio que el niño, sintiéndose infeliz y molesto, iba a echarse a llorar al verle entrar, y notando sus apuros, se levantó con viveza, se apoderó de la mano de Alejo para que le soltara el hombro, le besó y le condujo al pabellón, volviendo en seguida al lado de su marido.

—Se hace tarde —dijo mirando su reloj—. ¿Por qué no viene Betsy?

—Sí —dijo Alejo Alejandrovitch haciendo sonar las articulaciones de sus dedos y levantándose—. También vine a traerte dinero; debes tener necesidad de él, porque no se mantiene a los ruiseñores con canciones.

—No... sí... lo necesito —contestó Ana sonrojándose hasta las orejas sin mirarle—. Pero, ¿vendréis después de las carreras?

—Sí, sí —respondió Alejo—. Y ahí está la gloria de Peterhof, la princesa Tverscoi —añadió al divisar por la ventana una carretela a la inglesa que se aproximaba a la gradería de la entrada—. ¡Qué elegancia! ¡Es encantador! Vamos, vámonos también.

La princesa no salió de su carretela; su lacayo, con polainas, librea y sombrero a la inglesa, saltó de su asiento frente a la casa.

—Ya me marcho, ¡adiós! —dijo Ana besando a su hijo y tendiendo la mano a su marido—. Eres muy amable por haber venido.

Alejo le besó la mano.

—Hasta luego; regresarás a tomar el té, ¡magnífico! —dijo al alejarse con aire radiante y gozoso.

Pero apenas estuvo lejos de las miradas se estremeció con repugnancia, al sentir en su mano como la huella de aquel beso.

XXVIII

Cuando Alejo Alejandrovitch se presentó en las carreras, Ana estaba sentada al lado de Betsy en la tribuna principal, donde se había reunido la alta sociedad. Vio a su marido de lejos e involuntariamente le siguió con la vista. Le vio avanzar hacia la tribuna, respondiendo con una benevolencia algo altiva a los saludos que trataban de llamarle la atención, cambiando cortesías distraídas con sus iguales y buscando las miradas de los poderosos, a los que respondía quitándose su gran sombrero redondo, que le apretaba los cartílagos de las orejas. Ana conocía todos sus modos de saludar, y todos le eran igualmente antipáticos. Se decía:

—La ambición, la furia del éxito, es lo único que hay en su alma. Las miras elevadas, el amor a la civilización, a la religión, no son para el más que los medios para alcanzar sus fines, y nada más.

Por las miradas que Karenin dirigía a la tribuna, se comprendía que no lograba descubrir a su esposa en medio de aquellas oleadas de muselina, de cintas, de plumas, de flores y de sombrillas. Ana comprendió que la buscaba, pero hizo como si no lo advirtiera.

—¡Alejo Alejandrovitch! —gritó la princesa Betsy—, ¿no ve usted a su esposa? ¡Aquí está!

Él sonrió con su modo glacial.

—Todo es tan brillante aquí, que se deslumbra uno —respondió aproximándose a la tribuna; sonrió a Ana, como debe hacerlo un esposo que acaba de separarse de su mujer, saludó a Betsy y a sus otros conocidos, galante con las damas, cortés con los hombres.

Cerca de la tribuna estaba un general célebre por su ingenio y por su ciencia. Alejo Alejandrovitch, que le estimaba mucho, se dirigió a él y se pusieron a hablar.

Esto ocurrió en el intervalo de dos carreras. El general criticaba esa clase de diversiones. Alejo Alejandrovitch las defendía.

Ana oía la voz aguda y acompasada y no perdía una sola de las palabras de su esposo, que tan desagradablemente sonaban a su oído.

Cuando comenzó la carrera de obstáculos, se inclinó hacia adelante sin desprender los ojos de Wronsky; le vio aproximarse a su yegua y después montarla. La voz de su marido seguía llegando hasta ella y le parecía odiosa. Sufría por Wronsky; pero sufría más aún debido a esa voz, de la que conocía todos los tonos.

Ana se decía:

—Soy una mala mujer, una perdida; pero detesto la mentira, no la puedo sufrir, mientras que él (su marido) se alimenta de ella. Todo lo sabe, todo lo ve. ¿Qué será lo que siente cuando es capaz de hablar con esa tranquilidad? Yo sentiría algún respeto por él si me matara o si matara a Wronsky. Pero no; lo que él prefiere a todo es la mentira, las conveniencias sociales.

Ana no sabía lo que hubiera querido encontrar en su marido y no comprendía que la volubilidad de Alejo Alejandrovitch, que tanto la irritaba, no era más que la expresión de su agitación interior; le era preciso un movimiento intelectual cualquiera, como el niño que se golpea necesita un movimiento físico para aturdir su mal. Karenin también tenía necesidad de aturdirse para sofocar las ideas que le oprimían sobre su esposa y Wronsky, ¡aquel nombre importuno!

—El peligro —dijo— es condición indispensable en las carreras de oficiales; si Inglaterra muestra en su historia gloriosos hechos de armas en la caballería, tan sólo lo debe al histórico desarrollo de la fuerza de sus hombres y de sus caballos. El *sport* o ejercicio recreativo, tiene, a mi modo de ver, un sentido profundo y, como siempre, nosotros no vemos más que el lado superficial de él.

—¡Superficial! ¡No tanto! —contestó la princesa Tverscoi— puesto que dicen que uno de los oficiales se ha roto dos costillas.

Alejo Alejandrovitch sonrió fríamente, con una sonrisa sin expresión que no hizo más que mostrar los dientes.

—Admito, princesa, que ese es un caso interno y no superficial; pero no se trata de eso.

Y se volvió hacia el general, con el que hablaba de cosas serias.

—No olvide usted, princesa, que los que corren son militares, carrera que ellos han elegido, y que toda vocación tiene su reverso de medalla; esto forma parte de los deberes militares. Si el *sport*, lo mismo que el pugilato y las corridas de toros de los españoles, son indicios de barbarie, el *sport* especializado es, por el contrario, un indicio de desarrollo.

—¡Oh, ya no volveré más! —exclamó la princesa Betsy—, eso me impresiona demasiado, ¿verdad, Ana?

Otra dama dijo:

—Impresiona, pero fascina. Si yo hubiera sido romana, hubiera frecuentado asiduamente el circo.

Ana no hablaba y mantenía sus gemelos fijos siempre hacia el mismo lado.

En aquel momento, un general de alta estatura atravesó la tribuna; Alejo Alejandrovitch interrumpió bruscamente su discurso, se levantó con dignidad e hizo un profundo saludo.

—¿Usted no corre? —le preguntó bromeando el general.

—Mi carrera es de un género más difícil —respondió respetuosamente Alejo Alejandrovitch, y aunque esta respuesta no parecía significar nada, el militar la recibió como frase profunda de un hombre de ingenio y con el semblante del que comprendía la agudeza, *la pointe de la sauce.*

Alejo Alejandrovitch continuó:

—La cuestión tiene dos aspectos: el del espectador y el del actor, y convengo en que la afición a esos espectáculos es señal cierta de inferioridad en un público... pero...

—¡Princesa, una apuesta! —gritó la voz de Esteban Arcadievitch dirigiéndose a Betsy—. ¿Por quién apuesta usted?

—Ana y yo apostamos por Kuslof —respondió Betsy.

—¡Yo por Wronsky! ¡Un par de guantes!

—Bueno.

—Qué bonito es esto, ¿verdad?

Alejo Alejandrovitch se había callado mientras hablaban a su alrededor, pero pronto continuó:

—Convengo en que los juegos viriles...

En aquel momento se oyó la señal de partida, y todos se levantaron para mirar hacia el río. Como las carreras no le interesaban, en vez de seguir a los jinetes, recorrió la asamblea con una mirada distraída que se detuvo en su esposa.

Pálida y grave, para Ana no existía más que lo que seguía con la vista; convulsivamente sujetaba un abanico en la mano y no respiraba. Karenin se volvió para examinar otros rostros de mujer.

—Allá está una dama muy conmovida y allá hay otra muy agitada también, es muy natural —se dijo Alejo Alejandrovitch.

A pesar suyo, su mirada era atraída por aquel rostro en donde claramente leía, lleno de horror, todo lo que se empeñaba en ignorar.

A la primera caída, la de Kuslof, la emoción fue general; pero por la triunfante expresión del rostro de Ana, vio con claridad que el que ella seguía con la vista no había caído.

Cuando otro oficial cayó de cabeza, después que Mahotine y Wronsky habían saltado la gran barrera y se le creía muerto, un murmullo de espanto recorrió la concurrencia; pero Alejo Alejandrovitch observó que Ana no se había dado cuenta de nada, y que con dificultad comprendía la emoción general. Él la miraba con una insistencia cada vez mayor.

Por absorta que Ana se hallara, sintió la fría mirada de su marido que pesaba sobre ella, y hubo un momento en que se volvió hacia él como interrogando, con el ceño ligeramente fruncido.

—Nada me importa —parecía decir, y ya no dejó de mirar con sus gemelos.

La carrera fue desgraciada: de diecisiete jinetes, cayeron más de la mitad. Al terminar, la emoción fue tanto más viva cuanto que el emperador manifestó su disgusto.

XXIX

La impresión fue unánimemente desagradable y se repetía la frase de uno de los espectadores: «Después de esto no quedan más que los circos con leones.»

El terror que causó la caída de Wronsky fue general, y el grito de horror que Ana dio no sorprendió a nadie. Desgraciadamente, su fisonomía siguió delatando sentimientos más vivos que lo que el decoro permitía. Turbada, fuera de sí, como un pájaro cogido en la trampa, quería levantarse, huir, y, volviéndose hacia Betsy, repetía:

—¡Vámonos! ¡Vámonos!

Pero Betsy no escuchaba. Inclinada hacia un militar que se había aproximado a la tribuna, le hablaba muy animada.

Alejo Alejandrovitch se aproximó a donde estaba su esposa y le ofreció el brazo con cortesía.

—Si usted lo desea, vámonos —le dijo en francés.

Ana ni le oyó siquiera; estaba muy atenta a la conversación de Betsy con el general.

El general refería:

—Dicen también que se ha roto una pierna. Eso no tiene sentido común.

Ana, sin contestar a su marido, seguía mirando con sus gemelos hacia el lugar en donde Wronsky había caído; pero era tan lejos y había tanta gente, que no se veía nada. Bajó los gemelos e iba a marcharse, cuando un oficial llegó a galope a dar un informe al emperador.

Ana se inclinó hacia adelante para escuchar.

—¡Stiva! ¡Stiva! —gritó a su hermano.

Éste no la oyó. De nuevo quiso salir de la tribuna.

—Le ofrezco a usted el brazo, si desea marcharse —repitió Alejo Alejandrovitch tocándole la mano.

Ana se alejó de él con repulsión y respondió sin mirarle:

—No, no, déjeme usted; me quedaré.

Acababa de ver a un oficial que venía del lugar del accidente a rienda suelta, atravesando en sentido oblicuo el campo de las carreras.

Betsy le hizo señas con el pañuelo. El oficial traía la noticia de que el jinete no estaba herido, pero que la yegua tenía rota la espina dorsal.

Al oír esto, Ana volvió a sentarse y ocultó el rostro con su abanico; Alejo Alejandrovitch no solamente observó que lloraba, sino que no podía contener los sollozos que le levantaban el pecho. Se colocó delante de ella para taparla a los ojos del público y darle tiempo de calmarse.

—Ofrezco a usted el brazo por tercera vez —le dijo poco después volviéndose hacia ella.

Ana le miró sin saber qué responder. Betsy acudió en su socorro.

—No, Alejo Alejandrovitch; yo la traje, debe regresar conmigo.

—Dispense usted, princesa —respondió sonriendo con cortesía y mirándola a la cara—, pero veo que Ana esta enferma. y deseo acompañarla yo mismo.

Ana, asustada, se levantó sumisa y tomó el brazo de su marido.

—Voy a enviar para saber de él y le comunicaré lo que haya —murmuró Betsy en voz baja.

Alejo Alejandrovitch, al salir de la tribuna, hablo del modo más natural con todos los que encontró, y Ana se vio obligada a escuchar y a contestar. No estaba en sí y le parecía como si caminase en sueños al lado de su marido.

«¿Está herido? ¿Es verdad todo eso? ¿Vendrá? ¿Le veré hoy?», iba pensando.

Subió al carruaje en silencio y pronto se alejaron de la multitud. A pesar de todo lo que había visto, Alejo Alejandrovitch no se permitía juzgar a su esposa; para él, las señales exteriores era las únicas que tenían valor. Ella no se había portado como era conveniente, y creía su deber hacérselo observar. ¿Cómo hacerle esta observación sin ir demasiado lejos? Abrió la boca para hablar y, sin darse cuenta, dijo cosas muy diferentes a las que pensaba decir.

—¡Qué propensos estamos todos a admirar esos crueles espectáculos! He observado que...

—¿Qué? No comprendo —dijo Ana en un tono de soberano desprecio.

Ese tono hirió a Karenin.

—Debo decir a usted... —comenzó.

«Ya viene la explicación», pensó Ana, y sintió miedo.

—Debo decir a usted que su conducta ha sido muy inconveniente —le dijo en francés.

—¿En qué? —preguntó Ana volviéndose hacia él con viveza y mirándole a la cara, no ya con la falsa alegría de que se valía para disimular sus sentimientos, sino con un aplomo que ocultaba mal el espanto que la oprimía.

—Tenga usted cuidado —le dijo señalando la ventanilla abierta del coche detrás del cochero, y se inclinó para cerrarla.

—¿Qué ha encontrado usted de inconveniente? —repitió ella.

—La desesperación que no pudo usted disimular cuando cayó uno de los jinetes.

Esperó una respuesta, pero Ana guardó silencio mirando hacia delante.

—Ya he rogado a usted que se conduzca en sociedad de tal modo que las malas lenguas no puedan atacarla. Hubo un tiempo en que le hablaba de sentimientos íntimos, ya no hablo de ellos; ahora sólo se trata de hechos exteriores; usted se ha conducido de un modo inconveniente y yo deseo que eso no vuelva a ocurrir.

Esas palabras no llegaron más que a medias a oídos de Ana, que se sentía llena de temor, y, sin embargo, no pensaba más que en Wronsky. Se preguntaba si sería posible que estuviese herido. ¿Era acaso de él de quien hablaban cuando aseguraron que el jinete estaba sano y salvo, pero que el caballo tenía el espinazo roto?

Cuando Alejo Alejandrovitch guardó silencio, ella le miró con sonrisa de ironía fingida, sin contestar. No había oído nada. El terror que ella sentía se lo comunicó a él. Había comenzado a hablar con firmeza, y al comprender todo el alcance de sus palabras, tuvo miedo. La sonrisa de Ana le hizo caer en un extraño error.

—Ha sonreído de mis sospechas; me va a decir, como otras veces, que no tienen ningún fundamento y que son absurdas.

Eso era precisamente lo que más deseaba; temía tanto ver sus temores confirmados, que se hallaba dispuesto a creer todo lo que ella hubiera querido; pero la expresión de aquel rostro sombrío y aterrorizado ya no prometía ni la mentira.

—Tal vez me he equivocado; si así es, perdóneme —dijo.

—No, no se ha equivocado usted —contestó ella lentamente, echando una mirada de desesperación al rostro impasible de su marido—. No se ha equivocado. He demostrado desesperación y no puedo evitar demostrarla todavía. No pienso más que en él. Le amo, soy su querida. No puedo sufrir a usted, le temo y le aborrezco. Haga usted conmigo lo que quiera —y echándose en el fondo del coche, se cubrió el rostro con las manos y rompió a llorar.

Alejo Alejandrovitch no se movió ni cambió la dirección de su mirada; pero la expresión solemne de su fisonomía tomó la rigidez de un muerto, que conservó durante todo el camino. Al acercarse a la casa, se volvió a Ana y le dijo:

—Entendámonos: exijo que, hasta que haya yo tomado las medidas necesarias —al decir esto le tembló la voz— para resguardar mi honra, medidas que le serán comunicadas a usted, exijo, digo, que se guarden las apariencias.

Salió del coche e hizo bajar a Ana. Delante de los criados, le estrechó la mano y volvió a subir al carruaje para tomar el camino de San Petersburgo.

Apenas se había marchado, cuando un mensajero de Betsy le entregó un billete: «Mande a saber de él. Me escribe que está bueno, pero desesperado.»

«Entonces vendrá —pensó ella—. He hecho bien en confesarlo todo.»

Miró su reloj: faltaban todavía tres horas, pero el recuerdo de su última entrevista, le hizo palpitar fuertemente el corazón.

—¡Dios mío!, ¡qué claro está el día aún! Es terrible, pero gozo viéndole la cara y me gusta esta luz fantástica. ¡Mi marido...! ¡Ah, sí! ¡Bueno, mejor, todo ha concluido entre nosotros...!

XXX

En cualquier parte donde se reúnen los hombres en la pequeña ciudad de baños elegida por los Cherbatzky lo mismo que en otros lugares, se forma una especie de cristalización social que coloca a cada uno en su lugar. Del mismo modo que una gota de agua expuesta al frío, toma invariablemente y para siempre, cierta forma cristalina, así cada nuevo bañista se encuentra siempre fijado en la jerarquía que le corresponde en la sociedad.

Furst Cherbatzky sammt Gemahlin und Tochter cristalizaron inmediatamente en el lugar que les correspondía, en conformidad con la jerarquía social, y de acuerdo con la habitación que ocuparon, con su nombre y con las relaciones que entablaron.

Ese trabajo de estratificación se operó con tanta más conformidad ese año, cuanto que una verdadera princesa alemana honraba los baños con su presencia. La princesa Cherbatzky se creyó obligada a presentar a su hija, y esto se verificó dos días después de su llegada. Kitty, vestida con mucha sencillez, es decir, con mucha elegancia, un traje recibido de París, hizo una profunda y graciosa reverencia a la gran señora.

—Espero —le dijo ésta— que las rosas nazcan pronto en ese lindo rostro.

E inmediatamente, la familia Cherbatzky se encontró clasificada de una manera definitiva.

Trabaron relaciones con un lord inglés y su familia, con una dama alemana y su hijo —herido en la última guerra—, con un sabio de Suecia y con M. Canut, lo mismo que con su hermana.

Pero la sociedad íntima de los Cherbatzky se formó casi espontáneamente con bañistas rusos; eran María Evguenievna Rtichef y su hija, que desagradaba a Kitty porque ella también estaba enferma a causa de un amor contrariado, y un coronel moscovita al que siempre había visto de uniforme y que ahora sus corbatas de color y su cuello descubierto le hacían aparecer soberanamente ridículo. Esta sociedad pareció a Kitty tanto más insufrible cuanto que no podía librarse de ella.

Al quedarse sola con su madre después de haber salido el príncipe para Carlsbad, trató de observar, para distraerse, a las personas desconocidas que encontraba. Su naturaleza le hacía ver a las personas por el lado bueno, de donde resultaba que sus observaciones sobre los caracteres y situaciones de los bañistas que se entretenía en adivinar, llevaban el sello de una indulgencia exagerada.

Una de las personas que le inspiraron mayor interés fue una joven que se hallaba en los baños con una dama rusa llamada Stahl, y que decían que era de alta nobleza.

Esta señora, muy enferma, rara vez se dejaba ver en un cochecito que un criado arrastraba. La princesa aseguraba que se mantenía apartada por orgullo más bien que por enfermedad. La jovencita la cuidaba, y según Kitty no solamente cuidaba a la señora Stahl en sus dolencias, sino que se ocupaba con el mismo interés sencillo y natural de otras personas también enfermas.

La señora Stahl llamaba a esta joven Varinka, pero Kitty aseguraba que no la trataba ni como pariente ni como enfermera pagada. Una simpatía irresistible atraía a Kitty hacia esta muchacha, y por sus miradas Kitty se imaginaba serle también simpática. La señorita Varinka, aunque joven, parecía no serlo. Por su aspecto representaba lo mismo diecinueve años que treinta. No obstante su palidez enfermiza, si se analizaban sus rasgos la encontraba uno bonita, y hubiera pasado por bien formada si no hubiera tenido la cabeza demasiado grande y una flacura excesiva. No debía agradar a los hombres. Era como una flor que, aunque conservando sus pétalos, estuviera marchita y sin perfume.

Varinka parecía siempre absorta por algún deber importante y sin tiempo para ocuparse de cosas insignificantes. El ejemplo de esta ocupación constante hizo pensar a Kitty que tal vez imitando a Varinka encontraría lo que con tanto ardor deseaba, es decir, un interés, un sentimiento de dignidad personal, que no tuviese nada de común con esas relaciones mundanas entre jóvenes de ambos sexos, cuyo solo pensamiento le parecía una deshonra. Cuanto más estudiaba a su desconocida amiga, más deseaba conocerla, convencida de que encontraría en ella la perfección.

Las dos se veían varias veces al día, y los ojos de Kitty parecían preguntar siempre: «¿Quién es usted? No me equivoco, ¿verdad?, en creer que usted es un ser encantador.» Con la mirada añadió: «No cometeré la indiscreción de solicitar su amistad: me conformo con admirar y amar a usted.» La mirada de la desconocida parecía contestar: «Yo también la quiero a usted y la encuentro encantadora, y si tuviera tiempo la querría más aún.» Realmente no tenía tiempo desocupado Unas veces eran los niños de una familia rusa que traía del baño, otras, un enfermo que había que envolver con una manta escocesa, u otro al que procuraba distraer, o bien iba a comprar pasteles y regalos para varios de sus protegidos.

Una mañana, pocos días después de la llegada de los Cherbatzky, se presentó una pareja que fue el blanco de una atención nada benévola.

El hombre era alto y encorvado, con enormes manos, ojos negros a la vez ingenuos y asustados; llevaba una levita demasiado corta. La mujer, igualmente mal vestida, picada de viruelas y de fisonomía dulce.

Kitty pronto conoció que eran rusos, y ya su imaginación bosquejaba una tierna novela cuyos héroes eran ellos, cuando la princesa se enteró, por la lista de los bañistas, que los recién venidos se llamaban Nicolás Levin y María Nicolaievna. Puso fin a la novela de su hija explicándole que ese Levin era un hombre muy malo.

El hecho de ser hermano de Constantino Levin influyó más que las palabras de su madre para hacer que esa pareja le fuera particularmente desagradable. Aquel hombre que movía la cabeza de un modo tan raro se le hizo odioso, y en aquellos ojos que obstinadamente la seguían, Kitty creyó leer la ironía y la perversidad.

Evitaba encontrar a aquella gente cuanto le era posible.

XXXI

El día estaba lluvioso, y Kitty y su madre se paseaban por la galería, acompañadas por el coronel, que se hacía el elegante con su chaquetón a la europea, comprado y hecho en Francfort.

Iban por un lado de la galería para evitar el encuentro con Nicolás Levin, que estaba paseando por el otro. Varinka, con vestido oscuro y sombrero negro de alas caídas, acompañaba en su paseo a una vieja francesa ciega. Cada vez que se encontraba con Kitty, cambiaban una mirada afectuosa.

—Mamá, ¿puedo hablarle? —preguntó Kitty, al ver que su desconocida se aproximaba al manantial y que era ocasión propicia para acercarse a ella.

—Si tanto es tu deseo de conocerla, déjame tomar informes pero, ¿qué es lo que encuentras interesante en ella? Es alguna señorita de compañía. Si quieres entablaré relaciones con la señora Stahl. Conocí a su cuñada —añadió la princesa levantando la cabeza con dignidad.

Kitty sabía que su madre se hallaba ofendida por la actitud de la señora Stahl, que parecía evitarla; así es que no insistió.

—De veras que es encantadora —dijo Kitty al ver a Varinka que ofrecía un vaso a la francesa—. Mire usted cómo todo lo hace con amabilidad y sencillez.

—Me haces gracia con tus manías, pero por el momento alejémonos —añadió al ver que se aproximaban Levin, su compañera y un médico alemán, al que Levin hablaba en tono agudo y descontento.

Al regresar ellas, oyeron hablar recio. Levin se había detenido gesticulando y gritando. El doctor se enfadaba a su vez y se formó un círculo de curiosos alrededor de ellos. La princesa se alejó precipitadamente con Kitty. El coronel se mezcló a los curiosos para averiguar el motivo de la disputa.

Cuando regresó el coronel, la princesa le preguntó:

—¿Qué hay?

—¡Es una vergüenza! —respondió el coronel—. No hay nada peor que tropezar con rusos en el extranjero. Ese señor alto disputó con el doctor, reprochándole con grosería que no le cuidaba como él quería, y acabó por levantar su bastón amenazando. ¡Es una vergüenza!

—¡Dios mío, qué enojoso es todo eso! —exclamó la princesa—. ¿Y cómo ha terminado la disputa?

—Gracias a la intervención de esa señorita con sombrero de forma de hongo, rusa creo; fue la primera que intervino cogiendo por el brazo y llevándose a ese señor.

—¡Ya ve usted, mamá! ¡Y usted se admira de mi entusiasmo por Varinka!

Al día siguiente, Kitty observó que Varinka había trabado amistad con Levin y su compañera del mismo modo que con sus otros protegidos. Se aproximaba a ellos para conversar, y servía de intérprete a la mujer, que no conocía ninguna lengua extranjera. Kitty volvió a suplicar a su madre que le permitiese hablar con ella, y aunque le fuera desagradable a la princesa dar los primeros pasos para entrar en relaciones con la señora Stahl, que se permitía mostrarse orgullosa, satisfecha de los informes que había tomado, escogió el momento en que Kitty se hallaba en el manantial, para dirigirse a Varinka frente a la panadería.

—Permítame usted que me presente yo misma —le dijo con una sonrisa de condescendencia—; mi hija está enamorada de usted; tal vez usted no me conoce... yo...

—Es cariño recíproco, princesa —respondió precipitadamente Varinka.

—Usted hizo ayer una buena acción con respecto a nuestro desgraciado compatriota.

Varinka se ruborizó.

—No me acuerdo: me parece que no he hecho nada.

—Sí, por cierto; usted evitó a ese Levin un asunto desagradable.

—¡Ah, sí! Su compañera me llamó y yo traté de calmarle. Está muy delicado y descontento de su médico. Estoy acostumbrada a cuidar a esa clase de enfermos.

—Sé que vive usted en Menton con su tía, me parece, que es la señora Stahl. Conocí a su cuñada.

—La señora Stahl no es tía mía. La llamo mamá, pero no soy parienta suya; ella me crió —respondió Varinka, poniéndose encarnada otra vez.

Todo eso fue dicho con sencillez, y la expresión de aquel bonito rostro era tan franca y sincera, que la princesa comprendió por qué Varinka agradaba tanto a Kitty.

—¿Y qué piensa hacer ese Levin?

—Se marcha —respondió Varinka.

Kitty regresaba de la fuente y vio a su madre conversando con su amiga. Se puso radiante de alegría.

—¡Ya ves, Kitty! Tu ardiente deseo de conocer a la señorita...

—Varinka —dijo la joven—, así es como me llaman.

Kitty estaba encendida y tuvo mucho tiempo en sus manos la de su nueva amiga, que se la abandonó sin corresponder a esta presión, pero se le iluminó el rostro con una sonrisa de dicha aunque melancólica, mostrando sus dientes grandes sin dejar por eso de ser bellos.

—Yo también hace tiempo lo deseaba.

—Pero usted está siempre tan ocupada... —dijo Kitty.

—¿Yo? Al contrario, no tengo nada que hacer.

En este instante dos pequeñas rusas, hijas de un enfermo, acudieron gritando:

—¡Varinka! ¡Mamá la llama!

Y Varinka las siguió.

XXXII

He aquí lo que la princesa supo del pasado de Varinka y de sus relaciones con la señora Stahl.

Ésta, mujer enfermiza y exaltada, que algunos acusaban de haber atormentado la vida de su marido con su mala conducta, mientras que otros acusaban a su esposo de haberla hecho desgraciada, después de haberse separado de él, dio a luz un niño que murió al nacer. La familia de la señora Stahl, sabiendo cuán sensible era y temiendo que esta noticia le ocasionara la muerte, sustituyeron al niño muerto con la hija del cocinero de la corte, nacida en la misma noche y en la misma casa en San Petersburgo: era Varinka. Más tarde, la señora Stahl supo que la chiquita no era hija suya; pero continuó ocupándose de ella, con tanta más razón cuanto que sus padres habían muerto y quedaba huérfana. Hacía más de diez años que vivía en el extranjero, en el Sur, sin abandonar la cama. Había quien decía que con su caridad y su gran devoción se había hecho un pedestal en la sociedad. Otros la consideraban un ser superior, de gran moralidad, asegurando que su vida estaba dedicada únicamente a las buenas obras; y, en una palabra, era lo que parecía ser. No se sabía si era católica, protestante u ortodoxa; lo cierto era que estaba en muy buenas relaciones con lo más notable de las iglesias de todas las religiones.

Varinka vivía siempre con ella, y cuantos conocían a la señora Stahl la conocían a ella también.

Kitty cada día se unía más a su amiga, y constantemente descubría en ella alguna nueva buena cualidad. Al saber la princesa que Varinka cantaba, le rogó que viniera a verlas por la noche.

—Kitty toca el piano, y aunque el instrumento sea malo tendremos gusto en oír a usted cantar —dijo la princesa con forzada sonrisa que no agradó a Kitty, a quien no escapaba el poco deseo que Varinka tenía de cantar.

Ésta, sin embargo, fue por la noche y llevó papeles de música. La princesa hizo que se reunieran María Evguenievna, su hija y el coronel. Varinka pareció indiferente a la presencia de aquellas personas extrañas para ella y se dirigió al piano sin hacerse rogar. No sabía acompañarse, pero leía perfectamente la música. Kitty tocaba bien el piano y la acompañó.

—Usted tiene un talento notable —exclamó la princesa después del primer trozo, que Varinka cantó con gusto.

María Evguenievna y su hija también la felicitaron.

—Fíjese usted en el público que ha congregado —dijo el coronel mirando por la ventana.

En efecto, muchas personas se habían reunido cerca de la casa...

Varinka sencillamente respondió:

—Estoy encantada por haber tenido la fortuna de complacer a ustedes.

Kitty miró con orgullo a su amiga, a quien admiraba por su voz, por su gracia y por sus modales, sobre todo. Era evidente que Varinka no se envanecía por su voz y oía los cumplidos con indiferencia. Parecía únicamente preguntarse si debía o no cantar más.

—¡Qué orgullosa estaría yo en su lugar! —pensaba Kitty—. ¡Cuánto me agradaría ver a esa multitud de gente bajo la ventana! ¡Y a ella no le importa! ¡No parece desear más que agradar a mamá! ¿Qué es lo que hay en ella? ¿Qué es lo que le da esa fuerza de indiferencia, esa calma tan independiente? Querría aprender eso de ella.

El rostro de Varinka permanecía tranquilo.

La princesa pidió que cantara otra pieza y Varinka cantó tan bien como la primera vez, con el mismo cuidado e igual perfección, derecha, cerca del piano, llevando el compás con su pequeña mano morena.

El trozo siguiente en el cuaderno era una pieza italiana. Kitty tocó el preludio y se volvió hacia Varinka.

—Pasemos eso —dijo Varinka ruborizándose.

Kitty, muy conmovida, fijó en ella una mirada interrogadora.

—Entonces, ¿otra? —se apresuró a decir volviendo las hojas comprendiendo que esa pieza debía evocar en la memoria de su amiga algún penoso recuerdo.

—No —respondió Varinka, poniendo, sonriente, la mano en el cuaderno—, cantémosle.

Y cantó tan fría y tranquila como antes.

Cuando acabó, volvieron a darle las gracias y salieron de la sala para tomar el té. Kitty y Varinka se dirigieron al pequeño jardín junto a la casa.

—Usted recuerda algo al cantar ese trozo, ¿verdad? No me responda, dígame solamente si es verdad.

—¿Por qué no se lo diría sencillamente? Sí, tengo un recuerdo —dijo con mucha calma Varinka— y es doloroso. Quise a una persona a quien le cantaba esa música.

Kitty, con los ojos muy abiertos, miraba humildemente a Varinka sin hablar.

—Le quise y él también me quería, pero su madre se opuso a nuestro enlace y se casó con otra. Ahora no vive muy lejos de nosotros y algunas veces le veo. ¿Usted no suponía que yo tal vez tuviera mi novela?

Su rostro se aclaró y Kitty pensó que así tendría siempre el rostro en otro tiempo.

—¿Cómo no suponerlo? Si yo fuera hombre, no habría podido querer a nadie después de haberla conocido a usted. Lo que no comprendo es que él haya podido olvidarla y hacerla desgraciada por obedecer a su madre; no debe de tener razón.

—Al contrario, es excelente, y, en cuanto a mí, no soy desgraciada... Y que, ¿no cantaremos más hoy? —añadió dirigiéndose a la casa.

—¡Qué buena es usted! ¡Qué buena es usted! —exclamó Kitty deteniéndola para abrazarla—. ¡Quisiera parecerme a usted un poco!

—¿Por qué parecerse a otra más que a usted misma? Quédese como es —dijo Varinka con su sonrisa dulce y cansada.

—No, yo no soy nada buena. Veamos, dígame usted... espere, sentémonos un poco —dijo Kitty haciendo que se sentara de nuevo junto a ella—. Dígame, ¡cómo es posible no sentirse ofendida al pensar que un hombre ha despreciado su amor, que la ha rechazado!

—Él no había despreciado nada: estoy segura de que me ha querido. Pero era un hijo sumiso...

—¿Y si él no hubiera obrado así por obedecer a su madre? ¿Si por su propia voluntad...? —dijo Kitty, comprendiendo que iba a descubrir su secreto, y que su rostro encendido la hacía traición.

—En ese caso, habría obrado mal y yo no lo sentiría —respondió Varinka, advirtiendo que ya no se trataba de ella, sino de Kitty.

—¿Y el insulto? ¿Puede olvidarse? ¡Es imposible! —dijo Kitty recordando la mirada que él le había dirigido en el último baile, cuando la música se detuvo.

—¿Qué insulto? ¿Usted no ha hecho nada malo?

—Peor todavía, me he humillado...

Varinka movió la cabeza y puso la mano en la de Kitty.

—¿En qué se ha humillado usted? ¡Usted no ha podido decir a un hombre que le mostraba indiferencia, que usted le quería!

—Ciertamente no, nunca le dije una palabra, ¡pero él lo sabía! Siempre hay miradas, maneras de ser... No, no, ¡aunque viviera años, no lo olvidaría!

—Entonces, ya no lo comprendo. Es preciso saber si usted le quiere todavía o no —dijo Varinka, que llamaba a las cosas por su nombre.

—Le detesto. No puedo perdonarme...

—¿El qué?

—¡La vergüenza! ¡La afrenta!

—¡Ah, Dios mío! ¡Si todos fueran tan sensibles como usted! No hay joven que no haya experimentado algo parecido. ¡Todo eso tiene tan poca importancia...!

—¿Qué es lo importante entonces? —preguntó Kitty mirándola con sorpresa y curiosidad.

—Muchas cosas —respondió Varinka sonriendo.

—¿Cuáles?

—Hay otras muchas más importantes —replicó Varinka no sabiendo qué decir.

En aquel momento la princesa gritó por la ventana:

—Kitty, el tiempo está frío, ponte un chal y entra.

—Ya es tiempo de marchar —dijo Varinka levantándose—; tengo que ir a casa de la señorita Berta, que me ha suplicado que lo haga.

Kitty la tenía de la mano y la interrogaba con una mirada de curiosidad apasionada, casi de súplica.

—Vamos, dígame: ¿qué es lo más importante? ¿Qué es lo que proporciona la calma? ¡Usted lo sabe, dígamelo!

Pero Varinka no comprendía lo que pedía la mirada de Kitty; sólo se acordaba de que era preciso todavía ir a casa de la señorita Berta y hallarse en la suya para el té de mamá a medianoche.

Entró en el salón, recogió su música, se despidió de todos y quiso marcharse.

—Permítame usted, yo la acompañaré —dijo el coronel.

—¡Ah, sí! ¿Cómo puede usted volver sola a su casa por la noche? —exclamó la princesa—; por lo menos ira usted con mi doncella.

Kitty observó que Varinka se esforzaba por disimular una sonrisa al ver que querían hacerla acompañar.

—No, siempre regreso a casa sola y nunca me ha sucedido nada —dijo tomando su sombrero y besando de nuevo a Kitty sin decirle cuál era «la cosa importante» y se alejó con paso firme, y con su música bajo el brazo, desapareciendo en la penumbra de una noche de verano, llevándose el secreto de su dignidad y de su envidiable tranquilidad.

XXXIII

Kitty conoció a la señora Stahl, y sus relaciones con ella y con Valinka tuvieron una gran influencia sobre su espíritu que contribuyó a calmar sus penas.

Llegó a averiguar que fuera de la vida de instinto que ella había conocido, existía una vida espiritual a la que se llegaba por medio de la religión; pero una religión que en nada se parecía a la que Kitty había practicado desde su infancia, que consistía en ir a misa y a vísperas a la casa de las Viudas, en donde se trababan amistades, y a aprender de memoria textos eslavos con el clérigo de la parroquia. Era una religión elevada mística unida a los sentimientos más puros, y en la que se creía no por deber, sino por amor.

No fue con palabras como Kitty aprendió todo eso. La señora Stahl le hablaba como se habla a una amable niña a quien se admira, como a una especie de recuerdo de la juventud, y sólo una vez hizo alusión a los consuelos que la fe y el amor dan a los dolores de la humanidad, añadiendo que para Jesucristo, en su piedad, no hay dolores insignificantes. En seguida cambió de conversación. Pero en los ademanes de esta señora, en sus miradas, celestes, como decía Kitty, en sus palabras y sobre todo en su historia, que supo por Varinka, Kitty descubría, lo que era más importante y hasta entonces había ignorado.

No obstante, cualquiera que fuese la elevación natural de la señora Stahl, por conmovedora que fuese su historia, Kitty, sin pretenderlo, observaba ciertos rasgos de carácter que la afligían. Un día, por ejemplo, que se habló de su familia, la señora Stahl sonrió con desdén, lo cual era contrario a la caridad cristiana. Otra vez, Kitty, al entrar en su casa, encontró a un eclesiástico católico y notó que la señora Stahl se ocultaba cuidadosamente el rostro en la sombra de una pantalla, y que sonreía de un modo singular. Esas dos observaciones aunque muy insignificantes, la produjeron cierta pena y le hicieron dudar de ella. En cambio, Varinka, sola, sin familia, sin amigos, sin esperar nada, sin quejarse de nada después de su triste decepción, le parecía la perfección misma. Por Varinka sabía que debía uno olvidarse y amar a su prójimo a fin de alcanzar la felicidad, la tranquilidad y la bondad, que ella tanto ansiaba. Así que Kitty la hubo comprendido, no se contentó ya con admirarla, sino que se entregó de todo corazón a la nueva vida que se abría delante de ella. Kitty se formó un plan de existencia en relación con lo que supo por Varinka de la señora Stahl y de otras personas que le nombró. Decidió que, al igual de Alina, sobrina de dicha señora, buscaría a los pobres, en cualquier parte donde se encontrara, para ayudarles lo mejor que pudiera distribuiría Evangelios, leería el Nuevo Testamento a los enfermos, a los moribundos, a los criminales; esta nueva idea la seducía particularmente. Esos sueños los hacía en secreto, sin comunicarlos a su madre y ni aun a su amiga.

Por lo demás, mientras llegaba el momento de poner en práctica sus planes de un modo más extenso, no le fue difícil observar sus nuevos principios. No faltaban enfermos y desgraciados en los baños. Hizo como Varinka.

La princesa pronto notó que Kitty estaba dominada por la influencia de las entrenadoras, como llamaba a la señora Stahl y especialmente a Varinka, a quien Kitty imitaba no solamente en sus buenas obras, sino hasta en su modo de andar, de hablar, de parpadear. Más tarde comprendió que su hija pasaba por cierta crisis interior independiente de la influencia de sus amigas.

Por la noche, Kitty leía un Evangelio en francés que la señora Stahl le presentó, cosa que jamás había hecho antes. Evitaba las relaciones mundanas, se ocupaba de los enfermos protegidos por Varinka, y especialmente la familia de un pobre pintor enfermo llamado Petrof.

La joven estaba orgullosa de ejercer con esta familia el papel de hermana de la caridad. La princesa no veía inconveniente en ello, tanto menos cuanto que la esposa de Petrof era persona muy decente y que un día, al observar la belleza de Kitty, la había elogiado llamándola ángel consolador. Todo hubiera ido bien si la princesa no hubiera temido la exageración en que su hija corría riesgo de caer.

—*I ne faut rien outrer* —decía en francés.

La joven no contestaba, pero en lo más profundo de su corazón se preguntaba si, tratándose de caridad, es posible ir más allá de la medida, en una religión que manda ofrecer la mejilla izquierda después que la derecha ha sido abofeteada y dar la mitad de su capa al prójimo. Lo que más pena causaba a la princesa era ver que Kitty no le abría su corazón por completo. El hecho de que Kitty no comunicara a su madre los nuevos sentimientos que se habían apoderado de ella, no significaba que le faltara afecto y respeto hacia ella, sino únicamente porque era su madre, y le hubiera sido más fácil franquearse con una persona extraña que con ella.

Un día, dijo la princesa hablando de la señora Petrof:

—Me parece que ya hace algún tiempo que no hemos visto a Ana Pavlovna. La invité a venir a casa, y me figuro que esto la contraría.

—No he notado eso, mamá —respondió Kitty ruborizándose de improviso.

—¿No has ido a su casa en estos días?

—Hemos convenido para mañana un paseo por la montaña.

—No veo inconveniente —respondió la princesa, observando la turbación de su hija y tratando de adivinar la causa.

Varinka fue a comer el mismo día e hizo saber que Ana Pavlovna desistía de la excursión proyectada para el día siguiente. La princesa observó que Kitty se puso aún más encendida.

—Kitty, ¿ha ocurrido algo desagradable entre tú y los Petrof? ¿Por qué han dejado de enviar a los niños y de venir ellos? —preguntó la princesa cuando estuvieron solas.

Kitty respondió que nada había pasado de desagradable, y que no sabía por qué Ana Pavlovna parecía disgustada con ella. Decía la verdad; pero si no conocía la causa del cambio de la señora Petrof, lo adivinaba, y era algo que no se atrevía a confesarse a sí misma, y menos aún confesarlo a su madre, porque hubiera sido humillante y doloroso para ella el equivocarse.

Todos los recuerdos de sus relaciones con esta familia acudían a su mente unos tras otros. Recordaba la ingenua alegría que se revelaba en el simpático rostro redondo de Ana Pavlovna las primeras veces que se vieron; sus conciliábulos secretos para distraer al enfermo y que abandonara un trabajo que le habían prohibido, y llevarle a dar un paseo; el cariño del más pequeño de los niños, que la llamaba mi Kitty, y no quería acostarse si ella no estaba allí. ¡Qué bien iba todo entonces! Luego se acordaba de la figura flaca de Petrof, de su largo cuello que salía de su oscura levita, de sus escasos cabellos rizados, de sus ojos azules, interrogadores, que tanto miedo le producían al principio, de sus esfuerzos enfermizos para parecer animado y fuerte cuando ella estaba cerca de él. Se acordó de lo que le había costado vencer la repugnancia que le inspiraba como todos los tísicos, y de los esfuerzos que hacía por encontrar un tema de conversación. Recordó la mirada humilde y tímida del enfermo cuando ella le miraba, el extraño sentimiento de compasión y tormento que empezó por experimentar los primeros días, lo cual se convirtió en seguida en una sensación de contento de sí misma por su caridad.

Todo eso no fue muy duradero, y hacía pocos días que un cambio brusco se había efectuado. Ana Pavlovna demostraba a Kitty una amabilidad simulada, y constantemente vigilaba a su marido. ¿Sería posible que la conmovedora alegría del enfermo al aproximarse Kitty fuese la causa de la frialdad de Ana Pavlovna?

—Sí —se decía Kitty—, había algo poco natural y muy diferente de su bondad acostumbrada, en el modo con que Ana Pavlovna me dijo anteayer con aire contrariado: «¡Bueno! Ahí le tiene usted, que no ha querido tomar el café sin usted y la ha esperado, a pesar de hallarse tan débil.» Tal vez la disgusté cuando le ofrecí la manta escocesa; era, sin embargo cosa muy natural; pero Petrof recibió ese pequeño servicio de un modo extraño, y me lo agradeció tanto que me sentí confusa; y el retrato mío que le salió tan bien ¡y sobre todo aquella mirada tierna y triste! ¡Sí, sí, eso es! —se repitió Kitty con espanto—. ¡Pero no puede ser, no debe ser! ¡Es tan digno de lástima! —añadió hablándose a sí misma.

Estos temores amargaban el encanto de su nueva vida.

XXXIV

El príncipe Cherbatzky fue a reunirse con los suyos antes de completar su curación; había estado en Carlsbad, en Baden y en Kissingen, en busca de compatriotas, y, como él decía, para respirar un poco de aire ruso.

El príncipe y la princesa tenían ideas muy opuestas sobre la vida en el extranjero. La princesa todo lo encontraba perfecto, y, no obstante su posición bien establecida en la sociedad rusa, pretendía desempeñar el papel de dama europea, lo cual no la sentaba bien, porque era una dama rusa por excelencia.

En cuanto al príncipe, por el contrario, todo le parecía detestable, y la vida europea insoportable; se aferraba con exageración a sus hábitos rusos, y trataba de mostrarse menos europeo de lo que era en realidad.

El príncipe regresó más flaco, pero muy alegre, y esta feliz disposición de espíritu aumentó al encontrar a Kitty más animada.

Los detalles que la princesa le dio sobre la intimidad de Kitty con la señora Stahl y Varinka, y sus observaciones sobre la transformación moral que sufría su hija, entristecieron al príncipe y despertaron en el sentimiento habitual que experimentaba contra todo lo que podía sustraer a Kitty de su influencia, arrastrándola a regiones inaccesibles para él, pero esas enojosas noticias se ahogaron en el océano de buen humor y de alegría que traía de Carlsbad.

Al día siguiente de su llegada, el príncipe, vestido con su largo paletó, con las mejillas algo abotagadas y llenas de arrugas, con el cuello de la camisa bien almidonado, fue a la fuente con su hija. No podía estar de mejor humor.

El tiempo era espléndido. El espectáculo de aquellas casas alegres y limpias, rodeadas de pequeños jardines, de las criadas alemanas rollizas, con sus brazos y sus caras muy limpios, de aquel sol radiante, todo regocijaba el corazón; pero cuanto más se aproximaban al manantial, más enfermos encontraban, cuyo lamentable aspecto contrastaba dolorosamente con la belleza de cuanto les rodeaba en aquel centro germánico tan bien organizado.

Para Kitty, aquel verdor y los alegres acordes de la música formaban un cuadro natural conocido, cuyas transformaciones buenas o malas, seguía ella con interés; pero al príncipe se le antojaba que había algo cruel en el contraste de tan brillante mañana de junio y de la orquesta ejecutando el alegre vals de moda y aquellos moribundos procedentes de todos los puntos de Europa arrastrándose con languidez.

A pesar del rejuvenecimiento que el príncipe sentía y del orgullo que le producía llevar del brazo a su hija predilecta experimentaba vergüenza y malestar a causa de su paso firme y de sus vigorosos músculos. En presencia de todas aquellas miserias, se apoderaba de él una sensación igual a la de un hombre que desnudan delante de la gente.

—Preséntame a tus nuevos amigos —dijo a su hija apretándole el brazo—: he empezado a querer a tu horrible Soden por el bien que te ha hecho; pero estáis rodeadas aquí de muchas tristezas... ¿Quién es ése?

Kitty le nombró a las personas que conocía. A la entrada del jardín, encontraron a la señorita Berta con la mujer que la conducía y el principe sintióse orgulloso al ver la expresión de alegría que reveló el rostro de la anciana al oír la voz de Kitty: con la exageración de una francesa se deshizo en cortesías, y felicitó al príncipe por tener una hija tan encantadora, alabándola hasta el exceso, declarándola un tesoro, una perla, un ángel consolador.

—En ese caso —contestó el príncipe sonriendo— es el ángel número dos, porque ella asegura que la señorita Varinka es el número uno.

—¡Oh, sí! La señorita Varinka es verdaderamente un ángel —afirmó con viveza la señorita Berta.

En la galería encontraron a Varinka; se dirigió a ellos con precipitación; llevaba un elegante saquito rojo en la mano.

—Es mi papá que ha llegado —dijo Kitty.

Varinka hizo un saludo sencillo y natural, como una reverencia, y se puso a hablar con el príncipe sin falsa timidez.

—No necesito decir que le conozco a usted, y mucho —exclamó el príncipe sonriendo, con un aire que probó a Kitty, muy contenta, que su amiga le era simpática a su padre.

—¿A dónde va usted tan de prisa?

—Mi mamá está aquí —respondió la joven volviéndose a Kitty—; no ha dormido en toda la noche, y el médico le ha aconsejado que tome el aire; le llevo su labor.

—He aquí el ángel número uno —dijo el príncipe cuando Varinka se alejó.

Kitty notó que tenía ganas de bromear sobre su amiga y que sólo le contenía la favorable impresión que le había producido.

—Bueno, vamos a ver a todos tus amigos unos tras otros, hasta a la señora Stahl, si se digna reconocerme.

—¿La conoces entonces, papá? —preguntó Kitty temerosa, al observar un relámpago de ironía en los ojos de su padre.

—Conocí a su marido y a ella también la he conocido un poco, antes de que se incorporara a la secta de los pietistas.

—¿Qué son esos pietistas, papá? —preguntó Kitty, inquieta al oír que le daba ese nombre a lo que le parecía de un valor tan elevado a la señora de Stahl.

—No sé muy bien lo que es; lo único que sé es que ella da gracias a Dios de todas las desgracias que le sobrevienen, incluyendo la de haber perdido a su marido, y eso tiene cierta gracia sabiendo que no vivían muy bien juntos... ¿Quién es ése? ¡Qué triste figura! —preguntó al ver a un enfermo, con levita oscura y pantalón blanco que formaba pliegues raros en sus enflaquecidas piernas.

Este señor había saludado quitándose el sombrero de paja, descubriendo una elevada frente enrojecida por la presión del sombrero y adornada con escasos cabellos grises.

—Es Petrof, un pintor —contestó Kitty sonrojándose—, y aquélla su esposa —añadió señalando a Ana Pavlovna, que, al acercarse ellos, se levantó para correr tras uno de los niños por el camino.

—¡Pobre muchacho! Tiene una cara muy simpática. ¿Por qué no te has acercado a él? Parecía querer hablarte.

—Vayamos a donde está —dijo Kitty dirigiéndose resueltamente hacia Petrof—. ¿Cómo está usted hoy? —le preguntó.

Éste se levantó apoyándose en su bastón, y miró al príncipe con timidez.

—Es mi hija —dijo el príncipe—, permítame usted que le salude.

El príncipe saludó sonriendo, descubriendo sus dientes de notable blancura.

—Estuvimos esperando a usted ayer —dijo el enfermo a Kitty.

Titubeó al hablar y, para mostrar que había sido voluntariamente, repitió el tartamudeo.

—Pensaba ir, pero Varinka me dijo que Ana Pavlovna había renunciado a salir.

—¿Cómo así? —dijo Petrof impresionado, comenzando luego a toser y buscando con la mirada a su esposa.

—¡Anita, Anita! —llamó en alta voz, y las gruesas venas de su cuello blanco y delgado formaban surcos, inflándose como cuerdas.

Ana Pavlovna se aproximó.

—¿Por qué has enviado a decir que no saldríamos? —preguntó en voz baja y ronca y en tono irritado; enronquecía fácilmente.

—Buenos días, princesa —saludó Ana Pavlovna con forzada sonrisa, que en nada se parecía a la de otras veces.

—Encantada de conocer a usted —añadió volviéndose al príncipe—. Hace tiempo que esperaba a usted.

—¿Cómo has podido decir que no saldríamos? —murmuró nuevamente la apagada voz del pintor, a quien irritaba más el no poder expresar todo lo que sentía.

—Pero, ¡por Dios! Porque creí sencillamente que no saldríamos —contestó la mujer contrariada.

—¿Por qué? ¿Cuándo fue eso...? —le vino un acceso de tos e hizo con la mano un ademán desconsolado.

El príncipe saludó y se alejó con su hija.

—¡Oh!, ¡pobres gentes! —dijo suspirando.

—¡Es verdad, papá, y con tres niños, sin criados ni recursos de dinero! Él recibe algo de la Academia —continuó animándose con el fin de disimular la emoción que le producía el cambio de Ana Pavlovna para con ella—. Allí viene la señora Stahl —añadió Kitty mostrando un pequeño coche con una forma humana extendida dentro, envuelta con trapos grises y azules, rodeada de almohadas y cubierta con una sombrilla.

Detrás de la enferma iba el conductor, un alemán de muy mal humor y muy buena salud. Al lado de la señora Stahl seguía a pie un conde sueco de cabello rubio, que Kitty conocía de vista. Algunas personas se habían detenido cerca del cochecito y miraban a la dama con curiosidad.

El príncipe se aproximó. Kitty notó en su mirada ese reflejo de ironía que la turbaba. Se dirigió a la señora Stahl en un francés excelente que tan escasas personas hablan hoy en Rusia, y se mostró muy amable y cortés.

—No sé si usted se acuerda todavía de mí, pero es mi deber hacerle que me recuerde para agradecerle sus bondades para con mi hija.

Al decir esto, el príncipe se quitó el sombrero sin volvérselo a poner.

—¿Alejandro Cherbatzky? —preguntó la dama, mirándole con sus ojos celestes, en los cuales Kitty observó una sombra de desagrado—. Encantada de ver a usted. ¡Quiero mucho a su hija!

—¡Usted ha cambiado poco en los diez u once años que no he tenido el honor de verla!

—Sí; Dios, al dar la cruz, también da la fuerza de llevarla. Con frecuencia me pregunto: ¿por qué se prolonga semejante vida? Así, no —dijo contrariada a Varinka, que la envolvía con una manta, sin lograr satisfacerla.

—Para hacer el bien, sin duda —dijo el príncipe con ojos burlones.

—No nos toca a nosotros juzgar —declaró la señora Stahl, que había sorprendido algo de irónico en la expresión del príncipe.

—Querido conde, envíeme ese libro. Se lo agradezco a usted de antemano —añadió volviéndose al joven sueco.

—¡Ah! —exclamó el príncipe, que acababa de ver al coronel de Moscú; y saludando a la dama, fue a su encuentro con su hija.

—¡He ahí nuestra aristocracia, príncipe! —dijo el coronel con acento burlón, porque a él también le molestaba la actitud de la señora Stahl.

—Siempre la misma —respondió el príncipe.

—¿La conoció usted antes de su enfermedad; es decir, antes de que estuviera enfermiza?

—Sí, la conocí antes de que perdiera el uso de las piernas.

—Dicen que hace diez años que no anda.

—No anda porque tiene una pierna más corta que la otra. Es una mujer muy mal formada.

—¡Eso es imposible, papá! —exclamó Kitty.

—Las malas lenguas lo aseguran, querida mía, y tu amiga Varinka debe sufrir toda clase de molestias. ¡Oh, esas señoras enfermas!

—¡Oh, no, papá, te aseguro que Varinka la adora! —afirmó Kitty vivamente—. ¡Y hace tanto bien! Pregunta a quien quieras: todos la conocen, lo mismo que a su sobrina Alina.

—Es posible —respondió el padre apretándole el brazo con suavidad—; pero sería mucho mejor si nadie supiera el bien que hace.

Kitty calló, no porque no tuviera que replicar, sino porque sus pensamientos secretos no podía revelarlos ni aun a su padre.

Cosa extraña, sin embargo: por decidida que se hallase a no someterse al juicio de su padre, a no dejarle penetrar en el santuario de sus reflexiones, comprendía que la imagen de santidad ideal que llevaba en el alma desde hacía un mes, acababa de borrarse para siempre, como sucede con esas formas que la imaginación descubre en los vestidos tirados al azar, y que desaparecen tan pronto como uno se da cuenta del modo como fueron tirados. No conservo más que la imagen de una coja que se mantenía acostada para ocultar su deformidad, y que atormentaba a la pobre Varinka por una manta escocesa no arreglada a su gusto. Le fue imposible volver a encontrar en su pensamiento a la anterior señora Stahl.

XXXV

La animación y el buen humor del príncipe se comunicaban a cuantos le rodeaban; hasta el propietario de la casa participó de esta influencia. Al volver de su paseo con Kitty, el príncipe invitó al coronel, a María Evguenievna, a su hija y a Varinka, a tomar café, e hizo colocar una mesa bajo los castaños del jardín. Los criados se animaron al igual que el propietario por la influencia de aquella alegría comunicativa, tanto más cuanto que era bien conocida la generosidad del príncipe. Así es que, media hora después, esta alegre sociedad rusa, congregada bajo los árboles, causó envidia al médico enfermo que habitaba el primer piso; éste contempló suspirando a aquel grupo feliz de personas alentadas.

La princesa, con un gorro color lila colocado en la coronilla de la cabeza, presidía. La mesa estaba cubierta con un mantel muy blanco. Había pan, mantequilla, queso y caza fría. Distribuía las tazas y las rebanadas de pan con manteca mientras el príncipe, en el otro extremo de la mesa, comía con buen apetito conversando alegremente. Alrededor de él estaban sus compras: cajitas esculpidas, cortapapeles, juegos diferentes, etc., traído todo de los distintos lugares de baños de donde regresaba. Gozaba en distribuir esos objetos entre los presentes, sin olvidar a Lischen, la cocinera, ni al dueño de la casa, a quien dirigía discursos muy graciosos en su mal alemán: le aseguraba que no eran los baños los que habían curado a Kitty, sino su excelente cocina, y especialmente sus potajes de ciruela. La princesa bromeaba con su marido, echándole en cara sus manías

Harris County Public Library

Library name: HM
User name: SANCHEZ,
MARIA ELVA

Date charged: 7/13/2017,10:
06
Title: Mi hijo precioso : el viaje
de un padre a traves
Item ID: 34028072181168
Date due: 8/27/2017,23:59

Date charged: 7/13/2017,10:
06
Title: Ana Karenina
Item ID: 34028068816207
Date due: 8/27/2017,23:59

Date charged: 7/13/2017,10:
06
Title: Más fuerte que nunca
Item ID: 34028089158720
Date due: 8/27/2017,23:59

To renew call: 713-747-4763
or visit: www.hcpl.net
Have library card number and
PIN to renew.

rusas, y jamás, en todo el tiempo que llevaba en los baños, se había mostrado tan alegre y animada. El coronel, como siempre, sonreía al oír los chistes del príncipe; pero era de la opinión de la princesa en lo referente a la cuestión europea, que se imaginaba estudiar con cuidado. La buena María Evguenievna reía hasta llorar, y la misma Varinka con gran sorpresa de Kitty, participaba del alborozo general.

Kitty no podía vencer cierta agitación interior; sin querer, su padre había expuesto un problema que ella no podía resolver, al juzgar, como lo había hecho, a sus amigos y aquella nueva vida que tantos atractivos tenía para ella. A este problema se unía el del cambio de relaciones con los Petrof, que aquel día le había parecido más evidente y más desagradable todavía. Su agitación aumentaba al verlos tan alegres a todos, y experimentaba el mismo sentimiento que cuando la castigaban siendo pequeña y desde su cuarto oía las risas de sus hermanas sin poder tomar parte en ellas.

—¿Con qué objeto has comprado esa multitud de cosas? —preguntó la princesa sonriendo a su marido al ofrecerle una taza de café.

—¿Qué quieres? Va uno de paseo, se aproxima a una tienda y al momento los mercaderes empiezan: *Erlaucht, Excellenz Durchlaucht.* ¡Oh! Cuando llegan al *Durchlaucht*, ya no puedo resistir, y mis diez táleros van a caer en sus manos.

—Esto es por aburrimiento —dijo la princesa.

—Ciertamente, querida, porque el fastidio es tal que no sabe uno en donde meterse.

—¿Cómo es posible fastidiarse? Hay ahora tantas cosas que ver en Alemania —dijo María Evguenievna.

—Yo sé ya todo lo que hay de interesante: conozco la sopa de ciruelas, la morcilla de guisantes, todo lo conozco.

—Por más que usted diga, príncipe, las instituciones alemanas son mucho más interesantes —contestó el coronel.

—¿En qué? Son felices como moneda nueva, han vencido al mundo entero: ¿qué hay en eso de satisfactorio para mí? Yo no he vencido a nadie. Y, en cambio, es preciso que yo mismo me quite las botas, y, lo que es peor, he de ponerlas yo mismo también en la puerta del corredor. Por la mañana, apenas lavado, he de vestirme e ir al salón a tomar un té execrable. ¡No es como en nuestro país! Allá tenemos derecho a despertarnos a la hora de costumbre; si estamos de mal humor, tenemos derecho a regañar; tiene uno tiempo para todo, y puede mediar sobre sus negocios sin darse prisa inútilmente.

El coronel le hizo observar:

—¡Pero el tiempo es oro! ¡No lo olvide usted!

—Según los casos: hay meses enteros que daría uno por cincuenta kopecks, y cuartos de hora que no se darían por ningún tesoro. ¿Es cierto, Katinka? Pero, ¿por qué pareces aburrida?

—No tengo nada, papá.

—¿Adónde va usted?, quédese un ratito más —dijo el príncipe dirigiéndose a Varinka.

—Tengo que volver a casa —dijo Varinka en un acceso de risa.

Cuando se calmó, se despidió de la reunión y buscó su sombrero.

Kitty la siguió. Hasta Varinka le parecía variada; no era menos buena, pero era diferente a como se la había imaginado.

—Hace mucho tiempo que no he reído tanto —dijo Varinka buscando su sombrilla y su saquito—. ¡Qué encantador es el papá de usted!

Kitty guardó silencio.

—¿Cuándo nos volveremos a ver? —preguntó Varinka.

—Mamá quería ir a casa de los Petrof. ¿Estará usted allí? —preguntó Kitty para averiguar cuál era el pensamiento de su amiga.

—Estaré, sí —respondió—. Piensan marcharse y yo les he prometido ayudarles a hacer los equipajes.

—Pues bien, yo iré también.

—No, ¿para qué?

—¿Por qué? ¿Para qué? ¿Para qué? —dijo Kitty deteniendo a Varinka por la sombrilla y abriendo mucho los ojos—. Espere usted un momento y dígame por qué ese ¿para qué?

—Porque usted tiene a su padre y ellos se molestan con usted.

—No es eso; dígame por qué usted no quiere que yo vaya con frecuencia a casa de los Petrof. ¿Por qué no quiere?

—Yo no he dicho eso —respondió tranquilamente Varinka.

—Se lo suplico, respóndame.

—¿Quiere usted que se lo diga todo?

—¡Todo!, ¡todo! —exclamó Kitty.

—Al fin y al cabo no es nada grave: todo se reduce a que Petrof antes estaba dispuesto a marcharse tan pronto como concluyera su curación, y ahora ya no quiere irse —respondió sonriendo Varinka.

—¿Y qué, y qué? —preguntó de nuevo Kitty con aire sombrío.

—Pues que Ana Pavlovna supone que si él no quiere irse es porque usted esta aquí. Es absurdo, pero por usted ha habido una disputa de familia, y usted ya sabe lo irritables que son los enfermos.

Kitty, siempre sombría, guardaba silencio, y Varinka era la única que hablaba, tratando de consolarla y calmarla, previendo un acceso de lágrimas o de reproches.

—Por eso es mejor que usted no vaya, ¿comprende? Y no debe enfadarse...

—No tengo más que lo que merezco —dijo vivamente Kitty apoderándose de la sombrilla de Varinka sin mirarla a ella.

Ésta, al ver aquella cólera infantil, evitó su mirada para no excitarla.

—¡Cómo! ¿Usted no tiene más que lo que merece? No comprendo

—Porque en todo eso no había más que hipocresía, porque nada era sincero. ¿Para qué tenía yo que ocuparme de un extraño y meterme en lo que no me importaba? Por eso he dado lugar a una disputa. Y todo sin haber más que hipocresía, hipocresía —dijo abriendo y cerrando maquinalmente la sombrilla.

—¿Con qué fin?

—¡Para parecer mejor a los ojos de los demás, a los míos mismos, a los de Dios; para engañar a todo el mundo! ¡No, no volveré a caer en eso: prefiero ser mala y no mentir, no engañar!

—¿Quién ha engañado? —dijo Varinka en tono de reproche; usted habla como si...

Pero Kitty estaba en uno de sus accesos de cólera y no la dejó concluir.

—No se trata de usted: usted es la perfección misma; sí, sí; sé que ustedes todas son perfectas; pero yo soy mala, no lo puedo remediar. Nada de eso habría sucedido si yo no hubiera sido mala. Bueno, peor para mí, me quedaré como soy; pero no disimularé. ¿Qué tengo yo que ver con Ana Pavlovna? Que vivan como les parezca, y yo haré lo mismo. No puedo cambiarme. Por lo demás no es eso...

—¿Qué no es eso? —interrumpió Varinka sorprendida.

—Yo no puedo vivir más que por el corazón, por los sentimientos, mientras que ustedes no viven más que por los principios. ¡Yo he querido a ustedes sencillamente, y ustedes no han tenido otra mira que salvarme, que convertirme!

—No es usted justa.

—No hablo para los otros, hablo para mí.

—¡Kitty, ven acá! —gritó en aquel momento la princesa—: Enseña a papá tus corales.

Kitty tomó una caja que había sobre la mesa y la llevó a su padre, con aire digno, sin reconciliarse con su amiga.

—¿Qué tienes? ¿Por qué estás tan encendida? —preguntaron a la vez el padre y la madre.

—¡Nada, ya vuelvo! —y se dijo deteniéndose en la puerta—: ¡Todavía está allí! ¿qué voy a decirle? ¡Dios mío! ¿Qué he hecho?, ¿qué he dicho?, ¿por qué la he ofendido?

Varinka, con el sombrero puesto, estaba sentada cerca de la mesa, examinando los restos de su sombrilla, que Kitty había roto. Alzó la cabeza.

—Varinka, perdóneme usted —mumuró Kitty, aproximándose a ella—, no sé lo que he dicho, yo...

—En verdad, yo no tenía intención de causarle a usted ese pesar —dijo Varinka sonriendo.

La paz estaba hecha. Pero la llegada de su padre había cambiado para Kitty la sociedad en que vivía. Sin renunciar a todo lo que había aprendido, se confesó que era una ilusión también llegar a ser lo que soñaba. Fue como un despertar. Comprendió que no podría, sin hipocresía, mantenerse a tal altura; ademas, sintió más vivo el peso de las desgracias, de las enfermedades, de las agonías que la rodeaban, y encontró que era cruel prolongar los esfuerzos que hacía para interesarse por aquellos males. Sintió necesidad de respirar un aire verdaderamente puro y sano, en Rusia, en Yergushovo, en donde Dolly y los niños la habían precedido, como se enteró por una carta que acababa de recibir.

Pero su cariño a Varinka no se había debilitado. Al despedirse, le suplicó que fuera a verlos a Rusia.

—Iré cuando usted se haya casado —le contestó ésta.

—No me casaré nunca.

—Entonces, no iré nunca tampoco.

—Siendo así, me casaré únicamente para eso. No olvide usted su promesa.

Las previsiones del doctor se habían realizado: Kitty regresó a Rusia curada. Tal vez no era tan alegre y despreocupada como antes, pero había vuelto la calma. Los dolores del pasado no eran ya más que un recuerdo.

TERCERA PARTE

I

Sergio Ivanitch Kosnichef, en vez de ir al extranjero, como de costumbre, a fin de descansar de sus trabajos intelectuales, llegó a Pakrofsky a fines de mayo. Nada, según él, era mejor que la vida del campo, y fue a gozar de ella al lado de su hermano. Éste le recibió con tanto más gusto cuanto que no esperaba a Nicolás aquel año.

A pesar del cariño y del respeto que sentía por Sergio Constantino sentía cierto malestar cerca de él siempre, tenían un concepto muy diferente del campo uno y otro. Para Constantino, en los trabajos campestres existía un fin de incontestable utilidad; eran para él el teatro mismo de la vida, de sus alegrías, de sus penas, de sus labores. Sergio, por el contrario, no veía en el campo más que un lugar de reposo, un antídoto contra las corrupciones de la ciudad y donde se adquiría el derecho a no hacer nada. La manera de juzgar a los campesinos era igualmente distinta. Sergio Ivanitch pretendía conocerlos, amarlos, hablaba con ellos sin inconveniente y en sus conversaciones descubría rasgos de carácter en honor del pueblo que tenía gusto de generalizar. Ese modo de juzgar tan superficial disgustaba a Levin. Respetaba éste a los campesinos y aseguraba que en la leche de la campesina que fue su nodriza había mamado un verdadero cariño hacia ellos; pero sus vicios le molestaban tanto como le impresionaban sus virtudes. El pueblo era para él el asociado principal de un trabajo común; como socio no veía que pudiera establecerse ninguna distinción entre las cualidades, los defectos, los intereses de éstos y los del resto de los hombres.

En las discusiones que surgían entre los dos hermanos, la victoria era siempre para Sergio, por la razón de que sus opiniones no variaban, mientras que las apreciaciones de Constantino eran constantemente modificadas, y él mismo advertía sus contradicciones. Sergio Ivanitch consideraba a su hermano como un buen muchacho, y que, como dicen los franceses, tenía el corazón *bien puesto*; pero que siendo demasiado impresionable, aunque franco, eran muchas sus inconsecuencias. Frecuentemente con la condescendencia de hermano mayor, trataba de explicarle el verdadero sentido de las cosas, pero no tenía gusto en discutir con un adversario tan fácil de vencer.

Constantino, por su parte, admiraba la vasta inteligencia de su hermano; veía en él un hombre dotado de las más hermosas facultades y de las más útiles al bien general; pero con los años, y habiendo aprendido a conocerle mejor, se preguntaba, a veces, en lo profundo de su corazón, si esa abnegación por los intereses generales, que a él le faltaba, era en realidad una cualidad. ¿No consistiría en cierta impotencia para abrirse personalmente un camino entre los muchos que la vida ofrece a los hombres, camino que habría sido preciso amar y seguir con perseverancia?

Levin experimentaba otro género de cohibición cuando su hermano pasaba el verano en su casa. Los días le parecían excesivamente cortos para todo lo que tenía que hacer y vigilar, mientras que su hermano no pensaba más que en dormir. Aunque Sergio no escribiese, la actividad de su espíritu no cesaba, y sentía la necesidad de expresar a alguien, en una forma concisa y elegante, las ideas que le ocupaban la mente. Constantino era el que con más frecuencia le escuchaba.

Sergio se acostaba sobre la hierba, y mientras se calentaba al sol, hablaba muy a gusto, perezosamente tendido.

—¡No podrías imaginarte lo que gozo con mi pereza! ¡No se me ocurre una idea, tengo la cabeza vacía como una pelota llena de viento!

Pero Constantino pronto se cansaba de hablar. Sabía que en su ausencia derramarían el abono en el campo a diestro y siniestro, y sufría por no estar vigilando aquel trabajo; sabía que quitarían las rejas a los arados ingleses para probar que los antiguos eran mejores, esos arados primitivos que todo el mundo empleaba, etc.

—¿No te cansas de ir de un lado a otro con este calor? —le preguntaba Sergio.

—No me alejo de ti más que un momento, sólo voy a ver qué pasa en la oficina —respondía Levin, y hacía una escapada al campo.

II

En los primeros días de junio la anciana criada que hacía las funciones de ama de llaves, Agatha Mikhailovna, al bajar al sótano con un frasco de setas frescas que había puesto en sal, resbaló en la escalera y se dislocó la muñeca. Se mandó llamar a un médico del distrito, joven estudiante hablador, que acababa de terminar sus estudios. Examinó la mano, afirmó que no estaba dislocada, le aplicó apósitos, y durante la comida, satisfecho por encontrarse en compañía del célebre Kosnichef, se puso a referir todas las chismografías del distrito y, aprovechando la oportunidad de hacer notar sus ideas luminosas y avanzadas, se quejó del mal estado de las cosas en general.

Sergio Ivanitch le escuchó con atención; animado por la presencia de un nuevo oyente, habló, hizo justas y finas observaciones, recibidas con respeto por el joven médico; cuando el doctor se hubo ido, se encontró en esa disposición de espíritu algo sobreexcitado, que su hermano conocía, y que generalmente sucedía a una conversación brillante y viva. Una vez solos, Sergio cogió una cofia de pescar para ir a entretenerse al río. Kosnichef era partidario de esta distracción; parecía tener cierta vanidad en demostrar que podía entretenerse con un pasatiempo tan pueril. Constantino quería ir a vigilar las labores y examinar las praderas. Propuso a su hermano llevarle en el cabriolé hasta el río.

Era la época del verano en que la cosecha se anuncia y en que comienzan las preocupaciones de las sementeras del año siguiente, cuando empieza la siega del heno. Las espigas ya formadas, pero todavía verdes, ondulaban al soplo del viento. La avena nacía con irregularidad de la tierra en los campos en que se sembró tarde; el alforfón cubría ya el suelo, el olor del abono esparcido en montoncillos en los campos, se mezclaba con el perfume de la hierba, de entre la cual se destacaban los pequeños penachos de la acedera silvestre, y se extendía como un mar. Aquel momento del verano era el de la calma que precede a la recolección, ese gran esfuerzo que cada año se impone al campesino. La cosecha de cereales se anunciaba soberbia, y los largos y claros días eran seguidos por noches cortas, con abundante rocío.

Para llegar a los prados había que atravesar el bosque. A Sergio Ivanitch le gustaba esta selva frondosa; señaló a su hermano, para que lo admirara, un viejo tilo a punto de florecer; pero a Constantino, que nunca estaba dispuesto a hablar de las bellezas de la naturaleza, tampoco le gustaba oír hablar de ellas. Aseguraba que las palabras le estropeaban las más hermosas concepciones. Se contentó, pues, con aprobar, e involuntariamente pensó en sus negocios. Su atención se concentró en cierto barbecho al que llegaron al salir del bosque. En algunos puntos estaba cubierto de una hierba amarillenta, en otros había sido ya arado. Las carretas llegaron en fila. Levin las contó y quedó satisfecho de la labor que se estaba haciendo. Al ver las praderas, pensó en la grave cuestión de la siega, operación que particularmente le preocupaba. Detuvo el caballo. La hierba alta y tupida todavía estaba cubierta de rocío. Sergio, para no mojarse los pies, rogó a su hermano que le llevara en el cabriolé hasta unos matorrales de codeso, cerca del cual se pescaban percas. Constantino obedeció, pero con el pesar de maltratar esta bella pradera cuya suave hierba cubría las patas de los caballos y las semillas caían bajo las ruedas del cochecillo.

Sergio se sentó debajo de una mata de codeso y lanzó el anzuelo. No cogió nada, pero no se aburrió y estuvo de buen humor.

Levin, al contrario, tenía prisa de regresar y dar órdenes sobre el número de segadores que había que tomar para el día siguiente. Esperaba a su hermano y pensaba en la grave cuestión que le preocupaba.

III

—Estaba pensando en ti —dijo Sergio Ivanitch—. ¿Sabes que, por lo que afirma el doctor, que no es tonto, lo que pasa en el distrito no tiene nombre? Y eso me hace insistir en lo que ya te he dicho; haces mal en no asistir a las asambleas y en mantenerte apartado. Si los hombres que valen no quieren mezclarse en los negocios públicos, todo se lo llevará el diablo. El dinero de los contribuyentes no sirve para nada, porque no hay escuelas, ni enfermerías, ni comadronas, ni farmacias: no hay nada.

—He probado —respondió Levin de mala gana—, pero no puedo: ¿qué quieres que le haga?

—¿Por qué no puedes? Te confieso que no lo comprendo. No admito que sea incapacidad ni indiferencia: ¿no se tratará sencillamente de pereza?

—Nada de eso. He tratado y me he convencido de que no podía hacer nada en absoluto.

Levin no profundizaba mucho en lo que su hermano decía y, mirando al río y a los prados, trataba de distinguir a lo lejos un punto negro; ¿sería acaso el caballo del administrador?

—¡Te resignas con demasiada facilidad! ¿Por qué no pones un poco de amor propio?

—No comprendo el amor propio en semejante asunto —respondió Levin molestado por ese reproche—. Si en la Universidad me hubieran dicho que era incapaz de comprender el cálculo integral como mis camaradas, habría puesto empeño en probar lo contrario; pero en esto, sería preciso empezar por creer en la utilidad de las innovaciones a la orden del día.

—¿Es que son, acaso, inútiles? —preguntó Sergio ofendido de ver que su hermano daba tan poca importancia a sus palabras y que les prestaba tan poca atención.

—No, ¿qué quieres que haga? No veo nada útil en eso, y no me interesa —respondió Levin, que acababa por fin de reconocer a su administrador a lo lejos a caballo.

—Escucha —dijo el hermano mayor, cuyo rostro se había puesto grave—, todo tiene sus límites; admitamos que sea una cosa soberbia detestar la impostura, la mentira y pasar por un hombre original; pero eso que acabas de decir no tiene sentido común. ¿Encuentras realmente indiferente que el pueblo, al que tú quieres, según aseguras...?

—Nunca he asegurado semejante cosa —interrumpió Levin.

—¿Qué ese pueblo muera sin socorros? ¿Que ineptas comadronas hagan perecer a los recién nacidos? ¿Qué los campesinos se pudran en la ignorancia y sean presa del primer escritor que se presente? —continuó Sergio; y en seguida le puso el dilema siguiente—: O tu desarrollo intelectual es incompleto, o bien es tu amor al reposo, tu vanidad, ¿qué se yo?, lo que domina.

Constantino comprendió que para no quedar como convicto de indiferencia por el bien público no tenía más recurso que someterse.

—No veo —dijo ofendido y descontento— que sea posible...

—¡Cómo! ¿No ves, por ejemplo, que vigilando mejor el empleo de las contribuciones, sería posible obtener alguna asistencia médica?

—No creo en la posibilidad de la asistencia médica en una extensión de cuatro mil verstas cuadradas que nuestro distrito tiene. Por otra parte, no creo en absoluto en la eficacia de la medicina.

—Eres injusto; podría citarte mil ejemplos... ¿Y las escuelas?

—¿Para qué sirven las escuelas?

—¿Cómo para qué? ¿Puede dudarse de las ventajas de la instrucción? Si la encuentras útil para ti, ¿puedes negarla a los demás?

Constantino se vio acorralado; en su irritación confesó involuntariamente la verdadera causa de su indiferencia:

—Todo eso puede ser cierto; pero, ¿por qué ire yo a molestarme con motivo de esas estaciones médicas, que jamás me han de servir a mí, de esas escuelas adonde nunca enviaré a mis hijos y a las que los campesinos no quieren enviar a los suyos? Y además, no estoy completamente seguro de que sea conveniente enviarlos a ellas.

Esta salida desconcertó a Sergio, el cual, sacando silenciosamente el anzuelo del agua, se volvió a su hermano sonriendo:

—Sin embargo, tú has sentido la necesidad de un médico, puesto que has mandado a buscar uno para Agatha Mikhailovna.

—Y creo que no por eso le quedará la mano menos inútil.

—No lo sabemos... y después, cuando el campesino sabe leer ¿no te es más útil?

—¡Oh, en cuanto a eso, no! —dijo resueltamente Levin—. Pregunta a quien quieras, todos te dirán que el campesino que sabe leer vale menos como obrero. Ya no irá a reparar los caminos, y si se le emplea en la construcción de un puente, lo primero que procurará hacer será llevarse las tablas.

—Además, no se trata de eso —dijo Sergio frunciendo el ceño.

Le molestaba la contradicción y sobre todo aquella manera de saltar de un asunto al otro, y de presentar argumentos sin ninguna conexión aparente.

—La cuestión es la siguiente: ¿Convienes tú en que la educación es un bien para el pueblo?

—Convengo en ello —contestó Levin, sin pensar que no era esa su opinión; y en seguida comprendió que su hermano iba a volver esta confesión contra él, y se dio cuenta de que lógicamente sería tachado de inconsecuente. La cosa fue fácil.

—Puesto que convienes en ello, no podrías, como hombre honrado, negar tu cooperación a esa obra.

—Pero es que todavía no considero buena esa obra —dijo Levin poniéndose colorado.

—¿Cómo es eso? Tú acabas de decir...

—Quiero decir que la experiencia no ha demostrado aún que sea verdaderamente útil.

—No lo sabes, porque no has hecho el menor esfuerzo para convencerte.

—¡Bueno!, admitamos que la instrucción del pueblo sea un bien —dijo Constantino sin la menor convicción—; pero, ¿por qué he de mortificarme yo?

—¿Cómo por qué?

—Explícame tu idea desde el punto de vista filosófico, puesto que tratamos de eso.

—No veo que la filosofía tenga nada que ver en esto —respondió Sergio en un tono que pareció a su hermano como si dudase del derecho que él podía tener para hablar de filosofía.

—La razón es ésta —dijo Levin disgustado y acalorándose a medida que hablaba—. Mi opinión es que el móvil de nuestras acciones será siempre nuestro interés personal. Pues bien, yo no veo nada en nuestras instituciones provinciales que contribuya a mi bienestar. Los caminos no son mejores ni pueden serlo: además, mis caballos me llevan lo mismo por malos caminos. No hago ningún caso de los médicos ni de las farmacias. El juez de paz me es completamente inútil. Nunca he tenido que recurrir a él, y jamás se me ocurrirá la idea de hacerlo. Las escuelas no solamente me parecen inútiles, sino que, como te he manifestado, me perjudican. En cuanto a las instituciones provinciales, no representan para mí más que la obligación de pagar un impuesto de dieciocho kopecks por *dessiatin,* de ir a la ciudad a pasar una noche incómoda y oír toda clase de necedades y groserías: nada de eso favorece mi interés personal.

—Dispénsame —interrumpió Sergio sonriendo—. No favorecía nuestro interés trabajar por la emancipación de los campesinos: sin embargo, lo hemos hecho.

—¡Oh!, la emancipación era otra cosa —replicó Constantino animándose cada vez más—; nos interesaba personalmente. Nosotros, personas honradas, quisimos sacudir un yugo que nos pisaba. Pero ser miembro del consejo de la ciudad y discutir sobre las cañerías que se han de tender en calles que yo no habito, ser jurado para juzgar a un campesino acusado de haber robado un jamón; escuchar durante dos horas las diversas tonterías declamadas por el defensor y por el fiscal; que pregunte el presidente a Alejo, mi antiguo amigo, medio idiota: «¿Confiesa usted, señor acusado, haber robado un jamón?»

Y Constantino, llevado por el asunto, representó la escena entre el presidente y el acusado, imaginándose que de este modo continuaba la discusión.

Sergio Ivanitch se encogió de hombros.

—¿Qué quieres decir con todo eso?

—Quiero decir que cuando se trate de los derechos que me conciernen, que cuando toquen a mis intereses personales, entonces los defenderé con todas mis fuerzas. En la época en que yo era estudiante venían a hacer pesquisas a nuestra casa y los gendarmes leían nuestras cartas, y entonces ya sabía yo defender mis derechos a la libertad, a la instrucción. No tengo inconveniente en discutir sobre el servicio obligatorio, porque es cuestión que atañe a la suerte de mis hijos, de mis hermanos, por consiguiente, a la mía; pero saber como se han de emplear los cuarenta mil kopecks de impuestos o procesar a Alejo, el idiota, no me siento capaz de ello.

El dique estaba roto: Constantino hablaba sin detenerse. Sergio sonrió.

—Y si mañana tienes un pleito, ¿preferirías ser juzgado por los tribunales de antes?

—No tendré pleito; no asesinaré a nadie, y todo eso no me sirve de nada. Nuestras instituciones provinciales —dijo saltando de un asunto a otro según su costumbre— me recuerdan las ramas de los abedules que hundimos en el suelo el día de la Trinidad para figurar una selva. En Europa la selva ha crecido sola, pero en cuanto a las ramas de abedules me es imposible regarlas y creer en ellas.

Sergio Ivanitch se encogió de hombros, manifestando así su admiración al ver esos abedules mezclados en la discusión que tenían; sin embargo, comprendió la idea de su hermano.

—Eso no es una razón —dijo.

Pero Constantino, tratando de explicar su falta de interés en los negocios públicos, de lo cual se sentía culpable, continúo:

—Creo que no hay actividad duradera si no se funda en el interés personal: es una verdad general filosófica.

Esta última palabra la recalcó al hablar, como para hacer ver que tenía tanto derecho como cualquier otro de hablar de filosofía.

Sergio volvió a sonreír y pensó:

—Él también se crea una filosofía para ponerla al servicio de sus inclinaciones.

—Deja en paz a la filosofía. En todo tiempo ha tenido por objeto encontrar el indispensable vínculo que existe entre el interés personal y el interés general. Pero tengo empeño en rectificar tu comparación. Las ramas de abedules no han sido hundidas en la tierra, sino que han sido sembrados abedules de verdad, o plantados, y es preciso tratarlos con cuidado. Las únicas naciones que tienen un porvenir, las que se pueden llamar históricas, son aquellas que comprenden la importancia de sus instituciones, y que por tanto les dan valor.

Y para demostrar mejor el error que cometía su hermano discutió la cuestión desde el punto de vista de la filosofía y de la historia, terreno por el cual Constantino no podía seguirle.

—En cuanto al poco gusto que sientes por los negocios públicos, dispénsame si lo achaco a nuestra pereza rusa, a nuestros antiguos hábitos de grandes señores; permíteme esperar que saldrás de ese error pasajero.

Constantino no contestó; se sentía completamente vencido y también se daba cuenta de que su hermano no había comprendido su idea o no había querido comprenderla. ¿Era él el que no sabía explicarse con claridad, o era su hermano que no ponía buena voluntad?

Sin profundizar esta cuestión, no replicó y se sumió en sus reflexiones.

Sergio sacó la caña de pescar, desató el caballo y se marcharon.

IV

El año anterior, Levin, un día que segaban, se había enfadado con su administrador, y para calmarse, había tomado la hoz de un campesino y se había puesto a segar. El trabajo le divirtió tanto, que varias veces lo repitió, segó el prado que había delante de su casa y se prometió segar días enteros con los campesinos al año siguiente.

Desde la llegada de Sergio, se preguntaba si podría realizar su proyecto. Le daba pena abandonar a su hermano todo un día, y también temía un poco sus burlas. Mientras atravesaba los prados, le vinieron a la memoria las impresiones del año anterior.

«Necesito un ejercicio violento, de lo contrario mi carácter se hará intratable», pensó, decidido a arrostrar la molestia que las observaciones de su hermano y de sus criados podían causarle.

La tarde de aquel mismo día, al ir a dar las órdenes para los trabajos del día siguiente, Levin, disimulando su embarazo, dijo a su administrador:

—Envíe usted mi hoz a Tite para que la afile; mañana tal vez iré yo a segar.

El administrador sonrió y repuso:

—Muy bien.

Más tarde, al tomar el té, Levin dijo a su hermano:

—Decididamente el tiempo es muy hermoso, mañana iré a segar.

—Me gusta mucho esa faena —contestó Sergio.

—A mí me gusta en extremo; el año pasado probé, y mañana quiero volver a hacerlo durante todo el día.

Sergio levantó la cabeza y miró a su hermano con sorpresa.

—¡Cómo! ¿Qué quieres decir? ¿Trabajar todo el día como un jornalero?

—Sí, es muy divertido.

—Es un excelente ejercicio físico; pero, ¿podrás resistir semejante fatiga? —le preguntó Sergio sin ninguna intención irónica.

—Ya lo he probado. Al principio, es trabajo duro, pero luego se va uno acostumbrando. Creo que podré llegar hasta el fin.

—¿De veras? Pero, ¿cómo verán eso los campesinos? ¿No tratarán de ridiculizar las manías del amo? Y luego, ¿cómo harás para comer? No puede uno hacerse llevar al trabajo una botella de Laffite y un pavo asado.

—Volveré a casa cuando los jornaleros estén descansando.

Al día siguiente, aunque Levin se levantó más temprano que de costumbre, cuando llegó a la pradera, encontró a los jornaleros trabajando.

Los prados se extendían al pie de un altozano en donde se veían hileras de hierba segada y montecillos negros formados por las ropas de los trabajadores. Al aproximarse, Levin vio a los segadores que iban escalonados unos tras otros, avanzando lentamente por el suelo desigual de la pradera. Contó cuarenta y dos hombres, y entre ellos distinguió a varios que le eran conocidos: al viejo Hermil, con camisa blanca, encorvado, y al joven Wasia, que antes era su cochero.

Tite, su maestro, ancianito pequeñito, seco, estaba también allí, dando grandes brazadas, sin agacharse, y manejando la hoz con facilidad.

Levin se apeó, ató el caballo cerca del camino y se aproximó a Tite, quien inmediatamente fue a sacar una hoz oculta en un matorral y se la entregó.

—Está lista, Barin; parece una navaja de afeitar, puede segar sola —dijo Tite, quitándose el gorro y sonriendo.

Levin tomó la hoz. Los segadores, que habían concluido ya un campo, volvieron al camino, cubiertos de sudor, pero alegres, de muy buen humor. Todos saludaban al amo sonriendo. Nadie se atrevió a decir una palabra, hasta que un viejo de alta estatura con la cara afeitada, vestido con una chaqueta de piel de carnero, le habló el primero:

—¡Cuidado, Barin; cuando se empieza el trabajo hay que terminarlo! —y Levin oyó una risa ahogada entre los segadores.

—Trataré de que no me pasen —respondió colocándose detrás de Tite.

—¡Cuidado! —repitió el viejo.

Tite le hizo sitio, y Levin siguió los pasos de éste. La hierba era corta y dura. Hacía tiempo que Levin no había segado y que manejaba la hoz con vigor.

Dos voces detrás de él decían:

—La coge mal, pone muy alta la hoz; mira cómo se encorva.

—Apoya demasiado el talón.

—No lo hace mal, ya se acostumbrará —dijo el viejo—. ¡Ya ha empezado! Abarcas demasiada hierba y te cansaras pronto. En otro tiempo nos hubieran azotado si hubiéramos hecho el trabajo de ese modo.

La hierba comenzaba a ser más suave, y Levin, escuchando los comentarios sin contestar, seguía a Tite. Así fueron unos cien pasos. Él segaba sin detenerse, pero Levin se sentía aniquilado y temía no poder llegar hasta el fin. Ya iba a decirle a Tite que se detuviera, cuando éste se paró, se inclinó, tomó un puñado de hierba, limpió con ella la hoz y se puso a darle filo. Levin se enderezó y echó una mirada en torno suyo, dando un suspiro de satisfacción. A su lado, un jornalero tan cansado como él también se detuvo.

Al volver a comenzar, todo continuó del mismo modo. Tite adelantaba un paso a cada corte. Levin, que seguía tras él, no quería quedarse atrás; pero en el momento en que los esfuerzos que hacía eran ya tan grandes que se creía rendido, Tite se detenía y afilaba la hoz.

Lo más penoso estaba hecho. Cuando reanudaron de nuevo el trabajo, Levin se propuso hacerlo tan pronto y tan bien como los otros. No oía más que el ruido de las hoces detrás de el, y no veía más que la figura derecha de Tite, que iba delante, y el medio círculo que su hoz describía en la hierba que hacía inclinar lentamente. De improviso sintió una agradable sensación de frío en las espaldas: miró al cielo mientras Tite afilaba su hoz y vio una nube negra; notó que llovía. Algunos campesinos se habían alejado para vestirse, mientras que los demás recibían gustosos, como Levin, la fresca lluvia sobre la espalda.

El trabajo adelantaba; Levin no tenía ya la menor noción del tiempo ni de la hora. En aquel momento el trabajo le pareció encantador. Estaba en un estado inconsciente, se sentía allí libre y ajeno a todo, olvidaba hasta lo que hacía, a pesar de que su labor era tan buena como la de Tite.

Éste se aproximó al viejo, y ambos se pusieron a examinar el sol. Levin, al verlos, se dijo:

—¿De qué están hablando? ¿Por qué no continúan?

No pensaba que los campesinos habían estado trabajando cuatro horas sin descanso y que ya era hora de almorzar.

El viejo le dijo:

—Hay que comer, Barin.

—¿Tan tarde es? Entonces almorcemos.

Levin devolvió a Tite su hoz, y atravesando con los campesinos la gran extensión de hierba segada, ligeramente mojada por la lluvia, fue a buscar el caballo, mientras que ellos cogían el pan depositado sobre la hierba. Hasta entonces no se dio cuenta de que no había previsto la lluvia y que el heno se mojaría.

184

—Se perderá —dijo.

—No hay cuidado, Barin; segado con lluvia, seco con el sol —le contestó el viejo.

Levin desató el caballo y fue a tomar café a su casa. Sergio se estaba levantando y antes de que se vistiera y se presentara en el comedor Constantino ya había regresado de nuevo a la pradera.

V

Después del almuerzo, al volver a su tarea, Levin se colocó entre el ocurrente anciano de alta estatura, que le invitó a segar a su lado, y un joven campesino, casado desde el otoño, que segaba por primera vez aquel verano.

El viejo adelantaba dando grandes zancadas regulares; parecía segar con tanta facilidad que mejor parecía que balanceara los brazos al andar; su hoz, bien afilada, semejaba segar por sí sola.

Levin se puso a trabajar; delante de él caminaba el joven Miguel con los cabellos atados alrededor de la cabeza con hierba retorcida; su cara trabajaba tanto como su cuerpo, pero sonreía tan pronto como le miraban, y hubiera preferido morir antes que confesar que aquella faena era ruda.

La labor pareció a Levin menos penosa durante el calor del día; el sudor le refrescaba, y el sol que le daba en la espalda, en la cabeza y en los brazos desnudos hasta los codos, le comunicaba fuerzas y energía. Los momentos de olvido, de inconsciencia eran más frecuentes, y entonces la hoz parecía no necesitar que la manejara, tal era la facilidad con que se movía. ¡Eran instantes de dicha! Cuando se acercaron al río, el viejo, que iba delante, limpiaba la hoz con hierba mojada, la lavaba en el río y sacaba agua que ofrecía a su amo.

—¿Qué dices de mi *kvas*, Barin? Es buena, ¿eh?

Y Levin realmente creía que no había nunca bebido ningún líquido mejor que aquella agua tibia en la cual nadaban plantas y sabía algo a herrumbre debido a la escudilla de hierro del campesino. En seguida venía el paseo lento y lleno de beatitud en el que, con la hoz al brazo, podía secarse la frente, respirar el aire a plenos pulmones y echar una ojeada a los segadores, al bosque, al campo, a todo cuanto le rodeaba. Los dichosos momentos de olvido eran más frecuentes, y la hoz parecía llevar consigo un cuerpo lleno de vida y realizar como por arte de encantamiento, sin ayuda del pensamiento, la labor más regular. En cambio, cuando había que interrumpir esta actividad inconsciente, quitar un terrón de tierra o arrancar una mata de acedera silvestre, el regreso a la realidad era penoso. Para el viejo, todo eso era un juego. Cuando se presentaba un terrón, con un pie lo apretaba por un lado y por el otro con la hoz y lo desmenuzaba con unos cuantos golpes repetidos. No escapaba nada a su observación. A veces encontraba una fruta silvestre que comía u ofrecía a Levin, o un nido de codornices de donde se escapaba el macho, o una culebra que sacaba con la punta de la hoz como con un tenedor arrojándola lejos después de enseñarla a sus compañeros; pero para Levin y para el campesino joven, una vez en movimiento era difícil cambiar de postura para examinar el terreno.

El tiempo pasaba sin sentir y poco faltaba para la hora de comer. El viejo llamó la atención de Levin sobre los niños a los que medio ocultaba la hierba, y que acudían por todos lados trayendo a los trabajadores pan y jarros de *kvas,* demasiado pesados para sus débiles brazos.

—Ya llegan los moscardones —dijo señalándoselos y mirando al sol con la mano puesta sobre los ojos en forma de visera.

El trabajo continuó un rato más, y luego el viejo, deteniéndose, dijo en tono decidido:

—Es preciso comer, Barin.

Los jornaleros se dirigieron al lugar en donde habían dejado sus ropas y donde los niños estaban con la comida. Algunos se reunieron cerca de los haces; los otros, bajo un arbolillo rodeado de hierba que habían echado allí. Levin se sentó cerca de ellos. No sentía deseos de marcharse. La timidez que aquellos hombres demostraban antes en presencia del amo había desaparecido, y pronto hicieron sus preparativos para comer y dormir; se lavaron, tomaron el pan, destaparon los jarros de *kvas*, mientras que los niños se bañaban en el río.

El viejo desmigó pan en una escudilla, lo revolvió con el mango de la cuchara, echó *kvas*, cortó rodajas de pan, lo saló todo y se puso a rezar volviéndose hacia Oriente.

—Bueno, Barin, ven a probar mi sopa —al decir esto se arrodilló delante de la escudilla.

Levin encontró la sopa tan rica, que no quiso ir a su casa. Corrió con el viejo, y la conversación que entablaron versó sobre los asuntos caseros del último, que interesaron mucho a Levin; en seguida éste le refirió lo que podía interesar a su oyente, sobre sus planes y proyectos. Sentía más afinidad de ideas con aquel hombre que con su hermano, y sonreía al darse cuenta de la simpatía que experimentaba por él.

Después de comer, el anciano rezó y se acostó colocando la cabeza en una almohada de hierba que se arregló. Levin hizo lo mismo, y, a pesar de las moscas y de otros insectos que le hacían cosquillas en el rostro cubierto de sudor, se durmió luego, y no se despertó hasta que el sol, girando alrededor del matorral, vino a darle en la cabeza. El viejo ya no dormía, afilaba las hoces.

Levin miró a su derredor y no reconocía el lugar, todo lo encontraba cambiado. La pradera segada se extendía a gran distancia con sus hileras de plantas aromáticas, alumbrada de un modo extraño por los rayos oblicuos del sol. El río, antes oculto por las hierbas, corría cristalino y brillante como el acero, entre las márgenes limpias. Por encima de la pradera volaban aves de rapiña.

Levin calculó lo que sus jornaleros habían hecho y lo que aún quedaba por hacer. El trabajo de sus cuarenta y dos hombres era considerable. En tiempo de la servidumbre, treinta y dos hombres, trabajando durante dos días, apenas podían segar aquel campo, del cual ahora apenas quedaban algunos rincones sin tocar. Pero habría querido hacer más aún. Para sus deseos, el sol se ocultaba demasiado pronto. No se sentía cansado.

—¿Qué te parece? —preguntó al viejo—. ¿No tendríamos tiempo de segar la colina?

—¡Si Dios lo permite! El sol está alto todavía, y tal vez habrá una copita para los muchachos.

Cuando los fumadores habían encendido sus pipas, el viejo declaró que si quedaba segada la colina habría un trago para todos.

—¿Por qué no? Adelante, Tite; quedará hecho en un abrir y cerrar de ojos. Ya comeremos a la noche.

—¡Adelante! —gritaron algunos.

Y comiendo aún, los segadores se levantaron.

—¡Vamos, muchachos, valor! —gritó Tite, poniéndose a la cabeza y marchando a grandes zancadas.

—¡Vamos, vamos! —repitió el viejo apresurándose a unirse a ellos—. Si llego primero, yo lo siego todo.

Viejos y jóvenes trabajaron en competencia, y aunque lo hicieron precipitadamente, las hileras caían bien cortadas y con regularidad, sin estropear la hierba. Cuando los últimos segadores estaban para terminar, ya los primeros, cargando con sus hijos a cuestas, tomaban el camino de la colina. Así que llegaron todos al barranquito, el sol descendía detrás de los árboles. La hierba les llegaba a la cintura, tierna, suave, espesa y esmaltada de flores de los bosques.

Tras un corto conciliábulo para decidir si tomarían a lo largo o a lo ancho, un aldeano alto, de barba negra, Piotr Ermilitch, segador célebre, dio primeramente una vuelta a lo largo y volvió sobre sus pasos. Todos le siguieron, subiendo del barranco a la colina para salir a la ladera del bosque.

Detrás de la selva el sol iba desapareciendo; ya caía rocío; los segadores sólo veían en las alturas la bola roja del sol; pero en el barranco, de donde se levantaba un vapor blanco, y en la vertiente de la montaña, marchaban por una sombra fresca impregnada de humedad. El trabajo avanzaba con rapidez; la hierba caía en hileras; los segadores, algo apiñados, apretados por todos lados, hacían sonar las herramientas que pendían de sus cinturas; las hoces entrechocaban; los segadores silbaban y hablaban alegremente.

Levin continuaba entre sus dos compañeros. El viejo se había puesto su chaquetón de piel de carnero y conservaba su vigor y libertad de movimientos. En el bosque se encontraban hongos entre la hierba; así que veía uno lo recogía y lo ocultaba en su chaqueta diciendo:

—Otro regalito para la vieja.

La hierba, tierna y suave, se segaba fácilmente; pero era cansado el subir y bajar la pendiente con frecuencia escarpada del barranco. El viejo no parecía fatigado. Subía con pasos cortos, enérgicos, y manejaba la hoz sin esfuerzo, aunque a veces le temblara todo el cuerpo. No descuidaba nada en su camino, ni una hierba ni un hongo, y no paraba de bromear. Levin, detrás, creía a cada momento que iba a caer, y se decía que jamás podría, con una hoz en la mano, subir aquellas alturas difíciles de escalar, que ni con las manos libres le sería posible hacerlo. Sin embargo, subió como los demás. Parecía como si una fiebre interior le sostuviera.

VI

Terminado el trabajo, los jornaleros volvieron a ponerse sus caftanes, y alegremente tomaron el camino de sus casas. Levin montó a caballo y con cierto pesar se separó de sus compañeros. Cuando llego a una elevación se volvió para verlos una vez más, pero los vapores de la tarde que ascendían de las hondonadas los ocultaban a su vista y no oía más que el choque de las hoces y las voces que reían y charlaban.

Hacía largo rato que Sergio había acabado de comer, y en su cuarto tomaba limonada helada, recorriendo los periódicos y revistas que le trajo el correo, cuando de pronto entró Levin con viveza, sus cabellos en desorden y pegados en la frente por el sudor. Olvidado enteramente de las impresiones de la víspera, dijo:

—¡Hemos segado toda la pradera! ¡No puedes figurarte qué agradable es eso! Y tú, ¿qué has hecho?

—¡Ah, Dios mío! ¡Qué aspecto! —exclamó Sergio, comenzando por echar una mirada de enojo a su hermano, y al ver las moscas que seguían a Levin, añadió—: ¡Pero cierra la puerta! ¡Ya han entrado más de diez!

Sergio Ivanitch detestaba las moscas, las tenía horror; sólo por la noche abría las ventanas y mantenía las puertas cuidadosamente cerradas para librarse de ellas.

—Te aseguro que ni una sola ha podido penetrar. Si supieras qué agradable día he pasado! ¿Cómo lo has pasado tú?

—Muy bien. ¿No tendrás la pretensión de hacerme creer que has estado segando todo el día? ¡Debes de tener un hambre canina! Kusma lo tiene todo dispuesto para tu comida.

—No tengo hambre. Comí con los segadores. Pero voy a lavarme.

—Anda, ve; pronto estaré contigo —dijo Sergio sacudiendo la cabeza al ver a su hermano—. Date prisa —añadió sonriendo, y se puso a ordenar sus libros, satisfecho al notar el aspecto, la animación y entusiasmo de Constantino—. ¿Dónde estabas cuando llovió?

—¿De qué lluvia hablas? ¡Si apenas cayeron unas gotas! Vuelvo al instante. ¿Así, pues, has pasado bien el día? ¡Me alegro mucho!

Y marchó a vestirse.

Poco después, los dos se reunieron en el comedor. Levin creía no tener apetito, y sólo por no molestar a Kusma se sentó a la mesa; pero así que hubo comenzado, encontró la comida excelente. Sergio le miraba y sonreía.

—Olvidaba que hay una carta para ti abajo —dijo éste—. Kusma, ve a traerla, y ten cuidado de cerrar bien la puerta.

La carta era de Oblonsky; escribía de San Petersburgo. Constantino leyó en alta voz:

«He recibido una carta de Dolly, del campo. Todo va mal. Tú que sabes de todo, serías muy amable si fueras a verla y a ayudarle con tus consejos. La pobre se encuentra sola. Mi suegra se halla aún en el extranjero con toda su gente.»

—Ciertamente que iré a verla —dijo Levin— tú deberías venir conmigo. Es una mujer excelente, ¿verdad?

—Su finca, ¿no está lejos de aquí?

—A unas treinta verstas, tal vez a unas cuarenta; pero el camino es muy bueno. Iremos con rapidez.

—Iré muy a gusto —contestó Sergio sonriendo, porque la vista de su hermano le causaba alegría.

—¡Qué apetito! —añadió al mirar su cuello y su rostro curtidos y rojos inclinados sobre el plato.

—Es excelente. No puedes figurarte cuántas cosas, cuántas majaderías aleja ese régimen de la cabeza. Pienso enriquecer la medicina con la palabra nueva: *arbolcura.*

—No tienes mucha necesidad de esa curación, por lo que veo.

—Es verdad, pero el sistema es soberano para las enfermedades nerviosas.

—Es un experimento que se puede intentar. Quise ir a verte trabajar, pero el calor era tan insoportable, que me detuve a descansar en el bosque, de donde me dirigí a la aldea; encontré a tu nodriza, a quien pregunté la opinión que los campesinos tenían de ti; me pareció comprender que no aprueban lo que haces. «Eso no es propio de los señores», me respondió. Por lo que observo, el pueblo, en general, se forma una idea muy particular sobre lo que corresponde a los señores. No les gusta que se extralimiten de sus atribuciones.

—Es posible; pero en mi vida he sentido mayor placer, y con ello no hago mal a nadie, ¿verdad?

—Ya veo que el día te ha dejado completamente satisfecho.

—Sí, estoy muy contento; la pradera ha quedado toda segada, y he entablado amistad con un hombre muy bueno; no podrías tener idea de cuánto me ha interesado.

—Tú estás contento del modo como has pasado el día; pues bien, yo también lo he pasado muy bien. En primer lugar he resuelto dos problemas de ajedrez; uno de ellos, muy bonito, que te voy a enseñar. En seguida, estuve pensando en nuestra conversación de ayer.

—¿Cuál? ¿Qué conversación? —dijo Levin entornando los ojos después de comer, con tal sensación de bienestar y reposo que no estaba en estado de recordar la discusión de la víspera.

—He visto que, en parte, tienes razón. La diferencia de nuestras opiniones consiste en que tú tomas el interés personal como móvil de nuestras acciones, mientras que yo opino que todo hombre que ha llegado a cierto desarrollo intelectual, debe tener el interés general como móvil de sus acciones Pero acaso estás en lo cierto al manifestar que es preciso que la acción, la actividad material, se halle interesada en esas cuestiones. Tu naturaleza, como dicen los franceses, es *primesautiére*: te es preciso proceder enérgica, apasionadamente, o de lo contrario no haces nada.

Levin escuchaba sin comprender, sin tratar de comprender y temiendo que su hermano le hiciese alguna pregunta que demostrara su estado de inconsciencia.

—¿Tengo razón, amigo mío? —le dijo Sergio poniéndole una mano sobre el hombro.

—Desde luego, y además no pretendo hallarme en lo cierto —respondió Levin con la sonrisa de un niño culpable—. ¿Qué discusión fue la que tuvimos? —pensó—. Evidentemente los dos tenemos razón, y eso me parece todavía mejor. Tengo que ir a dar órdenes para mañana.

Se levantó desperezándose y sonriendo. También Sergio sonrió.

—¡Dios mío! —gritó Levin tan de improviso que su hermano se asustó.

—¿Qué hay?

—¡La mano de Agatha Mikhailovna! La había olvidado —exclamó Levin golpeándose la frente.

—Está mucho mejor.

—No importa, voy en seguida a su cuarto. Aún no te habrás puesto el sombrero y ya estaré de vuelta.

Y bajó corriendo la escalera haciendo sonar los peldaños con los tacones de sus botas.

VII

Mientras que Esteban Arcadievitch iba a San Petersburgo a cumplir los deberes naturales del funcionario, deberes que no piensan discutir, por incomprensibles que a otros parezcan —*hacerse presente al Ministro*— y que al mismo tiempo se disponía, provisto del dinero necesario, a pasar agradablemente el tiempo en las carreras y en otras diversiones, Dolly se marchaba al campo, a Yergushovo, propiedad que había recibido como dote, y cuya selva había sido vendida en la ultima primavera. Estaba situada la tal finca a cincuenta verstas del Pakrofsky de Levin.

La antigua casa señorial de Yergushovo hacía tiempo que ya no existía. El príncipe se había contentado con agrandar y restaurar una de las naves del edificio para formar una vivienda aceptable.

Cuando Dolly era niña, veinte años antes, esta nave era espaciosa y cómoda, aunque colocada a través de la avenida. Ahora todo estaba en ruinas. El día que Esteban fue al campo, en la primavera, para vender el bosque, su esposa le encargó dar una ojeada a la casa a fin de hacerla habitable. Esteban, deseoso, como todo marido culpable, de proporcionar a su esposa una vida material lo más cómoda posible, se había apresurado a hacer tapizar los muebles con cretona y a que se pusieran cortinas. Se limpió el jardín, se plantaron flores, hizo construir un puentecito del lado del estanque, pero se olvidó de detalles más importantes, que Daria Alejandrovna advirtió con dolor. Por más buena voluntad que pusiera, Esteban olvidaba siempre que era padre de familia, y sus gustos continuaban siendo los de un soltero. De regreso a Moscú, informó a su esposa de que todo estaba en orden, que había arreglado la casa con la mayor perfección, aconsejándola con empeño que se trasladara a ella. Esa instalación le convenía por muchas razones: los niños estarían más contentos en el campo, los gastos disminuirían y, sobre todo, él se hallaría libre. Por su parte, Daria Alejandrovna pensaba que era conveniente llevar a los niños allá después de la escarlatina, porque la niña más pequeña se restablecía con dificultad. Entre otras cosas desagradables que dejaba en la ciudad, estaban las cuentas de los proveedores, a las que no sentía sustraerse. En fin, tenía la intención de llevarse con ella, para que la acompañara, a su hermana Kitty, a la que habían recetado baños fríos, y que debía regresar a Rusia mediado el verano. Kitty le escribía que nada la agradaría tanto como pasar la última parte del estío en Yergushovo, lugar tan lleno para las dos de recuerdos de infancia.

El campo, visto de nuevo por Dolly a través de sus impresiones, le pareció de antemano un refugio contra todos los disgustos de la ciudad. Si allá la vida no era elegante, lo que no importaba a Dolly, pensaba que sería para ella más cómoda y barata; además, los niños serían dichosos. Muy diferente fue todo, sin embargo, cuando volvió a Yergushovo como dueña de la casa.

Al día siguiente de su llegada, llovió a cántaros; el agua atravesó el techo y penetró en el corredor y el cuarto de los niños; fue preciso trasladar las camitas a la sala. Nunca se pudo conseguir una cocinera para los criados. De las nueve vacas del establo, según la vaquera, unas estaban preñadas, las otras eran demasiado jóvenes o demasiado viejas; por consiguiente, no había leche ni mantequilla. Faltaban gallinas, pollos y huevos. Fue preciso conformarse y apencar con los gallos viejos. Imposible encontrar mujeres para fregar los suelos; todas estaban ocupadas en escardar. Impracticables los paseos en coche; uno de los caballos no estaba domado. Hubo que renunciar al baño: el rebaño había puesto intransitables las márgenes del río, y, además, se estaba demasiado a la vista de los que pasaban. Los paseos a pie por los alrededores de la casa eran peligrosos: las cercas de alambre no evitaban que el ganado entrara, y había un toro terrible, que mugía y acusaban de embestir. En la casa, ¡ni un armario! Los pocos que se encontraban no se podían cerrar, o bién se abrían solos cuando alguien pasaba por delante. En la cocina, ni una olla; en el lavadero, no había ni siquiera caldero para la lejía. No se encontraba ni una tabla para planchar.

En vez del reposo que esperaba, Dolly encontró la desesperación. Al comprender su impotencia en una situación que le parecía terrible, Dolly con dificultad podía contener las lágrimas. El administrador, antiguo encargado del vestuario del ejército, que sedujo a Esteban Arcadievitch con su arrogante presencia, y que de portero pasó a administrador, no se preocupaba de los sufrimientos de Dolly; se contentaba con responder respetuosamente:

—No se puede lograr nada, ¡la gente es tan mala...!

Y no hacía nada.

La situación no habría tenido remedio si no se hubiera encontrado en casa de los Oblonsky una persona tan útil como importante, a pesar de sus modestas atribuciones: la niñera-matrona Filemonovna. Ella tranquilizaba a su ama, le aseguraba que todo se arreglaría e iba haciendo las cosas silenciosamente, sin darle importancia. Tan pronto como llegaron, entabló relaciones con la esposa del administrador, y desde los primeros días fue a tomar el té bajo las acacias, con ella y su marido. Allí se discutió sobre los negocios de la casa. Un club, al que se agregó el *starosta* y el tenedor de libros, se formó bajo los árboles. Poco a poco las dificultades de la vida se fueron venciendo. Se arregló el techo; se encontró una cocinera, amiga de la mujer del *starosta*, se compraron gallinas; las vacas comenzaron a dar leche de repente; se recompusieron las cercas, se colocaron pestillos a los armarios y ya no se abrieron al pasar cerca de ellos; el carpintero instaló el lavadero; la tabla de planchar, cubierta con paño grueso se extendió de la cómoda al respaldo de un sillón, y el olor de las planchas se esparció por el cuarto donde trabajaban las doncellas.

—¡Allí la tiene usted! —dijo Matrona Filemonovna mostrando la tabla a su ama—; no había por qué desesperarse.

Hasta se encontró el modo de construir una caseta con tablas cerca del río para bañarse, y ya Lili pudo comenzar a gozar del agua. La esperanza de una vida cómoda, si no tranquila, fue casi una realidad para Dolly. Era cosa rara para ella un período de calma con seis niños a que atender. Pero los afanes e inquietudes representaban las únicas probabilidades de felicidad para Dolly. Sin ellas, habría sido presa de ideas negras a causa de aquel marido que ya no la quería. Por otra parte, los mismos niños que la preocupaban a veces por su salud o en ocasiones por sus defectos, la compensaban sus penas con una porción de pequeños goces, que, aunque invisibles y semejantes al oro mezclado con arena, no por eso eran menos reales, y si, en las horas de tristeza ella no veía más que la arena, en otros momentos el oro relucía. La soledad del campo hizo que esas alegrías fueran menos raras. Frecuentemente, y aun acusándose de parcialidad materna, Dolly no podía menos que admirar a su infantil familia agrupada a su alrededor, y decirse que no era fácil encontrar seis niños tan hermosos y tan encantadores cada uno en su género.

Entonces se sentía feliz y envanecida.

VIII

Durante la Cuaresma de San Pedro, Dolly llevó a comulgar a sus niños. Aunque en ocasiones sorprendiera a sus parientes y amigos por su libertad de pensamientos tratándose de cuestiones de fe, no por eso dejaba de tener una religión que sentía con fervor. Esta religión no se relacionaba con los dogmas de la iglesia y se parecía mucho a la metempsicosis. No obstante, Dolly cumplía estrictamente y hacía cumplir a su familia las prescripciones de la Iglesia. No sólo quería dar el ejemplo, sino que obedecía con ello a una necesidad de su alma. En aquel momento la atormentaba la idea de que sus hijos no hubiesen comulgado aún aquel año, y resolvió que se diera cumplimiento a ese deber.

Se pensó con tiempo en los vestidos de los niños; los trajes de las niñas fueron arreglados, lavados, alargados, se les pusieron vuelos, botones nuevos, lazos y cintas. La inglesa se encargó del traje de Tania, y dio muchos malos ratos a Dolly. Los jubones quedaron muy estrechos, las pinzas del talle demasiado altas. Daba pena ver a Tania, tan estrechos se le veían los hombros con este vestido. Afortunadamente, a Matrona Filemonovna se le ocurrió la idea de añadir piezas al cuerpo para agrandarle y una esclavina para disimular las piezas. Se reparó el mal. Pero se cruzaron palabras duras con la inglesa.

Ya todos listos, los niños ataviados y radiantes de alegría, se reunieron un domingo en la escalinata, frente al coche que esperaba para dirigirse a la iglesia. Gracias a la influencia de Matrona, se había reemplazado el caballo indómito por el del administrador. Dolly se presentó con un traje de muselin y partieron.

Dolly se había hecho la *toilette* con esmero, casi con emoción. En otro tiempo, le había gustado la *toilette* para embellecerse y ser elegante a fin de agradar; al tener más edad, perdió el gusto por los atavíos que la obligaban a reconocer que su belleza había desaparecido. Ahora, para no desentonar al lado de sus hijos tan lindos, volvía a poner cierto cuidado en el vestir, sin pensar, no obstante, en parecer bella. Salió de su cuarto después de echar una última mirada al espejo.

Nadie había en la iglesia; sólo se veían algunos aldeanos y personas de la casa, pero observó la admiración que ella y sus hijos producían en esas escasas personas. Los niños estaban tan lindos por sus rostros como por su porte. El pequeño Alejo, es cierto, cometió algunas distracciones debidas a los faldones de su levita, que él habría querido verse por detrás. Tania se portó como una mujercita, y cuidó de los demás pequeños. En cuanto a Lili, la última, estuvo encantadora; se admiraba de todo, y no pudo menos de hacer sonreír cuando, después de haber recibido la Comunión, dijo al sacerdote: *Please some more* (sírvase darme más).

Al regresar a casa, los niños, bajo la impresión del acto solemne que acababan de realizar, se portaron bien y estuvieron quietos. Todo marchó perfectamente hasta la hora del almuerzo, en que Grisha se permitió silbar, y lo que fue peor, no quiso obedecer a la inglesa, y se le castigó con privarle de los postres. Cuando Dolly supo el mal comportamiento del niño, que su presencia habría evitado, tuvo que aprobar el castigo. Este episodio turbó la paz general.

Grisha se echó a llorar diciendo que Nicolás había silbado también y que sólo a él le castigaban; que la injusticia de la inglesa era la causa de su llanto y no porque no le dieran postres. Dolly, atormentada, quiso arreglarlo todo.

Mientras tanto, el culpable se había refugiado en la sala y sentado en el alféizar de la ventana; Dolly, al pasar por esta habitación, lo vio, lo mismo que a Tania, que, en pie delante de él, estaba con un plato en la mano. La chiquilla dijo en el comedor que iba a hacer la comida para sus muñecas y consiguió que le dieran un pedazo de pastel que llevó, al parecer, al cuarto de los niños, pero en realidad fue a dárselo a su hermano. Grisha al mismo tiempo que se lamentaba por la injusticia de que se creía víctima, comía sollozando y decía a su hermana en medio de sus lágrimas:

—Come también, comamos juntos.

Tania, por simpatía a su hermano, comía con las lágrimas en los ojos y muy satisfecha por haber hecho una acción generosa.

Se asustaron los dos al ver a su madre, pero la expresión del rostro de ésta les tranquilizó en seguida. Pronto corrieron a ella, le besaron la mano con los labios llenos de pastel, y el dulce mezclado con las lágrimas les embadurnó las caras.

—¡Tania, el traje nuevo! Grisha —decía la madre, sonriendo enternecida, tratando de preservar los vestidos nuevos de otras manchas.

Se quitó a los niños los lindos trajes, poniéndoles vestidos ordinarios a las chiquillas y sus viejas chaquetas a los varones. Se enganchó el coche y fueron todos al bosque en busca de hongos. Dando gritos de alegría, los niños llenaron de hongos un canasto. Hasta Lili encontró uno. Hasta entonces había sido necesario que miss Hull se los buscara; aquel día ya los encontraba sola. Fue un entusiasmo general:

—¡Lili ha encontrado un hongo!

Se terminó el día con un baño en el río. Se ataron los caballos a los árboles; el cochero Terenti, dejándoles que se libraran de las moscas con la cola, se tendió a lo largo debajo de los abedules, encendió la pipa y fue una diversión para él oír los alegres gritos que salían de la barraca del baño.

A Daria Alejandrovna le agradaba bañar ella misma a los niños, aunque era difícil evitar que hicieran tonterías, y no lo era menos encontrar, después del baño, las medias, los zapatos, los pantaloncitos de cada uno, que había que poner y abotonar. Aquellos lindos cuerpos de niño que sumergía en el agua, los brillantes ojos de los querubines, las exclamaciones de miedo y risueñas a la vez en la primera zambullida, los delicados miembros que en seguida había que cubrir con los vestidos, todo eso la divertía.

Estaban ya medio vestidos, cuando unas aldeanas endomingadas, al pasar frente a la caseta del baño, se detuvieron. Matrona llamó a una para darle a secar algunas piezas de ropas que habían caído al río y Dolly les dirigió la palabra. Las aldeanas comenzaron por reír cubriéndose la boca con la mano sin comprender bien lo que se les decía; pero, poco a poco, fueron animándose, y se captaron la simpatía de Dolly por la sincera admiración que manifestaron por los niños.

—¡Mírala, qué bonita y más blanca que el azúcar! —dijo una de ellas señalando a Tania—. Pero, ¡qué delgadita! —añadió moviendo la cabeza.

—Es porque ha estado enferma.

—¿Y a éste le bañan también? —dijo otra señalando al más pequeño.

—¡Oh, no! No tiene más que tres meses —contestó Dolly orgullosa.

—¿De veras?

—Y tú, ¿tienes hijos?

—He tenido cuatro: pero sólo me quedan dos, varón y hembra. Desteté al último en la Cuaresma.

—¿Qué edad tiene?

—Dos años.

—¿Por qué le has dado de mamar tanto tiempo?

—Es la costumbre: tres Cuaresmas.

Continuaron hablando de los niños, de sus enfermedades, del marido. ¿Le veían con frecuencia?

Daria Alejandrovna se interesaba en la conversación, lo mismo que las aldeanas, y no tenía el menor deseo de marcharse.

Le agradaba ver que aquellas mujeres la envidiaban el número y belleza de sus hijos. También le hicieron reír y enojaron a miss Hull con las observaciones que se les ocurría sobre su traje. Una de las más jóvenes no apartaba los ojos de la inglesa, que era la última que se vestía, poniéndose varios refajos unos sobre otros. Al tercero, la aldeana no pudo contenerse y exclamó involuntariamente:

—¡Mira lo que se pone, no acaba nunca! —y todas soltaron la risa.

IX

Daria Alejandrovna, con un pañuelo sobre la cabeza, rodeada de sus pequeños bañistas, se aproximaba a la casa, cuando el cochero exclamó:

—Allá viene un señor a nuestro encuentro; debe ser el amo de Pakrofsky.

Dolly, con gran alegría, reconoció efectivamente el paletó gris, el sombrero y el rostro amistoso de Levin. Siempre se alegraba de verle, pero aquel día en particular, se sintió más satisfecha por presentarse en toda su gloria al que, mejor que nadie, podía comprender lo que la envanecía.

Levin, al verla, creyó ver la imagen de la dicha íntima, que era su sueño, y le dijo:

—Daria Alejandrovna, parece usted una clueca.

—¡Cuánto me alegro de ver a usted! —contestó ella tendiéndole la mano.

—¡Se alegra usted y no me había comunicado que se hallaba aquí! Mi hermano está conmigo; por Stiva he sabido que se encontraba usted aquí.

—¿Por Stiva? —preguntó Dolly sorprendida.

—Sí, me escribió que usted se encontraba en el campo, y cree que tal vez usted me permitirá serle útil en algo.

Al hablar, Levin se turbó, se interrumpió y se aproximó al coche arrancando de paso ramitas de tilo. Pensó que sin duda Dolly encontraría penoso que un extraño le ofreciese servicios que habría debido prever su marido. En efecto, el modo como éste abandonaba las dificultades domésticas a un tercero, desagradó a Dolly, quien comprendió que Levin lo sospechaba; apreciaba en él esa delicadeza.

—He comprendido que ha sido una manera amable de decirme que usted me vería con gusto, lo cual me ha conmovido. Me figuro que usted, acostumbrada a la ciudad, debe encontrar el país agreste. Si puedo servir a usted en algo, le ruego que disponga de mí.

—¡Oh, gracias! —contestó Dolly—. Al principio he pasado mis disgustos, es verdad, pero ahora todo va perfectamente gracias a mi anciana sirvienta —añadió señalando a Matrona quien, comprendiendo que se trataba de ella, dirigió a Levin una afectuosa sonrisa de satisfacción.

Ella le conocía bien; sabía que habría sido un buen partido para su señorita y se interesaba por él.

—Siéntese usted aquí; nos apretaremos un poco.

—No, prefiero seguir a usted a pie. Niños, ¿quién quiere venir conmigo a pie para alcanzar a los caballos?

Los niños conocían poco a Levin y no recordaban cuándo le habían visto; pero no sintieron timidez con él. Con frecuencia se regaña a los niños por su falta de amabilidad con las personas mayores; el motivo es que el niño más torpe no se equivoca nunca y ve hipocresía allí donde el hombre más perspicaz no la ve; su instinto es infalible. Ahora bien, por muchos defectos que pudiera tener Levin, no se le podía acusar de falta de sinceridad; de modo que aquellos niños participaron de la simpatía hacia él, que el rostro de su madre revelaba. Los dos mayores respondieron a su invitación y corrieron con él, como lo solían hacer con su aya, miss Hull, o con su madre. Lili quería también ir con ellos; Levin se la cargó a la espalda y se puso a correr gritando a Dolly:

—¡No tema usted, Daria Alejandrovna!

Y viendo Dolly lo prudente y hábil que era en sus movimientos, le siguió con la vista confiadamente.

Levin se volvió tan niño como los de Dolly; esto le sucedía siempre, especialmente en el campo y en la sociedad de Dolly por la cual sentía verdadera simpatía; a ésta le gustaba verle en esa disposición de espíritu nada rara en él. Le hizo gracia verle hacer gimnasia con los chiquillos y oírle reír con miss Hull, a la que hablaba en un inglés a su modo; igualmente la entretenían las noticias que le daba sobre lo que hacía él en su casa.

Después de comer, solos en el balcón, hablaron de Kitty.

—¿Sabe usted que Kitty va a venir aquí y pasará el verano conmigo?

—¡De veras! —le respondió Levin sonrojándose e inmediatamente mudó de conversación—: Así, pues, le voy a mandar dos vacas, y si usted tiene absoluto empeño en pagar, sin que esto la haga avergonzarse, dará cinco rublos al mes.

—Pero si le aseguro a usted que ya no es necesario. Está todo arreglado.

—En este caso voy a examinar las vacas, si usted me lo permite, y el pasto, que es en lo que consiste todo.

Y para no llegar a hablar del asunto espinoso, del cual, sin embargo, moría de ganas de informarse, expuso a Dolly un sistema completo de alimentación para las vacas, sistema que las convertía en simples máquinas de transformar el forraje en leche, etc. Temía perder un reposo con tanta dificultad conquistado.

—Tal vez tiene usted razón, pero todo eso exige vigilancia y, ¿quién se encarga de tenerla? —respondió Dolly sin convicción.

Ahora que el orden se había restablecido en su casa, por la influencia de Matrona, no deseaba introducir cambios. Por otra parte, dudaba de los conocimientos científicos de Levin y temía que sus teorías fuesen poco seguras y tal vez perjudiciales. El sistema de Matrona era muchísimo más claro: consistía en dar más heno a las dos vacas lecheras y en evitar que el cocinero diera las aguas grasosas de la cocina a la vaca de la lavandera. Dolly se empeñaba en hablar de Kitty.

X

—Kitty me escribe que desea la soledad y el reposo —empezó Dolly, después de un momento de silencio,

—¿Está mejor de salud? —preguntó Levin emocionado.

—Gracias a Dios, está completamente restablecida. Nunca he creído que estuviese enferma del pecho.

—¡Cuánto me alegro de saberlo!

Dolly creyó leer en su rostro la tierna expresión de un dolor inconsolable.

—Dígame, Constantino Dmitritch —añadió Dolly con bondadosa sonrisa y cierta malicia—, ¿por qué tiene usted mala voluntad a Kitty?

—¡Yo! Yo no le tengo mala voluntad.

—¡Oh, sí! ¿Por qué no fue usted a vernos a ninguno de nosotros en su último viaje a Moscú?

—¡Daria Alejandrovna! —exclamó él, ruborizándose hasta la raíz de los cabellos—. ¿Cómo es posible que usted, siendo tan buena, no tenga piedad de mí, sabiendo...?

—¡Si no sé nada!

—Sabiendo que se me rechazó —y toda la ternura que antes había experimentado por Kitty, se desvaneció al recordar la injuria recibida.

—¿Por qué supone usted que yo lo sé?

—Porque todos lo saben.

—Está usted equivocado: yo lo sospechaba, pero no sabía nada positivamente.

—Pues bien, ahora ya lo sabe todo.

—Lo que yo sabía es que ella estaba sumamente atormentada por un recuerdo, al que no permitía que se hiciese alusión. Si no me ha confiado nada, es una prueba de que no se ha franqueado con nadie. ¿Qué ha pasado entre ustedes dos? ¡Dígamelo!

—Acabo de decírselo.

—¿Cuándo ocurrió eso?

—La última vez que estuve en casa de los padres de usted.

—Sabe usted que Kitty me da muchísima lástima. Usted sufre en su amor propio...

—Es posible, pero...

Dolly le interrumpió:

—¡Pero la pobrecita es verdaderamente digna de compasión! Ahora lo comprendo todo.

—Perdóneme usted si me retiro, Daria Alejandrovna —dijo Levin levantándose—. Hasta la vista.

—No, espere usted —exclamó ella deteniéndole por la manga—. Siéntese otro momento.

—Le suplico que no hablemos más de eso —dijo Levin volviendo a sentarse, mientras que un destello de esa esperanza que él creía perdida para siempre, volvía a encenderse en su corazón.

—Si yo no sintiera afecto por usted —dijo Dolly con lágrimas en los ojos—; si yo no le conociera como le conozco...

El sentimiento que Levin creía muerto, llenaba su corazón más vivo que nunca.

—Sí, ahora lo comprendo todo —continuó Dolly—. Ustedes los hombres. libres de elegir, pueden saber de un modo preciso a quién aman; mientras que una joven ha de esperar con la reserva impuesta a las mujeres. Es difícil que usted comprenda eso, pero una joven puede a menudo no saber qué responder.

—Sí, cuando su corazón no habla.

—Aun cuando su corazón haya hablado. Fíjese usted en esto: un hombre a quien guste una joven, puede ir a casa de sus padres, acercarse a ella, observarla y no la pide en matrimonio hasta que está seguro de que le agrada.

—No siempre sucede así.

—No es menos cierto que el hombre no se declara antes de que su amor no esté bien definido, o cuando entre dos muchachas una de ellas ejerce mayor influencia sobre él. ¿Pero la joven? Se pretende que elija, y únicamente puede contestar sí o no.

—Se trataba de la elección entre Wronsky y yo —pensó Levin, y el muerto que resucitaba en su alma, le pareció morir de nuevo torturándole el corazón.

—¡Vanidad, vanidad! —dijo Dolly con aire desdeñoso por la pobreza de sentimiento que revelaba comparado con aquel que únicamente las mujeres comprenden—. Cuando usted se declaró a Kitty, se encontraba ella precisamente en una de esas situaciones complejas en que no se sabe qué responder. Estaba perpleja entre usted y Wronsky. Él iba todos los días mientras que a usted hacía tiempo que no se le veía. Si hubiera tenido más edad, no habría vacilado; yo, por ejemplo, no habría titubeado en su lugar. Jamás he podido sufrir a Wronsky.

Levin se acordó de la respuesta de Kitty: «No, eso no puede ser.»

—Daria Alejandrovna —dijo con sequedad— agradezco mucho la confianza que le inspiro, pero creo que usted se equivoca; con razón o sin ella, debido a ese amor propio que usted desprecia en mí, toda esperanza respecto a Catalina Alejandrovna se ha hecho imposible; usted comprende, imposible.

—Una palabra más: usted ya sabe que le hablo de una hermana a la que quiero tanto como a mis propios hijos; no pretendo que le ame a usted; únicamente he querido decirle que su negativa en el momento en que la dio, no significaba nada.

—¡No la comprendo! —dijo Levin saltando de la silla—. Usted, entonces, ¿no sabe el mal que me está haciendo? Es algo así como si habiendo perdido uno a uno de sus niños vinieran a decirle. «Hubiesen podido vivir, y en ese caso habría sido una gran felicidad para usted. Pero, ¡han muerto, muerto, muerto...!»

—¡Qué extraño es usted! —dijo Dolly con triste sonrisa al ver la emoción de Levin—. ¡Ah!, comprendo cada vez más —continuó pensativa—. Entonces, ¿no vendrá usted cuando Kitty esté aquí?

—No, no huiré de ella, pero en cuanto sea posible, le evitaré la molestia de mi presencia.

—Es usted muy original —exclamó Dolly mirándole afectuosamente—. Supongamos que no hemos dicho nada... ¿Qué quieres, Tania? —dijo en francés a su hija, que acababa de entrar.

—¿Dónde está mi pala, mamá?

—Te hablo en francés, respóndeme lo mismo.

La niña no encontraba la palabra francesa, y su madre se la apuntó, y en seguida le dijo, siempre en francés, a dónde había de ir a buscar la pala.

Ese francés desagradó a Levin, a quien le pareció que todo había cambiado en la casa de Dolly; ni aun los niños eran ya tan amables.

«¿Por qué habla francés a sus hijos? Eso es falso y poco natural. Los niños lo comprenden. Se les enseña francés y se les hace olvidar la sinceridad», pensó Levin sin saber que esos mismos razonamientos Dolly se los había hecho muy a menudo, pero se había convencido de que, no obstante el daño que causaba a la naturalidad, era el único modo de enseñar un idioma extranjero a las criaturas.

—¿Por qué tiene usted tanta prisa? Quédese un poco más.

Levin permaneció hasta la hora del té, pero toda su alegría había desaparecido y se sentía intranquilo.

Después del té, Levin salió para ordenar que engancharan, y cuando volvió a la sala, encontró a Dolly con el rostro alterado y los ojos llenos de lágrimas. Durante su corta ausencia se había desmoronado repentinamente todo el orgullo que Dolly sentía por sus hijos. Grisha y Tania se habían pegado por una pelota. A los gritos que dieron, su madre acudió y los encontró en un estado espantoso. Tania tiraba de los cabellos a su hermano, y éste, con el rostro descompuesto por la cólera, le daba puñetazos. Al contemplar el espectáculo se le desgarró el corazón y le pareció que su vida se cubría con un velo negro. ¡Aquellos niños que la llenaban de orgullo, por lo que veía eran mal educados, perversos y proclives a los actos más groseros! Semejante pensamiento la turbó en tal grado, que no pudo hablar, ni razonar, ni explicar su dolor a Levin. Él la tranquilizó lo mejor que pudo, al verla tan afligida; le aseguró que en eso no había nada de terrible, que no existían niños que no se pegaran; pero allá para sí se decía:

—No, no me molestaré en hablar en francés a mis hijos; no hay que estropear y desnaturalizar el carácter de los niños; eso es lo que les impide seguir siendo adorables. ¡Oh, los míos serán muy diferentes!

Se despidió de Daria Alejandrovna y se marchó sin que ella tratara de detenerle.

XI

Hacia mediados de julio, Levin vio llegar al *starosta* de las propiedades de su hermana, situadas a veinte verstas de Pakrofsky que le informó sobre la marcha de los negocios y sobre la siega. La renta principal de esta finca provenía de grandes praderas inundadas en la primavera, que en otro tiempo los aldeanos arrendaban por diez rublos la *dessiatin*. Cuando Levin se encargó de la administración de esta propiedad, al examinar las praderas vio que era un precio demasiado bajo, y puso la *dessiatin* a veinticinco rublos. Los aldeanos no quisieron aceptarlas a ese precio, y, como sospechó Levin, trataron de desanimar a otros que parecían dispuestos a arrendarlas. Fue preciso ir personalmente al lugar, tomar jornaleros y segar por su cuenta, con gran descontento de los campesinos que hicieron cuanto pudieron para conseguir que el nuevo plan abortara. A pesar de eso, desde el primer verano, las praderas produjeron cerca del doble. La resistencia de los campesinos se prolongó durante el segundo y el tercer año; pero aquel verano propusieron tomar el trabajo por la tercera parte de la cosecha para ellos, y el *starosta* venía a comunicar que todo estaba terminado. Se había apresurado a causa de las lluvias, y era preciso comprobar la partición y recibir los once haces de heno que constituían la parte del propietario. Levin, al ver la prisa del *starosta* en hacer la partición, sin haber recibido la orden de la administración, sospechó que había algo sucio en el asunto. La confusión del aldeano, el modo de responder a sus preguntas, todo le hizo suponer que era prudente que él mismo aclarara este negocio.

Llegó a la aldea hacia la hora de comer, dejó sus caballos en casa de un viejo aldeano amigo suyo, cuñado de su nodriza, y se puso a buscar al anciano por la parte donde tenía las colmenas, con la esperanza de saber por él algo que le orientara sobre este negocio de las praderas. El buen hombre recibió al amo con demostraciones de alegría; le enseñó su pequeña propiedad en detalle; le contó la historia de sus colmenas y enjambres del año, pero a las preguntas que le hizo, contestó de un modo vago e indiferente. Esto confirmó las sospechas de Levin. De allí, se dirigió a los haces de heno, los examinó y le pareció inverosímil que existieran cincuenta carretadas como los aldeanos afirmaban. Hizo traer una carreta que había servido de medida y ordenó que se transportara todo el heno de uno de los montones a un cobertizo. El montón no contenía más que treinta y dos carretadas. En vano juró el *starosta* por lo más sagrado que todo se había hecho honradamente, que el heno se había prensado. Levin respondió que como la partición se había hecho sin orden suya, no aceptaba las pilas como conteniendo cincuenta carretadas. Después de largas discusiones, se decidió que los aldeanos tomarían once montones para ellos, y que se haría otra partición para el amo. Esta cuestión se prolongó hasta la hora de la merienda. Una vez hecha la partición, Levin fue a sentarse en uno de los haces marcados con una rama de citiso y admiró la animación de la pradera con aquella multitud de jornaleros.

Delante de donde él estaba, el río formaba un recodo, y en las márgenes se veían grupos de mujeres en movimiento alrededor del heno; lo removían, lo levantaban formando grandes pilas ondulantes de un hermoso verde claro, presentándolo a los hombres, que con grandes horquillas lo levantaban para formar pilas más altas y anchas. En la pradera, por la izquierda, llegaban en hilera con gran ruido las carretas, en las que se cargaba la parte de los campesinos; los montones desaparecían y en las carretas detrás de los caballos se aglomeraba el oloroso forraje.

—¡Qué hermoso tiempo! —exclamó el viejo sentándose al lado de Levin—. El heno está tan seco como grano. Desde la comida ya hemos colocado la mitad —añadió señalando el montón que estaban deshaciendo—. ¿Es la última? —gritó a un joven que venía en pie en la delantera de una *telega*, que pasaba cerca de ellos agitando las riendas de su caballo.

—¡La última, padre! —respondió sonriendo el muchacho, y volviéndose a una mujer fresca y animada, sentada en la carreta, azotó al caballo.

—¿Es hijo tuyo? —le preguntó Levin.

—Sí, el menor —respondió el viejo con sonrisa cariñosa—. ¡Es un buen mozo! ¿Verdad?

—¿Y ya casado?

—Sí, hace dos años, por San Felipe.

—¿Tiene hijos?

—¿Hijos? ¡Ya lo creo! Se hizo el inocente durante más de un año; fue preciso decirle que era una vergüenza. En cuanto al heno, es heno —añadió, en el deseo de cambiar de conversación.

Levin miró con atención a la joven pareja que cargaba la carreta a corta distancia; el marido, en pie, recibía enormes brazadas de heno que arreglaba y apilaba; su compañera se las presentaba primero con los brazos, en seguida con una horquilla; trabajaba alegre y ligera, se doblaba hacia atrás, adelantaba el pecho cubierto con una camisa blanca ceñida con un cinturón colorado. Una vez cargada la carreta, se deslizó debajo, para atar unas cuerdas. Iván le decía cómo debían asegurarse, y a una observación de la joven soltó una ruidosa carcajada. Amor joven, fuerte, recién despertado era el que se dibujaba en aquellos dos semblantes.

XII

Cuando la carreta estuvo bien atada, Iván saltó al suelo y tomó al caballo, un recio animal, de la brida. En seguida se colocó en la fila de las carretas que regresaban a la aldea. La joven tiró el rastrillo sobre la carreta, y con paso firme fue a reunirse a las otras trabajadoras, que formaban un grupo detrás de los carros. Las mujeres, vestidas con faldellines de brillantes colores, y el rastrillo al hombro, alegres y animadas, se pusieron a cantar. Una de ellas, con voz ruda y algo hombruna, empezaba una canción que otras voces jóvenes y frescas entonaron a coro.

Levin, echado sobre el heno, veía aproximarse a las mujeres como una nube que estallaba en ruidosa alegría y que amenazaba arrebatarle a él, a los haces y a las carretas. A la cadencia de aquella canción campestre, acompañada de silbidos y de agudos gritos, la pradera, los lejanos campos, todo le parecía animarse y cobrar vida. Le daba envidia aquella alegría; habría querido tomar parte en ella, pero no podía expresar así el goce de vivir; no le era dado más que ver y escuchar.

Cuando la multitud hubo pasado, se adueñó de él la sensación de aislamiento, de pereza física, de la especie de hostilidad que existía entre él y aquel mundo de campesinos.

Los mismos hombres con los que había disputado, y a los cuales, en el caso, que no hubiesen tenido intención de engañarle, había injuriado, le saludaban ahora alegres, al pasar, sin rencor y también sin remordimiento. El trabajo había borrado todo mal recuerdo; aquel día consagrado a una ruda labor, encontraba su recompensa en esa misma labor. Dios, que había dado el día, también había dado la fuerza para pasarlo, y nadie pensaba en preguntarse: ¿para qué ese trabajo?, ni: ¿quién gozará de sus frutos? Esas eran preguntas secundarias e insignificantes. Con frecuencia aquella vida laboriosa había tentado a Levin; pero entonces, bajo la impresión que le había causado la vista de Iván y de su mujer, sentía con más fuerza que nunca el deseo de cambiar la existencia ociosa, artificial, egoísta que llevaba y que le hacía sufrir, por la de aquellos aldeanos, que encontraba bella, sencilla y pura.

Solo ya, sentado en un haz de heno, cuando los habitantes de las casas próximas regresaban a sus moradas, y los que vivían lejos se instalaban en la pradera y preparaban la cena, Levin, sin ser visto, observaba, escuchaba y meditaba. Casi toda aquella corta noche de verano la pasó sin dormir.

Mientras cenaban, los campesinos charlaron alegres, y luego se pusieron a cantar. De su largo trabajo no restaba más que la alegría. Poco antes de la aurora reinó un profundo silencio. Únicamente se oía el canto de las ranas incansables en los pantanos y los resoplidos de los caballos en la pradera. Levin volvió en sí, abandonó la pila de heno, y mirando las estrellas advirtió que la noche había acabado.

«Y ahora, ¿qué es lo que voy a hacer? ¿Cómo realizar mi proyecto?», se dijo tratando de dar forma a los pensamientos que le habían ocupado durante toda aquella corta noche de vigilia.

«En primer lugar —pensaba—, sería renunciar a la vida pasada, al inútil cultivo intelectual, cosa fácil que haría sin gran pesar.» Luego pensaba en su futura existencia sencilla y pura, que le proporcionaría el reposo del espíritu y le daría la tranquilidad que ya no conocía. Había que resolver la cuestión principal: ¿cómo verificar la transición de su vida presente a la otra? Nada le parecía claro a este respecto. Sería necesario casarse con una campesina, imponerse un trabajo, abandonar a Patrofsky, comprar un pedacito de tierra, hacerse vecino de una aldea, de un distrito... ¿Cómo realizar todo eso?

«Además —se dijo—, como no he dormido en toda la noche, mis ideas son algo confusas; sólo una cosa es cierta: que esas pocas horas han decidido mi suerte. Mis sueños de otros tiempos no son más que locura; lo que ahora quiero es mucho más sencillo y mejor. ¡Qué hermoso! —añadió contemplando las nubes rosadas que pasaban por el cielo, semejante al fondo nacarado de una concha—. ¡Qué encantador es todo en esta deliciosa noche! ¡Qué lindo! ¿Y cómo ha tenido tiempo de formarse esa concha? Hace poco miré al cielo, y no había más que dos fajas blancas. ¡De ese modo se han transformado las ideas que yo tenía de la vida, y sin que me diera cuenta de ello!»

Salió de la pradera y se encaminó por la carretera a la aldea. Soplaba un viento frío, y en aquel momento precursor de la aurora, todo tomaba un tinte gris y triste, era el triunfo del día sobre las tinieblas.

Levin andaba deprisa para calentarse mirando al suelo. A lo lejos sonaba una campanilla

—Es algún carruaje que pasa —se dijo.

A unos cuarenta pasos vio un coche de viaje que venía en sentido opuesto tirado por cuatro caballos. El camino era malo y para evitar los baches de los carriles, los caballos se apretaban contra la lanza, pero el hábil *yamtchik* (cochero), sentado a un lado del pescante, los dirigía tan bien, que las ruedas pasaban siempre por la parte llana del camino.

Levin miró indiferente al carruaje, sin fijarse en los que iban dentro.

Una anciana dormitaba, y en la portezuela una joven jugaba con la cinta de su sombrero de viaje; su rostro, tranquilo y pensativo, parecía indicar un espíritu elevado. Miraba los resplandores de la aurora por encima de la cabeza de Levin. En el momento en que la visión iba a desaparecer, dos límpidos ojos se fijaron en él. Levin la reconoció, y una alegría llena de sorpresa le iluminó el rostro. No podía engañarse, en el mundo no había ojos como aquéllos, y sólo una criatura humana personificaba para él la luz de la vida y la razón de su existencia. ¡Era ella! ¡Era Kitty! Comprendió que de la estación del ferrocarril se dirigía a Yergushovo, y de pronto, el total de las resoluciones que acababa de tomar y de sus agitaciones de la noche de insomnio, todo se desvaneció. La idea de casarse con la campesina le horrorizó. Allá, en aquel carruaje que se alejaba, estaba la contestación al enigma de la existencia que tan dolorosamente le atormentaba. Ya no la veía. El ruido de las ruedas dejó de oírse; apenas le llegaba débil el sonido de las campanillas. Por el ladrido de los perros adivinó que el carruaje atravesaba la aldea. No quedaba de aquella visión más que los campos desiertos, la lejana aldea y él, solo, abandonado, extraño a todo, andando desasosegado por la carretera solitaria.

Miró al cielo, esperando encontrar los tintes de nácar que había admirado, y que poco ha le parecieron representar el movimiento de sus ideas y de sus sentimientos. Nada había ya que recordara los colores de la concha. En el espacio, a inconmensurables alturas, se efectuó la misteriosa transformación, cambiando el nácar por una inmensa alfombra de nubecillas aborregadas. Poco a poco el cielo se aclaraba tomando un límpido color azul que respondía con la misma dulzura y menos misterio a su mirada interrogadora.

—No —pensó—, por bella que sea esta vida sencilla y laboriosa, no puedo volver a pensar en ello. ¡A ella es a quien amo!

XIII

Nadie, a excepción de sus allegados, podía sospechar que Alejo Alejandrovitch, hombre frío y razonable, fuese presa de una debilidad que se hallaba en absoluta contradicción con la tendencia general de su naturaleza. No podía oír llorar a un niño o a una mujer sin perder su sangre fría; la vista de las lágrimas le perturbaba y le privaba del uso de sus facultades. Sus subordinados lo sabían tan bien, que advertían a las solicitantes que evitaran cualquier exceso de sensibilidad que pudiera comprometer su petición. «Se enojará y ya no la escuchará», decían. En efecto, las lágrimas le perturbaban hasta el punto de producirle una cólera agitada. «No puedo hacer nada por usted, sírvase salir», decía generalmente en esos casos.

Cuando, al regreso de las carreras, Ana le confesó sus relaciones ilícitas con Wronsky, y, cubriéndose el rostro con las manos se echó a llorar, Alejo Alejandrovitch, por mucho odio que sintiera hacia su esposa no pudo evitar una profunda impresión. Para disimular toda emoción incompatible con la situación, hizo esfuerzos inauditos; permaneció inmóvil sin mirarla, con una rigidez mortal que impresionó a Ana vivamente.

Al acercarse a la casa, hizo un nuevo gran esfuerzo para bajar del carruaje y separarse de su esposa con las apariencias de la cortesía acostumbrada; le dijo algunas palabras que no comprometían a nada, resuelto a dejar toda decisión para el día siguiente.

Las palabras de Ana habían confirmado sus más graves sospechas. Era cruel el daño que le había hecho y que sus lágrimas agravaban todavía. Sin embargo, una vez solo en el carruaje, se sintió libre de un gran peso. Le pareció que se había desembarazado de sus dudas, de sus celos, de su piedad. Experimentaba la sensación del hombre torturado por un violento dolor de muelas a quien acabaran de arrancarle la que era causa del sufrimiento; el dolor es enorme, la impresión de un cuerpo enorme, más grande que la cabeza que extraen de la mandíbula, espantosa: pero apenas si el paciente puede creer tanta dicha encontrándose libre del dolor que envenenaba la vida; ya se puede pensar, hablar, interesarse en otra cosa que no sea su mal.

En ese caso se encontraba Alejo Alejandrovitch. Había sentido un sufrimiento extraño, terrible, pero ya había pasado: en lo sucesivo podía tener otros pensamientos que aquellos que se referían a su esposa.

«Es una perdida, sin honor, sin corazón, sin religión, Siempre lo he visto así, y solamente por lástima he tratado de hacerme ilusiones.» Sinceramente creía haber sido perspicaz; ahora recordaba varios detalles del pasado que antes le parecían inocentes, y que ahora consideraba como otras tantas pruebas de la corrupción de Ana. «He cometido un error al unir mi vida a la suya, pero es un error que no ha tenido nada de culpable, y por consiguiente, no debo ser desgraciado. La culpable es ella; ya no tengo nada que ver con lo que la concierne, ha dejado de existir para mí.» Dejaba de interesarse en las desdichas que pudieran sobrevenirle a ella o a su hijo, respecto al cual sus sentimientos habían cambiado también. Lo importante era salir de aquella crisis de un modo prudente, correcto, lavándose el lodo con que ella le había salpicado, sin que su vida, vida honrada, útil, activa, sufriese entorpecimientos.

«¿Debo hacerme desgraciado porque una despreciable mujer haya cometido un error? No soy ni el primero ni el último que se encuentra en esta situación.»

Y sin hablar del ejemplo histórico de la bella Elena, recientemente recordado en todas las memorias, Alejo Alejandrovitch recordó una serie de episodios contemporáneos en los que maridos de la más elevada posición, habían tenido que deplorar la infidelidad de sus esposas.

«Darialof, Poltwsky, el príncipe Karibanof, Dramm, sí el honrado y excelente Dramm, Semenof, Tchaguine... Supongamos que hoy se cubra con injusto *ridículo* a esos hombres; en cuanto a mí, yo no he comprendido nunca otra cosa más que su desgracia, y siempre los he compadecido.»

Así pensaba Alejo Alejandrovitch, y era falso del todo; jamás había pensado en compadecerlos; todo lo contrario, el espectáculo de las desgracias de los otros le habían engrandecido siempre a sus propios ojos.

«Pues bien; lo que ha ocurrido a otros me sucede ahora a mí, me ha llegado la vez. Lo esencial es hacer frente a la situación.» Y recordó los diferentes modos de comportarse de todos esos hombres.

«Darialof tomó la resolución de batirse...» En su juventud, y a causa de su temperamento pusilánime, a Alejo Alejandrovitch le había preocupado con frecuencia la idea del duelo. Nada le parecía tan terrible como el figurarse una pistola apuntándole y jamás había manejado ningún arma. Este horror instintivo le inspiró muchas reflexiones; trató de habituarse a la eventualidad posible en que se viera obligado a exponer su vida. Más tarde, cuando hubo llegado a una elevada posición social, esas impresiones se borraron, pero la costumbre de temer su propia cobardía era tan fuerte, que en aquel momento permaneció largo rato deliberando consigo mismo sobre la perspectiva de un duelo, examinándola en todas sus fases, a pesar de la íntima convicción que tenía de que no llegaría a batirse en ningún caso.

«El estado de nuestra sociedad es aún tan salvaje, que muchas gentes aprobarían un duelo; no es como en Inglaterra.»

Y en el número de aquellos a quienes agradaría este modo de resolver la cuestión, existían algunos cuya opinión era importante a los ojos de Alejo Alejandrovitch.

«¿Y a qué conduciría eso? Admitamos por un momento que yo lo provoque.» Aquí se representó claramente la noche que pasaría después de haberlo provocado; la pistola apuntándole, y se estremeció; jamás podría resistirlo. «Admitamos que yo le haya provocado, que haya aprendido a tirar, que me encuentre allí delante de él, que apriete el gatillo —continuó cerrando los ojos—, ¡que le haya matado!» Sacudió la cabeza para desprenderse de este absurdo pensamiento. «¿Qué lógica habría en matar a un hombre para restablecer mis relaciones con una mujer culpable y con sus hijos? ¿Quedará resuelta la cuestión? ¿Y si, lo cual es mucho más probable, el herido o el muerto soy yo? ¿Yo que no tengo nada que reprocharme y que resultaría la víctima? ¿No sería esto mucho más ilógico? Además, ¿sería honrado por mi parte provocarle, seguro como estoy, de que mis amigos intervendrían para no exponer la vida de un hombre útil al país? ¿No parecería que lo que yo deseaba era llamar la atención sobre mi persona por medio de una provocación que no conduciría a nada? Esto sería querer engañar a los demás y engañarme a mí mismo. Nadie espera de mí ese duelo absurdo. El único fin que debo proponerme debe ser el conservar intacta mi reputación y el no tolerar que se pongan obstáculos en mi camino.» «El servicio del Estado», tan importante a los ojos de Alejo Alejandrovitch, adquiría ahora mayor importancia.

Descartado el duelo, quedaba el divorcio; varios personajes que él recordaba, habían recurrido a él. Los casos de divorcio en la alta sociedad le eran bien conocidos, y en ninguno de ellos logró el interesado el fin que se había propuesto. En cada uno de esos casos, el marido había cedido o vendido a su mujer; y la culpable, la que no tenía ningún derecho para contraer un segundo matrimonio, quedaba en libertad para contraer un nuevo vínculo. En cuanto al divorcio ilegal, que sería sancionado con el castigo de la mujer infiel, Alejo Alejandrovitch comprendía que no podía recurrir a él. Las pruebas groseras, brutales, que la ley exige, en las condiciones complejas de su vida, le sería imposible poderlas presentar; aun cuando hubiesen existido no habría podido hacer uso de ellas, porque tal escándalo debía, para la opinión pública, hacerle caer más bajo que la misma culpable. Sus enemigos aprovecharían esta oportunidad para calumniarle y hacer vacilar su elevada posición oficial; y su objeto, que era salir con el menor perjuicio posible de la crisis en que se encontraba, no lo lograría.

Por otra parte, el divorcio destruía por completo toda relación con su esposa, abandonándola a su amante. Pero, a pesar del desprecio e indiferencia que creía sentir con respecto a Ana, le quedaba en lo más profundo del alma un sentimiento muy vivo del horror a todo lo que tendiera a aproximarla a Wronsky, a contribuir a que su falta le fuera provechosa. En poco estuvo para que este pensamiento le arrancara un grito de dolor. Se levantó en su coche, cambió de asiento, y con el rostro sombrío, permaneció mucho tiempo envolviéndose los pies fríos con su manta escocesa.

«Se podría también —continuó tratando de calmarse— imitar a Karibanof y a ese buen Dramm, es decir, separarse»; pero este medio tenía casi los mismos inconvenientes que el divorcio: era también echar a su esposa en los brazos de Wronsky.

«¡No, es imposible, imposible! —se dijo, tirando de la manta—. Yo no puedo ser desdichado, y ellos no deben ser dichosos.»

Sin confesárselo, lo que deseaba con todo su corazón era verla sufrir por este atentado contra el reposo, contra el honor de su marido.

Después de haber pasado revista a los inconvenientes del duelo, del divorcio y de la separación, Alejo Alejandrovitch llegó a convencerse de que el único recurso para salir de aquel atolladero era el de conservar a su esposa, ocultando su desgracia al mundo, emplear todos los medios imaginables, para romper las relaciones entre ella y Wronsky, y, lo que no se confesaba, castigar a la culpable.

«Debo declararle que, en la situación que ha creado a nuestra familia, soy de la opinión de que el *statu quo* aparente es preferible para todos, y que consiento en conservarlo, con la expresa condición de que cesará toda relación con su amante.»

Una vez tomada esta resolución, Alejo Alejandrovitch imaginó un argumento que la sancionaba en su espíritu. «De este modo, obro de conformidad con la ley religiosa: no rechazo a la mujer adúltera, la pongo en condiciones de corregirse, y hasta, por penoso que sea para mí, me consagro en parte a su rehabilitación.»

Karenin sabía que no podía ejercer ninguna influencia sobre su esposa, y que el ensayo que trataba de hacer era iluso. Durante las tristes horas que acababa de pasar, no había pensado un solo instante en buscar un punto de apoyo en la religión; pero tan pronto como comprendió que ésta se encontraba de acuerdo con su resolución, su sanción fue para él un consuelo. Se tranquilizó al pensar que nadie tendría derecho a reprocharle por haber obrado, en una tan grave crisis de su vida, de una manera contraria a la fe, cuyo pabellón levantaba él tan alto, en medio de la indiferencia general.

Hasta acabó por decirse, después de reflexionar, que no había ninguna razón que se opusiera a que las relaciones con su esposa continuasen, sobre poco más o menos, como habían sido en los últimos tiempos. Sin duda ya no podía estimarla pero, trastornar su vida entera, sufrir personalmente a causa de su infidelidad, no veía motivo para ello.

«Y vendrá el día —se decía—, con la ayuda del tiempo, que tantas dificultades resuelve, en que las relaciones se restablecerán como antes; es preciso que ella sea desgraciada, pero yo, que no soy culpable, no debo sufrir.»

XIV

Al aproximarse a San Petersburgo Alejo Alejandrovitch tenía ya completamente formado el plan de conducta que debía seguir para con su mujer, y hasta compuso mentalmente la carta que pensaba escribirle. Al entrar en su casa, echó una ojeada a los papeles del ministerio que guardaba el portero y los hizo subir a su despacho.

—Que se desenganche y que no se reciba a nadie —respondió a una pregunta del portero, marcando esta última orden con una especie de satisfacción, señal evidente de que su espíritu estaba más tranquilo.

En su despacho, después de pasearse algún tiempo, haciendo sonar las falanges de los dedos, se detuvo delante de su gran escritorio en donde el ayuda de cámara había encendido seis bujías. Se sentó, tocó distraído uno tras otro los diferentes objetos que tenía delante, y, con la cabeza inclinada y un codo apoyado sobre la mesa, se puso a escribir después de un momento de reflexión. Escribió a Ana en francés sin dirigirse a ella por su nombre, empleando el tratamiento de usted, que juzgó menos frío y menos solemne que en ruso.

«Manifesté a usted en nuestra última entrevista, la intención de comunicarle lo que resolviera con respecto al asunto de nuestra conversación. Después de haber reflexionado maduramente, cumplo la promesa. Mi decisión es la siguiente: cualquiera que sea la conducta de usted, no creo tener derecho a romper los vínculos consagrados por un poder supremo. La familia no podría hallarse a merced de un capricho, de un acto arbitrario, ni aun del crimen de uno de los esposos; nuestra vida debe continuar siendo lo que era antes. Así debe ser por mí, por usted, por su hijo. Estoy seguro de que usted se ha arrepentido y, que aún se arrepiente del hecho que me obliga a escribirle; que usted me ayudará a destruir en su raíz la causa de nuestra desavenencia y a olvidar lo pasado. De lo contrario, debe comprender lo que la espera a usted y a su hijo.

Espero hablar con usted detenidamente en nuestra próxima entrevista. Como el verano está para concluir, le agradeceré que regrese a la ciudad lo más pronto posible, a más tardar el martes. Ya se habrá dispuesto todo para la mudanza de casa. Le ruego que se fije en que doy particular importancia a que usted tenga muy en cuenta lo que le pido.

A. KARENIN

P. S.—Uno a esta carta el dinero que usted puede necesitar en este momento.»

Volvió a leer lo escrito y quedó satisfecho. Le pareció buena la idea de enviarle dinero. Ni una palabra dura, ni un reproche, pero ninguna debilidad tampoco. Lo esencial estaba hecho, le tendía un puente de oro para que retrocediera. Plegó la carta. Le pasó por encima un cortapapel de marfil macizo, la puso en un sobre juntamente con el dinero, y llamó, con la pequeña sensación de bienestar que siempre le producía el orden perfecto de su escritorio.

—Echarás esta carta al correo para que mañana le llegue a Ana Arcadovna —dijo al criado levantándose.

—Comprendo. Excelencia. ¿Sirvo el té aquí?

Alejo Alejandrovitch se hizo servir té; después, jugando con su cortapapel, se aproximo al sillón cerca del cual había una mesa con la lámpara y un libro francés empezado. El retrato de Ana, obra notable de un célebre pintor, estaba en un cuadro ovalado colgado sobre el sillón. Alejo Alejandrovitch le echó una mirada. Sus ojos impenetrables le hicieron encontrar aquella mirada irónica, casi insolente. Todo en aquel hermoso retrato le pareció impertinente, desde la blonda que le rodeaba, la cabeza y los negros cabellos, hasta la mano blanca, tan admirable, cubierta de sortijas. Después de haber contemplado algunos minutos aquella imagen, se estremeció, le temblaron los labios y se volvió con una exclamación de repugnancia. Se sentó y abrió el libro; trató de leer, pero no pudo sentir ya el interés tan vivo que aquella obra le había inspirado sobre el descubrimiento de antiguas inscripciones; miraba las páginas, pero su espíritu se hallaba en otra parte. No era su esposa la que le distraía, pensaba en una complicación sobrevenida recientemente, en asuntos importantes que dependían de su servicio, y comprendía que dominaba la cuestión mejor que nunca; podía sin vanidad decirse que la concepción que había surgido en su pensamiento sobre las causas de aquella complicación, ofrecía el modo de resolver todas las dificultades. Se consideraba en vísperas de aplastar a sus enemigos, de elevarse a los ojos de todos y, por consiguiente, de prestar un señalado servicio al Estado.

Tan luego como el criado salió del cuarto, Alejo Alejandrovitch se levantó y se aproximó a su escritorio. Tomó la cartera que contenía los asuntos corrientes cogió un lápiz y se absorbió en la lectura de los documentos relativos a la dificultad que le preocupaba, con cierto aire de satisfacción personal. El rasgo característico de Alejo Alejandrovitch, que le distinguía especialmente, y que había contribuido a su buen éxito en cuanto lo permitían su moderación, su probidad, su confianza en sí mismo y su amor propio excesivo, era un absoluto desprecio por los papelotes oficiales, y la firme voluntad de disminuir lo más posible los escritos inútiles, a fin de encararse directamente con los asuntos y despacharlos con rapidez y economía. Sucedió que, en la célebre comisión del 2 de junio, se promovió la cuestión de la fertilización del gobierno de Zarai, que formaba parte y dependía del ministerio de Alejo Alejandovitch, lo cual sirvió de ejemplo claro respecto al poco resultado obtenido con los gastos y las correspondencias oficiales. Esta cuestión databa del predecesor de Alejo Alejandrovitch, y, en efecto, había mucho dinero perdido. Desde que Karenin entró en el ministerio se puso al corriente de este negocio y quiso tomarle por su cuenta; pero al principio no se sintió en terreno firme, y vio que heriría muchos intereses, lo cual habría sido obrar con poco discernimiento; más tarde, en el fárrago de tantos otros asuntos, olvidó ése. La fertilización del gobierno de Zarai continuaba lo mismo que antes, es decir, por la simple fuerza de la inercia; muchas personas continuaban viviendo de ese negocio, entre otras, una familia muy respetable en la cual cada señorita tocaba un instrumento de cuerda; a una de ellas Alejo Alejandrovitch había servido de padre Assis. Los enemigos del ministerio aprovecharon este asunto y se lo reprocharon al ministro, con tanta menos justicia cuanto que se veían cosas semejantes en todos los ministerios, y nadie pensaba en atacar. Puesto que le habían echado el guante, él lo había recogido con audacia, exigiendo que se nombrara una comisión extraordinaria para examinar y comprobar los trabajos de fertilización del gobierno de Zarai; y sin piedad por esos señores, reclamó además una comisión extraordinaria para estudiar la cuestión de la situación en que se había puesto a las poblaciones extranjeras. Esta última cuestión, promovida asimismo al comité el 2 de junio, había sido enérgicamente apoyada por Alejo Alejandrovitch como asunto que no podía dilatarse a causa de la situación deplorable en que se había puesto a esa parte de la población. De aquí nacieron vivas discusiones entre los ministros. El ministerio hostil a Alejo Alejandrovitch probó que la situación de los extranjeros era floreciente, que el tocarla sería perjudicar su prosperidad; que si se podía hacer constar algún hecho digno de censura, únicamente sería debido a la negligencia con la cual el ministerio de Alejo Alejandrovitch hacía observar las leyes. Para vengarse, éste pensaba exigir: primero, la formación de la comisión a la cual se confiaría el cuidado de estudiar sobre el lugar la situación de las poblaciones extranjeras, y segundo, en el caso de que esta situación fuese tal como los datos oficiales la presentaban, que se instituyese otra comisión científica para investigar las causas de ese triste estado de cosas desde el punto de vista: a) político, b) administrativo, c) económico, d) etnográfico, e) material y f) religioso. Que el ministerio fuese requerido para que diese informes sobre las medidas adoptadas durante los últimos años con objeto de evitar las deplorables condiciones impuestas a los extranjeros y dar aclaraciones sobre el hecho de haber obrado en contradicción absoluta con la ley orgánica y fundamental II, página 18, con observaciones en la página 36, como lo probaba un acta del Comité registrada con los números 17015 y 18398, del 5 diciembre de 1863 y 7 de junio de 1864.

El rostro de Alejo Alejandrovitch tomó un vivo color rojo mientras escribía rápidamente algunas notas para su uso particular. Después de haber llenado una página entera con su letra, llamó e hizo que llevaran una carta al jefe de la Cancillería pidiéndole algunos informes que le faltaban. En seguida se levantó y volvió a pasearse en su despacho levantando de nuevo los ojos hacia el retrato, con un fruncimiento de ceño y una sonrisa de desprecio. Después tomó otra vez el libro con el mismo interés de la víspera. Cuando se acostó a eso de las once, y antes de dormirse pasó revista a los acontecimientos del día y ya no los vio con el mismo aspecto desesperado.

XV

Aunque Ana no quería admitir, como Wronsky, que la situación de ambos era falsa y poco honrosa, no dejaba de comprender allá en lo más íntimo de su corazón que Wronsky tenía razón. Ardientemente habría deseado salir de tan deplorable estado, y cuando dominada por la emoción lo confesó todo a su marido al regreso de las carreras, se sintió aliviada de un gran peso. Cuando Alejo Alejandrovitch se hubo marchado se repetía sin cesar que, al menos, todo quedaba explicado y que ya no tendría necesidad de engañar ni de mentir. Si su situación seguía siendo mala, al menos ya no había equívoco. Era la compensación del mal que había causado a su marido y a sí misma. Sin embargo, cuando aquella noche Wronsky llegó a verla, no le habló de la confesión que había hecho a su marido; no le dijo nada de lo que habría sido preciso advertirle para poder tomar una decisión sobre el porvenir.

Al despertarse al día siguiente, lo primero en que pensó fue en las palabras que había dicho a su marido. Le parecieron tan odiosas en su extraña brutalidad que no comprendía cómo había tenido valor para pronunciarlas.

¿Qué sucedería ahora?

Su marido se había marchado sin contestar.

«He visto a Wronsky después y no le he dicho nada. En el momento en que se marchaba, quise llamarle, y no lo hice porque de repente se me ocurrió la idea de que le parecería singular que yo se lo hubiese confesado todo desde el principio.» Al decirse esto, el rostro se le cubrió de un ardiente rubor; comprendió que la vergüenza la había contenido. Y la situación que la víspera le parecía tan clara, ahora le pareció más sombría, más confusa, más intrincada que nunca. Temió al deshonor en el que no había pensado antes. Reflexionando sobre las diferentes resoluciones que su marido podría tomar, las ideas más terribles le acudieron a la imaginación. A cada instante le parecía ver llegar a la autoridad para echarla fuera de la casa y proclamar su vergüenza al universo entero. Se preguntaba adónde iría, dónde encontraría albergue si la lanzaban de ese modo y no encontraba contestación.

«Wronsky —pensaba— ya no la amaba tanto, comenzaba a cansarse. ¿Cómo había ella de imponerse a él?» Y un amargo sentimiento se despertó en su alma contra él. La confesión que había hecho a su marido la perseguía. Le parecía haberla hecho delante de todo el mundo, y que el mundo entero la había oído.

¿Cómo mirar a la cara a las personas con quienes vivía? No se decidía a llamar a su doncella, y menos aún a bajar a almorzar con su hijo y el aya.

La doncella había ido varias veces a escuchar a la puerta, sorprendida al ver que no la llamaba; por último se decidió a entrar. Ana la miró con aire interrogador y se sonrojó asustada. Anuchka se excusó, diciendo que creyó que la había llamado. Traía un traje y una carta. Ésta era de Betsy; le decía que Lisa Merkalof y la baronesa Stoltz con sus adoradores, se reunirían aquel día en su casa para jugar una partida de *croquet*. «Venga usted a vernos —escribía—, aunque no sea más que como estudio de costumbres. La espero.»

Ana recorrió el billete y suspiró profundamente.

—No necesito nada —dijo a Anuchka, que arreglaba la *toilette*—; vete, me vestiré dentro de un rato y bajaré; por ahora, no necesito nada.

Anuchka sonrió. Ana no se vistió. Sentada, con la cabeza inclinada, los brazos caídos, se estremecía, trataba de hacer un gesto, de decir algo, y volvía a sumirse en el mismo torpor.

—¡Dios mío! ¡Dios mío! —exclamaba de cuando en cuando, sin darse cuenta de lo que decía. Estaba tan lejos de buscar refugio en la religión como de buscarlo al lado de Alejo Alejandrovitch, aunque jamás había dudado de la fe en la que fue criada. De antemano sabía que la religión la imponía el deber de renunciar a lo que para ella representaba el único objeto de su existencia. Sufría y se espantaba ante ese nuevo sentimiento hasta ahora desconocido, que parecía haberse adueñado de todo su ser. Experimentaba la sensación de un doble sentimiento, como a veces los ojos fatigados ven dobles los objetos. Ya no sabía cuál era su temor ni cuáles sus deseos. ¿Era el pasado? ¿Era el porvenir? Y sobre todo, ¿qué era lo que deseaba?

«¡Dios mío!, ¿qué me sucede?» —y de pronto sentía un vivo dolor en las sienes. Entonces se dio cuenta de que maquinalmente se mesaba los cabellos con ambas manos y de los dos lados de la cabeza. Saltó de la cama y se puso a pasear.

—El café está servido, y la señorita espera con Sergio —dijo Anuchka volviendo a entrar en la alcoba.

—¿Sergio? ¿Qué Sergio? —preguntó Ana animándose al pensar en su hijo, a quien había olvidado.

—Creo que ha hecho alguna travesura —dijo Anuchka sonriendo.

—¿Qué ha hecho?

—Cogió uno de los melocotones que había en el comedor y se lo ha comido a escondidas, según parece.

El recuerdo de su hijo hizo salir a Ana de aquel atolladero moral en que se hallaba.

Le vino a la memoria la conducta densa aunque exagerada que se había impuesto en los últimos años, la de una madre consagrada a su hijo, y se sintió feliz al pensar que, después de todo, le quedaba un punto de apoyo aparte de su marido y de Wronsky. Este punto de apoyo era Sergio. Cualquiera que fuese su situación, no podía abandonar a Sergio. Su marido podía despedirla, cubrirla de vergüenza; Wronsky podía alejarse de ella y reanudar su vida independiente (y al pensarlo tuvo un sentimiento de vivo reproche), pero el niño no podía ser abandonado. Tenía un objetivo en la vida: era preciso hacer algo, algo a todo coste, para conservar su posición con relación a su hijo, darse prisa, llevárselo, y para ello era preciso calmarse, sustraerse a aquella angustia que la torturaba. Y al pensar en una acción cuyo fin fuese marcharse con el niño a cualquier lado, se sentía ya más tranquila.

Se vistió apresuradamente, bajó con paso firme, y entró en la sala donde Sergio y el aya la esperaban para almorzar.

Sergio, vestido de blanco, en pie junto a la mesa, encorvado y con la cabeza baja, tenía una expresión de atención concentrada que ella le conocía y que le hacía parecerse a su padre. Arreglaba las flores que había traído.

El aya tenía un aspecto severo.

Al divisar a su madre, Sergio, como hacía casi siempre, lanzó un grito agudo:

—¡Ah, mamá! —y se detuvo perplejo, en la duda de si tiraría las flores para ir a su encuentro o si acabaría el ramo para ofrecérselo.

El aya saludó y comenzó el relato largo y circunstanciado de las perversidades de Sergio. Ana no la escuchaba. Se preguntaba si debía llevarse al aya consigo en su viaje.

«No, la dejaré —decidió—, iré sola con mi hijo.»

—¡Sí, está muy mal hecho! —dijo al fin, y tomando a Sergio por los hombros, le miró sin severidad, añadiendo, con sorpresa del aya—: Déjemele —y sin soltar el brazo del niño, confuso pero ya confiado, le besó y se sentó a la mesa en donde se había servido el café.

—Mamá, yo... no... no... —balbuceó Sergio tratando de adivinar en la expresión del rostro de su madre lo que diría de la historia del melocotón.

Tan pronto como el aya salió del cuarto, Ana le dijo:

—Sergio, está mal hecho, pero no volverás a hacerlo, ¿verdad? ¿Me quieres mucho?

El enternecimiento se apoderaba de ella.

«¡Cómo es posible que no le quiera! —pensó conmovida por la mirada de alegría y emoción del niño—. ¿Y podrá él unirse a su padre para castigarme? ¿Podrá ser posible que no tenga piedad de mí?» Las lágrimas corrían por su rostro; para ocultarlas se levantó con viveza y huyó casi corriendo hacia la terraza.

A las lluvias tempestuosas de los últimos días había sucedido un tiempo despejado y frío, a despecho del sol que brillaba. El frío, unido al terror que la invadía, la hizo estremecer.

—Ve, ve a buscar a Marieta —dijo a Sergio, que la había seguido, y se puso a pasear sobre la estera de paja que cubría el piso de la terraza.

Se detuvo un momento a contemplar las sumidades de los álamos que relucían con la lluvia y el sol. Le pareció que en el mundo entero no habría compasión para ella; el mundo sería tan implacable como aquel cielo frío.

«No hay que pensar —se dijo, notando, como por la mañana, una división de sentimientos que se formaba en ella—; necesito marcharme, ¿adónde? ¿cuándo? ¿con quién...? A Moscú, en el tren de la tarde. Sí, y me llevaré a Anuchka y a Sergio conmigo. No llevaremos más que lo absolutamente indispensable. Pero primero hay que escribirles a los dos.» Y volviendo con precipitación al saloncito, se sentó a la mesa para escribir a su marido:

«Después de lo ocurrido, ya no puedo vivir en casa de usted: me voy y me llevo a mi hijo. No conozco la ley, y, por tanto, ignoro con quién debe permanecer; pero me lo llevo porque no puedo vivir sin él. Sea usted generoso; déjemele.»

Hasta allí había escrito con rapidez y naturalidad; pero aquella invocación a una generosidad que no reconocía en Alejo Alejandrovitch, y la necesidad de concluir con algunas palabras conmovedoras, la detuvieron.

«No puedo hablar de mi falta ni de mi arrepentimiento, por eso es...» Se detuvo de nuevo, sin encontrar palabras para expresar lo que pensaba. «No

—se dijo—, no puedo añadir nada más», y desgarró la carta y escribió otra, en donde suprimía toda invocación a la generosidad de su marido.

La segunda carta había de ser para Wronsky:

«Se lo he confesado todo a mi marido», escribió, y se detuvo, incapaz de continuar, ¡aquello era tan brutal, tan poco femenino! «Pero, ¿qué puedo escribir?»

Enrojeció de vergüenza y recordó la tranquilidad que él sabía mantener, y el sentimiento de disgusto que ese recuerdo le causó le hizo romper el papel en mil pedazos, diciéndose:

«Mejor es callar», y cerró el cuaderno de papel secante. En seguida fue a informar al ama de llaves y a los criados que por la noche se marchaba a Moscú. Había que disponer pronto los preparativos del viaje.

XVI

Reinaba en la casa la agitación precursora de un viaje. En la antesala ya estaban listos dos cofres, un saco de noche y un lío de mantas escocesas; delante del portal, aguardaban un carruaje y los *isvostchiks*. Ana, con la prisa en arreglar los preparativos de la marcha, había olvidado un tanto su tormento, y en pie, cerca de la mesa de su salita, llenaba ella misma un saco de viaje, cuando Anuchka le hizo notar un ruido de carruaje que se aproximaba a la casa. Ana miró por la ventana y vio al correo de Alejo Alejandrovitch que llamaba en la puerta de la calle.

—Ve a ver qué es —dijo, y se sentó resignada en un sillón cruzando los brazos sobre las rodillas.

Un criado trajo un gran paquete cuya dirección estaba escrita de puño y letra de Alejo Alejandrovitch.

—El correo tiene orden de esperar contestación —dijo.

—Está bien —respondió Ana, y tan pronto como se retiró el criado, con temblorosa mano rompió el sobre.

Un paquete de billetes de Banco cayó al suelo; pero ella no pensaba más que en la carta, que leyó empezando por el final:

«Se habrán tomado todas las medidas para la mudanza de casa... doy particular importancia a que usted tenga muy en cuenta lo que le pido.»

Y volviendo a tomar la carta, la recorrió, antes de leerla desde el principio hasta el fin. Concluida la lectura, sintió frío, y tuvo la sensación de ser aplastada por una desgracia terrible e inesperada.

Aquella misma mañana deploraba su confesión y habría querido retirar sus palabras, y he aquí que las tales palabras se consideraban nulas en la carta, se le daba lo que había deseado, y esas pocas líneas, sin embargo, le parecían lo peor de cuanto habría podido imaginarse

—¡Tiene razón! ¡Razón! —murmuró—. ¿Cómo podría no tener siempre razón? ¿No es cristiano y magnánimo? ¡Oh, qué hombre más vil y despreciable! ¡Y pensar que nadie lo comprende ni lo comprenderá jamás! Sólo yo lo sé, ¡yo, que no puedo explicar nada! Las gentes dicen: «Es un hombre religioso, moral, honrado, inteligente.» Pero no ven lo que yo he podido ver; no saben que durante ocho años ha oprimido mi vida, ¡ahogado todo cuanto palpitaba en mí! ¿Pensó él jamás en que yo era una mujer de carne y hueso, que tenía necesidad de amar? Nadie sabe que a cada paso me insultaba y que eso no hacía más que aumentar su satisfacción de sí mismo. ¿No he buscado el medio, con los mayores esfuerzos, de dar un objeto, un fin a mi existencia?

¿No he hecho los mayores esfuerzos para amarle, y no habiéndolo conseguido, ¿no he tratado de unirme más estrechamente a mi hijo? ¡Pero ha llegado el tiempo en que he comprendido que no podía ya hacerme ilusión! Estoy viva; no es culpa mía si Dios me hizo así, necesito respirar y amar. Y además, si él me matara, si le matara, yo podría comprender, perdonar; pero no... ¿Cómo no he adivinado lo que había? Era preciso que obrase de conformidad con su carácter cobarde, que quedase él amparado por su derecho, y yo, desgraciada, más perdida todavía «... ya debe comprender lo que le espera a usted y a su hijo» —se dijo recordando un párrafo de la carta—. Me amenaza con privarme de mi hijo; sin duda sus absurdas leyes lo autorizan. Pero no comprendo por qué me dice eso. Él no cree en mi amor a mi hijo. Tal vez desprecie ese sentimiento del que siempre se ha burlado, pero bien sabe que no abandonaré jamás al niño, porque sin él no podría soportar la vida, ni aun con el que amo, y si lo abandonara caería en la categoría de las mujeres despreciables; él sabe que jamás tendré valor para conducirme de ese modo, «nuestra vida debe continuar como era». Esta vida era un tormento en los primeros tiempos, en los últimos era mucho peor aún. Así, ¿qué sería ahora? Él lo sabe muy bien; sabe que yo no me podré arrepentir de respirar, de amar; sabe que de todo cuanto exige, no puede resultar más que falsedad y mentira: pero tiene necesidad de prolongar mi tortura. Le conozco; nada en la mentira como un pez en el agua. No le daré esta alegría: romperé esa red de falsedades con que quiere envolverme. ¡Suceda lo que suceda! Cualquier cosa es mejor que engañar y mentir. Pero, ¿qué hacer? ¡Dios mío! ¡Dios mío! ¡Qué mujer ha sido jamás tan desgraciada como yo! «¡Lo romperé todo, todo!» —dijo acercándose a la mesa para escribir otra carta; mas en el fondo de su alma sentía su impotencia para resolver nada y salir de la situación en que se encontraba por falsa que fuese.

Sentada delante de la mesa, en vez de escribir, apoyó la cabeza en los brazos y se echó a llorar como lloran los niños, con sollozos que le hacían levantar el pecho.

Lloraba sus sueños de por la mañana, aquella nueva situación que había creído clara y definida; ahora sabía que todo seguiría como antes, y aún peor. También comprendió que su posición en la sociedad que poco ha veía con indiferencia, era cara a su corazón, que no tendría valor para cambiarla por la de una mujer que abandonaba marido e hijo por seguir a su amante, ni fuerza para luchar contra las preocupaciones. Nunca se vería en libertad para conocer el amor; sería siempre la mujer culpable, constantemente amenazada con ser sorprendida, engañando a su marido por un hombre al que jamás podría unir su vida. Sabía todo eso; pero semejante destino era tan terrible, que no le era posible afrontarlo ni prever el desenlace. Lloraba sin contenerse, como el niño castigado.

Se estremeció al oír los pasos de un criado, y para ocultar el rostro simuló que escribía.

—El correo pide la contestación —dijo el criado.

—¿La contestación? Sí, que espere, llamaré.

«¿Qué puedo escribir? ¿Qué decidir sola? ¿Qué puedo querer? ¿A quién amar?», y asiéndose al primer pretexto que se le ocurrió para escapar a la sensación de persona doble que la espantaba:

«Es preciso —pensó— que vea a Alejo, sólo él puede decirme lo que debo hacer. Iré a casa de Betsy, tal vez le encontraré allí.» Olvidaba que la víspera por la noche había dicho a Wronsky que no iría a casa de la princesa, y que éste había manifestado que tampoco él iría. Se aproximó a la mesa y escribió a su marido:

«He recibido su carta. —ANA.»

Llamó y entregó la contestación al criado.
—Ya no nos vamos —dijo a Anuchka, que entraba.
—¿No?
—No; sin embargo, que no se desempaquete hasta mañana, y que el carruaje espere. Voy a casa de la princesa.
—¿Qué traje he de preparar?

XVII

La sociedad que se reunía en casa de la princesa Tverskoi, para jugar la partida de *croquet*, a cuya reunión Ana estaba invitada, se componía de dos damas y de sus adoradores. Esas señoras eran las personalidades más notables de un nuevo círculo petersburgués, al que se conocía por *las siete maravillas del mundo*, a imitación de alguna otra imitación. Las dos pertenecían a la sociedad más elevada pero hostil a la que Ana frecuentaba. El anciano Stremof, uno de los personajes más influyentes de San Petersburgo, admirador de Lisa Mercalof, era enemigo declarado de Alejo Alejandrovitch. Ana, por esta razón, había rechazado la primera invitación de Betsy, pero después se decidió a presentarse allí con la esperanza de encontrar a Wronsky.

Fue la primera en llegar a casa de la princesa.

Al mismo tiempo, el criado de Wronsky, con un exacto parecido a gentilhombre de cámara, con sus patillas rizadas, se detuvo al entrar para darle paso, quitándose la gorra.

Al verle, Ana recordó que Wronsky le había advertido que no iría. Probablemente su criado traía algún recado excusándose.

Tuvo intención de preguntar a éste dónde estaba su amo a fin de volverse y escribirle para que fuera a verla, o bien ir ella misma a buscarle. Pero ya una campanilla había anunciado su visita, y un lacayo, cerca de la puerta, aguardaba que entrase en la habitación contigua.

—La princesa está en el jardín, voy a avisarla —dijo otro lacayo.

Era, pues, necesario, sin haber visto a Wronsky y sin haber decidido nada, permanecer con sus preocupaciones en aquel círculo extraño, con disposiciones tan diferentes a las suyas; pero sabía que la *toilette* que llevaba la sentaba bien; que la atmósfera de solemne ociosidad en la que se encontraba, le era familiar, y además, no estando sola, no se devanaría los sesos para averiguar lo mejor que podía hacer.

Respiró con más libertad.

Al descubrir a Betsy vestida elegantemente de blanco, sonrió como siempre que la veía. La princesa se hallaba con Tushkewitch y una parienta de provincia que, con gran satisfacción de su familia, pasaba el verano en casa de la princesa.

Probablemente Ana tenía un extraño aspecto, pues Betsy al momento se lo dijo.

—He dormido mal —respondió, mirando de soslayo al criado que traía la nota que ella suponía de Wronsky.

—¡Cuánto me alegro que haya venido usted! —dijo Betsy—. Ya no puedo más, y precisamente quería tomar una taza de té antes de su llegada.

Y añadió volviéndose a Tushkewitch:

—Usted debía ir con María a probar el campo de *croquet,* en donde se ha cortado la hierba. Tendremos tiempo de hablar un poco al tomar el té, *we'll have a easy chat,* ¿verdad? —añadió, dirigiéndose a Ana y tendiéndole la mano.

—Con tanto más gusto cuanto que no puedo permanecer aquí mucho tiempo. Tengo absolutamente que ir a casa de la anciana Wrede; hace cien años que le prometí una visita —contestó Ana, para quien la falsedad, tan contraria a su naturaleza, se volvía no solamente fácil, sencilla, sino casi agradable.

¿Por qué decía una cosa en la que cinco minutos antes ni pensaba siquiera? Era porque, sin explicárselo, trataba de prepararse una retirada para el caso en que no fuera Wronsky y ella se decidiese a ir a buscarle en alguna otra parte. El resultado probó que, de todas las astucias de que habría podido servirse, ésta era la mejor.

—¡Oh, yo no dejo que usted se marche! —exclamó Betsy mirando atentamente a Ana—. Realmente, si no la quisiera tanto estaría dispuesta a ofenderme; se diría que teme usted que yo la comprometa... —y dirigiéndose al lacayo con el parpadeo que le era habitual, ordenó—: ¡El té en el saloncito, haga el favor! —y tomando la esquela, la recorrió, y en seguida dijo en francés—: Alejo hace novillos —expresándose en tono tan sencillo y natural, como si jamás hubiera sabido que Wronsky tuviera por Ana más interés que el de jugar al *croquet* con ella—; me escribe que no puede venir. Sin duda teme comprometerse.

Ana no dudaba de que Betsy supiese la verdad, pero al oírla comenzó a suponer que lo ignoraba todo.

—¡Ah! —exclamó con sencillez como si aquel detalle le interesara poco, y añadió sonriendo—: ¿Cómo podría la sociedad de su casa comprometer a nadie?

Este modo de ocultar un secreto jugando con las palabras tenía para Ana, como para todas las mujeres, un cierto encanto. No era tanto la necesidad de disimular, ni el fin que el disimulo se proponía, lo que la seducía, sino el sistema por sí mismo. Luego dijo:

—Yo no podría ser más papista que el papa, Stremof y Lisa Mercalof son la crema de la sociedad. Además, ¿no son recibidos en todas partes? Por lo que a mí toca —marcó la palabra *a mí*— nunca he sido severa ni intolerante. No tengo tiempo para eso.

—No, pero tal vez no desee usted encontrarse con Stremof. Déjele usted que se tire de los cabellos con Alejo Alejandrovitch en sus comisiones; eso no nos importa. Lo que hay de cierto es que no existe hombre más amable en el mundo, ni jugador de *croquet* más apasionado; ya lo verá usted, y admitirá el ingenio del viejo enamorado de Lisa para paliar su cómica situación. En realidad, es un hombre encantador ¿No conoce usted a Safo Stoltz? Es la última palabra del buen tono, del buen tono más nuevo.

Betsy, mientras charlaba así, miraba a Ana de tal modo, que ésta comprendió que Betsy sospechaba su embarazo, y buscaba un medio de hacérselo confesar.

—Mientras tanto, hay que contestar a Wronsky —y Betsy se sentó delante de su escritorio y escribió dos palabras que puso en un sobre—: Le escribo que venga a comer; me falta un caballero para una de mis damas. Ya usted ve qué imperativa soy. Dispénseme que me aleje un momento, tengo que dar una orden. ¡Póngale el sello y envíela! —dijo desde la puerta.

Sin vacilar un instante, Ana ocupó el lugar de Betsy, y añadió las siguientes líneas a la esquela: «Tengo absoluta necesidad de hablar con usted. Venga al jardín Wrede, allí me hallaré a las seis.» Cerró la carta, que Betsy envió al volver.

Las dos mujeres, en efecto, tuvieron un *easy chat* mientras tomaron el té. Hablaron y juzgaron a las señoras que esperaban, comenzando por Lisa Mercalof.

—Es encantadora, y siempre la he encontrado simpática —dijo Ana.

—No hace usted más que corresponderle, porque ella la adora. Ayer tarde, después de las carreras, se me acercó y quedó muy contrariada por no encontrarla. Dice que usted es una verdadera heroína de novela y que si fuera hombre haría mil locuras por usted. Stremof le contestó que no necesitaba ser hombre para hacer locuras.

—Pero explíqueme usted una cosa que nunca he comprendido —dijo Ana después de un momento de silencio y en tono que probaba que no hacía una pregunta trivial—: ¿Qué relaciones existen entre ella y el príncipe Kalugof, al que llaman Michka? Rara vez los he encontrado juntos. ¿Qué hay entre ellos?

Betsy rió con los ojos y miró atentamente a Ana.

—Es un género nuevo —respondió—. Todas esas damas lo han adoptado echándose el alma a la espalda; sin embargo hay otras maneras de echársela.

—Sí, pero, ¿qué relaciones existen entre ella y Kalugof?

Betsy, que rara vez reía soltó una irresistible y ruidosa carcajada.

—Pero usted sigue las trazas de la princesa Miagkaia: es una pregunta infantil —dijo Betsy riendo hasta llorar, con esa risa contagiosa de las personas que rara vez ríen—. Es preciso preguntárselo.

—Usted se ríe —observó Ana conquistada por aquella alegría—; pero realmente nunca he comprendido una palabra. ¿Qué papel hace el marido?

—¿El marido? Pues el marido de Lisa Mercalof le lleva la manta escocesa y se mantiene a su servicio. En cuanto al fondo de la cuestión, nadie tiene interés en conocerlo. Usted ya sabe que hay artículos de tocador de los que no se habla nunca en la buena sociedad, y hasta hay empeño en ignorar que existen. Lo mismo sucede con esas cuestiones.

—¿Irá usted a la fiesta de los Rolandaki? —dijo Ana para cambiar de conversación.

—Creo que no —respondió Betsy, y sin mirar a su amiga echó el aromático té en tazas pequeñas transparentes; después tomó un cigarrillo y se puso a fumar.

—La mejor de las situaciones es la mía —y al decir esto dejó de reír—; yo la comprendo a usted y comprendo a Lisa. Ella es una de esas naturalezas ingenuas, inconscientes como la del niño que ignora el bien y el mal; al menos así era cuando joven, y, después, al darse cuenta de que esta sencillez la hacía más interesante, expresamente hace como que no lo comprende. Eso, de todos modos, le sienta bien. Las mismas cosas pueden ser consideradas de modos muy diferentes: unos consideran los acontecimientos de la vida desde el punto de vista trágico, y la convierten en un tormento; otros la consideran sencilla y hasta alegremente... ¿Puede ser que usted considere las cosas demasiado trágicas?

—Quisiera yo conocer a los demás como me conozco a mí misma —dijo Ana pensativa y seria—. ¿Soy acaso mejor, soy peor que los demás? ¡Creo que debo ser peor!

—Usted es una niña, y una niña terrible —respondió Betsy—. ¡Pero ya están ahí!

XVIII

Se oyeron pasos y la voz de un hombre, luego una voz de mujer y una carcajada. Después, las visitas que se esperaban hicieron su entrada en el salón. Eran Safo Stoltz y un joven llamado Waska, cuyo rostro radiaba de satisfacción y de una salud algo demasiado exuberante. Indudablemente le habían sentado bien las trufas, el vino de Borgoña, las carnes sangrientas... Waska, al entrar, saludó a las dos señoras, pero la mirada que les dirigió no duró más de un segundo; atravesó el salón detrás de Safo, como un perro atado de una cuerda, devorándola con los ojos brillantes. Safo era una rubia de ojos negros que entró con paso resuelto, sobre enormes tacones que la hacían más alta. Como un hombre, fue a dar vigorosos apretones de mano a las señoras.

Ana se sorprendió de la belleza de esta nueva estrella, que nunca había visto antes de su tocado, llevado al extremo de la elegancia, y de su desenfado. La cabeza de la baronesa sostenía un andamiaje de cabellos verdaderos y postizos de encantador matiz dorado. La elevación de este tocado daba a su cabeza el tamaño casi de su busto combado; su traje, sumamente apretado por detrás, dibujaba las formas a cada movimiento de las rodillas y las piernas. Al mirar el balance de su enorme mono, involuntariamente había que preguntarse dónde acababa aquel elegante cuerpecito tan descubierto arriba y tan apretado abajo.

Betsy se apresuró a presentarle a Ana.

—Figúrese usted que faltó poco para que aplastáramos a dos soldados —empezó a decir inmediatamente, parpadeando y sonriendo, y echando hacia atrás la cola de su traje—. Yo estaba con Waska. ¡Ah, olvidaba que usted no le conoce!

Y designó al joven por el apellido, sonrojándose y riendo por haberle llamado Waska delante de extraños. Éste saludó otra vez, sin decir una palabra, y volviéndose a Safo:

—Se perdió la apuesta —dijo—; llegamos antes: no le queda a usted más remedio que pagar.

Safo rió más recio.

—Pero no ahora.

—Es lo mismo, ya me pagará más tarde.

—Bueno, bueno. ¡Ah, Dios mío! —exclamó de pronto volviéndose hacia la dueña de la casa—. Olvidaba decirlo, ¡qué aturdida soy...! Le traigo a usted un huésped y hele aquí.

El joven huésped que Safo anunciaba, que no se esperaba y que ella había olvidado, resultó que era de tal importancia que, a pesar de su juventud, las señoras se levantaron para recibirle.

Era el nuevo adorador de Safo, y, al ejemplo de Waska, la seguía por todas partes.

En aquel momento entraron el príncipe Kalugof y Lisa Mercalof con Stremof. Lisa era una morena algo delgada, de aire indolente y tipo oriental, con ojos que todos decían impenetrables; su vestido color oscuro, que Ana observó y apreció en seguida, estaba en perfecta armonía con su género de belleza. Así como Safo era brusca y resuelta, en Lisa había cierta malicia llena de abandono.

Betsy, al hablar de ella, le había reprochado su aspecto de niña inocente. Tal reproche era injusto. En realidad, Lisa era un ser de encantadora inconsciencia, aunque mimada. Sus maneras no eran mejores que las de Safo. También llevaba pegados a la cola de su traje dos adoradores que la devoraban con los ojos: uno joven, el otro viejo; pero había en ella algo superior a lo que la rodeaba: se habría podido decir que era un diamante entre pedrería de vidrio. Sus ojos enigmáticos poseían el brillo de la piedra preciosa, rodeados de círculos oscuros, cuya mirada fatigada, pero apasionada, impresionaba por su sinceridad. Al mirarla, parecía que se leía en su alma que se la conocía, se la quería. Al ver a Ana, su rostro se aclaró y sonrió de alegría.

—¡Ah, qué contenta estoy de ver a usted! —dijo acercándose—. Ayer en las carreras, yo quería ir a donde usted estaba, pero precisamente acababa de marcharse. ¿Verdad qué era horrible? —exclamó con una mirada en la que parecía que le abría el corazón.

—Es verdad, nunca hubiera yo creído que eso pudiera emocionar tanto —respondió Ana sonrojándose.

Los jugadores de *croquet* se levantaron para dirigirse al jardín.

—Yo no iré —dijo Lisa sentándose más cerca de Ana—. Usted tampoco, ¿verdad? ¿Qué gusto se puede encontrar en jugar al *croquet*?

—A mí me gusta bastante —dijo Ana.

—¿Cómo, dígame, cómo hace usted para no aburrirse? Con sólo mirarla se siente una alegre. Usted vive: ¡yo me aburro!

—¿Usted se aburre? ¡Pero si se asegura que la casa más alegre de San Petersburgo es la de usted!

—Tal vez aquellos a quienes parecemos alegres se fastidian más que nosotros; pero ciertamente no me divierto, ¡me fastidio horriblemente!

Safo encendió un cigarrillo, y, seguida por los jóvenes, se retiró al jardín. Betsy y Stremof se quedaron junto a la mesa del té.

—Vuelvo a preguntarle —repuso Lisa—: ¿Cómo hace usted para no conocer el fastidio?

—¡Pero si no hago nada! —respondió Ana ruborizándose ante aquella insistencia.

—Es lo mejor que se puede hacer —dijo Stremof mezclándose en la conversación.

Era un hombre de unos cincuenta años, pero bien conservado; feo, pero de una fealdad original y espiritual; Lisa Mercalof era sobrina de su esposa y pasaba a su lado todos sus ratos desocupados. Como encontraba a Ana en las reuniones, trató, como hombre bien educado, de mostrarse particularmente amable con ella, precisamente a causa de su disconformidad con su marido.

—El mejor medio es no hacer nada —continuó con sonrisa inteligente—. Hace tiempo se lo repito a usted. Para no fastidiarse, basta con no creer que uno se fastidiará. Es lo mismo que el insomnio, no hay que decirse nunca que no conseguirá uno dormirse. Eso es lo que Ana Arcadievna ha querido hacer comprender a usted.

—Muchísimo me alegraría de haber, efectivamente, dicho tal cosa —repuso Ana sonriendo—, porque eso, más que ingenioso, es una verdad.

—Pero, dígame, ¿por qué es tan difícil dormirse como no fastidiarse?

—Para dormir, es preciso haber trabajado, y para divertirse también.

—¿Qué trabajo podría yo hacer, que no sirvo para nada? Yo podría hacer como que hago, pero no sé ni quiero.

—Usted es incorregible —dijo Stremof, dirigiéndose también a Ana.

Como la encontraba rara vez, no podía decirle más qué trivialidades, pero supo dar un giro agradable a esas trivialidades. Le habló de su regreso a San Petersburgo y de la amistad de la condesa Lydia hacia ella.

—Le ruego que no se marche —dijo Lisa, al saber que Ana iba a dejarles.

Stremof unió sus súplicas.

—Encontrará usted un contraste demasiado grande entre esta sociedad y la de la anciana Wrede —le hizo observar—; allí se verá usted expuesta a la maledicencia, mientras que aquí inspira usted sentimientos muy diferentes.

Ana quedó por un momento pensativa: las lisonjeras palabras de este hombre de ingenio, la sencilla e infantil simpatía que Lisa le demostraba, aquel ambiente mundano a que estaba habituada y en el cual le parecía respirar con libertad, comparado con lo que le esperaba en su casa, la hicieron vacilar un momento. ¿No podía aplazar para más tarde el terrible momento de la explicación? Mas, al recordar la absoluta necesidad de tomar una resolución y su profunda desesperación de la mañana, se levantó y se despidió.

XIX

No obstante su vida de sociedad y su aparente ligereza Wronsky tenía horror al desorden. Un día, cuando era joven y estaba en el cuerpo de los pajes, se encontró escaso de dinero, y cuando quiso tomar prestado se lo negaron. Desde entonces juró que no volvería a exponerse a tal humillación y cumplió su palabra. Cinco o seis veces al año hacía lo que él llamaba la «colada», y de este modo mantenía en orden sus negocios.

Al día siguiente de las carreras se levantó tarde, y antes de tomar el baño y de afeitarse, se puso un capotón de soldado y se ocupó del arreglo de sus cuentas y balance de caja. Petritzky, que conocía el humor de su camarada en estos casos, se levantó y esquivó sin ruido.

Todo aquel cuya existencia es complicada, cree que las dificultades de la vida son debidas a la mala suerte personal, un privilegio desgraciado reservado a él únicamente y del que el resto de la humanidad se halla exenta. Así pensaba Wronsky enorgulleciéndose, con razón, por haber evitado hasta entonces obstáculos en que otros habrían sucumbido; pero a fin de no agravar la situación, quería cuanto antes poner en claro sus negocios, especialmente en lo referente al dinero.

Con su letra menuda escribió el estado de sus deudas: encontró un total de más de diecisiete mil rublos, mientras que su activo no se elevaba más que a mil ochocientos rublos, sin que pudiese contar con ninguna entrada antes de año nuevo. En seguida clasificó sus deudas, estableciendo tres categorías: En primer lugar, las deudas urgentes, que ascendían a unos cuatro mil rublos, de los cuales mil quinientos eran por su caballo, y dos mil para pagar a un bribón que les había hecho perder a uno de sus camaradas y a él, es decir, que les había ganado. Esta deuda no era directamente suya, sino que había servido de fiador a un amigo; pero deseaba, cuando se reclamara, poder arrojar esa suma a la cara del tunante que le había estafado.

Esos cuatro mil rublos eran, pues, indispensables. En seguida venía lo que debía por la cuadra de las carreras, unos ocho mil rublos: a su abastecedor de heno y de avena, y al guarnicionero inglés. Con dos mil rublos se podría arreglar eso de momento.

En cuanto a las deudas al sastre y a otros proveedores podían esperar.

En una palabra; necesitaba seis mil rublos en el acto, y no tenía más que mil ochocientos.

Para un hombre al que se atribuía una renta de cien mil rublos, esas deudas eran insignificantes. Pero la tal renta no existía, porque como la fortuna paterna estaba indivisa, Wronsky había cedido su parte de los doscientos mil rublos que esa fortuna producía a su hermano, cuando se casó éste con una joven sin fortuna, la princesa Bárbara Tichirkof, hija del Decembrista. Wronsky no se reservó más que una renta de veinticinco mil rublos, diciendo que con eso le bastaría hasta que contrajera matrimonio, lo cual no sucedería nunca. Su hermano, muy endeudado, y al mando de un regimiento que le obligaba a hacer fuertes dispendios, no pudo negarse a aceptar ese regalo. La vieja condesa, cuya fortuna era independiente, añadía veinte mil rublos a la renta de su hijo menor, que lo gastaba todo sin pensar en economizar; pero su madre, descontenta del modo como había salido de Moscú y de sus relaciones con Ana Karenina, había suspendido los envíos de dinero; de manera que Wronsky, que contaba con una renta de cuarenta y cinco mil rublos al año, de repente se encontró reducido a veinticinco mil. Recurrir a su madre era imposible, porque la carta que había recibido de ella le irritaba por las alusiones que contenía. Quería ayudarle para que avanzara en su carrera, pero no para que siguiese llevando una vida que era el escándalo de toda la buena sociedad. Esa especie de convenio tácito que su madre le proponía, le había llegado a lo más hondo del alma. Sentía mayor frialdad que nunca hacia ella. Por otra parte, no cumplir con su palabra generosa dada a su hermano, algo aturdidamente, era inadmisible. El recuerdo de su cuñada, de la buena y encantadora Waria, que en toda ocasión le recordaba que no había olvidado su generosidad y no cesaba de apreciarla, habría bastado para que él no se retractara; era tan imposible como pegar a una mujer, robar o mentir; y, sin embargo, comprendía que sus relaciones con Ana podían hacer que su renta le fuese tan necesaria como si fuesen casados.

La única cosa práctica que a Wronsky se le ocurrió sin vacilar, fue tomar prestados a un usurero diez mil rublos, lo cual no ofrecía ninguna dificultad, disminuir los gastos y vender los caballos. Una vez tomada esta resolución, escribió al Rolandaki, que frecuentemente le había propuesto comprarle los caballos, llamó al inglés y al usurero, y entre diversos acreedores repartió el dinero que le quedaba. Hecho esto, escribió dos líneas a su madre, y tomó las tres últimas cartas de Ana para leerlas antes de echarlas al fuego. El recuerdo de la conversación que tuvieron la víspera le sumió en profunda meditación.

XX

Wronsky se había formado un código de leyes para su uso particular.

Ese código se aplicaba a un círculo poco extenso de deberes estrictamente determinados. Como nunca había tenido que salir de ese círculo, jamás tampoco se había encontrado inadvertido o perplejo sobre lo que era conveniente hacer o evitar. El código le prescribía, por ejemplo, pagar una deuda de juego a un bribón; pero no declaraba indispensable saldar la cuenta de su sastre. Prohibía la mentira, excepto cuando se trataba de una mujer. Vedaba engañar, exceptuando a un marido. Admitía la ofensa, pero no el perdón de las injurias.

Esos principios podían carecer de equidad y de lógica; pero como Wronsky no los discutía, se había atribuido siempre el derecho de llevar la cabeza levantada, puesto que los observaba. Sin embargo, desde sus relaciones con Ana, descubría algunas lagunas en su código; cambiadas las condiciones de su existencia, ya no encontraba respuesta a todas sus dudas, y se quedaba perplejo al pensar en el porvenir.

Hasta entonces sus relaciones con Ana y su marido estaban dentro del cuadro de los principios conocidos y admitidos. Ana era una mujer honrada que, habiéndole dado su amor, tenía todos los derechos imaginables a su respecto, más todavía que si hubiera sido su esposa legítima; se habría dejado cortar la mano antes que permitirse una palabra, una ofensiva alusión, cualquier cosa que pudiese pugnar con la estima y consideración a que es acreedora una mujer.

Igualmente correctas eran sus relaciones con la sociedad; cualquiera podía sospechar su ilícita relación, pero nadie podía atreverse a hablar de ella; estaba dispuesto a hacer callar a los indiscretos, y a obligarlos a respetar el honor de la que él había deshonrado.

Sus relaciones con el marido estaban más definidas todavía; desde el momento en que él había amado a Ana, sus derechos sobre ella le parecían imprescriptibles. El marido era un personaje inútil, molesto, colocado en una situación ciertamente muy desagradable para él, pero irremediable. El único derecho que le quedaba al marido era pedir una satisfacción por las armas, a lo cual Wronsky estaba siempre dispuesto.

Sin embargo, en los últimos días se habían presentado nuevos incidentes que Wronsky no se hallaba preparado para juzgar. La víspera, Ana le había informado que estaba encinta; comprendía que ella esperaba de él una resolución cualquiera, pero los principios que servían de norma a su vida, no determinaban cuál debía ser esta resolución. En el primer arranque, su corazón le había impelido a exigirle que abandonara a su marido; luego, se preguntó si tal ruptura era de desear, y sus reflexiones le conducían a la perplejidad.

«Hacerle abandonar a su marido es unir su vida a la mía; ¿estoy preparado para ello? ¿Puedo llevármela cuando me falta el dinero necesario? Supongamos que lo consiga. ¿Puedo hacerlo mientras esté en el servicio? Al punto donde hemos llegado, he de hallarme preparado para presentar la dimisión y para encontrar dinero.»

La idea de retirarse del servicio le llevaba a considerar un lado secreto de su vida que sólo a él le era conocido.

La ambición había sido el sueño de su infancia y de su juventud, sueño capaz de hacer contrapeso en su corazón al amor que por Ana sentía, aunque no se lo confesase a sí mismo. Sus primeros pasos en la carrera militar fueron tan afortunados como sus comienzos en la sociedad, pero desde hacía dos años sufría las consecuencias de una insigne torpeza.

En vez de aceptar un ascenso para el que se le propuso, no lo hizo, creyendo que esa negativa le engrandecería y probaría su independencia; había exagerado el valor que se daba a sus servicios, y desde entonces ya no se habían ocupado de él. De grado o por fuerza, se veía en el caso del hombre independiente, que, como no pide nada, no puede protestar de que le dejen divertirse en paz; en realidad, ya no se divertía. Su independencia le abrumaba, y comenzaba a temer que definitivamente se le considerase como un buen muchacho destinado únicamente a no ocuparse más que de sus placeres.

Sus amores con Ana habían calmado por un momento el roedor gusano de su ambición decepcionada, que llamaba la atención general sobre él como héroe de novela; pero el regreso del general Serpuhowskoï, su amigo de la infancia, vino a despertar sus antiguos sentimientos.

El general había sido su camarada en la academia, su rival en estudios y en ejercicios gimnásticos, compañero de locuras juveniles. Regresaba lleno de gloria del Asia central y se esperaba su nombramiento para un elevado puesto a su regreso a San Petersburgo. Se le consideraba un astro de primera magnitud que se elevaba. Al lado suyo, libre, brillante, amado por una esposa encantadora,

Wronsky hacía una triste figura, como simple capitán de caballería al que se permitía permanecer independiente y a su gusto.

«Ciertamente —se decía— no envidio a Serpuhowskoï, pero su ascenso prueba que un hombre como yo no tiene más que esperar una oportunidad para hacer una rápida carrera. Hace aún tres años, estaba a la misma altura que yo. Si yo abandonara el servicio, sería como quemar las naves permaneciendo en él, no pierdo nada. ¿No me ha dicho ella claramente que no quería cambiar de situación? ¿Y puedo envidiar a Serpuhowskoï cuando poseo su amor?»

Se retorció lentamente las guías del bigote, se levantó y se puso a pasear por el cuarto. Le brillaron los ojos y experimentó la tranquilidad de espíritu que siempre sucedía al arreglo de sus asuntos; esta vez también volvía a quedar todo en orden. Se afeitó, tomó un baño frío, se vistió y se dispuso a salir.

XXI

—Venía a buscarte —dijo Petritzky entrando en el cuarto—. La colada ha durado mucho hoy—. ¿Has concluido?

—Sí —contestó Wronsky sonriendo.

—Cuando sales de la colada, parece que sales de un baño. Vengo de casa de Gritzky (el coronel de su regimiento), te están esperando.

Wronsky miraba a su camarada sin responder, pensaba en otra cosa.

—¡Ah! ¿Es en su casa donde toca esa música? —preguntó al escuchar las polkas y valses de la banda militar, que sonaban a lo lejos—. ¿Qué fiesta hay?

—Es que ha llegado Serpuhowskoï.

—¡Ah! No lo sabía —y sus ojos rieron.

Había resuelto sacrificar su ambición a su amor y considerarse feliz. Así es que no podía tener mala voluntad a Serpuhowskoï por no haber venido a verle todavía.

—Me alegro mucho.

El coronel Gritzky ocupaba una gran casa señorial. Cuando llegó Wronsky, todos estaban reunidos en la terraza de la planta baja. Los cantores del regimiento, con capotes de verano, estaban en pie en el patio, alrededor de un barrilito de aguardiente. En la primera grada de la terraza, el coronel, con su cara afable de hombre satisfecho, rodeado de sus oficiales, gritaba más recio que la música, que tocaba una cuadrilla de Offenbach, y con grandes ademanes daba órdenes a un grupo de soldados. Éstos, con el encargado de conducir equipajes y algunos sargentos, se aproximaron al balcón al mismo tiempo que Wronsky.

El coronel, que había vuelto a la mesa, se presentó otra vez, con una copa de *champagne* en la mano, y pronunció el brindis siguiente:

—A la salud de nuestro antiguo camarada, el valiente general y príncipe Serpuhowskoï. ¡Hurra!

Serpuhowskoï apareció después del coronel con una copa también en la mano.

—Cada vez estás más joven, Boundarenko —dijo al conductor de equipajes, un buen mozo de color rosado.

Hacía tres años que Wronsky no había visto a Serpuhowskoï. Le encontró siempre guapo, pero con belleza más varonil. La regularidad de sus facciones impresionaba menos que la nobleza y dulzura de su persona. Observó en él la transformación que acompaña a los que logran el éxito y se dan cuenta de él. Esa especie de brillo interior le era perfectamente conocido a él.

Al bajar Serpuhowskoï la escalera vio a Wronsky, y una sonrisa de satisfacción le iluminó el rostro. Cuando brindó le hizo una señal con la cabeza, como enviándole un afectuoso saludo e informándole que iba a beber con el conductor de equipajes, quien tieso como una estaca, aguardaba el brindis

—¿Ahí estás? —gritó el coronel—; ¡y Yashvin que decía que tenías un humor de perros!

Serpuhowskoï, después de haber abrazado tres veces al gallardo conductor y de limpiarse la boca con su pañuelo, se acercó a Wronsky.

—¡Cuánto me alegro de verte! —le dijo estrechándole la mano y conduciéndole a un rincón.

—Ocúpese usted de ellos —gritó el coronel a Yashvin, y se dirigió hacia el grupo de soldados.

—¿Por qué no viniste ayer a las carreras? Yo esperaba verte allí —dijo Wronsky examinando a Serpuhowskoï.

—Fui, pero ya demasiado tarde. Dispense —añadió volviéndose hacia un ayudante de campo—. Distribuya usted eso de parte mía, se lo ruego —y sacó de su cartera tres billetes de cien rublos.

—Wronsky, ¿quieres beber o comer? —preguntó Yashvin—. ¡Eh, que se traiga algo para el conde! Bebe eso mientras tanto.

La fiesta se prolongó mucho tiempo. Llevaron a Serpuhowskoï en triunfo, y en seguida le tocó el turno al coronel. Después el coronel bailó una danza pantomímica delante de los cantores, y cuando se sintió algo fatigado, se sentó en un banco en el patio, tratando de demostrar a Yashvin la superioridad de Rusia sobre Prusia, especialmente en las cargas de caballería. La alegría se aplacó un momento. Serpuhowskoï fue a lavarse las manos al gabinete tocador; allí encontró a Wronsky echándose agua en la cabeza; se había quitado el uniforme de verano y tenía el cuello todo mojado. Cuando concluyó sus abluciones, fue a sentarse cerca de Serpuhowskoï y se pusieron a hablar en un pequeño sofá.

—He sabido por mi esposa todo lo que se refiere a ti —dijo Serpuhowskoï. Me alegro de que la veas con frecuencia.

—Es amiga de Waria, y son las únicas mujeres de San Petersburgo que veo con gusto —respondió Wronsky sonriendo previendo el giro que la conversación iba a tomar, sin que eso le desagradara.

—¿Las únicas? —preguntó Serpuhowskoï, sonriendo también.

—Sí, yo también sabía de ti, pero no solamente por tú esposa —dijo Wronsky, tratando de cortar toda alusión con la expresión de seriedad que tomó su rostro—. Me he alegrado mucho de los buenos éxitos que obtenías, sin que me sorprendieran. Esperaba más todavía.

Serpuhowskoï sonrió; esta opinión le lisonjeaba y no veía motivo para ocultarlo.

—Yo no esperaba tanto, francamente; pero estoy contento, muy contento; soy ambicioso, es mi flaco, no lo niego.

—Lo negarías tal vez si hubieras salido menos bien.

—Quizá. No llegaré a decir que sin ambición no valdría la pena de vivir, pero sí que la vida sería monótona. Tal vez me equivoque; sin embargo, me parece que poseo las cualidades necesarias para la clase de actividad que he elegido, y que, el poder entre mis manos, cualquiera que sea, estará mejor que en manos de muchos otros que conozco; por consiguiente, cuanto más me acerque al poder más contento me hallaré.

—Eso quizá te convenga a ti, pero no a todos. Yo también he pensado como tú, y, no obstante, vivo, y ya no creo que la ambición sea el único fin de la existencia.

—¡Ya llegamos! —dijo riendo Serpuhowskoï—. Comenzaré por decirte que supe lo de tu renuncia al ascenso y, naturalmente, te aprobé. A mi parecer, obraste bien en el fondo; pero no lo hiciste en las condiciones en que debías haberlo hecho.

—Ya no tiene remedio, y ya sabes que nunca me arrepiento de mis acciones; por otra parte, me encuentro muy bien así.

—Muy bien durante algún tiempo. Pero no siempre estarás satisfecho. Tu hermano es otra cosa, es un hombre excelente como nuestro huésped. ¿Le oyes? —añadió al oír los hurras prolongados a lo lejos—. A ti no puede bastarte con eso.

—Yo no digo que con eso me baste.

—Y además los hombres como tú son necesarios.

—¿A quién?

—¿A quién? A la sociedad, a Rusia; Rusia necesita hombres, tiene necesidad de un partido; si no, todo se lo llevará el diablo.

—¿Qué quieres decir con eso? ¿El partido Bertenef contra los comunistas rusos?

—No —contestó Serpuhowskoï haciendo una mueca, al pensar que pudieran suponerle capaz de semejante necedad—. Todo eso *c'est une blague* (es una farsa): lo que ha sido seguirá siendo. No hay comunistas, no hay más que gentes que tienen necesidad de inventar un partido peligroso cualquiera por espíritu de intriga. Es la historia de siempre. Lo que se necesita es un poderoso grupo de hombres independientes como tú y como yo.

—¿Para qué? —Wronsky nombró algunas personas influyentes—. Ésos no son, sin embargo, independientes.

—No lo son únicamente porque desde que nacieron no han tenido independencia material de nombre y porque no han vivido como nosotros cerca del sol. El dinero o los honores pueden adquirirlos, y para mantenerse necesitan seguir una dirección que para ellos mismos carece de sentido, que acaso sea mala, pero que puede asegurarles una posición oficial y ciertos emolumentos. *Cela n'est pas plus fin que cela* (no hay más habilidad que ésa), cuando se descubre su juego. Tal vez soy peor, o más tonto que ellos, cosa que no es cierta; pero en todo caso, tengo, como tú, la importante ventaja de ser difícil de comprar. Ahora más que nunca, los hombres de esta clase son necesarios.

Wronsky le escuchaba con atención, no tanto por sus palabras como porque comprendía el alcance de las miradas de su amigo; mientras que él no se ocupaba más que de los intereses de su escuadrón, Serpuhowskoï preveía ya la lucha con el poder, y se creaba un partido en las esferas oficiales. ¿Y qué fuerza no adquiriría con su poder de reflexión y de asimilación, y aquella facilidad de expresión tan rara en el medio en que vivía?

Por mucha vergüenza que le diera, se sintió envidioso.

—Me falta una cualidad esencial para llegar —respondió—: el amor al poder. Lo tenía y ya no lo tengo; lo he perdido.

—No creo en eso —dijo el general sonriendo.

—Es verdad, sin embargo. «Ahora» sobre todo, si he de ser sincero.

—Ahora quizá, pero eso no ha de durar siempre.

—Puede ser.

—Tú dices *puede ser*, y yo digo: *ciertamente no durará* —continuó Serpuhowskoï, como si hubiese adivinado su pensamiento—. Por eso quería hablar contigo. Admito que hayas renunciado la primera vez, pero para el porvenir te pido *carte blanche*. No estoy representando el papel de protector contigo y, sin embargo, ¿por qué no había de serlo? ¿No has sido tú con frecuencia el mío? Nuestra amistad está por encima de todo eso. Sí, dame carta blanca, y te arrastraré sin que lo parezca.

—Pero fíjate en que yo no pido nada, excepto que lo presente dure siempre.

Serpuhowskoï se levantó, y colocándose delante de él replicó:

—Te comprendo, pero escúchame: somos contemporáneos; es posible que hayas conocido a más mujeres que yo (su sonrisa y su gesto tranquilizaron a Wronsky, respecto a la delicadeza que emplearía para tocar el punto sensible), pero soy casado, y como ha dicho no sé quién, el que no ha conocido más que a su esposa y la ha querido, sabe más acerca de la mujer que el que ha conocido mil...

—Vamos ya —gritó Wronsky a un oficial que se presentó en la puerta para llamarlos de parte del coronel.

Tenía curiosidad por saber a dónde iba a parar su amigo.

—Mi opinión es que la mujer es la piedra en que se atasca la carrera de un hombre. Es difícil amar a una mujer y hacer nada de bueno, y el único medio de no verse reducido a la inacción por el amor es casarse. ¿Cómo explicarte eso? —continuó Serpuhowskoï, a quien gustaban las comparaciones—. Supongamos que llevas una carga; mientras no te la hayan atado a la espalda, las manos no te servirán de nada. Eso es lo que noté al casarme, mis manos de improviso se encontraron libres; pero llevar esa carga sin el matrimonio, es incapacitarse para toda acción. Mira a Masonkof, Kupof... ¡Gracias a las mujeres, han estropeado sus carreras!

—Pero, ¡qué mujeres! —dijo Wronsky pensando en la actriz y en la francesa a las cuales estaban encadenados aquellos dos hombres.

—Cuanto más elevada sea la posición social de la mujer mayor es la dificultad, ya no se trata entonces de llevar una carga, sino de arrancársela a otro.

—Tú no has querido nunca —murmuró Wronsky, mirando al aire y pensando en Ana.

—Tal vez, pero piensa en lo que te he dicho y no olvides esto: las mujeres son más materiales que los hombres. Nosotros tenemos una idea grandiosa del amor; ellas permanecen siempre a ras de tierra... ¡En seguida vamos! —dijo a un criado que entró en el cuarto, pero éste no venía a llamarles, traía una esquela para Wronsky.

—De la princesa Tverskoi —dijo.

Wronsky abrió la esquela y se puso encarnado.

—Me duele la cabeza y me voy a casa — dijo a Serpuhowskoï.

—Entonces, adiós. Me das *carte blanche*. Volveremos a hablar de eso. Te encontraré en San Petersburgo.

XXII

Habían dado ya las cinco. Para no faltar a la cita, y sobre todo para no ir con sus caballos que todos conocían, Wronsky tomó el coche de *isvostchik* de Yashvin y ordenó al cochero que fuera a buen paso; era un carruaje viejo de cuatro asientos; se acomodó en un rincón y extendió las piernas sobre los asientos de enfrente.

El orden restablecido en sus negocios, la amistad de Serpuhowskoï, las palabras tan halagadoras de éste, afirmándole que él, Wronsky, era hombre necesario, y la esperanza de una entrevista con Ana, todo le comunicó una alegría de vivir tan exuberante, que sonrió de satisfacción: borró con la mano la confusión de la víspera y respiró a plenos pulmones.

«¡Qué hermoso es vivir!» —se decía echándose en el fondo del carruaje, con las piernas cruzadas. Jamás había experimentado aquella plenitud de vida, que llegaba al grado de hacer que le pareciera agradable el ligero dolor que aún sentía a consecuencia de su caída.

Aquel día frío y claro de agosto, en el que Ana había recibido tan dolorosa impresión, le estimulaba y le excitaba.

Lo que veía en las últimas claridades del día, en aquella atmósfera tan pura, le parecía fresco, alegre y sano como él. Los techos de las casas, dorados por los rayos del sol poniente, el contorno de las empalizadas que bordeaban las orillas del camino, las casas dibujándose con vivos relieves, los raros transeúntes, el verdor de los árboles y del césped que ningún soplo de viento agitaba, los campos sembrados de hileras de patatas, proyectando sombras oblicuas: todo formaba como un encantador paisaje recién barnizado.

—¡Más deprisa, más deprisa! —gritó al cochero entregándole por la ventanilla un billete de tres rublos. El *isvostchik* aseguró la linterna al coche, fustigó los caballos y partió como una flecha por la nivelada carretera.

«No quiero nada, nada más que esa dicha», pensó fijando los ojos en el botón de la campanilla colocada entre los dos vidrios del carruaje, y se representó a Aria tal como la vio la última vez. «¡Cuanto más la veo, más la quiero! Allí está el jardín de la casa de campo Wrede. ¿Dónde estará? ¿Por qué me ha escrito llamándome en la carta de Betsy?»

Era la primera vez que pensaba en esto, pero no tenía tiempo de reflexionar. Detuvo al cochero antes de llegar a la avenida, bajó mientras el coche andaba todavía y penetró en la avenida de árboles que conducía a la casa. No vio a nadie, pero mirando a la derecha del parque divisó a Ana, con el rostro cubierto con un espeso velo. La conoció por su modo de andar, por la forma de sus hombros, por su gracioso cuello y sintió como una conmoción eléctrica. La alegría de vivir se revelaba en sus movimientos y en su respiración.

Cuando estuvieron uno cerca del otro, ella le tomó la mano con viveza.

—¿No estás enfadado por haberte hecho venir? Tenía absoluta necesidad de verte —dijo, y la severa arruga del labio bajo su velo, cambió súbitamene la alegre disposición de Wronsky.

—¿Yo enfadarme contigo? Pero, ¿cómo y por qué te encuentras aquí?

—Poco importa eso —contestó pasando el brazo por el de Wronsky—. Ven, es necesario que hable contigo.

Él comprendió que había ocurrido algún nuevo incidente y que la conversación que tendrían no sería nada dulce, así es que la agitación de Ana se le comunicó sin saber por qué.

—¿Qué hay? —preguntó apretándole el brazo y tratando de leer en su rostro.

Ella dio algunos pasos en silencio como para tomar aliento y de pronto se detuvo.

—No te dije ayer —comenzó respirando con dificultad y hablando rápidamente— que al regresar de las carreras con Alejo Alejandrovitch, se lo confesé todo... le dije que ya no podía ser su esposa... en fin, todo.

Él escuchaba inclinado hacia Ana, como tratando de suavizar la amargura de la confidencia. Pero tan pronto como ella hubo hablado, se irguió y su rostro tomó una expresión digna y severa.

—Sí, sí, eso es mil veces mejor. ¡Comprendo lo que debes de haber sufrido! —pero ella no le escuchaba, esforzándose por adivinar lo que su amante pensaba.

¿Podía ella suponer que lo que se leía en sus rasgos expresara la primera idea que le sugirió lo que acababa de escuchar, la idea de un duelo que para él era ya inevitable? Nunca había pensado Ana en semejante cosa. Muy diferente fue la interpretación que dio a la fisonomía de Wronsky.

Después de la carta de su marido, sentía en el fondo del alma que todo había de continuar como hasta entonces, que le faltarían fuerzas para sacrificar su posición social, lo mismo que a su hijo, por su amante. La tarde pasada en casa de la princesa Tverskoi le había confirmado en esta convicción. Sin embargo, daba gran importancia a su entrevista con Wronsky; esperaba que la situación respectiva de cada uno de los dos variaría. Si en el primer momento mismo él le hubiese dicho: «Abandónalo todo y vente conmigo», hasta habría abandonado a su hijo; pero en él no hubo entonces ningún arranque de esa clase, y hasta le pareció más bien enojado y descontento.

—No he sufrido, todo ha quedado resuelto por sí mismo —dijo con cierta irritación—, y ahí tienes... —añadió sacando del guante la carta de su marido.

—Lo comprendo —interrumpió Wronsky tomando la carta sin leerla y tratando de tranquilizar a Ana—. No quería más que esta explicación para consagrar mi vida a tu felicidad.

—¿Por qué me dices eso? ¿Puedo dudarlo? Si dudara...

—¿Quién viene? —dijo de pronto Wronsky señalando a dos señoras que se dirigían hacia ellos—. Tal vez nos conocen... —y condujo a Ana precipitadamente a otra avenida próxima.

—¡Me es tan indiferente! —respondió, pero le temblaban los labios, y pareció a Wronsky que le miraba a través de su velo con expresión de extraño odio—. Lo repito, en todo este asunto no dudo de ti; pero lee lo que me escribe —y se detuvo de nuevo.

Wronsky, mientras leía la carta, involuntariamente, como lo había hecho poco antes al conocer la ruptura de Ana con su marido, se abandonó a la impresión que despertaba en él el pensamiento de sus relaciones con aquel marido ofendido. A pesar suyo se representaba la provocación que recibiría al día siguiente, el duelo y el momento en que él, siempre tranquilo y frío, frente a su adversario, después de haber disparado al aire esperaría impávido que éste tirase sobre él... y las palabras de Serpuhorwskoï le vinieron a la mente: «Es mejor no encadenarse». ¿Cómo hacerle comprender eso a Ana?

Después que hubo leído la carta, levantó los ojos y miró a su amiga con mirada que carecía de decisión; ella comprendió que su amante había reflexionado y que cualquier cosa que dijese no sería el fondo de su pensamiento. No respondía a lo que ella esperaba de él; su última esperanza se desvanecía.

—¿Ya ves qué clase de hombre es? —dijo con voz temblorosa.

—Perdóname —interrumpió Wronsky—, pero no me desagrada... Por Dios, déjame acabar —añadió suplicándole con la mirada que le diera tiempo de explicar todo su pensamiento—, no me desagrada, porque es imposible que las cosas queden como están, como él supone.

—¿Cómo es eso? —preguntó Ana con voz alterada sin dar ya ninguna significación a sus palabras, porque comprendía que su suerte estaba echada.

Wronsky quería decir que después del duelo, que él juzgaba inevitable, la situación forzosamente cambiaría, pero dijo enteramente lo contrario.

—Esto no puede continuar así. Espero que ahora le abandones, y que me permitas —aquí se ruborizó y se turbó— pensar en la organización de nuestra vida común; mañana...

Ella no le dejó acabar:

—¿Y mi hijo? Tú ves lo que escribe: sería preciso abandonarle. No puedo, ni quiero.

—Pero, en nombre del Cielo, ¿será preferible no abandonar a tu hijo y llevar esta existencia humillante?

—¿Para quién es humillante?

—Para todos, y principalmente para ti.

—¡Humillante! No digas eso, esa palabra carece de sentido para mí —murmuró con una voz que temblaba—. Has de tener presente, que desde el día en que te amé todo se ha transformado en mi vida: fuera de tu amor, nada existe para mí, si es mío para siempre, me siento a tal altura que nada puede alcanzarme. Me siento orgullosa de mi situación porque... estoy orgullosa... —no concluyó, la voz se le ahogó en lágrimas de vergüenza y desesperación.

Se detuvo sollozando.

Él también sintió algo que le obstruía la garganta, y, por primera vez en su vida, se vio a punto de llorar; no sabía si le enternecía más la lástima por aquella a quien no podía ayudar y a la que había causado la desgracia, o el sentimiento de haber cometido una mala acción.

—¿Sería, pues, imposible el divorcio? —preguntó en voz baja.

Ella movió la cabeza sin contestar.

—¿No podrías abandonarle y llevarte al niño?

—Sí, pero ahora todo depende de él. Es preciso que vaya a reunirme con él —dijo con sequedad.

Su presentimiento se había realizado: todo continuaba como antes.

—El martes estaré en San Petersburgo y allí decidiremos.

—Sí, pero no hablemos más de ello.

Se aproximaba el coche de Ana, que había despedido con orden de que fuera por ella a la reja del jardín Wrede.

Dijo adiós a Wronsky y se marchó.

XXIII

La comisión del 2 de junio, generalmente, se reunía los lunes. Alejo Alejandrovitch entró en la sala, saludó, como de costumbre, al presidente y a los miembros de la Comisión y se sentó en su lugar, apoyando la mano sobre los papeles preparados delante de él, entre los cuales se encontraban sus documentos particulares y las notas de las proposiciones que pensaba someter a sus colegas. Esas notas eran superfluas, porque no solamente no se le escapaba nada de lo que tenía preparado, pero se creía obligado a repasar en su memoria en el último momento los asuntos de que deseaba tratar. Sabía, además, que en el momento de verse frente a su adversario, que trataría de hacerse el indiferente, la palabra le vendría por sí sola con toda la limpidez necesaria, y que cada frase suya daría en el blanco. Mientras tanto, escuchaba la lectura del informe oficial con el aspecto más inocente, más inofensivo. Nadie se habría imaginado, al verle con la cabeza inclinada, con el aire de fatiga, palpando con sus manos blancas de venas ligeramente inflamadas, con dedos largos y delgados, los bordes del papel blanco colocado frente a él, que aquel mismo hombre iba a pronunciar un discurso que levantaría una verdadera tempestad, obligando a los miembros de la Comisión a gritar con más fuerza los unos que los otros, interrumpiéndose mutuamente, y que obligaría al presidente a llamarles al orden. Cuando terminó el informe, Alejo Alejandrovitch, con débil voz, manifestó que tenía algunas observaciones que presentar referentes a la cuestión del orden del día. La atención general se centró en él. Alejo Alejandrovitch aclaró su voz, tosió ligeramente y, sin mirar a su adversario, como hacía siempre al pronunciar un discurso, se dirigió al primero que se le presentó sentado delante de él, que resultó ser un viejo modesto, sin la menor importancia en la Comisión. Cuando llegó al punto capital, a las leyes orgánicas, su adversario saltó de su asiento y le contestó. Stremof, que formaba parte de la Comisión que Alejo Alejandrovitch fustigó con rudeza, se defendió también. La sesión fue de las más tempestuosas, pero Alejo Alejandrovitch triunfó y su proposición fue aceptada. Se nombraron tres nuevas Comisiones, y pronto, en ciertas esferas de San Petersburgo, no se trató más que de esta sesión. El éxito obtenido por Alejo Alejandrovitch fue más lejos de lo que él esperaba.

Al día siguiente, martes, Karenin, al despertarse, recordó con placer su triunfo de la víspera y no pudo contener una sonrisa de satisfacción, a pesar de su deseo de parecer indiferente, cuando su jefe de gabinete, para serle agradable, le habló de los rumores que corrían acerca de la reunión de la víspera.

Alejo Alejandrovitch, absorto en el trabajo, olvidó completamente que aquel martes era el día señalado para el regreso de su esposa; así es que recibió una impresión desagradable cuando un criado vino a comunicarle que había llegado.

Ana regresó a San Petersburgo por la mañana temprano; su marido no lo ignoraba, puesto que ella, por telégrafo, había pedido un carruaje; pero él no fue a recibirla, avisándole de que estaba ocupado con su jefe de gabinete. Después de haberle hecho informar de su regreso, Ana fue a su habitación e hizo desempaquetar el equipaje, esperando siempre que su marido se presentara; pero pasó una hora y no apareció; con el pretexto de dar algunas órdenes, entró en el comedor, habló en alta voz al criado expresamente, sin lograr nada; oyó que su marido acompañaba hasta la puerta a su jefe de gabinete; tenía costumbre de salir después de esta entrevista; ella lo sabía y deseaba absolutamente verle para arreglar sus relaciones futuras; fue necesario decidirse a entrar en el despacho de su esposo. Éste, de uniforme, preparado para marcharse, estaba con los codos apoyados sobre una mesita. Ana le vio antes, que él la viera, y comprendió que pensaba en ella. Karenin, al verla, quiso levantarse, vaciló, se ruborizó, cosa que jamás le sucedía, y por último, levantándose bruscamente, dio algunos pasos en dirección a ella, fijando los ojos en su tocado para evitar su mirada. Cuando estuvo cerca, le cogió la mano y la invitó a tomar asiento.

—Me alegro mucho de que haya regresado usted —dijo sentándose cerca de ella con el evidente deseo de hablar, pero deteniéndose cada vez que abría la boca.

Aunque preparada para esta entrevista y dispuesta a acusarle y despreciarle, Ana no encontraba qué decir y sentía lástima de él.

El silencio de ambos se prolongó bastante tiempo.

—¿Sigue bien Sergio? —dijo por fin y, sin esperar la respuesta, añadió—: No comeré en casa, tengo que salir en seguida.

—Yo quería irme a Moscú —dijo Ana.

—No, ha hecho usted muy bien en regresar —respondió y el silencio se renovó.

Viéndole Ana incapaz de abordar la cuestión comenzó ella a hablar.

—Alejo Alejandrovitch —dijo, mirándole sin bajar los ojos ante aquella mirada fija en su peinado—, soy una mujer mala y culpable; pero continúo siendo lo que era lo que le he confesado ser, y he venido a decir a usted que no podía cambiar.

—No le pregunto a usted eso —respondió él en tono decidido; la cólera le hacía recobrar la posesión de todas sus facultades, y esta vez mirándola al rostro con una expresión de odio—: Ya lo suponía, pero como le he dicho y escrito —continuó con voz breve y penetrante—, y como le vuelvo a repetir de nuevo, no estoy obligado a saberlo, quiero ignorarlo; todas las mujeres no tienen como usted la bondad de apresurarse a dar a sus esposos esta agradable noticia —insistió sobre la palabra agradable—. Todo lo ignoro en tanto que la sociedad no se ponga al corriente y que mi nombre no se vea deshonrado. Por esto le advierto a usted que nuestras relaciones deben ser lo que siempre han sido; no pondré mi honor al abrigo más que en el caso que usted se comprometa.

—Pero nuestras relaciones no pueden ser lo que eran —dijo Ana tímidamente mirándole asustada.

Al volver a verle con sus ademanes tranquilos, con su burlona voz aguda y algo infantil, toda la lástima que al principio sintió, desapareció ante la repulsión que le inspiró; no tenía más que un temor, el de no expresarse de un modo bastante preciso sobre lo que debían ser en lo sucesivo sus relaciones.

—No puedo seguir siendo su esposa desde el momento...

Karenin sonrió con sonrisa fría y mala.

—El género de vida que usted ha tenido a bien elegir se refleja hasta en su modo de comprender las cosas; pero desprecio y respeto demasiado, quiero decir que respeto demasiado su pasado y desprecio demasiado su presente, para que mis palabras puedan recibir la interpretación que usted les da.

Ana suspiró e inclinó la cabeza.

—Por lo demás —continuó Karenin acalorándose—, no puedo comprender cómo no habiendo encontrado nada de vituperable en informar a su marido de su infidelidad, tenga escrúpulos en el cumplimiento de sus deberes de esposa.

—Alejo Alejandrovitch, ¿qué exige usted de mí?

—Exijo que no vuelva usted a ver a ese hombre. Exijo que usted se porte de modo que ni la sociedad *ni nuestros criados* puedan acusar a usted. En una palabra, exijo que usted no le vuelva a recibir. Me parece que no es mucho pedir. No tengo más que decirle. He de marcharme y no comeré en casa.

Se levantó y se dirigió a la puerta. Ana se levantó también. Él la saludó sin hablar y la dejó salir delante.

XXIV

Nunca, a pesar de la abundancia de la cosecha, había Levin experimentado tantos sinsabores como aquel año, ni comprobado más claramente el mal estado de sus relaciones con los campesinos. Ni siquiera ya miraba sus negocios desde el mismo punto de vista, ni con el mismo interés. De todas las mejoras que con tanto trabajo había introducido, no resultó más que una incesante lucha, en la cual el amo defendía su propiedad, mientras que los trabajadores defendían su trabajo. ¡Cuántas veces pudo advertirlo aquel verano! Unas veces era el trébol, que reservaba para semilla, que lo segaban como si fuera forraje, dando por pretexto una orden del administrador, cuando en realidad el verdadero motivo era que ese trébol resultaba más fácil de segar; al día siguiente era una máquina nueva de henear que rompían, porque el que la manejaba se había cansado de sentir dos alas sobre la cabeza. En seguida los arados perfeccionados que no querían emplear, los caballos que se dejaban pacer en un trigal, porque en vez de velar por la noche dormían alrededor del fuego encendido en la pradera. En fin tres hermosas terneras, olvidadas en el granero del trébol, murieron, y no fue posible convencer al pastor de que el trébol fue la causa de su muerte. Consolaron al amo contándole que dos vacas habían perecido en tres días en casa del vecino.

Levin no atribuía esos hechos a rencores personales de parte de los aldeanos, pero comprobaba con dolor que sus intereses forzosamente habían de ser considerados como opuestos a los de los trabajadores.

Hacía tiempo que sentía zozobrar su barca, sin que pudiese explicarse por dónde penetraba el agua. Había tratado de hacerse ilusiones, pero ya el desaliento le invadía; el campo se le volvía antipático y no tenía gusto para nada.

La presencia de Kitty en la vecindad agravaba ese malestar moral. Habría querido verla, pero no podía decidirse a ir a casa de su hermana. Aunque al verla en la carretera hubiese comprendido que todavía la amaba, la negativa de la joven levantaba entre los dos una barrera infranqueable. «No la perdonaría que me aceptara únicamente por no haber podido casarse con otro», se decía, y con este pensamiento se hacía casi odiosa. «¡Ah, si Daria Alejandrovna no me hubiera hablado... yo habría podido encontrarla por casualidad, y tal vez todo se hubiera arreglado, pero ahora ya es imposible... imposible!»

Dolly le escribió un día pidiéndole una silla de señora para Kitty, invitándole a que la llevara él mismo. Ese fue el golpe de gracia. ¿Cómo podía rebajar de ese modo a su hermana, una mujer de sentimientos delicados?

Desgarró diez respuestas sucesivas.

No podía ir, y tampoco podía presentar como excusa impedimentos inverosímiles, o lo que era peor, pretextar un viaje. Envió, pues la silla sin una palabra de contestación, y al día siguiente, viendo que había cometido una grosería, se marchó para hacer una visita lejana, dejando a su administrador encargado de los negocios que se le habían hecho tan pesados. Swiagesky, uno de sus amigos, recientemente le había recordado su promesa de ir con él a cazar becacinas; hasta entonces, en medio de las ocupaciones que le detenían, esta cacería que tanto le gustaba, no pudo decidirle a hacer ese pequeño viaje. Ahora, se alegró de alejarse de la casa, de la vecindad de los Cherbatzky, y marcharse a cazar, remedio al que recurría en los días de tristeza.

XXV

En el distrito de Sourof no existían ni ferrocarriles ni carreteras del Estado, y Levin partió en *tarantas* con sus caballos. A medio camino se detuvo en casa de un aldeano; éste, un viejo calvo, bien conservado, con una gran barba roja que blanqueaba cerca de las mejillas, abrió la puerta cochera y se arrimó contra la pared para que la *troika* pasara; luego rogó a Levin que entrara en la casa.

Una joven bien vestida, con zuecos en los desnudos pies, fregaba el entarimado a la entrada de la *izba*. Se asustó al ver el perro de Levin y dio un grito, pero se tranquilizó al enterarse de que no mordía. Con el brazo arremangado, le señaló la sala de honor, y ocultó el rostro poniéndose a fregar otra vez, muy encorvada.

—¿Necesita usted el *samovar?*

—Sí, haz el favor.

En la sala, calentada con una estufa holandesa y dividida en dos por un tabique, había por muebles: una mesa adornada con dibujos en colores, sobre la cual estaban los iconos santos suspendidos; un banco, dos sillas y cerca de la puerta un armario en el que se guardaba la loza. Las ventanas, perfectamente cerradas, no dejaban entrar las moscas, y todo estaba tan limpio, que Levin obligó a «Laska» a que se acostara en un rincón cerca de la puerta, para que no ensuciara el suelo, después de los numerosos baños que había tomado en todos los charcos del camino.

—Seguramente va usted a casa de Nicolás Ivanitch Swiagesky —dijo el viejo campesino aproximándose a Levin, cuando éste salió del cuarto para examinar el patio y las dependencias—. Aquí se detiene siempre cuando pasa.

Mientras hablaba, la puerta cochera chirrió sobre sus goznes por segunda vez, y unos jornaleros entraron en el patio; regresaban del campo con sus rastrillos y arados.

El viejo dejó a Levin, se acercó a los vigorosos y bien cuidados caballos y ayudó a desenganchar.

—¿Qué habéis arado?

—Los campos de patatas. ¡Eh, Fedor!, deja el caballo cerca del abrevadero; engancharás otro.

La linda muchacha de los chanclos entró en aquel instante en la casa con dos cubos llenos de agua, y aparecieron otras mujeres de diferentes aspectos, bonitas, feas, jóvenes y viejas; unas con niños, otras sin ellos.

El samovar comenzó a cantar, los trabajadores, después de desenganchar los caballos, fueron a comer, y Levin hizo traer sus provisiones de la carretela e invitó al anciano a tomar té. El aldeano, lisonjeado, aceptó aunque haciéndose de rogar.

Mientras tomaban el té, Levin le hizo charlar.

Diez años hacía, aquel campesino tomó en arrendamiento ciento veinte *dessiatines* propiedad de una señora, y el año anterior los había comprado. Al mismo tiempo a un vecino le tomaba arrendadas trescientas *dessiatines*, una parte de las cuales subarrendaba a otro. Unas cuarenta *dessiatines* que le quedaban las explotaba él con sus hijos y dos trabajadores.

El viejo se lamentaba, decía que todo iba mal, por conveniencia, pero difícilmente ocultaba el orgullo que le inspiraban su bienestar, sus hermosos hijos, su ganado y, sobre todo, la prosperidad de su explotación. En el curso de la conversación manifestó que no rechazaba las innovaciones, cultivaba las patatas en gran escala, empleaba arados que él llamaba arados de propietario, sembraba trigo y lo escardaba, lo cual Levin no había podido conseguir que se hiciera en sus fincas.

—Eso da ocupación a las mujeres —dijo.

—En cambio, nosotros los propietarios no lo conseguimos.

—¿Cómo quiere usted que las cosas vayan bien con jornaleros? Es ruinoso. Allí tiene usted a Swiagesky, por ejemplo, cuya finca conocemos bien por falta de vigilancia, es raro que una cosecha sea buena.

—Pero, ¿cómo te las arreglas tú con tus jornaleros?

—¡Ah, nosotros estamos entre nosotros! Trabajamos con ellos, y si el jornalero es malo, pronto le despedimos; siempre puede uno arreglarse con los suyos.

—Padre, piden alquitrán —vino a decir en la puerta la muchacha de los chanclos.

El viejo se levantó, dio las gracias a Levin y, después de persignarse mucho tiempo frente a los iconos santos, salió de la sala.

Cuando Levin entró en la pieza común para llamar a su cochero, vio a toda la familia a la mesa; las mujeres servían en pie. Un grande y guapo mozo con la boca llena, contaba una historia que hacía reír a todos, pero especialmente a la joven que estaba llenando de sopa una gran escudilla de donde todos sacaban.

De este hogar de campesinos acomodados, Levin llevó un dulce y duradero recuerdo, que conservó todo el resto del camino.

XXVI

Swiagesky era mariscal de su distrito; cinco años mayor que Levin, estaba casado hacía mucho tiempo; su cuñada, joven muy simpática, vivía en su casa, y Levin sabía, como saben eso los jóvenes casaderos, que deseaban que él se casara con ella. Aunque pensaba en el matrimonio y sabía que esta amable joven sería una esposa encantadora, habría creído tan verosímil salir volando por los aires como casarse con ella. El temor de que le tomaran por un pretendiente le estropeaba el placer que se prometía de esta visita, y le había hecho reflexionar cuando recibió la invitación de su amigo.

Swiagesky era un tipo interesante de propietario entregado a los asuntos del país, pero sus opiniones no estaban muy de acuerdo con su manera de vivir ni con sus actos. Despreciaba a la nobleza porque decía que era hostil a la emancipación; trataba a Rusia de país podrido, cuyo abominable gobierno no valía mucho más que el de Turquía; sin embargo, había aceptado el cargo de mariscal de distrito, que desempeñaba concienzudamente: nunca viajaba sin encasquetarse la gorra oficial, ribeteada de rojo y adornada con una escarapela. Él campesino ruso representaba para él el eslabón entre el hombre y el mono; pero a los campesinos era a los primeros que estrechaba la mano en las elecciones y a quienes escuchaba con más atención. No creía ni en Dios ni en el diablo; sin embargo, se preocupaba mucho de la suerte del clero, y tenía empeño en conservar la iglesia parroquial en sus propiedades. En la cuestión de la emancipación de las mujeres se pronunciaba por las más radicales teorías, pero vivía en muy buena armonía con su esposa, no la permitía ninguna iniciativa y no la confiaba más cuidado que el de organizar, lo más agradable que pudiera ser, su vida común bajo su dirección. Afirmaba que sólo en el extranjero se podía vivir, pero tenía en Rusia fincas que explotaba por los más perfeccionados procedimientos y vigilaba con cuidado los progresos que se realizaban en el país.

A pesar de esas contradicciones, Levin trataba de comprenderle, considerándole como un enigma vivo, y gracias a sus amistosas relaciones, se esforzaba en pasar lo que él llamaba el umbral de aquel espíritu. La cacería a la que su huésped le llevó fue mediocre; los pantanos estaban secos, y las becacinas eran raras. Levin anduvo todo el día para conseguir tres piezas; pero en cambio volvió con buen apetito, buen humor y cierta excitación intelectual que el ejercicio violento siempre le producía.

Por la tarde, cerca de la mesa del té, Levin se encontró sentado junto a la dueña de la casa, una rubia de mediana estatura, de rostro redondo que unos hoyuelos embellecían. Obligado a hablar con su hermana colocada enfrente de él, se sentía turbado por la proximidad de aquella joven, cuyo traje escotado en forma de corazón parecía habérselo puesto para él; aquel vestido que dejaba ver una garganta blanca, le desconcertaba. No se atrevía a volver la cabeza hacia aquel lado, se ruborizaba, sentía un malestar, y su molestia se comunicaba a la bonita cuñada. La dueña de la casa parecía no advertir nada y sostenía la conversación lo mejor que le era posible.

—¿Usted cree que mi marido no se interesa por lo ruso? —decía—. Muy al contrario, es más feliz aquí que en ninguna otra parte; ¡está siempre tan ocupado en el campo! ¿No ha visto usted nuestra escuela?

—Sí, por cierto, ¿es esa casita cubierta de hiedra?

—Sí, es obra de Nastia —dijo señalando a su hermana.

—¿Usted da clases allí? —preguntó Levin, mirando como un culpable a la joven.

—Doy algunas lecciones y las he dado antes; ahora tenemos una excelente maestra.

—No, gracias, ya no tomo más té. Oigo allá una conversación que me interesa mucho —dijo Levin, que, aunque comprendiendo que era una descortesía, se sentía incapaz de continuar la conversación.

Se levantó poniéndose colorado.

El amo de la casa hablaba en un extremo de la mesa con dos propietarios; sus ojos negros y brillantes estaban fijos en un hombre de bigotes grises, que le hacía gracia con sus quejas contra los campesinos. Swiagesky parecía tener una respuesta siempre en la punta de la lengua para las cómicas lamentaciones del buen hombre y el poder para reducirlas a la nada con una palabra, pero su cargo oficial le obligaba a guardarle consideraciones.

El anciano propietario, campesino infatuado y apasionado agrónomo, era a todas luces un adversario de la emancipación; todo eso se descubría por la forma de sus vestidos a la antigua usanza, en el modo de ponerse la levita, en sus cejas fruncida, y en su manera de hablar estudiado en tono autoritario; acompañaba sus palabras de imperiosos ademanes con sus bellas manos curtidas y adornadas con el viejo anillo de boda.

XXVII

—Si no fuera por el dinero gastado, y el trabajo que uno ha tenido, sería mejor abandonar las fincas y marcharse al extranjero, como Nicolás Ivanitch, a oír a la «Bella Elena» —dijo el anciano propietario, cuyo rostro inteligente se iluminó con una sonrisa.

—Lo que no impide que usted permanezca aquí —contestó Swiagesky—; por consiguiente, debe ser porque le tiene cuenta.

—Me tiene cuenta porque tengo casa y comida, y porque siempre se espera, a pesar de todo, reformar al mundo; pero es una borrachera y un desorden increíbles. Los desgraciados lo han arreglado tan bien, que muchos de ellos ya no tienen ni caballo ni vaca y se mueren de hambre. Pero pruebe usted, para aliviarles, a hacer que le sirvan como jornaleros... se lo echarán a perder todo y encontrarán el modo de hacerle comparecer ante el juez de paz.

—Pero usted también puede quejarse ante el juez de paz.

—¿Yo quejarme? ¡Por nada del mundo! ¿Sabe usted la historia de la fábrica? Los obreros, después de recibir dinero adelantado, lo abandonaron todo y se largaron. Se recurrió al juez de paz... ¿Qué hizo éste? Los absolvió. Nuestro único recurso es el tribunal del municipio: allí se azota al hombre como en los buenos tiempos de antaño. Si no fuera por el *starchina*, sería preciso salir huyendo al fin del mundo.

—Me parece, sin embargo, que ninguno de nosotros ha llegado a ese extremo: ni yo, ni Levin, ni el señor —dijo Swiagesky señalando al otro propietario.

—Sí, pero pregunte usted a Miguel Petrovitch, cómo se maneja para que sus negocios marchen; ¿es ésa en verdad, una administración racional? — dijo el viejo, muy satisfecho por haber empleado la palabra racional.

—Gracias a Dios, yo hago con toda sencillez mis negocios —dijo Miguel Petrovitch—; toda la cuestión estriba en ayudar a los campesinos a pagar los impuestos en el otoño; ellos dicen: ayúdanos, padrecito, y como son vecinos, se apiada uno de ellos. Yo adelanto el primer tercio del impuesto, diciendo: «Cuidado, muchachos; yo os ayudo, pero es preciso que vosotros también me ayudéis a sembrar, a segar o a cosechar», y nos arreglamos como en familia. Es verdad que en ocasiones se encuentran gentes sin conciencia...

Mucho tiempo hacía que Levin conocía esas tradiciones patriarcales, cambió una mirada con Swiagesky, e interrumpiendo a Miguel Petrovitch, se dirigió al propietario de bigotes grises:

—¿Y cómo se ha de hacer, según usted?

—Como Miguel Petrovitch, a menos de dar las tierras en arrendamiento a los campesinos, o repartirse el producto con ellos, todo eso es posible, pero no deja de ser cierto que la riqueza del país desaparece empleando esos medios. Allí donde, en tiempo de la servidumbre, la tierra daba nueve granos por uno, hoy da tres. La emancipación ha arruinado a Rusia.

Swiagesky miró a Levin con gesto burlón, pero éste escuchaba atentamente las palabras del viejo, que consideraba como el resultado de reflexiones personales, maduradas por una larga experiencia de la vida del campo.

—Todo progreso se hace a la fuerza —continuó el anciano propietario—. Vean ustedes las reformas de Pedro, de Catalina, de Alejandro. Vean ustedes la misma historia europea... Y en la cuestión agronómica, sobre todo, es donde ha sido preciso valerse de la autoridad. ¿Creen ustedes que la patata haya sido introducida de otro modo que por la fuerza? ¿Se ha arado siempre con el arado? Nosotros, propietarios del tiempo de la servidumbre, hemos podido mejorar nuestros sistemas de cultivo, introducir segadoras, trilladoras, instrumentos perfeccionados, porque lo hicimos autoritariamente, y los campesinos, refractarios al principio, obedecían y acababan por imitarnos. Ahora que aquellos derechos ya no existen, ¿dónde encontraremos esa autoridad? Así es que nada se sostiene ya, y después de un período de progreso, volveremos fatalmente a caer en la barbarie primitiva. Esta es mi manera de ver las cosas.

—Yo no las veo así de ningún modo —dijo Swiagesky—. ¿Por qué no continúa usted sus perfeccionamientos ayudado con trabajos pagados?

—Permítame usted preguntarle: ¿de qué medio me valdría cuando me falta toda autoridad?

—Eso es, esa fuerza elemental —pensó Levin.

—Con sus jornaleros.

—Mis jornaleros no quieren trabajar de un modo conveniente cuando se emplean buenos instrumentos. Nuestros trabajadores no comprenden más que la bebida. Embriagarse como brutos y estropear todo lo que tocan: el caballo que se les confía, los arneses nuevos de los caballos... y encontrarán medio de beber en la taberna hasta los aros de hierro de las ruedas de las carretas, y de meter una cuña en las trilladoras para inutilizarlas. Todo lo que no se hace conforme con sus ideas les causa dolor. Por eso la agricultura va arruinándose de día en día; la tierra se descuida y queda sin cultivo, a menos que se ceda a los aldeanos; en vez de producir millones de *tchrtverts* de trigo, no produce más que algunos centenares de miles. La riqueza pública disminuye. Se había podido hacer la emancipación, pero progresivamente.

Y desarrolló su plan, según el cual todas las dificultades habrían sido allanadas. Ese plan no interesaba a Levin y volvió a su primera pregunta con la esperanza de que Swiagesky se explicara.

—Es muy cierto —continuó— que baja el nivel de nuestra agricultura, y que con nuestras actuales relaciones con los campesinos no es posible obtener una explotación racional.

—No soy de esa opinión —respondió Swiagesky con seriedad—. Que la agricultura vaya en decadencia desde la abolición de la servidumbre, lo niego, y afirmo que en aquel tiempo estaba en un estado muy deplorable. Jamás hemos tenido máquinas ni ganado convenientes, ni buena administración, ni siquiera sabemos contar. Pregunte usted a un propietario: no sabe cuáles son sus gastos con exactitud ni cuáles sus ingresos.

—La teneduría de libros italiana, ¿verdad? —dijo irónicamente el viejo propietario—. Por más que usted cuente y lo embrolle todo, no encontrará beneficios.

—¿Por qué embrollarlo todo? Su miserable trilladora rusa no valdrá nada y se romperá pronto; pero una trilladora de vapor durará. Su mal rocín que se deja arrastrar por la cola no valdrá nada, pero buenos percherones o sencillamente una raza de caballos vigorosos harán un excelente trabajo. Lo mismo ocurre con todo lo demás. Nuestra agricultura siempre ha tenido necesidad de ser impulsada hacia delante.

—Pero sería necesario disponer de los medios, Nicolás Ivanitch. Usted habla así porque está a sus anchas; pero si se encontrase como yo, que tengo un hijo en la Universidad y otros en el gimnasio, vería cómo no se pueden comprar percherones.

—Hay bancos.

—¿Para que vendan mi tierra en pública subasta? ¡No, gracias!

Levin intervino en la discusión:

—Esta cuestión del progreso agrícola me preocupa mucho. Estoy en condiciones de arriesgar dinero en mejoras, pero hasta el presente no me han dado más que pérdidas. En cuanto a los bancos, no sé para qué pueden servir.

—¡Esa es la verdad! —confirmó el viejo propietario con una risa de satisfacción.

—Y no soy el único —continuó Levin—; apelo a todos los que como yo han hecho ensayos: con raras excepciones, todos han perdido. Pero usted mismo, ¿está usted satisfecho? —preguntó al observar en el rostro de Swiagesky el apuro que le causaba la tentativa de llegar al fondo de su pensamiento.

Eso no era proceder con lealtad: la señora Swiagesky había confesado a Levin, durante el té, que un tenedor de libros alemán, venido expresamente de Moscú por quinientos rublos, se había hecho cargo de la contabilidad de su explotación y había comprobado una pérdida de tres mil rublos.

El viejo propietario sonrió al oír a Levin. Sabía seguramente a qué atenerse respecto a lo que producían las tierras de su vecino.

—Tal vez el resultado no es muy brillante —respondió Swiagesky—, pero eso sólo prueba que soy un mediocre agrónomo o que mi capital vuelve a reingresar en la tierra para aumentar la renta.

—¡La renta! —exclamó Levin asustado—. Quizá existe en Europa, en donde el capital que se emplea en la tierra produce, pero entre nosotros no hay nada de eso.

La renta tiene, sin embargo que existir. Es la ley.

—Entonces estamos fuera de la ley: para nosotros esta palabra *renta* no dice ni aclara nada; al contrario, todo lo enreda; haga el favor de decirme cómo la renta...

—¿No quiere usted tomar leche cuajada? Macha, envíanos leche cuajada o frambuesas —dijo Swiagesky, volviéndose hacia su esposa—; las frambuesas duran mucho este año.

Y se levantó encantado, y acaso persuadido de que había puesto término a la discusión, cuando Levin suponía que apenas comenzaba.

Levin siguió charlando con el viejo propietario; trató de probarle que todo el mal provenía de que no se tenían en cuenta el temperamento del trabajador, sus costumbres y sus tendencias tradicionales. Pero el viejo, como todos los que tienen el hábito de reflexionar solos, difícilmente comprendía el pensamiento de otro, y se aferraba a sus opiniones personales. Para él, el campesino ruso era un bruto que no se podía manejar más que con el palo, y el liberalismo de la época había cometido el error de cambiar este útil instrumento por una nube de abogados.

—¿Por qué piensa usted que no se pueda llegar a un equilibrio que utilice las fuerzas del campesino y las haga realmente productivas? —le preguntó Levin, tratando de volver a la primera cuestión.

—Eso no se logrará jamás con el ruso; es precisa la autoridad —se obstinó en repetir el viejo propietario.

—Pero, ¿adónde quiere usted que vaya para descubrir nuevas condiciones de trabajo? —dijo Swiagesky, acercándose a los que conversaban, después de haber comido leche cuajada y fumado un cigarrillo—. ¿No existe el municipio con la canción solidaria, ese resto de barbarie, que, por otra parte, va desapareciendo poco a poco por sí mismo? Y ahora que la servidumbre está abolida, ¿no poseemos todas las formas del trabajo libre, el trabajador por año o por tarea, el jornalero, el arrendatario, el aparcero?

—¡Pero la misma Europa no está contenta con esas formas!

—Sí, busca otras, y tal vez las encontrará.

—Entonces, ¿por qué no buscamos también nosotros por nuestro lado?

—Porque es como si pretendiéramos inventar nuevos procedimientos para construir ferrocarriles. Tales procedimientos están ya inventados; no tenemos más que aplicarlos.

—Pero no convienen a nuestro país, si le son perjudiciales —dijo Levin.

Swiagesky volvió a tomar su aspecto asustado.

—¿Tendríamos la pretensión de encontrar lo que Europa busca? ¿Conoce usted todos los trabajos que se han hecho en Europa respecto a la cuestión obrera?

—Conozco poco.

—Es una cuestión que preocupa a los talentos más notables; ha producido una literatura considerable: Schulze-Detitzsch, su escuela; Lasalle, el más avanzado de todos; Mulhausen... ¿Conoce usted todo eso?

—Tengo una idea muy vaga.

—Lo dice usted por decirlo; usted, ciertamente, sabe acerca de la materia tanto como yo. No soy un profesor de ciencia social, pero esas cuestiones me han interesado, y puesto que a usted le interesan también, debería usted ocuparse de ellas.

—¿Qué se ha conseguido con todo eso?

—Perdone usted...

Los propietarios se habían levantado y Swiagesky detuvo otra vez a Levin en la pendiente fatal en que se obstinaba, con el deseo de sondear el fondo del pensamiento de su huésped. Éste acompañó a sus convidados al marcharse.

XXVIII

Levin dio las buenas noches a las señoras, prometiendo pasar con ellas el día siguiente para dar juntos un paseo a caballo.

Antes de acostarse, entró en el despacho de su huésped para buscar libros relativos a la discusión de la noche.

El despacho de Swiagesky era una habitación grande rodeada de estantes de libros, con dos mesas; una de ellas, maciza, ocupaba el centro y la otra estaba llena de periódicos y revistas en varias lenguas, colocados alrededor de una lámpara. Cerca del escritorio un aparador contenía cajas con marbetes dorados que contenían papeles.

Swiagesky tomó los libros y se acomodó en un sillón.

—¿Qué está usted mirando ahí? —preguntó a Levin, que ojeaba periódicos en la mesa redonda—. En ese periódico que usted ha cogido hay un artículo muy bien escrito. Parece —añadió alegremente— que el autor principal de la división de la Polonia no es en modo alguno Federico.

Y contó, con la precisión que le caracterizaba, el contenido de esas nuevas publicaciones. Levin le escuchaba —preguntándose lo que podía haber en el fondo de aquel hombre ¿En qué podía interesarle la división de Polonia? Cuando Swiagesky hubo acabado de hablar, involuntariamente preguntó:

—¿Y qué más?

No había nada más; la publicación era curiosa, y Swiagesky creyó inútil explicar en lo que le interesaba especialmente.

—Lo que me ha interesado es el viejo gruñón que se ha marchado —dijo Levin suspirando—. Está lleno de buen sentido y dice cosas muy exactas.

—¡No diga usted eso! Es un antiguo enemigo de la emancipación, como lo son todos.

—Usted, sin embargo, los dirige.

—Sí, pero para encaminarlos en sentido contrario —dijo riendo Swiagesky.

—Me ha hecho impresión lo justo de sus argumentos, cuando pretende que, con respecto a sistemas de administración, los únicos que tienen probabilidades de buen éxito entre nosotros son los más sencillos.

—¿Qué tiene de extraño? Nuestro pueblo está tan poco desarrollado, moral y materialmente, que debe oponerse a todo progreso. Si las cosas marchan bien en Europa, es gracias a la civilización que allí reina: por tanto, lo esencial para nosotros es civilizar a nuestros campesinos.

—¿Cómo?

—Fundando escuelas, escuelas y más escuelas.

—Pero usted mismo conviene en que al pueblo le falta todo desarrollo material: ¿cómo podrían las escuelas vencer ese inconveniente?

—Usted me recuerda una anécdota sobre los consejos que se dan a un enfermo. «Debería usted purgarse.» «He probado y las purgas me sentaron mal.» «Póngase sanguijuelas.» «He probado y no me aliviaron.» «Entonces ruegue a

Dios.» «He probado y tampoco vino la mejoría.» Del mismo modo rechaza usted todos los medios.

—¡Es que no veo el beneficio que las escuelas pueden hacer!

—Crearán nuevas necesidades.

—Mucho peor si el pueblo no está en estado de satisfacerlas. ¿Y en qué podrá mejorarse su situación material, porque sepa sumar, restar y el catecismo? Anteayer encontré a una aldeana con un niño de pecho. Le pregunté de dónde venía. «De casa de la comadrona; el niño llora y le llevé para que le curara.» «¿Y qué hizo la comadrona?» «Llevó al chiquillo cerca de las gallinas y masculló algunas palabras.»

—Ya ve usted —dijo sonriendo Swiagesky—, por creer en semejantes tonterías...

—No —replicó Levin contrariado—; las escuelas de usted como remedio para el pueblo, son las que comparo con la comadrona. ¿No sería lo esencial curar primero la miseria?

—Llega usted a las mismas conclusiones que Spencer, que a usted no le gusta. Según él, la civilización puede resultar por un aumento de bienestar, por abluciones más frecuentes, pero el alfabeto y los números no pueden hacer nada en su favor; tanto mejor, o tanto peor para mí, hallarme de acuerdo con Spencer; pero crea usted que nunca serán las escuelas las que civilizarán a nuestro pueblo.

—Sin embargo, ya ve usted que la instrucción se hace obligatoria en toda Europa.

—Pero, ¿cómo se entiende usted con Spencer en ese punto?

Los ojos de Swiagesky se turbaron y dijo sonriendo:

—La historia de esa campesina es muy interesante. ¿La oyó usted mismo? ¿De veras?

Decididamente lo que le gustaba a aquel hombre era razonar; el objeto le era indiferente.

Aquel día había perturbado hondamente a Levin. Swiagesky y sus inconsecuencias, el viejo propietario, que, a pesar de sus ideas exactas, desconocía a una parte de la población, tal vez la mejor... sus propias decepciones, tantas impresiones diversas, producían en su alma una especie de agitación y de inquietud espectante. Se acostó y pasó parte de la noche sin dormir, perseguido por las reflexiones del anciano. Germinaban en su cabeza ideas nuevas y proyectos de reforma. Resolvió marcharse al día siguiente; tenía prisa de poner en ejecución sus nuevos planes. Por otra parte, el recuerdo de la cuñada con el traje descotado le turbaba. Más valía marcharse sin demora, arreglarse con los campesinos antes de la sementera de otoño y reformar su sistema de administración, basándolo en una asociación entre amo y operarios.

XXIX

El nuevo plan de Levin ofrecía dificultades que él no se disimulaba; pero perseveró, aunque reconociendo que los resultados obtenidos no eran proporcionados a sus fatigas.

Uno de los principales obstáculos con que tropezó fue la imposibilidad de detener en plena marcha una explotación ya organizada. Comprendió la necesidad de introducir las reformas paulatinamente.

Al regresar a su casa por la tarde, llamó a su administrador y le expuso sus nuevos proyectos. Éste acogió con mal disimulada satisfacción todas las partes de ese plan que venía a probar que todo lo hecho hasta entonces era absurdo e improductivo. El administrador aseguró que él lo había repetido sin ser escuchado; pero cuando Levin llegó a hablar de una asociación con los campesinos, tomó un aire melancólico, y le recordó la necesidad de entrar cuanto antes las últimas gavillas y comenzar la segunda labor. La hora no era propicia para las largas discusiones, y Levin observó que todos los trabajadores se hallaban demasiado ocupados para que tuvieran tiempo de comprender sus proyectos.

El que pareció estar más de acuerdo con las ideas del amo fue el pastor Iván, campesino ingenuo, al que Levin propuso tomar parte como socio en la explotación del ganado; pero mientras le escuchaba, el rostro de Iván expresaba inquietud y pesar; volvía a echar heno en los pesebres, limpiaba el estiércol, se iba a traer agua, como si hubiese sido imposible aplazar esos trabajos y no tuviera tiempo para atender.

El obstáculo principal que se le presentó a Levin fue el escepticismo arraigado de los campesinos; no podían comprender que el propietario no se propusiese explotarles. Por más razonamientos que les hiciese, estaban persuadidos de que había en Levin un fin oculto. Hablaban mucho, pero tenían buen cuidado de no expresar lo que pensaban.

Levin pensó en el propietario bilioso cuando pusieron como primera condición de los nuevos contratos, que no se les obligaría nunca a emplear los aperos agrícolas perfeccionados, y que nada tenían que ver con los procedimientos introducidos por el amo. Convenían en que los nuevos arados araban mejor y que el extirpador tenía sus ventajas, pero encontraban cien razones para no servirse de ellos. Por mucho que Levin sintiera tener que renunciar a procedimientos cuyas ventajas eran evidentes, accedió, y desde el otoño se puso en práctica una parte de sus reformas.

Después de haber querido extender la asociación a toda la explotación, Levin se convenció de la necesidad de limitarla al ganado, a la huerta y a un campo lejano, que durante ocho años había estado baldío. El pastor Iván se formó un cuartel compuesto de los miembros de su familia y se encargó del ganado. El nuevo campo fue confiado a Fedor Resunof, carpintero inteligente que atrajo a seis familias de campesinos, y Churnef, muchacho hábil, se encargó de la huerta.

Pronto tuvo Levin que convencerse de que los establos no estaban mejor cuidados, que Iván se obstinaba en los mismos errores sobre el modo de alimentar a las vacas y de batir la mantequilla; ni aun consiguió hacerle comprender que su salario representaba en lo sucesivo un adelanto sobre los beneficios que se obtuvieran.

Pudo también comprobar otros hechos lamentables: Resunof no dio más que una labor al campo aplazó la construcción de la granja, que se había comprometido a construir antes del invierno; Churnef trató de dividir la huerta con otros campesinos, en contra de lo que se había comprometido. Pero Levin no dejó de perseverar, esperando demostrar a sus socios, al fin del año, que el nuevo convenio podía dar excelentes resultados.

Hacia fines de agosto, Dolly le devolvió la silla, y Levin supo por el mensajero que la trajo que los Oblonsky habían regresado a Moscú. Se avergonzó al pensar en su grosería para con aquellas damas. Su conducta con los Swiagesky no había sido mejor, pero estaba demasiado ocupado para detenerse mucho en sus remordimientos. Le absorbían sus lecturas; había leído libros que le prestaba Swiagesky y otros que había mandado a pedir. Mill, autor que estudió primero, le interesó sin ofrecerle nada aplicable a la situación agraria en Rusia.

Tampoco le satisfizo el socialismo moderno. El modo de hacer que el trabajo fuese remunerador para los propietarios y para los campesinos rusos, no lo encontraba en ninguna parte. A fuerza de leer, acabó por formar el proyecto de ir a estudiar sobre el terreno ciertas cuestiones especiales, a fin de no verse obligado constantemente a recurrir a las autoridades, como Mill, Schulze-Detitzsch y otros. En el fondo sabía lo que deseaba saber: Rusia poseía un suelo admirable, que en ciertos casos, como sucedía con el campesino que vio en el camino, daba muchísimo, pero ese suelo tratado a la europea no producía nada. Ese contraste no era efecto del acaso.

«El pueblo ruso —pensaba—, destinado a colonizar inmensos espacios, se aferra a sus tradiciones, a sus procedimientos ínsitos; ¿quién nos dice que carece de razón?» El libro que tenía en proyecto debía demostrar esta teoría, y los procedimientos populares serían puestos en práctica en sus tierras.

XXX

Levin pensaba marcharse, cuando las lluvias torrenciales le obligaron a encerrarse en su casa. Una parte de las mieses y toda la cosecha de patatas no pudieron ser almacenadas; dos molinos se los llevó la avenida y los caminos se pusieron impracticables. El 30 de septiembre apareció el sol, y Levin, con la esperanza de un cambio de tiempo, envió al administrador a casa de un almacenista a negociar la venta del trigo. Resolvió hacer personalmente una última visita de inspección, regresando al caer la tarde, todo mojado, a pesar de sus botas y *vashilk,* pero de muy buen humor. Había hablado con varios campesinos que aprobaban sus planes, y un viejo guardia, en cuya casa entró para secarse, le pidió espontáneamente que le admitiera en una de las nuevas asociaciones.

«Sólo se trata de ser perseverante, y mi labor no resultará estéril —pensaba—, no trabajo para mí solo; lo que me propongo hacer puede ejercer considerable influencia en la condición del pueblo. En vez de la miseria, veremos el bienestar; en vez de una sorda hostilidad, habrá cordialidad, armonía, solidaridad de intereses. ¡Y qué importa que el autor de esta revolución pacífica sin efusión de sangre sea Constantino Levin, el mismo que con corbata blanca había sido rechazado por la señorita Cherbatzky!»

Cuando Levin, absorto en sus pensamientos, regresó a su casa, era de noche y estaba muy oscuro. El administrador traía un adelanto sobre la venta de la cosecha, y le informó que se veía en el camino bastante trigo sin almacenar.

Después del té, Levin se instaló en un sillón con un libro en la mano y continuó sus meditaciones sobre el proyectado viaje y el fruto que sacaría de él. Se sentía con la inteligencia despejada y sus ideas se traducían en frases que expresaban claramente lo que pensaba; quiso aprovechar esta feliz disposición para escribir, pero unos campesinos que le aguardaban en la antesala, pedían instrucciones para los trabajos del día siguiente. Cuando los hubo despachado regresó a su despacho y se puso a trabajar. Agatha Mikhailovna vino con su labor en la mano a sentarse en su lugar acostumbrado.

Después de escribir durante un rato, Levin se levantó y se puso a pasear por el cuarto. El recuerdo de Kitty y de su negativa, le vino al pensamiento con cruel vehemencia.

—Hace usted mal en buscar quebraderos de cabeza —le dijo Agatha—. ¿Por qué permanece aquí? Haría mucho mejor en marcharse a los países cálidos, puesto que lo ha decidido.

—Por eso tengo intención de marcharme pasado mañana, pero he de terminar mis negocios primero.

—¿Qué negocios? ¿No ha dado usted bastante a los aldeanos? Por eso dicen: «el Barin sin duda espera una gracia del emperador». ¿Qué necesidad tiene usted de preocuparse tanto de ellos?

—No es de ellos sólo de quien me preocupo, es de mí mismo.

Agatha Mikhailovna conocía al detalle todos los proyectos de su amo, porque todos se los había explicado, y con frecuencia disputaron acerca de ellos; pero en aquel momento ella interpretó sus palabras en un sentido diferente al que él les daba.

—Se debe ciertamente ante todo pensar en el alma —dijo Agatha suspirando—. Por ejemplo, Parfenio Dionisitch por ignorante que fuera, pues no sabía ni leer ni escribir, murió confesado y comulgado. ¡Dios nos conceda la misma gracia a todos!

—Yo no lo entiendo así —contestó Levin—; lo que hago es en beneficio mío: si los campesinos trabajan mejor, yo saldré ganando.

—Por más que usted se esfuerce, el perezoso será siempre perezoso, y el que tenga conciencia trabajará; usted no puede cambiar eso.

—Sin embargo, ¿usted no cree que ahora Iván cuida mejor las vacas?

—Lo que digo y lo que sé —respondió la anciana sirvienta fija en una idea que no era nueva en ella— es que usted debe casarse: eso es lo que necesita.

Esta observación venía a reforzar los pensamientos que se habían adueñado de él, lo cual ofendió a Levin, que frunció el ceño, y, sin responder, se puso de nuevo a trabajar. De cuando en cuando oía el pequeño choque de las agujas de hacer media manejadas por Agatha, y hacía un gesto al notar que volvía otra vez a las ideas que se esforzaba por rechazar.

Su trabajo fue interrumpido por el cascabeleo de campanillas y el ruido sordo de un carruaje en el camino.

—Ahí tiene usted una visita que le llega. Ya no se fastidiará —dijo Agatha dirigiéndose a la puerta, pero Levin llegó antes; al ver que no podía trabajar, se alegraba de que llegara alguien.

XXXI

Al bajar la escalera, Levin oyó el timbre de una voz bien conocida. Alguien entraba en el vestíbulo; pero como el ruido de sus pasos le impedía oír con claridad, se detuvo y creyó por un momento haberse equivocado al ver a un individuo de alta estatura que se desembarazaba, tosiendo, de un abrigo de pieles. Aunque quería a su hermano, no le halagaba la idea de vivir con él. Bajo la influencia de los pensamientos que Agatha había despertado en él, habría deseado un visitante alegre y en buena salud, extraño a sus preocupaciones y capaz de distraerle de ellas. Su hermano, que le conocía tan bien, le obligaría a confesarle sus más íntimos ensueños, que era lo que le asustaba más.

Recriminándose por sus malos sentimientos, Levin llegó al vestíbulo, y al reconocer a su hermano, aniquilado y como un esqueleto, experimentó una profunda lástima. En pie en la antecámara, Nicolás trataba de desembarazarse de la bufanda, que le envolvía el largo y delgado cuello, sonriendo de un modo extraño y doloroso. Constantino sintió oprimírsele la garganta.

—¡Al fin, heme aquí que he llegado hasta ti! —dijo Nicolás con una voz sorda, sin apartar los ojos de su hermano—; hace tiempo que quería venir, pero no me sentía con fuerzas. Ahora la cosa va mucho mejor —añadió pasándose por la barba sus grandes manos huesudas.

—Sí, sí —respondió Levin rozando con los labios el seco rostro de su hermano, y notando, casi con espanto, el brillo extraordinario de su mirada.

Algunas semanas antes, Constantino le había escrito que habiendo calculado la pequeña parte de su fortuna mobiliaria común, tenía una suma de dos mil rublos a su disposición. Por este dinero venía Nicolás, y deseaba aprovechar esta oportunidad para volver a ver el antiguo hogar paternal y visitar la tierra donde había nacido para adquirir fuerzas como los héroes de la antigüedad. A pesar de su cuerpo encorvado y de su espantosa y sepulcral flacura, sus movimientos todavía eran vivos y bruscos. Levin le condujo a su despacho.

Nicolás se vistió con cuidado, lo que antes no hacía; peinó sus cabellos rudos y escasos, y subió la escalera sonriendo. Estaba de humor dulce y acariciador; así le había conocido su hermano en la infancia; hasta habló de Sergio Ivanitch sin rencor. Al ver a Aghata, bromeó con ella y le hizo preguntas sobre todos los antiguos sirvientes de la casa; la muerte de Parfenio Dionisitch pareció causarle viva impresión; su rostro reveló cierto espanto, pero pronto se repuso.

—Era muy viejo, ¿verdad? —dijo, y cambiando luego de conversación—: Pues bien, voy a pasar uno o dos meses contigo; después iré a Moscú, pues Miagkof me ha prometido una colocación y entraré en funciones. Me propongo en adelante vivir de un modo muy diferente —añadió—. Ya sabes que despedí a aquella mujer.

—¿María Nicolaevna? ¿Por qué?

—Era una mala mujer que me ha causado todos los enojos que te puedes imaginar.

Tuvo cuidado de no decir que la había despedido porque se le antojaba que el té que le hacía era demasiado flojo. La verdad era que le molestaba que le tratara como a un enfermo.

—Además, quiero cambiar completamente de vida. He hecho tonterías como todo el mundo, pero no siento la última. Con tal que adquiera fuerzas, todo irá bien; y gracias a Dios, me encuentro mejor.

Levin escuchaba y quería hallar una respuesta que no se le ocurría. Nicolás comenzó a hacerle preguntas sobre sus asuntos, y Constantino, contento de poder hablar sin disimulo, le contó sus planes y sus ensayos de reforma. Nicolás le escuchó sin mostrar el menor interés. Había tanta afinidad entre esos dos hombres, que se adivinaban por el solo timbre de la voz. En aquel instante, el mismo pensamiento les absorbía a los dos y lo dominaba todo: la enfermedad de Nicolás y su próxima muerte. Ninguno de ellos se atrevía a hacer la menor alusión a tan triste idea, y lo que decían no expresaba de ningún modo lo que sentían.

Nunca fue para Levin un alivio tan grande ver la proximidad de la hora de irse a dormir como aquella vez. Jamás se había sentido tan falso, tan poco natural, tan lleno de malestar. Cuando se le desgarraba el corazón a la vista de su hermano moribundo, le era preciso mantener una conversación preñada de falsedad sobre la vida que Nicolás se proponía llevar.

Como la casa no tenía todavía más que un cuarto calentado, Levin, para evitar a su hermano toda humedad, le propuso compartir con él el suyo.

Nicolás se acostó, durmió como un enfermo variando de posición a cada instante, y Levin le oyó suspirar exclamando: «¡Ah, Dios mío!» A veces, cuando no lograba calmar la tos, se enojaba y decía: «¡Al diablo!» Mucho tiempo le estuvo escuchando Levin sin poder dormir, agitado con pensamientos que le llevaban siempre a la idea de la muerte. Era la primera vez que le impresionaba tanto el inexorable poder de la muerte y estaba allí, en ese hermano querido, que gemía dormido invocando unas veces a Dios y otras al diablo. También estaba en él, y si el inevitable fin no venía hoy, vendría mañana, dentro de treinta años, ¡qué importaba el momento! ¿Cómo es que nunca había pensado en eso?

«¡Trabajo, persigo un fin, y he olvidado que todo concluye con la muerte y que esta muerte está ahí, cerca de mí!»

Acurrucado en su cama, en la oscuridad, sujetándose las rodillas con las manos, contenía la respiración a causa de la tensión de su espíritu. Cuanto más pensaba, más claramente veía que en su concepción de la vida no había omitido más que ese pequeño detalle: la muerte, que había de venir a poner término a todo, ¡y que nada podría evitar! ¡Era terrible!

«Pero todavía vivo. ¿Qué es lo que debo hacer ahora?» —se preguntó con desesperación. Encendió una bujía y se levantó sin ruido, se aproximó al espejo y examinó su cara y sus cabellos: algunos hilos blanqueaban por las sienes; los dientes se le comenzaban a cariar. Se fijó en sus musculosos brazos, llenos de fuerza. Pero aquel pobre Nicolás, que respiraba difícilmente con los pocos pulmones que le quedaban, ¡también había sido vigoroso! Luego, de repente, recordó que siendo niños una noche que los habían acostado, esperaban ansiosos que Fedor Bogdanowitch, el preceptor de ambos, hubiese salido del cuarto, para batirse a almohadazos y reír, reír con tantas ganas, que ni el temor del preceptor podía contener aquella exuberancia de alegría. «Y ahora, hele ahí acostado con su pobre pecho hundido y el cuerpo encorvado. Después de esto me pregunto: ¿qué será de mí? ¡Y no sé nada, nada!»

—Pero, ¿qué diablos haces allí y por qué no duermes? —preguntó Nicolás.

—No sé, debe ser insomnio.

—Yo he dormido muy bien, ya no sudo; ven a tocarme, ni una gota.

Levin obedeció; en seguida se acostó y apagó la luz, pero no se durmió y continuó reflexionando.

«Sí, ¡se está muriendo! ¡Morirá en la primavera! ¿Qué haré para aliviarle? ¿Qué le diré? ¿Qué sé yo? ¡Hasta me había olvidado que es menester morir!»

XXXII

Levin había observado muchas veces que la cortesía y la excesiva humildad de ciertas gentes se transforma de súbito en exigencias y en molestias, y preveía que la dulzura de su hermano no duraría mucho. No se equivocaba. Desde el día siguiente, Nicolás se irritaba por la menor cosa y se empeñó en ofender a su hermano en todos los puntos más sensibles.

Constantino se sentía culpable de hipocresía, pero no podía expresar claramente lo que pensaba. Si aquellos dos hermanos hubiesen sido sinceros, se habrían mirado cara a cara y Constantino no habría podido menos de repetir: «¡Vas a morir, vas a morir!»; a lo cual Nicolás habría contestado: «¡Ya lo sé y tengo miedo, un miedo terrible!» No tenía otra preocupación en su alma. Pero como tal sinceridad no era posible, Constantino hacía la tentativa, siempre sin éxito, de hablar de cosas indiferentes, y su hermano, que lo adivinaba, se irritaba y le contradecía a cada palabra.

Dos días después, Nicolás comenzó a hablar de nuevo de las reformas de Levin, que criticó y confundió, para impacientar a su hermano, con el comunismo.

—Te has apoderado de las ideas de otro, para desfigurarlas y aplicarlas donde no se pueden aplicar.

—Pero si yo no quiero copiar el comunismo en nada; el comunismo niega el derecho a la propiedad, al capital, a la herencia. Y yo estoy muy lejos de negar estimulantes de tanta importancia. Trato solamente de regularizarlos.

—En una palabra, te apoderas de una idea extranjera, le quitas lo que constituye su fuerza y pretendes hacerla pasar por nueva —dijo Nicolás tirándose de la corbata.

—Pero si mis ideas no tienen relación ninguna con...

—Esas doctrinas —interrumpió Nicolás con sonrisa irónica y una mirada que brillaba de cólera—, tienen al menos el atractivo, que podría llamarse geométrico, de ser claras y lógicas. Son quizá utopías, pero se concibe que se pueda producir una nueva forma de trabajo si se consigue aniquilar el pasado si no hay ya propiedad ni familia. ¡Pero tú no admites eso!

—¿Por qué te empeñas en confundir siempre? Yo no he sido nunca comunista.

—Yo lo he sido, y encuentro que si ahora el comunismo es prematuro, tiene porvenir, es lógico, como el cristianismo de los primeros siglos.

—Y yo, por mi parte, creo que el trabajo es una fuerza elemental que se debe estudiar desde el mismo punto de vista que una ciencia natural, de la que hay que conocer las propiedades, y...

—Es absolutamente inútil; esa fuerza obra por sí misma y, según el grado de civilización, toma diferentes formas. En todas partes ha habido esclavos, luego aparceros, arrendatarios, obreros libres... ¿Qué otra cosa estás buscando?

Esas últimas palabras encolerizaron a Levin, tanto más cuanto que temía que su hermano tuviese razón de reprocharle el querer hallar un término medio entre las formas de trabajo existentes y el comunismo.

—Lo que busco —contestó animándose— es una forma de trabajo que sea útil a todos, a mí lo mismo que a mis jornaleros.

—No es eso; tú has buscado la originalidad toda tu vida, y ahora quieres probar que no explotas sencillamente a tus trabajadores, sino que procedes con arreglo a principios.

—Si eso crees, no hablemos más del asunto —respondió Levin, que notaba que le temblaban los músculos de la mejilla derecha.

—Jamás has tenido convicciones; tú no has tratado nunca más que de halagar tu amor propio.

—Muy bien, entonces déjame en paz.

—¡Ciertamente, te dejaré tranquilo! Ya debería haberlo hecho. ¡Que el diablo te lleve! Siento muchísimo haber venido.

Por más que Levin trato de aplacarle, Nicolás no quiso escuchar nada y persistió en decir que era mejor separarse.

Constantino tuvo que convencerse de que la vida en común no era posible. Sin embargo, fue a ver a su hermano cuando éste hacía los preparativos para marcharse, para pedirle, en tono algo forzado, que le excusara y suplicarle le perdonara si le había ofendido.

—¡Ah, ah! ¡Ahora la magnanimidad! —repuso sonriendo Nicolás—. Si te atormenta la necesidad de tener razón, pongamos que estás en lo cierto; pero de todos modos me marcho.

En el último instante, sin embargo, Nicolás, al besar a su hermano, le miró de forma extrañamente grave.

—Kostia —dijo con voz temblorosa—, no me guardes rencor.

Esas fueron las únicas palabras sinceras que se cruzaron entre los dos hermanos. Levin comprendió que esas palabras significaban: ¡Ya lo ves, lo sabes, me voy, quizá no nos volveremos a ver nunca! Y se le llenaron los ojos de lágrimas. Besó de nuevo a su hermano sin encontrar nada que responderle.

Al día siguiente, Levin también se marchó. En la estación encontró al joven Cherbatzky primo de Kitty, a quien le extrañó ver tan triste a Constantino.

—¿Qué tienes? —le preguntó el joven.

—Nada, como no sea que la vida no es cosa alegre.

—¿Qué no es alegre? Ven a París conmigo, en vez de dirigirte a un lugar como Mulhouse; ¡ya verás si es divertida allí la existencia!

—No, todo ha concluido para mí: ya es hora de morir.

—¡Vaya una idea! —dijo Cherbatzky riendo—. Yo, por mi parte, me preparo ahora a comenzar la vida.

—Así decía yo hace poco, pero ahora ya sé que voy a morir muy pronto.

Levin decía lo que pensaba; delante de él no veía más que la muerte, lo que no le impedía interesarse grandemente en sus proyectos de reforma; era preciso tener ocupada la vida hasta el fin. No veía más que tinieblas ante sus ojos, pero sus proyectos le servían de hilo conductor y se asía a ellos con todas sus fuerzas.

CUARTA PARTE

I

Los Karenin continuaron viviendo bajo el mismo techo, viéndose diariamente y permaneciendo completamente extraños el uno para el otro. Alejo Alejandrovitch se imponía el deber de evitar los comentarios de los criados, apareciendo con su esposa, pero rara vez comía en casa. Wronsky no se presentaba nunca: Ana le veía fuera y su marido lo sabía.

Los tres sufrían ante una situación que habría sido intolerable si cada uno de ellos no la hubiese considerado transitoria. Alejo Alejandrovitch esperaba ver extinguida aquella vehemente pasión, como se extingue todo en este mundo, antes de que su honor fuese ostensiblemente mancillado. Ana, la causa de todo el mal, y sobre quien las consecuencias pesaban más cruelmente, aceptaba su posición con la esperanza tan sólo de un próximo desenlace. En cuanto a Wronsky había concluido por opinar del mismo modo que ella.

Hacia mediados del invierno, Wronsky tuvo que pasar una semana desagradable. Recibió el encargo de acompañar por San Petersburgo a un príncipe extranjero, y este honor que debía a su irreprochable elegancia en el vestir y a su conocimiento de varias lenguas extranjeras, le resultó sumamente fastidioso. El príncipe quería ponerse en condiciones de responder a las preguntas que le hicieran a su regreso sobre su viaje y al mismo tiempo gozar de todos los placeres exclusivamente rusos. Era, pues, preciso instruirle por la mañana y divertirle por la tarde, pero ocurría que el tal príncipe gozaba de una salud excepcional y había logrado, gracias a minuciosas prácticas higiénicas en su persona, resistir la fatiga excesiva, sin dejar de sentirse fresco como un pepino holandés, verde y brillante. Había viajado mucho, y la gran ventaja que para él había en las facilidades modernas de comunicación, era que le permitía divertirse de mil diversas maneras. En España dio serenatas, cortejó a las españolas y tocó la bandurria. En Suiza, cazó cabras monteses. En Inglaterra, saltó barreras vestido de rojo e hizo la apuesta de matar doscientos faisanes. En Turquía penetró en un harén. En la India, paseó en elefante. Y ahora tenía empeño en conocer los placeres rusos.

Wronsky, como maestro de ceremonias, organizó no sin trabajo el programa de las diversiones: los blinis, las carreras a pie, la caza de osos, las excursiones en *troika*, las gitanas, las reuniones íntimas en las cuales se lanzaban al techo bandejas llenas de vajilla... El príncipe asimilaba esas diversiones con rara facilidad, y después de haber tenido sobre las rodillas a una gitana y de haber roto cuanto encontraba, se sorprendía de que el entusiasmo ruso se detuviese ahí. Lo que más le divirtió en el fondo, fueron las actrices francesas, las bailarinas y el *champagne*.

Wronsky conocía a los príncipes en general; pero sea que en los últimos tiempos hubiese cambiado, o sea que la intimidad con éste que le habían encargado de divertir fuese particularmente penosa, aquella semana le pareció cruelmente larga. Experimentaba lo que un hombre encargado de cuidar a un loco peligroso, que temiese al enfermo y perder él a su vez la razón; a pesar de la reserva oficial a que estaba obligado, más de una vez enrojeció de cólera al escuchar las reflexiones del príncipe sobre las mujeres rusas que se había dignado estudiar. Lo que principalmente irritaba a Wronsky contra aquel personaje, era encontrar en él como un recreo de sí mismo. Y tal espejo no era nada lisonjero. La imagen que veía en él, era la de un hombre con buena salud, muy cuidado, muy necio, encantado de sí mismo, de un humor igual con sus superiores, sencillo y afable con sus iguales, fríamente benévolo con sus inferiores, pero conservando siempre el desenfado y los modales de un *gentleman*. Wronsky se conducía exactamente igual y hasta entonces le había parecido que eso constituía un mérito; pero como al lado del príncipe representaba un papel inferior, ese porte desdeñoso le exasperaba.

—¡Qué estúpido personaje! —pensaba—. ¿Será posible que me parezca a él?

Así pues, al fin de la semana, tuvo el consuelo de alejarse de aquel incomodo espejo, separándose de él en la estación en donde el príncipe, al salir para Moscú, le dio las gracias. Habían regresado de una cacería de osos, y la noche la había pasado presenciando una representación brillante de la audacia rusa.

II

Al regresar a su casa, Wronsky encontró una esquela de Ana: «Estoy enferma y soy desgraciada —escribía—, no puedo salir, y tengo precisión de ver a usted. Venga esta noche, Alejo Alejandrovitch estará en el Consejo de las siete a las diez.»

Esta invitación, hecha a despecho de la expresa prohibición de su esposo, le pareció extraña; pero acabó por decidirse a ir.

En los comienzos del invierno, Wronsky había ascendido a coronel, y vivía solo desde que abandonó el regimiento. Luego que hubo almorzado se acostó en un canapé, y el recuerdo de las escenas de la víspera se asoció de un modo muy particular en su imaginación con el de Ana, y con la de un campesino que encontró en una cacería, acabó por dormirse; cuando despertó era ya de noche. Encendió una bujía dominado por un terror inexplicable.

—¿Qué me ha sucedido? ¿Qué cosa tan terrible he visto en sueños? —se preguntó—. Sí, sí, el campesino, un hombrecillo sucio, con barba enmarañada, hacía algo encorvado, pronunciando en francés palabras extrañas. No he soñado más, ¿por qué este terror?

Pero al recordar al campesino y las palabras francesas incomprensibles, sintió un escalofrío por todo el cuerpo.

—¡Qué locura! —se dijo mirando su reloj.

Eran ya más de las ocho y media. Llamó a su criado, se vistió apresuradamente, salió y, olvidando en absoluto su sueño, no pensó más que en su retraso.

Al aproximarse a la casa de Karenin, volvió a mirar el reloj: eran las nueve menos diez. Un cupé con dos caballos tordos estaba detenido frente a la escalinata. Reconoció el cupé de Ana.

—Va a mi casa —se dijo—. Eso es mucho mejor. Detesto esta casa, pero no quiero parecer como que me oculto.

Y con la sangre fría del hombre acostumbrado desde niño a inquietarse, dejó su trineo y subió la escalinata. La puerta se abrió, y el portero, con una manta escocesa en la mano hizo aproximar al coche. Por poco observador que Wronsky fuese, le llamó la atención la extrañeza que revelaba la fisonomía del portero; se acercó, sin embargo, y casi chocó con Alejo Alejandrovitch. Una luz de gas colocada a la entrada del vestíbulo, alumbró claramente su cara pálida y fatigada. Llevaba un sombrero negro, y la corbata blanca se destacaba bajo un cuello de piel. Los ojos tristes y apagados de Karenina, se fijaron en Wronsky; éste saludó, y Alejo Alejandrovitch, apretando los labios, elevóse la mano al sombrero y pasó. Wronsky le vio subir al carruaje sin volverse, tomar por la ventanilla la manta escocesa y los gemelos que le presentó el portero y desaparecer.

—¡Qué situación! —se dijo Wronsky entrando en la antecámara con los ojos brillantes de cólera—; si al menos quisiera defender su honor, yo podría desahogarme, exteriorizar mis sentimientos de alguna manera; ¡pero esa debilidad, esa cobardía...!, parece que vengo a engañarle, y eso no me gusta de ningún modo.

Desde la explicación que tuvo con Ana en el jardín Wrede las ideas de Wronsky habían variado mucho, había renunciado a los sueños de ambición, incompatibles con su situación irregular, y ya no creía en la posibilidad de una ruptura, de modo que se veía dominado por las debilidades de su amiga y por lo que por ella sentía. En cuanto a Ana, después de haberse entregado por completo a él, no esperaba nada del porvenir que no le viniera por Wronsky. Éste, al atravesar la antecámara, oyó pasos que se alejaban y comprendió que era ella que volvía al salón después de haber estado esperando su llegada.

—¡No! —exclamó Ana al verle entrar—. ¡Esto no puede continuar así! —y al oír su propia voz, se le llenaron los ojos de lágrimas.

—¿Qué ocurre, amiga mía?

—Lo que ocurre es que espero, que estoy pasando mil torturas desde hace ya dos horas; pero no, no quiero buscar disputas. Si no has venido antes, habrá sido porque algún impedimento serio te lo impediría. No, no te reñiré ya.

Le colocó ambas manos sobre los hombros y le miró mucho tiempo con sus ojos profundos y tiernos, aunque escrutadores. Le miraba mucho para resarcirse del tiempo que no le había visto, como siempre comparando la impresión del momento con los recuerdos que la había dejado, y como siempre, notaba que la imaginación superaba a la realidad.

III

—¿Lo has encontrado? —le preguntó ella cuando estuvieron sentados bajo la lámpara cerca de la mesa de la sala—. Es el castigo por haber venido tan tarde.

—¿Cómo ha sido eso? ¿No había de ir al Consejo?

—Fue, pero ha vuelto para marcharse de nuevo no sé a dónde. No vale la pena, no hablemos más de ello; dime dónde has ido estos días con el príncipe y si por culpa suya has tardado. (Conocía hasta los menores detalles de la vida de Wronsky.)

Iba a contestar que, como no había dormido la noche pasada, el sueño le había vencido; pero la vista de aquel rostro emocionado y feliz, hizo que esta confesión le fuera penosa, y se excusó diciendo que le había entretenido la obligación de presentar su informe después de haberse marchado el príncipe.

—¿Ahora ya se ha concluido? ¿Se ha ido ya?

—Sí, gracias a Dios; no te podrías imaginar lo insoportable que esta semana me ha parecido.

—¿Por qué? ¿No has llevado la misma vida que os es habitual a vosotros los jóvenes? —dijo frunciendo el ceño y tomando, sin mirar a Wronsky, una labor de costura que había sobre la mesa.

—Hace mucho tiempo que he renunciado a esa vida —respondió tratando de adivinar el motivo de la transformación repentina de aquel bello rostro—. Te confieso —añadió sonriendo y mostrando sus blancos dientes— que me ha sido soberanamente desagradable volver a ver esa existencia como en un espejo.

Ana le dirigió una mirada poco benévola y conservó su labor entre las manos sin trabajar.

—Lisa vino esta mañana a verme... todavía vienen a mi casa a pesar de la condesa Lydia... y me ha referido las noches atenienses de ustedes. ¡Qué horror!

—Yo quería decir...

—¡Qué odiosos son ustedes los hombres! ¿Cómo pueden suponer que una mujer olvide —dijo, animándose cada vez más y delatando así la causa de su irritación—. ¡Y sobre todo una mujer que, como yo, no puede saber de tu vida más que lo que quieras contarle? ¿Y puedo yo saber si es la verdad?

—Ana, ¿ya no me crees? ¿Te he ocultado nunca alguna cosa?

—Tienes razón; ¡pero si supieras cuánto sufro! —dijo, tratando de alejar sus celosas inquietudes—. Te creo, te creo; ¿qué ibas a decirme?

No pudo acordarse. Los accesos de celos de Ana se hacían frecuentes, y aunque él se esforzaba en disimularlo, tales escenas, aunque probaban amor, le iban enfriando. Muchas veces se había repetido que la felicidad no existía para él más que en aquel amor; y ahora que se veía apasionadamente amado como le ocurre a quien una mujer se lo ha sacrificado todo, la dicha le parecía más lejos de él que cuando salió de Moscú.

—Bueno, dime lo que tenías que contarme respecto al príncipe —repuso Ana—; he echado fuera el demonio (así llamaban entre ellos a sus accesos de celos). Habías comenzado a contarme alguna cosa. ¿Por qué te ha sido desagradable su permanencia?

—Ha sido insoportable —respondió Wronsky tratando de recordar lo que iba a decir antes—. El príncipe no gana cuando se le ve de cerca. No se me ocurre compararle más que con uno de esos animales bien alimentados que ganan premios en las exposiciones—añadió con aire contrariado que pareció interesar a Ana.

—¿Es, no obstante, un hombre instruido que ha viajado mucho?

—Se diría que sólo se ha instruido para adquirir el derecho de despreciar la instrucción, como, por otra parte, lo desprecia todo, exceptuando los placeres materiales.

—Pero, ¿no os gustan a todos vosotros esos placeres? —dijo Ana con una mirada triste que le impresionó de nuevo.

—¿Por qué le defiendes? —preguntó él sonriendo.

—No le defiendo, me es demasiado indiferente para eso; pero no puedo menos de suponer que, si esa existencia te hubiera desagradado tanto, habrías podido excusarle el ir a admirar a esa Teresa en traje de Eva.

—Ahí está nuevamente el demonio —dijo Wronsky tomándole una mano para besarla.

—Sí, ¡no puedo contenerme! ¡No tienes idea de lo que he sufrido esperándote! No creo tener celos en el fondo, cuando estás aquí, te creo; pero cuando estás lejos, llevando esa vida incomprensible para mí...

Se alejó de él y se puso a trabajar febrilmente haciendo con su crochet mallas de lana blanca, que la luz de la lámpara hacía brillar.

—Cuéntame cómo ha sido tu encuentro con Alejo Alejandrovitch —preguntó de improviso con voz todavía forzada.

—Casi tropezamos en la puerta.

—¿Y él te saludó? —y alargó el rostro, entornó los ojos y cambió la expresión de su fisonomía de tal modo, que Wronsky no pudo menos que reconocer a Alejo Alejandrovitch.

Sonrió él y Ana se echó a reír con aquella risa fresca y sonora que constituía uno de sus mayores encantos.

—No lo comprendo —dijo Wronsky—; comprendería que después de la explicación que tuviste con él en el campo hubiese roto contigo y me hubiera provocado en duelo, ¿pero cómo puede verme con la actual situación? Se ve que sufre.

—¿Él...?—contestó Ana con irónica sonrisa—; al contrario, es feliz.

—¿Por qué nos torturamos todos, cuando el asunto podría arriesgarse?

—Porque eso no le conviene. ¡Oh, qué bien conozco esa naturaleza formada de mentiras! ¿Quién podría, a menos de ser insensible, vivir con una mujer culpable como él vive conmigo, hablarle como él me habla, tutearla?

E imitó la manera como su marido decía: «Tú, mi querida Ana.»

—Te aseguro que no es un hombre, es un muñeco; si yo me hallara en su lugar, hace tiempo que habría hecho pedazos a una mujer como yo, en vez de decirle: «Tú, mi querida Ana». Pero no es un hombre, es una máquina ministerial. No comprende que él no es nada para mí, que me estorba. ¡No, no, no hablemos de él!

—Querida amiga, eres injusta —dijo Wronsky procurando aplacarla—; pero no, no hablemos más de él: hablemos de ti, de tu salud; ¿qué ha dicho el doctor?

Ella le miraba con alegría burlona y con gusto habría continuado poniendo en ridículo a su marido, pero él añadió:

—Me escribiste que te encontrabas enferma: ¿eso proviene, a lo que yo creo, del estado en que te encuentras? ¿Cuándo será eso?

La sonrisa burlona de Ana desapareció y fue sustituida por una expresión llena de tristeza.

—Pronto, pronto... Tú dices que nuestra situación es horrible y que debemos salir de ella. ¡Si supieras cuánto daría yo por poder amarte libremente! Ya no te molestaría con mis celos, pero pronto, pronto todo cambiará, y no como suponemos.

Se enternecía por sí misma, las lágrimas no la dejaban continuar y colocó su blanca mano cuyas sortijas brillaban a la luz de la lámpara, sobre el brazo de Wronsky.

—No comprendo —dijo éste, aunque comprendía muy bien.

—Tú preguntas, ¿cuándo será eso? Pronto, y yo no sobreviviré —Ana hablaba precipitadamente—; lo sé, lo sé con seguridad. Moriré, y me alegro mucho de morir y de desembarazaros a los dos de mí.

Le corrían las lágrimas, mientras Wronsky le besaba las manos, y al consolarla, trataba de ocultar su propia emoción.

—Es mejor que sea así —añadió ella apretándole la mano con viveza.

—Pero, ¡qué tonterías son ésas! —dijo Wronsky levantando la cabeza y recobrando su sangre fría—. ¡Qué cosas tan absurdas!

—No, digo la verdad.

—Pero, ¿qué es la verdad?

—Que moriré. Lo he visto en sueños.

—¿En sueños? —y Wronsky, involuntariamente, se acordó del *Mugik* y de su pesadilla.

—Sí, en sueños —continuó Ana—, hace mucho tiempo de eso. Soñé que entraba corriendo en mi cuarto en busca de no sé qué. Buscaba, ya sabes, como se busca en sueños, y en el rincón de mi alcoba vi alguna cosa en pie.

—¡Qué locura! ¿Cómo crees...?

Pero Ana no se dejó interrumpir; lo que contaba le parecía demasiado importante.

—Y esa cosa se vuelve hacia mí, y veo a un pequeño *Mugik*, sucio, con barba enmarañada. Quise huir, pero él se inclinó hacia un saco en el cual agitó un objeto.

Hizo ademán de una persona que registra un saco. El terror se manifestaba en su rostro, y Wronsky, recordando un sueño, sintió que el mismo terror se adueñaba de él.

—Mientras buscaba hablaba deprisa, deprisa; en francés, tartajeando, decía: «Es preciso batir el hierro, triturarlo, amasarlo.» Hice esfuerzos por despertarme, pero sólo me despertaba en sueños, preguntándome lo que eso significaba. Entonces oí que alguien me decía: «De parto, morirás de parto, madre.» En fin, volví en mí.

—¡Qué tonterías! —dijo Wronsky, disimulando difícilmente su emoción.

—No hablemos más de eso, llama, voy a mandar que sirvan el té; quédate un rato más, ya no durará esto mucho tiempo.

Pero se detuvo, y de repente el horror y el espanto desaparecieron de su rostro, que tomó una expresión de dulzura, atenta y sería. Wronsky al principio no comprendió nada de esta transfiguración repentina: Ana acababa de sentir una vida nueva agitarse en su seno.

IV

Después del encuentro con Wronsky, Alejo Alejandrovitch como lo tenía pensado, se dirigió a la ópera italiana. Oyó dos actos, habló a todos aquellos a quienes había de hablar y al regresar a su casa, fue derecho a su alcoba, después de comprobar la ausencia de todo capote militar en el vestíbulo.

Contra su costumbre, en vez de acostarse, se estuvo paseando de arriba abajo hasta las tres de la madrugada. La cólera le mantenía despierto, pues no podía perdonar a su esposa el no haber cumplido con la única condición que le había impuesto, la de no recibir a su amante en su casa. Puesto que no hacía caso de esa orden, era preciso castigarla, poner en práctica su amenaza, pedir el divorcio y quitarle a su hijo. Esta amenaza no era de fácil realización, pero quería cumplir su palabra. La condesa Lydia había frecuentemente insinuado ese medio de salir de su deplorable situación, y en los últimos tiempos el divorcio se había hecho de una facilidad práctica tan perfeccionada, que Alejo Alejandrovitch entreveía la posibilidad de eludir las principales dificultades de forma.

Como una desgracia no viene nunca sola, experimentaba tantos enojos sobre la cuestión promovida por él, relativa a los extranjeros, que desde hacía algún tiempo se sentía en un estado de irritación perpetua. Pasó la noche sin dormir, su cólera iba en aumento constante y verdaderamente exasperado se levantó de la cama, se vistió de prisa y se dirigió a las habitaciones de Ana tan pronto como supo que estaba levantada. Temía perder la energía que necesitaba, y con sumo cuidado llevó la copa de los agravios de modo que no se derramase en el camino.

Ana, que creía conocer a su marido a fondo, se sobresaltó al verle entrar sombrío, con los ojos tristemente fijos hacia delante sin mirarla y los labios apretados en una mueca de desprecio. Jamás había visto tanta decisión en su porte. Entró sin darle los buenos días y fue derecho al escritorio, del que abrió uno de los cajoncitos.

—¿Qué necesita usted? —preguntó Ana.

—Las cartas de su amante.

—No están ahí —dijo cerrando el escritorio.

Por el movimiento que hizo, él comprendió que había adivinado, y apartándole brutalmente la mano, se apoderó de la cartera, en la que Ana guardaba sus papeles importantes, a pesar de los esfuerzos que ésta hizo por quitársela. Él la mantuvo a distancia.

—Siéntese usted, tengo que hablarle —le dijo poniéndose la cartera bajo el brazo y apretándola con tanta fuerza con el codo, que se le levantó el hombro.

Ana le miró sorprendida y asustada.

—¿No le había prohibido recibir a su amante en esta casa?

—Tenía necesidad de verle para...

Se detuvo no encontrando explicación plausible.

—No entro en esos detalles, y no tengo ningún deseo de saber para qué una mujer necesita ver a su amante.

—Yo sólo quería... —dijo sonrojándose y sintiendo que la grosería de su marido le devolvía su audacia—. ¿Es posible que usted no comprenda lo fácil que le es herirme?

—No se hiere más que a un hombre honrado o a una mujer honrada, pero decir a un ladrón que es ladrón, no es más que hacer constar un hecho.

—Ese es un aspecto de crueldad que yo no le conocía a usted.

—Ah, ¿usted encuentra cruel a un marido que deja en completa libertad a su esposa, con la única condición de respetar las conveniencias? Según usted, ¡eso es crueldad?

—Es peor todavía, es cobardía, si usted se empeña en saberlo —y se levantó para salir.

—¡No! —grito él con voz penetrante, obligándola a sentarse y cogiéndola por el brazo.

Sus largos dedos huesudos la apretaban con tal fuerza, que uno de los brazaletes se le grabó en rojo sobre la piel.

—¿Cobardía? Eso se aplica a la que abandona a su hijo y a su marido por un amante, sin dejar de comer el pan de ese esposo.

Ana inclinó la cabeza; la justeza de esas palabras la aplastaban; ya no se atrevió, como la víspera, a acusar a su marido de *estorbar*, y respondió con dulzura:

—Usted no puede juzgar mi situación con más severidad que yo misma; pero, ¿por qué me dice eso?

—¿Por qué se lo digo? —continuó él con cólera—. Es para que sepa que, puesto que no hace ningún caso de mi voluntad voy a dar los pasos necesarios para poner término a esta situación.

—Pronto, pronto se terminará por sí misma —dijo Ana con los ojos llenos de lágrimas, al pensar en su muerte, que sentía próxima, y que ahora tanto era de desear.

—¡Más pronto de lo que usted y su amante habían imaginado! ¡Ah, usted busca la satisfacción de goces sensuales!

—¡Alejo Alejandrovitch! ¡No es generoso, no es noble golpear al que está en el suelo!

—¡Oh! Usted no piensa más que en sí misma: poco le interesan los sufrimientos del que ha sido su esposo; ¡que importa que mi vida sea perturbada, que sufra...!

En su emoción, Alejo Alejandrovitch hablaba tan deprisa que tartajeaba, y ese tartajeo pareció cómico a Ana, que, sin embargo, inmediatamente se reprochó fijarse en lo ridículo en semejante momento. Por primera vez, y durante un instante, comprendió el sufrimiento de su esposo y le tuvo lástima. Pero, ¿qué podía ella decir y hacer, más que callar e inclinar la cabeza? Él también calló, y continuó luego con voz severa, subrayando palabras que no tenían ninguna importancia especial:

—He venido a decir a usted...

Ana le echó una mirada, y recordando su tartajeo se dijo:

«No, este hombre de ojos apagados, tan pagado de sí mismo no puede sentir nada, he sido juguete de mi imaginación.»

—Yo no puedo variar —murmuró ella.

—He venido a advertirle que me marcho a Moscú y que no volveré a esta casa. Recibirá usted aviso de la resolución que yo tome por el abogado que se encargue de los preliminares del divorcio. Mi hijo irá a casa de una de mis parientes —añadió recordando con esfuerzo lo que quería decir relativamente al niño.

—Me quita usted a Sergio para hacerme sufrir —balbuceó Ana alzando los ojos hacia él—: ¡Usted no le quiere, déjemele!

—Es verdad, la repulsión que usted me inspira llega de rechazo hasta mi hijo; pero, no obstante, le tendré conmigo. Adiós.

Quiso salir y ella le detuvo.

—¡Alejo Alejandrovitch, no me quite a Sergio! No le pido más que eso; déjemelo hasta mi alumbramiento...

Alejo Alejandrovitch se puso rojo, rechazó el brazo que le retenía y se marchó sin contestar.

V

El salón de espera del célebre abogado a casa del cual Alejo Alejandrovitch se dirigió, estaba lleno de gente cuando él entró. Tres señoras, una de ellas anciana, la otra joven y la tercera, que pertenecía sin duda a la clase de los mercaderes, aguardaban, lo mismo que un banquero alemán con una fabulosa sortija en el dedo, un comerciante de larga barba y un *tchinovnick* de uniforme, con una condecoración al cuello. Evidentemente la espera había sido larga para todos.

Dos secretarios escribían haciendo rechinar las plumas. Uno de ellos volvió la cabeza con visible malhumor hacia el recién venido y, sin levantarse, le preguntó parpadeando:

—¿Qué desea usted?

—Quisiera hablar con el señor abogado.

—Está ocupado —respondió con severidad el secretario señalando con la pluma a los que estaban esperando.

Y se puso de nuevo a escribir.

—¿No tendría un momento disponible para recibirme? —preguntó Alejo Alejandrovitch.

—El señor abogado no tiene un momento libre; siempre está ocupado. Tenga usted la bondad de esperar.

—Hágame el favor de llevarle mi tarjeta —dijo Alejo Alejandrovitch con dignidad, viendo que no era posible guardar el incógnito.

El secretario tomó la tarjeta, la examinó con cierto malhumor y salió.

Alejo Alejandrovitch aprobaba en principio la reforma judicial, pero criticaba ciertos detalles, en cuanto podía criticar una institución sancionada por el supremo poder: en todas las cosas admitía el error como un mal inevitable, al cual, en ciertos casos, se podía poner remedio; pero la importancia que daba a los abogados esta reforma, había sido siempre objeto de su desaprobación, y esta acogida que se le hacía no destruía sus prevenciones.

—El señor abogado va a salir —dijo al regresar el secretario.

En efecto, al cabo de dos minutos la puerta se abrió y apareció el abogado escoltando a un viejo jurisconsulto delgado.

El abogado era un hombrecillo calvo, rechoncho, con barba negra que se aproximaba al rojo, frente bombeada y espesas cejas. Su vestido, desde la corbata y cadena doble de reloj, hasta el extremo de los botines charolados, era el de un joven elegante. Su rostro era inteligente y vulgar, su empaque presuntuoso y de mal gusto.

—Sírvase usted entrar —dijo a Alejo Alejandrovitch volviéndose hacia él y, haciéndole pasar primero, cerró la puerta.

Acercó un sillón a su escritorio lleno de papeles, invitó a Alejo Alejandrovitch a sentarse y, frotándose las manos cortas y peludas, se instaló frente al escritorio en actitud atenta. Pero apenas se había sentado, un mosquito voló por encima de la mesa, y el hombrecillo, con viveza inesperada, lo agarró al vuelo; en seguida volvió a tomar su primera postura.

—Antes de comenzar a explicar a usted mi asunto —dijo Alejo Alejandrovitch siguiendo con ojos de sorpresa los movimientos del abogado—, permítame hacerle observar que el asunto que me trae debe quedar secreto entre los dos.

Una imperceptible sonrisa cruzó por los labios del abogado.

—Si yo no fuera capaz de guardar un secreto, no sería abogado —contestó—; pero si usted desea asegurarse...

Alejo Alejandrovitch le miró y creyó observar que sus ojos grises llenos de inteligencia lo habían adivinado todo.

—¿Conoce usted mi nombre?

—Sé cuán útiles son a Rusia los servicios de usted —respondió el abogado inclinándose, después de haber atrapado otro mosquito.

Alejandrovitch suspiró; con dificultad se decidía a hablar; pero cuando hubo comenzado, continuó sin vacilación con su voz clara y penetrante, insistiendo en varias palabras.

—Tengo la desgracia —comenzó— de ser un marido engañado. Desearía romper legalmente, por un divorcio, los vínculos que me unen a mi esposa, y sobre todo separar a mi hijo de su madre.

Los ojos grises del abogado hacían lo posible por permanecer serios, pero Alejo Alejandrovitch no pudo disimularse que estaban llenos de una alegría que no provenía únicamente de la perspectiva de un buen asunto: era entusiasmo, triunfo, algo como el brillo que había notado en los ojos de su mujer.

—¿Desea usted mi ayuda para obtener el divorcio?

—Precisamente; pero tal vez corro el riesgo de abusar de la atención de usted, porque por ahora no he venido más que a consultarle; tengo empeño en permanecer dentro de ciertos límites, y renunciaría al divorcio si no pudiera conciliarse con las formas que deseo guardar.

—¡Oh! Usted quedará siempre perfectamente libre —respondió el abogado.

El hombrecillo, para no ofender a su cliente con una alegría que su rostro ocultaba mal, fijó los ojos en los pies de Alejo Alejandrovitch; aunque con el rabillo del ojo vio un insecto que volaba, contuvo las manos por respeto a la situación.

—Las leyes que rigen el divorcio me son conocidas en sus líneas generales —dijo Karenin—, pero habría querido saber las diversas formas empleadas en la práctica.

—En una palabra, ¿usted desea saber de que modo podría obtener un divorcio legal? —contestó el abogado, adoptando con cierto placer el tono de su cliente; y después de una señal de asentimiento de éste, continuó dirigiendo de cuando en cuando una mirada disimulada al rostro de Alejo Alejandrovitch, que debido a la emoción se cubría de manchas lívidas—. El divorcio, según nuestras leyes —al decir nuestras leyes mostró un imperceptible desdén—, es posible, como usted ya sabe, en los tres casos siguientes: ¡Qué esperen! —gritó al ver a su secretario que entreabría la puerta; sin embargo, se levantó, fue a decirle algunas palabras y volvió a sentarse prosiguiendo—: en los tres casos siguientes: defecto físico de uno de los esposos, desaparición de uno de ellos durante cinco años —al hacer esta enumeración montaba sus gruesos dedos velludos uno sobre otro—, y, en fin, el adulterio (pronunció esa palabra con aire satisfecho). Ese es el lado teórico, pero pienso que al hacerme el honor de consultarme, es el lado práctico lo que usted desea conocer. Así es que, no existiendo el caso de defecto fisico ni el de ausencia de uno de los esposos, por lo que he podido comprender...

Alejo Alejandrovitch inclinó la cabeza como señal de asentimiento.

—Nos queda el adulterio de uno de los esposos, en cuyo caso una de las partes debe reconocerse culpable con respecto a la otra; si esto no es posible, no queda más que el delito flagrante. Convengo en que ese último caso rara vez se presenta en la práctica.

El abogado calló y se quedó mirando a su cliente con el aire de un armero que presentara a un comprador dos pistolas de distinto sistema y le explicara el modo de usarlas dejándole en libertad para elegir. Como Alejo Alejandrovitch guardara silencio, el abogado continuó:

—Lo más sencillo, lo más racional, es, a mi parecer, reconocer el adulterio por mutuo consentimiento. No me atrevería a hablar así a todo el mundo, pero supongo que nosotros nos comprendemos.

Alejo Alejandrovitch estaba tan confuso, que la ventaja de la última proposición se le escapaba completamente, y su rostro reveló sorpresa; el letrado acudió en seguida en su ayuda.

—Supongamos a dos esposos que ya no pueden vivir juntos: si ambos desean el divorcio, los detalles y las formalidades dejan de tener importancia. Ese medio es el más sencillo y el más seguro.

Alejo Alejandrovitch comprendió esta vez, pero sus sentimientos religiosos se oponían a esa fórmula.

—En el presente caso, ese medio no es utilizable—contestó—. Pruebas, como por ejemplo una correspondencia, ¿podrán indirectamente establecer el adulterio? Tengo esas pruebas en mi poder.

El abogado, apretando los labios, dejó escapar una exclamación a la vez de lástima y desdén.

—Sírvase usted no olvidar que los asuntos de esa naturaleza son de la incumbencia de nuestro alto clero. Nuestros arciprestes tienen especial gusto en ahondar en ciertos detalles —añadió con sonrisa de simpatía por el gusto de esos buenos Padres—, y las pruebas exigen testigos. Si usted me hace el honor de confiarme su asunto es preciso que me deje la elección de las medidas que haya que adoptar. El que quiere el fin quiere los medios.

Alejo Alejandrovitch se levantó, muy pálido, mientras que el abogado corría otra vez a la puerta para contestar a una nueva interrupción de su secretario.

—¡Dígale usted que no estamos en una tienda! —gritó antes de regresar a su asiento, y al pasar atrapó otro mosquito murmurando con tristeza: ¡mi paño de Lyon no podrá resistir a estos bichos!—. ¿Usted me hacía el honor de decirme...?

—Escribiré a usted lo que decida —respondió Alejo Alejandrovitch apoyándose contra la mesa—; y puesto que, según sus palabras, puedo contar con la posibilidad del divorcio, le agradecería me hiciera saber en qué condiciones.

—Todo es posible si usted quiere dejarme en completa libertad de acción —dijo el abogado eludiendo la última pregunta—. ¿Cuándo puedo esperar una contestación de parte de usted? —preguntó al acompañar a su cliente a la puerta, con los ojos tan brillantes como sus botas.

—Dentro de ocho días. Entonces tendrá usted la bondad de decirme si acepta el asunto y en qué condiciones.

—Perfectamente.

El abogado saludó con respeto, hizo salir a su cliente y, una vez solo, se desbordó su alegría; tan contento estaba que, contra sus principios, hizo una rebaja a una señora ducha en el arte de regatear. Hasta olvidó los mosquitos, resuelto a forrar los muebles de terciopelo el próximo invierno, como su colega Saganin.

VI

La brillante victoria alcanzada por Alejo Alejandrovitch en la sesión del 17 de agosto, había tenido enojosas consecuencias. La nueva Comisión nombrada para estudiar la situación de las poblaciones extranjeras había procedido con tal prontitud que llamó la atención de Karenin. ¡Al cabo de tres meses, ya presentaba su informe! El estado de esas poblaciones resultó haberse estudiado desde el punto de vista político, administrativo, económico, etnográfico, material y religioso. Cada pregunta iba seguida de una respuesta admirablemente redactada y que no permitía la menor duda, porque las tales contestaciones no eran obra del espíritu humano, siempre sujeto a error, sino de una burocracia llena de experiencia. Las respuestas estaban basadas sobre datos oficiales, tales como informes de los gobernadores y arzobispos, basados a su vez sobre los informes de los jefes de distrito y de los superintendentes eclesiásticos, que se habían basado ellos también sobre los informes de las administraciones comunales y de las parroquias del campo. ¿Cómo dudar de su exactitud? Preguntas como éstas: ¿Por qué son malas las cosechas? y ¿por qué los habitantes de ciertas regiones se obstinan en practicar su religión?; problemas que únicamente la máquina oficial era capaz de resolver y a las cuales en siglos enteros no se hubieran encontrado respuestas, fueron claramente evaluadas de conformidad con las opiniones de Alejo Alejandrovitch.

Pero Stremof, herido en lo vivo, imaginó una táctica que su adversario no esperaba: arrastrando tras él a varios miembros del comité, se pasó inopinadamente al campo de Karenin y no contento con apoyar las medidas propuestas por éste propuso otras, en el mismo sentido, que iban mucho más allá de las intenciones de Alejo Alejandrovitch.

Llevadas al extremo, esas medidas parecieron tan absurdas que el gobierno, la opinión pública, las damas influyentes, los periódicos, todos se indignaron, y su descontento fue de rechazo contra el padre de la comisión, Karenin.

Encantado del buen éxito de su astucia, Stremof adoptó un aspecto inocente, se sorprendió de los resultados obtenidos, y se atrincheró detrás de la fe ciega que le había inspirado el plan de su colega. Alejo Alejandrovitch, aunque enfermo y muy afectado por tanto contratiempo, no cedió. Se produjo una división en el seno del comité; unos, los partidarios de Stremof explicaron su error por un exceso de confianza y declararon absurdos los informes de la comisión de inspección; los otros, adictos a Karenin, temiendo este modo revolucionario de tratar a una comisión, la sostuvieron. Las esferas oficiales, y hasta la sociedad, vieron enredarse esta interesante cuestión hasta el punto de que la miseria y la prosperidad de las poblaciones extranjeras podían ser igualmente problemáticas. La situación de Karenin, minada ya por el mal efecto que causaban sus desdichas domésticas, pareció vacilar. En vista de ello tuvo el valor de tomar una resolución atrevida: con gran sorpresa de la comisión manifestó que pedía autorización para ir él personalmente a estudiar esas cuestiones sobre el terreno. Habiéndosele concedido la autorización, se dirigió a un gobierno lejano.

El tal viaje metió mucho ruido con más motivo porque rehusó oficialmente la subvención fijada a doce caballos de posta.

Pasó por Moscú, donde se detuvo tres días.

Al día siguiente, al salir de la casa del general gobernador oyó su nombre en la calle de las Gacetas, en un lugar donde se cruzaba un gran número de carruajes particulares e *isvostchiks*, y al volverse, llamado por una voz alegre y sonora, vio a Esteban Arcadievitch en la acera. Vestido con un paletó a la última moda, con el sombrero echado sobre su frente brillante de juventud y de salud, llamaba con tal persistencia, que Karenin se detuvo. En el carruaje contra cuya portezuela Estebán Arcadievitch se apoyaba, había una mujer con sombrero de terciopelo con dos niños; hacía ademanes con la mano sonriendo amistosamente. Eran Dolly y sus hijos.

Alejo Alejandrovitch no pensaba ver a nadie en Moscú, menos aún al hermano de su esposa; así es que quiso seguir su camino después de haber saludado; pero Oblonsky hizo una seña al cochero para que se detuviera y corrió por la nieve hasta el carruaje de Karenin.

—¿Desde cuándo estás aquí? ¿No es un crimen no habernos avisado? Ayer tarde, en casa de Dusseaux, vi el apellido Karenin en la lista de viajeros, y no me imaginé que fueses tú —y pasaba la cabeza por la puertecilla, golpeándose los pies uno contra otro para sacudirse la nieve—. ¿Cómo es que no avisaste?

—No tuve tiempo; estoy muy ocupado —respondió secamente Alejo Alejandrovitch.

—Ven a ver a mi esposa, desea mucho verte.

Karenin se quitó la manta escocesa que le envolvía las piernas, y saliendo de su carruaje fue por entre la nieve hasta el de Dolly.

—¿Qué pasa, Alejo Alejandrovitch, para que usted nos evite de ese modo? —dijo Dolly sonriendo.

—Encantado de ver a usted —contestó Karenin, en un tono que probaba lo contrario—. ¿Y cómo va la salud?

—¿Qué hace mi querida Ana?

Alejo Alejandrovitch murmuró algunas palabras y trató de retirarse, pero se lo evitó Esteban Arcadievitch.

—¿Sabes lo que vamos a hacer? Dolly, invítale a comer para mañana con Kosnichef y Pestzoff, la flor de la *inteligencia* moscovita.

—Venga usted, se lo ruego —dijo Dolly—; esperaremos a usted hasta la hora que le sea más cómoda, a las cinco, a las seis, como usted quiera. ¿Y mi querida Ana? Hace tanto tiempo...

—Va bien —murmuró de nuevo Alejo Alejandrovitch frunciendo el ceño—. Me alegro mucho de haber encontrado a usted —y se retiró a su carruaje.

—¿Vendrá usted? —gritó Dolly.

Karenin dijo algunas palabras que no llegaron hasta ella.

—¡Ire a tu casa mañana! —le gritó también Esteban Arcadievitch.

Alejo Alejandrovitch se hundió en su carruaje como si hubiese querido desaparecer.

—¡Qué original! —dijo Esteban Arcadievitch, y mirando su reloj, hizo una seña cariñosa de despedida a su esposa y a sus hijos, alejándose con paso firme.

—¡Stiva, Stiva! —le gritó Dolly ruborizándose.

Él se volvió.

—¿Y el dinero para los abrigos de los niños?

—Dile que yo pasaré.

Y desapareció, saludando alegre, mientras andaba, a algunos conocidos.

VII

El día siguiente era domingo. Esteban Arcadievitch entró en el Gran Teatro para ver el ensayo del baile, y aprovechando la media oscuridad de los bastidores, presentó a una linda bailarina, que debutaba bajo su protección, el aderezo de coral que le había ofrecido la víspera. Hasta tuvo tiempo de besar el radiante rostro de la joven y quedar de acuerdo sobre el momento en que vendría por ella después del baile para ir a cenar. Del teatro se dirigió al mercado para escoger él mismo el pescado y espárragos para la comida. A mediodía estaba en casa de Dusseaux, donde tres viajeros amigos suyos tuvieron la feliz idea de alojarse; eran: Levin, que regresaba de su viaje; un nuevo jefe recientemente llegado a Moscú como inspector, y su cuñado Karenin.

Esteban Arcadievitch era aficionado a comer bien, pero aún le gustaba más reunir a su mesa a algunos convidados escogidos. Le sonreía la lista de los platos que combinaba para ese día: pescado bien fresco, espárragos y, como plato sólido, un sencillo pero soberbio asado. En cuanto a los invitados, se proponía reunir a Kitty y a Levin, y con el fin de disimular este encuentro, asistirían también una prima y el joven Cherbatzky; el plato fuerte entre los convidados sería Sergio Kosnichef, filósofo moscovita, junto con Karenin, el hombre de acción de San Petersburgo. Para servir de lazo de unión a éstos, había convidado a Pestzoff, un joven encantador de cincuenta años, músico, entusiasta, hablador, liberal, que animaba a todo el mundo.

La vida sonreía en aquel momento a Esteban Arcadievitch; el dinero que la venta del bosque produjo, no había sido todavía enteramente gastado; Dolly, desde hacía algún tiempo, estaba encantadora; todo habría ido a pedir de boca, si no le hubiesen mortificado dos cosas desagradables, que, sin embargo, no turbaban su buen humor: En primer lugar, la seca acogida de su cuñado, la cual, unida a ciertos rumores que habían llegado hasta él sobre las relaciones de su hermana con Wronsky le hacían sospechar un grave incidente entre marido y mujer. El segundo punto negro era la llegada del nuevo jefe, que tenía la alarmante reputación de ser exigente y severo, infatigable para el trabajo, y, además, rudo, malhumorado y absolutamente opuesto a las tendencias liberales de su predecesor, que Esteban Arcadievitch compartía con él. La víspera se efectuó la primera presentación en uniforme, y Oblonsky fue tan cordialmente recibido que se juzgó obligado a hacerle una visita que no fuera oficial. ¿Cómo sería recibido? Esta idea le preocupaba, pero tenía el presentimiento de que todo iría muy bien.

—¡Bah! —pensó—. ¿No somos todos pecadores? ¿Por qué nos ha de buscar querella?

Esteban Arcadievitch entró primero en la habitación encontrando a Levin, que en pie en medio de ella, con un campesino, tomaba la medida de una piel de oso.

—¡Ah! ¿Conque habéis matado uno? —exclamó Esteban Arcadievitch al entrar—. ¡Qué hermosa pieza! ¡Es una hembra! ¡Buenos días, Archip! —y sentándose con el sombrero puesto, tendió la mano al aldeano.

—Quítate el paletó y espérate un momento —dijo Levin.

—No tengo tiempo. He entrado un instante —respondió Oblonsky, lo que no le impidió desabotonarse el paletó, quitárselo y pasar una hora entera charlando con Levin sobre la caza y diferentes asuntos.

—Dime qué has hecho en el extranjero: ¿dónde has estado? —preguntóle cuando hubo marchado el aldeano.

—He estado en Alemania, en Francia, en Inglaterra, pero sólo en los centros manufactureros y no en las capitales. He observado muchas cosas interesantes.

—Sí, sí, ya sé tus ideas sobre asociaciones obreras.

—¡Oh, no! No existen cuestiones obreras para nosotros: la única cuestión importante para Rusia es la de las relaciones del trabajador con la tierra; allá también existe, pero los arreglos son imposibles, mientras que aquí...

Oblonsky escuchaba con atención.

—Sí, sí, quizá tengas razón, pero lo esencial es regresar en mejor disposición; cazas osos, te entusiasmas, trabajas, todo va bien. Cherbatzky me contó que te había encontrado sombrío y melancólico, y que sólo hablabas de la muerte.

—Es verdad, no ceso de pensar en la muerte. Todo es vanidad, ¡hemos de morir! Me gusta el trabajo, ¡pero cuando considero que este mundo, del que nos creemos dueños y señores, se compone de un poco de moho que cubre la superficie del más pequeño de los planetas! ¡Cuando pienso que nuestras ideas, nuestras obras, cuanto creemos hacer de más grandioso, equivale todo a un grano de polvo...!

*—Todo es tan viejo como el mismo mundo, hermano. Es viejo, pero cuando esa idea se nos manifiesta clara, ¡qué miserable se ve la vida! ¡Cuando se sabe que vendrá la muerte, que no quedará nada de nosotros, las cosas más importantes parecen tan mezquinas como el volver del otro lado esta piel de oso! Para no pensar en la muerte se caza, se trabaja, procurando distraerse.

Esteban Arcadievitch sonrió y miró a Levin con su mirada cariñosa:

—¡Ya ves cómo hacías mal en reprocharme el buscar goces en la vida! No seas tan severo, ¡oh, moralista!

—Lo que hay bueno en la vida... —respondió Levin enredándose—. La verdad es que no sé más que una cosa, y es que pronto moriremos.

—¿Por qué pronto?

—Y mira, es cierto que la vida ofrece menos encantos cuando se piensa así en la muerte, pero hay más tranquilidad.

—Hay, por el contrario, que aprovechar el tiempo que se viva... Pero —añadió Esteban Arcadievitch levantándose por segunda vez—, me marcho.

—Estáte un poco más —dijo Levin deteniéndole—. ¿Cuando nos veremos otra vez? Me voy mañana.

—¡Y yo que olvidaba a lo que vine! Tengo gran interés en que vengas hay a comer con nosotros; tu hermano nos acompañará, lo mismo que mi cuñado Karenin.

—¿Está aquí? —preguntó Levin muriéndose de ganas de saber de Kitty; no ignoraba que ella había estado en San Petersburgo al principio del invierno, en casa de su hermana, casada con un diplomático.

«Es igual —pensó—, ¡que haya regresado o no, aceptaré!»

—¿Irás?

—Sí, por cierto.

—A las cinco, de levita.

Esteban Arcadievitch se levantó y se dirigió a la habitación de su nuevo jefe. Su instinto no le había engañado. Se encontró con que aquel hombre terrible era un buen muchacho, con el cual almorzó y se detuvo a charlar, de modo que eran cerca de las cuatro cuando llegó al cuarto de Alejo Alejandrovitch.

VIII

Alejo Alejandrovitch, después de oír misa, pasó toda la mañana en su casa. Aquel día tenía que terminar dos asuntos: en primer lugar, debía recibir una diputación de extranjeros; luego, escribir a su abogado como le había prometido.

Discutió mucho tiempo con los miembros de la diputación; les atendió mientras exponían sus reclamaciones y sus necesidades; les trazó un programa del que no debían apartarse en modo alguno, con respecto a las gestiones que debían practicar cerca del gobierno, y finalmente les recomendó a la condesa Lydia, que debía guiarles en San Petersburgo. La condesa tenía la especialidad de las diputaciones y sabía mejor que nadie guiarlas. Cuando hubo despedido a sus visitantes escribió a su abogado, enviándole tres esquelas de Wronsky y una de Ana, que encontró en la cartera.

En el momento de cerrar su carta, oyó la voz sonora de Esteban Arcadievitch preguntando al criado si su cuñado recibía, e insistiendo para que le anunciara.

«¡Qué fastidio! —pensaba Alejo Alejandrovitch— o más bien, es preferible. Le diré lo que pasa, y así comprenderá que no puedo comer en su casa.»

—¡Que pase! —gritó al criado, recogiendo sus papeles y guardándolos en un cartapacio.

—Ya ves cómo mientes —dijo Esteban Arcadievitch al criado, y quitándose su sobretodo sin dejar de andar, entró en la habitación de su cuñado.

—Estoy encantado de encontrarte —comenzo a decir alegremente—; espero...

—Me es imposible ir —respondió con sequedad Alejo Alejandrovitch, recibiendo en pie a su cuñado, sin decirle que se sentara, decidido a adoptar con el hermano de su esposa las maneras frías que le parecían las únicas convenientes después de haber resuelto el divorcio.

Era olvidar la irresistible bondad de corazón de Esteban Arcadieviteh. Abrió éste admirado sus grandes ojos brillantes.

—¿Por qué no quieres venir? —preguntó en francés un tanto perplejo—. ¡Pero es cosa convenida, contamos contigo!

—Es imposible, porque nuestras relaciones de familia no pueden continuar.

—¿Cómo? ¿Por qué? —dijo Oblonsky con una sonrisa.

—Porque pienso divorciarme de mi esposa, su hermana de usted. Debo...

No había acabado la frase, cuando Esteban Arcadievitch, al contrario de lo que su cuñado esperaba, se dejó caer en un sillón dando un gran suspiro.

—¡Alejo Alejandrovitch, eso no es posible! —exclamó con dolor.

—Es, sin embargo, exacto.

—Perdóname, pero no puedo creerlo.

Alejo Alejandrovitch se sentó; comprendió que sus palabras no habían producido el resultado apetecido y que ni siquiera una explicación categórica cambiaría en nada sus relaciones con Oblonsky.

—Es una cruel necesidad, pero me veo obligado a pedir el divorcio —repuso.

—¡Qué quieres que te diga! Sabiendo que eres un hombre de bien, y Ana una mujer excelente, dispénsame que no pueda cambiar mi opinión respecto a ella; no puedo creer en todo eso; hay alguna mala inteligencia.

—¡Oh, si no fuera más que una mala inteligencia!

—Permíteme, ya comprendo; pero te lo suplico, no te apresures.

—Nada he hecho con precipitación —dijo fríamente Alejo Alejandrovitch—, pero en semejante asunto no se puede tomar consejo de nadie: estoy resuelto.

—¡Es horrible! —suspiró Esteban Arcadievitch—. Te lo suplico con todo mi corazón: si, como me parece haber entendido, el pleito no ha sido entablado todavía, no hagas nada antes de haber hablado con mi mujer. Quiere mucho a Ana, la quiere como a una hermana, te quiere a ti también y es mujer de buen sentido. ¡Por nuestra amistad, habla con ella, hazlo por mí!

Alejo Alejandrovitch guardó silencio y reflexionó. Esteban Arcadievitch respetó su silencio; le miraba con simpatía.

—¿Por qué no venir a comer con nosotros al menos hoy? —insistió—. Mi esposa te espera. Ven a hablar con ella; te aseguro que es una mujer superior. Te ruego que le hables.

—Si tanto lo deseas, iré —dijo suspirando Alejo Alejandrovitch.

Y para cambiar de conversación, preguntó a Oblonsky lo que pensaba de su nuevo jefe, hombre joven todavía, cuya rápida elevación había causado asombro. Alejo Alejandrovitch no le había querido nunca, y no podía evitar cierto sentimiento de envidia natural en un funcionario bajo la influencia de un fracaso.

—Es un hombre bastante activo y que parece estar muy al corriente de los asuntos.

—Activo, tal vez; ¿pero en qué emplea esa actividad? ¿Es en hacer el bien o en destruir el que otros han hecho antes que él? El azote de nuestros gobiernos es esa burocracia de expediente y balduque, de la que Anitchkin es el digno representante.

—De todos modos, es de excelente carácter. Acabo de verle, hemos almorzado juntos y le enseñé a hacer una bebida, ya sabes, con vino y naranjas.

En seguida, Esteban Arcadievitch consultó su reloj.

—¡Ah, Dios mío! Ya son más de las cuatro, y todavía tengo que hacer una visita! Queda convenido que vienes a comer, ¿verdad? Si faltaras nos causarías mucho pesar a mi esposa y a mí.

Alejo Alejandrovitch acompañó hasta la puerta a su cuñado de una manera muy diferente de la que empleó al recibirle.

—Puesto que lo he prometido, iré —respondió con tono melancólico.

—Gracias, y espero que no te arrepentirás.

Y al ponerse su sobretodo, Oblonsky sacudió al criado por la cabeza y salió.

IX

Eran las cinco cuando el dueño de la casa, al regresar, encontró en la puerta a Rosnichef y a Pestzoff. Ya estaban reunidos en la sala el príncipe Cherbatzky, Karenin, Turovtzine, Kitty y el joven Cherbatzky. La conversación decaía. Dolly, preocupada por la tardanza de su marido, no lograba animar a sus convidados, encogidos involuntariamente por la presencia de Karenin vestido de frac y corbata blanca, a la moda de San Petersburgo.

Esteban Arcadievitch se excusó alegremente, y, con su gracia habitual, en un abrir y cerrar de ojos, cambió el aspecto lúgubre del salón; presentó sus convidados el uno al otro, y les dio un tema de conversación: la rusificación de Polonia. En seguida instaló al anciano príncipe cerca de Dolly, dirigió algunos cumplidos a Kitty sobre su belleza y fue a echar un vistazo a la mesa y a los vinos.

Levin le encontró en el comedor.

—¿Llego tarde?

—¿Puedes, acaso no llegar siempre tarde? —respondió Oblonsky, asiéndole del brazo.

—¿Hay mucha gente? ¿Quiénes? —preguntó Levin, sonrojándose involuntariamente y sacudiendo con el guante la nieve que cubría su sombrero.

—Nada más que la familia. Kitty está aquí. Ven que te presente a Karenin.

Cuando supo que, sin que cupiera duda, iba a encontrarse en presencia de la que no había visto desde la fatal noche, exceptuando una aparición muy corta en carruaje, Levin sintió miedo.

—¿Cómo estará ahora? ¿Como en otro tiempo? ¿Si Dolly me hubiera dicho la verdad? ¿Y por qué no me habrá de decir la verdad? —se decía a sí mismo.

—Te ruego que me presentes a Karenin —llegó por fin a balbucear, entrando en la sala con el valor de la desesperación. ¡Allí estaba ella, y muy diferente a lo que antes era!

En el momento en que entraba, ella le vio, y su alegría fue tal que cuando Levin saludaba a Dolly, la pobre joven estuvo a punto de romper a llorar. Levin y Dolly lo advirtieron. Ruborizándose, palideciendo y sonrojándose de nuevo, estaba tan turbada que le temblaban los labios. Constantino se aproximó a saludarla. Ella le tendió una mano fría con una sonrisa que se hubiera podido creer tranquila. Si sus húmedos ojos no hubiesen brillado tanto.

—Hace mucho tiempo que no nos hemos visto —se esforzó por decir ella.

—Usted no me ha visto, pero yo la vi a usted en carruaje, en el camino de Yergushovo, viniendo de la estación del ferrocarril —respondió Levin radiante de felicidad.

—¿Cuándo fue? —preguntó sorprendida.

—Usted iba a casa de su hermana —respondió Levin que, sentía que le sofocaba la alegría—. ¿Cómo —se dijo— he podido suponer un sentimiento que no fuese inocente en esta conmovedora criatura? Daria Alejandrovna tenía razón.

Arcadievitch vino a tomarle del brazo para presentarle a Karenin.

—Permítanme ustedes que les presente —dijo e hizo la presentación.

—Encantado de volver a encontrar a usted aquí —dijo Alejo Alejandrovitch con frialdad, al dar la mano a Levin.

—¿Cómo, se conocen ustedes? —preguntó Oblonsky admirado.

—Hemos viajado juntos durante tres horas —dijo Levin sonriendo—, y nos separamos tan curiosos por saber cada uno quién era el otro como en el baile de máscaras, al menos yo.

—¿De veras...? Señores, sírvanse ustedes pasar al comedor —dijo Esteban Arcadievitch dirigiéndose a la puerta.

Los dos le siguieron y se aproximaron a una mesa en donde había *zakouska* (bebida compuesta de seis clases de aguardiente), seis quesos diferentes, caviar, arenques, conservas y platos de pan francés en rebanadas muy finas.

Los hombres comieron en pie alrededor de la mesa, y mientras llegaba la comida, se habló de la rusificación de Polonia, conversación que ya comenzaba a languidecer. En el momento de salir del salón, Alejo Alejandrovitch demostraba que los elevados principios introducidos por la administración rusa, eran los únicos que podían obtener ese resultado. Pestzoff sostenía que una nación no podía asimilarse a otra a menos de superarla en densidad de población. Kosnichef, con ciertas restricciones, participaba de las dos opiniones, y para poner término a esta conversación demasiado seria con una broma, añadió sonriendo:

—Lo más lógico para asimilarnos a los extranjeros, me parece que sería tener tantos hijos como sea posible. Mi hermano y yo no damos cumplimiento a ese principio, mientras que ustedes, señores, y en particular Esteban Arcadievitch, obran como buenos patriotas. ¿Cuántos tiene usted? —preguntó a éste presentándole una copita de licor.

Todos rieron: Oblonsky más que nadie.

—¿Todavía haces gimnasia? —preguntó Oblonsky a Levin, cogiéndole del brazo, y sintiendo los músculos vigorosos de su amigo a través de la levita, exclamó:

—¡Qué bíceps! ¡Eres un verdadero Sansón!

—¿Supongo —preguntó Alejo Alejandrovitch— que para cazar osos es necesario estar dotado de una fuerza poco común?

Alejo Alejandrovitch tenía nociones sumamente vagas sobre este género de cacerías.

—De ningún modo; un niño puede matar a un oso —y se hizo atrás con un ligero saludo, para dejar paso a las señoras que se acercaban a la mesa.

—Me han dicho que acaba usted de matar un oso —dijo Kitty, mientras trataba de coger un hongo con el tenedor sin lograrlo, y descubriendo algo de su bonito brazo al apartar los encajes de la manga—. ¿Es cierto que hay osos por donde usted vive? —añadió volviendo un poco hacia él su bello rostro sonriente.

Aquellas palabras tan insignificantes por sí mismas, el timbre de la voz, los movimientos de los brazos y de la cabeza, ¡qué encanto tenía todo para él! Veía en ello una súplica, un acto de confianza, una dulce y tímida caricia, una promesa, una esperanza, hasta una prueba de amor que le ahogaba de dicha.

—¡Oh, no! Fuimos a cazar al gobierno de Tver, y al regresar de allí, encontré en el tren al cuñado de usted, al cuidado de Stiva —dijo sonriendo—. El encuentro fue cómico.

Y contó alegremente, con cierta gracia, que después de haber velado la mitad de la noche, había entrado por fuerza vestido con *tuloupe* en el vagón de Karenin.

—El revisor quería hacerme salir a causa de mi aspecto; tuve que enfadarme, y usted, señor—dijo volviéndose a Karenin—, después de haberme juzgado por un momento con arreglo a mi traje, tomó mi defensa, por lo cual le quedé muy reconocido.

—Los derechos de los viajeros a la elección de sus asientos no están bien determinados en general —dijo Alejo Alejandrovitch, limpiándose con el pañuelo la punta de los dedos después de haber comido un poco de pan con queso.

—¡Oh, yo bien noté la vacilación de usted! —respondió Levin sonriendo—; por eso comencé a hablar sobre un asunto serio, a fin de hacer olvidar mi piel de carnero.

Kosnichef, que conversaba con la señora de la casa, sin dejar de prestar atención a la conversación, volvió la cabeza hacia su hermano. «¿De dónde saca ese aire de conquistador?», pensaba.

En efecto; parecía que Levin sintiera como si le estuviesen naciendo alas. Como ella le escuchaba, y tenía gusto en oírle hablar, todo otro interés desaparecía. Se imaginaba estar sólo con ella, no solamente en aquel recinto, sino en el universo entero, remontándose a elevadísimas alturas, mientras que allá abajo se agitaban aquellas buenas gentes: Oblonsky, Karenin y el resto de la humanidad.

Esteban Arcadievitch, al colocar a sus convidados en la mesa, pareció olvidarse completamente de Levin y de Kitty, y de improviso, recordando que existían, les hizo sentar uno al lado del otro.

La comida, servida con elegancia, principal empeño de Esteban Arcadievitch, tuvo un éxito completo. La sopa María-Luisa, acompañada de pastelitos que se fundían en la boca fue perfecta, y Marvef, con dos criados de corbata blanca, sirvió hábilmente y sin ruido.

No tuvo menos éxito la conversación: ya general, ya particular, no desmayó, y cuando acabó la comida y los convidados se levantaron de la mesa, hasta Alejo Alejandrovitch había perdido su frialdad.

X

Pestzoff, a quien gustaba discutir las cuestiones en todos sus aspectos, no encontró de su agrado la interrupción de Kosnichef; le parecía que no se le había dejado explicar claramente lo que pensaba.

—Al hablar de la densidad de la población, no quería con él establecer el *principio* de una asimilación, sino solamente un *medio* —dijo después que sirvieron la sopa, dirigiéndose especialmente a Alejo Alejandrovitch.

—Me parece que viene a ser lo mismo —respondió Karenin lentamente—. A mi modo de ver, un pueblo no puede ejercer influencia sobre otro, más que a condición de aventajarle en civilización...

—Esa es precisamente la cuestión —interrumpió Pestzoff con tal ardor que parecía poner toda su alma en la defensa de sus opiniones—. ¿Cómo se ha de entender esta civilización superior? ¿Cuál, de todas las naciones de Europa, supera a las otras? ¿Es Francia, Inglaterra o Alemania la que absorberá a sus vecinas? Hemos visto afrancesarse las provincias renanas; ¿es esa una prueba de inferioridad con respecto a los alemanes? No, eso obedece a otra ley —gritó con su voz de bajo.

—Creo que la balanza se inclinara siempre del lado de la verdadera civilización.

—Pero, ¿cuáles son los indicios de esa verdadera civilización?

—Creo que todo el mundo los conoce.

—¿Se los conoce realmente? —preguntó Sergio Ivanitch sonriendo con malicia—. Por el momento se cree fácilmente que, fuera de la cultura clásica, la civilización no existe; sobre ese punto, presenciamos furiosos debates, y cada partido exhibe pruebas que no carecen de valor.

—¿Usted está por los clásicos, Sergio Ivanitch? —dijo Oblonsky—. ¿Puedo ofrecerle un poco de Burdeos?

—No hablo de mis opiniones personales —respondió Kosnichef, con la condescendencia que hubiera tenido con un niño, presentando su copa—. Sólo pretendo que las razones que presentan ambas partes, son buenas —continuó dirigiéndose a Karenin—; por mi educación soy clásico, lo cual no me impide pensar que los estudios clásicos no ofrecen pruebas irrecusables de superioridad sobre los otros.

—Las ciencias naturales se prestan también al desarrollo pedagógico del espíritu humano —repuso Pestzoff—: la astronomía, la botánica, la zoología son la unidad de sus leyes.

—Es esa una opinión que yo no podría compartir —respondió Alejo Alejandrovitch—. ¿Se podría negar la feliz influencia en el desarrollo de la inteligencia de las formas del lenguaje? La literatura antigua es eminentemente moral, mientras que, para desgracia nuestra, al estudio de las ciencias naturales van unidas doctrinas falsas y funestas que son el azote de nuestra época.

Sergio Ivanitch iba a replicar, pero Pestzoff interrumpió con su ronca voz, para demostrar con calor la injusticia de esa opinión. Cuando Kosnichef pudo por fin hablar, dijo sonriendo a Alejo Alejandrovitch:

—Confiese usted que sería difícil establecer el pro y el contra de ambos sistemas, si la influencia moral, digamos la palabra, la influencia antinihilista, de la educación clásica no militara en su favor.

—Sin la menor duda.

—Dejaríamos el campo más libre a los dos sistemas si no consideráramos la educación clásica como una píldora que ofrecemos valientemente a nuestros pacientes contra el nihilismo. Pero, ¿estamos bien seguros de las virtudes curativas de esas píldoras?

El chiste hizo reír a todos, principalmente al gordo Turovtzine, que hasta entonces había estado tratando en vano de distraerse.

Esteban Arcadievitch había hecho bien en contar con Pestzaff para sostener la conversación, porque apenas Kosnichef hubo concluido de hablar, bromeando repuso:

—No se podría acusar siquiera al gobierno de la intención de curar, porque visiblemente permanece del todo indiferente a las consecuencias de las medidas que adopta: la opinión pública lo dirige. Como ejemplo, puede citarse la cuestión de la educación superior de las mujeres. Debería ser considerada como funesta: lo que no impide que el gobierno abra los cursos públicos y las Universidades a las mujeres.

E inmediatamente la conversación versó sobre la educación de las mujeres.

Alejo Alejandrovitch hizo observar que la instrucción de las mujeres se confundía con demasiada frecuencia con su emancipación, y que sólo se podía considerar funesta desde ese punto de vista. Pestzoff dijo:

—Creo, por el contrario, que esas dos cuestiones están sumamente ligadas entre sí. La mujer se halla privada de derechos porque se le priva de instrucción, y la falta de instrucción obedece a la ausencia de derechos. No olvidemos que la esclavitud de la mujer es tan antigua, está tan arraigada en nuestras costumbres, que con frecuencia somos incapaces de comprender el abismo legal que la separa de nosotros.

—Habla usted de derechos —dijo Sergio Ivanitch cuando logró tomar la palabra; ¿se refiere usted al derecho de desempeñar las funciones de jurado, de consejero municipal, de funcionario público, de miembro del Parlamento?

—Sin duda.

—Pero si las mujeres pueden excepcionalmente desempeñar esas funciones, ¿no sería más justo dar a esos derechos el nombre de deberes? Un abogado, un empleado del telégrafo, cumplen un deber. Digamos, pues, para hablar lógicamente, que las mujeres buscan deberes, y en tal caso debemos simpatizar con su deseo de participar de los trabajos de los hombres.

—Es justo —apoyó Alejo Alejandrovitch—; lo importante es saber si son capaces de cumplir esos deberes.

—Ciertamente lo serán tan pronto como sean más generalmente instruidas —dijo Esteban Arcadievitch—; lo veremos...

—¿Y el proverbio? —preguntó el príncipe, cuyos ojillos burlones brillaban al escuchar esta discusión—, puedo permitírmelo delante de mis hijas; la mujer tiene los cabellos largos...

—Así se juzgaba a los negros antes de su emancipación —exclamó Pestzoff disgustado.

—Confieso que lo que me admira —dijo Sergio Ivanitch— es ver a las mujeres buscando nuevos deberes, cuando los hombres tratan de eludir cuanto es posible los suyos.

—Los deberes van acompañados de derechos; los honores, la influencia, el dinero es lo que buscan las mujeres —replicó Pestzoff.

—Absolutamente como si yo solicitara con intrigas el derecho de ser nodriza y me enfadase porque se me negara, mientras que a las mujeres se les paga para eso —dijo el anciano príncipe.

Turovtzine soltó la carcajada, y Sergio Ivanitch sintió no ser el autor de ese chiste. Hasta Alejo Alejandrovitch perdió su aire de gravedad.

—Sí, pero un hombre no puede amamantar, mientras que una mujer... —repuso Pestzoff.

—¡Perdone usted! Un inglés, a bordo de un buque, logró dar el pecho a su hijo —dijo el anciano príncipe, que se permitía algunas libertades de lenguaje delante de sus hijas.

—Tantos ingleses nodrizas como mujeres funcionarias —dijo Sergio.

265

—Pero, ¿las muchachas sin familia? —preguntó Esteban Arcadievitch, el cual, al apoyar a Pestzoff, pensaba en la linda bailarina Tchibisof.

—Si se ahonda en la vida de esas jóvenes —intervino Daria Alejandrovna con cierta acritud, se encontrará que han abandonado a una familia en la cual podían fácilmente cumplir con sus deberes de mujer.

Dolly comprendía por instinto a qué clase de mujeres se refería Esteban Arcadievitch.

—Pero estamos defendiendo un principio, un ideal —replicó Pestzoff, con su voz de trueno—. La mujer reclama el derecho a ser independiente e instruida; sufre por su impotencia para obtener independencia e instrucción.

—Y yo sufro por no ser admitido como nodriza en la casa de caridad —repitió el viejo príncipe, con gran regocijo de Turovtzine, que dejó caer un espárrago en su salsa.

XI

Kitty y Levin habían sido los únicos que no tomaron ninguna parte en la conversación.

Al principio de la comida, cuando se hablaba de la influencia de un pueblo sobre otro, Levin recordó las ideas que se había formado sobre esa materia, pero bien pronto se borraron como si ya no ofrecieran ningún interés; hasta le pareció extraño que pudiesen ocuparse de cuestiones tan fútiles.

Kitty, por su parte, debía haberse interesado en la discusión sobre los derechos de las mujeres, porque no sólo se había ocupado frecuentemente de ellas a propósito de su amiga Varinka, cuya dependencia era tan dura, sino también por lo que a ella afectaba en el supuesto de que no se casara. Repetidas veces había discutido con su hermana ese punto. Y ahora, ¡cuán poco le interesaba! Entre Levin y ella se establecía una misteriosa afinidad que los aproximaba cada vez más y les causaba un sentimiento de alegre terror en el umbral de la nueva vida que entreveían.

Interrogado por Kitty sobre cómo la había visto el verano anterior, Levin le dijo que él regresaba de las praderas, por el camino real, después de la siega.

—Era muy temprano. Sin duda usted acababa de despertar; su mamá iba durmiendo en un rincón. La mañana era soberbia. Yo caminaba preguntándome: ¿Un carruaje de cuatro caballos? ¿Quién podrá ser? Eran cuatro buenos caballos con cascabeles. Y de improviso, como un relámpago, usted pasa delante de mí. Iba usted junto a la portezuela: estaba sentada así, con los lazos del sombrero entre las manos y parecía sumida en profundas reflexiones. ¡Cuánto habría yo dado por saber —añadió sonriendo— en qué estaba usted pensando! ¿Era algo importante?

«¡Con tal que no me haya visto despeinada!», pensó Kitty.

Pero al notar la radiante sonrisa de Levin, se tranquilizó respecto a la impresión que había producido, y respondió sonrojándose y riendo alegremente:

—La verdad, no me acuerdo de nada.

—¡Con qué ganas ríe Turovtzine! —dijo Levin, admirando la alegría de aquel joven gordo, que tenía los ojos húmedos y cuya risa le comunicaba estremecimientos al cuerpo.

—¿Hace mucho tiempo que usted le conoce? —preguntó Kitty.

—¿Quién no le conoce?

—¿Y no le tiene en buen concepto?

—Eso es demasiado decir, pero no creo que valga mucho.

—Esa es una opinión injusta y le ruego a usted que la retracte —dijo Kitty—. Yo también, en otro tiempo, le juzgué mal; pero es un ser excelente, un corazón de oro.

—¿Cómo ha logrado usted apreciar su corazón?

—Somos muy buenos amigos. El invierno pasado, poco después... después que usted dejó de venir a vernos —dijo con aire culpable, pero con una sonrisa confiada—, los niños de Dolly tuvieron la escarlatina, y un día, por casualidad, Turovtzine vino a ver a mi hermana. ¿Lo creerá usted? —dijo bajando la voz—, le causó tanta lástima que se quedó a asistir y cuidar a los enfermitos. Durante tres semanas hizo el oficio de niñera. [Estoy contando a Constantino Dmitrich la conducta de Turovtzine cuando los niños tuvieron la escarlatina —dijo inclinándose hacia su hermana, que se acercó.]

—Sí, ha sido admirable —respondió Dolly mirando a Turovtzine con afectuosa sonrisa.

Levin le miró también y le extrañó no haberle comprendido antes.

—Dispénseme, dispénseme usted, ¡en lo sucesivo nunca juzgaré de ligero a nadie! —exclamó alegre, manifestando esta vez con mucha sinceridad lo que sentía.

XII

La discusión sobre la emancipacion de la mujer presentaba lados espinosos para ser tratada en presencia de señoras, por cuyo motivo fue languideciendo. Pero apenas terminada la comida, Pestzoff, dirigiéndose a Alejo Alejandrovitch, se puso a explicarle esta cuestión desde el punto de vista de la desigualdad de los derechos entre los esposos en el matrimonio. Según él, la razón principal de esa desigualdad consistía en la diferencia establecida por la ley y por la opinión pública entre la infidelidad de la esposa y la del marido.

Esteban Arcadievitch, precipitadamente, ofreció un cigarro a Karenin.

—No, no fumo —respondió éste tranquilamente, y como para probar que no temía esta conversación, se volvió hacia Pestzoff con su glacial sonrisa—. Esta desigualdad nace, me parece, del fondo mismo de la cuestión —y dicho esto se dirigió al salón.

Pero allí Turovtzine le interpeló otra vez:

—¿Se ha enterado usted de la historia de Priatchnikof? —preguntó animado por el *champagne*, y aprovechando el momento esperado con impaciencia, para romper un silencio que le pesaba—. ¿Wasia Priatchnikof? —y se volvió hacia Alejo Alejandrovitch como hacia el convidado principal, con bonachona sonrisa en sus gruesos labios, rojos y húmedos—. Supe esta mañana que se batió en Tver con Kwitzky y que le ha matado.

La conversación caminaba de un modo fatal aquel día, como para mortificar a Alejo Alejandrovitch. Esteban Arcadievitch se dio cuenta de ello, y quiso llevarse a su cuñado.

—¿Por qué se batió? —preguntó Karenin, sin que pareciera advertir los esfuerzos de Oblonsky para distraer su atención.

—Con motivo de su esposa; se portó como un valiente, provocó a su rival y le mató.

—¡Ah! —se limitó a contestar Alejo Alejandrovitch arqueando las cejas con aspecto indiferente, y salió del comedor.

Dolly le esperaba en una silla que había al paso y le dijo con tímida sonrisa:

—¡Cuánto me alegro de que haya venido usted! Tengo necesidad de hablarle. Sentémonos aquí.

Alejo Alejandrovitch, con ese aire de indiferencia que le daban sus cejas levantadas, se sentó al lado de ella.

—Con tanto más gusto —dijo—, cuanto que quería excusarme por verme obligado a dejarles a ustedes; mañana me marcho.

Daria Alejandrovna, firmemente convencida de la inocencia de Ana, palideció y tembló de cólera ante aquel hombre insensible y glacial, que con toda frialdad se preparaba a perder a su amiga.

—Alejo Alejandrovitch —dijo ella, haciendo un llamamiento a todo su valor para mirarle a la cara con audacia—: He pedido a usted noticias de Ana y usted no me ha contestado. ¿Qué es de ella?

—Creo que está bien —respondió Karenin sin mirarla.

—Dispénseme usted si insisto sin tener derecho para ello, pero quiero a Ana como a una hermana. Dígame, se lo suplico, qué pasa entre usted y ella, y de qué la acusa usted.

Karenin frunció el ceño, bajó la cabeza y casi cerró los ojos:

—Creo que su marido la habrá enterado de las razones que me obligan a romper con Ana Arcadievna —dijo echando una mirada de enfado a Cherbatzky, que atravesaba la sala.

—No creo ni creeré jamás nada de eso... —murmuró Dolly apretando sus enflaquecidas manos con ademán enérgico.

Se levantó con viveza, y tocando la manga de Alejo Alejandrovitch añadió:

—Aquí nos interrumpirán; venga usted por aquí, se lo ruego.

La emoción de Dolly se comunicaba a Karenin. Obedeció éste, se levantó y la siguió al gabinete de estudio de los niños, donde se sentaron delante de una mesa cubierta con una tela encerada.

—No creo nada de todo eso —repitió Dolly, tratando de encontrar aquella mirada que huía de la suya.

—¿Pueden acaso negarse los hechos, Daria Alejandrovna? —dijo recalcando la última palabra.

—Pero, ¿cuál es la falta que ha cometido? ¿De qué la acusa usted?

—Ha faltado a sus deberes y hecho traición a su marido. Eso es lo que ha hecho.

—No, no, ¡es imposible! ¡No, a Dios gracias, usted se equivoca! —exclamó Dolly apretándose las sienes con ambas manos y cerrando los ojos.

Alejo Alejandrovitch sonrió apenas, queriendo así probar a Dolly y a sí mismo, que su convicción era inmutable. Pero con aquella calurosa intervención su herida volvió a abrirse y aunque ya no le fuera posible dudar, contestó con menos frialdad:

—El error no es posible cuando la misma esposa viene a declarar al marido que ocho años de matrimonio y un hijo no tienen ningún valor y que desea recomenzar la vida.

—¡Ana y el vicio! ¿Cómo es posible asociar esas dos ideas?

—Daria Alejandrovna —dijo él con cólera, mirando ahora frente a frente el rostro conmovido de Dolly, y sintiendo que la lengua se le desataba involuntariamente—. ¡Qué no hubiera yo dado por poder continuar dudando! ¡Antes la duda era cruel, pero ahora es todavía más cruel la certidumbre!

Cuando dudaba, me quedaba alguna esperanza a pesar de todo. Hoy ya no puedo esperar, y, sin embargo, se apoderan de mí otras dudas; siento aversión por mi hijo. A veces me pregunto si ese niño es mío. ¡Soy muy desgraciado!

Dolly, al encontrar su mirada, comprendió que decía la verdad. Le tuvo lástima, y la fe en la inocencia de su amiga se quebrantó.

—¡Dios mío, es horrible! Pero, ¿está usted de veras resuelto al divorcio?

—He tomado ese partido porque no veo otro. Lo más terrible en una desgracia de ese género, es que no se puede llevar la cruz como en cualquier otro infortunio: una pérdida, una muerte —añadió adivinando el pensamiento de Dolly—. ¡No es posible permanecer en la situación humillante en que se me ha colocado; no es admisible la vida entre tres!

—Comprendo, comprendo perfectamente —respondió Dolly inclinando la cabeza.

Guardó silencio y le vinieron a la mente sus primeros disgustos domésticos; pero de repente juntó las manos en ademán de súplica, y levantando la mirada con valor hacia Karenin exclamó:

—Espere todavía. Usted es cristiano. ¡Piense en lo que será de ella si usted la abandona!

—He pensado en ello, lo he pensado mucho, Daria Alejandrovna —la miró con los ojos turbios— y el rostro se le cubrió de manchas rojas; ahora Dolly le compadeció con todo su corazón. Cuando ella misma me comunicó su deshonra, le di las mayores posibilidades de rehabilitarse. Traté de salvarla. ¿Qué hizo ella? ¡No ha tenido en cuenta siquiera la menor de mis exigencias, el respeto a las conveniencias! Se puede —añadió acalorándose— salvar a un hombre que no quiere perecer; pero con una naturaleza corrompida hasta el punto de hallar placer en su propia pérdida, ¿qué quiere usted que se haga?

—Todo, a excepción del divorcio.

—¿A qué llama usted todo?

—¡Piense usted que ya no sería la esposa de nadie! ¡Sería una perdida! ¡Es horrible!

—¿Qué puedo yo hacer? —respondió Karenin encogiéndose de hombros y arqueando las cejas.

Y el recuerdo de su última explicación con su esposa le llevó de nuevo al grado de frialdad que manifestó al principio.

—Agradezco a usted mucho su simpatía, pero me veo precisado a marcharme —dijo levantándose.

—¡No, aguarde usted! No debe usted perderla. Escúcheme, le hablaré por experiencia. Yo también soy casada y mi marido me ha engañado; en mis celos e indignación pensé también en abandonarlo todo... pero reflexioné, y ¿quién me salvó? Ana. Ahora mis hijos crecen, mi marido vuelve a su familia, comprendo sus errores, se reforma, se hace mejor... he perdonado, ¡perdone usted igualmente...!

Alejo Alejandrovitch escuchaba, pero las palabras de Dolly no producían ningún efecto en él, porque rugía en su alma la cólera que le decidió al divorcio. Respondió en voz alta y penetrante:

—No puedo ni quiero perdonar; eso sería injusto. He hecho lo imposible por esa mujer, y todo lo ha arrastrado en el lodo, que parece que es lo único que le conviene. No soy un mal hombre, jamás he odiado a nadie; pero a ella la detesto con toda la fuerza de mi alma, y no podría perdonarla porque me ha causado demasiado daño.

Y lágrimas de cólera arrasaron sus ojos; la voz le temblaba.

—«Amad a los que os odian» —murmuró Dolly casi avergonzada.

Alejo Alejandrovitch sonrió desdeñosamente. Esas palabras las conocía, pero no podían aplicarse a su situación.

—Se puede amar a los que os odian, pero no a los que uno odia. Dispénseme usted el haberla afligido: ¡a cada cual le basta con sus penas!

Y recobrando el imperio que ejercía sobre sí mismo, se despidió tranquilamente de Dolly y se marchó.

XIII

Levin resistió a la tentación de seguir a Kitty al salón cuando se levantaron de la mesa, temiendo desagradarla con una asiduidad demasiado marcada. Quedóse, pues, con los hombres y tomó parte en la conversación general; pero sin mirar a Kitty, no perdía de vista ninguno de sus movimientos, y hasta adivinaba el lugar que ocupaba en el salón. Comenzó por cumplir, sin hacerse violencia, la promesa que había hecho de amar a su prójimo y de no pensar mal de nadie. La conversación versó sobre el municipio en Rusia, que Pestzoff consideraba como un nuevo orden de cosas, destinado a servir de ejemplo al mundo entero. Levin estaba tan lejos de ser de esta opinión como de la de Sergio Ivanitch, que reconocía y negaba al mismo tiempo el valor de esta institución; pero procuró ponerles de acuerdo suavizando los términos que empleaban sin experimentar el menor interés en la discusión. Lo único que deseaba era verlos a todos felices y contentos. La sola persona importante para él en el mundo se había aproximado a la puerta. Sintió una mirada fija sobre él y una sonrisa. Se volvió. Era ella, que estaba allí en pie con Cherbatzky y le miraba.

—Creí que iba a sentarse usted al piano —dijo aproximándose a ella—. Eso es lo que me hace falta en el campo: la música.

—No, hemos venido sencillamente por usted, y le agradezco que lo haya comprendido —respondió sonriendo—. ¿Qué placer puede haber en discutir? Nunca se convence a nadie.

—¡Cuán verdad es!

Levin había observado muchas veces que en las largas discusiones los mayores esfuerzos de lógica y un considerable gasto de palabras, con frecuencia no producían ningún resultado, y no pudo menos de sonreír satisfecho al oír a Kitty adivinar y definir tan exactamente lo que él pensaba. Cherbatzky se alejó, y la joven se aproximó a una mesa de juego, se sentó y se puso a trazar circuitos en el patio con el yeso.

—¡Ah, Dios mío! ¡Ya he llenado la mesa de garabatos! —dijo soltando el yeso, después de un momento de silencio con un movimiento que indicaba la intención de levantarse.

—¿Cómo podría yo vivir sin ella? —se preguntó Levin con terror.

—Espere —dijo sentándose cerca de ella—; hace mucho tiempo que quería preguntarle una cosa.

Ella le miró con sus ojos cariñosos, pero un tanto inquietos.

—Pregúnteme.

—Es esto —dijo tomando el yeso y escribiendo las letras siguientes: *c, u, d, e, i, e, i, e, o, s*, que eran las primeras letras de las palabras: *cuando usted dijo es imposible, ¿era imposible entonces o siempre?*

No era muy verosímil que Kitty pudiese comprender esta complicada pregunta. Sin embargo, Levin la miró con el aire de un hombre cuya vida dependiense de la respuesta a esa frase.

Ella reflexionó gravemente, apoyó la frente en la mano y se puso atentamente a descifrar, interrogando a veces a Levin con los ojos.

—Ya lo he descifrado —contestó ruborizándose.

—¿Qué palabra es ésta? —preguntó Levin señalando la *i* de la palabra *imposible*.

—Esa letra significa imposible. La palabra no es exacta —contestó.

Él borró bruscamente lo que había escrito y le ofreció el yeso. Ella escribió *e, y, n, p, c, o, c.*

Dolly, al ver a su hermana con la tiza en la mano con una sonrisa tímida y feliz en los labios, alzando los ojos hacia Levin, que, inclinado sobre la mesa, fijaba una mirada brillante a veces en ella y a veces en el patio de la mesa, se sintió consolada de su conversación con Alejo Alejandrovitch. Vio a Levin radiante de alegría. Él había comprendido la respuesta: *entonces yo no podía contestar otra cosa.*

Levin miró a Kitty en actitud temerosa e interrogadora:

—¿Sólo entonces?

—Sí —respondió la sonrisa de la joven.

—¿Y... ahora?

—Lea usted, voy a confesarle lo que desearía —y con viveza trazó las iniciales de las palabras: «Que usted pudiese perdonar y olvidar.»

A su vez Levin se apoderó de la tiza y con trémulos dedos escribió del mismo modo: «Jamás he dejado de amar a usted.»

Kitty le miro y su sonrisa se paralizó.

—He comprendido —murmuró.

—¿Están ustedes jugando al secretario? —dijo el anciano príncipe aproximándose—. Pero si quieres ir al teatro, hemos de marcharnos ya.

Levin se levantó y acompañó a Kitty hasta la puerta. Esta conversación lo había decidido todo. Kitty le había confesado que le amaba y le había permitido que fuera al día siguiente por la mañana a hablar con sus padres.

XIV

Cuando Kitty se marchó, Levin comenzó a sentirse dominado por el desaliento, tuvo miedo como de la muerte de las catorce horas que tenía que esperar todavía antes de llegar a ese día siguiente en que la volvería a ver. Para poder pasar el tiempo, sintió la imperiosa necesidad de no quedar solo, de hablar con alguien. Esteban Arcadievitch, a quien él hubiera deseado hablar, aseguró que iba a varias reuniones cuando en realidad donde iba era al baile. Levin no pudo hacer más que decirle que era feliz y que no olvidaría nunca, jamás, lo que le debía.

—¡Cómo! ¿Ya no hablas de morir? —dijo Oblonsky estrechándole la manga con aire enternecido.

—¡No! —respondió Levin.

Dolly también le felicitó al despedirse, lo cual desagradó a Levin, porque nadie debía permitirse hacer alusión a su dicha. Para evitar la soledad se acogió a su hermano.

—¿Adónde vas?

—A una sesión.

—¿Puedo ir contigo?

—¿Por qué no? —dijo sonriendo Sergio Ivanitch—. ¿Qué es lo que te pasa hoy?

—¿Lo que me sucede? ¡Que soy dichoso! —respondió Levin al bajar el vidrio del carruaje—. ¿Me permites? Me ahogo. ¿Por qué no te has casado tú?

Sergio Ivanitch sonrió.

—Me alegro, es una encantadora muchacha —empezó a decir.

—No, no digas nada, ¡nada! —exclamó Levin cogiéndole por el cuello de su abrigo y cubriéndole la cara con él.

¡Una encantadora muchacha...! ¡Qué palabras tan triviales y vulgares! ¡Y qué lejos estaban de corresponder a sus sentimientos!

Sergio Ivanitch se echó a reír, cosa que rara vez le acontecía.

—¿Me será permitido al menos decir que me alegro mucho?

—¡Mañana! Pero, ¡ni una palabra más, nada, nada, silencio! Te quiero mucho... ¿de qué se tratará hoy en la reunión? —preguntó Levin sin dejar de sonreír.

Habían llegado. Durante la sesión, Levin oyó al secretario murmurar el protocolo que no comprendía; pero se adivinaba por la cara de aquel secretario, que debía ser un joven bueno amable y simpático; se conocía eso en la manera de balbucear las palabras y de turbarse al leer. En seguida vinieron los discursos. Se discutía sobre la reducción de ciertas sumas y sobre la instalación de algunas fuentes públicas. Sergio Ivanitch atacó a dos miembros de la comisión y pronunció un triunfante discurso contra ellos. Tras éste, otro personaje, después de un acceso de timidez, se decidió a contestar en pocas palabras de un modo encantador aunque lleno de hiel. A su vez Swiagesky se expresó de una manera noble y elocuente. Levin seguía escuchando y comprendía que en lo de las sumas reducidas, en la colocación de caños y en todo lo demás, no había nada serio, que era un pretexto para reunirse algunas personas amables que se entendían muy bien. Nadie se sentía molesto, y Levin observó con sorpresa, por pequeños indicios que antes no habría advertido, que ahora penetraba él en los pensamientos de cada uno de los individuos presentes, leía en sus almas y encontraba que todos eran de índole excelente. Y reconocía que él, Levin, era el objeto de la preferencia de todos y a quien todos querían. Le parecía que hasta aquellos que no le conocían, le hablaban y le miraban de un modo cariñoso y amable.

—Y qué, ¿estás contento? —le preguntó Sergio Ivanitch.

—Muy contento. Nunca habría creído que esto fuera tan interesante.

Swiagesky se aproximó a los dos hermanos y se empeñó en que Levin le acompañara a tomar una taza de té a su casa.

—Con gusto —respondió éste olvidando sus antiguas preocupaciones contra él, y luego se informó sobre la salud y bienestar de la señora Swiagesky y de su hermana.

Y por una extraña asociación de ideas, al mentar a la cuñada recordó el casamiento, y creyó que nadie escucharía con tanto gusto como ella y su hermana el relato de su dicha. De modo que le encantó la idea de ir a verlas.

Swiagesky le hizo diversas preguntas sobre sus asuntos, aferrándose como siempre en sostener que no se podía descubrir nada que no hubiese sido ya descubierto en Europa; pero su tesis no contrarió ahora a Levin. Swiagesky debía tener razón en todo, y Levin admiró la suavidad y delicadeza de que dio muestras para no probar sus ideas con demasiada claridad.

Las señoras estuvieron deliciosas. Levin creyó adivinar que todo lo sabían y que participaban de su dicha y que por discreción no hablaban de ello. Permaneció tres horas conversando de cosas diversas, y con frecuencia hacia alusión a lo que le llenaba el alma, sin observar que fastidiaba mortalmente a su huéspedes, que caían de sueño. Por último Swiagesky le acompañó bostezando hasta la antesala, muy admirado de la actitud de Levin. Éste regresó al hotel entre la una y las dos de la madrugada, y le espantó el tener que pasar diez horas solo, presa de su impaciencia. El camarero de servicio que velaba en el corredor, le encendió las bujías e iba a retirarse cuando Levin le detuvo. Este mozo se llamaba Yegor. Nunca había reparado en él, pero de repente se dio cuenta de que era un buen hombre, inteligente y, sobre todo, con gran corazón.

—Verdad, Yegor; ¡es cosa dura no dormir!

—¿Qué quiere usted? Es nuestro oficio. En las casas particulares la vida es más dulce, pero se obtienen menos utilidades.

Resultó que Yegor era padre de cuatro hijos, tres varones y una hembra que pensaba casar con un guarnicionero.

A propósito de eso, Levin comunicó a Yegor sus ideas sobre el matrimonio, y le hizo observar que cuando se quiere siempre es uno feliz porque la felicidad existe en nosotros mismos. Yegor escuchó con atención y evidentemente comprendió el pensamiento de Levin, y lo confirmó con una inesperada reflexión, diciendo que, cuando había estado al servicio de buenos amos, siempre se había encontrado contento de ellos, y que aun en la actualidad estaba contento de su patrono, aunque fuera francés.

—¡Qué excelente hombre! —pensó Levin—. Y tú, Yegor, ¿querías a tu esposa cuando te casaste?

—¡Cómo no la había de querer!

Y Levin advirtió cómo se apresuraba Yegor a descubrirle sus más íntimos pensamientos.

—Mi vida también ha sido extraordinaria —comenzó a decir con los ojos brillantes, como si se le hubiera comunicado el entusiasmo de Levin, como se contagia el bostezo—, desde mi infancia...

Pero sonó la campanilla. Yegor se marchó y Levin·volvió a encontrarse solo. Aunque casi no había comido, tampoco había aceptado el té y la cena en casa de Swiagesky, no habría podido comer, y después de una noche de insomnio, no pensaba en dormir. Se ahogaba en su cuarto y, no obstante el frío, abrió una ventana y se sentó sobre una mesa enfrente de dicha ventana. Por encima de los techos cubiertos de nieve se levantaba la cruz cincelada de una iglesia, y más arriba todavía, la constelación del cochero. Al aspirar el aire que penetraba en su cuarto, miraba unas veces la cruz, otras las estrellas, que se elevaban, como en un ensueño, entre las imágenes y los recuerdos evocados por su imaginación.

Como a las cuatro de la mañana, sonaron pasos en el corredor. Abrió la puerta y vio a un jugador retardado que volvía del club. Era un tal Miaskin; a quien Levin conocía, iba tosiendo, enfurruñado y sombrío.

«¡Pobre desgraciado! —dijo para sí Levin, cuyos ojos se arrasaron de lágrimas de piedad.»

Quiso detenerle para hablarle y consolarle, pero recordando que estaba en camisa, regresó a sentarse para bañarse en el aire frío y mirar aquella cruz de extraña forma, muy significativa para él en su silencio y sobre ella, la linda estrella brillante que se elevaba en el horizonte.

Hacia las siete, los domésticos encargados de fregar los suelos comenzaron a meter ruido, las campanas llamaban para los oficios matutinos y Levin empezó a sentir frío. Cerró la ventana, se vistió y salió.

XV

Todavía estaban desiertas las calles cuando Levin llegó frente a la casa de los Cherbatzky. Todos dormían aún y la puerta de la calle estaba cerrada. Regresó al hotel y pidió café. El criado que lo trajo ya no era Yegor. Levin trató de entablar conversación con el sirviente, pero llamaron y éste hubo de marcharse. Empezó a tomar el café sin que le fuera posible tragar el pedazo de *kalatch* que se había puesto en la boca. Se endosó el paletó y volvió a dirigirse a casa de Cherbatzky. Apenas empezaban a levantarse. El cocinero salía para ir al mercado. De grado o por fuerza, tuvo que esperar un par de horas. Había pasado toda la noche y toda la mañana en un estado inconsciente, por encima de las condiciones materiales de la existencia. No había dormido ni comido; se había expuesto al frío durante varias horas casi desnudo, y no solamente se sentía ágil y bien dispuesto, sino también libre de toda servidumbre corporal, dueño de sus fuerzas y capaz de realizar los actos más extraordinarios, tales como salir volando por los aires y hacer retroceder las paredes de la casa. Vagó por las calles para pasar el tiempo que tenía aún que esperar, miraba su reloj a cada instante y cuanto le rodeaba. Lo que vio aquel día no lo volvió a ver jamás. Le llamaron especialmente la atención los niños que iban a la escuela, las palomas de cambiantes colores que volaban de los tejados a la acera, los *saikis*, cubiertos de harina que una mano invisible exponía en el alféizar de una ventana. Todos los objetos tenían algo de prodigioso: un niño corrió tras una paloma y miró a Levin sonriendo; la paloma sacudió las alas y brilló al sol a través de un polvo fino de nieve, y de la ventana donde habían aparecido los *saikis* salió un agradable olor de pan caliente. Todo eso reunido produjo tan viva impresión en Levin, que se echó a reír y a llorar de alegría. Después de haber dado una gran vuelta por la calle de las Gacetas y la de Kislowka, regresó al hotel, se sentó, puso el reloj delante de él y esperó que señalara mediodía. Cuando al fin salió del hotel, unos cocheros le rodearon con semblantes alegres, disputándose el ser elegidos por él. Evidentemente lo sabían todo. Se decidió por uno, y para no ofender a los demás, les prometió tomarles la próxima vez. Se hizo conducir a casa de los Cherbatzky. El *isvoschik* estaba admirable con el cuello blanco de la camisa que le asomaba por entre su capote, apretándole el vigoroso y rojo cuello. Tenía un coche cómodo, más elevado que los coches ordinarios (Levin nunca volvió a encontrar uno semejante); iba tirado por un caballo que hacía lo posible por correr, pero sin resultado. El *isvoschik* conocía la casa Cherbatzky. Se detuvo delante de la puerta, con los brazos en jarra, se volvió con respeto hacia Levin y paró al caballo diciendo: *sooo*. El portero de la casa de los Cherbatzky lo sabía todo indudablemente; se notaba en su mirada sonriente y en el modo con que dijo:

—Hace mucho tiempo que no ha venido usted, Constantino Dmitrich.

No solamente lo sabía todo, sino que estaba muy contento y trataba de disimular su alegría. Levin advirtió un nuevo matiz en su felicidad al contemplar la bondadosa mirada del anciano.

—¿Se levantaron?

—Sírvase pasar. Dejemos eso aquí —añadió el portero sonriente, cuando Levin quiso volver a ponerse su gorro y su capote de pieles. Aquello debía tener alguna significación.

—¿A quién he de anunciar, señor? —preguntó un lacayo. Ese lacayo, joven aún, nuevo en la casa y con pretensiones de elegancia, era muy obsequioso, muy solícito, y seguramente también debía haberlo comprendido todo.

—A la princesa, al príncipe —respondió Levin.

La primera persona que encontró fue a la señorita Linón, que atravesaba la sala con los pequeños bucles brillantes como su rostro. Apenas le había él dirigido algunas palabras, cuando cerca de la puerta se oyó el rumor producido por el roce de un traje. La señorita Linón desapareció ante sus ojos, y le invadió el terror de aquella felicidad que se aproximaba. La vieja institutriz se apresuró a salir, e inmediatamente unos pies pequeñitos, ligeros y rápidos corrieron por el entarimado, y su dicha, su vida, lo mejor de sí mismo se acercó a el. No andaba, era una fuerza invisible que la impulsaba hacia él. Vio dos ojos límpidos, sinceros, llenos de la misma alegría que a él le inundaba el corazón. Aquellos ojos que lanzaban rayos tan cerca de él, le deslumbraban casi con su brillo. Kitty le apoyó las dos manos en los hombros. Habiendo llegado hacia él, se entregaba de ese modo temblorosa y feliz... Él la estrechó entre sus brazos.

Ella también, después de una noche de insomnio, le había esperado toda la mañana. Sus padres estaban gozosos y completamente de acuerdo. Había acechado la llegada de su novio para ser la primera en comunicarle su dicha. Avergonzada y confusa, no sabia cómo realizar su proyecto. Por eso, al oír los pasos de Levin y su voz, se ocultó detrás de la puerta para esperar que saliera la señorita Linón. Entonces, sin pensarlo más, había corrido hacia él.

—Vamos ahora a ver a mamá —dijo cogiéndole de la mano.

Mucho tiempo estuvo Levin sin poder pronunciar una palabra, no porque creyese disminuir de ese modo la intensidad de su dicha, sino porque sentía que las lágrimas le ahogaban. Le tomó la mano y la besó.

—¿Es verdad? —dijo por fin con voz sofocada—. ¡No puedo creer que me ames!

Ella sonrió al oír ese tú y por el temor con que la miraba.

—Sí —contestó lentamente, marcando esa palabra—. ¡Soy tan feliz!

Sin soltarle la mano, entró con él en el salón. La princesa, sofocada, al verlos se echó a llorar y después a reír; en seguida corriendo hacia Levin con repentina energía, le tomó la cabeza y le besó llenándole de lágrimas.

—¡Así, pues, todo está arreglado! ¡Qué contenta estoy! ¡Quiérela mucho! ¡Me siento feliz, Kitty!

—Pronto han arreglado ustedes las cosas —dijo el anciano príncipe, esforzándose por parecer tranquilo.

Pero Levin le vio los ojos empapados por las lágrimas.

—¡Hace tiempo que lo deseaba; siempre! —añadió el príncipe atrayendo a Levin hacia él—; y cuando esta loca pensaba...

—¡Papá! —exclamó Kitty, tapándole la boca con las manos.

—¡Bueno, bueno! No diré nada de eso. Estoy muy... muy con... ¡Dios mío, qué bruto soy...!

Y tomó a Kitty en los brazos, besándole el rostro, las manos y de nuevo el rostro, bendiciéndola con la señal de la cruz.

Levin experimentó un nuevo sentimiento de amor, desconocido, hacia el viejo príncipe, cuando vio con qué ternura Kitty besaba la gruesa y robusta mano de su padre.

XVI

La princesa se había sentado en su sillón, silenciosa y sonriendo; el príncipe tomó asiento cerca de ella; Kitty, en pie cerca de su padre, le tenía aún cogida la mano. Todos guardaron silencio.

La princesa fue la primera que condujo sus sentimientos y pensamientos hacia las cuestiones de la vida real. Todos experimentaron, en el primer momento, una extraña y penosa impresión.

—¿Para cuándo fijaremos la boda? Es preciso anunciar el casamiento y celebrar los esponsales. ¿Qué te parece, Alejandro?

—Aquí está el personaje principal, a él le toca decidir —y el príncipe señalaba a Levin

—¿Cuándo? —respondió éste sonrojándose—. Mañana, si quieren ustedes saber mi opinión; hoy los esponsales, mañana la boda.

—Vamos, *mon cher*, nada de locuras.

—Pues bien, dentro de ocho días.

—¿No se creería realmente que se había vuelto loco?

—Pero, ¿por qué no?

—¿Y el ajuar? —dijo la madre sonriendo alegremente al observar aquella impaciencia.

«¿Es posible que un ajuar y todo lo demás, sean indispensables?» —pensó Levin con asombro—. Por lo demás, ni el ajuar, ni los esponsales, ni todo el resto, no podrán estropear mi felicidad.»

Miró a Kitty y observó que la idea del ajuar no la molestaba de ningún modo.

«Será preciso creer que eso del ajuar es cosa necesaria —se dijo—. Confieso que no entiendo nada de eso.»

—No he hecho más que manifestar mi deseo —murmuró excusándose.

—Reflexionaremos sobre ello. Ahora se celebrarán los esponsales y anunciaremos el casamiento.

La princesa se aproximó a su marido, le abrazó y quiso alejarse, pero él la detuvo para besarla varias veces, como un joven enamorado. Los dos ancianos parecían confusos y dispuestos a creer que no era de su hija de quien se trataba, sino de ellos. Cuando salieron, Levin se aproximó a su prometida y le tendió la mano; ya había vuelto en sí y podía hablar; tenía muchas cosas que decir, pero no pudo expresar nada de lo que deseaba.

—Ya sabía yo que había de ser; en lo mas recóndito de mi alma, estaba convencido de ello, sin haberme jamás atrevido a especificarlo. Creo que es una predestinación.

—Y yo —respondió Kitty—, aun cuando... —y se detuvo; luego continuó mirándole resueltamente con sus ojos sinceros—. Aun cuando rechace mi felicidad, nunca he querido más que a usted; fue un momento de extravío arrastrada... Necesito preguntárselo: ¿Podrá usted olvidar?

—Tal vez es mejor que haya sucedido así. Usted también ha de perdonarme, porque he de confesarle...

Estaba decidido (era lo que le preocupaba) a confesarle desde los primeros días: en primer lugar, que no era tan puro como ella, y después, que no pertenecía al número de los creyentes. Creía su deber hacerle esas confesiones, por crueles que fuesen.

—No, ahora no; más tarde —añadió.

—Pero dígamelo todo; no temo nada, quiero saberlo todo, quedamos en eso...

—En lo que quedamos es en que usted me toma tal como soy. ¿No se retractará?

—No, no.

La señorita Linón vino a interrumpir esta conversación; venía a felicitar a su discípula predilecta con tierna sonrisa que trataba de disimular. Apenas se alejó, los criados a su vez vinieron a ofrecerle sus felicitaciones. En seguida llegaron los parientes y amigos. Fue el principio de este período dichoso y absurdo, del cual no se libró Levin hasta al día siguiente de su boda.

Aunque se sentía molesto e incómodo, esta tensión de espíritu no impidió que su dicha aumentara. Se había imaginado que si el tiempo que precedió a su casamiento no se apartaba en absoluto de las tradiciones ordinarias, su felicidad se resentiría; pero, aunque hizo exactamente lo que todos hacen en este caso, en vez de disminuir, esta dicha tomó extraordinarias proporciones.

La señorita Linón decía:

—Ahora tendremos cuantos confites y golosinas queramos —y Levin corría a comprar confites.

—Aconsejo a usted que compre los ramos en casa de Famin —decía Swiagesky, y Levin corría a casa de Famin.

Su hermano opinó que debía tomar dinero prestado para los regalos y los otros gastos que las circunstancias exigían.

—¿Los regalos, de veras? —y a todo correr iba a comprar joyas a casa de Fulda.

El confitero Famin, Fulda, todos parecían aguardarle y todos parecían dichosos y triunfantes como él.

Cosa notable: hasta aquellos que antes creía fríos e indiferentes, ahora participaban de su entusiasmo. Se lo aprobaban todo, sus sentimientos eran respetados con delicadeza y dulzura; lo mismo que él, todos estaban convencidos de que era el hombre más feliz de la tierra, porque su esposa era la perfección personificada. Y Kitty experimentaba las mismas impresiones.

La condesa Nordstone se había permitido una alusión respecto a las esperanzas más brillantes que ella había concebido para Kitty, y ésta se encolerizó y protestó con tanto ardor de lo imposible que sería para ella preferir a otro a Levin, que la condesa hubo de convenir en que tenía razón. Desde entonces, nunca vio a Levin en presencia de su novia sin dirigirle una sonrisa entusiasta.

Uno de los incidentes más penosos de este período de su vida fue el de las explicaciones prometidas. Por consejo del anciano príncipe, Levin entregó a Kitty un diario en el que estaban contenidas sus confesiones, y destinado a la mujer con quien se casara. De los dos puntos delicados que le preocupaban, el que pasó casi inadvertido fue el que se refería a su incredulidad. Siendo ella creyente e incapaz de dudar de su religión, la falta de piedad de su prometido no produjo impresión. Ese corazón que el amor le había hecho conocer guardaba lo que ella necesitaba encontrar; poco la importaba que él calificara de incredulidad el estado de su alma. Mas la segunda confesión la hizo derramar amargas lágrimas.

Levin no se había decidido a hacer esta confesión sin sostener un gran combate interior; se atrevió a hacerla porque deseaba que no hubiese secretos entre los dos; pero no había tenido en cuenta las impresiones de una joven al leerla. El abismo que separaba su miserable pasado de esta clara pureza lo comprendió cuando, al entrar una tarde en el cuarto de Kitty antes de ir al teatro, vio su rostro hechicero bañado en lágrimas. Entonces vio el mal irreparable que había producido y quedó espantado.

—Llévese usted esos horribles papeles —dijo Kitty rechazando las hojas colocadas sobre la mesa—. ¿Para qué me las ha dado usted? Pero es mejor que así sea —añadió llena de pena al ver la desesperación de Levin—. ¡Mas es horrible, horrible!

Él inclinó la cabeza, incapaz de decir una palabra.

—¿No me perdona usted? —murmuró.

—Sí, ya le he perdonado; ¡pero es horrible!

Este incidente no tuvo más resultado que añadir un matiz más a su inmensa felicidad. Después de ese perdón, comprendió mejor su valor.

XVII

Al entrar en su solitario cuarto, Alejo Alejandrovitch involuntariamente se acordó, una por una, de las conversaciones sostenidas durante la comida y la velada. Las palabras de Dolly no habían hecho más que atacarle los nervios. Aplicar los preceptos del Evangelio a una situación como la suya, era cosa demasiado ardua para ser tratada tan ligeramente. Por otra parte, esta cuestión él la había juzgado negativamente. De todo lo que se dijo aquel día, lo que con más fuerza le había impresionado fueron las palabras de aquel honrado imbécil de Turovtzine: «Se portó valientemente, porque provocó a su rival y le mató.»

Era evidente que todos aprobaban semejante conducta, y por pura cortesía no lo habían manifestado claramente.

«¿Para qué pensar en eso? ¿No estaba resuelta la cuestión?» ,y Alejo Alejandrovitch ya no pensó más que en disponer su viaje y sus visitas de inspección.

Hizo que le sirvieran té, tomó la guía de ferrocarriles y buscó las horas de salida para organizar su viaje.

En ese momento, el criado le presentó dos telegramas; el primero le informaba de que Stremof había sido nombrado para el puesto que él aspiraba. Karenin se sonrojó rechazó el telegrama y se puso a pasear por el cuarto.

—Quos vult perdere Jupiter dementat —se dijo, aplicando quos a cuantos habían contribuido a este nombramiento.

Menos le contrariaba no haber sido nombrado, que ver a Stremof, a aquel charlatán, a aquel fabricante de frases elevado a ese puesto, No comprendía aquella gente que se perdían que comprometían su prestigio con semejantes elecciones.

«Alguna otra noticia de la misma clase», pensó con amargura al abrir el segundo telegrama.

Era de su esposa; su nombre Ana escrito con lápiz azul le saltó a los ojos: «Me muero; le suplico que venga. Moriré más tranquila con el perdón de usted.» Leyó estas palabras con sonrisa desdeñosa y tiró el papel al suelo.

—Alguna nueva astucia —fue su primera impresión—. No hay superchería de que no sea capaz. Debe hallarse en vísperas de alumbramiento y acaso se trata del parto. Pero, ¿qué será lo que se propone? ¿Legalizar el nacimiento del niño? ¿Comprometerme? ¿Impedir el divorcio? El telegrama dice: «Me muero.»

Volvió a leer el telegrama, y esta vez el verdadero sentido que contenía le impresionó.

—¿Si fuera cierto? ¿Si el sufrimiento, la proximidad de la muerte, la con-
dujeran a un arrepentimiento sincero? ¿Y si acusándola de querer engañarme,
me negara yo a ir? Eso sería no solamente cruel, sino torpe, y se me juzgaría
con severidad.

—Pedro, un carruaje; me marcho a San Petersburgo —gritó a su criado.

Karenin decidió ver a su esposa, sin perjuicio de marcharse al punto, si la
enfermedad resultaba simulada. En caso contrario, la perdonaría, y si llegaba
demasiado tarde, al menos podría cumplir con ella los últimos deberes.

Una vez resuelto, ya no pensó más en ello durante el viaje.

Alejo Alejandrovitch llegó a San Petersburgo cansado de la noche en
ferrocarril. Atravesó la Perspectiva, todavía desierta, mirando delante a través
de la niebla matutina, con objeto de no recordar lo que le esperaba en su casa.
No podía pensar en ello más que con la idea persistente de que la muerte de
Ana allanaría todas las dificultades. Panaderos, *isvoschiks* nocturnos, *dvorniks*
que barrían las aceras, tiendas cerradas, pasaban como un relámpago ante sus
ojos. Todo lo observaba, y trataba de ahogar la esperanza que se reprochaba de
alentar. Cuando llegó junto a la casa, vio un *isvoschik*, y otro carruaje con un
cochero dormido, frente al portal. En el vestíbulo, Alejo Alejandrovitch hizo
otro esfuerzo para decidirse, y se dijo: «Si me engaña, permaneceré tranquilo
y me volveré a marchar; si ha dicho la verdad respetaré las conveniencias».

Aun antes de que Karenin hubiese llamado, el portero abrió la puerta;
éste ofrecía un aspecto extraño, sin corbata, con una levita vieja y calzado
con zapatillas.

—¿Cómo sigue la señora?

—La señora dio a luz ayer con felicidad.

Karenin se detuvo, pálido; ahora comprendía cuán vivamente la había
deseado la muerte.

—¿Y de salud?

Karnef, el criado, bajaba precipitadamente la escalera vestido con traje de
mañana.

—La señora está muy débil —respondió—. Ayer hubo consulta de médicos, y el doctor se encuentra aquí en este momento.

—Toma mis cosas —dijo Alejo Alejandrovitch algo más animado al saber
que no se había perdido toda esperanza de muerte, y entró en la antecámara.

En la percha había colgado un capote de uniforme. Alejo Alejandrovitch
lo vio y preguntó:

—¿Quién hay dentro?

—El doctor, la comadrona y el conde Wronsky.

Karenin entró. No había nadie en la sala. Al ruido de sus pasos, salió del
gabinete la comadrona, con gorra adornada con cintas azules. Se aproximó a
Alejo Alejandrovitch, y tomándole de la mano con la familiaridad que da la
proximidad de la muerte, le condujo al dormitorio.

—Gracias a Dios que ya está usted aquí. No habla más que de usted,
siempre de usted —dijo la comadrona.

—¡Traiga hielo, pronto! —gritaba en la alcoba la voz imperativa del doctor.

En el gabinete, sentado en una silla baja, Alejo Alejandrovitch vió a
Wronsky llorando, ocultándose con las manos el rostro. Se estremeció al oír la
voz del doctor, retiró las manos de la cara y se encontró delante de Karenin.
Pareció turbado de tal modo, que volvió a sentarse, hundiendo cuanto pudo la
cabeza en los hombros, como si hubiese alentado la esperanza de hacerse invisible. Sin embargo, se levantó y, haciendo un supremo esfuerzo, dijo:

—Se muere. Los médicos aseguran que ya no hay esperanza. Usted es el amo. Pero permítame permanecer aquí. Me conformaré, por lo demás, con lo que usted disponga.

Al ver llorar a Wronsky, Alejo Alejandrovitch experimentó el involuntario enternecimiento que siempre le producían los sufrimientos ajenos. Volvió la cabeza sin contestar y se aproximó a la puerta.

En la alcoba se oía la voz de Ana, viva, alegre, con agradable entonación. Alejo Alejandrovitch entró y se acercó a la cama. Tenía el rostro vuelto hacia él, las mejillas sonrosadas, los ojos brillantes; las pequeñas manos blancas, que salían de las mangas de la camisa, jugaban con la punta del cobertor. No solamente parecía fresca y animada, sino que revelaba la más feliz disposición de espíritu; hablaba deprisa y recio, acentuando las palabras con precisión y claridad. Decía:

—Porque Alejo, hablo de Alejo Alejandrovitch (¿verdad que es extraño y cruel que los dos se llamen Alejo?), Alejo no me hubiera desairado, yo habría olvidado, me hubiera perdonado... ¿Por qué no llega? Es bueno, él mismo no sabe cuán bueno es. ¡Dios mío! ¡Dios mío! ¡Qué angustia! ¡Dadme agua, pronto! ¡Pero eso no es bueno para ella... mi hijita! Entonces, una nodriza; accedo a eso; hasta es mejor. Cuando él venga, le molestaría verla. Aléjenla.

—Ha llegado Alejo Alejandrovitch; ¡ahí está! —dijo la comadrona tratando de llamar la atención hacia él.

—¡Qué locura! —continuó Ana, sin ver a su marido—. ¡Déme usted a la chiquilla, démela! ¡Todavía no ha llegado! Usted afirma que no me perdonará, porque usted no le conoce. Nadie le conoce. Únicamente yo... Sus ojos, es preciso conocerlos; los de Sergio son exactamente iguales; por eso no quiero verlos. ¿Sirvieron su comida a Sergio? Ya sé que le olvidarán. ¡Él no le olvidaría! Que lleven a Sergio al cuarto del rincón y que Marieta se acueste cerca de él.

De improviso guardó silencio, pareció atemorizada y levantó los brazos sobre la cabeza, como para resguardarse de un golpe: había conocido a su marido.

—No, no —dijo con viveza—; no le temo; lo que temo es la muerte. Alejo acércate. Me apresuro porque no tengo tiempo, No me quedan más que algunos minutos de vida; la fiebre va a volver y ya no comprenderé nada. Ahora comprendo todo, lo comprendo y lo veo todo.

El rostro arrugado de Alejo Alejandrovitch expresó un vivo sufrimiento; quiso hablar, pero le temblaba tanto el labio inferior, que, no pudo pronunciar una palabra, y su emoción apenas le permitió dirigir una mirada a la moribunda. Le cogió la mano y la conservó entre las suyas. Cada vez que volvía la cabeza hacia ella, veía sus ojos fijos en él con una dulzura y humildad que no les conocía.

—Espera, tú no sabes... espere usted, espere usted...

Se detuvo esforzándose por reunir sus ideas.

—¡Sí! ¡sí! ¡sí! —añadió—. Eso es lo que quería decir. No te admires, sigo siendo la misma... pero hay otra en mí, de la que tengo miedo; ésta es la que le ha querido a él; quería odiarte, pero no pude olvidar la que he sido en otro tiempo. Ahora soy yo entera, yo verdaderamente, no la otra. Muero, sé que me muero: pregúntaselo. Ahora lo veo: allí están esos pesos terribles en las manos, en los pies, en los dedos. ¡Mis dedos! Son enormes... pero todo eso va a acabar pronto. Sólo una cosa me es indispensable: ¡perdóname, perdóname del todo! Soy criminal, pero la niñera de Sergio me lo ha dicho: una santa mártir... ¿cómo se llamaba? Era peor que yo. Iré a Roma, allá hay un desierto, allí no molestaré a nadie, no me acompañarán más que Sergio y mi hija... ¡no, tú no puedes perdonarme! ¡Yo sé muy bien que es imposible! ¡Vete, vete; eres demasiado perfecto!

Le sujetaba con una de sus ardientes manos y le alejaba con la otra.

La emoción de Alejo Alejandrovitch llegó a ser tan fuerte que ya no la ocultó; hasta notó que esta emoción se transformaba en una quietud moral que le pareció una felicidad nueva y desconocida.

No había creído que esa ley cristiana que había tomado como guía de su vida le ordenara perdonar y amar a sus enemigos; y sin embargo, el sentimiento del amor y del perdón le inundaban el alma. De rodillas, junto a la cama, con la frente apoyada en aquel brazo, cuya fiebre quemaba a través de la manga de la camisa, sollozaba como un niño. Ella se inclinó hacia él y rodeó con el brazo la cabeza calva de su marido, alzando los ojos en actitud de desafío:

—¡Aquí está, bien lo sabía yo! ¡Adiós, ahora, adiós todos...! ¡Ya vuelven! ¿Por qué no se marchan? ¡Quítenme todas esas pieles!

El doctor la volvió a acostar suavemente en sus almohadas y le cubrió los brazos con el cobertor. Ana no opuso resistencia, mirando siempre delante de ella con sus ojos brillantes.

—Recuerda que no he pedido más que tu perdón, no pido nada más. ¿Por qué no viene él? —dijo vivamente mirando hacia la puerta—. ¡Ven, ven! ¡Dale la mano!

Wronsky se aproximó a la cama, y al volver a ver a Ana, se tapó la cara con las manos.

—Descúbrete el rostro, mírale, es un santo —dijo—. ¡Sí, descúbrete, descúbrete el rostro! —repitió irritada—. Alejo Alejandrovitch, descúbrele el rostro, quiero verle.

Alejo Alejandrovitch se apoderó de las manos de Wronsky y le descubrió el rostro alterado por el sufrimiento y la humillación.

—Dale la mano, perdónale.

Alejo Alejandrovitch le tendió la mano sin tratar de contener sus lágrimas.

—Gracias a Dios, ahora ya todo está hecho. Estiraré un poco las piernas; así, está muy bien. ¡Qué feas son esas flores, no parecen violetas! —dijo Ana señalando el empapelado del cuarto—. ¡Dios mío, Dios mío! ¿Cuándo concluirá todo esto? Doctor, déme usted morfina. ¡Oh, Dios mío! ¡Dios mío! —y se agitó en la cama.

Los médicos decían que con aquella fiebre había que temerlo todo. El día lo pasó delirando y en estado inconsciente. Hacia medianoche, casi no tenía pulso. El fin se esperaba de un momento a otro.

Wronsky se fue a su casa, pero volvió al día siguiente a informarse de cómo seguía. Alejo Alejandrovitch salió a recibirle a la antecámara y le dijo:

—Quédese usted, tal vez le llamará —y le acompañó él mismo a la alcoba de su esposa.

Durante la mañana se reprodujo la agitación, la vivacidad de pensamientos y palabras, para acabar también en un estado de inconsciencia. El tercer día ofreció el mismo carácter y los médicos volvieron a concebir esperanza. Ese día, Alejo Alejandrovitch entró en el gabinete en donde estaba Wronsky, cerró la puerta y se sentó enfrente de él.

—Alejo Alejandrovitch —dijo Wronsky, al comprender que se aproximaba una explicación—, me siento incapaz de hablar y de comprender. ¡Tenga usted piedad de mí! Por más que usted sufra, créame, mi sufrimiento es más terrible.

Quiso levantarse, pero Alejo Alejandrovitch le detuvo y le dijo:

—Sírvase usted escucharme, es indispensable; me veo obligado a explicar a usted los sentimientos que me impulsan y me seguirán impulsando, a fin de desvanecer todo error en que usted se halle con respecto a mí. ¿Usted sabe que yo estaba decidido a entablar el divorcio, y que había dado los primeros pasos para obtenerlo? No ocultaré a usted que al comenzar a dar esos pasos vacilé, dominado por la idea de vengarme. Al recibir el telegrama llamándome, ese deseo subsistía. Diré más, deseaba su muerte, pero...

Se detuvo un instante, reflexionando sobre la oportunidad de descubrir lo que pensaba.

—Pero la he vuelto a ver, la he perdonado, y sin restricción. La felicidad de poder perdonar me ha mostrado claramente mi deber. Ofrezco la otra mejilla para recibir una nueva bofetada; doy mi último vestido al que me despoja; no pido a Dios más que una cosa: ¡que me conserve la alegría del perdón!

Sus ojos estaban arrasados de lágrimas. Wronsky se impresionó ante aquella luminosa mirada serena y tranquila.

—Tal es mi situación. Usted puede arrastrar mi nombre por el lodo y hacer que yo sea una irrisión de todos; pero no por eso abandonaré a Ana, ni le dirigiré ningún reproche —continuó Alejo Alejandrovitch—. Mi deber se me aparece claro y preciso; debo seguir viviendo con ella, lo haré. Si ella quiere ver a usted le será avisado; pero creo que por el momento es preferible que usted se aleje.

Karenin se levantó; los sollozos ahogaban su voz. Wronsky se levantó también, todo encorvado y mirando a Karenin de soslayo, sin enderezarse; incapaz de comprender sentimientos de semejante naturaleza, sin embargo confesaba que aquellas eran ideas de un orden superior inconciliables con una vulgar concepción de la vida.

XVIII

Después de esta conversación, cuando Wronsky salió de la casa de Karenin, se detuvo en la escalinata preguntándose dónde estaba y qué tenía que hacer. Humillado y confuso, se sentía privado de todo medio de borrar su vergüenza, descarriado del camino que hasta entonces había seguido ufano y sin estorbos. Todas las reglas sobre las cuales había basado su vida, y que creía inatacables, resultaban falsas y engañosas. El marido engañado, ese triste personaje que había considerado como un obstáculo accidental, y a veces cómico, para su dicha, acababa de ser elevado por ella a una altura que inspiraba respeto, y en vez de parecer ridículo, se había manifestado sencillo, grande y generoso. Wronsky no podía dejar de comprender que los papeles se habían trocado. Sentía la grandeza, la rectitud de Karenin y su propia bajeza; ese marido engañado se mostraba magnánimo en su dolor, mientras que él se veía pequeño y miserable. Pero el convencimiento de su inferioridad con respecto a un hombre al que había injustamente despreciado, no constituía más que una pequeña parte de su dolor.

Lo que le hacía profundamente desgraciado era el pensamiento de ¡perder a Ana para siempre! Su pasión entibiada un momento, se despertó más violenta que nunca. Durante su enfermedad la había conocido mejor, y creía no haberla amado jamás como se merecía; era preciso perderla ahora que la conocía y realmente la amaba; ¡perderla dejándole el recuerdo más humillante!

Recordaba con horror el momento ridículo y odioso en que Alejo Alejandro-vitch le había descubierto el rostro cuando él lo ocultaba con las manos. En pie, inmóvil en la escalinata de la casa de Karenin, parecía no tener conciencia de lo que hacía.

—¿Llamaré a un *isvoschik?* —preguntó el portero.

—Sí, un *isvoschik.*

Cuando volvió a su casa después de tres noches de insomnio, Wronsky, sin desnudarse, se tendió en un sofá con los brazos cruzados sobre la cabeza. Las remembranzas, los pensamientos, las impresiones más extrañas se sucedían en su imaginación con una rapidez y lucidez extraordinarias. A veces, era una poción que quería dar a la enferma, y la cuchara se le vertía; otras veces veía las manos blancas de la comadrona; en seguida, la singular actitud de Alejo Alejandrovitch arrodillado en el suelo cerca de la cama.

«¡Dormir, olvidar!», se decía cón la tranquila resolución del hombre sano que sabe que puede hacerlo cuando está cansado, y al que le es fácil dormirse cuando lo desea. Sus ideas se confundían y sintió que caía en el abismo del olvido. De pronto, en el momento que se escapaba de la vida real, sintió como si las olas de un océano se agolparan sobre su cabeza, una violenta sacudida eléctrica, que le pareció hacerle estremecer el cuerpo sobre los muelles del sofá, y se encontró de rodillas, con los ojos tan abiertos como si no hubiese pensado en dormir y sin sentir ya el menor cansancio.

—*Usted puede arrastrar mi nombre por el lodo.*

Esas palabras de Alejo Alejandrovitch le resonaban en el oído. Le veía delante de él, y veía también el semblante febril de Ana, y sus ojos brillantes que miraban tiernamente no a él, sino a su marido. Se veía su propia fisonomía ridícula y absurda, cuando Alejo Alejandrovitch le separó las manos del rostro; luego, dejándose caer de espaldas en el sofá cerrando los ojos, repitió:

—¡Dormir, olvidar!

Entonces el rostro de Ana, tal como se le presentó en la memorable tarde de las carreras, se dibujaba más radiante todavía a pesar de tener los ojos cerrados.

—¡Es imposible, no puede ser! ¿Cómo quiere ella borrarlo todo de su recuerdo? ¡Yo no puedo vivir así! ¿Cómo nos reconciliaremos? —pronunciaba esas palabras en alta voz, sin conciencia.

Esta repetición maquinal impidió que resurgieran, durante algunos segundos, los recuerdos y las imágenes que le asaltaban el cerebro. Pero los dulces momentos del pasado y las humillaciones del presente recobraban pronto su imperio. «Descúbrete el rostro», decía la voz de Ana. Separaba las manos y se hacía cargo de hasta qué punto había debido parecer humillado y ridículo.

Continuó acostado tratando de conciliar el sueño sin lograrlo, murmu-rando algún fragmento de frase para alejar las nuevas y desoladoras alucina-ciones, que creía poder impedir que se renovasen. Escuchaba su propia voz que con extraña persistencia repetía: «No has sabido apreciarla, no has sabido apre-ciarla; no has sabido aprovechar, no has sabido aprovechar.»

«¿Qué es lo que me sucede? ¿Me estaré volviendo loco? —se pregun-taba—. ¡Tal vez! ¿Por qué se vuelve uno loco? ¿Por qué hay gentes que se sui-cidan?» Contestándose a sí mismo, abrió los ojos, mirando con extrañeza a su lado un almohadón bordado por su cuñada Waria; trató de fijar sus pensamien-tos en el recuerdo de Waria, jugando con las borlas del almohadón; pero una idea diferente a la que le torturaba era otro martirio más.

«¡No, hay que dormir!», y acercando el almohadón, apoyó la cabeza en él, haciendo esfuerzos por mantener los ojos cerrados. De pronto se volvió a sentar estremeciéndose. «¡Todo ha concluido para mí! ¿Qué me queda por hacer?», y vio en su imaginación lo que sería su vida sin Ana.

Se levantó, se quitó el gabán, se desató la corbata para respirar con más facilidad y comenzó a pasear por el cuarto.

Se dirigió a la puerta, que cerró, y después, con la mirada fija y los dientes apretados, se acercó a la mesa, tomó un revólver, lo amartilló y se puso a reflexionar. Permaneció dos minutos inmóvil con el revólver en la mano, la cabeza inclinada y la imaginación aparentemente absorta en un solo pensamiento, en una idea fija. «Ciertamente», se decía como resultado lógico de una serie de ideas claras y precisas, pero siempre girando alrededor de un círculo de impresiones que hacía una hora recorría para llegar por la centésima vez al mismo punto de partida. «Ciertamente», se repetía, sintiendo desfilar sin descanso la teoría de recuerdos de una dicha perdida, de un porvenir hecho imposible y de una vergüenza aplastadora. Apoyó el revólver en el lado izquierdo del pecho; apretó con fuerza la mano y tiró del gatillo. El formidable golpe que recibió en el pecho le hizo caer, sin haber oído la menor detonación. Al tratar de agarrarse al borde de la mesa, soltó el revólver, vaciló y cayó al suelo, mirando sorprendido alrededor; su cuarto le pareció otro; los torneados pies de la mesa, la canasta de papeles, la piel de tigre en el suelo, no reconocía nada. Los pasos de su criado que acudía, le obligaron a dominarse. Por último llegó a comprender que yacía en el suelo, y al verse sangre en las manos y en la piel de tigre, tuvo conciencia de lo que había hecho.

—¡Qué tontería, he errado el tiro! —murmuró incorporándose y buscando la pistola con la mano; el revólver estaba cerca de él.

Perdió el equilibrio y volvió a caer bañado en sangre.

El ayuda de cámara, persona elegante, que se quejaba con frecuencia ante sus amigos de lo delicado de sus nervios, al ver a su amo fue tal el terror que se apoderó de él, que le dejó tendido y salió corriendo en demanda de socorro.

Al cabo de una hora llegó Waria, cuñada de Wronsky, y con ayuda de tres médicos que mandó llamar, logró acostar en la cama al herido, constituyéndose en su enfermera.

XIX

Alejo Alejandrovitch no había previsto el caso de que su esposa pudiera restablecerse después de haber obtenido su perdón. Este error se le manifestó con toda su gravedad dos meses después de su regreso a Moscú. No lo cometió debido a que hasta entonces hubiese por casualidad conocido mal su propio corazón. Junto al lecho de su moribunda esposa, se entregó por completo, por primera vez en su vida, a ese sentimiento de piedad por los dolores ajenos, contra el cual había luchado siempre, como se lucha contra una peligrosa debilidad. El remordimiento de haber deseado la muerte de Ana, la lástima que le inspiró y sobre todo la satisfacción misma del perdón, transformaron las angustias morales de Alejo Alejandrovitch en una profunda paz, y el manantial de sufrimiento se convirtió en otro de alegría; todo lo que en su odio y cólera había creído intrincado, se le presentaba claro y sencillo, ahora que amaba y perdonaba.

Perdonó a su esposa y le tuvo compasión, y después del acto de desesperación de Wronsky, también se compadeció de él. Le causaba pena por su hijo y se reprochaba no haberse ocupado de él. En cuanto a la recién nacida, lo que sentía por ella más que lástima, era casi ternura. Al considerar la debilidad de aquel pobre ser, olvidado durante la enfermedad de la madre, se ocupó de él, evitó que muriera, y sin darse cuenta, le tomó cariño. La niñera y la nodriza le veían entrar varias veces al día en el cuarto de los niños, y aunque al principio se intimidaron, poco a poco se acostumbraron a su presencia. A veces pasaba una media hora contemplando el rostro encendido y abotagado de la criatura que no era suya, observando los movimientos de su arrugada frente, cómo se frotaba los ojos con el revés de sus manecitas de dedos encorvados. En tales momentos Alejo Alejandrovitch se sentía tranquilo, en paz consigo mismo, sin ver nada anormal en su situación, nada que le hiciera desear un cambio.

Pero cuanto más visitaba a la recién nacida, más iba conociendo que no se le permitiría conformarse con aquella situación que para él era natural y que nadie aprobaría.

Además de la fuerza moral, casi santa, que interiormente le guiaba, sentía la existencia de otra fuerza brutal todopoderosa, que a pesar suyo dirigía su vida, y no le permitiría gozar de paz. Todos cuantos le rodeaban parecían interrogar su actitud sin comprenderla y esperando de él cosas muy diferentes.

En cuanto a las relaciones con su esposa, les faltaban naturalidad y estabilidad.

Cuando cesó el enternecimiento causado por la proximidad de la muerte, Alejo Alejandrovitch notó cuánto le temía Ana; su presencia la aterrorizaba, y no se atrevía a mirarle a la cara; parecía que la perseguía siempre un pensamiento que no se atrevía a expresar: presentía lo poco que durarían las actuales relaciones con su esposo, y, sin saber qué, esperaba algo de él.

Hacia fines de febrero, la chiquilla, a quien habían puesto el nombre de Ana, cayó enferma. Alejo Alejandrovitch la había visto una mañana antes de ir al ministerio y había hecho llamar a un médico. Al regresar a las cuatro, vio en la antecámara a un gallardo lacayo galoneado, que tenía en las manos una capa de pieles blancas.

—¿Quién hay? —preguntó.

—La princesa Isabel Fedorovna Tverscoi —respondió el lacayo, y Alejo Alejandrovitch creyó notar que sonreía.

Durante todo este penoso período, Karenin observó un interés muy particular por él y su esposa de parte de sus relaciones mundanas, especialmente de las mujeres. Advirtió en todos cierto aire de gozo, tan mal disimulado en los ojos del abogado y que volvía a encontrar en los del lacayo. Los que le veían y le preguntaban por su salud, lo hacían con una especie de satisfacción mal contenida; sus interlocutores le parecían todos radiantes como si fueran a asistir a una boda. La presencia de la princesa no podía serle agradable. Nunca la había querido y le recordaba enojosos incidentes; por este motivo se dirigió al departamento de los niños.

En el primer cuarto, Sergio, tendido sobre la mesa con los pies en una silla, dibujaba charlando alegremente. El aya inglesa que había reemplazado a la francesa poco después de la enfermedad de Ana, estaba sentada cerca del niño con una labor de crochet entre manos. Así que vio entrar a Karenin se levantó, hizo una reverencia y puso en pie a Sergio.

Alejo Alejandrovitch acarició la cabeza de su hijo, contestó a las preguntas del aya sobre la salud de la señora y se informó de la opinión del médico sobre el estado de *baby*...

—El doctor no cree que exista ninguna gravedad; ha ordenado baños.

—No está bien, sin embargo —dijo Karenin al oír que la niñita lloraba en el cuarto próximo.

—Creo, señor, que la nodriza no es buena —respondió la inglesa con aire de convicción.

—¿Por qué cree usted eso?

—He visto lo mismo en casa de la condesa Pahl. Le daban al niño medicinas cuando no tenía más que hambre; la nodriza no tenía leche suficiente.

Alejo Alejandrovitch reflexionó. Y, después de unos instantes, entró en el segundo cuarto. La chiquilla lloraba en brazos de la nodriza. Con la cabeza echada hacia atrás, no quería el pecho; las dos mujeres inclinadas hacia ella no la aplacaban.

—¿No va mejor? —preguntó Karenin.

—Está muy excitada —respondió la criada en voz baja.

—Miss Edwards cree que la nodriza tiene poca leche —dijo él.

—Yo también lo creo, señor.

—¿Por qué no lo ha dicho antes?

—¿A quién decirlo? Ana Arcadievna continúa enferma —respondió la criada con cierto desagrado.

La niñera hacía tiempo que estaba en la casa, y aquellas sencillas palabras impresionaron a Karenin como si fueran una alusión a su situación.

La niña seguía llorando y cada vez más fuerte, hasta perder la respiración y enronquecer. La criada hizo un ademán de desesperación, tomó a la chiquilla de los brazos de la nodriza y se puso a mecerla para calmarla.

—Es preciso rogar al doctor que examine a la nodriza —dijo Alejo Alejandrovitch.

La nodriza, una mujer de hermosa apariencia, elegantemente vestida, atemorizada ante el riesgo de perder la colocación, sonrió con desdén, hablando entre dientes y cubriéndose el pecho, al pensar que pudiesen sospechar que le faltara leche. Aquella sonrisa le pareció también irónica a Alejo Alejandrovitch. Se sentó en una silla triste y abatido, y siguió con los ojos a la criada, que continuaba paseando a la niña. Cuando la hubo puesto en la cuna, arreglando la pequeña almohada, se retiró. Alejo Alejandrovitch se levantó también y a su vez se aproximó le puntillas a la cuna con aire de consternación; miró en silencio a la chiquilla, y una repentina sonrisa le desarrugó la frente; luego salió sin ruido.

Al entrar en el comedor tiró del cordón de la campanilla y mandó otra vez a llamar al médico. Disgustado al ver que su esposa se ocupaba tan poco de la encantadora criatura, no quiso entrar a verla ni encontrarse con la princesa Betsy. Pero su esposa podía extrañar que no fuese como de costumbre; hizo, pues, un gran esfuerzo y se dirigió a la puerta.

La siguiente conversación llegó a sus oídos a pesar suyo. La espesa alfombra apagaba sus pasos al aproximarse.

—Si no se marchara, se comprendería que usted y él no accedieran. Pero su esposo debe ser superior a esas cosas —decía Betsy.

—No se trata de mi marido, sino de mí. ¡No me hable usted de eso! —respondió Ana, conmovida.

—Sin embargo, usted, por más que diga, no puede por menos que desear ver de nuevo al que ha estado a punto de morir por usted.

—Por eso precisamente no quiero volver a verle.

Karenin se detuvo anonadado como un culpable; habría querido alejarse sin que le oyeran, pero reflexionando que huir así sería una falta de dignidad, avanzó tosiendo. Las voces callaron y él entró en la habitación.

Ana, vestida con una bata gris, con los cabellos negros cortados, estaba tendida en una silla larga. Toda su animación, como siempre, desapareció al ver a su marido; inclinó la cabeza y echó una mirada inquieta a Betsy. Ésta, vestida a la última moda, con un sombrerito que se elevaba en lo alto de la cabeza, como la pantalla de una lámpara, traje tornasolado como el plumaje de una paloma, adornado en el cuerpo y las faldas con abalorios de colores vivos, estaba sentada al lado de Ana. Tenía su largo y plano busto tan tieso como era posible. Recibió a Alejo Alejandrovitch con un saludo acompañado de una sonrisa irónica:

—¡Ah! —exclamó Betsy como admirada—. Estoy encantada de encontrarle en su casa, no se deja usted ver por ninguna parte; no le había visto desde la enfermedad de Ana. ¡Por otras personas he sabido sus sinsabores! Sí, ¡usted es un marido extraordinario! —y le dirigió una mirada que a su parecer debía equivaler a una recompensa para Karenin por la conducta que observaba con su esposa.

Alejo Alejandrovitch saludó con frialdad, y besando la mano de su mujer, se informó de su salud.

—Me parece que estoy mejor —respondió ella, evitando su mirada.

—Sin embargo, tiene usted una animación febril —dijo, acentuando la última palabra.

—Hemos conversado demasiado —dijo Betsy—; veo que he sido egoísta y me marcho.

Se levantó; pero Ana, que se había puesto muy encendida, la detuvo vivamente por el brazo:

—No, quédese, se lo ruego; he de decirle a usted... —y volviéndose hacia su marido toda ruborizada añadió—: No puedo ni debo ocultarle nada.

Alejo Alejandrovitch inclinó la cabeza y esperó.

—Betsy me ha dicho que el conde Wronsky deseaba venir antes de marcharse a Tarhkend, para despedirse.

Hablaba deprisa, sin mirar a su marido y deseando acabar pronto.

—He contestado que no podía recibirle.

—Usted me ha contestado, querida, que eso dependía de su esposo —corrigió Betsy.

—Pero no, no puedo recibirle; eso me conduciría... —y se detuvo al momento, interrogando a su esposo con la mirada, pero él había vuelto la cabeza—. En una palabra, no quiero...

Alejo Alejandrovitch se acercó a ella e hizo el ademán de tomarle la mano.

El primer impulso de Ana fue retirar la suya de la mano de su marido, pero se dominó y se la estrechó.

—Agradezco su confianza... —continuó él; pero al mirar a la princesa se interrumpió.

Con arreglo a su conciencia, podía con facilidad juzgar y decidir, pero en presencia de Betsy se le hacía imposible, viendo en ella la encarnación de esa fuerza brutal independiente de su voluntad y que dominaba no obstante su vida: delante de ella no podía experimentar ningún sentimiento generoso.

—Bueno, adiós, encantadora —dijo Betsy levantándose. Besó a Ana y se dirigió a la puerta hasta donde Karenin la acompañó.

—Alejo Alejandrovitch —dijo Betsy, deteniéndose en medio del salón para estrecharle la mano de un modo significativo— reconozco que usted es un hombre sinceramente generoso, le estimo y le quiero tanto, que me permito darle un consejo, aunque ningún interés me impulsa en esta cuestión: recíbale usted, Alejo; Wronsky es el honor personificado, y se marcha a Tarhkend.

—Agradezco a usted mucho su simpatía y su consejo, princesa; lo principal es saber si mi esposa está o no en condiciones de recibir a alguien; eso es lo que ella decidirá.

Pronunció esas palabras con dignidad, arqueando las cejas como de costumbre; pero en el acto comprendió que, cualesquiera que fuesen sus palabras, la dignidad era incompatible con la situación que se le había creado. Esto lo probaba suficientemente la sonrisa irónica y malévola con la que Betsy acogió su frase.

XX

Después de haberse despedido de Betsy, Alejo Alejandrovitch regresó al lado de su esposa, que estaba aún echada en el sofá, pero al oírle venir se incorporó precipitadamente y le miró con aire azorado. Él notó que había llorado.

—Estoy muy reconocido de tu confidencia —dijo con dulzura repitiendo en ruso la respuesta que le había dado en francés en presencia de Betsy (este modo de tutearla en ruso molestaba a Ana a pesar suyo)—. Te estoy agradecido por tu resolución, porque encuentro, como tú, que, puesto que el conde de Wronsky se marcha, no hay ninguna necesidad de recibirle aquí. Por otra parte...

—Pero puesto que ya lo he dicho, ¿para qué volver a hablar de eso? —interrumpió Ana con una irritación que no pudo dominar—. «Ninguna necesidad —pensaba—, hay de que un hombre que ha querido matarse, venga a decir adiós a la mujer que ama y por su parte no puede vivir sin él.»

Apretó los labios y bajó su brillante mirada para fijarla en las manos de venas marcadas de su marido, que se las estaba frotando una contra otra lentamente.

—No hablemos más de eso —añadió en alta voz más tranquila.

—Te he dejado en plena libertad de decidir esta cuestión, y me alegro de ver... —comenzó de nuevo Karenin; pero Ana impacientada por oír repetir tan lentamente lo que ya ella sabía, le interrumpió acabando la frase:

—*Que mis deseos estén de conformidad con los de usted.*

—Sí —contestó él—, y la princesa Tverskoi se mezcla muy fuera de lugar en asuntos de familia dolorosos, sobre todo ella.

—Yo no creo nada de lo que se cuenta —dijo Ana—; lo único que sé es que me quiere sinceramente.

Alejo Alejandrovitch suspiró y calló. Ana jugueteaba nerviosamente con los cordones de su bata, y de cuando en cuando le miraba con esa sensación física de repulsión de la cual se acusaba, sin poderla vencer. Lo que en aquel momento deseaba era verse libre de su presencia.

—Acabo de mandar a llamar al médico —dijo Karenin.

—¿Para qué? Yo estoy buena.

—Es para la chiquilla, que llora mucho. Sospechan que la nodriza tiene poca leche.

—¿Por qué no me has dejado que la criara yo misma, cuando he suplicado que me permitieran probar? A pesar de todo (Alejo Alejandrovitch comprendió lo que quería dar a entender con ese *a pesar de todo*), es una criatura y la dejarán morir.

Llamó e hizo que le trajeran a la niña.

—He querido amamantarla y no me lo han permitido, y ahora se me recrimina.

—Yo no te dirijo ningún reproche... ni menos te recrimino.

—¡Sí, por cierto; usted me lo reprocha! ¡Dios mío, por qué no me he muerto! Perdóname, estoy nerviosa, soy injusta —dijo tratando de dominarse—. Pero vete.

—No, esto no puede durar así —se dijo Alejo Alejandrovitch saliendo del cuarto.

¡Jamás había visto de un modo tan evidente la imposibilidad de prolongar a los ojos de la sociedad semejante situación! ¡Jamás tampoco, la repulsión de su esposa y el poder de esa fuerza misteriosa que se había apoderado de su vida para dirigirla en contradicción con las necesidades de su alma, se le presentaron tan manifiestas!

El mundo y su esposa le exigían algo que él no comprendía bien, pero ese algo despertaba en su corazón sentimientos de odio que perturbaban su reposo y destruían el mérito de la victoria ganada sobre sí mismo. Ana, según el creía, debía romper con Wronsky; pero si todos juzgaban imposible esta ruptura estaba dispuesto hasta a tolerar esas relaciones, con la condición de no deshonrar a los niños y de no trastornar su propia existencia.

Era un mal; pero menor, sin embargo, que colocar a Ana en una situación vergonzosa sin remedio y privarse él de todo lo que amaba.

Pero comprendía su impotencia en esta lucha, y de antemano sabía que se le impediría obrar con prudencia para obligarle a causar el mal que todos creían necesario.

XXI

Todavía Betsy no había salido del comedor, cuando Esteban Arcadievitch apareció en el umbral de la puerta. Venía de casa de Eliseef, donde se habían recibido ostras frescas.

—¡Usted aquí, princesa! ¡Qué encuentro tan delicioso! Vengo de casa de usted.

—El encuentro no será largo. Me marcho —contestó la princesa sonriendo y abotonándose los guantes.

—Un momento, princesa; permítame besarle la mano antes de ponerse los guantes. Nada me gusta tanto, de cuanto se refiere a las antiguas costumbres, como besar la mano a las damas.

Tomó la mano de Betsy.

—¿Cuándo nos veremos de nuevo?

—Usted no lo merece —respondió Betsy riendo.

—¡Oh, sí! Me estoy volviendo hombre serio. No sólo arreglo mis asuntos personales, sino que también me ocupo de los demás —dijo dándose importancia.

—¿De veras? Me encanta saberlo —contestó Betsy, que comprendió que se trataba de Ana.

Al volver al comedor, se llevó a Oblonsky a un rincón.

—Ya verá usted que la va a matar —murmuró en tono convencido—. Imposible resistir...

—Me alegra mucho que piense usted así —respondió Esteban Arcadievitch meneando la cabeza con lástima y simpatía—. Por eso he venido a San Petersburgo.

—No se habla de otra cosa en toda la ciudad —dijo Betsy—; es una situación intolerable. Se va consumiendo lentamente. Él no comprende que se trata de una de esas mujeres cuyos sentimientos no se pueden tratar ligeramente. Una de dos, o debe llevársela y proceder con energía, o debe recurrir al divorcio. Pero el estado actual la está matando.

—Sí, sí... cabalmente. He venido para eso, es decir, en absoluto, no. He sido nombrado chambelán, y es preciso dar las gracias a quien corresponde. Pero lo esencial es arreglar este asunto.

—¡Qué Dios le ayude a usted!

Esteban Arcadievitch acompañó a la princesa hasta el vestíbulo. Le besó la mano más arriba del guante, en la muñeca y después de haberle dicho una chanza, que ella recibió adoptando el recurso de reír, para no verse obligada a enfadarse, la dejó para ir a ver a su hermana.

Ana estaba llorando. Esteban Arcadievitch, a pesar de su magnifico humor, pasó naturalmente de la más exuberante alegría a un tono de poética ternura que correspondía a la disposición de espíritu de su hermana. Le preguntó cómo se encontraba y cómo había pasado el día.

—¡Muy mal, muy mal! —respondió ella—. Por la mañana como por la noche, lo pasado como lo porvenir, todo va mal.

—Tú lo ves todo negro. Es preciso tener valor, mirar la vida de frente. Ya sé que es difícil, pero...

—He oído decir que ciertas mujeres aman a los que desprecian —comenzó a decir Ana—; pero yo le aborrezco a causa de su generosidad. No puedo vivir con él. Compréndeme, es un efecto físico que me pone fuera de mí. ¡Ya no puedo vivir con él! ¿Qué debo hacer? He sido desgraciada, he creído que no era posible serlo más; pero esto es muy superior a cuanto yo habría podido imaginarme. ¿Se puede comprender que sabiendo que es bueno, perfecto, y conociendo cuán inferior soy a él, le odie a pesar de todo? No me queda más recurso que... —quería añadir morir pero su hermano no la dejó acabar.

—Tú estás enferma y nerviosa, créeme, todo lo ves con exageración. Nada hay más terrible.

Y Esteban Arcadievitch, ante semejante desesperación, sonreía sin que se le pudiera suponer grosero. Su sonrisa estaba tan llena de bondad y era de una dulzura tan femenina, que lejos de ofender, calmaba y enternecía. Sus palabras hacían el efecto de una unción de aceite de almendras. Ana pronto sintió sus efectos.

—No, Stiva —dijo—; estoy perdida, ¡perdida! Estoy más que perdida, porque aún no puedo decir que todo haya concluido. ¡Ay de mí! Al contrario; se me figura ser una cuerda demasiado tirante que tiene que romperse. Pero no ha llegado el fin, ¡que será terrible!

—No, no; la cuerda puede irse distendiendo poco a poco. No hay situación que no tenga alguna salida.

—Por más que pienso, no veo más que una solución...

Comprendió en seguida, al ver su mirada de espanto, que ella no veía más solución que la muerte, y la volvió a interrumpir.

—No, escúchame. Tú no puedes juzgar tu situación como yo. Déjame decirte francamente mi opinión —sonrió de nuevo con su dulce sonrisa, pero con tacto—. Tomemos las cosas desde el principio. Te casaste con un hombre que tenía veinte años más que tú, y te casaste sin amor, a lo menos sin conocer el amor. Convengo en que fue un error.

—Un error terrible —exclamó Ana.

—Pero, lo repito, ese es un hecho consumado. Después tuviste la desgracia de enamorarte de otro que no era tu marido. Fue una desgracia, pero también es un hecho realizado. Tu marido lo supo y te perdonó.

A cada frase se detenía para darle tiempo de contestar; pero ella no decía nada.

—Ahora la cuestión es la siguiente: ¿puedes continuar viviendo con tu marido? ¿Lo deseas tú? ¿Lo desea él?

—No sé nada, absolutamente nada.

—Acabas de decir que no podías ya sufrirle...

—No, no he dicho eso; lo niego. No sé ni comprendo nada.

—Pero permíteme...

—Tú no podrías comprender. Me he precipitado de cabeza en un abismo y no debo salvarme. No puedo.

—Ya verás cómo evitamos que caigas y te hagas pedazos. Te comprendo. Conozco que no puedes atreverte a exteriorizar tus sentimientos, tus deseos.

—No deseo nada, nada; lo único es que todo esto acabe.

—¿Crees que él no lo advierte? ¿Crees que él no sufre también? ¿Y qué es lo que puede resultar de todos esos martirios? El divorcio, en cambio, lo resolvería todo.

A Esteban Arcadievitch le costó bastante trabajo concluir; pero una vez anunciada su idea principal, miró a Ana para observar el efecto.

Ella movió la cabeza negativamente, sin responder; pero en su rostro brilló por un instante el destello de la belleza, y Oblonsky dedujo que si su hermana no manifestaba su deseo era porque la realización le parecía demasiado seductora.

—¡Me produce un dolor muy grande! ¡Qué feliz sería con poder arreglar eso! —dijo Esteban Arcadievitch sonriendo con más confianza—. ¡No digas nada! ¡Si Dios me permitiera expresar todo lo que siento! ¡Voy a verle!

Ana le miró con sus ojos brillantes y pensativos y no contestó.

XXII

Esteban Arcadievitch entró en el despacho de su cuñado con el semblante solemne que trataba de adoptar cuando presidía una sesión del Consejo. Karenin, con las manos detrás de la espalda, se estaba paseando de un extremo al otro de la habitación, reflexionando sobre el mismo asunto que preocupaba a su esposa y a su cuñado.

—¿No te importuno? —preguntó Esteban Arcadievitch, turbado de pronto a la vista de Karenin.

Para disimular esa turbación, sacó una cigarrera del bolsillo, cigarrera que acababa de comprar, la olió y tomó un cigarrillo.

—No, ¿tienes necesidad de alguna cosa? —preguntó Karenin sin apresurarse.

—Sí, deseaba, quería... sí, quería hablar contigo —dijo Esteban Arcadievitch sorprendido de sentirse intimidado.

Ese sentimiento le parecía tan extraño, tan imprevisto, que no reconoció la voz de la conciencia que le aconsejaba una buena acción, cuando siempre le desaprobaba las malas. Dominándose, dijo poniéndose encarnado:

—Tenía intención de hablarte de mi hermana y de vuestra situación.

Alejo Alejandrovittch sonrió con tristeza, miró a su cuñado y sin contestarle, se acercó a la mesa de donde tomó una carta comenzada que le presentó.

—No paro de pensar en ello. Aquí tienes lo que he tratado de decirle, pensando que por escrito me expresaría mejor porque mi presencia la irrita —dijo entregándole la carta.

Esteban Arcadievitch tomó el papel y miró sorprendido los ojos apagados de su cuñado fijos en él. En seguida leyó:

«Sé cuán enojosa es para usted mi presencia. Por penoso que me sea reconocerlo, lo he advertido y comprendo que no podría ser de otro modo. No le hago a usted por ello ningún reproche. Dios es testigo de que durante la enfermedad de usted tomé la resolución de olvidar el pasado y recomenzar una nueva vida. No me arrepiento ni me arrepentiré jamás de lo que le dije entonces. Era la salud de usted y la salud de su alma lo que yo ansiaba. No lo he conseguido. Dígame usted misma lo que la devolverá el reposo y la dicha, y de antemano me someto al sentimiento de justicia que la guíe en su resolución.»

Oblonsky le devolvió la carta y siguió contemplándole perplejo, sin encontrar una palabra que decir. Ese silencio era tan penoso, que los labios de Arcadievitch le temblaban convulsivamente, mientras miraba fijamente a Karenin.

—Te comprendo —dijo por último.

—¿Qué quiere? Eso es lo que yo desearía saber.

—Temo que ella misma no se dé cuenta. No es juez en la cuestión —dijo Esteban Arcadievitch tratando de reponerse—. Esta aplastada, literalmente aplastada por tu grandeza de alma. Si ella lee esa carta será incapaz de contestar y no podrá hacer otra cosa que inclinar más la cabeza.

—Pero entonces, ¿qué hacer? ¿Cómo explicarse? ¿Cómo saber lo que desea?

—Si tú me permites que exponga mi opinión, a ti te toca indicar las medidas que creas necesarias para poner término a esta situación tan enojosa.

—Por consiguiente, ¿tú crees que es preciso poner un término? —interrumpió Karenin—. Pero, ¿cómo? —añadió pasándose la mano por los ojos con un ademán que no le era habitual—. ¡Yo no veo solución posible!

—Toda situación, por penosa que sea, tiene una solución —dijo Oblonsky levantándose y animándose poco a poco—. Antes, tú hablabas de divorcio... Si estás convencido de que no hay ya felicidad posible común entre los dos...

—La felicidad se puede comprender de diferentes maneras. Supongamos que yo consienta en todo: ¿qué resultará de ello?

—Si quieres mi opinión —dijo Esteban Arcadievitch con la misma sonrisa dulce que había empleado con su hermana, sonrisa tan persuasiva que Karenin, abandonándose a la debilidad que le dominaba, estuvo muy dispuesto a creer a su cuñado— nunca dirá ella lo que desea. Pero hay una cosa que puede desear, y es romper unos vínculos que no pueden menos de evocarle crueles recuerdos. Mi parecer es que se impone que vuestras relaciones sean más claras y eso sólo es posible si ambos volvéis a quedar libres.

—¡El divorcio! —interrumpió con repugnancia Alejo Alejandrovitch.

—Sí, creo que el divorcio —repitió Esteban Arcadievitch sonrojándose—. Bajo todos los conceptos es el paso más sensato cuando dos esposos se encuentran en la situación en que vosotros estáis. ¿Qué hacer cuando la vida común se vuelve intolerable? Y eso puede ocurrir con frecuencia...

Alejo Alejandrovitch suspiró profundamente y se cubrió los ojos.

—No hay más que una cosa que tomar en consideración: la de saber si uno de los dos esposos quiere volver a casarse. Si no, es muy sencillo —continuó Oblonsky, cada vez con menos embarazo.

Karenin, con el rostro alterado por la emoción, murmuró algunas palabras ininteligibles. Lo que a Oblonsky parecía tan sencillo, él le había dado mil vueltas en su pensamiento, y en vez de encontrarlo sencillo, lo juzgaba imposible. Ahora que conocía las condiciones para el divorcio, su dignidad personal, lo mismo que el respeto a la religión, le prohibían afirmar el odioso adulterio ficticio, y más aún entregar al deshonor a una mujer querida a la que había perdonado.

Y por otra parte, ¿qué sería de su hijo? Dejarle a la madre era imposible. La madre divorciada formaría una nueva familia, en la cual la situación del niño sería intolerable. ¿Qué educación recibiría? Tenerle a su lado era un acto de venganza que le repugnaba. Pero, sobre todo, lo que a sus ojos hacía que el divorcio fuera inadmisible era la idea de que consintiendo en él, contribuiría a la pérdida de Ana. Las palabras de Dolly en Moscú, le habían quedado grabadas en el alma: al divorciarse no pensaba más que en él. Esas palabras, ahora que había perdonado y había tomado cariño a los niños, tenían para él un significado particular. Devolver a Ana su libertad era quitarle el último apoyo en el camino del bien y empujarla al abismo. Una vez divorciada, bien sabía él que se uniría a Wronsky por un vínculo culpable e ilegal, porque, según la Iglesia, sólo la muerte disuelve el matrimonio.

«¿Y quién sabe si al cabo de uno o dos años, no la abandonaría él entregándose ella a otra relación ilícita? —pensaba Alejo Alejandrovitch —. ¡Y yo sería el responsable de su caída! No, el divorcio no era tan sencillo como decía su cuñado.»

No admitía, pues, ni una palabra de lo que decía Esteban Arcadievitch. Tenía mil argumentos para refutar semejantes razonamientos, y, sin embargo, le escuchaba porque comprendía que lo que le aconsejaba era la manifestación de esa fuerza irresistible que dominaba su vida y a la que acabaría por someterse.

—Falta saber en qué condiciones accederías al divorcio, porque ella no se atrevería a pedirte nada y se entregaría en absoluto a tu generosidad.

«¿Por qué todo eso? ¡Dios mío! ¡Dios mío!», pensaba Alejo Alejandrovitch, y se cubría el rostro con ambas manos como lo había hecho Wronsky.

—Estás conmovido, lo comprendo, pero si reflexionas...

«Y si te dan una bofetada en la mejilla izquierda, presenta la derecha; y si te roban tu capa, da también tu vestido», pensaba Alejo Alejandrovitch.

—¡Sí, sí! —gritó con voz casi penetrante—; acepto la vergüenza para mí, hasta renuncio a mi hijo... Pero, ¿no sería mejor dejar todo eso? Por lo demás haz lo que te parezca.

Y volviendo la espalda a su cuñado para que éste no le viera, se sentó cerca de la ventana. Estaba humillado, avergonzado, y, sin embargo, era dichoso por sentirse moralmente superior a toda humillación.

Esteban Arcadievitch, conmovido, guardaba silencio.

—Alejo Alejandrovitch, puedes estar seguro de que ella apreciará tu generosidad. Sin duda esa era la voluntad de Dios —añadió.

Luego, advirtiendo de pronto que decía una tontería, contuvo con trabajo una sonrisa.

Alejo Alejandrovitch quiso contestar, pero las lágrimas no se lo permitieron.

Cuando Oblonsky salió del despacho de su cuñado se hallaba sinceramente conmovido, lo que no impedía que estuviese encantado de haber arreglado este asunto; a esta satisfacción se unía la idea de un juego de palabras que pensaba decir a su esposa y a sus amigos íntimos.

«¿Qué diferencia hay entre yo y un mariscal de campo?, o bien, ¿qué parecido hay entre un mariscal de campo y yo? Buscaré la combinación», pensó sonriendo.

XXIII

La herida de Wronsky era grave; aunque no había interesado el corazón, estuvo varios días entre la vida y la muerte. Cuando por primera vez se halló en estado de hablar, su cuñada Waria estaba en su cuarto.

—¡Waria! —dijo mirándola con seriedad—, me he herido involuntariamente. Dilo a todo el mundo, de otro modo resultaría muy ridículo.

Waria se inclinó hacia él sin responder, examinándole el rostro con sonrisa de satisfacción; los ojos del herido ya no indicaban fiebre, pero su expresión era severa.

—¡Gracias a Dios! —respondió ella—. ¿Ya no te duele?

—Un poco en este lado —respondió señalando el pecho.

—Déjame entonces cambiar el apósito.

—El la estuvo mirando cómo le ponía el vendaje, y cuando concluyó, le dijo:

—Mira, ya no deliro. Haz de modo, te lo suplico, que no digan que me disparé un tiro intencionalmente.

—Nadie lo dice. Sin embargo, espero que en lo sucesivo renuncies a dispararte tiros sin intención —dijo ella con su sonrisa interrogadora.

—Probablemente, pero mejor hubiera sido...

Y sonrió de un modo sombrío. A pesar de estas palabras, cuando Wronsky se vio fuera de peligro, tuvo la sensación de que se había librado de una parte de sus sufrimientos. Hasta cierto punto había lavado la vergüenza y la humillación. En adelante podía pensar con tranquilidad en Alejo Alejandrovitch y reconocer su grandeza de alma sin quedar aplastado. Además podía reanudar su existencia habitual, mirar cara a cara a las gentes y no apartarse de los principios que debían regir su vida. Lo que no lograba arrancarse del corazón, no obstante sus esfuerzos, era la pena, casi desesperación, por haber perdido a Ana para siempre, firmemente resuelto, por otra parte, ahora que había rescatado su falta para con Karenin, a no interponerse entre la esposa arrepentida y el marido. Pero la pesadumbre no podía borrar los instantes felices de otro tiempo, muy poco apreciados entonces y cuyo encanto le perseguía sin cesar. Serpuhowskoï tuvo la idea de hacer que se le confiara una misión en Tarhkend, que Wronsky aceptó sin la menor vacilación. Pero cuanto más se aproximaba el momento de partir, más cruel le parecía el sacrificio que hacía al deber.

«Verla una vez más, y luego enterrarse y morir», se decía; y al despedirse de Betsy, le manifestó su deseo e intenciones.

Ésta, inmediatamente, se dirigió a casa de Ana en calidad de embajadora, pero regresó trayendo una negativa.

Wronsky, al recibir esta contestación, se dijo:

—Mejor; esta debilidad me habría privado de mis últimas fuerzas.

Al día siguiente, la misma Betsy se presentó en casa de Wronsky, y le comunicó que Oblonsky le había informado de que Karenin consentía en el divorcio y que, por consiguiente, Wronsky quedaba en libertad para ver a Ana.

Sin pensar ya en sus resoluciones, sin informarse del momento en que podría verla, ni dónde se encontraba el marido, hasta olvidándose de acompañar a Betsy a la puerta, corrió a casa de Karenin, subió la escalera de dos en dos a grandes zancadas, entró precipitadamente, atravesó con rapidez los aposentos, entró en el cuarto de Ana y, sin pensar siquiera en que pudiese detenerle la presencia de una tercera persona, la estrechó entre sus brazos cubriéndole de besos las manos, el rostro y el cuello.

Ana se había preparado a recibirle y hasta había pensado en lo que le diría; pero no tuvo tiempo de hablar: la pasión de Wronsky lo dominó todo. Ella habría deseado calmarle y calmarse, pero no fue posible; los labios le temblaban y estuvo mucho tiempo sin poder pronunciar una palabra.

—Sí, me has conquistado, soy tuya —consiguió decir por fin apretando contra su pecho la mano de Wronsky.

—¡Es que había de ser! Y mientras vivamos así será. Lo sé ahora.

—Es verdad —respondió ella palideciendo cada vez más sin dejar de enlazar la cabeza de Wronsky con ambos brazos—. Sin embargo, en lo que nos sucede hay algo de terrible después de lo ocurrido.

—Todo eso se olvidará; ¡vamos a ser tan felices...! Si nuestro amor tuviera necesidad de aumentar, aumentaría precisamente porque tiene algo de terrible —dijo él levantando la cabeza y mostrando sus blancos dientes al sonreír.

Ana no pudo contestarle más que con una mirada de sus ojos cariñosos; y tomándole la mano, se la pasaba por el rostro y por sus cabellos cortados.

—Ya no te reconozco con tus cabellos rapados. ¡Estás muy linda! Pareces un chiquillo. ¡Pero qué pálida estás!

—Sí, todavía estoy muy débil —respondió sonriendo, pero sus labios comenzaron de nuevo a temblar.

—Iremos a Italia, allá te restablecerás.

—¿Es posible que podamos vivir como marido y mujer solos, entregados uno al otro? —dijo ella mirándole a los ojos.

—Lo que me admira es que esto no haya sido siempre así.

—Stiva dice que él consiente en todo, pero yo no acepto su generosidad —dijo mirando pensativa por encima de la cabeza de Wronsky—. No quiero el divorcio, ya no me interesa. Lo único que me pregunto es lo que resolverá con respecto a Sergio.

¿Cómo en ese primer momento de volver a encontrarse unidos, podía pensar en su hijo y en el divorcio? Eso es lo que no comprendía Wronsky.

—No hables de eso, no pienses en ello —dijo dando repetidas vueltas a la mano de Ana en la suya, para hacerla fijar su atención en él; pero ella seguía sin mirarle.

—¡Ah! ¡Por qué no he muerto! ¡Eso habría sido lo mejor! —dijo con el rostro inundado de lágrimas.

Trató, sin embargo, de sonreír para no afligirle.

En otro tiempo Wronsky habría creído imposible sustraerse a la halagadora y peligrosa misión de Tarhkend, y ahora sin la menor vacilación, renunció a ella. Después, habiendo observado que en las altas esferas se interpretaba mal esa negativa, presentó la dimisión.

Un mes después, Alejo Alejandrovitch quedaba solo en su casa con su hijo, y Ana se marchaba con Wronsky para el extranjero, negándose a divorciarse.

QUINTA PARTE

I

La princesa Cherbatzky creía imposible que se pudiera celebrar el casamiento antes de la Cuaresma a causa del ajuar, del cual la mitad apenas estaría terminado para entonces, es decir, en cinco semanas; sin embargo, convenía en que se corría el riesgo de que un luto viniera a impedirlo, si se aplazaba hasta la Pascua, pues una anciana tía del príncipe estaba muy enferma. Se adoptó, pues, un término medio, decidiendo que el matrimonio se realizaría antes de la Cuaresma, y que una parte del ajuar se recibiría antes de la boda y el resto después. La joven pareja se proponía partir para el campo acabada la ceremonia, y no tenía necesidad de llevar muchas cosas. La princesa se indignaba al ver que Levin era indiferente a todas esas cuestiones. Medio trastornado por la dicha, continuaba aún creyendo que su felicidad y su persona eran el centro y único fin de la creación. Sus asuntos no le preocupaban en absoluto, los dejaba al cuidado de sus amigos, bien seguro de que éstos lo arreglarían todo lo mejor posible. Su hermano Sergio Arcadievitch y la princesa le dirigían completamente. Él se contentaba con aceptar todo lo que le proponían.

Su hermano tomó prestado el dinero de que tenía necesidad; la princesa le aconsejó salir de Moscú después de la boda. Esteban Arcadievitch fue de la opinión que sería muy conveniente un viaje al extranjero y Levin accedía a todo. Él se decía: «Manden ustedes todo lo que les parezca; soy feliz, y por más que ustedes hagan mi dicha, no será ni menos ni más grande.» Pero cuando comunicó a Kitty la idea de Esteban Arcadievitch, observó con sorpresa que no aprobaba ese proyecto y que había formado planes para el porvenir bien determinados. Sabía que Levin tenía en sus tierras grandes intereses y negocios que no comprendía ni trataba de comprender, pero que le parecían, sin embargo, muy importantes. Así es que no quería viaje al extranjero, y tenía empeño en instalarse con su esposo en su verdadera residencia. Esta firme decisión sorprendió a Levin, y siempre indiferente a los detalles, rogó a Esteban Arcadievitch que dirigiera con el buen gusto que le caracterizaba el embellecimiento de su casa de Pakrofsky. Eso le parecía que entraba en las atribuciones de su amigo.

—A propósito —le dijo un día Esteban Arcadievitch, después de haberlo organizado todo en el campo—, ¿tienes la cédula de confesión?

—No, ¿por qué?

—No se casa nadie sin ella.

—¡Ay!, ¡ay!, ¡ay! —exclamó Levin—. ¡Hace ya nueve años que no me confieso! ¡Y ni había pensado en ello!

—¡Esa sí que es buena! —exclamó Esteban Arcadievitch riendo—. ¡Y me tratas de nihilista! Pero eso no puede continuar así; es preciso que cumplas con las prácticas religiosas.

—¿Cuándo? ¡Ya no quedan más que cuatro días!

Esteban Arcadievitch arregló este asunto como los otros, y Levin comenzó a cumplir con los preceptos de la Iglesia. Incrédulo por lo que a él se refería, no por eso respetaba menos la fe de los demás, y encontraba duro asistir a las ceremonias religiosas y tomar parte en ellas sin tener fe. En la disposición de espíritu tierna y sentimental en que se hallaba, se le antojaba odioso tener que disimular. ¡Cómo! Burlarse de las cosas santas, mentir, ¡cuando tenía el corazón henchido y se sentía en plena gloria! ¿Era eso posible? Pero por más esfuerzos que hizo para persuadir a Esteban Arcadievitch, que bien se podía encontrar un medio de conseguir una cédula de confesión sin verse obligado a confesarse, no lo pudo lograr.

—¿Qué pierdes con eso? Dos días pronto pasan, y tendrás que entenderte con un viejecito que te arrancará esa muela sin que lo notes siquiera.

Durante la primera misa a que asistió, hizo esfuerzos por recordar las impresiones religiosas de su juventud, que habían sido muy intensas entre los dieciséis y los diecisiete años. No lo consiguió. Trató entonces de considerar las prácticas religiosas como costumbre antigua sin sentido, poco más o menos como el hábito de hacer visitas; tampoco lo consiguió, porque como la mayor parte de sus contemporáneos, sus ideas sobre la religión eran muy vagas, y tan incapaz se sentía de creer, como de dudar por completo. Esta confusión de sentimiento le produjo muchísima vergüenza y malestar durante todo el tiempo que consagró a las prácticas religiosas. Su conciencia le decía que el obrar sin comprender era una acción mala y mentirosa.

Para no hallarse en contradicción demasiado flagrante con sus convicciones, trató primero de dar un sentido cualquiera al oficio divino y a sus diferentes ritos; pero advirtiendo que criticaba en vez de comprender, no quiso escuchar más y absorberse en los pensamientos íntimos que le acudían durante sus largas permanencias en la iglesia. Así pasó la misa, las vísperas y las oraciones de la tarde. Al día siguiente se levantó más temprano y llegó a la iglesia a eso de las ocho para las oraciones de la mañana y la confesión. La iglesia estaba desierta. No vio más que a un soldado que pedía limosna, a dos viejas y algunos monaguillos. Un joven diácono fue a su encuentro; sus espaldas, largas y delgadas, se dibujaban en dos mitades bien marcadas debajo de su delgada sotanilla. Se aproximó a una mesita cerca del muro y comenzó la lectura de las oraciones. Levin le escuchaba repetir muy de prisa con voz monótona mascullando y abreviando todas las palabras: *Señor, ten piedad de nosotros*, como un estribillo. Levin permaneció en pie detrás de él, tratando de no oír ni de juzgar, para no interrumpir sus propios pensamientos. «¡Qué expresivas son sus manos!», pensaba, recordando la velada de la víspera que pasó con Kitty en un ángulo del salón cerca de una mesa. Su conversación no había tenido nada de palpitante. Ella se entretenía en abrir y cerrar la mano apoyándola contra la mesa y riendo de esta niñería. Recordó haber besado esa mano y haber examinado las líneas. «Otra vez *ten piedad de nosotros*», pensó haciendo señales de cruz y saludando con una inclinación hasta el suelo, sin dejar de observar los flexibles movimientos del diácono que se prosternaba ante él. «En seguida —siguió pensando— me tomó la mano y la examinó a su vez, y me dijo: *Tienes muy bonitas las manos.*» Se miró la mano y después miró la del diácono con dedos huesudos muy cortos. «Ahora ya va esto a concluir: No, allí comienza la oración de nuevo. Sí, ya se inclina hasta el suelo; ese es el final.»

El diácono recibió un billete de tres rublos, que guardó discretamente en la manga, y se alejó muy de prisa, haciendo sonar los tacones de sus zapatos nuevos en las losas de la iglesia desierta. Desapareció detrás del altar después de prometer a Levin que le inscribiría para la confesión. Al cabo de un instante volvió a asomarse y le hizo una seña. Levin se adelantó, subió algunas gradas y a la derecha vio al sacerdote, un anciano pequeñito con barba casi blanca, de mirada bondadosa y algo cansada; estaba en pie cerca del facistol, hojeando un misal. Después de hacer un ligero saludo a Levin, comenzó la lectura de las oraciones, inclinándose después hasta el suelo al acabar.

—Cristo asiste invisible a la confesión de usted —dijo volviéndose hacia Levin y señalando el crucifijo—. ¿Cree usted en todo lo que nos enseña la Santa Iglesia apostólica? —añadió cruzando las manos bajo la estola.

—He dudado y dudo todavía de todo —dijo Levin con una voz que sonaba mal a él mismo, y calló.

El sacerdote aguardó unos segundos y luego, cerrando los ojos y hablando muy deprisa, repuso:

—Dudar es propio de la debilidad humana; debemos rogar al Señor Todopoderoso para que le dé a usted fortaleza. ¿Cuáles son sus principales pecados?

El sacerdote hablaba sin interrumpirse, como si temiese perder tiempo.

—Mi mayor pecado es la duda que no me abandona. Dudo de todo y casi siempre.

—Dudar es propio de la debilidad humana —repitió el anciano empleando las mismas palabras—. ¿De qué duda usted principalmente?

—De todo. En ocasiones hasta dudo de la existencia de Dios —dijo Levin casi a pesar suyo, asustándose de la inconveniencia de sus palabras.

Pero no parecieron producir al sacerdote la impresión que él temía.

—¿Qué duda puede usted tener de la existencia de Dios? —preguntó con casi imperceptible sonrisa.

Levin guardó silencio.

—¿Qué duda puede usted tener respecto al creador cuando contempla sus obras? ¿Quién ha adornado la bóveda celeste con sus estrellas y la tierra con tanta belleza? ¿Cómo podrían existir esas cosas sin el Creador? —y dirigió a Levin una mirada interrogadora.

Levin comprendió la imposibilidad de una discusión filosófica con un sacerdote, y respondió a su última pregunta:

—No lo sé.

—¿Usted no lo sabe? Entonces, ¿por qué duda usted que Dios lo haya creado todo?

—No lo comprendo —respondió Levin, sonrojándose y haciéndose cargo de lo absurdo de sus respuestas, que en el presente caso no podían ser de otro modo.

—Ruegue usted a Dios, recurra a él. Los mismos Padres de la Iglesia han dudado y pedido a Dios que fortificara su fe. El demonio es poderoso y hemos de resistirle. Ruegue a Dios, ruegue a Dios —repitió el anciano muy deprisa.

En seguida calló durante un momento, como si reflexionara.

—Me han dicho que usted tiene intención de contraer matrimonio con la hija de mi feligrés e hijo espiritual el príncipe Cherbatzky —añadió sonriendo—. Es una joven perfecta.

—Sí —contestó Levin, ruborizándose por el clérigo.

«¿Qué necesidad tiene de hacer semejantes preguntas en la confesión?», se decía.

El sacerdote continuó:

—Usted piensa casarse y tal vez Dios le concederá posteridad. ¿Qué educación dará usted a sus niñitos, si no logra vencer las tentaciones del demonio que le sugiere la duda? Si quiere a sus hijos les deseará no solamente la riqueza, la abundancia y los honores, sino también, como buen padre, la salvación de su alma y las luces de la verdad, ¿no es cierto? Qué le contestará al niño inocente que le pregunte: Padre, ¿quién ha creado todo lo que me encanta en la tierra, el agua, el sol, las flores, las plantas? Le contestará usted: no lo sé. ¿Puede usted ignorar lo que Dios en su bondad infinita nos revela? Y si el niño pregunta: ¿Qué es lo que me espera más allá de la tumba? ¿Qué le dirá usted si usted no sabe nada? ¿Cómo le contestará usted? ¿Le abandonará a las tentaciones del mundo, del diablo? ¡Eso no está bien! —dijo deteniéndose y bajando la cabeza para mirar a Levin con sus ojos de bondad, dulces y modestos.

Levin guardó silencio, no porque ahora temiese una discusión fuera de lugar, sino porque nunca le había hecho nadie semejantes preguntas, y porque de aquí a cuando llegara el día en que sus hijos estuviesen en estado de hacérselas, tenía tiempo de reflexionar.

—Entra usted ahora en una fase de la vida —continuó el sacerdote— en la cual hay que elegir un camino y mantenerse en él. Ruegue usted a Dios que le ayude y le sostenga en su misericordia. Y para concluir: Nuestro Señor Dios Jesucristo le perdonará, hijo mío, en su bondad y generosidad para con nuestra humanidad...

Y terminando las fórmulas de la absolución, le despidió con su bendición.

Levin se sintió feliz ese día al encontrarse libre de una situación falsa sin haberse visto en la necesidad de mentir. Por otra parte, del pequeño discurso del buen anciano le quedó una vaga idea de que los conceptos que había expresado, lejos de ser absurdos, eran verdades que valía la pena de meditar.

«No ahora, naturalmente —pensaba— sino más tarde.» Levin se daba cuenta exacta en aquel momento de que había en su alma regiones turbias y oscuras. Sobre todo en lo concerniente a la religión, se encontraba en el caso de Swiagesky y de algunos otros, cuyas incoherencias de opinión le impresionaban desagradablemente.

La velada que Levin pasó cerca de su novia en casa de Dolly fue muy alegre. Al hablar con Esteban Arcadievitch, le dijo que se sentía como el perro a quien hubiesen estado enseñando a saltar por un aro, y que, habiendo comprendido al fin, quisiera, en su alborozo, saltar sobre la mesa y por la ventana meneando la cola.

II

La princesa y Dolly observaban estrictamente los usos establecidos, por cuyo motivo no permitieron a Levin que viese a su novia el día del casamiento. Comió en su hotel con tres amigos solteros, reunidos por casualidad: Katavasof, antiguo camarada de la Universidad, ahora profesor de ciencias naturales, a quien Levin encontró e invitó a comer; Tchirikof, testigo que había de ser de la boda, juez de paz en Moscú, un compañero de caza de osos, y por último, Sergio Ivanitch.

La comida fue muy animada. Sergio Ivanitch estaba de buen humor, y le hizo mucha gracia la originalidad de Katavasof. Éste, viendo que gustaban, insistió en sus rarezas, y Tchirikof sostuvo alegremente la conversación.

—¡Caramba con nuestro amigo Constantino Dmitrich! —decía Katavasof, con su hablar lento de profesor acostumbrado a escucharse—. ¡Un muchacho tan inteligente en otro tiempo! Estoy hablando de lo pasado, porque hoy aquel hombre ya no existe. Al salir de la Universidad sentía gran ciencia, se interesaba por la humanidad; ahora emplea la mitad de sus facultades en hacerse ilusiones, y la otra mitad en dar a sus quimeras una apariencia razonable.

—Nunca he visto un enemigo del matrimonio más convencido que usted —dijo Sergio Ivanitch.

—No, soy sencillamente partidario de la división del trabajo. Los que no sirven para nada son los indicados a propagar la especie. Los otros deben contribuir al desarrollo intelectual, a la felicidad de sus semejantes. Esa es mi opinión. Ya sé que hay una porción de gentes dispuestas a confundir esas dos ramas del trabajo: pero yo no pertenezco a ese número.

—¡Cuánto me alegraría saber que usted estaba enamorado! —exclamó Levin—. Le suplico que me invite a su boda.

—¡Sí ya estoy enamorado!

—Sí, de los moluscos. Ya sabes —dijo Levin volviéndose hacia su hermano—, que Miguel Seminitch esta escribiendo una obra sobre la nutrición y...

—¡Ruego a usted que no enrede las cosas! Poco importa lo que yo escriba; el hecho es que me gustan los moluscos.

—Eso no sería obstáculo para amar una mujer.

—No, pero la mujer se opondría a mi amor a los moluscos.

—¿Por qué?

—No tardará usted en experimentarlo. En este momento le gusta la caza, la agronomía, pues bien, aguarde un poco.

—Hoy me he encontrado a Archip —dijo Tchirikof—, el cual asegura que en Prudnov se encuentran muchos ciervos y hasta osos.

—Los cazarán ustedes sin mí.

—Ya lo ves —dijo Sergio Ivanitch—. En cuanto a cazar osos puedes decir adiós a esa diversión; tu mujer no te lo permitirá.

Levin sonrió. La idea de que su esposa le prohibiese la caza le pareció tan graciosa, que de buena gana habría renunciado para siempre al gusto de encontrarse con un oso.

—La costumbre de despedirse de la vida de soltero no es del todo absurda —dijo Sergio Ivanitch—. Por muy feliz que uno se sienta, no deja de echar de menos la libertad.

—Confiese usted que, como el novio de Gogol, se experimenta la necesidad de saltar por la ventana.

—Ciertamente, pero Constantino Dmitrich no lo confesará —dijo Katavasof, con una risa ronca.

—La ventana está abierta... ¡partamos para Tver! Se puede encontrar el oso en su guarida. En serio, podemos tomar el tren de las cinco —dijo sonriendo Tchirikof.

—Pues bien, con la mano puesta sobre la conciencia —respondió Levin riendo también—, no puedo descubrir en mi alma el menor átomo de pesar por mi libertad perdida.

—Su alma se halla en una confusión tal, que por el momento no puede usted reconocer nada —dijo Katavasof—. ¡Es usted un sujeto que ofrece poca esperanza! ¡Bebamos, pues, por su curación!

Después de la comida, los convidados, que tenían que cambiar de traje antes de la boda, se separaron.

Una vez solo, Levin se preguntó si realmente echaba de menos la libertad de que sus amigos habían hablado, y esa idea le hizo sonreír.

«¿La libertad? ¿Para qué la libertad? La dicha para mí es amar, vivir de los pensamientos, de los deseos que ella tenga, sin ninguna libertad. ¡Esa es la felicidad! Pero, ¿me es fácil conocer sus pensamientos, sus deseos, sus sentimientos?» —la sonrisa desapareció de sus labios y cayó en profunda meditación; el temor y la duda se habían adueñado de él—. ¿Y si ella no me amara? ¿Y si sólo se casara conmigo por no quedar soltera? ¿Y si lo hiciera hasta sin saberlo? Quizá después de haberse casado conmigo descubrirá su error y comprenderá que no me quiere ni puede quererme.» Y se le ocurrieron las ideas más ofensivas para Kitty. Como un año antes, se apoderaron de él unos violentos celos contra Wronsky. Recordó, como si se tratara de la víspera, aquella velada en la que los había visto juntos, y sospechó que Kitty no se lo había confesado todo.

«No —se dijo desesperado, saltando de su silla—; las cosas no pueden quedar así. Voy a verla, le hablaré y le diré por última vez: *Somos* libres; ¿no será mejor que nos detengamos? ¡Todo es preferible a la desgracia de una vida entera, sumido en la vergüenza de la infidelidad!» Y fuera de sí, lleno de odio contra la humanidad, contra él mismo, contra Kitty, corrió a su casa.

La encontró sentada sobre un gran cofre, ocupada con su doncella en pasar revista a sus trajes de todos los colores colocados en el suelo y en los respaldos de las sillas.

—¡Cómo! —exclamó radiante de alegría al verle—. ¿Eres tú? ¿Es usted? (hasta ese día le trataba ya de tú, ya de usted). ¡No te esperaba! Estaba seleccionando mis trajes de soltera.

—¡Ah, muy bien! —respondió mirando sombrío a la doncella.

—Vete, Duniacha; ya te llamaré —dijo Kitty, y tan pronto como Duniacha salió, preguntó:

—¿Qué hay?

La alteración de su novio la llenó de terror.

—¡Kitty, estoy atormentado! —le dijo en tono desesperado deteniéndose delante de ella, para leer en sus ojos, con aire de súplica.

Al momento, aquellos ojos límpidos y amorosos le hicieron ver cuán quiméricos eran sus temores; pero necesitaba imperiosamente verse tranquilizado.

—Vengo a decirte que todavía no es tarde, que puede aún repararse todo.

—¿Qué? No comprendo. ¿Qué tienes?

—Tengo lo que cien veces he dicho y pensado... ¡No soy digno de ti! Tú no has podido consentir en casarte conmigo. ¡Piénsalo! ¡Quizá te equivocas, piénsalo bien! Tú no puedes amarme... Sí... es mejor confesarlo... —continuó, sin mirarla—. Seré desgraciado, no importa; que digan lo que quieran. ¡Todo es preferible a la desgracia! Ahora, que todavía estamos a tiempo...

—No comprendo —respondió ella, mirándole asustada—. ¿Qué quieres? ¿Desdecirte? ¿Romper?

—Sí, si tú no me quieres.

—¡Te vuelves loco! —exclamó muy contrariada y con el rostro encendido.

Pero al ver el desconsuelo de Levin, contuvo su cólera y apartando los trajes que cubrían las sillas, se acercó a él.

—¿En qué piensas? Dímelo todo.

—Pienso que no puedes quererme. ¿Por qué me habías de querer?

—¡Dios mío! ¿Qué he de hacer? —dijo ella, y soltó el llanto.

—¡Qué es lo que he hecho! —exclamó Levin al momento, y echándose a sus pies la cubrió de besos las manos.

Cuando cinco minutos después la princesa entró en el cuarto los encontró completamente reconciliados. Kitty había convencido a su novio de que le amaba. Ella le explicó que le quería porque le comprendía a fondo, porque sabía que él necesitaba amar, y que todo lo que amaba era honrado y bueno.

Levin encontró la explicación perfectamente clara. Estaban sentados en el gran cofre, juntos, cuando la princesa entró. Examinaban los trajes y discutían su empleo. Kitty quería dar a Duniacha el traje oscuro que llevaba el día en que Levin la había pedido por esposa y éste insistía en que no lo diera a nadie, y que fuera el azul para Duniacha.

—Pero, ¿cómo es que no comprendes que siendo morena no le sienta bien el azul? En todo eso he pensado...

Al enterarse la princesa de por qué Levin había venido, se enfadó, pero riendo, y le despidió para que fuera a vestirse porque el peluquero Charles iba a venir en seguida a peinar a Kitty.

—Ya está bastante agitada —dijo la princesa—, no ha comido nada estos días; así se hace fea a toda prisa, ¡y vienes tú a mortificarla con tus locuras! ¡Vamos, vete corriendo, hijo mío!

Levin regresó al hotel avergonzado y confuso, pero ya convencido y tranquilo. Allí le esperaban su hermano, Daria Alejandrovna y Stiva elegantemente vestidos para bendecirle con las sagradas imágenes. No había tiempo que perder. Dolly tenía que volver a su casa para llevar a su hijo bien rizado y lleno de pomada como la circunstancia exigía.

El niño debía llevar el *icono* o imagen delante de la novia. En seguida había que enviar un carruaje al testigo principal mientras que el otro carruaje debía conducir a Sergio Ivanitch y regresaría al hotel. Aquel día abundaron las combinaciones más complicadas. Había que darse prisa porque ya eran las seis y media.

Faltó seriedad a la ceremonia de la bendición. Esteban Arcadievitch tomó una actitud solemne y cómica al lado de su esposa, levantó el *icono* y obligó a Levin a prosternarse, mientras él le bendecía con una sonrisa afectuosa y picaresca y acabó besándole tres veces, lo que también hizo Daria Alejandrovna muy de prisa, porque tenía que marcharse pronto y se veía confusa con los arreglos del carruaje.

—Esto es lo que haremos: vas a traerle en nuestro coche, y tal vez Sergio Ivanitch tendrá la bondad de venir en el acto y desocupar el suyo...

—Ciertamente, con mucho gusto.

—Iremos juntos. ¿Se mandó ya el equipaje? —preguntó Esteban Arcadievitch.

—Sí —contestó Levin, y llamó a su criado para vestirse.

III

La iglesia, brillantemente iluminada, estaba llena de gente, sobre todo de mujeres. Las que no habían podido entrar, se apiñaban en las ventanas donde se codeaban disputándose los mejores puestos.

En la calle había una fila de más de veinte carruajes, al cuidado de los gendarmes. Un oficial de policía, sin preocuparse del frío, se paseaba de uniforme bajo el peristilo, adonde llegaban los carruajes unos tras otros a dejar unas veces mujeres en grandes *toilettes*, con las colas de sus trajes recogidas otras, hombres que se descubrían al penetrar en el santo lugar... Las arañas y los cirios encendidos delante de las imágenes inundaban de luz los dorados del *iconostasio* de fondo rojo, las cinceladuras de los grandes candelabros de plata, los incensarios, las banderas del coro, las gradas del presbiterio, los misales viejos ennegrecidos y las vestiduras sacerdotales. La elegante muchedumbre que se encontraba a la derecha de la iglesia, hablaba en voz baja pero con animación, Y el murmullo de esas conversaciones resonaba de un modo raro en la bóveda elevada.

Cada vez que se abría la puerta con un chirrido quejumbroso se detenía el murmullo y todos se volvían con la esperanza de ver entrar a los novios. Pero la puerta se había abierto más de diez veces para dar entrada a algún retrasado que iba a reunirse al grupo de la derecha, o a alguna curiosa lo bastante hábil para haber engañado o conmovido al oficial de policía. Los amigos y los simples espectadores, todos habían pasado por las desagradables fases de la expectativa. Al principio no se dio ninguna importancia al retardo de los novios; pero luego ya se volvían con más frecuencia, preguntándose qué habría podido suceder. En fin, los parientes y los invitados adoptaron la actitud indiferente de personas embebidas en sus conversaciones, como para disimular el malestar que comenzaban a sentir.

El archidiácono, para probar que estaba perdiendo un tiempo precioso, de cuando en cuando hacía retemblar los vidrios al toser con impaciencia. Los cantores, fastidiados, probaban sus voces en el coro. El cura enviaba sacristanes y diáconos a informarse de la llegada de la comitiva, y hasta él mismo se asomaba por una de las puertas laterales con sobrepelliz color lila y cíngulo bordado. En fin, una dama, después de consultar su reloj, dijo a su vecina:

—¡Esto es muy extraño!

E inmediatamente todos los invitados manifestaron su admiración y su descontento.

Uno de los testigos fue a informarse de lo que pasaba.

Durante ese tiempo, Kitty, con traje blanco, velo largo y una corona de flores de azahar, aguardaba en vano en la sala, en compañía de su hermana Lwof y de la encargada de sustituir a su madre, a que el paje de honor viniese a comunicarle la llegada de su novio.

Por su parte, Levin, con su pantalón negro, pero sin chaleco ni frac, se paseaba de uno a otro lado en su habitación del hotel, abriendo a cada instante la puerta para mirar al corredor, luego volvía a entrar desesperado y se dirigía con ademanes desolados a Esteban Arcadievitch, que fumaba tranquilo.

—¿Se ha visto jamás a un hombre en situación más absurda?

—Es verdad —afirmaba Oblonsky con su tranquila sonrisa—; pero no tengas cuidado, pronto lo traerán.

—¡Ah sí! ¿De veras? —decía Levin conteniendo apenas su rabia—. ¡Y pensar que no sirven para nada esos miserables chalecos abiertos! ¡Imposible!

—añadió mirando la pechera de su camisa toda ajada—. ¿Y si mis baúles están ya en el ferrocarril? —gritaba fuera de sí.

—Te pondrás la mía.

—Por ahí debería haber empezado.

—Espera, todo se arreglará.

Cuando, por orden de Levin, el viejo criado Kusma había empaquetado y enviado a casa de Cherbatzky para que allí fueran expedidas al ferrocarril todas las cosas de su amo, se olvidó separar una camisa recién planchada. La que Levin se había puesto por la mañana ya no estaba en buen estado, y enviar a casa de Cherbatzky exigía tiempo. No había tiendas abiertas, era domingo. Se hizo traer una camisa de casa de Esteban Arcadievitch; pero resultó ridículamente ancha y corta. No hubo más remedio que ir a abrir los baúles que estaban en casa de los Cherbatzky. Así fue que, mientras le esperaban en la iglesia, el desgraciado novio se agitaba en su cuarto como una fiera en una jaula.

Por fin el culpable Kusma llegó sin aliento, con una camisa en la mano.

—He llegado a tiempo, ya se llevaban el equipaje al ferrocarril —gritó al entrar.

Tres minutos después. Levin iba a todo correr por el corredor sin mirar su reloj.

—No conseguirás nada con esa precipitación —decía Esteban Arcadievitch que le seguía tranquilamente, sonriendo—. ¡Cuando te digo que todo se arreglará!

IV

—¡Son ellos! ¡Ahí están! ¿Cuál? ¿Es el más joven? ¿Y ella? ¡Se diría que esta medio muerta! —murmuraban entre la muchedumbre cuando Levin entró con su novia.

Esteban Arcadievitch contó a su mujer la causa del retraso, lo que produjo sonrisas y cuchicheos entre los convidados. En cuanto a Levin, no veía nada ni a nadie, no apartaba los ojos de Kitty.

Ésta estaba mucho menos bonita que de costumbre, con su corona de desposada, y se la encontró generalmente afeada, pero no opinaba así Levin. Miraba su peinado alto, su velo blanco, las flores, la guarnición de su traje, que le servía de marco virginalmente al cuello largo y delgado, y le descubría un poco por delante la cintura notablemente fina, y le pareció más bella que nunca. No era, sin embargo, el traje traído de París lo que le encantaba, ni el conjunto de su tocado que no añadía nada a su belleza: era la expresión de aquel rostro encantador, su mirada, sus labios, su aspecto de inocente sinceridad, que se conservaba a despecho de tanto aparato.

—Pensé que te habías fugado —le dijo ella sonriendo.

—Sí, sí —respondió Levin, sin comprender una palabra de lo que le decía.

—Kostia, ha llegado el momento de tomar una resolución suprema —vino a decirle Esteban Arcadievitch, fingiendo un gran apuro—; la cuestión es grave y vas a hacerte cargo de su gran importancia. Me preguntan si los cirios deben ser nuevos o de los ya encendidos; la diferencia es de seis rublos —añadió preparándose a reír—; he tomado una resolución, pero no sé si la aprobarás.

Levin comprendió que era una broma, pero no pudo sonreír.

—¿Qué decides, nuevos o ya encendidos?

—Sí, sí, nuevos.

—Muy bien, la cuestión queda resuelta —dijo Esteban Arcadievitch sonriendo—. ¡Qué poca cosa es el hombre en esas situaciones! —murmuró Esteban Arcadievitch a Tchirikof —mientras tanto Levin se aproximó a su novia después de echarle una mirada desatinada.

—¡Cuidado, Kitty, pon antes que nadie el pie en la alfombra! —dijo la princesa Nordstone aproximándose; y dirigiéndose a Levin, añadió—: ¡Buena nos la ha jugado usted!

María Wmitrievna, una anciana tía, preguntó a Kitty:

—¿No tienes miedo?

—¿No sientes frío? Estas pálida. ¡Baja la cabeza un momento! —dijo madame Lwof levantando sus bellos brazos para arreglar un pequeño desperfecto del peinado de su hermana.

Dolly también se acercó y quiso hablar, pero la emoción se lo impidió y se echó a reír de un modo nervioso.

Kitty miraba a las personas que la rodeaban con un aire tan distraído como el de Levin.

Durante ese tiempo los oficiantes se habían revestido sus ropas sacerdotales, y el cura, acompañado del diácono, vino a colocarse ante el facistol colocado a la entrada de las puertas santas; dirigió a Levin algunas palabras que éste no comprendió.

—Tome usted la mano de su prometida y acérquese —le murmuró el paje de honor.

Incapaz de entender lo que le ordenaban, Levin hacía lo contrario de lo que le decían. Por fin, en el momento en que desalentados unos y otros iban a abandonarle a su propia inspiración, llegó a comprender que debía coger con su mano derecha, sin cambiar de posición, la mano derecha de su novia. El cura dio entonces algunos pasos deteniéndose delante del facistol. Los parientes y los invitados siguieron a la joven pareja. Se produjo un murmullo de voces y un roce de vestidos. Alguien se inclinó para arreglar la cola del vestido de la novia y pronto reinó un profundo silencio en la iglesia hasta el punto de que se oían caer las gotas de cera que se desprendían de los cirios.

El anciano cura, con bonete, sus cabellos blancos brillantes como hilos de plata echados detrás de las orejas, sacó de debajo de su pesada casulla de plata adornada con una cruz de oro sus manos pequeñas y arrugadas, y acercándose al facistol ojeó el misal.

Esteban Arcadievitch fue sin hacer ruido a hablarle al oído, hizo una seña a Levin y se retiró.

El cura encendió dos cirios adornados con flores, y teniéndolos con la mano izquierda sin preocuparse de la cera que goteaba, se volvió hacia la joven pareja. Era el mismo anciano que había confesado a Levin. Después de contemplar suspirando a los que se casaban con sus ojos tristes y fatigados bendijo al novio con la mano derecha; después, con un aire particular de dulzura, colocó los dedos sobre la cabeza inclinada de Kitty, les entregó los cirios a los dos y se alejó lentamente en busca del incensario.

«¿Es real todo esto?», pensaba Levin mirando a la novia, a quien veía de perfil, y comprendiendo por el movimiento de sus labios y de sus pestañas que ella advertía su mirada.

Kitty no levantó la cabeza, pero por la agitación de su pecho, que se iba extendiendo a toda su persona, Levin se hizo cargo de que se esforzaba en sofocar un suspiro, y vio que su mano, aprisionada en un largo guante, tembló.

Luego todo se borró de su memoria: su retraso, el descontento de sus amigos, la estúpida historia de la camisa, ya no experimentó más que una emoción mezclada de terror y de alegría.

El arcediano, con capa de seda y plata, hombre arrogante, con el pelo rizado a los dos lados de la cabeza, se adelantó, levantó la estola con dos dedos en ademán familiar y se detuvo ante el sacerdote.

—¡Bendecidnos, señor! —entonó lentamente, y las palabras se elevaron solemnes en el aire.

—Que el Señor os bendiga hoy y en todos los siglos de los siglos —respondió con voz dulce y musical el anciano sacerdote sin dejar de hojear el misal.

Y el responso, cantado por un coro invisible, llenó la iglesia de un armonioso sonido amplio y sonoro que iba en aumento para detenerse un segundo y gradualmente expirar con dulzura.

Según la costumbre, se rezó por el eterno reposo y la salvación de las almas, por el sínodo y el emperador, y, por último, por los siervos de Dios Constantino y Catalina.

—Roguemos al Señor que les conceda su amor, su paz y su ayuda —parecía pedir toda la iglesia por la voz del arcediano.

Levin escuchaba aquellas palabras sumamente impresionado.

«¿Cómo han podido comprender que lo que precisamente más necesito es ayuda? —se preguntaba al acordarse de sus dudas y de sus recientes terrores—. ¿Quién soy? ¿Qué es lo que sé? ¿Qué puedo hacer sin ayuda?»

Cuando el diácono hubo terminado, el sacerdote se volvió hacia los esposos con un libro en la mano:

—Dios eterno, que unes con un vínculo indisoluble a los que estaban separados, bendice a tu siervo Constantino y a tu sierva Catalina, y derrama tu bondad sobre ellos. En el nombre del Padre, del Hijo y del Espíritu Santo, ahora y siempre, y en los siglos de los siglos...

—Amén —respondió cantando el coro invisible.

«¡Que unes con un vínculo indisoluble a los que estaban separados! ¡Qué bien responden esas palabras a lo que se experimento en estos momentos! ¿Lo comprenderá ella como yo?», pensaba Levin.

Por la expresión de la mirada de Kitty creyó ver que ella experimentaba lo mismo que él; pero se engañaba. Absorta por el sentimiento que invadía y llenaba cada vez más su corazón, apenas había seguido la ceremonia religiosa. Experimentaba profunda alegría al ver que por fin se realizaba lo que durante seis semanas la había llenado alternativamente de inquietudes y de felicidad. Desde el momento en que, vestida con su bata oscura, se había aproximado a Levin para entregarle silenciosamente toda su alma, sentía que había desaparecido todo su pasado, reemplazándolo una existencia nueva desconocida, sin que su vida exterior cambiara en nada. Esas seis semanas habían constituido una mezcla de felicidad y tormento. Esperanzas y deseos, todo se concentraba en aquel hombre que ella no conocía bien, hacia el cual la impulsaba un sentimiento que comprendía menos aún, hombre que al atraerla y alejarla alternativamente, le inspiraba respecto a su pasado una completa y absoluta indiferencia. Sus hábitos de otro tiempo, las cosas que había amado, y hasta sus mismos padres, afligidos ante su insensibilidad, no existían ya para ella, y mientras se asustaba por ese desprendimiento, se regocijaba por el sentimiento que lo causaba. Pero, ¿tenía una idea clara de esa nueva vida que aún no había comenzado? De ningún modo, era la dulce y terrible expectativa de lo nuevo, de lo desconocido; y esta expectativa, lo mismo que el remordimiento por no echar de menos nada de lo pasado, iban a tener un fin. Tenía miedo como era natural, pero el momento presente no era más que la santificación de la hora decisiva que había comenzado seis semanas antes.

El párroco, volviéndose hacia el facistol, sacó con dificultad el pequeño anillo de Kitty para colocarlo en la primera falange del dedo de Levin.

—¡Te uno, oh Constantino, siervo de Dios, a Catalina, sierva de Dios! —y repitió la fórmula al introducir el grueso anillo en el delicado dedo de Kitty.

Los desposados trataban de comprender lo que se exigía de ellos, y cada vez se equivocaban, corrigiéndolos el sacerdote en voz baja. Había risas sordas y susurros en torno suyo, mientras los dos permanecían serios y graves.

—¡Oh, Dios!, que desde el principio del mundo has creado al hombre —prosiguió el sacerdote— y le has dado la mujer para que sea su inseparable ayuda, bendice a tu servidor Constantino y a tu sierva Catalina, une los espíritus de estos esposos y derrama en sus corazones la fe, la concordia y el amor.

Levin sentía dilatársele el pecho, involuntarias lágrimas se le agolpaban a los ojos y todos sus pensamientos sobre el matrimonio y sobre el porvenir se reducían a nada. Lo que ahora se realizaba, para él tenía una importancia no prevista hasta entonces, y que tampoco comprendía en aquellos momentos.

V

Todo Moscú asistía a la boda. Entre aquella multitud de mujeres engalanadas y de hombres con corbata blanca o de uniforme, se murmuraba discretamente, especialmente los hombres, porque las mujeres estaba absortas en los mil detalles, llenos de interés para ellas, de la ceremonia.

Un pequeño grupo de amigas íntimas rodeaba a la novia, y entre ellas se encontraban sus dos hermanas: Dolly y la bella señora de Lwof que acababa de llegar del extranjero.

—¿Por qué viste María de color lila en el día de su boda? Eso es casi luto —decía la señora Korsunsky.

—Es el color que mejor sienta a su tez —respondía la Drubetzky—. Pero, ¿por qué han elegido la noche para la ceremonia? Eso huele a comerciante.

—Es más bonito. Yo también me casé de noche —dijo Korsunsky suspirando al recordar lo hermosa que estaba ese día y qué ridículamente enamorado se mostraba su marido. ¡Cuánto había cambiado todo!

—Dicen que los que han sido padrinos de novios más de diez veces en su vida, no se casan nunca; de este modo he querido asegurarme yo contra el matrimonio; pero el puesto estaba ya tomado —dijo el conde Seniavin a la princesa Tharsky, que tenía sus miras con respecto a él.

Ésta sólo respondió con una sonrisa. Miraba a Kitty y pensaba en lo que haría cuando a su vez se encontrara con Seniavin en esta situación. ¡Qué represiones no le haría ella entonces por sus bromas!

Cherbatzky confiaba a una anciana dama de honor de la emperatriz la intención que tenía de colocar la corona sobre el peinado de Kitty como augurio de dicha.

—¿Para qué ese moño en el peinado? —respondió, decidida, si el señor viudo con quien quería casarse se sometía al matrimonio, a ir a la ceremonia vestida con mucha sencillez—. ¡No me gusta esa ostentación!

Sergio Ivanitch chanceaba con su vecina, y aseguraba que si se había adoptado la costumbre de viajar después de la boda, era porque generalmente los desposados, avergonzados de su acto, la habían hecho adoptar.

—Su hermano de usted puede con razón estar ufano. La novia es encantadora. Usted debe sentir envidia.

—Ya pasó ese tiempo, Daria Dmitrievna —contestó, y su rostro manifestó una momentánea tristeza.

Esteban Arcadievitch contaba a su cuñada su juego de palabras respecto al divorcio.

—Es preciso arreglarle la corona —respondió ella sin escucharle.

—¡Qué lástima que esté algo fea! —decía la condesa Nordstone a la señora Lwof—. A pesar de todo, él no vale ni el dedo meñique de Kitty. ¿Verdad?

—No soy de la opinión de usted; a mí me agrada mucho y no solamente como cuñado —respondió la señora Lwof—. ¡Qué buen talante tiene! ¡Es tan difícil no parecer ridículo en circunstancias semejantes! Levin no es ridículo ni presumido, y se ve que esta emocionado.

—¿Usted esperaba ese casamiento?

—Casi, porque Constantino la ha querido siempre.

—Pues bien, vamos a ver quién de los dos pone primero el pie sobre la alfombra.

—Yo he aconsejado a Kitty que procurara ser la primera.

—Es igual; en nuestra familia nos sometemos todas a nuestros maridos —respondió la señora Lwof.

—En cuanto a mí, yo trataré de poner el pie antes que mi marido. ¿Y usted, Dolly?

Dolly las oía sin responder; estaba conmovida, con los ojos llenos de lágrimas. No habría podido pronunciar una palabra sin llorar. Se sentía feliz por el casamiento de Kitty y de Levin, y recordaba su propio casamiento, y mirando al brillante Esteban Arcadievitch, olvidaba la realidad y sólo se acordaba ya de su primer amor tan ingenuo. También pensaba en otras mujeres amigas suyas, y las recordaba en esta misma circunstancia única y solemne de sus vidas, en la cual llenas de gozo habían renunciado a su pasado para lanzarse a un misterioso porvenir con el corazón henchido de esperanza y de temor. Entre éstas veía a su querida Ana, de cuyos proyectos de divorcio acababa de enterarse. También la vio cubierta con su velo blanco, pura como Kitty con su corona de flores de azahar. «¿Y ahora? ¡Es horrible!», murmuraba.

Las hermanas y las amigas no eran las únicas que seguían con interés los menores detalles de la ceremonia; asistían también espectadoras extrañas que contenían el aliento para no perder un solo movimiento de los desposados, y que respondían con desagrado a los chicoleos y frases ociosas de los hombres, y a veces ni les oían.

—¿Por qué ésta ella tan conmovida? ¿La casan contra su voluntad?

—¿Contra su gusto, un hombre tan guapo? ¿Es príncipe?

—Aquella vestida de raso blanco es la hermana. Oye cómo el diácono vocifera: *Que tema a su marido.*

—¿Son de Tchudof los cantores?

—No, son del Sínodo.

—He preguntado al criado, y dice que su marido se la lleva a sus tierras. Aseguran que es riquísimo, que dan miedo las riquezas que tiene. Por eso la casan con él.

—Es una linda pareja.

—Y usted, María Wassillewna, que afirmaba que ya no se llevaban crinolinas. Mire a aquella con traje color de pulga, y dicen que es embajadora, ¡cómo se ha ataviado! ¿Ya ve usted?

—¡Qué corderito sin mancha es la desposada! Digan lo que quieran, eso siempre conmueve.

Así hablaban las espectadoras bastante listas que habían podido introducirse entre los convidados.

VI

En aquel momento, uno de los acólitos fue a tender en medio de la iglesia una gran tela rosada mientras que el coro entonaba un salmo de ejecución difícil y complicada en el cual el bajo y el tenor dialogaban. El sacerdote hizo un signo a los esposos señalándoles el tapiz. Ambos conocían la superstición según la cual, aquel de los dos esposos que coloque primero el pie sobre el tapiz, será el verdadero jefe de la familia; pero ni Levin ni Kitty lo recordaron. Tampoco se dieron cuenta de las observaciones que se hacían alrededor de ellos.

Comenzó un nuevo oficio. Kitty escuchó las oraciones y trató en vano de comprenderlas. Cuanto más avanzaba la ceremonia, mayor era la triunfante alegría de que su corazón rebosaba, la cual le impedía fijar su atención en nada.

Se rogó a Dios para que los esposos tuvieran el don de la sabiduría y una numerosa posteridad. Se recordó que la primera mujer fue sacada de la costilla de Adán. Que la mujer debía abandonar a padre y madre para no formar más que un solo ser con su esposo. Se pidió a Dios, por último, que los bendijera como a Isaac y Rebeca, a Moisés y Sefora, y que pudieran ver a sus descendientes hasta la tercera y cuarta generación.

Cuando el sacerdote presentó las coronas, y Cherbatzky con sus guantes de tres botones sostuvo tembloroso la de la desposada, todos le aconsejaron, en voz baja, que la colocara completamente sobre la cabeza de Kitty.

—Póngamela usted —murmuró ésta sonriendo.

Levin se volvió hacia ella, y al ver aquel rostro radiante se sintió, como ella, igualmente feliz y tranquilo.

Con el corazón lleno de alegría escucharon la lectura de la epístola y el gorjeo de la voz del diácono en el último verso, muy apreciado del público extranjero que lo aguardaba con impaciencia. Bebieron gozosos el agua y el vino tibios en la copa, y siguieron contentos al sacerdote que les hizo dar la vuelta al facistol teniéndoles las manos en las suyas. Cherbatzky y Tchirikof sostenían las coronas, siguiendo a los esposos y sonriendo como ellos, pero tropezando en la cola del vestido de la novia. El relámpago de dicha que se desprendía de Kitty parecía comunicarse a todos los concurrentes. Levin estaba convencido de que hasta el diácono y el sacerdote participaban fervientemente de esa influencia.

Quitadas las coronas, el párroco leyó las últimas oraciones y felicitó a la joven pareja. Levin miró a Kitty y le pareció no haberla nunca visto tan hermosa; era la belleza de aquel deslumbrante centelleo interior que la transformaba; quiso hablar y se detuvo ante el temor de que la ceremonia no hubiese concluido aún. El sacerdote le dijo dulcemente, con sonrisa benévola:

—Bese usted a su esposa, y usted bese a su marido —y les quitó los cirios.

Levin besó con precaución a su esposa, la tomó el brazo y salió de la iglesia, con la nueva y extraña sensación de creerse más cerca de ella. Hasta aquel momento no había creído en la realidad de todo lo que acababa de pasar, y entonces comenzó a creer en ello, hasta que las atónitas y tímidas miradas de los dos se encontraron. Entonces se convenció de que en realidad no formaban ya más que un solo ser.

Aquella misma noche, después de la cena, los jóvenes esposos se marcharon al campo.

VII

Hacía tres meses que Wronsky y Ana viajaban juntos por Europa. Habían estado en Venecia, Roma, Nápoles y acababan de llegar a una pequeña ciudad italiana donde pensaban detenerse algún tiempo.

Un imponente fondista, con los cabellos lleno de pomada y partidos por una raya que arrancaba de la nuca, con vestido negro, ancha pechera de batista y dijes del reloj balanceándose sobre su abultado vientre, con las manos en los bolsillos contestaba desdeñosamente a las preguntas que le dirigía un caballero.

Unos pasos que se oyeron en la escalera hicieron volver la cabeza al brillante fondista, y cuando divisó al conde ruso inquilino del mejor departamento del hotel, sacó respetuosamente las manos de los bolsillos, y fue a advertir al conde después de saludarle, que habían traído la noticia de que el administrador del palacio que el conde quería alquilar no tenía inconveniente en firmar el contrato.

—Muy bien —dijo Wronsky—. ¿Está la señora en casa?

—La señora había salido, pero acaba de regresar —respondió el hostelero.

Wronsky se quitó el sombrero blanco de anchas alas, se limpió con el pañuelo la frente y los cabellos, echados hacia atrás para disimular su calvicie, y se disponía a pasar dirigiendo una mirada distraída al señor que le contemplaba cuando el hostelero le dijo:

—El señor es ruso y me ha preguntado por usted.

Wronsky se volvió hacia él, molesto por no poder evitar los encuentros, y al mismo tiempo contento por hallar una distracción cualquiera; pero sus ojos y los del extranjero se iluminaron de pronto.

—¡Golinitchef!

—¡Wronsky!

Era en efecto Golinitchef, compañero de Wronsky en el cuerpo de pajes: pertenecía al partido liberal, salió de ese cuerpo con un grado civil, sin intención de entrar en el servicio. Desde que salieron de dicho cuerpo no se habían visto más que una sola vez.

En ese único encuentro, Wronsky había creído comprender que su antiguo camarada, debido a sus opiniones ultraliberales, despreciaba la carrera militar, y por consiguienteWronsky le veía con frialdad y altivez, lo cual había dejado sin cuidado a Golinitchef, pero no les hacía desear el volver a verse. No obstante, ahora se reconocieron con una exclamación de alegría. Quizá Wronsky no comprendió que el placer que sintió al volver a ver a Golinitchef provenía del profundo hastío que experimentaba. Olvidando el pasado, Wronsky le tendió la mano, y la expresión algo desasosegada de Golinitchef se transformó en evidente satisfacción.

—¡Cuánto me alegro de encontrarte! —dijo Wronsky con una sonrisa afectuosa en la que mostró sus bonitos dientes.

—Me dijeron tu nombre, pero no estaba seguro que fueses tú. Estoy muy contento.

—Pero entremos en mi habitación. ¿Qué haces aquí?

—Hace más de un año que vivo aquí. Trabajo.

—¿De veras? —contestó Wronsky con interés—. Entremos pues.

Y siguiendo la costumbre de los rusos de hablar francés cuando no quieren que los criados comprendan lo que se conversa, le dijo en aquella lengua:

—¿Conoces a la señora Karenin? Viajamos juntos; iba en su busca.

Y al hablar, examinaba la fisonomía de Golinitchef.

—¡Ah! No lo sabía —respondió éste con indiferencia, aunque lo sabía muy bien—. ¿Hace mucho tiempo que estás aquí?

—Hace tres días —contestó Wronsky sin dejar de observar a su camarada.

E interpretando favorablemente el modo como Golinitchef había cambiado de conversación, se dijo:

—Es un hombre bien educado, que ve las cosas desde su verdadero punto de vista; bien puedo presentarle a Ana.

Desde que viajaba con Ana, Wronsky, a cada nuevo encuentro, había experimentado el mismo sentimiento de perplejidad; pero generalmente todos habían comprendido la situación como era de desear. En realidad, esas personas que encontraba no trataban de comprender, y se contentaban con observar una conducta discreta sin alusiones ni preguntas, como gentes bien educadas en presencia de una situación difícil y complicada.

Golinitchef era ciertamente una de esas personas, y cuando Wronsky le hubo presentado a Ana, éste quedó doblemente satisfecho de haberle encontrado, pues su actitud era tan correcta como se podía desear, sin que pareciera costarle el menor esfuerzo.

Golinitchef no conocía a Ana, y quedó sorprendido de su belleza y sencillez. Ella se ruborizó al ver entrar a los dos hombres, y aquel rubor infantil agradó muchísimo al recién venido. Le encantó el modo natural con que afrontaba su situación, llamando a Wronsky por su nombre de pila, y diciendo que iban a instalarse en una casa que adornaban con el nombre de *palazzo*. Contaba esto con el aire de una persona que quiere evitar todo equívoco delante de un extraño.

Golinitchef, que conocía a Alejo Alejandrovitch, casi no pudo menos de dar razón a aquella mujer joven, viva y llena de energía. Comprendió lo que Ana misma apenas comprendía: que pudiese ser feliz y estar alegre a pesar de haber abandonado a su marido y a su hijo, y haber perdido su buen nombre.

—Ese *palazzo* está en el directorio —dijo Golinitchef—. Allí encontrará usted un soberbio cuadro del Tintoreto, de su último estilo.

—Hagamos una cosa: el tiempo es magnífico, volvamos a verlo —dijo Wronsky dirigiéndose a Ana.

—Con mucho gusto; voy a ponerme el sombrero. ¿Usted dice qué hace calor? —dijo en el umbral de la puerta, volviéndose hacia Wronsky y ruborizándose de nuevo.

Wronsky comprendió que Ana, no sabiendo bien quien era Golinitchef se preguntaba si se había conducido con él como era debido.

La miró largo rato con ternura y contestó:

—No, no hace mucho calor.

Ana adivinó que estaba contento de ella, y contestándole con una sonrisa, salió con un andar vivo y gracioso.

—Los dos amigos se quedaron mirando con cierto embarazo. Golitnichef, como queriendo expresar su admiración sin atreverse a hacerlo. Wronsky, como deseando un cumplimiento y al mismo tiempo temiéndolo.

—¿De modo que te has fijado aquí? —dijo Wronsky para comenzar una conversación cualquiera—. ¿Te sigues ocupando en los mismos estudios?

—Sí, estoy escribiendo la segunda parte de los *Dos orígenes* —repuso Golinitchef muy contento con esta pregunta—, o para ser más exacto, estoy reuniendo y preparando los materiales. Será mucho más extensa que la primera parte. No se quiere comprender entre nosotros, en Rusia, que somos los sucesores de Bizancio...

Y comenzó una larga disertación.

Wronsky estaba confuso por no saber nada de esa obra de que su autor hablaba como de un libro conocido; después, a medida que Golinitchef desarrollaba sus ideas, le fue interesando; aunque observaba con pena la agitación nerviosa que se adueñaba de su amigo; se le animaban los oídos al refutar los argumentos de sus adversarios, y su rostro tomaba una expresión de gran irritación y de tortura.

Wronsky recordó a Golinitchef, cuando estaba en el Cuerpo de pajes: Era un joven de pequeña estatura, delgado, vivo, bonachón, de elevados sentimientos y siempre el primero de la clase. ¿Por qué se había vuelto tan irritable? ¿Por qué, sobre todo, tratándose de un hombre de la mejor sociedad se ponía al nivel de los escritorzuelos de profesión que le atacaban los nervios? ¿Valía la pena? Wronsky casi le compadecía.

Golinitchef, absorto en su asunto, ni siquiera notó la entrada de Ana. Ésta, en traje de paseo, con una sombrilla en la mano, se detuvo cerca de los dos, y Wronsky se alegró de poder escapar a la mirada fija y febril de su interlocutor, para dirigir sus ojos amorosos al elegante talle de su amiga.

Golinitchef necesitó hacer algún esfuerzo para calmarse. Pero Ana pronto le distrajo con su conversación amable y alegre. Poco a poco le fue llevando a hablar de pintura, de la que era conocedor. Así llegaron a pie hasta el palacio, que visitaron.

—Hay una cosa que me encanta en esta nueva habitación dijo Ana al regresar, y es que tú, Alejo, tendrás un hermoso estudio. Trataba a Wronsky de tú en ruso delante de Golinitchef, al que ya consideraba como un amigo íntimo en la soledad en que vivían.

Éste, volviéndose hacia Wronsky, le preguntó:

—¿Te ocupas tú en pintura?

—He pintado mucho en otro tiempo y ahora me he puesto de nuevo a pintar un poco —contestó Wronsky sonrojándose.

—Tiene verdadero talento —exclamó Ana radiante—; no soy competente para juzgar, pero lo sé por personas que lo entienden.

VIII

Este primer período de libertad moral y de restablecimiento de la salud, fue para Ana una época de exuberante alegría; la idea del mal que había causado no consiguió envenenar su embriaguez. ¿No debía a esa desgracia una dicha bastante grande para borrar todo remordimiento? Los acontecimientos que siguieron a su enfermedad, desde su reconciliación con Alejo Alejandrovitch hasta el momento de marcharse de la casa conyugal, le parecían una pesadilla, de la cual la había librado su viaje sola con Wronsky. ¿Para qué volver a pensar en aquel horrible pasado?

«Al fin y al cabo —se decía, y este razonamiento le daba cierta tranquilidad de conciencia—, el daño que he causado a ese hombre era falta inevitable, pero al menos no me aprovecharé de su desgracia. Puesto que le hago sufrir yo sufriré también; renuncio a todo lo que quiero, a todo lo que más estimo en el mundo: a mi hijo y a mi reputación. Puesto que he pecado, no merezco ni la felicidad ni el divorcio, y acepto la vergüenza lo mismo que el dolor de la separación.»

Ana era sincera al razonar así, pero la verdad es que hasta entonces no había conocido ese dolor ni esa vergüenza que se había preparado a sufrir como una expiación. Desde que estaban en el extranjero, tanto Wronsky como ella evitaban los encuentros que habrían podido colocarlos en una falsa situación. Las pocas personas con quienes se habían relacionado habían fingido comprender su posición mejor que ellos mismos sin ocuparse de la clase de vida que llevaban. En cuanto a la separación de su hijo, Ana todavía no sufría mucho, por estar apasionadamente enamorada de la niña, preciosa criatura que la hacía pensar rara vez en Sergio.

Cuanto más vivía con Wronsky, más amor sentía por él. Su constante presencia tenía para ella un encanto siempre nuevo. Todos los rasgos de su carácter le parecían hermosos, todo, hasta el haber cambiado de traje desde que había abandonado el servicio militar, le agradaba como si fuera una chiquilla locamente enamorada. Cada una de sus palabras, de sus pensamientos, tenían para ella un carácter de noble grandeza. Hasta casi se asustaba de esta admiración excesiva, y no se atrevía a confesárselo por el temor de que, haciéndole constar así su propia inferioridad, él se fuera alejando de ella, y nada le parecía más terrible, más espantoso que la idea de perder aquel amor.

Pero este terror no estaba en modo alguno justificado por la conducta de Wronsky: jamás manifestó el menor pesar de haber sacrificado a su pasión una carrera en la cual habría con certeza representado un papel muy importante; nunca tampoco se había mostrado más respetuoso, más preocupado por el temor de que Ana sufriese los inconvenientes de su situación. Él, aquel hombre tan absoluto, no tenía más voluntad que la de ella, y no trataba más que de adivinar sus menores deseos. ¿Cómo no había ella de hallarse agradecida, y no comprender el precio de tan constantes atenciones?

A veces, sin embargo, experimentaba involuntariamente cierto cansancio al sentirse objeto de esa constante preocupación.

Wronsky, por su parte, a pesar de ver realizados sus más caros deseos, no era completamente feliz. Error eterno de los que creen hallar una entera satisfacción en la realización de todos sus deseos; no poseía más que una ínfima parte de esa inmensa dicha que había soñado. Por un momento, cuando se había visto libre en sus acciones y con su amor satisfecho, la felicidad había sido completa; pero pronto cierta tristeza se adueñó de él. Buscó, casi sin notarlo, un nuevo objetivo a sus deseos, y los caprichos pasajeros le parecieron aspiraciones serias.

No era fácil encontrar, en el extranjero y en su delicada situación, el modo de emplear las dieciséis horas del día, que en San Petersburgo apenas le bastaban para cumplir con sus deberes sociales. No había que pensar en las distracciones que había tenido en sus viajes anteriores, pues un sencillo proyecto de cena con unos amigos, había producido en Ana un verdadero acceso de desesperación; no podía buscar relaciones ni entre los rusos ni entre los indígenas; y en cuanto a las curiosidades del país, además de que ya le eran conocidas, y en su calidad de ruso y de hombre de talento, no les daba la importancia excesiva que les da un inglés.

Así como un animal hambriento se precipita sobre la comida que se le ofrece, así Wronsky se lanzaba inconsciente sobre todo lo que podía servirle de distracción: política, pintura, libros nuevos...

En su juventud había mostrado disposiciones para la pintura, y no sabiendo en qué emplear el dinero, se había formado una colección de grabados.

Por fin se le ocurrió la pintura, a fin de ocupar en algo su actividad. No le faltaba buen gusto, y además tenía el don de la imitación que confundía con las facultades artísticas. Todos los géneros le parecían buenos: pintura histórica o religiosa, paisaje, se creía con facultades para abarcarlo todo. No buscaba la inspiración directamente en la vida, en la naturaleza, porque no las comprendía más que a través de las representaciones del arte, pero tenía bastante facilidad para ejecutar imitaciones pasaderas. La escuela francesa, en sus obras graciosas y decorativas, ejercía sobre él cierta seducción. Comenzó un retrato de Ana en ese estilo, con un traje italiano, y cuantos vieron ese retrato parecieron tan satisfechos como el mismo autor.

IX

En el antiguo palacio, algo deteriorado, en que fueron a establecerse, entretuvo a Wronsky en una agradable ilusión. Creyó haber sufrido una metamorfosis y haberse transformado de propietario ruso, coronel retirado, en un aficionado culto a las bellas artes, dedicándose modestamente a la pintura y sacrificando el mundo y sus ambiciones al amor de una mujer. El antiguo palacio se prestaba a esas fantasías, con sus altos techos pintados, sus paredes cubiertas de frescos y de mosaicos, sus grandes jarrones sobre los ábacos de las chimeneas y sobre las consolas, sus gruesas cortinas amarillas en las ventanas, sus puertas talladas y sus vastas salas melancólicas adornadas con cuadros.

Este nuevo papel satisfizo a Wronsky durante algún tiempo. Trabó amistad con un pintor italiano, con el cual pintó estudios del natural. Comenzó al mismo tiempo a hacer investigaciones sobre la Edad Media en Italia, que le inspiraron un interés tan vivo por esa época, que acabó por usar sombreros blandos medievales y envolverse a la antigua en su manta escocesa, lo cual le sentaba muy bien.

—¿Conoces el cuadro de Mikhaïlof? —dijo un día Wronsky a Golinitchef que entraba en su casa, presentándole un periódico ruso que contenía un artículo respecto a este artista, el cual acababa de terminar un lienzo ya célebre, y vendido antes de haberlo concluido.

Dicho artista vivía en aquella misma ciudad, privado de recursos, de protección y de estímulo.

El artículo censuraba al gobierno y a la Academia por abandonar así a un artista de talento.

—Lo conozco —respondió Golinitchef—; ciertamente no carece de mérito, pero sus tendencias son de todo punto falsas. Es siempre el mismo modo de concebir a Cristo y a la vida religiosa a la manera de Ivanof, de Strauss y de Renán.

—¿Cuál es el asunto del cuadro? —interrogó Ana.

—Cristo ante Pilatos. Cristo es un judío de la nueva y de la más pura escuela realista...

Y como se trataba de uno de los asuntos favoritos de Golinitchef, éste continuo desarrollando sus ideas.

—No comprendo cómo han podido cometer un error tan grosero. El tipo de Cristo ha quedado ya bien definido en el arte por los antiguos maestros. Si los artistas modernos sienten la necesidad de representar a un sabio o a un revolucionario, ¿por qué no toman como modelo a Sócrates, a Franklin, a Carlota Corday, a todos los que quieran? Pero no a Cristo. Él es el único a quien no debe atreverse a tocar el arte, y...

—¿Es cierto que ese Mikhaïlof está en la miseria? —preguntó Wronsky, pensando que en su calidad de Mecenas debía tratar de ayudar al artista sin preocuparse mucho del valor de su obra—. ¿No podríamos pedirle que hiciera el retrato de Ana Arcadievna?

—¿Por qué el mío? —respondió ésta—. Después del que tú me has hecho no quiero otro. Encarguémosle más bien el de Anny (así llamaba a su chiquilla) o aquel otro... —añadió señalando a la bella nodriza italiana que acababa de bajar al jardín con la niña y que dirigía a Wronsky una mirada furtiva.

Esta italiana, cuya belleza y tipo medieval admiraba a Wronsky, y de la cual había copiado la cara, era el único punto negro en la vida de Ana. Temía estar celosa de ella y por este motivo se mostraba tanto más afectuosa con ella y con un chiquillo que tenía.

Wronsky miró también por la ventana, y luego, viendo los ojos de Ana, se volvió hacia Golinitchef.

—¿Conoces a ese Mikhaïlof?

—Le encontré una vez. Es un tipo original sin ninguna educación; uno de esos nuevos salvajes como se ven tantos ahora, comprenden ustedes, uno de esos librepensadores que se echan de hoz y coz en el materialismo, en el ateísmo, en la negación de todo. En otro tiempo —continúo Golinitchef sin dejar de hablar a Wronsky ni a Ana—, en otro tiempo, el librepensador era un hombre educado en las ideas religiosas y morales, que no ignoraba las leyes que rigen la sociedad, y que a fuerza de muchas luchas llegaban a la libertad del pensamiento; pero ahora poseemos un nuevo tipo, el de los librepensadores que brotan espontáneamente sin haber jamás oído hablar de las Leyes de la moral y de la religión, que ignoran la existencia de ciertas autoridades y que no poseen más que el sentimiento de la negación. Mikhaïlof es de ésos. Hijo de un hostelero de Moscú, no recibió ninguna educación. Ingresó en la Academia con cierta reputación, y ha querido instruirse porque no es tonto, y con este fin se dirigió a la fuente de toda ciencia: a los periódicos y a las revistas. En los buenos tiempos antiguos, si un hombre —supongamos francés— tenía deseos de instruirse, ¿qué hacía? Estudiaba los clásicos, los historiadores, los filósofos; y ya usted comprende todo el trabajo intelectual que había de resultar para él. Pero ahora, entre nosotros, la cosa es mucho más sencilla: se dedican a la literatura negativa y con facilidad asimilan un extracto de esa clase de ciencia. Más aún: hace veinte años esta misma literatura conservaba rastros de la lucha contra las autoridades y las tradiciones seculares del pasado, y esos rastros de lucha enseñaban la existencia de esas cosas que negaban. Pero ahora, ni aun se toman el trabajo de combatir lo pasado, se contentan con las palabras: selección, evolución, lucha por la existencia, nihilismo. Eso basta para todo. En mi artículo...

—¿Saben ustedes lo qué debíamos hacer? —dijo Ana, cortando de golpe la palabrería de Golinitchef, después de haber cambiado una mirada con Wronsky—. Ir a ver a ese pintor...

Golinitchef accedió de buena gana, y como el estudio del artista se encontraba algo lejos, se hicieron conducir en coche.

Una hora después, Ana, Golinitchef y Wronsky llegaban a una casa vieja y fea; enviaron sus tarjetas a Mikhaïlof, y le rogaban que les permitiese ver su cuadro.

X

Mikhaïlof estaba trabajando, como de costumbre, cuando le entregaron las tarjetas de Wronsky y de Golinitchef. Había pasado toda la mañana pintando en su estudio, pero, al entrar en el comedor, se había enfadado con su esposa porque no había sabido arreglarse con la exigente propietaria.

—Veinte veces te he dicho que no entres en discusión con ella. Eres una tonta rematada, pero lo eres tres veces más cuando te lanzas a dar explicaciones en italiano.

—Tú tienes la culpa. ¿Por qué no piensas en los meses que debemos de alquiler? ¡Si yo tuviera dinero...!

—¡Déjame en paz, en nombre del Cielo! —gritó Mikhaïlof con la voz llena de angustia, y se retiró a su estudio, separado por un tabique de la pieza común, cerró la puerta con llave y se tapó los oídos—. «No tiene sentido común», se dijo sentándose cerca de su mesa y poniéndose a trabajar con ardor.

Nunca lo hacía mejor que cuando faltaba el dinero, y especialmente, cuando había disputado con su mujer. Había comenzado el esbozo de un hombre presa de un acceso de cólera, y ahora no lo encontraba, por lo que hubo de volver a la habitación donde estaba su esposa, entrando con aire de mal humor sin mirarla, y pidió al mayor de los hijos el dibujo que les había dado. Después de mucho buscar, se encontró, sucio, lleno de gotas de cera. Se lo llevó como estaba, lo colocó sobre la mesa, lo examinó a distancia entornando los ojos, y en seguida sonrió con aire satisfecho. «¡Eso es! ¡eso es!», tomando un lápiz y dibujando con rapidez. Una de las manchas de cera daba a su dibujo un aspecto nuevo.

Mientras trabajaba se acordó del hombre con la barba prominente, al que compraba cigarros, y al momento su dibujo tomó aquella misma fisonomía enérgica y acentuada, y el diseño dejó de ser una cosa vaga, muerta, adquiriendo movimiento y vida. Se rió de placer. En el momento en que concluía cuidadosamente su dibujo, le llevaron las dos tarjetas.

—Voy al momento —respondió.

En seguida volvió al cuarto de su mujer.

—Vamos Sacha, no estés enfadada —dijo con una sonrisa cariñosa pero tímida—; no has tenido razón ni yo tampoco. Ya lo arreglaré todo.

Y ya reconciliado con su esposa, se puso un gabán color de aceituna con cuello de terciopelo, tomó su sombrero y se dirigió al estudio, sumamente preocupado por la visita de esos altos personajes rusos que venían en coche a ver su estudio.

En realidad, su opinión sobre el cuadro que se encontraba expuesto se resumía de este modo: nadie era capaz de hacer uno semejante. No porque lo creyera superior a los de Rafael, sino porque estaba seguro de haber puesto en él todo lo que se había propuesto, y desafiaba a los demás a hacer otro tanto.

Sin embargo, a pesar de este convencimiento, que había tenido desde el día en que empezó esta obra, daba excesiva importancia a la opinión del público, y la espera de su juicio le conmovía en lo más profundo de su alma.

317

Atribuía a sus críticos una profundidad de miras que él no poseía, y aguardaba con temor que descubrieran en su cuadro cosas nuevas que él no había aún observado. Cuando avanzaba a grandes zancadas quedó admirado, a pesar de sus preocupaciones, de la aparición de Ana, suavemente iluminada, en pie en la sombra del portal hablando con Golinitchef mirando al artista que se aproximaba y que ella trataba de examinar de lejos. Éste, sin darse cuenta de ella, guardó esta impresión en un rincón de su cerebro para que algun día le sirviera, lo mismo que la barba prominente de su vendedor de cigarros.

Los visitantes, ya desilusionados respecto a Mikhaïlof por los informes de Golinitchef, lo quedaron más aún por el aspecto del pintor. De estatura mediana y rechoncha, Mikhaïlof, con su modo de andar agitado, su sombrero castaño, su paletó color aceituna y su pantalón estrecho pasado de moda, produjo una impresión que lo vulgar de su rostro largo y la mezcla de timidez y pretensiones de dignidad que revelaba, contribuyeron a que fuese desfavorable.

—Háganme ustedes el favor de entrar —dijo tratando de parecer indiferente, mientras acompañaba a los visitantes y les abría la puerta del estudio.

XI

Apenas entraron, Mikhaïlof echó una ojeada a sus visitantes. La cabeza de Wronsky, de pómulos ligeramente prominentes instantáneamente se le grabó en la imaginación, porque el sentido artístico de este hombre trabajaba no obstante su turbación, haciendo siempre acopio de materiales. Sus observaciones finas y justas se apoyaban sobre indicios imperceptibles.

«Este otro —pensaba Mikhaïlof mirando a Golinitchef— debe ser un ruso que se ha fijado en Italia.» No sabía su nombre ni recordaba dónde lo había encontrado antes, ni si le había hablado; pero sí recordaba aquella fisonomía como todas las que veía, y estaba seguro de haberla ya clasificado en la inmensa categoría de fisonomías pobres de expresión, a pesar de una falsa apariencia de originalidad. Una frente muy despejada y muchos cabellos por detrás daban a esta cabeza una individualidad puramente aparente, mientras que una expresión de agitación pueril se concentraba en el estrecho espacio que separaba los ojos. Wronsky y Ana debían ser rusos de distinción, ricos e ignorantes en lo que se refería al arte, como todos los rusos ricos que pretenden pasar por aficionados y conocedores.

«Ciertamente han visitado las galerías antiguas, y después de haber recorrido los estudios de los charlatanes alemanes y de los imbéciles prerrafaelistas ingleses, me hacen el honor de visitarme para acabar su correrías», pensaba.

Conocía perfectamente la manera como los *dilettanti* examinan los estudios de los pintores modernos. Sabía que el fin que se proponen es poder afirmar que el arte moderno prueba la incontestable superioridad del arte antiguo. Todo eso lo esperaba y lo leía en la indiferencia con la cual sus visitantes hablaban entre sí al recorrer el estudio, y miraban tranquilamente los bustos y maniquíes, mientras el pintor descubría su cuadro.

A pesar de esta prevención y de la íntima convicción de que los rusos ricos y de elevada posición no podían ser otra cosa más que imbéciles y tontos, preparaba estudios para enseñarlos, levantaba las cortinas y con mano trémula descubría su cuadro.

—Ahí lo tienen ustedes —dijo, alejándose del cuadro y señalándolo con un gesto a los espectadores—. Es Cristo ante Pilatos; *San Mateo*, capítulo XXVII.

Sintió que los labios le temblaban de emoción y se retiró para colocarse detrás de sus visitantes. Durante los pocos segundos que siguieron, Mikhaïlof miró su cuadro con aire indiferente, como si hubiera sido uno de los curiosos. A pesar suyo esperaba un juicio inteligente, una infalible sentencia de aquellas tres personas que poco antes despreciaba. Olvidando su propia opinión, lo mismo que los incontestables méritos que hacía tres años conocía en su cuadro lo miraba con la mirada desapasionada y crítica de un extraño y ya no encontraba nada bueno en él. ¡Qué bien merecidas serían las frases cortésmente hipócritas que iba a oír! ¡Cuánta razón tendrían sus huéspedes, después de marcharse; en compadecerle y burlarse de él!

El silencio, que no duró más de un minuto, le pareció interminable, y para abreviarlo y disimular su turbación hizo un esfuerzo para hablar con Golinitchef.

—Creo haber tenido el honor de encontrar a usted antes —dijo echando miradas inquietas ya a Ana, ya a Wronsky, para no perder nada de la expresión de sus fisonomías.

—Ciertamente, nos encontramos en casa de Rossi la noche en que aquella señorita italiana, la nueva Rachel, declamó. ¿Se acuerda usted? —respondió Golinitchef, apartando sus miradas del cuadro sin el menor pesar aparente.

Notó, sin embargo, que Mikhaïlof esperaba un juicio, y añadió:

—La obra de usted ha adelantado mucho desde la última vez que la vi y ahora, lo mismo que entonces, me ha causado mucha impresión su Pilatos. Es exactamente el hombre bueno, débil hasta el fondo del alma, que ignora por completo el alcance de su acto. Pero me parece...

El rostro movible de Mikhaïlof se serenó, le brillaron los ojos, quiso contestar, pero se lo evitó la emoción, y simuló un ataque de tos. Esta observación exacta, pero sin valor para él, porque estimaba muy poco el instinto artístico de Golinitchef, le llenó, sin embargo, de alegría.

Inmediatamente sintió simpatía hacia él, y de pronto pasó del abatimiento al entusiasmo. Repentinamente volvió a encontrar en su cuadro una vida compleja y profunda.

Wronsky y Ana hablaban en voz baja, como se hace en las exposiciones de pintura para no correr el riesgo de ofender al autor, y sobre todo para que los que están cerca no oigan observaciones con mucha frecuencia absurdas cuando se habla de arte. Mikhaïlof creyó que su cuadro había producido una impresión favorable y se acercó a ellos.

—¡Qué admirable expresión tiene ese Cristo! —dijo Ana, en la creencia de que ese elogio no podía dejar de ser agradable al artista, puesto que el Cristo era el personaje principal del cuadro; y añadió—: Se diría que tiene compasión de Pilatos.

Era otra de las mil observaciones exactas pero triviales que se podían hacer. La cabeza de Cristo debía expresar la resignación ante la muerte, el sentimiento de un profundo desencanto, de una paz sobrenatural, de un amor sublime, y, por consiguiente, la piedad para sus enemigos. Pilatos debía representar, por fuerza, la vida carnal, por oposición al Cristo, tipo de la vida espiritual, y por tanto, ofrecer el aspecto de un funcionario vulgar. El rostro de Mikhaïlof se dilató a pesar de todo.

—¡Y qué bien pintado está! ¡Se ve el aire alrededor de esa figura! Se podría dar la vuelta en torno —dijo Golinitchef, queriendo demostrar, al hacer esta observación, que no aprobaba la parte realista del Cristo.

—¡Sí, es una obra magistral! —dijo Wronsky—. ¡Cómo resaltan esas figuras del segundo término! ¡Qué habilidad de mano! —añadió dirigiéndose a Golinitchef, y aludiendo a una discusión en la cual había confesado su desaliento por las dificultes prácticas del arte.

—¡Es verdaderamente notable! —dijeron Golinitchef y Ana.

Pero la última observación de Wronsky desagradó a Mikhaïlof, que frunció el ceño y miró a Wronsky con aire de disgusto, porque no había comprendido bien la palabra habilidad. Frecuentemente había observado, hasta en los elogios que le dirigían, que se oponía esta habilidad técnica al mérito intrínseco de la obra, como si hubiera sido posible pintar una mala composición con talento.

—La única observación que me atreveré a hacer, si usted me lo permite... —dijo Golinitchef.

—¡Hágala usted, se lo ruego! —respondió Mikhaïlof, sonriendo de mala gana.

—Es que usted ha pintado un hombre Dios, y no Dios hecho hombre. Por lo demás, ya sé que tal era la intención de usted.

—No puedo pintar a Cristo si no es como lo concibo —repuso Mikhaïlof con aire sombrío.

—En ese caso, dispénseme usted un punto de vista que me es personal. El cuadro de usted es tan bello, que esta observación no podría rebajarlo... Tomemos, por ejemplo a Ivanof. ¿Por qué rebaja a Cristo a las proporciones de una figura histórica? Mejor sería que hubiera escogido un tema nuevo menos trillado.

—¡Pero si ese tema es el más grande de todos para el arte!

—Buscando bien se podía hallar algún otro. El arte, a mi parecer, no tolera la discusión; así es que ante el cuadro de Ivanof se nos ocurre esta pregunta: ¿es un Dios el que ha querido representar?, y así, queda destruida la unidad de la impresión.

—¿Por qué? Me parece que esa pregunta ya no la pueden hacer hombres ilustrados.

Golinitchef no era de la misma opinión, y convencido de su idea, derrotó al pintor en una discusión en la que éste ya no encontró qué responder para defenderse.

XII

Ana y Wronsky, lamentando la charla de su amigo, cambiaban miradas de hastío. Acabaron por decidirse a examinar solos el estudio, y se detuvieron delante de un cuadrito pequeño.

—¡Qué precioso! ¡Es encantador! —dijeron los dos a un tiempo.

—¿Qué es lo que tanto les gusta? —pensó Mikhaïlof.

Había olvidado completamente ese cuadro, que hizo tres años antes. Después de concluido un lienzo no lo miraba más con gusto, y éste sólo lo había expuesto porque un inglés deseaba comprarlo.

—No es nada, es un antiguo estudio —dijo.

—¡Pero es excelente! —repuso Golinitchef, sinceramente encantado del cuadro.

Dos niños pescaban con caña a la sombra de un árbol. El mayor, absorto en lo que hacía, sacaba del agua el anzuelo con gran precaución. El más joven, echado sobre la hierba, apoyaba la cabeza rubia y desgreñada en un brazo, mirando al agua con sus grandes y pensativos ojos. ¿Es qué pensaba?

El entusiasmo producido por este estudio hizo que Mikaïlof volviera a su primera emoción, pero temía los vanos recuerdos del pasado y quiso llevar a sus visitantes a otro cuadro. Wronsky le disgustó al preguntarle si aquel estudio estaba a la venta. Esta cuestión de dinero le pareció inoportuna, y respondió frunciendo el ceño:

—Está expuesto para la venta.

Cuando los visitantes se marcharon, Mikhaïlof se sentó delante de su cuadro de Cristo y Pilatos, y pasó mentalmente revista a todo lo que habían dicho y dado a entender aquéllos. Cosa extraña, las observaciones que parecían de tanto peso cuando estaban ellos presentes, y cuando él mismo se colocaba en su punto de vista, perdían ahora toda significación. Al examinar su obra con su mirada de artista, volvió a su plena convicción de que era perfecta y de gran valor, y por consiguiente recobró la disposición de espíritu necesaria para continuar su trabajo.

La pierna del Cristo, en escorzo, tenía no obstante un defecto. Tomó la paleta, y, mientras corregía esta pierna, miró en el segundo término la cabeza de San Juan, que consideraba como la última palabra de la perfección y que los visitantes ni siquiera observaban. Trató de retocarla también, pero para hacerlo como deseaba necesitaba estar menos agitado y encontrar un término medio entre la frialdad y la exaltación. Por el momento, la agitación era la que dominaba. Se propuso cubrir el cuadro, se detuvo, levantando el velo con una mano, y sonrió en éxtasis al mirar a San Juan. Por último, separándose con dificultad de su contemplación, dejó caer la cortina y entró en su casa fatigado, pero feliz.

Wronsky, Ana y Galinitchef volvieron alegres al palacio hablando de Mikhaïlof y de sus cuadros. La palabra talento se repetía frecuentemente en la conversación, entendían con esa palabra no solamente un don innato, casi físico, independiente del espíritu y del corazón, sino una cosa más amplia cuyo verdadero sentido se les escapaba.

—¿Talento? —decían—. Ciertamente lo tiene, pero es un talento que no está suficientemente desarrollado porque le falta la cultura intelectual, defecto propio de todos los artistas rusos.

XIII

Wronsky compró el cuadrito y hasta decidió a Mikaïlof a que hiciera el retrato de Ana. El artista fue el día convenido y comenzó el boceto que, desde la quinta sesión, sorprendió a Wronsky por su parecido y por una comprensión muy fina de la belleza del modelo.

—Hace tiempo que lucho sin conseguir nada —decía Wronsky hablando del retrato de Ana—, y él no ha hecho más que mirarla una vez y eso le basta para reproducirla con exactitud; eso se llama dominar su oficio.

—Eso vendrá con la práctica —respondía Golinitchef para consolarle; porque a sus ojos Wronsky tenía talento, y además poseía una instrucción que debía elevar en el sentimiento del arte.

Por otra parte, la convicción de Golinitchef estaba corroborada por la necesidad que tenía de los elogios y de la simpatía de Wronsky para sus propios trabajos: era un intercambio de consideración.

Mikhaïlof, fuera de su estudio parecía otro hombre. En el palacio sobre todo, se mostró respetuoso con afectación, procurando evitar toda intimidad con gentes a quienes en el fondo no estimaba. A Wronsky siempre le llamaba Vuestra Excelencia, y a pesar de las reiteradas invitaciones de Ana, nunca quiso aceptar ir a comer, y sólo se presentaba a las horas de las sesiones. Ana se mostró más amable con él que con otros. Wronsky le trató con exquisita cortesía y le pidió su opinión sobre sus cuadros. Golinitchef no desperdició ninguna ocasión para inculcarle algunas sanas ideas sobre el arte. No por eso Mikhaïlof permaneció menos frío. Ana advirtió, sin embargo, que la veía con gusto, aunque evitaba toda conversación. En cuanto a los consejos que Wronsky le pidió, se atrincheró en un obstinado silencio, miró los cuadros sin decir una palabra y no disimuló el aburrimiento que le causaban los discursos de Golinitchef.

Esta sorda hostilidad produjo una penosa impresión, y ambas partes se sintieron aliviadas como de un peso cuando terminaron sus artísticas visitas. Mikhaïlof, al suspender sus visitas al palacio, dejó como recuerdo suyo un admirable retrato. Golinitchef fue el primero en emitir la idea de que el pintor estaba envidioso de Wronsky.

—Lo que le pone furioso es ver a un hombre rico, de una posición elevada y además conde, llegar a pintar tan bien o mejor que él. Él ha consagrado su vida a la pintura, mientras que usted posee una cultura a la cual, personas como Mikhaïlof, no llegarán jamás.

Wronsky, mientras defendía al pintor, allí en su fuero interno daba razón a su amigo, porque, según su íntima convicción, encontraba muy natural que un hombre en una situación inferior tuviese envidia de él.

Los dos retratos de Ana deberían haberle demostrado la diferencia que había entre Mikhaïlof y él. Lo comprendió lo suficiente para renunciar al suyo declarándole superfluo, contentándose con su cuadro de la Edad Media, del que estaba tan satisfecho como Golinitchef y Ana, porque se parecía, más que todo lo que hacía Mikhaïlof, a un cuadro antiguo.

Por su parte, el artista, a pesar del encanto que le causaba hacer el retrato de Ana, se alegró mucho de verse libre de los discursos de Golinitchef y de las obras de Wronsky. Ciertamente que no se podía evitar que éste se divirtiera, ya que desgraciadamente los aficionados tienen el derecho de pintar lo que se les antoje; pero ese pasatiempo de aficionado le hacía sufrir. Nadie puede prohibir a una persona el fabricar una muñeca de cera y besarle, pero no debe ir a hacerle caricias delante de dos enamorados. La pintura de Wronsky le producía un efecto de insuficiencia análoga; le chocaba, le ofendía, la encontraba ridícula y lastimosa.

La preocupación caprichosa de Wronsky por la pintura y por la Edad Media fue de corta duración. Tuvo bastante instinto artístico para no concluir su cuadro, y reconocer con tristeza que los defectos, poco aparentes al principio, se volvían patentes a medida que adelantaba. Se encontraba en el caso de Golinitchef, que, aunque sentía lo vacuo de su mente, voluntariamente se alentaba con ilusiones, y se imaginaba estar madurando sus ideas y reuniendo materiales; pero así como éste se agriaba y se irritaba, Wronsky permanecía perfectamente tranquilo: incapaz de engañarse a sí mismo, abandonó sencillamente la pintura, con su resolución habitual de carácter, sin tratar de justificarse ni de explicarse.

Pero la vida, sin una ocupación, pronto se le hizo intolerable en aquella pequeña ciudad. El palacio de repente se le antojó viejo y sucio; las manchas de las cortinas tomaron para él un aspecto sórdido, el descostramiento de las cornisas, el eterno Golinitchef, el profesor italiano y el viajero alemán, todo le pareció inaguantable, fastidioso, y Wronsky sintió la imperiosa necesidad de cambiar de existencia.

Ana quedó admirada de aquel súbito desencanto, pero de buena gana insistió en regresar a Rusia para ir a vivir en el campo.

Wronsky quería pasar por San Petersburgo para terminar un acta de división y partición de bienes con su hermano, y Ana también quería pasar por allí para ver a su hijo. El verano lo pasarían en la gran finca patrimonial de Wronsky.

XIV

Hacía tres meses que Levin se había casado. Era feliz, pero de un modo diferente a como había pensado, y a pesar de ciertos encantos imprevistos, a cada paso tropezaba con alguna desilusión. La vida conyugal era muy diferente a la que había soñado. Semejante a un hombre que, habiendo admirado la marcha tranquila y regular de un buque en un lago, quisiera dirigirlo él mismo, comprendía la diferencia que existe entre la simple contemplación y la acción. No bastaba permanecer sentado sin hacer falsos movimientos; era preciso también pensar en el agua que había bajo sus pies, dirigir la embarcación, levantar los pesados remos con su mano inexperta.

En otro tiempo, cuando todavía era soltero, se había reído interiormente de las pequeñas miserias de la vida conyugal: querellas, celos, mezquinas preocupaciones. Nunca sucedería eso en su hogar, nunca su existencia íntima se parecería a la de los demás. Y he aquí que esas mismas pequeñeces se reproducían todas, y por más esfuerzos que hacía, tomaban una importancia indiscutible.

Como todos los hombres, Levin se había imaginado encontrar las satisfacciones del amor en el matrimonio, sin admitir ningún detalle prosaico. El amor debía proporcionarle el reposo después del trabajo, su esposa debía contentarse con ser adorada, olvidándose por completo de que ella también tenía derecho a cierta actividad personal. Grande fue su extrañeza al ver a esta poética y encantadora Kitty afanarse en pensar, casi desde los primeros días de su casamiento, en las camas, en los muebles, en la ropa blanca, en el servicio de mesa, en el cocinero... El haberse negado a viajar para ir a instalarse en el campo, le llamó la atención durante sus esponsales ahora se sentía molesto al ver que, después de varios meses, el amor no impedía que se ocupase de los aspectos materiales de la vida, y él bromeaba sobre ello.

A pesar de todo, la admiraba y le hacía gracia verla dirigir la instalación de los nuevos muebles venidos de Moscú, colocar cortinas, organizar los cuartos de los amigos que llegasen, pensando sobre todo en lo que Dolly pudiera necesitar, dirigir a la nueva ama de llaves y al viejo cocinero, entrar en discusiones con Agatha Mikhailovna y retirarle el cuidado de las provisiones.

El viejo cocinero se sonreía amablemente al recibir órdenes fantásticas imposibles de realizar. Agatha Mikhailovna sacudía la cabeza con aire pensativo, ante las nuevas medidas que su joven ama decretaba. Levin las miraba, y cuando Kitty venía medio riendo, medio llorando, a quejarse de que nadie quería hacerle caso, la encontraba encantadora, pero extraña. No comprendía el sentimiento de metamorfosis que su mujer experimentaba al verse libre para comprar montañas de confites y golosinas, para gastar y hacer venir todo lo que se le antojaba, acostumbrada como estaba en casa de sus padres a refrenar sus caprichos.

Se preparaba, alegre, a recibir a Dolly, que venía con sus niños, y a los mimos con que trataría a éstos. Los quehaceres de la casa le atraían invenciblemente, y como si esperara malos días de invierno, arreglaba su nido al aproximarse la primavera. Ese celo por bagatelas, tan contrario al ideal de exaltada felicidad que Levin había soñado, fue en cierto modo una desilusión, pero por otro lado esta misma actividad, cuyo fin no comprendía, no podía verla sin placer y le parecía un encanto inopinado.

Las querellas también fueron sorpresas. Jamás Levin habría podido imaginarse que entre su esposa y él pudiese haber en su intimidad más que dulzura, respeto y ternura y he aquí que ¡desde los primeros días ya disputaron! Kitty afirmó que él no amaba más que a sí mismo y se echó a llorar con gestos de desesperación.

La primera de esas querellas fue a consecuencia de una excursión que hizo Levin a una nueva granja; estuvo ausente media hora más de lo que había prometido por haberse extraviado al querer regresar por un camino más corto que no conocía bien. No pensaba más que en Kitty al aproximarse a la casa, y se entusiasmaba con la idea de su dicha y de su mutua ternura. Entró en la sala en un estado de espíritu análogo al que experimentó el día en que fue a pedir la mano de Kitty. Le recibió un rostro sombrío que él no conocía. Quiso besar a su mujer y ésta le rechazó.

—¿Qué tienes?

—Tú te diviertes... —empezó a decir, tratando de mostrarse fríamente amarga.

Pero apenas hubo abierto la boca, los absurdos celos que la habían atormentado, mientras esperaba sentada en el alféizar de la ventana, estallaron en palabras de reconvención. Él comprendió entonces, por primera vez, muy claramente lo que hasta entonces sólo de un modo muy vago y confuso había comprendido; esto es, que el límite que los separaba era tan imperceptible, que ya no sabía dónde comenzaba y dónde concluía su propia personalidad. Esta vez notó con dolor un desacuerdo, una división interior. Nunca volvió a ser tan viva semejante impresión. Quería disculparse, probar a Kitty su injusticia. Por costumbre, habría llegado a acusarla de tener la culpa; pero así la hubiera irritado más y aumentado la desavenencia entre los dos. Permanecer bajo el peso de una injusticia era cruel; ofenderla al querer justificarse era peor todavía.

Como el hombre que lucha medio dormido con un mal doloroso que quisiera arrancarse, y al despertarse descubre que ese mal no existe más que en las profundidades de su espíritu, Levin reconoció que la paciencia era el único remedio aplicable.

La reconciliación no se hizo esperar. Kitty, sin confesárselo, comprendió que no tenía razón, y se mostró tan tierna que el amor de ambos fue aún más vivo que antes.

Desgraciadamente esas dificultades reaparecieron con frecuencia por causas tan fútiles como imprevistas, y porque ambos ignoraban lo que tenía importancia real para cada uno. Aquellos primeros meses fueron difíciles de pasar, ninguno de los dos estaba de buen humor, y el motivo más pueril bastaba para provocar una desavenencia cuya razón no encontraban después. Cada uno de ellos tiraba de la cadena que los unía, y aquella luna de miel, de la que Levin esperaba maravillas, no les dejó en realidad más que penosos recuerdos. Ambos trataron más tarde de borrar de su memoria los mil incidentes lamentables y ridículos de este período, durante el cual rara vez se encontraron en un estado normal de ánimo.

Hasta a su regreso de Moscú, adonde fueron por poco tiempo a los tres meses de casados, no comenzaron a gozar de una vida más regular y más tranquila.

XV

Habían regresado a su casa y gozaban de su soledad. Levin escribía en su despacho. Kitty, vestida con una bata color violeta que agradaba a su marido, porque la había usado en los primeros días de su casamiento, bordaba sentada en un gran sofá de cuero, en el despacho, como lo habían hecho en otro tiempo la abuela y la bisabuela de Levin. Éste gozaba con la presencia de su esposa mientras reflexionaba y escribía. Sus trabajos sobre la transformación de las condiciones agronómicas de Rusia no los había abandonado; pero si en otra época le habían parecido miserables, en la tristeza de su vida, ahora en plena dicha, los encontraba insignificantes. En otro tiempo el estudio lo había considerado como una salvación; en la actualidad, quería evitar que su vida fuera demasiado uniformemente luminosa. Al volver a leer su trabajo, observó con placer que tenía algún mérito a pesar de ciertas ideas exageradas, y logró llenar muchas lagunas, comenzando de nuevo el estudio de la cuestión toda.

En un capítulo que releyó por completo, trataba de las condiciones desfavorables en que se encontraba la agricultura en Rusia: la pobreza del país no consistía tan sólo, según él, en la división desproporcionada de la propiedad territorial ni en las falsas tendencias económicas, sino sobre todo en la introducción prematura de la civilización europea. Los ferrocarriles, obra política y no económica, producían una centralización excesiva, el desarrollo del lujo, y por consiguiente la creación, en detrimento de la agricultura, de nuevas industrias; la extensión exagerada del crédito y de la especulación. Opinaba que el aumento normal de la riqueza de un país no admitía esas manifestaciones de civilización exterior, hasta que la agricultura hubiese llegado a un grado de desarrollo proporcional.

Mientras Levin escribía, Kitty pensaba en la extraña actitud de su marido, la víspera de su salida de Moscú, con respecto al joven príncipe Tcharsky, que, con tan poco tacto, le había hecho un poco la corte.

«Está celoso —pensaba—. ¡Dios mío, qué gracioso y qué tonto es! ¡Si supiera el efecto que me producen todos! ¡Exactamente el mismo efecto que me causa Pedro el cocinero!» Y echó una mirada de propietaria a la nuca y al vigoroso cuello de su marido. «Es lástima interrumpirle, pero más tarde ya tendrá tiempo de trabajar. Quiero verle la cara; ¿sentirá que le estoy mirando? Quiero que se vuelva...» Y abrió bastante los ojos como para dar más fuerza a su mirada.

—«Si atraen hacia ellos la mejor savia y dan una falsa apariencia de riqueza» —murmuró Levin dejando la pluma, siguiendo la mirada de su esposa fija sobre él. Se volvió.

—¿Qué hay? —preguntó sonriendo y levantándose.

—¡Se ha vuelto! —pensó ella—. Nada, quería hacer que te volvieras —y le miraba deseosa de adivinar si estaba disgustado por haber sido distraído.

—¡Qué bueno es estar solos los dos! Para mí al menos —dijo aproximándose a ella radiante de felicidad.

—Me encuentro tan bien aquí, que ya no iría a ninguna parte, y menos a Moscú.

—¿En qué estabas pensando?

—¿Yo? Estaba pensando... No no, vete a escribir, no permitas que te distraigan —respondió, haciendo un mohín con los labios—; tengo que cortar todos esos claveles, ¿ya ves? —y tomó sus tijeras de bordar.

—No, dime en qué piensas —repitió sentándose cerca de ella, y siguiendo el movimiento de las tijeritas.

—¿En qué pensaba? En Moscú y en ti.

—¿Qué habré hecho para merecer tanto honor? Eso no es natural —dijo besándole la mano.

—Por lo que a mí toca, cuanto más feliz soy, más natural lo encuentro.

—Tienes un mechoncito de pelo, déjame ver —dijo volviéndole la cabeza con precaución.

—¿Un mechoncito? Déjale tranquilo; estamos ocupándonos de cosas serias.

Pero las cosas serias se interrumpieron, y cuando Kusma vino a decirles que el té estaba servido, se separaron con rapidez, como culpables.

Cuando Levin se encontró solo guardó sus papeles en un cartapacio nuevo comprado por su mujer, se lavó las manos en una elegante palangana comprada también por ella, y mientras sonreía por lo que pensaba, meneó la cabeza como si sintiera un remordimiento. Su vida se había vuelto demasiado voluptuosa, demasiado regalada. Era una vida de Capua, de la que se sentía algo avergonzado.

«Esta existencia no es buena para nada —pensaba— Hace tres meses que vivo como un holgazán. Hoy es la primera vez que me he puesto a trabajar, y apenas empecé lo he abandonado. Hasta descuido mis ocupaciones habituales; ya no vigilo nada, no voy a ninguna parte. Unas veces siento dejarla; otras, temo que se fastidie: ¡yo que creía que hasta el día del casamiento la existencia no tenía ningún valor y que en realidad comenzaba a valer después! Hace tres meses que paso el tiempo de una manera absolutamente ociosa. Eso no puede continuar así. Esto no es culpa suya, no se podría hacerla el menor reproche. Yo habría debido mostrar firmeza y defender mi independencia de hombre, porque acabaría por contraer malos hábitos.»

Un hombre descontento difícilmente puede evitar el echar a cualquier otro la culpa de su disgusto. Así es que Levin pensaba, con tristeza, que si su mujer no tenía la culpa, puesto que era imposible acusarla, la culpable era su educación.

«Ese imbécil de Tharsky, por ejemplo; ella no había siquiera sabido hacer que la respetara. Con excepción de sus pequeños quehaceres de la casa (que ciertamente cuida), de su *toilette* y de su bordado inglés, no se ocupa de nada. Ningún interés le inspiran mis trabajos de campo, ni el laboreo, ni los trabajadores. No es aficionada siquiera a la lectura, ni a la música, y sin embargo, es inteligente en eso. No hace absolutamente nada, y no obstante se encuentra muy satisfecha.»

Levin, al juzgarla así, no comprendía que su esposa se preparaba para un período de actividad que la obligaría a ser al mismo tiempo esposa, madre, ama de casa, nodriza, institutriz... no comprendía que se aprovechara de esas horas de indolencia y de amor, porque un instinto secreto le advertía de la tarea que la esperaba, mientras que lentamente iba preparando su nido para lo porvenir.

XVI

Levin, al volver a subir donde estaba su esposa la encontró sentada delante de su nuevo servicio para té, leyendo una carta de Dolly, con la cual mantenía una correspondencia activa, y Agatha Mikhailovna, con una taza de té delante estaba también sentada al lado de su joven ama.

—La señora me ha mandado que me siente aquí —dijo Agatha mirando afectuosamente a Kitty.

Esas últimas palabras probaron a Levin que había terminado un drama doméstico entre Kitty y Agatha, a pesar del disgusto que había causado a ésta encargándose de las riendas del gobierno. La victoriosa Kitty había logrado hacerse perdonar.

—Aquí tienes una carta para ti —dijo Kitty presentando a su marido una carta sin ortografía—. Creo que es de esa mujer, ya sabes, de tu hermano, no la he leído. Esta otra es de Dolly. Figúrate que llevó a Gricha y a Tania a un baile de niños, en casa de Sarmatzky. Tania vestía de marquesa.

Pero Levin no la escuchaba. Sonrojándose, tomó la carta de María Nicolaevna, antigua amante de Nicolás, y la recorrió. Era la segunda vez que le escribía. En la primera carta decía que Nicolás la había despedido sin que ella tuviera nada que reprocharse, y añadía, con ingenuidad conmovedora, que no pedía ningún socorro, aunque se veía reducida a la miseria, pero que el pensar en Nicolás la mataba. ¿Qué sería de él, débil como estaba? Suplicaba a su hermano que no le perdiese de vista. La segunda carta tenía un tono diferente. Decía que había vuelto a ver a Nicolás en Moscú y que se habían marchado juntos a una ciudad de provincias donde él había conseguido una colocación. A consecuencia de una disputa con uno de sus jefes, había vuelto a tomar el camino de Moscú, pero en el camino había recaído y probablemente ya no se restablecería. «Pregunta constantemente por usted, y además no tenemos dinero», escribía.

—Lee lo que Dolly escribe de ti —comenzó a decir Kitty, pero al ver el rostro alterado de su marido, guardó silencio.

—¿Qué sucede? ¿Qué hay?

—Me escriben que mi hermano Nicolás se está muriendo. Voy a marcharme.

Kitty cambió de fisonomía. Dolly, Tania vestida de marquesa, todo lo olvidó.

—¿Cuándo te marcharás?

—Mañana.

—¿Puedo acompañarte?

—Kitty, ¿qué se te ocurre? —respondió en tono de reconvención.

—¿Cómo qué se me ocurre? —dijo ella ofendida al ver que su proposición fuese recibida de tan mal modo—. ¿Por qué no podría yo ir contigo? Yo no te molestaré en nada. Yo...

—Me voy porque mi hermano se muere. ¿Qué harías tú allá?

—Lo mismo que tú.

«En un momento tan grave para mí, ella no piensa más que en el aburrimiento de quedarse sola», pensó Levin, y esta reflexión le afligió.

—Es imposible —respondió con severidad.

Agatha Mikhailovna viendo, que las cosas se estropeaban, dejó su taza y se retiró. Kitty ni siquiera la vio marcharse. El tono de su marido la había herido tanto más cuanto que no había parecido dar ninguna importancia a lo que ella decía.

—Yo te digo ahora que si tú vas yo voy también. Decididamente te acompañaré —dijo con viveza y cólera—. Yo desearía saber por qué es imposible. ¿Por qué dices eso?

—Porque sólo Dios sabe en qué sucia posada estará metido, por qué caminos tendré que pasar para llegar donde se encuentre. No harías más que estorbarme —dijo Levin tratando de conservar su sangre fría.

—De ningún modo, yo no necesito nada; donde tú puedes ir, también puedo yo...

—Aunque no fuera más que por esa mujer con la cual no puedes ponerte en contacto.

—¿Por qué? Yo no tengo nada que saber de todas esas historias, eso no me interesa. Sé que el hermano de mi marido se está muriendo, que mi marido va a verle y que yo le acompaño para...

—Kitty, no te enfades, y ten presente que en un caso tan grave me es doloroso verte mezclar a mi pesar. No es más que una verdadera debilidad, el temor de quedar sola. Si temes aburrirte aquí, ve a Moscú.

—¡Así eres tú! Siempre me supones sentimientos mezquinos —exclamó ella sofocada por las lágrimas de la cólera—. No soy débil. Comprendo que es mi deber estar al lado de mi marido en semejante momento, y tú quieres herirme voluntariamente atribuyéndome intenciones que sabes bien que no existen.

—¡Pero es horrible esta esclavitud! —gritó Levin levantándose de la mesa, incapaz de disimular su contrariedad.

En el mismo instante comprendió que se estaba perjudicando a sí mismo.

—Entonces, ¿para qué te casaste? Si no te hubieras casado serías libre. ¿Para qué te has casado si tan pronto te arrepientes?

Y Kitty salió huyendo a la sala.

Cuando él fue a reunirse con ella, la encontró sollozando.

Trató primero de buscar las palabras que emplearía, no para convencerla, sino para aplacarla. Ella no le escuchaba, pues no admitía ninguno de sus argumentos. Levin se echó a sus pies, le tomó una mano que se resistía a darle, le besó esa mano, los cabellos y de nuevo la mano, sin que ella dijera nada. Pero cuando por último le tomó la cabeza con ambas manos llamándola Kitty se calmó, lloró y la reconciliación quedó hecha.

Decidieron partir juntos. Levin declaró que estaba persuadido de que el único interés que a ella le impulsaba era ser útil y que no veía inconveniente en que María Nicolaevna estuviese con su hermano; pero en el fondo de su corazón se reprochaba y reprochaba a su esposa tal condescendencia. ¡Cosa extraña, él, que no había podido creer en la felicidad de ser amado por ella, ahora se consideraba casi desgraciado por serlo demasiado! Disgustado de su propia debilidad, se espantaba de antemano de la inevitable aproximación que resultaría entre su esposa y la manceba de su hermano. La sola idea de verlas en el mismo cuarto le llenaba de horror y repugnancia.

XVII

El hotel provinciano donde se moría Nicolás Levin era uno de esos establecimientos de construcción reciente, con la pretensión de ofrecer limpieza, comodidad y elegancia, a un público poco acostumbrado a esos refinamientos modernos, y que pronto se convirtió en una miserable taberna mal cuidada debido a ese mismo público. Allí todo produjo a Levin una dolorosa impresión: el soldado en uniforme sórdido que hacía de portero y fumando un cigarrillo en el vestíbulo, la escalera de hierro fundido, oscura y triste, el camarero vestido de negro y lleno de manchas, la mesa redonda adornada con su horrible ramillete de flores de cera cubiertas de polvo, el aspecto general de desorden y de suciedad, y hasta una actividad llena de pretensión, que le pareció imitar el estilo a la moda introducido por los ferrocarriles. Lo que les aguardaba todavía era peor que todo este conjunto, y penoso resultaba el contraste que encontraban con su cómodo bienestar tan reciente.

Los mejores cuartos estaban ocupados. Se les ofreció un cuarto sucio prometiéndoles otro para la noche. Levin llevó a él a su esposa, atormentado al ver que sus previsiones se habían realizado tan pronto, y por tener que ocuparse de la instalación en vez de correr a ver a su hermano.

—¡Ve, ve pronto! —dijo ella con aire contrito.

Salió sin decir palabra y tropezó en la puerta con María Nicolaevna, que acababa de enterarse de su llegada. Ésta no había cambiado desde que la vio en Moscú: llevaba el mismo traje de lana que dejaba al descubierto el cuello y los brazos, y la misma expresión de bondad en su rostro picado de viruelas.

—¿Y qué tal, cómo está?

—Muy mal. Ya no se levanta, y sigue esperando a usted. Usted.. ¿Usted ha venido con su esposa?

Levin no comprendió al principio lo que la ponía confusa, pero ella pronto se explicó:

—Me iré a la cocina; eso agradará a él; se acuerda de haberla visto en el extranjero.

Levin comprendió que se trataba de su esposa, y no supo qué contestar.

—¡Vamos, vamos! —dijo.

Pero apenas había dado un paso, cuando la puerta de su cuarto se abrió y Kitty se presentó en el umbral. Levin se puso rojo de contrariedad al ver a su esposa en una situación tan falsa, pero María Nicolaevna se puso aún más encendida y arrimándose contra la pared, a punto de llorar, envolvió sus manos coloradas con el pequeño chal tratando de disimular su turbación.

Levin notó la mirada ávida de curiosidad de Kitty a aquella mujer incomprensible para ella y casi terrible; esta mirada fue cosa de un segundo.

—¿Qué tal? ¿Qué hay? —preguntó a su marido.

—No podemos hablar aquí en el corredor —respondió Levin con tono irritado.

—Entonces, entre usted —dijo Kitty volviéndose hacia María Nicolaevna, que ya se retiraba. Después, viendo el aire asustado de su marido, añadió al entrar de nuevo en su cuarto—: O más bien, vaya usted, vaya usted y mándeme a llamar.

Levin fue al cuarto de su hermano.

Creía encontrarle en ese estado de ilusión característico de los tísicos, que le impresionó en su última visita, más débil y más aniquilado, con las señales de un fin próximo. Pensaba en la profunda lástima que iba a experimentar por aquel hermano tan querido, y que experimentaría terrores aún más fuertes que los que había antes sentido ante la idea de la muerte. Pero lo que notó fue muy diferente.

En un cuartito sórdido, cuyas paredes conservaban señales de que muchos viajeros habían escupido contra ellas y un delgado tabique separaba mal de otro cuarto en donde se oía conversar, en una atmósfera sofocante y malsana, vio acostado en un camastro un cuerpo ligeramente abrigado con un miserable cobertor. Sobre éste había una mano enorme como un rastrillo, que se adhería de un modo extraño por la muñeca a una especie de huso largo y delgado. La cabeza, apoyada en la almohada, dejaba ver unos cabellos ralos que el sudor pegaba a las sienes, y una frente casi transparente.

«¿Es posible qué ese cadáver sea mi hermano Nicolás?», pensó Levin, pero al aproximarse, cesó la duda.

Le bastó echar una mirada a los ojos que aguardaban su entrada, para convencerse de la horrible realidad.

Nicolás miró a su hermano con aire severo. Aquella mirada restableció las relaciones acostumbradas entre ellos. Constantino sintió como una reconvención, y experimentó remordimiento por ser feliz.

Tomó la mano de su hermano. Éste sonrió, pero la imperceptible sonrisa no cambió la dureza de sus facciones.

—¿No esperabas encontrarme? —acabó por decir con trabajo.

—Sí... no... —respondió Levin vacilando—. ¿Cómo es que no me avisaste antes; antes de mi casamiento? He hecho verdaderas investigaciones para encontrarte.

Quería hablar para evitar un penoso silencio, pero su hermano no le contestaba y le miraba sin bajar los ojos, como pesando cada una de sus palabras. Levin se sentía cohibido. Por fin le comunicó que su esposa estaba con él, y Nicolás manifestó satisfacción, añadiendo, sin embargo, que temía asustarla. Siguió un silencio. De improviso Nicolás se puso a hablar y, por la expresión de su rostro, Levin supuso que tenía algo importante que comunicarle, pero resultó que no era más que una queja contra el médico y el pesar que le causaba no poder consultar a una celebridad de Moscú. Levin comprendió que continuaba teniendo esperanzas.

Al cabo de un rato, Levin se levantó, con el pretexto de ir a por su esposa, pero en realidad para sustraerse, al menos durante algunos minutos, a tan crueles impresiones.

—Está bien, voy a hacer que se limpie y se ventile un poco el cuarto; Macha, ven a poner esto en orden —dijo el enfermo con esfuerzo—; después te marcharás —añadió mirando a su hermano con aire interrogador.

Levin salió sin contestar, pero apenas llegó al corredor, se arrepintió de haber prometido traer a su mujer; pensando en lo que él había sufrido, resolvió convencerla de que esta visita era superflua. «¿Para qué atormentarla como yo me he atormentado?», pensó.

—¿Y qué? ¿Qué hay? —preguntó Kitty asustada.

—¡Es horrible! ¿Para qué has venido?

Kitty miró a su esposo en silencio algunos instantes; en seguida, cogiéndole por el brazo, le dijo con timidez:

—Kostia, llévame a verle, eso será menos duro para los dos. Llévame y déjame allí con él. Comprende que presenciar tu dolor y no ver lo que lo causa es para mí más cruel que nada. Quizá pueda serle útil, y a ti también. ¡Te suplico que lo permitas!

Suplicaba como si se tratara de una gran dicha para ella.

Levin hubo de consentir en que le acompañara, y en el camino se olvidó completamente de María Nicolaevna.

Kitty marchaba ligera mostrando a su marido un rostro resuelto y afectuoso. Al entrar se aproximó a la cama de modo que el enfermo no tuviera que volver la cabeza; en seguida, con su mano fresca y joven, tomó la enorme mano del moribundo, y empleando ese don característico de las mujeres para manifestar una compasión que no ofende, se puso a hablarle con dulce animación.

—Nos encontramos en Soden sin conocernos. ¿Pensaba usted entonces que un día yo llegaría a ser su hermana?

—Usted no me habría reconocido, ¿verdad? —dijo él con el rostro iluminado con una sonrisa como cuando la vio entrar.

—¡Oh, sí! ¡Qué bien ha hecho usted en llamarnos! No ha pasado día sin que Kostia dejara de acordarse de usted y en que no estuviese inquieto por no recibir noticias suyas.

La animación del enfermo duró poco. No había Kitty acabado de hablar, y ya su rostro tomó la expresión de severa reconvención que generalmente el moribundo manifiesta para con el que goza de buena salud.

—Temo que usted no esté bien aquí —continuó Kitty, examinando el cuarto para evitar la mirada fija en ella, y dirigiéndose a su marido añadió—: Es preciso pedir otro cuarto para que estemos más cerca de él.

XVIII

Levin no podía permanecer tranquilo en presencia de su hermano, pero los detalles de la horrible situación, para la cual no encontraba remedio, escapaban a sus ojos y a su perturbada imaginación.

Impresionado por la suciedad del cuarto, por el desorden y el mal olor que reinaban y por los lamentos del enfermo, no se le ocurrió informarse de cómo estaban colocados sus pobres miembros bajo las ropas, ni tratar de aliviarle materialmente para que estuviese mejor o menos mal. El solo pensar en esos detalles le hacía estremecerse; y el enfermo, comprendiendo por instinto esta impotencia, se irritaba. Por esto Levin no hacía más que entrar y salir del cuarto con varios pretextos. Se sentía atormentado al lado de su hermano, y más atormentado aún lejos de él, e incapaz de quedarse solo.

Kitty comprendió las cosas de un modo muy diferente. Tan pronto como estuvo cerca del enfermo, se apiadó de él, y con su corazón de mujer, esta compasión, lejos de producir en ella terror o repugnancia, la condujo a informarse de cuanto podía aliviar aquel triste estado. Persuadida como estaba de que era deber suyo socorrerle, no dudaba de que debía existir posibilidad de aliviarle, y sin tardanza puso manos a la obra. Los detalles que repugnaban a su marido, fueron precisamente los que le llamaron la atención. Hizo llamar a un médico, envió a la farmacia, empleó a su camarera y a María Nicolaevna en barrer, sacudir el polvo y lavar; ella en persona las ayudaba. Mandó que se trajera o se llevara lo que era preciso. Sin inquietarse de los que encontraba en su camino, iba y venía de su cuarto al de su cuñado, sacando de sus cofres aquello que faltaba: sábanas, fundas de almohada, servilletas, camisas...

El criado que servía la mesa de los huéspedes varias veces acudió al ser llamado por ella con aire de malhumor; pero daba las órdenes con una autoridad tan dulce, que de todos modos las cumplía. Levin no aprobaba todo aquel movimiento; no veía la razón, y temía que su hermano se irritase; pero éste permanecía tranquilo e indiferente, aunque algo confuso, y seguía con interés los movimientos de la joven ama de casa. Cuando Levin regresó de casa del médico, adonde Kitty le envió, al abrir la puerta vio que estaban mudando la ropa blanca del enfermo. Las enormes espaldas prominentes, las salientes costillas y vértebras, se encontraban descubiertas, en tanto María Nicolaevna y el criado se enredaban en las mangas de la camisa y no conseguían hacer entrar en ellas los largos y descarnados brazos de Nicolás. Kitty cerró con viveza la puerta sin mirar hacia su cuñado, pero éste dio un gemido y ella en seguida se aproximó.

—Dense prisa —dijo.

—¡No venga usted! —murmuró con cólera el enfermo—. Me arreglaré solo...

—¿Qué dice usted? —preguntó María.

Pero Kitty comprendió que estaba avergonzado y confuso por tener que mostrarse en aquel estado.

—No veo nada —dijo ella tratando de introducirle el brazo en la camisa—. María Nicolaevna, pase usted al otro lado de la cama y ayúdenos. Ve —dijo a su marido—, busca en mi maletín un frasquito y tráemelo; mientras vas acabaremos de arreglarlo todo.

Cuando Levin volvió con el frasco, el enfermo estaba acostado, y todo a su alrededor había tomado otro aspecto. En vez del aire sofocante que se respiraba antes, Kitty lo había disipado, soplando en un pequeño tubo, que esparcía un buen olor de vinagre aromatizado. Había desaparecido el polvo, una alfombra se extendía bajo la cama; en una mesita estaban arreglados todos los frascos con medicinas, una botella, los lienzos necesarios y el bordado inglés de Kitty. Sobre otra mesita cerca de la cama, una bujía, la medicina que estaba tomando el enfermo y algunos polvos medicinales. Nicolás, lavado, peinado, entre sábanas limpias, y sostenido por varias almohadas, estaba vestido con una camisa blanca que le cubría su cuello extraordinariamente flaco. Se leía en sus ojos una expresión de esperanza, y aquellos ojos no se apartaban de Kitty.

El médico, que Levin encontró en el club, no era el que había desagradado a Nicolás. Este nuevo médico le auscultó con el mayor cuidado, movió la cabeza, escribió una receta y se extendió en explicaciones sobre el modo de administrarle los remedios y de alimentarle. Aconsejó que se le dieran huevos frescos, casi crudos, y agua de seltz con leche caliente a cierta temperatura. Cuando se marchó, el enfermo dijo a Levin algunas palabras, de las cuales éste no comprendió más que las últimas, que decían: *Tu Katia*; pero, por su mirada, Levin logró comprender que hacía elogios de Kitty. La llamó cuando Nicolás la nombró:

—Me siento mucho mejor —le dijo—; con usted me curaría. ¡Todo está tan bien ahora!

Trató de llevar a sus labios la mano de su cuñada, pero temiendo desagradarla, se limitó a acariciarla. Kitty estrechó afectuosa la gruesa mano entre las suyas.

—Volvedme del lado izquierdo ahora, y marchaos todos a dormir —murmuró.

Sólo Kitty comprendió lo que decía, porque constantemente pensaba en lo que podía serle útil o agradable.

—Ponlo sobre el lado izquierdo —dijo a su marido— yo no puedo hacerlo, y no quisiera que lo hiciese el criado. ¿Puede usted levantarle? —preguntó a María Nicolaevna

—Temo no poder —respondió ésta.

Levin, aunque aterrorizado por tener que levantar aquel cuerpo ya tan espantoso bajo las mantas, se sometió a la influencia de su esposa y pasó los brazos debajo del enfermo con el aire resuelto que Kitty le conocía. Le llamó la atención el extraordinario peso de aquellos miembros aniquilados. Mientras que con grandes esfuerzos cambiaba de postura a su hermano, Nicolás le rodeaba el cuello con sus brazos descarnados. Kitty, con prontitud, dio vuelta a las almohadas, para que descansara mejor acostado.

El enfermo mantuvo después en la suya la mano de su hermano y le atrajo hacia él. A Levin se le oprimió el corazón cuando sintió que Nicolás se llevaba la mano a sus labios para besarla. Sin embargo, no se opuso; pero después, ahogado por los sollozos, salió del cuarto sin decir una palabra.

XIX

Levin pensó: «Él ha descubierto a los simples y a los niños lo que ha ocultado a los sabios.» Y repitió esto algunos momentos después al hablar con su esposa. No es que se creyera un sabio al citar así esas palabras del Evangelio, pero sin exagerar el alcance de su inteligencia, no podía dudar de que la idea de la muerte le impresionaba de otro modo que a su esposa y a Agatha Mikhailovna. Otros espíritus viriles habían sondeado como él con toda la fuerza de sus almas aquel pensamiento terrible. Él había leído sus escritos, y había encontrado que tampoco parecían saber más sobre ese punto que su esposa y su vieja criada. Esas dos personas tan diferentes en todo, a ese respecto tenían una perfecta semejanza. Las dos sabían, sin que les turbara la menor duda, lo que la vida y la muerte significan, y aunque incapaces de contestar a las cuestiones que fermentaban en la mente de Levin debían explicarse a su modo esos grandes hechos del destino humano y sustentar las mismas ideas que millones de seres racionales. Como una prueba de la familiaridad que tenían con la muerte se aproximaban al lecho de los moribundos sin el menor temor, en tanto que Levin y los que como él podían discurrir largamente sobre el tema de la muerte, no tenían ese valor ni se sentían capaces de socorrer a un moribundo. Constantino se habría contentado, hallándose solo cerca de su hermano, con mirarle y aguardar su fin con espanto, sin hacer nada para retardarlo.

La vista del enfermo le paralizaba, ya no podía hablar ni mirar, ni andar. Hablar de cosas indiferentes le parecía ofensivo; hablar de cosas tristes, de la muerte, era cosa imposible; callar, mucho peor.

«Si le miro va a creer que tengo miedo; si no le miro cree que mis pensamientos están lejos de aquí. Que ande en puntillas le irrita; si camino con libertad, le parecerá brutal.»

Kitty no pensaba en nada de eso ni tenía tiempo para ello; únicamente ocupada del enfermo, parecía poseer ideas claras sobre lo que debía hacer, y todo lo que intentaba le salía bien.

Le contaba al enfermo detalles de su casamiento, de su persona, le sonreía, le compadecía, le acariciaba, le citaba casos de curación, y de este modo le reanimaba; ¿de dónde sacaba esas luces especiales? Y Kitty, como Agatha Mikhailovna, no se contentaba únicamente con los cuidados materiales, con actos puramente físicos: las dos se preocupaban de una cuestión más elevada. Al hablar del viejo servidor que acababa de morir, Agatha Mikhailovna decía:

—¡Gracias a Dios confesó, comulgó y recibió todos los santos sacramentos! ¡Que Dios nos dé a todos un fin semejante!

Kitty, por su parte, encontró desde el primer día el modo para preparar a su cuñado a recibir los sacramentos, y eso en medio de sus preocupaciones por la ropa, las medicinas y las curaciones.

De regreso a su habitación al acabar el día, Levin se sentó cabizbajo, confuso, sin saber qué hacer, sin poder pensar en cenar, en instalarse, incapaz de prever nada ni aun de hablar a su mujer. Kitty, por el contrario, mostraba extraordinaria animación. Hizo que sirvieran la cena, desató ella misma las maletas, ayudó a armar las camas, a las que no olvidó echar polvos de Persia. Tenía la excitación y rapidez de concepción de los hombres superiores la víspera de una batalla, o cuando se aproxima el momento grave y decisivo de su vida en el que necesitan de todo su valor y energía.

Antes de medianoche todo estaba ya convenientemente arreglado y organizado. El cuarto que les dieron ofrecía el aspecto de una habitación cómoda del hogar. Junto a la cama de Kitty sobre una mesa cubierta con un paño bien blanco se habían colocado su espejo, cepillos y peines.

A Levin le parecía imperdonable comer, dormir y hasta hablar; cualquier movimiento resultaba inconveniente a sus ojos. Ella, por el contrario, arreglaba sus pequeños objetos sin que su actividad tuviese nada de ofensivo ni molesto.

No pudieron, sin embargo, comer, permanecieron mucho tiempo sentados antes de decidirse a acostarse.

—Estoy contenta por haberle decidido a recibir mañana la Extremaunción —dijo Kitty al peinarse sus cabellos perfumados delante de su espejo de viaje en camisola de dormir—. Nunca he visto dar la Extremaunción, pero mamá me ha dicho que se rezaba pidiendo la curación.

—¿Crees acaso que sea posible la curación? —preguntó Levin viendo cómo desaparecía la raya entre los cabellos de su cabecita rubia tan pronto como retiraba el peine.

—El doctor me ha dicho que no puede vivir más de tres días. Pero, ¿qué puede él saber? Me alegro haberle decidido —prosiguió mirando a su marido—; todo puede suceder —y tomó la expresión particular, casi estulta, que siempre tomaba su rostro cuando se hablaba de religión.

Desde la conversación que tuvieron cuando eran novios, nunca habían vuelto a hablar de cuestiones religiosas; pero no por eso dejó Kitty de ir a la iglesia y de rezar con la serena convicción de cumplir con un deber. A pesar de la confesión que su marido creyó su deber hacerle ella le creía firmemente tan buen cristiano y quizá mejor que ella. Se le antojaba que las bromas que él decía, acusándose de no ser buen cristiano, eran semejantes a sus chanzas sobre su bordado inglés.

—La gente honrada hace zurcidos en los agujeros, y tú haces agujeros en los zurcidos —le decía.

—En verdad, esa mujer, María Nicolaevna, no habría nunca podido decirlo —dijo Levin—. Y debo confesar, que me alegro muchísimo de que tú hayas venido: has introducido aquí un orden, una limpieza...

Le tomó la mano sin atreverse a besarla (¿no era una profanación besarla con la muerte ante sus ojos?), pero mirando aquellas pupilas brillantes se la estrechó con aire contrito.

—Sólo habrías sufrido demasiado —dijo ella tratando de ocultar sus mejillas encendidas de satisfacción, con los brazos que levantó con el pretexto de anudarse los cabellos en lo más alto de la cabeza—. Ella no sabe —continuó—, mientras que yo aprendí algo de eso en Soden.

—¿Hay allá enfermos tan graves como él?

—Más gravemente enfermos todavía.

—¡No puedes imaginarte el dolor que me causa no verle como era cuando joven! ¡Era tan buen mozo!, ¡tan bueno! Pero yo no le comprendía entonces.

—Así lo creo. Estoy segura de que habríamos sido amigos —dijo, y se volvió hacia su marido con las lágrimas en los ojos, asustada por haber hablado del pasado.

—Habríais sido amigos —respondió Levin con tristeza—. Es uno de esos hombres de los que con razón se puede decir que no estaban hechos para este mundo.

—Mientras tanto, no olvidemos que tenemos en perspectiva muchos días de fatiga. Es preciso acostarnos —dijo Kitty consultando su microscópico reloj.

XX

Al día siguiente, el enfermo recibió los Santos Sacramentos. Nicolás rezó con fervor durante la ceremonia. Una ardiente súplica llena de esperanza se leía en sus grandes ojos fijos en la santa imagen, que se había colocado sobre una mesa de juego cubierto con un paño adamascado.

Levin se afligió al verle así, porque sabía que el dolor de dejar esta vida a la que tenía tanto apego, le sería más cruel todavía; además, conocía las ideas de su hermano, sabía que su escepticismo no provenía del deseo de apartarse de la religión para vivir en la más absoluta libertad. Sus creencias religiosas se habían entibiado debido a las teorías científicas modernas. Su vuelta a la fe no era, pues, lógica ni normal: sólo se debía a una insensata esperanza de restablecerse, y no podía ser más pasajera e interesada. Kitty había dado mayor pábulo a esta esperanza, con sus historias de curaciones extraordinarias. A Levin le atormentaban tales pensamientos, al contemplar el rostro de su hermano tan lleno de esperanza, su mano demacrada levantándose con gran esfuerzo hasta su frente calva para santiguarse, sus descarnados hombros y su pecho anhelante que ya no podía contener la vida que el enfermo imploraba.

Durante la ceremonia, Levin, aunque incrédulo, hizo lo que ya cien veces había hecho. Se dirigió a Dios diciendo:

«¡Cura a este hombre si existes, y así nos salvarás a los dos!»

El enfermo, después de haber recibido la Extremaunción, se sintió de pronto mucho mejor. Durante más de una hora no tosió ni una vez. Aseguraba, sonriendo y besando la mano de Kitty con lágrimas de reconocimiento, que no sufría que sentía que le volvían las fuerzas y el apetito. Cuando le trajeron su sopa, se incorporó él solo y pidió una chuleta. Por imposible que fuera el que sanara, Levin y Kitty pasaron esta hora en una especie de agitación temerosa.

—¡Está mejor, mucho mejor!

—¡Es admirable!

—¿Por qué había de ser admirable?

—Ciertamente está mejor —cuchicheaban sonriendo.

La ilusión no duró. Después de un penoso sueño de media hora, el enfermo se despertó con un acceso de tos. Todas las esperanzas se desvanecieron para todos y para el mismo enfermo. Olvidando lo que había creído una hora antes, y avergonzado al recordar su anterior esperanza, hizo que le dieran a respirar un frasco de yodo.

Levin le trajo el frasco, y su hermano le miró con el mismo aire apasionado con que había mirado la imagen, para que le confirmara las palabras del doctor, que atribuía al yodo propiedades milagrosas.

—¿No está Kitty ahí? —preguntó con su voz ronca, cuando Levin, contra su voluntad, hubo repetido lo que el doctor había dicho—. ¿No? Entonces puedo hablar. He disimulado por ella. ¡Es tan linda, tan buena! Pero nosotros dos no nos podemos engañar. En esto es en lo que tengo fe —añadió apretando el frasco entre sus huesudas manos y respirando el yodo.

A eso de las ocho de la noche, cuando Levin y su mujer tomaban el té en su habitación, vieron llegar a María Nicolaevna toda sofocada, pálida y temblándole los labios:

—¡Se está muriendo! —balbuceó—. ¡Tengo miedo! ¡Se va a morir!

Los dos corrieron al lado de Nicolás, que estaba sentado, apoyándose de lado, con la cabeza inclinada y su larga espalda encorvada.

—¿Qué sientes? —le preguntó Levin con dulzura, después de un momento de silencio.

—¡Me voy! —murmuró Nicolás, saliendo con gran dificultad el sonido de la voz del pecho, pero pronunciando todavía las palabras con claridad.

Sin levantar la cabeza, volvió los ojos hacia su hermano, cuyo rostro no podía ver.

—Vete, Katia —murmuró luego.

Levin, con amabilidad, hizo salir a su esposa.

—Me voy —repitió el moribundo.

—¿Por qué te figuras eso? —preguntó Levin para decir algo.

—Porque me voy —volvió a repetir, como si hubiera tomado cariño a esas tres palabras—. ¡Se acabó!

María Nicolaevna se acercó.

—Acuéstese usted, así estará mejor —le dijo.

—Dentro de poco estaré acostado tranquilamente, muerto —murmuró con cierta ironía colérica—. Bueno, acuéstenme ustedes, si quieren.

Levin acostó a su hermano en posición supina, se sentó cerca de él y, conteniendo la respiración, le examinó el rostro. El moribundo tenía los ojos cerrados, pero se le agitaban los músculos de la frente de cuando en cuando, como si hubiese estado reflexionando profundamente. Sin quererlo, Levin trató de comprender lo que podía pasar en el espíritu del enfermo; aquel rostro severo y el movimiento de los músculos sobre las cejas, parecían indicar que su hermano entreveía misterios ocultos a los vivos.

—Sí, sí —murmuró lentamente el moribundo haciendo largas pausas.

—¡Espere usted! ¡Eso es! —dijo de pronto como si todo se le hubiese aclarado.

—¡Oh, señor! —y suspiró profundamente.

María Nicolaevna le puso una mano en los pies:

—Se está enfriando —dijo en voz baja.

El enfermo permaneció mucho tiempo inmóvil, pero vivía y a veces suspiraba. Levin, fatigado por la tensión de su espíritu, comprendía que ya no estaba al unísono con su hermano, ya no tenía fuerzas para pensar en la muerte; las ideas más disparatadas se le ocurrían. Se preguntaba lo que habría que hacer después: ¿Cerrarle los ojos? ¿Vestirle? ¿Pedir el ataúd? Cosa extraña: se sentía frío e indiferente. El único sentimiento que experimentaba era más bien envidia a su hermano, que iba a estar cierto de lo que hay más allá, a lo cual él, Levin, no podía aspirar. Mucho tiempo se mantuvo cerca de él esperando el fin, pero éste no llegaba. La puerta se entreabrió y apareció Kitty. Él se levantó para detenerla, pero en aquel instante mismo el moribundo se agitó.

—No te vayas —dijo extendiendo la mano.

Levin tomó la mano entre las suyas, e hizo un gesto de disgusto a su esposa para que se marchara.

Con la mano del moribundo en la suya, Levin aguardó media hora, una hora y luego otra. Había dejado de pensar en la muerte; su pensamiento lo ocupaba Kitty: ¿Qué estaba haciendo? ¿Quién sería el que vivía en el cuarto próximo? ¿Tenía el doctor casa propia? En seguida tuvo hambre y sueño. Con mucho cuidado retiró su mano para tocar los pies de su hermano. Estaban fríos, pero Nicolás seguía respirando. Levin trató de levantarse en puntillas, pero al momento el enfermo se agitó y repitió:

—No te vayas.

Comenzó a aclarar el día y la situación era la misma. Levin se levantó con mucha precaución, retiró la mano y, sin mirar al enfermo, volvió a su cuarto, se acostó y se quedó dormido. Cuando despertó, en vez de notificarle la muerte de su hermano le dijeron que había vuelto en sí, se había sentado en la cama y pedido que le dieran de comer; que lejos de hablar de muerte, manifestaba la esperanza de curarse, y que se mostraba más irritable y triste que de costumbre. Aquel día nadie pudo calmarle. Echaba la culpa de sus sufrimientos a todo el mundo. Pedía que le trajeran al médico de Moscú, y siempre que le preguntaban cómo se encontraba, contestaba que sufría de una manera intolerable.

Esta irritación no hacía más que aumentar. Ni Kitty pudo calmarle, y Levin observó que su mujer sufría física y moralmente aunque lo negaba. Otros sentimientos se mezclaron a la lástima al verle tan cerca de la muerte. Todos sabían que era inevitable y que estaba casi muerto, y hasta se llegó a desear que llegara pronto el fin. No por eso dejaban de aplicarle los remedios, de llamar al médico ni de hacer traer los medicamentos que faltaban. ¿Trataban de engañarse a sí mismos? Y este disimulo era más doloroso para Levin, que quería a Nicolás con más ternura y para quien la falta de sinceridad era una tortura.

Levin, que siempre tuvo el deseo de reconciliar a sus hermanos, escribió a Sergio Ivanitch. Éste le respondió, y Levin leyó esta respuesta al enfermo: Sergio no podía ir, pero pedía perdón a su hermano en términos conmovedores.

Nicolás no dijo nada.

—¿Qué quieres que le diga? —preguntó Levin—. Espero que tú no le guardes rencor.

—De ningún modo —respondió el enfermo con aire contrariado—; dile que me envíe al doctor.

Así pasaron tres días crueles. El moribundo continuaba siempre en el mismo estado. Todos los que se le acercaban no tenían más deseo que el de ver llegar el fin. Sólo el enfermo no lo tenía, y seguía enojándose contra el médico sin dejar de tomar sus remedios, y siempre hablando de restablecerse. En los raros momentos en que, amodorrado por el opio, expresaba lo que verdaderamente sentía, medio dormido confesaba lo que su espíritu sufría y exclamaba:

—¡Ah! ¡Si esto pudiera acabar pronto!

Aquellos sufrimientos, cada vez más intensos, le iban preparando a la muerte. Cada movimiento era un dolor. No tenía un solo miembro que no le martirizara. Hasta las remembranzas, las impresiones, los pensamientos del pasado, le repugnaban y le hacían sufrir. La vista de los que le rodeaban, lo que decían, todo le era doloroso. Todos comprendían esto y no se atrevían a hacer un movimiento libre ni a expresar una idea. La vida se concentraba para todos en el sentimiento de lo que el moribundo padecía y en el deseo ardiente de verle libre de tanto suplicio por la muerte.

Había llegado el momento supremo en que la muerte debía parecerle deseable, como una libertadora que trae la dicha. El hambre misma, la fatiga, la sed, que antes traían tras sí cierto goce, ahora no le causaban más que dolor. Sólo podía aspirar a desembarazarse del origen mismo de sus males, esto es, de su martirizado cuerpo. Sin encontrar palabras para expresar este deseo, continuaba pidiendo, por costumbre, lo que en otro tiempo le causaba satisfacción.

—Acostadme del otro lado —decía, y tan pronto como le cambiaban, pedía volver a su primera posición—. Dadme caldo... lleváoslo. Contad alguna cosa. No estéis callados.

Pero tan pronto como se hablaba volvía a tomar una expresión de fatiga, de indiferencia y de repugnancia.

Kitty cayó enferma unos diez días después de su llegada, y el médico declaró que era debido a las emociones y a la fatiga; prescribió la calma y el reposo. Se levantó, no obstante, después de comer y se dirigió, como de costumbre, al lado del enfermo con su labor. Nicolás la miró con aire severo y sonrió desdeñosamente cuando le dijo que había estado enferma. No cesó todo el día de sonarse y de gemir quejumbroso.

—¿Cómo se encuentra usted? —le preguntó ella.

—Peor —respondió con trabajo—. Sufro mucho.

—¿Qué le duele a usted?

—Todo.

—Ya verá usted cómo hoy concluirá todo eso —dijo María Nicolaevna en voz baja.

Levin la hizo callar, temiendo que su hermano, cuyo oído era muy fino, pudiese oírla. Se volvió hacia el moribundo, que lo había oído, sin que sus palabras le hubiesen producido ninguna impresión, pues su mirada siguió grave y fija.

—¿Por qué cree usted eso? —le preguntó Levin llevándosela por el corredor.

—Porque se descubre.

—¿Cómo es eso?

—De este modo —contestó tirando de los pliegues de su traje de lana.

Levin observó, en efecto, que el enfermo estuvo todo el día rechazando las mantas como queriendo desembarazarse de ellas.

María Nicolaevna había acertado.

Al anochecer, Nicolás ya no tuvo fuerzas para levantar los brazos y su mirada inmóvil tomó una expresión de atención concentrada que no se modificó cuando su hermano y Kitty se inclinaron hacia él a fin de que pudiese verlos. Kitty hizo llamar al sacerdote para que rezara el oficio de los agonizantes.

Durante la ceremonia, el enfermo, rodeado por Levin, Kitty y María Nicolaevna, no dio señales de vida; pero antes de que terminaran las oraciones, repentinamente dio un suspiro, se estiró y abrió los ojos. El sacerdote colocó la cruz sobre su frente helada, y habiendo concluido sus rezos, permaneció en pie en silencio junto a la cama, tocando con los dedos la enorme mano del moribundo.

—Se concluyó —dijo por fin queriendo retirarse; entonces los labios de Nicolás tuvieron un ligero temblor, y del fondo del pecho le salieron estas palabras que resonaron distintas en el silencio que reinaba:

—Todavía no... Dentro de poco.

Un minuto después se le aclaró el rostro, una sonrisa se dibujó bajo sus bigotes y las mujeres apresuráronse a decirle las últimas oraciones.

Todo el horror de Levin por el terrible enigma de la muerte resurgió con la misma intensidad que durante la noche del otoño, en que su hermano fue a verle. Más que nunca comprendió cuán incapaz era de poder sondear aquel misterio, y se apoderó de él el espanto por sentirlo tan cerca y tan inevitable. La presencia de su esposa le impidió caer en la desesperación, porque, a pesar de su miedo, experimentaba la necesidad de vivir y de amar.

El amor únicamente le salvaba, y se hacía este amor tanto más fuerte y más puro, cuanto más amenazado estaba. Y apenas vio realizarse el misterio de la muerte, cuando a su vez se estabilizó cerca de él otro milagro igualmente insondable, pero éste de amor y de vida.

El doctor anunció que Kitty estaba encinta.

XXI

Desde que Karenin comprendió, gracias a Betsy y a Oblonsky, que todas, y Ana más que nadie, esperaban que él librase a su esposa de su presencia, se sintió turbado completamente incapaz: de tomar una decisión personalmente, puso su suerte en manos de terceros, muy satisfechos de poder mezclarse en sus asuntos, y se halló dispuesto a aceptar cuanto le propusieran.

No comprendió la realidad hasta el día siguiente a la marcha de Ana, cuando la inglesa envió a preguntar si había de comer en la mesa del comedor o en el cuarto de los niños.

Durante los primeros días que siguieron a la marcha de Ana, Alejo Alejandrovitch continuó con sus recepciones, fue al Consejo, y comió en su casa como de costumbre. Todas las fuerzas de su alma no tendían más que a un fin: a aparecer tranquilo e indiferente. Hizo esfuerzos sobrehumanos para contestar a las preguntas de los criados con respecto a lo que se debía de hacer con las habitaciones de Ana y los asuntos de ella, tomando al responder el aspecto de un hombre preparado para todos los acontecimientos, y que no ve en ellos nada de extraordinario.

Durante dos días consiguió disimular su sufrimiento, pero al tercero sucumbió. Un dependiente de comercio, introducido por el criado, fue a presentarle una factura que Ana había olvidado pagar.

—Vuecencia se servirá excusarme —dijo el dependiente— y darme la dirección de la señora, si es a ella a quien debemos dirigirnos.

Alejo Alejandrovitch pareció reflexionar, se volvió y se sentó cerca de una mesa. Así permaneció mucho tiempo, con la cabeza apoyada en la mano, tratando de hablar sin poder conseguirlo.

Kornei, el criado, comprendió a su amo e hizo salir al dependiente.

Cuando estuvo solo, Karenin se convenció de que ya no tenía fuerzas para luchar, hizo desenganchar el coche, cerró la puerta y no comió en el comedor.

El desdén, la crueldad que creyó leer en el rostro del dependiente, del criado, y de todas las personas que encontraba se le hacían insoportables. Si hubiera merecido el desprecio público por su mala conducta, habría podido esperar que, corrigiéndose, volvería a conquistar el aprecio de todos. Pero no era culpable, era desgraciado, se hallaba bajo el peso de una desgracia llena de horror y vergüenza. Y cuanto mayor fuera su sufrimiento, más implacables se mostrarían todos, le aplastarían como los niños aplastan a un insecto, como los perros destrozan a un infeliz animal que brama de dolor.

Para resistir a la hostilidad general, le era preciso ocultar sus heridas; pero, ¡ay!, dos días de lucha habían bastado para abatirle. ¡Y nadie a quien poder confiar su tormento! ¡Ni una sola persona en todo San Petersburgo que se interesase por él! ¡Que tuviese alguna consideración, no para él personaje de elevada posición, sino para el marido desesperado!

Alejo Alejandrovitch perdió a su madre a la edad de diez años; no se acordaba de su padre; su hermano y él quedaron huérfanos con un muy modesto patrimonio. Su tío Karenin, hombre influyente, muy estimado por el emperador, se encargó de su educación. Después de muy provechosos estudios en el Instituto y en la Universidad, Karenin comenzó brillantemente la carrera administrativa, gracias a ese tío, y se dedicó exclusivamente a los negocios públicos; jamás tuvo amistad con nadie, sólo a su hermano quería con todo su corazón; pero éste, que había entrado en el ministerio de Relaciones Exteriores fue enviado con una misión al extranjero, poco después del casamiento de Alejo Alejandrovitch, y había muerto allí.

Karenin, nombrado gobernador de una provincia, conoció a la tía de Ana, mujer muy rica, que intrigó con habilidad para poner en relaciones a su sobrina con el joven gobernador; joven no por su edad, sino en relación a su posición social. Alejo Alejandrovitch llegó a verse en la alternativa de elegir entre una petición de matrimonio o una renuncia de su destino. Estuvo perplejo mucho tiempo, encontrando tantas razones en pro como en contra del matrimonio. Pero en aquella ocasión no pudo aplicar su máxima favorita: *En la duda, abstente.* Un amigo de la tía de Ana le dio a entender que sus asiduidades habían comprometido a la joven, y que, como hombre de honor, debía declararse.

Así lo hizo, y desde entonces, puso en su novia primero y después en su esposa, todo el afecto de que era capaz.

Este afecto excluyó para él por completo la necesidad de cualquier otro cariño. Tenía numerosas relaciones, podía invitar a comer a elevados personajes, pedirles un servicio, una influencia para algún solicitante; hasta podía discutir y criticar los actos del gobierno ante cierto número de oyentes, pero de ahí no pasaban todos sus actos de cordialidad.

Las únicas relaciones familiares que tenía en San Petersburgo eran su jefe de despacho o subsecretario y su médico. El primero, Miguel Wassilievitch Sludin, todo un caballero, sencillo, bueno e inteligente, parecía lleno de simpatía hacia Karenin; pero la jerarquía del servicio había alzado una barrera entre los dos que detenía la confianza. Así, después de haber firmado los documentos que el subsecretario le traía, le pareció imposible al mirar a Sludin confiarse a él. Ya tenía en los labios las palabras: «Usted sabe mi desgracia», pero no pudo pronunciarlas, y se limitó, al despedirse, a la fórmula acostumbrada: «¿Tendrá usted la bondad de prepararme ese trabajo?»

El doctor, cuyos sentimientos benévolos Karenin conocía se hallaba muy ocupado, y parecía que se hubiese acordado entre ellos un pacto tácito, para que cada cual supusiera que el otro estaba agobiado de quehaceres y obligado, por tanto, a abreviar las conversaciones.

En cuanto a las amigas, de las cuales la principal era la condesa Lydia, ni pensaba siquiera en confiarse a ellas. Las mujeres le causaban miedo, y por la condesa no sentía simpatía.

XXII

Pero si Alejo Alejandrovitch había olvidado a la condesa Lydia, ésta pensaba en él. La condesa llegó precisamente en ese momento de desesperación solitaria en el cual, con la cabeza apoyada en las manos, se había desplomado inmóvil y sin fuerza en su asiento. No esperó ella que la anunciasen y penetró en el despacho de Karenin.

—He forzado la consigna —dijo al entrar con paso rápido y sofocada por la emoción que la dominaba—. ¡Todo lo sé, Alejandrovitch, amigo mío! —y le estrechó la mano entre las suyas, mirándole con sus bellos ojos penetrantes.

Karenin se levantó, soltó su mano frunciendo el ceño y le aproximó una silla.

—Hágame el favor de sentarse, condesa. No recibo, porque estoy enfermo —dijo temblándole los labios.

—¡Amigo mío! —repitió la condesa mirándole fijamente.

Se la levantaban las cejas hasta formar un triángulo, y este gesto ponía más feo su rostro amarillo, ya bastante feo de por sí.

Alejo Alejandrovitch comprendió que estaba a punto de llorar de compasión, y este enternecimiento se lo comunicó a él; le tomó la mano regordeta y la besó.

—¡Amigo mío! —volvió a decir ella con una voz entrecortada por la emoción—. ¡No debe usted abandonarse así a su dolor; es grande, pero hay que tratar de dominarlo!

—¡Estoy maltrecho, muerto, ya no soy un hombre! —dijo Alejo Alejandrovitch soltando la mano de la condesa y mirándola con los ojos arrasados de lágrimas—. Mi situación es tanto más horrible cuanto que no encuentro en mí ni fuera de mí un apoyo para sostenerme.

—Ya encontrará usted este apoyo, no en mí, aunque le suplico que crea en mi sincera amistad, ¡sino en *Él*! —dijo suspirando—. Nuestro apoyo está en su amor; su yugo es ligero —continuó con aquella mirada exaltada que Karenin conocía tan bien—. ¡*Él* oirá a usted y le ayudará!

Esas palabras fueron dulces para Alejo Alejandrovitch, aunque denotaban una exaltación mística, recientemente introducida en San Petersburgo.

—¡Estoy débil, aniquilado! ¡No había previsto nada en otro tiempo, y ahora ya no comprendo nada!

—¡Amigo mío!

—No es la pérdida que he sufrido la que lloro —continuó Alejo Alejandrovitch—. ¡Ah, no!, pero no puedo menos de sentirme avergonzado ante los ojos del mundo por esta situación en que se me ha colocado! ¡Está mal, pero no lo puedo remediar...!

—No es usted el que ha dado un perdón tan noble, que me ha llenado de admiración, es *Él*; así, usted no tiene por qué avergonzarse —dijo alzando los ojos al cielo entusiasmada.

Karenin se puso sombrío, y estrujándose las manos una contra la otra, hacía crujir las articulaciones.

—¡Si usted supiera todos los detalles! —dijo con su voz penetrante—. Las fuerzas del hombre tienen sus límites, y yo he encontrado el límite de las mías, condesa. El día entero se me ha pasado en arreglos domésticos *provinentes* (acentuó esta palabra) de mi solitaria situación. Los criados, el aya, las cuentas, ¡todas esas miserias me devoran a fuego lento! Ayer a la hora de comer... apenas pude contenerme; no podía soportar la mirada de mi hijo; él no se atrevía a preguntarme nada, y yo no me atrevía a mirarle. Me tenía miedo... pero eso no es nada aún...

Karenin quiso hablar de la factura que le habían traído, pero le tembló la voz y se detuvo. Aquella factura en papel azul, en que se hablaba de un sombrero y lazos, era un punzante recuerdo. Se daba lástima a sí mismo al pensar en ello.

—Comprendo, amigo mío, todo lo comprendo perfectamente —contestó la condesa—. La ayuda y el consuelo no los encontrará usted en mí; pero si he venido, es para ofrecerle mis servicios y tratar de librarle de esos miserables pequeños cuidados a los que usted no debe descender. Es la mano de una mujer la que aquí se necesita. ¿Me permitirá usted ofrecerle la mía?

Karenin calló y estrechó su mano agradecido.

—Nos ocuparemos de Sergio los dos. No soy muy entendida en detalles de la vida práctica, pero me pondré a ello y seré su ama de llaves. No me lo agradezca usted, no soy yo la que lo hace.

—¡Cómo es posible que yo no se lo agradezca!

—Pero, amigo mío, ¡no se deje dominar por ese sentimiento de que hablaba hace poco! ¿Cómo puede avergonzarse de lo que ha sido el más alto grado de la perfección cristiana? *Quien se humilla será ensalzado.* Y no me lo agradezca usted. Dé usted las gracias a aquel a quien debemos rogar. ¡Sólo en *Él* encontraremos la paz, el consuelo, la salvación y el amor!

Alzó los ojos al cielo, y Alejo Alejandrovitch comprendió que rezaba.

Esta fraseología que Karenin encontraba antes tan desagradable, ahora le parecía natural y tranquilizadora. No aprobaba la exaltación a la moda. Siendo un sincero creyente, la religión le interesaba especialmente desde el punto de vista político: así es que las nuevas enseñanzas religiosas le eran antipáticas por principio. No aprobaba a la condesa, a quien entusiasmaban esas nuevas doctrinas, y en vez de discutir con ella sobre el asunto, cambiaba de conversación casi siempre y no contestaba.

Pero en aquella ocasión tuvo gusto en oírla hablar sin contradecirla ni aun mentalmente.

—Le estoy muy reconocido a usted por sus palabras y por sus ofrecimientos —le dijo cuando acabó de hablar.

La condesa volvió a estrecharle la mano.

—Ahora entro en funciones —dijo secándose las lágrimas que le quedaban en el rostro y sonriendo—. Voy a ver a Sergio, y sólo me dirigiré a usted en los casos graves.

La condesa se levantó y fue donde estaba el niño. Allí, haciendo derramar lágrimas al niño asustado, le informó de que su padre era un santo y de que su madre había muerto.

La condesa cumplió su promesa y se hizo cargo de los menesteres de la casa, pero no había exagerado cuando confesó su incapacidad práctica; sus órdenes razonablemente no podían ejecutarse, y por lo mismo no se ejecutaban, e insensiblemente el gobierno de la casa fue a caer en manos del ayuda de cámara Kornei; éste, poco a poco, habituó a su amo a escuchar, mientras se vestía, los informes que creía conveniente darle, pero la intervención de la condesa no dejó de ser provechosa; su cariño y su estimación fueron un apoyo moral para Karenin y tuvo ella el gran consuelo de casi convertirle. Al menos logró que su indiferencia se trocara en simpatía por la enseñanza cristiana, tal como se estaba esparciendo en San Petersburgo.

Esta conversión no fue difícil. Karenin, lo mismo que la condesa y lo mismo que todos los que preconizaban las nuevas ideas, no poseía una imaginación profunda, es decir, esa facultad del alma gracias a la cual los espejismos de la misma imaginación necesitan, para ser aceptados, cierta conformidad con la realidad. Así es que no le parecía cosa imposible ni inverosímil que la muerte existiese para los incrédulos y no para él; que el pecado fuese excluido de su alma porque poseía una fe ardiente y completa de la cual sólo él era juez; que, desde este mundo, pudiese considerar su salvación como cosa segura. Sin embargo, en ocasiones le chocaban la ligereza y el error de esas doctrinas; entonces comprendía ¡cuán diferente era la alegría causada por el irresistible impulso que le había arrastrado a perdonar, de la que experimentaba ahora que Cristo habitaba en su alma! Pero por ilusoria que fuese esta grandeza moral que le era tan necesaria en su humillación actual, existía en él la imperiosa precisión de desdeñar desde lo alto de aquella imaginaria elevación a los que le despreciaban, y se aferraba con todas sus fuerzas a sus nuevas convicciones como una tabla de salvación.

XXIII

La condesa Lydia se había casado muy joven; de un carácter exaltado, encontró en su marido un buen muchacho, muy rico, de muy elevada posición y sumamente libertino. A los dos meses de casada, su marido la abandonó, respondiendo a sus efusiones de ternura con una sonrisa irónica, casi perversa, que nadie llegó a explicarse, sabiendo que la bondad del conde era conocida de todos y que la romancesca Lydia no daba el menor motivo de maledicencia. Desde entonces, aunque sin separarse, vivieron cada uno por su lado, y el marido jamás veía a su mujer sin una sonrisa amarga que fue siempre un enigma.

Hacía tiempo ya que la condesa había dejado de adorar a su marido, pero constantemente estaba enamorada de alguien y hasta de varias personas a la vez, hombres o mujeres, con tal que de algún modo llamasen la atención de los demás; así fue como se enamoró de cada uno de los príncipes o princesas que se aliaban con la familia imperial; en seguida puso su cariño sucesivamente en un obispo, en un vicario y en un simple sacerdote; después, en un periodista, en tres *eslavófilos* y en Komissarof, a los que siguieron un ministro, un doctor, un misionero inglés y finalmente Karenin. Esos múltiples amores y sus diferentes fases de ardor y de entibiamiento no le impedían en absoluto mantener las relaciones más complicadas tanto en la corte como en la sociedad. Pero desde el día en que tomó a Karenin bajo su protección y se ocupó de sus asuntos domésticos y de su dirección espiritual, sintió que jamás había amado sinceramente más que a él; los otros amores perdieron todo el valor ante sus ojos. Por otra parte, al analizar sus sentimientos pasados y al compararlos con lo que ahora sentía, ¿podría ella dejar de conocer que nunca se habría enamorado de Komissarof si éste no hubiera salvado la vida al emperador, ni de Ristitsh si la cuestión eslava no hubiera existido? Mientras que a Karenin le quería por sí mismo, por su alma grande que nadie comprendía, por su carácter, por el tono de su voz, su modo lento de hablar, su mirada fatigada y sus manos blancas y blandas con venas infladas. No solamente la regocijaba la idea de verle, sino que buscaba en el rostro de su amigo una impresión análoga a la suya. Tenía empeño en agradarle tanto por su persona como por su conversación; nunca había puesto tanto esmero en vestirse. Más de una vez se sorprendió al pensar en lo que hubiera podido suceder ¡si los dos hubieran sido libres! Cuando él entraba, ella se sonrojaba de emoción, y no podía contener una sonrisa de contento cuando él le decía alguna palabra amable.

Desde hacía algunos días la condesa estaba vivamente turbada por haberse enterado del regreso de Ana y de Wronsky. ¿Cómo hacer, para librar a Alejo Alejandrovitch de la tortura de volver a ver a su mujer? ¿Cómo hacer para alejar de él el odioso pensamiento de que aquella horrible mujer respiraba en la misma ciudad que él y podía a cada instante encontrarse con él?

Lydia Ivanovna mandó hacer investigaciones para averiguar el plan que se proponía aquella *gente ruin*, como llamaba a Ana y a Wronsky. El joven ayuda de cámara de Wronsky, que se encargó de esta misión, tenía necesidad de la condesa para obtener por su influencia la concesión de lo que solicitaba. Fue, pues, a informarla que Ana y Wronsky, hechas ya las gestiones que los había traído, pensaban partir al día siguiente, y Lydia Ivanovna comenzaba ya a tranquilizarse, cuando le llevaron una esquela cuya letra al momento conoció. Era de Ana Karenina. El sobre, de papel inglés grueso como la corteza de un árbol, contenía un pliego oblongo y amarillo, adornado con un inmenso monograma y muy perfumado.

—¿Quién lo ha traído?

—Un mozo del hotel.

Mucho tiempo permaneció la condesa en pie sin atreverse a sentarse para leerlo; la emoción estuvo a punto de producirle uno de sus ataques de asma. En fin, cuando se sintió más calmada, abrió la esquela y leyó lo siguiente, escrito en francés:

«Señora condesa:

Los sentimientos cristianos de que su alma está llena, me inspiran la audacia imperdonable, lo confieso, de dirigirme a usted. Soy desgraciada por verme separada de mi hijo, y le pido como una gracia el permiso para verle una sola vez antes de marcharme. Si no me dirijo directamente a Alejo Alejandrovitch, es para no causar a ese hombre generoso el dolor de tener que ocuparse de mí. Conociendo la amistad que usted siente por él, he creído que me comprendería. ¿Me enviará usted a Sergio? ¿Prefiere usted que yo vaya a la hora que usted me indique? ¿Me hará usted saber cómo y en qué lugar podría yo verle? Una negativa me parece imposible cuando pienso en la grandeza de alma de aquel que ha de decidir. No podría usted imaginarse la sed que tengo de volver a ver a mi niño, ni comprender la inmensidad de mi agradecimiento por el apoyo que usted se sirva prestarme en esta circunstancia.

ANA»

El contenido de la esquela irritó a la condesa Lydia: las alusiones a la grandeza de alma de Karenin, y sobre todo el tono desenvuelto, de desembarazo, que dominaba en ella.

—Diga usted que no hay respuesta.

Y abriendo al punto su carpeta, escribió a Karenin que esperaba verle a eso de la una en palacio. Era día de fiesta y día de felicitaciones a la familia imperial. Le escribió:

«Tengo necesidad de hablar con usted de un asunto grave y triste. En palacio me hará saber el lugar en que pueda verle. Lo mejor sería en mi casa, en donde le prepararán su té. Es indispensable. Dios nos impone la cruz, pero también nos da la fuerza para llevarla», añadió para prepararle hasta cierto punto a recibir un rudo golpe.

La condesa escribía dos o tres esquelas al día a Alejo Alejandrovitch; le gustaba ese medio elegante y misterioso de mantener con él relaciones, en su concepto, menos prosaicas que las de la vida cotidiana.

XXIV

Habían concluido las felicitaciones. Al retirarse se hablaba de las últimas noticias, de las recompensas concedidas aquel día y de los cambios de destino de algunos altos funcionarios.

—¿Qué diría usted si la condesa María Borisovna fuera nombrada para desempeñar el ministerio de la Guerra, y la princesa Watkosky, jefe del Estado

Mayor? —decía un viejecillo con el uniforme cubierto de bordados, a una alta y hermosa dama de honor, que le interrogaba sobre los nuevos cambios.

—En ese caso yo debía ser nombrada ayudante de campo —dijo la joven sonriendo.

—¿Usted? El puesto de usted ya está señalado. Usted forma parte del departamento de Cultos, y se le agrega a Karenin como ayudante.

—¡Buenos días, príncipe! —dijo el viejecillo estrechando la mano a un sujeto que se le acercó.

—¿Hablaban ustedes de Karenin? —preguntó el príncipe.

—Karenin y Pontiatof han sido condecorados con la orden de Alejandro Newsky.

—Yo creía que la tenía.

—No, mírelo usted —dijo el viejecito señalando a Karenin, con su tricornio galoneado.

Karenin se hallaba en pie en el hueco de una ventana, hablando con uno de los miembros influyentes del Consejo del Imperio. Llevaba el uniforme de corte con su nuevo cordón rojo al cuello.

—¿No es feliz y está contento como niño con zapatitos nuevos? —dijo el anciano, y se detuvo para dar la mano a un arrogante y atlético chambelán que pasaba.

—No, ha envejecido —dijo el chambelán.

—Es efecto de las inquietudes. Pasa la vida escribiendo proyectos. Ahí tiene usted, en este momento no soltará a su desgraciado interlocutor hasta haberle colocado lo que quiere hacer todo punto por punto.

—¡Cómo! ¿Envejecido? ¡Si inspira pasiones! La condesa Lydia debe estar celosa de su mujer.

—Suplico a usted que no hable de la condesa Lydia.

—¿Hay acaso algo malo en estar enamorado de Karenin?

— ¿Es verdad que la señora Karenin está aquí?

—Aquí en palacio, no, pero está en San Petersburgo. Ayer la encontré con Alejo Wronsky del brazo.

—Es un hombre que no tiene... —comenzó a decir el chambelán, pero se interrumpió para dejar paso y saludar a una persona de la familia imperial que atravesaba por allí.

Mientras se criticaba y ridiculizaba a Alejo Alejandrovitch, éste había detenido a un miembro del Consejo del Imperio, y, sin moverse de su sitio, le explicaba extensamente un proyecto financiero.

Alejo Alejandrovitch, casi al mismo tiempo que era abandonado por su mujer, se encontró en la triste situación para un funcionario, de verse detenido en la marcha ascendente de su carrera. Quizá el era el único que no echaba de ver que esa guerra hubiese terminado. Su posición todavía era importante, pues continuaba formando parte de un gran número de comités y de comisiones, pero parecía hallarse en el número de aquellos de los cuales ya no se espera nada. Había pasado su tiempo. Todo lo que proponía parecía antiguo, usado, inútil. Lejos de juzgar de ese modo, Karenin creía, por el contrario, que él apreciaba los actos del Gobierno con más exactitud desde que había dejado de formar parte de él, y pensaba que estaba en el deber de indicar ciertas reformas que debían introducirse. Poco después de la marcha de Ana, escribió un folleto sobre los nuevos tribunales, el primero que debía escribir sobre los más diversos cuadros de la administración. ¡Cuántas veces, satisfecho de sí mismo y de su actividad, pensó en el texto de San Pablo!: «El que no tiene esposa piensa en los bienes terrenales; el que no la tiene, no piensa más que en el servicio del Señor.»

La visible impaciencia del miembro del Consejo no inquietaba en absoluto a Karenin; pero se interrumpió al pasar un príncipe de la familia imperial, y su interlocutor aprovechó la ocasión para escabullirse.

Una vez solo, Alejo Alejandrovitch inclinó la cabeza, trató de reunir sus ideas y, echando una mirada distraída en torno suyo, se dirigió a la puerta, donde esperaba encontrar a la condesa.

—¡Qué fuertes y sanos parecen! —se dijo al pasar y ver el vigoroso cuello del príncipe encerrado en su uniforme y al chambelán de patillas perfumadas—. Es una gran verdad que todo está mal repartido en este mundo.

—¡Alejo Alejandrovitch! —le gritó el viejecito cuyos ojos le brillaban con malicia, cuando Karenin pasaba saludando con frialdad—. Todavía no le he felicitado a usted —y señalaba la condecoración.

—Agradezco a usted con toda el alma... Este es un *hermoso* día —respondió Karenin, acentuando según costumbre la palabra hermoso.

Sabía que aquellos señores se burlaban de él, pero no esperaba de ellos más que sentimientos hostiles, lo cual le era en absoluto indiferente.

Las espaldas amarillas de la condesa y sus bellos ojos pensativos se le presentaron y le atrajeron de lejos. Se dirigió a ella sonriendo.

El tocado que lucía Lydia Ivanovna le había costado grandes esfuerzos de imaginación, como todos los que en los últimos tiempos tenía el cuidado de inventar, porque el fin que se proponía era muy diferente al que le impulsaba treinta años antes. En otro tiempo ella no pensaba más que en adornarse y nunca se encontraba demasiado elegante para su gusto. Ahora trataba de hacer soportable el contraste entre su edad y su deseo de agradar. Esto lo consiguió a los ojos de Alejo Alejandrovitch, quien la encontraba encantadora. La simpatía, el cariño de esta mujer, eran para él un refugio único contra la animosidad general. Se sentía atraído del centro de esa multitud hostil hacia Lydia, lo mismo que una planta por la luz.

—Felicito a usted —dijo ella al fijarse en la condecoración.

Karenin se encogió de hombros y entornó los ojos.

La condesa sabía, aunque él no lo confesara, que esas distinciones le producían viva alegría.

—¿Qué hace nuestro ángel? —dijo ella aludiendo a Sergio.

—No puedo decir que me tenga muy satisfecho —respondió Alejo Alejandrovitch, levantando las cejas y abriendo los ojos—. Tampoco Sitnikof lo esta. (Éste era el pedagogo encargado de Sergio.) Como le decía a usted, encuentro en él cierta frialdad para las cuestiones esenciales que deben impresionar a todo ser humano, sin exceptuar a un niño —y Alejo Alejandrovitch comenzó a hablar sobre un asunto que, después de las cuestiones administrativas, era el que más le interesaba, es decir, la educación de su hijo.

Nunca hasta entonces le habían interesado las cuestiones de educación; pero habiendo sentido la necesidad de vigilar la instrucción de su hijo, había dedicado algún tiempo al estudio de los libros que trataban de pedagogía y de obras didácticas, a fin de formar un plan de estudios, que el mejor maestro de San Petersburgo se encargaría de poner en práctica.

—Sí, pero, ¿el corazón? Encuentro en este niño el corazón de su padre; ¿Y podrá ser malo siendo así? —dijo la condesa con aire sentimental.

—Quizá... En cuanto a mí, cumplo con mi deber; es todo cuanto puedo hacer.

—¿Vendrá usted a mi casa? —dijo la condesa después de un momento de silencio—. Tenemos que hablar de una cosa triste para usted. Habría dado cualquiera cosa en el mundo para evitarle ciertos recuerdos, pero otras personas no piensan lo mismo. He recibido carta de ella. Esta aquí, en San Petersburgo.

Alejo Alejandrovitch se estremeció, pero pronto su rostro tomó la expresión de mortal inmovilidad que revelaba su absoluta impotencia para tratar de semejante asunto.

—Me lo esperaba —dijo.

La condesa le miró con exaltación, y ante aquella grandeza de alma, se le arrasaron los ojos de lágrimas de admiración.

XXV

Cuando Alejo Alejandrovitch entró en el gabinete de la condesa Lydia, que estaba adornado con retratos y antiguas porcelanas, no encontró a su amiga. Estaba cambiándose de traje.

Sobre una mesa redonda había un servicio chino de té, y junto a él ardía una lamparilla de alcohol.

Alejo Alejandrovitch examinó los innumerables cuadros que cubrían las paredes de la salita y se sentó cerca de una mesa, de donde tomó un *Evangelio*.

El roce de un vestido de seda vino a distraerle.

—Al fin vamos a estar un poco tranquilos —dijo la condesa deslizándose con una sonrisa conmovida entre la mesa y el sofá —; podemos hablar mientras tomamos el té.

Después de algunas palabras dichas con objeto de prepararle, presentó la esquela de Ana a Karenin.

Él la leyó, y permaneció largo rato sin hablar.

—No creo tener derecho a negarle lo que pide —dijo levantando los ojos con cierto temor.

—¡Amigo mío! ¡Usted no ve el mal en ninguna parte!

—Encuentro, por el contrario, el mal en todas partes. Pero, ¿sería justo...? Pero...

Se leía indecisión en su rostro, lo mismo que el deseo de recibir un consejo, de encontrar un apoyo, un guía en una cuestión tan espinosa.

—No —interrumpió Lydia Ivanovna—; todo tiene sus límites. Comprendo la inmoralidad —añadió—, y en esto no estaba en lo cierto, puesto que ignoraba de qué modo una mujer puede llegar a ser inmoral—; pero lo que no concibo es su crueldad, ¿y contra quién? ¡Contra usted! ¿Cómo se atreve a permanecer en la misma ciudad que usted? Nunca es uno demasiado viejo para aprender, y yo aprendo cada día a comprender la grandeza de alma de usted y la bajeza de ella.

—¡Quién de nosotros podría tirar la primera piedra! —dijo Karenin, visiblemente satisfecho del papel que a él le tocaba representar—. Después de habérselo perdonado todo, ¿puedo privarla de lo que es una necesidad para su corazón, su amor a su hijo...?

—Pero, ¿es en verdad amor lo que ella siente? ¿Existe todavía sinceridad en ella? Usted ha perdonado y vuelve a perdonar, ¡convenido! Pero, ¿tenemos acaso derecho a turbar el alma de ese angelito? Él cree que ha muerto y reza por su alma pidiendo a Dios el perdón de sus pecados. ¿Qué pensaría ahora?

—No se me había ocurrido eso —dijo Alejo Alejandrovitch reconociendo la exactitud del razonamiento.

La condesa se cubrió el rostro con las manos y guardó silencio. Rezaba.

—Si usted quiere seguir mi consejo —dijo por último—, no la dé ese permiso. ¿Acaso no veo lo que usted sufre, la sangre que su corazón vierte? Admitamos que prescinda usted de sí mismo, ¿adónde le conduciría eso? ¡No haría más que prepararse nuevos sufrimientos y un nuevo disturbio para el niño! Si al menos fuera ella capaz de alentar sentimientos humanos, sería la primera en reconocerlo. No, yo no siento la menor perplejidad, y si usted me autoriza le contestaré.

Alejo Alejandrovitch accedió, y la condesa escribió en francés la siguiente carta:

«Señora:

El recuerdo por la presencia de usted, puede dar lugar a que su hijo haga preguntas a las cuales no se podría contestar sin obligar al niño a juzgar con severidad lo que debe ser sagrado para él.

Usted comprenderá, pues, que la negativa de su marido tiene por base la caridad cristiana. Ruego al Ser Supremo que sea misericordioso con usted.

CONDESA LYDIA»

Esta carta logró el fin oculto que la condesa no se confesaba a sí misma: hirió a Ana en lo más profundo del alma. Karenin, por su parte, regresó a su casa confuso; no pudo reanudar sus ocupaciones acostumbradas, ni encontrar la paz del hombre que posee la gracia y se cree uno de los elegidos.

El pensamiento de aquella mujer tan culpable hacia él, y con la cual había obrado como un santo, según la condesa, no habría debido turbarle, y, sin embargo no estaba tranquilo. No comprendía nada de lo que leía, y no lograba apartar de su espíritu las crueles reminiscencias del pasado. Recordaba como un remordimiento la confesión de Ana al regresar de las carreras. ¿Por qué sólo exigió entonces de ella el respeto a las conveniencias? ¿Por qué no provocó a Wronsky a un duelo? Esto era lo que más le atormentaba. Y la carta escrita a su esposa, su inútil perdón, los cuidados que tuvo para con la niña de otro, todo acudía a la memoria y le corroía el corazón de vergüenza y de confusión.

«Pero, ¿de qué soy culpable?», se preguntaba, y a esta pregunta siempre seguía otra. «¿Cómo amaban, cómo se casaban los hombres del temple de Wronsky, de Oblonsky, de los chambelanes de arrogante presencia?» Evocaba el recurso de una serie de hombres vigorosos seguros de sí mismos, fuertes, que siempre habían sido objeto de su curiosidad y llamado su atención.

Por más esfuerzos que hacía para desechar semejantes pensamientos y recordar que, no siendo este mundo perecedero el fin de su existencia, sólo la paz y la caridad debían habitar en su alma, sufría como si la salvación eterna no hubiese sido más que una quimera. Por fortuna, la tentación no fue de larga duración y pronto recobró la serenidad y la elevación de espíritu, gracias a las cuales conseguía olvidar lo que quería alejar de su pensamiento.

XXVI

—¿Qué hay, Kapitonitch? —dijo el pequeño Sergio, al volver de paseo, sonrosado y fresco, la víspera del día de su cumpleaños, mientras que el viejo

348

portero, sonriendo desde lo alto de su elevada estatura, le desembarazaba del abrigo—. ¿Ha venido el campesino de la venda? ¿Le recibió papá?

—Sí, tan luego como llegó el subsecretario, lo anuncié —respondió el portero guiñando el ojo alegremente—. Déjeme usted que le quite el abrigo.

—¡Sergio! ¡Sergio! —llamó el preceptor al llegar a la puerta que conducía a las habitaciones interiores—, quíteselo usted mismo.

Pero Sergio, aunque oyó la voz aguda de su preceptor, no hizo caso. En pie cerca del portero, tenía agarrado a éste por la cintura y le miraba con los ojos muy abiertos.

—¿Hizo papá lo que él quería?

El portero hizo una señal afirmativa.

El campesino de la venda interesaba a Sergio y al portero. Había ido ya siete veces sin ser recibido, y Sergio le encontró un día en el vestíbulo, quejándose al portero, a quien suplicaba que hiciera que le recibieran, porque no tenía mas recurso que morir con sus siete hijos. Desde entonces el niño se preocupaba del pobre hombre.

—¿Parecía contento?

—Ya lo creo, se marchó dando brincos de alegría.

—¿Han traído alguna cosa? —preguntó Sergio después de un momento de silencio.

—¡Oh sí, señor! —dijo el portero en voz baja moviendo la cabeza—; hay algo de parte de la condesa.

Sergio comprendió que se trataba de un regalo con motivo de su cumpleaños.

—¿Qué dices? ¿Dónde?

—Kornei se lo llevó a papá, debe ser algo muy hermoso.

—¿De qué tamaño? ¿Así?

—Más pequeño, pero muy hermoso.

—¿Es un libro?

—No, es alguna otra cosa. ¡Vaya usted, vaya usted, Basilio Lukitch le está llamando! —dijo el portero al oír llegar al preceptor, y soltando con suavidad la manecita del niño.

—¡Voy en seguida! —respondió Sergio con esa sonrisa amable y graciosa que tenía influencia hasta para con el severo preceptor.

Sergio estaba alborozado y tenía empeño en que su amigo el portero tomara parte en la dicha de familia que acababa de comunicarle la sobrina de la condesa Lydia durante su paseo por el Jardín de Verano. Esta alegría le parecía aún mayor agregada a la del campesino y a la del regalo. «Hoy, todos deben ser felices», pensaba Sergio.

—¿No sabes? Papá ha recibido la condecoración de Alejandro Newsky.

—¿Cómo no había de saberlo yo? Ya han venido a felicitarle.

—¿Está contento?

—¿Cómo no estar contento con una merced del emperador? ¿No es esa una prueba de que la ha merecido? —dijo gravemente el viejo portero.

Sergio reflexionó sin dejar de contemplar al portero, cuya cara le era bien conocida en sus menores detalles, la barbilla sobre todo, entre las dos patillas grises que nadie había visto como Sergio de abajo arriba.

—Bueno, ¿y tu hija? ¿Hace mucho que no ha venido aquí?

La hija del portero formaba parte del cuerpo de baile.

—No puede venir los días de trabajo, pues dan las lecciones en esos días como usted las suyas, señorito.

Al volver a su cuarto, Sergio, en lugar de ocuparse de sus tareas, contó al preceptor todo lo que sospechaba sobre el regalo que le habían traído. Debía ser una locomotora.

—¿Qué le parece a usted? —preguntó, pero Basilio Lukitch no pensaba más que en la lección de gramática que era preciso preparar para el profesor, que había de llegar a las dos.

—Dígame únicamente —preguntó el niño sentado a su mesa de estudio con un libro en la mano—, ¿qué cosa hay superior a Alejandro Newsky? ¿Ya sabe usted que papá ha sido condecorado con esa orden?

El preceptor respondió que sobre ésa estaba la orden de Wladimir.

—¿Y superior a ésa?

—Superior a todas, la de San Andrés.

—¿Y más alta que ésa?

—No lo sé.

—¡Cómo! ¿Usted tampoco lo sabe? —y Sergio apoyado en la mano se puso a reflexionar.

Las meditaciones del niño eran muy diversas: se imaginaba que su padre iba de nuevo a ser condecorado con las órdenes de Wladimir y de San Andrés, y que, por tanto, iba a ser más indulgente con la lección de aquel día. Después se decía que cuando fuera grande haría de manera que mereciera todas esas condecoraciones, hasta las que se inventaran superiores a la de San Andrés. Apenas instituida una orden, inmediatamente él sería acreedor a ella.

—Esas reflexiones hicieron que el tiempo pasara tan rápido, que cuando llegó la hora de la lección no sabía nada, y el profesor no solamente pareció descontento, sino afligido. Sergio se torturó de veras, pero por más que hizo, la lección no le entraba en la cabeza. En presencia del profesor, la cosa no era tan difícil, porque a fuerza de escuchar y de creer que comprendía, se imaginaba que todo iba bien; pero una vez solo, todo se le embrollaba y se le confundía.

Aprovechó el momento en que su maestro buscaba algo en su libro para preguntarle:

—Miguel Ivanitch, ¿cuándo es su cumpleaños?

—Mejor haría usted en pensar en su lección. ¿Qué importancia puede tener un día de fiesta para un ser razonable? Es un día como cualquiera otro, que debe emplear en trabajar.

Sergio miró a su profesor atentamente, examinó su escasa barba, sus anteojos montados sobre la nariz y se perdió en reflexiones tan profundas, que ya no entendió nada del resto de la lección. ¿Podía su maestro creer lo que decía? Por el tono con que hablaba, eso parecía imposible.

—Pero, ¿por qué se ponen todos de acuerdo para decirme del mismo modo las cosas más aburridas y más inútiles? ¿Por qué este me rechaza y no me quiere? —se preguntaba el niño sin encontrar contestación.

XXVII

Después de la lección del profesor vino la del padre. Sergio, mientras le esperaba, jugaba con su cortaplumas, de codos sobre la mesa y sumido en profundas meditaciones.

Una de sus ocupaciones favoritas consistía en buscar a su madre en sus paseos. No creía en la muerte en general y menos en la de su madre, no obstante las afirmaciones de la condesa y de su padre. Siempre pensaba en reconocer a su mamá en todas las mujeres altas, morenas y un poco gruesas que divisaba. Su corazón se inundaba de ternura, los ojos se le llenaban de lágrimas, esperando que alguna de aquellas damas se aproximase a él, se levantase el velo y él descubriese a su mamá. Ella le abrazaría, le sonreiría y él sentiría la dulce caricia de su mano, reconocería su perfume y lloraría de alegría, como aquella noche en que rodaba a sus pies porque ella le hacía cosquillas y se había reído tanto pellizcándola suavemente en su blanca mano llena de sortijas. Más tarde, la vieja criada le dijo, por casualidad, que su madre vivía y que su padre y la condesa decían lo contrario porque su mamá se había vuelto mala. Esto pareció a Sergio mucho más inverosímil todavía, y la esperó y la buscó con más empeño. Aquel día, en el Jardín de Verano había visto a una señora con velo color lila, y su corazón latió con fuerza al observar que aquélla tomaba el mismo camino que él, pero de pronto la dama desapareció. Sergio sentía con más vehemencia que nunca su ternura por su madre, y con los ojos brillantes miraba delante de él hacia arriba, maquinalmente, acuchillando la mesa con su cortaplumas.

—Ahí viene papá —le dijo Basilio Lukitch.

Sergio saltó de su silla, corrió a besar la mano de su padre y buscó en su rostro alguna señal de satisfacción con motivo de su condecoración.

—¿Has dado un buen paseo? —preguntó Alejo Alejandrovitch sentándose en un sillón y abriendo un tomo del *Antiguo Testamento*.

Aunque había con frecuencia dicho a Sergio que todo cristiano debía conocer el *Antiguo Testamento* de memoria, de un modo imborrable, él a menudo tenía necesidad de consultar el libro para sus lecciones, y el niño lo advertía.

—Sí, papá, me he divertido mucho —dijo Sergio sentándose al revés en su silla y balanceándola, cosa que le estaba prohibida—. Vi a Nadinka (una sobrina de la condesa, que ésta educaba) y me contó que habían concedido a usted una nueva condecoración. ¿Está usted contento, papá?

—Ante todo no te columpies en la silla —dijo Alejo Alejandrovitch—, y después, debo decirte que lo que más estimado debe ser para nosotros, es el trabajo por sí mismo y no la recompensa. Quisiera hacerte comprender eso. Si no buscas más que la recompensa, el trabajo te será penoso; pero si amas el trabajo, la recompensa vendrá por sí sola y será dulce.

Y Alejo Alejandrovitch se acordó de que al firmar aquel mismo día ciento dieciocho documentos diferentes, en esta ingrata tarea su apoyo había sido el sentimiento del deber.

Los ojos brillantes de Sergio se apagaron ante la mirada de su padre.

Comprendía que éste, al hablarle, tomaba un tono particular como si se hubiese dirigido a uno de esos niños imaginarios que se encuentran en los libros,¡ y a los cuales él no se parecía en nada. Estaba acostumbrado a esto y hacía esfuerzos por simular una analogía cualquiera con esos niños modelos.

—Creo que me comprendes.

—Sí, papá —respondió el niño tratando de representar su personaje.

La lección consistía en recitar algunos versículos del *Evangelio* y en repetir el principio del *Nuevo Testamento*. La recitación no iba mal; pero de pronto llamó la atención de Sergio el aspecto que presentaba la frente de su padre, la cual formaba un ángulo casi recto junto a las sienes, y entonces comenzó a decir muy mal el fin del versículo. Alejo Alejandrovitch conoció que no se enteraba de nada de lo que estaba recitando, y esto le irritó. Frunció el ceño y se puso a explicar lo que Sergio no podía haber olvidado, después de haberlo oído repetir tantísimas veces.

El niño, asustado, miraba a su padre y no pensaba más que en una cosa: ¿será preciso repetir las explicaciones como a veces exige? Este temor no le permitía comprender. Felizmente el padre pasó a la lección de historia sagrada. Sergio narró regularmente los hechos, pero cuando tuvo que explicar lo que significaban, se equivocó y fue castigado por no saber nada.

El momento más crítico fue cuando tuvo que recitar la serie de los patriarcas antediluvianos; no se acordaba de ninguno más que de Enoch; éste era su personaje favorito de la historia sagrada, y unía a la elevación de ese patriarca al cielo una larga serie de ideas que le distrajeron en absoluto, en tanto que miraba fijamente la cadena del reloj de su padre y un botón de su chaleco medio desabotonado.

Sergio, que no creía en la muerte de los que amaba, tampoco admitía que él mismo hubiese de morir; este pensamiento inverosímil e incomprensible de la muerte, le había sido confirmado, no obstante, por personas que le inspiraban confianza; hasta el aya confesaba, algo contra su voluntad, que todos los hombres morían. Pero, entonces, ¿por que Enoch no había muerto? ¿Y por qué otros al igual que él no merecían subir vivos al cielo? Los malvados, aquellos a quienes Sergio no quería, podían morir cuando quisieran, pero los buenos debían tener la misma suerte que Enoch.

—¿Y bien, esos patriarcas...?

—Enoch... Enos.

—Ya los has dicho. Eso está mal, Sergio, muy mal; si no tratas de instruirte de las cosas esenciales para un cristiano, ¿qué es lo que podrá interesarte? —dijo el padre levantándose—. Tu profesor no está más satisfecho que yo; me veo, pues, en la necesidad de castigarte.

Sergio no se aplicaba, en efecto, y no era por falta de inteligencia; era, por el contrario, muy superior a los que su profesor le citaba como ejemplo; si no aprendía lo que se le enseñaba, era porque no podía, a causa de que su alma sentía necesidades muy diferentes a las que sus maestros suponían. A los nueve años no era todavía más que un niño, pero conocía su alma y la defendía contra todos aquellos que pretendían penetrar en ella sin abrirla con la llave del amor. Se le echaba en cara no querer aprender nada, y sin embargo, ardía en deseos de instruirse, pero buscaba la instrucción al lado de Kapitonitch, el portero, de su vieja aya, de Nadinka y de Basilio Lukitch.

Sergio fue castigado y no se le permitió ir a ver a Nadinka, pero este castigo fue ventajoso para él. Basilio Lukitch se hallaba de buen humor, y le enseñó el modo de construir un molino de viento. Pasó la tarde trabajando y meditando en la manera de utilizar un molino para dar vueltas por los aires agarrándose a las alas. Olvidó a su madre, pero en la cama pensó mucho en ella y rezó a su modo pidiendo que dejara de ocultarse y viniera a verle al día siguiente, día de su cumpleaños.

—Basilio Lukitch, ¿sabe usted lo que he pedido a Dios, después de todo lo demás?

—¿Le has pedido trabajar más?

—No.

—¿Qué te manden juguetes?

—No, no acertará usted. ¡Es un secreto! Si lo consigo, se lo diré... Usted nunca sabe nada.

—No, pero usted me lo dirá —dijo Basilio Lukitch sonriendo lo cual rara vez le sucedía—. Vamos, acuéstese, voy a apagar la vela.

—A oscuras, veo mejor lo que he pedido a Dios que cuando hay luz. ¡Eh! Ya casi le he dicho a usted mi secreto —dijo Sergio riendo alegremente.

Cuando apagaron la luz, creyó oír a su madre y notar su presencia. La vio cerca de él, acariciándole con su mirada llena de ternura; después vio un molino, un cortaplumas; en seguida todo se confundió en su cabecita y se durmió.

XXVIII

Wronsky y Ana se habían alojado en uno de los principales hoteles de San Petersburgo. Wronsky tomó su habitación en el piso bajo, Ana ocupó el primer piso con la niñita, la nodriza y la camarera; era un departamento compuesto de cuatro habitaciones.

El primer día de su llegada, Wronsky fue a ver a su hermano. Allí encontró a su madre que había venido a Moscú por sus asuntos. Su madre y su cuñada le recibieron como de costumbre, le hicieron preguntas sobre su viaje, hablaron de los amigos comunes, sin hacer ninguna alusión a Ana. Su hermano, que le hizo una visita al día siguiente, fue el primero que le habló de ella.

Wronsky aprovechó la oportunidad para declarar a su hermano que los vínculos que le unían a la señora Karenina los consideraba como un matrimonio en toda regla, pues se hallaba firmemente persuadido de que conseguirían el divorcio de Ana y Alejo Alejandrovitch. Deseaba hacer comprender bien a su madre y a su cuñada cuáles eran sus intenciones; y añadió:

—Si el mundo no me aprueba, no me importa, y si mi familia se halla dispuesta a ponerse de acuerdo conmigo es absolutamente necesario que tenga toda clase de consideraciones a mi futura esposa.

El hermano mayor, respetando siempre las ideas del menor, dejó que el mundo a su vez resolviera en cuestión tan delicada y sin hacer ningún género de objeciones, fue con Wronsky a ver a la señora Karenin.

Wronsky, a pesar de la experiencia que tenía de la sociedad, cometía un singular error. Mejor que cualquier otro debía él comprender que la sociedad le cerraría sus puertas y, sin embargo, por un extraordinario efecto de imaginación, supuso que la opinión pública, habiendo ya sacudido el yugo de las antiguas preocupaciones, le juzgaría de conformidad con la influencia del progreso general.

«Es posible que no podamos contar con la aprobación del mundo oficial —pensaba—, pero nuestros parientes, nuestros amigos, verán las cosas en su verdadero aspecto.»

Su prima Betsy fue una de las primeras personas con quien habló.

—¡Al fin! —le gritó ésta alegremente—. ¿Y Ana? ¿Dónde estáis alojados? Me imagino sin esfuerzo que, después del viaje que habéis hecho, San Petersburgo debe produciros muy mal efecto. ¿Y el divorcio? ¿Ya está arreglado?

—Este entusiasmo se enfrió apenas supo Betsy que el divorcio no se había obtenido todavía, y este cambio no pasó inadvertido para Wronsky.

—No dudo que seré apedreada, pero, a pesar de todo, voy a ver a Ana. ¿No estaréis mucho tiempo aquí?

En efecto, aquel mismo día la princesa fue a ver a Ana, pero ya sus modales habían cambiado. Con mucha frecuencia insistía sobre su valor y el afecto y la fidelidad que semejante visita probaba a Ana.

Después de hablar de las noticias del día durante diez minutos, se levantó y dijo al despedirse:

—Ana, no me ha dicho usted cuándo piensan entablar el divorcio. Supongamos que yo me burle de las preocupaciones sociales, pero tenga usted presente que hay muchísimas personas que no piensan como yo. Así, no extrañe usted encontrar a cada paso cierta frialdad. ¡El mundo es así! Pero, por otra parte, el divorcio lo arreglará todo. ¿De modo que se marchan ustedes el viernes? Siento que ya no podamos vernos más en ese tiempo.

Por el modo de expresarse de Betsy, Wronsky debía haber conocido la acogida que se les dispensaría. Quiso hacer una tentativa con su familia.

No se le ocultaba que su madre, aunque se había mostrado tan contenta al encontrarse con Ana la primera vez, ahora sería inexorable con la mujer que había destruido la carrera de su hijo; pero había puesto grandes esperanzas en Waria, su cuñada, porque sabía que no sería la que tirase la primera piedra contra Ana, y además, iría sencilla y naturalmente a verla.

Un día después la encontró sola; creyó que el momento era oportuno para manifestarle lo que esperaba de ella.

—Tú sabes, Alejo, cuánto te quiero —contestó Waria, cuando le hubo escuchado—, y todo lo que haría por ti y por Ana; pero si permanezco tan apartada es porque no podría ser de ninguna utilidad a Ana Arcadievna (acentuó estos dos nombres). No te figures que yo me tome la libertad de juzgarla; quizá en su lugar habría procedido como ella. No quiero entrar en ningún detalle —añadió tímidamente al ver que el rostro de su cuñado se ponía sombrío—, pero es preciso llamar a las cosas por su nombre. ¿Tú quisieras que yo la fuera a ver para recibirla después en mi casa, y de este modo rehabilitarla a los ojos de la sociedad? No puedo hacerlo. Mis hijas van creciendo, y yo me veo obligada, a causa de mi marido, a vivir en la sociedad. Supón que yo fuera a casa de Ana Arcadievna; no podré invitarla a mi casa por temor de que se encuentre aquí con personas que no estén dispuestas en su favor como lo estoy yo. ¿No sería exponerla a un desaire proceder de este modo? No puedo rehabilitarla...

—¡Pero es que yo no admito ni un solo instante que Ana haya desmerecido, y no querría compararla con centenares de personas que vosotros recibís en vuestra casa! —interrumpió Wronsky levantándose, persuadido como estaba de que su cuñada no cedería.

—Alejo, te lo suplico, no te enfades; no es culpa mía —dijo Waria con tímida sonrisa.

—No me enfado contigo, pero sufro doblemente —contestó poniéndose cada vez más sombrío—, siento que nuestra amistad quede rota, o por lo menos muy debilitada, porque tú debes comprender que tal será el inevitable resultado.

Al acabar de decir esas palabras se separó de ella, y comprendiendo al fin la esterilidad de nuevas tentativas, resolvió considerarse como si estuviese en una ciudad extraña y evitar toda ocasión de nuevos desagrados.

Una de las cosas que más le molestaron fue oír por todas partes su nombre asociado al de Alejo Alejandrovitch. Todas las gentes acababan por hablar de Karenin, y si salía a la calle siempre era él a quien encontraba, o por lo menos, así se lo parecía, como sucede a la persona que tiene un dedo enfermo que cree que ha de chocar contra todos los muebles.

Por otra parte, la actitud de Ana le hacía sufrir. La veía en una extraña disposición de ánimo, incomprensible, que no la conocía. Alternativamente tierna o fría, le parecía siempre enigmática y dispuesta a irritarse. Era evidente que algo la atormentaba, y en vez de ser sensible a las mortificaciones tan dolorosas para Wronsky, y que con su delicada percepción habría debido sentir tanto como él, no se ocupaba, al parecer, más que de disimular sus secretas penas, siendo completamente indiferente a todo lo demás.

XXIX

El pensamiento dominante de Ana al volver a San Petersburgo, era ver a su hijo. Dominada por esta idea desde que salió de Italia, su alegría aumentaba a medida que se aproximaba a San Petersburgo. Era cosa sencilla y natural —suponía— volver a ver al niño viviendo en la misma ciudad que él habitaba; pero así que llegó se convenció de que no era cosa tan fácil obtener una entrevista.

¿Qué medios emplear? ¿Ir a casa de su esposo exponiéndose a no ser recibida y quizá a sufrir un desaire? ¿Escribir a Alejo Alejandrovitch? Era imposible, y, sin embargo, no podía conformarse con ver a su hijo en el paseo; ¡tenía demasiados besos que darle, demasiadas caricias que hacerle y muchas cosas que decirle!

La vieja aya de Sergio habría podido ayudarla, pero ya no estaba en casa de Karenin. Dos días se pasaron así en inquietudes, incertidumbres y maquinaciones. Al tercero, habiendo sabido las relaciones de Alejo Alejandrovitch con la condesa Lydia, se decidió a escribir a ésta.

Cruel fue su decepción al ver regresar al mensajero sin contestación. Jamás se había sentido tan herida y humillada, y, sin embargo, comprendía que la condesa podía tener razón. Su dolor fue tanto más vivo cuanto que no tenía a quien confiárselo.

Ni aun Wronsky la comprendería; consideraría este asunto como cosa de muy poca importancia, y la sola idea del tono frío e indiferente con que hablaría de él hacía que su amante le pareciese odioso. Y el temor de odiarle era el peor de todos sus temores. Por este motivo resolvió ocultarle con cuidado los pasos que daba con respecto al niño.

Pasó todo el día cavilando para encontrar otro medio para llegar hasta su hijo decidiéndose al fin a adoptar el más penoso de todos: escribir directamente a su marido. En el momento en que comenzaba su carta, le trajeron la contestación de la condesa Lydia. Ella se había resignado al silencio, pero la animosidad, la ironía que advirtió entre las líneas de aquella esquela la indignaron.

«¡Qué crueldad! ¡Qué hipocresía! —pensó—. ¡Quieren herirme y atormentar al niño! ¡No les dejaré proceder a su capricho! Esa mujer es aún peor que yo: ¡al menos yo no miento!»

Inmediatamente tomó la resolución de ir al día siguiente, cumpleaños de Sergio, a casa de su marido. Ver al niño sobornando a los criados de cualquier modo y poner fin a las absurdas mentiras con que le atormentaban.

Fue en seguida a comprar juguetes y entre tanto formó su plan: Iría muy temprano, antes de que Alejo Alejandrovitch se hubiese levantado; tendría el dinero listo para el portero y el criado, con objeto de que la dejasen subir sin levantarse el velo con el pretexto de depositar sobre la cama de Sergio los regalos que su padrino le enviaba. En cuanto a lo que diría a su hijo por más que pensaba no lograba coordinar nada.

Al día siguiente, a eso de las ocho, Ana se apeó del coche y llamó a la puerta de su antigua morada.

—Ve a ver quién es. Parece que se trata de una señora —dijo Kapitonitch a su ayudante, un joven al que Ana no conocía, al divisar en la escalinata, por la ventana, a una señora cubierto el rostro con un velo.

El portero estaba con el traje descuidado de la mañana. Ana, apenas entró, deslizó en la mano del joven un billete de tres rublos, y murmuró:

—Sergio... Sergio Alexeitch —y avanzó algunos pasos.

El ayudante examinó el billete y detuvo a la visitante en la segunda puerta.

—¿Qué desea usted? —le preguntó.

Ella no oyó nada y no contestó.

Kapitonitch, al advertir la turbación de la desconocida, salió de su cuarto y le preguntó qué deseaba.

—Vengo de parte del príncipe Skaradunof a ver a Sergio Alexeitch.

—No se ha levantado todavía —respondió el portero fijándose detenidamente en la señora del velo.

Jamás habría creído Ana turbarse tanto al penetrar en una casa donde había vivido nueve años. Recuerdos dulces y crueles se despertaron en su alma, y por un momento olvidó por qué estaba allí.

—Sírvase usted esperar —dijo el portero desembarazándola de su abrigo. Entonces la reconoció y la saludó profundamente.

—Dígnese Su Excelencia pasar adelante.

Ana trató de hablar, pero le faltó la voz, y dirigiendo una mirada de súplica al anciano, subió rápidamente la escalera. Kapitonitch trató de alcanzarla y subió tras ella, enredándose las zapatillas a cada peldaño.

—Quizá el preceptor no está vestido. Voy a avisarle.

Ana seguía subiendo la escalera que conocía tan bien, sin comprender nada de lo que el anciano decía.

—Por aquí, a la izquierda. Dispense usted si todo está en desorden. El niño ha cambiado de cuarto —decía el portero sofocado—. Sírvase Su Excelencia esperar un momento. Voy a ver —y abriendo una puerta grande, desapareció.

Ana se detuvo aguardando.

—Acaba de despertarse —dijo el portero al salir por la misma puerta.

Mientras hablaba, Ana oyó el bostezo de un niño. Conoció que era su hijo y le vio delante de ella.

—Déjeme, déjeme usted entrar —balbuceó entrando precipitadamente.

A la derecha de la puerta estaba un niño acostado en camisa de dormir, con el cuerpecito inclinado hacia adelante, bostezando y desperezándose. Sus labios se cerraron y medio dormido sonrió; después de haberse incorporado, se dejó caer de nuevo sobre la almohada.

—¡Mi querido Sergio! —murmuró Ana acercándose a la cama sin que él la oyera...

Desde que estaban separados, en sus efusiones de ternura por el ausente, veía siempre a su hijo de cuatro años, edad en la que era más gracioso. Ahora ni se parecía siquiera al niño mayorcito que ella había abandonado. Se había hecho alto y flaco. ¡Qué largo le pareció aquel rostro con los cabellos tan cortos! ¡Y qué brazos tan largos! Había cambiado mucho, pero seguía siendo él, la forma de la cabeza, los labios, el delicado cuello, los anchos hombros.

—Mi querido Sergio —repitió al oído del niño.

Éste se incorporó apoyándose en el codo, volvió la cabeza enmarañada y, tratando de comprender, abrió los ojos. Durante algunos segundos estuvo mirando con ojos interrogadores a su madre, inmóvil a su lado; sonrió de contento, y con los ojos aún medio cerrados por el sueño, se arrojó, no ya esta vez sobre la almohada, sino en los brazos de su madre.

—Sergio, mi hijo querido —balbuceó Ana sofocada por las lágrimas, estrechando en sus brazos contra su pecho aquel delicado cuerpo.

—¡Mamá! —murmuró Sergio, agitándose entre sus brazos como para sentir mejor la presión.

Apoyándose contra la cabecera de la cama con una mano y en el hombro de su madre con la otra, se apretó contra ella, frotando el rostro contra el cuello y el pecho de su mamá, a quien embriagaba ese cálido perfume del niño medio dormido.

—Ya lo sabía yo —dijo entreabriendo los ojos—, es mi cumpleaños; ya sabía yo que tú vendrías. Me voy a levantar en seguida.

Y mientras hablaba, los ojos somnolientos se le cerraban.

Ana le devoraba con los ojos. Observaba los cambios efectuados en su ausencia, y miraba y observaba con cierto malestar aquellas piernas que se habían hecho más largas, las mejillas enflaquecidas, los cabellos formaban pequeños bucles por detrás sobre la nuca en donde ella le había besado tantas veces. Apretaba contra su corazón todo aquello y las lágrimas no le permitían hablar.

—¿Por qué lloras, mamá? —preguntó Sergio enteramente despierto—. ¿Por qué estás llorando? —repitió ya para llorar él también.

—¿Yo? Ya no lloro... es de alegría. Hace ya mucho tiempo que no te veo. Se acabó —conteniendo las lágrimas y volviendo la cabeza—. Ahora te vas a vestir —añadió después de haberse tranquilizado un poco, y sin soltar la mano de Sergio, se sentó cerca de la cama, en una silla donde estaban depositados los vestidos del niño—. ¿Cómo te vistes sin mí? ¿Cómo? —quería hablar sencilla y alegremente, pero no pudo y se volvió de nuevo.

—Ya no me lavo como antes con agua fría, papá no quiere. ¿No has visto a Basilio Lukitch? Ya va a venir. ¡Toma, te has sentado sobre mi ropa!

Sergio soltó una carcajada. Ana le miró y sonrió.

—¡Mamita, querida mamita! —exclamó echándose de nuevo en sus brazos como si hubiese comprendido mejor lo que le acontecía al verla sonreír.

—Quítate eso —añadió arrebatándole el sombrero.

Al verla sin él, se puso a besarla otra vez.

—¿Qué has pensado de mí? ¿Has creído que había muerto?

—Nunca he creído semejante cosa.

—¿No lo has creído, de veras?

—¡Yo bien sabía que era mentira! —dijo repitiendo su frase favorita, y aferrando la mano que le acariciaba la cabeza, se puso a besarla.

XXX

Basilio Lukitch, mientras tanto, estaba muy apurado. Acababa de saber que la dama cuya visita le había parecido extraordinaria, era la madre de Sergio, la esposa que había abandonado a su marido, que él no conocía porque había entrado en la casa cuando el hecho ya había ocurrido. ¿Debía advertir a Alejo Alejandrovitch? Mejor pensado, resolvió cumplir estrictamente con su deber yendo a despertar a Sergio a la hora acostumbrada sin preocuparse de la presencia de otra persona, aun cuando fuera su madre. Pero la vista de las mutuas caricias de la madre y del hijo, el sonido de sus voces y lo que se decían, le hicieron cambiar de opinión. Movió la cabeza, suspiró y volvió a cerrar la puerta sin ruido.

—Esperaré otros diez minutos —se dijo tosiendo ligeramente y limpiándose los ojos.

Una viva emoción se había adueñado de los criados. Todos sabían ya que Kapitonitch había dejado pasar a la señora y que ésta se encontraba en el cuarto del niño. También sabían que el amo acostumbraba a entrar todas las mañanas en la habitación de Sergio a las nueve. Ninguno de ellos ignoraba esto y todos instintivamente comprendían que los dos esposos no debían encontrarse, por lo que era preciso evitarlo.

Kornei, el ayuda de cámara, bajó a ver al portero y preguntarle por qué había dejado pasar a Ana, y al enterarse de que el mismo Kapitonitch la había acompañado hasta arriba, le echó una fuerte reprimenda. El portero guardó silencio, pero cuando el ayuda de cámara le dijo que merecía que le despidieran, el anciano dio un brinco, y acercándose a Kornei con gesto enérgico replicó:

—¿Sí? ¿De veras? ¿No la habrías dejado entrar tú? Después de haber servido diez años y no haber recibido de ella más que palabras de afecto, le habrías dicho tú: ¡Haga usted el favor de salir de aquí! Tú no comprendes la cortesía más que como un perillán muy astuto. ¡Lo que ciertamente no olvidarás, es robar al amo y lucir sus abrigos!

—¡Soldadote! —respondió Kornei con desprecio, y volviéndose hacia el aya que entraba en aquel momento, añadió—: Sea usted juez, María Efimovna: éste ha dejado entrar a la señora sin decir nada a nadie, y dentro de poco Alejo Alejandrovitch, cuando se levante, irá al cuarto de los niños.

—¡Qué apuro! ¡Qué apuro! —dijo el aya—. Pero Kornei Basilitch, busque usted el modo de entretener al amo mientras voy a avisar a la señora y a hacerla salir. ¡Qué apuro!

Cuando el aya entró en la alcoba del niño, Sergio contaba a su madre cómo Nadinka y él habían caído al resbalar en un montón de hielo y habían dado tres volteretas. Ana escuchaba el sonido de su voz, le miraba el rostro, los cambios de fisonomía, le palpaba los brazos, pero no comprendía nada de lo que estaba diciendo. Había oído los pasos de Basilio Lukitch y su tos discreta, y ahora oía al aya que se aproximaba; pero incapaz de moverse y de hablar, continuaba inmóvil como una estatua.

—¡Señora, paloma mía! —murmuró la anciana acercándose a Ana y besándole los hombros y las manos—. Esa es una alegría que Dios envía al niño, hoy, día de su cumpleaños. No está usted nada cambiada.

—¡Ah! Mi querida Niania, yo no sabía que estaba usted en la casa —dijo Ana volviendo en sí.

—No vivo aquí, vivo con mi hija. He venido hoy a felicitar a Sergio, Ana Arcadievna, paloma mía.

La anciana se echó a llorar y besó de nuevo la mano de su antigua señora.

Sergio, con los ojos brillantes de alegría, tenía cogidas con una mano a su madre y con la otra a su aya, dando patraditas con sus pies desnudos sobre la alfombra. Le encantaba la ternura de su querida aya hacia su madre.

—Mamá viene a verme con frecuencia y cuando viene...

Pero se detuvo al ver que el aya decía algo en voz baja a su madre y que ésta manifestó como espanto y vergüenza.

Se aproximó a su hijo.

—¡Querido mío! —le dijo.

No le fue posible pronunciar la palabra *adiós*, pero por la expresión de su rostro, el niño lo comprendió.

—¡Mi amado, mi muy amado Kutia! —murmuró empleando un diminutivo, el mismo que le daba cuando era pequeñito. No me olvidarás. Tu ma... —no pudo acabar.

¡Cuántas cosas sintió después no haberle dicho! Y en aquel momento nada se le ocurría, no encontraba ni podía expresar nada. Sergio lo comprendió todo. Conoció que su madre le quería y que era desgraciada. Hasta comprendió lo que el aya le había murmurado y oyó estas palabras: *Siempre a eso de las nueve*. Sabía que se trataba de su padre, que no debía encontrarse con su madre. Pero lo que no comprendió fue por qué el espanto y la vergüenza se reflejaban en el rostro de ésta.

—Ella no era culpable, ¡y parecía temer y sonrojarse! ¿Por qué? Habría querido hacer una pregunta pero no se atrevió porque notaba que su madre sufría, y eso le causaba demasiada pena. Se apretó contra ella murmurando:

—No te vayas todavía. No vendrá tan pronto.

Su madre se alejó de él un instante para mirarle y tratar de descubrir si pensaba lo que decía. Por el aire aterrorizado del niño, comprendió que en realidad hablaba de su padre.

—Sergio, hijo mío —le dijo— quiérele, es mejor que yo, y yo soy culpable para con él. Cuando seas grande podrás juzgar.

—Nadie es mejor que tú —exclamó el niño sollozando con fuerza y desesperación, y asiéndose al cuello de su madre la estrechó con toda la fuerza de sus bracitos temblorosos.

—¡Alma mía! ¡Mi adorado! —balbuceó Ana, bañada en lágrimas como una niña.

En aquel momento la puerta se abrió y Basilio Lukitch entró. Ya se oían otros pasos, y el aya, asustada, dio a Ana su sombrero diciéndole en voz baja:

—¡Ya viene!

Sergio se dejó caer sobre su cama sollozando y cubriéndose el rostro con las manos. Ana se las retiró para besarle otra vez sus mejillas bañadas en lágrimas y salió con paso precipitado. Alejo Alejandrovitch entraba en aquel instante; se detuvo al verla e inclinó la cabeza.

Aunque un minuto antes había dicho que su marido era mejor que ella, la rápida mirada que echó a toda la persona de Alejo Alejandrovitch no despertó en ella más que un sentimiento de odio, de desprecio y de envidia con respecto a su hijo. Se bajó el velo rápidamente y se marchó casi corriendo.

En su precipitación había olvidado en el coche los juguetes escogidos la víspera con tanta tristeza y amor, y se los llevó al hotel.

XXXI

Ana, aunque se había preparado de antemano, no esperaba sufrir las violentas emociones que experimentó a la vista de su hijo. De regreso al hotel, se preguntaba por qué se encontraba allí

—Sí, ¡todo ha concluido para mí! ¡Estoy sola! —se decía quitándose el sombrero y dejándose caer en un sillón junto a la chimenea. Y mirando un reloj colocado entre las ventanas sobre un aparador, permaneció absorta en sus reflexiones.

La camarera francesa que había traído del extranjero entró a recibir sus órdenes. Ana pareció sorprendida y contestó:

—Más tarde.

Un criado que vino a preguntarle si deseaba almorzar recibió la misma respuesta.

La nodriza italiana entró a su vez, con la niña que acababa de vestir en brazos. La chiquilla al ver a su madre sonrió agitando en el aire sus manitas regordetas y como un pescado moviendo sus aletas golpeaba los pliegues de su vestidito bordado y se inclinaba hacia su madre. Ana no pudo resistir. Besó las frescas mejillas y el delicado cuello de su hija, y la dejó que se cogiera a un dedo con gritos de alegría, la tomó en los brazos y la hizo saltar sobre sus rodillas, pero la presencia misma de esta preciosa criatura la hizo comprender la diferencia que su corazón establecía entre ella y Sergio.

Toda la fuerza de una ternura no saciada se había concentrado en Sergio en otro tiempo, hijo, sin embargo, de un hombre al que no amaba, y jamás su hija, nacida en las más tristes condiciones había recibido ni la centésima parte de los cuidados prodigados a Sergio. Pero la niña no le representaba más que esperanzas, en tanto que Sergio era casi un hombre que conocía ya la lucha entre sus sentimientos y sus deberes. Comprendía a su madre, la quería, quizá la juzgaba... Así pensaba recordando las palabras de su hijo. Y ahora se encontraba separada de él, tanto moral como materialmente, ¡y no veía remedio a semejante situación!

Después de haber devuelto la niña a su nodriza y haber despedido a ésta, abrió un medallón que contenía el retrato de Sergio cuando tenía la edad que su hermanita ahora. En seguida buscó en un álbum otros retratos suyos. La última y la mejor fotografía del niño, le representaba a horcajadas sobre una silla vestido de blanco, sonriendo, con las cejas algo fruncidas; la semejanza era perfecta. Con nerviosos dedos quiso sacar el retrato del álbum para compararle con los otros, pero no podía. Para sacar la cartulina, la empujó con otra fotografía tomada al acaso. Era un retrato de Wronsky hecho en Roma, con cabellos largos y sombrero blanco.

—¡Aquí está! —se dijo, y al mirarle recordó de repente que él era el autor de todos sus sufrimientos.

No había pensado en él durante toda la mañana, pero al ver su rostro viril y noble, que ella tanto conocía y amaba, sintió que le ascendía al corazón una oleada de amor.

«¿Dónde estará? ¿Por qué me deja así sola, abandonada a mi dolor?», se preguntó con amargura, olvidando que ella le ocultaba con cuidado todo lo que se refería a su hijo. Inmediatamente le envió un recado rogándole que subiera a su habitación, y esperó, con el corazón oprimido, las tiernas palabras con que él trataría de consolarla. El criado vino a decirle que Wronsky tenía visita y que le mandaba a preguntarle si podía recibirle con el príncipe Yavshin, que acababa de llegar de San Petersburgo.

«¡No vendrá solo, y desde ayer no me ha visto, desde ayer a la hora de comer! —pensó—. ¡No podré decirle nada estando delante Yavshin! —y una idea cruel cruzó por su mente—: ¡Si hubiese dejado de amarme!»

Repasó en su memoria todos los incidentes de los días anteriores, y en ellos creía encontrar cosas que confirmaban este terrible pensamiento: La víspera no había comido con ella. No ocupaba el mismo departamento, y ahora venía en compañía de otro como si temiese encontrarse con ella a solas.

«¡Pero es su deber confesármelo, y el mío saber a qué atenerme! Si así es, ya sé lo que me toca hacer!», se dijo, aunque no estaba en condiciones de imaginar lo que sería de ella si la indiferencia de Wronsky resultase cierta. Este terror, que rayaba en desesperación, le produjo cierta sobreexcitación. Tocó la campanilla llamando a su camarera, pasó a su gabinete tocador y se vistió con el más minucioso cuidado, como si Wronsky, en el supuesto de que fuese ya indiferente, pudiese volver a enamorarse de ella a la vista de su vestido y de su peinado. La campanilla sonó antes de que estuviese lista.

Al entrar en la sala, al primero que vio fue a Yavshin examinando los retratos de Sergio, que ella había olvidado sobre la mesa.

—Somos antiguos conocidos —dijo dirigiéndose a él y poniendo su pequeña mano en la mano enorme del gigante todo confuso (esta timidez formaba un extraño contraste con la gigantesca estatura y el acentuado rostro de Yavshin)—. El año último nos vimos en las carreras... ¡Déme usted! —añadió quitando a Wronsky, con un movimiento rápido, las fotografías de su hijo que él estaba mirando mientras que al mismo tiempo dirigía una mirada significativa—. ¿Han resultado bien las carreras de este año? Nosotros vimos las carreras en Roma, en el Corso. Pero, ¿a usted no le gusta la vida en el extranjero? —añadió con sonrisa cariñosa—. Conozco a usted, y aunque nos hayamos encontrado poco; conozco sus gustos.

—Lo siento, porque en general mis gustos son malos —dijo Yavshin mordiéndose la guía izquierda del bigote.

Después de un momento de conversación, Yavshin, al notar que Wronsky consultaba su reloj, preguntó a Ana si pensaba permanecer mucho tiempo en San Petersburgo, y tomando su kepis, se levantó irguiendo su inmensa estatura.

—No lo creo —respondió ella, mirando a Wronsky con cierta turbación.

—Entonces, ¿no nos volveremos a ver? —dijo Yavshin, y volviéndose hacia Wronsky—: ¿Dónde comes tú?

—Vengan ustedes a comer conmigo —dijo Ana con tono decidido; y contrariada por no poder disimular su confusión siempre que su falsa posición se confirmaba ante un extraño, se sonrojó—. La comida aquí no es buena, pero al menos comerán juntos. De todos sus compañeros de regimiento, usted es el que Alejo prefiere.

—Lo agradezco infinito —respondió Yavshin con una sonrisa que probó a Wronsky que Ana le gustaba mucho.

Yavshin se despidió y se marchó; Wronsky se quedó atrás.

—¿Te marchas tú también? —le preguntó ella.

—Ya llegaré con retraso. ¡Sigue adelante, pronto te alcanzo! —gritó a su amigo.

Ana le cogió la mano y, mirándole fijamente, buscó lo que podría decirle para detenerle.

—Espera, tengo algo que preguntarte —y apretándole la mano contra su mejilla—: ¿No he hecho mal en invitarle a comer?

—Has hecho muy bien —respondió Wronsky con tranquila sonrisa.

—Alejo, ¿no has cambiado tú para conmigo? —le preguntó estrechándole la mano entre las suyas—. Alejo, ya no puedo continuar aquí. ¿Cuándo nos vamos?

—Pronto, pronto. No puedes tú figurarte cuánto me pesa aquí la vida a mí también —y retiró la mano.

—Bueno, ve, ve —repitió ella en tono ofendido, y se alejó precipitadamente.

XXXII

Cuando Wronsky regresó al hotel, Ana no estaba. Le dijeron que había salido con una señora. Este modo de ausentarse sin decir adonde iba, unido al aspecto agitado, al tono duro con que le había arrebatado las fotografías de su hijo en presencia de Yavshin, hizo reflexionar a Wronsky. Se decidió a pedirle una explicación y la aguardó en el salón. Ana no regresó sola; venía con una de sus tías, una solterona, la princesa Oblonsky, con la cual había estado haciendo compras. Sin fijarse en el aire inquieto e interrogador de Wronsky, alegremente se puso a contar lo que había comprado aquella mañana; pero él leía una tensión de espíritu en sus ojos brillantes, cuando a hurtadillas le miraba, y una agitación febril en sus movimientos, lo cual le inquietó y le turbó.

La mesa estaba dispuesta para cuatro personas, y ya iban a sentarse a comer, cuando anunciaron a Tushkewitch, enviado por la princesa Betsy con un recado para Ana.

Betsy se excusaba por no haber venido a decirle adiós; estaba enferma, y rogaba a Ana que la fuera a ver entre siete y media y nueve. Wronsky miró a Ana como para hacerla observar que, al señalarle una hora, era porque se habían tomado las precauciones necesarias para que no encontrase a nadie. Ana no pareció conceder a esto ninguna importancia.

Siento muchísimo no estar libre entre siete y media y nueve precisamente —dijo con una imperceptible sonrisa.

—La princesa lo sentirá infinito.

—Yo también.

—¿Usted probablemente ira a oír a la Patti? —preguntó Tushkewitch.

—¿La Patti? Me sugiere usted una idea. Iré ciertamente, si puedo conseguir un palco.

—Yo puedo conseguirle uno.

—Se lo agradeceré a usted muchísimo —repuso Ana—. Pero, ¿no quiere usted comer con nosotros?

Wronsky se encogió ligeramente de hombros; no comprendía el modo de proceder de Ana. ¿Por qué había traído a la vieja princesa? ¿Por qué hacía que Tushkewitch se quedara a comer? Y sobre todo, ¿por que pedía un palco? ¿Podía ella en su situación ir a la ópera un día de abono? ¡Allí encontraría a toda la sociedad de San Petersburgo!

La miró severamente, pero ella le correspondió con una mirada medio desolada, medio irónica, cuya significación no pudo él comprender. Durante la comida, Ana estuvo muy animada, y parecía coquetear ya con el uno, ya con el otro de sus convidados. Al levantarse de la mesa, Tushkewitch fue a buscar el palco, y Yavshin bajó a fumar con Wronsky. Al cabo de un rato volvió a subir y encontró a Ana vestida con un traje de seda claro, escotado y con encajes que hacían resaltar la sugestiva belleza de su rostro.

—¿De veras va usted al teatro? —le dijo él, tratando de no mirarla.

—¿Por qué me lo pregunta usted con ese aire aterrorizado? —respondió ella ofendida porque él no la miraba—. ¡No veo por qué razón no había de ir!

Parecía no comprender el significado de la pregunta que le hacía Wronsky.

—Es evidente que no hay razón para que no vaya —dijo él frunciendo el ceño.

—Eso es cabalmente lo que pienso —exclamó Ana, fingiendo no comprender la ironía de la respuesta, mientras se ponía tranquilamente un largo guante perfumado.

—¡Ana, en nombre del Cielo! ¿Qué tiene usted? —le dijo él tratando de hacerla hablar, como más de una vez había hecho su marido.

—No comprendo lo que quiere usted decirme.

—Usted sabe muy bien que no puede ir al teatro.

—¿Por qué? No voy sola, la princesa ha ido a cambiarse el traje y me acompañará.

Alejo se encogió de hombros desalentado.

—¿No sabe usted acaso...? —comenzó.

—¡No quiero saber nada! —contestó Ana casi gritando—. No quiero, no me arrepiento de nada de lo que he hecho. No no, y no; si fuera preciso comenzar, comenzaría de nuevo. No hay más que una cosa importante para usted y para mí, y es la de saber si nos amamos. Lo demás no tiene valor. ¿Por qué vivimos aquí separados? ¿Por qué no puedo ir donde me parezca? Te amo y todo me es indiferente —dijo en ruso con una mirada particular y para él incomprensible—. Si no has cambiado conmigo, ¿por qué no me miras a la cara?

Él la miró; vio su belleza y los adornos que tan bien le sentaban, pero aquella belleza y aquella elegancia era precisamente lo que le irritaba.

—Usted ya sabe que mis sentimientos no podrían cambiar, pero le suplico que no salga —le dijo él otra vez en francés con la mirada fría, pero en tono de súplica.

Ella no se fijó más que en la mirada, y respondió con acento airado:

—Y yo le ruego a usted que me explique por qué no debo salir.

—Porque eso puede originarle... —al llegar aquí se turbó.

—No comprendo: Tushkewitch no me puede comprometer y la princesa no es peor que las demás. ¡Ah!, ahí está ya.

XXXIII

Wronsky, por primera vez en su vida, experimentó un enojo tal que casi era cólera. Lo que más le contrariaba era no poder explicarse abiertamente, no poder decir a Ana que presentarse en la Ópera con tal tocado y con una persona como la princesa, equivalía a desafiar a la opinión pública, reconocerse como una mujer perdida y renunciar; por consiguiente, a volver a entrar nunca en la sociedad.

«¿Cómo es que no comprende eso? ¿Qué le pasa?», se decía. Y al paso que disminuía su estimación por el carácter de Ana, sentía aumentar el sentimiento de admiración por su belleza.

De vuelta a su habitación, se sentó muy preocupado cerca de Yavshin, que estaba bebiendo coñac con seltz, con sus largas piernas extendidas en una silla. Wronsky le imitó.

—¿Hablabas del caballo de Luskof? Es un hermoso animal que te aconsejo que compres —comenzó a decir Yavshin, echando una ojeada al rostro alterado de su camarada—. Tiene la grupa almendrada, ¡pero qué patas y qué cabeza! No se podría encontrar nada mejor.

—Por eso pienso comprarlo —respondió Wronsky.

Mientras hablaba con su amigo, no dejaba de pensar en Ana, e involuntariamente escuchaba lo que pasaba en el corredor y miraba el reloj.

—Ana Arcadievna me manda a decirle que se ha ido al teatro —vino a comunicarle un criado.

Yavshin echó otra copa de coñac en el agua gaseosa, la tomó y se levantó abotonándose el uniforme.

—¡Bueno! ¿Nos vamos? —dijo medio sonriendo bajo sus largos bigotes, demostrando así que comprendía la causa de la mortificación de Wronsky sin darle importancia.

—Yo no voy —respondió tristemente Alejo.

—Yo lo he prometido y debo ir, ¡adiós! Si cambias de idea toma el asiento de Krasinsky, que está libre —añadió al salir.

—No, tengo que trabajar.

Al salir del hotel, Yavshin pensaba:

—Se tienen disgustos con una esposa, pero con una amante es mucho peor.

Wronsky, una vez solo, se levantó y se puso a pasear por la habitación.

«Hoy es el cuarto abono. Mi hermano estará en el teatro con su esposa, y seguramente con mi madre, es decir, allí estará todo San Petersburgo. Probablemente ella entra en ese momento, se quita su abrigo de pieles y, ¡hela allí en presencia de todo el mundo! ¡Tushkevin, Yavshin, la princesa Bárbara! ¿Y yo? ¡Tengo miedo! ¡Y he cedido a Tushkevin el derecho de protegerla! Eso dirán. ¡De cualquier modo que la juzgue, mi situación es absurda, absurda! ¿Y por qué me pone en esta ridícula situación?», se dijo haciendo ademanes de desesperación. En uno de esos ademanes tropezó con la mesita donde estaba el coñac y el agua de seltz, y poco faltó para que la volcara; al querer sujetarla la hizo caer del todo. Llamó tirando del cordón de la campanilla y dio un puntapié a la mesita.

—Si quieres estar en mi casa, no descuides tu servicio —dijo al criado que acudió—; que no te vuelva suceder. ¿Por qué no te has llevado todo eso?

El criado, que se sentía inocente, quiso justificarse, pero al ver a su amo, se convenció de que era preferible callar. Dio apenas una ligera excusa y se arrodilló sobre la alfombra para recoger los pedazos de vidrio de los vasos y botellas.

—Tú eres mi ayuda de cámara, no te pertenece a ti hacer eso; llama a un criado y prepárame el frac.

Se hizo traer el frac y a las nueve y media entraba en la Ópera. Ya había comenzado la función.

El encargado del vestuario le quitó el abrigo de pieles, y al reconocerle le llamó Su Excelencia.

El corredor estaba vacío, exceptuando dos lacayos, con los abrigos de sus amos en los brazos y escuchando en las puertas entornadas. Se oía la orquesta acompañando una voz de mujer; la puerta se abrió y dio paso al acomodador. Lo que se cantaba llamó la atención de Wronsky. No pudo oír el final porque la puerta se había vuelto a cerrar, pero por los aplausos que siguieron comprendió que el aria había terminado.

Los aplausos duraban aún cuando Wronsky penetró en la sala brillantemente iluminada. En la escena, la cantante descotada y cubierta de diamantes saludaba sonriendo, inclinándose para recoger con ayuda del tenor, que le daba la mano, los numerosos ramos de flores.

Un caballero, admirablemente embadurnado de pomada, la presentaba extendiendo en el brazo un estuche, y el público entero, palcos y butacas, gritaba, aplaudía y se levantaba para ver mejor. Wronsky avanzó hasta el centro de la platea, se detuvo y examinó al público, menos preocupado que nunca de la escena, del ruido y de aquella turba de espectadores amontonados en la sala.

Eran las mismas señoras que siempre se veían en los palcos, con los mismos oficiales detrás de ellas; las mismas mujeres multicolores, los mismos uniformes y los mismos fracs negros. En el paraíso, la misma muchedumbre sucia. Y en toda aquella sala llena de gente, unas cuarenta personas, hombres y mujeres, eran las únicas que representaban la *alta sociedad*. La atención de Wronsky se dirigió a esos oasis.

El acto había acabado. Wronsky se adelantó hacia las primeras filas de butacas, y se detuvo cerca del corredor, al lado de Serpuhowskoi, que, habiéndole visto de lejos, le llamaba sonriendo.

Todavía no había visto a Ana y no la buscaba, pero por la dirección que tomaban las miradas, comprendió dónde se encontraba. Temía una cosa peor, temblaba ante la idea de descubrir a Karenin. Felizmente éste no había ido aquella noche al teatro.

—¡Qué poco aspecto militar te ha quedado! —le dijo Serpuhowskoi—. Cualquiera diría que eres un diplomático, un artista.

—Sí, al volver a mi casa, me puse el frac y la indumentaria civil —respondió Wronsky sonriendo y tomando lentamente sus gemelos.

—Eso es lo que te envidio. Te confieso que cuando vuelvo a Rusia, me pongo esto de nuevo con pesar —dijo tocándose los cordones—. Lloro por mi libertad.

Serpuhowskoi hacía mucho tiempo que había renunciado a impulsar a Wronsky en la carrera militar, pero le quería como antes y aquella noche se mostró particularmente amable con él.

—Es una lástima que hayas perdido el primer acto.

Wronsky examinó con sus gemelos los palcos de platea y la primera fila. De pronto descubrió la cabeza de Ana, ufana y notablemente hermosa en su marco de encajes, cerca de una señora de turbante y de un anciano calvo parpadeando siempre. Ana ocupaba el quinto palco de platea, a veinte pasos de él, y estaba sentada en la primera fila del palco. Conversaba con Yavshin volviendo un poco la cabeza. La unión del cuello con sus bellos y redondos hombros, el resplandor contenido de sus ojos, la animación de su rostro, todo se la recordaba tal como la había visto en otro tiempo en el baile de Moscú. Pero las sensaciones que su belleza le inspiraba ya no eran las mismas: no tenían ya nada de misterioso. Así, al paso que experimentaba una fascinación más viva aún, se sentía casi ofendido al verla tan bella. No dudó que ella le había visto, aunque no lo manifestaba.

Cuando al cabo de un instante Wronsky volvió a dirigir sus gemelos hacia el palco, vio a la princesa Bárbara, muy encendida, con una sonrisa forzada, mirando con frecuencia al palco vecino. Ana, golpeando con el abanico cerrado en el antepecho del palco, miraba a lo lejos, con la evidente intención de no observar lo que ocurría al lado de ella. En cuanto a Yavshin su rostro manifestaba las mismas impresiones que cuando perdía al juego. Se metía en la boca cada vez más la guía izquierda del bigote, fruncía el ceño y miraba de reojo al palco contiguo.

En ese palco se encontraban los Kartasof, que Wronsky conocía, y con los cuales Ana también había tenido relaciones. La señora Kartasof, pequeñita, delgada, estaba en pie volviendo la espalda a Ana, y se ponía el abrigo para marcharse, abrigo que su marido le presentaba. Estaba pálida y descompuesta;

parecía hablar con agitación. El marido, un señor gordo y calvo, echaba ojeadas a Ana, haciendo esfuerzos por aplacar a su esposa.

Cuando ésta salió del palco, su marido se quedó atrás, tratando de encontrar la mirada de Ana para saludarla, pero ésta no quiso mirarle y se hizo hacia atrás dirigiéndose al rapado Yavshin, que se inclinaba hacia ella. Kartasof salió sin haber saludado, y el palco quedó vacío.

Wronsky no comprendió nada de esta pequeña escena, pero tuvo la intuición de que Ana acababa de ser insultada. Vio, por la expresión de su rostro, que hacía los mayores esfuerzos para sostener hasta el fin su indiferencia y conservar la apariencia de la calma más absoluta. Los que ignoraban su historia y no podían oír las expresiones de indignación de sus antiguas amigas por la audacia que tenía al presentarse así, en todo el brillo de su belleza y de su lujo, no habrían podido suponer que aquella mujer sufría la misma terrible vergüenza del malhechor en la picota infamante.

Vivamente turbado, Wronsky fue al palco de su hermano, con la esperanza de enterarse de algunos pormenores. Intencionalmente atravesó la platea del lado opuesto al palco de Ana, y al salir, tropezó con su antiguo coronel, que estaba hablando con dos personas. Wronsky oyó pronunciar el nombre de Karenin, y notó la precipitación del coronel en llamarle en alta voz por su nombre, mirando de un modo significativo a sus interlocutores.

—¡Ah, Wronsky! ¿Cuándo te volveremos a ver en el regimiento? No te perdonaremos un solo banquete. Nos perteneces hasta la punta de las uñas —dijo el coronel.

—Esta vez no voy a tener tiempo, lo que siento infinito —respondió Wronsky subiendo con rapidez la escalera que conducía al palco de su hermano.

Su madre, la vieja condesa, estaba en el palco. Waria y la joven princesa Sarokin paseaban por el corredor. Waria, al ver a su cuñado, condujo a su compañera al lado de su madre y cogiéndose al brazo de Wronsky, comenzó a hablar sobre lo que le interesaba con una emoción que él rara vez había observado en ella.

—¡Eso me parece infame y vil! La señora Kartasof no tenía ningún derecho para hacerlo. La señora Karenina...

—Pero, ¿qué es lo que pasa? Yo no sé nada.

—¿No has oído...?

—Ya debes comprender que yo seré el último en saber cualquier cosa.

—¿Hay en el mundo una criatura más perversa que esa Kartasof?

—Pero, ¿qué es lo que ha hecho?

—Mi marido me lo ha contado. Ha insultado a la señora Karenina. Su marido le ha dicho algo desde su palco. Dicen que ha habido entre ellos una escena y se ha permitido decir en alta voz una expresión insultante marchándose luego.

—Conde, su mamá le llama —dijo la joven princesa Sarokin, entreabriendo la puerta del palco.

—Siempre te estoy esperando —le dijo su madre sonriendo irónicamente—; ya no se te ve para nada.

El hijo comprendió que su madre no podía disimular su satisfacción.

—Buenas noches, mamá; venía a verla a usted precisamente —respondió él con frialdad.

—¡Y qué! ¿No vas a hacer la corte a la señora Karenina? —añadió cuando la joven se alejó—. Ha causado sensación. Se olvida a la Patti para ocuparse de ella.

—Mamá, ya le he rogado a usted que no me hable de eso —respondió con aire taciturno.

—No digo más que lo que todos dicen. Wronsky no contestó, y después de cambiar algunas palabras con la joven princesa, salió. En la puerta encontró a su hermano.

—¡Ah! ¡Alejo! —exclamó el hermano—. ¡Qué villanía! ¡Esa mujer es una estúpida! Yo quería ir a ver a la señora Karenina. Vamos juntos.

Wronsky no le escuchaba, bajó la escalera con rapidez, comprendiendo que tenía un deber que cumplir. Pero, ¿cuál?

Agitado por la cólera, furioso por la situación en que Ana los había puesto a los dos, sentía, sin embargo, mucha lástima por ella.

Al dirigirse de la platea al palco de Ana, vio a Stremof apoyado de codos en el pasamano conversando con ella.

—Ya no hay cuidado —decía él—; el molde se ha roto.

Wronsky saludó y se detuvo para hablar a Stremof.

—Creo que ha llegado usted tarde y ha perdido la parte mejor —dijo Ana a Wronsky, con un tono que a éste se le antojó burlón.

—Soy un juez mediocre —respondió mirándola severamente.

—Como el príncipe Yavshin —dijo ella sonriendo—, que dice que la Patti canta demasiado fuerte. Gracias —añadió, tomando con su pequeña mano el programa que Wronsky le presentaba, y en el mismo instante se notó una contracción nerviosa en su bello rostro.

Se levantó y se retiró al fondo del palco.

Apenas comenzaba el último acto, cuando Wronsky, viendo vacío el palco de Ana, se levantó, abandonó el teatro y regresó al hotel.

También Ana había regresado. Wronsky la encontró como había estado en el teatro, sentada en el primer sillón que encontró cerca de la pared, mirando distraída. Al ver entrar a Wronsky, le dirigió una mirada sin levantarse.

—Ana... —dijo Wronsky.

—¡Tú tienes la culpa de todo! —exclamó ella levantándose—. Había lágrimas de rabia y de desesperación en su voz.

—Te he suplicado, rogado, que no fueras; sabía que te exponías a una prueba nada agradable...

—¡Nada agradable! —interrumpió ella—. ¡Horrible! ¡Aunque viviera cien años no lo olvidaría! ¡Ha dicho que era deshonroso estar sentada cerca de mí!

—Son palabras de una idiota; pero, ¿para qué correr el riesgo de oírlas, para qué exponerse a...?

—Detesto tu impasibilidad, tu indiferencia. No deberías haberme empujado a eso. Si tú me quisieras...

—Ana, ¿por qué mezclar mi cariño con semejante cosa?

—Sí, si tú me quisieras como yo te quiero, si sufrieras como yo... —dijo mirándole con una expresión de terror.

Él la tuvo compasión y le hizo protestas de amor, porque bien vio que era el único medio de aplacarla; pero en el fondo de su corazón sentía rencor contra ella.

Ana, por el contrario, recibía con gusto sus protestas de amor que a él le parecía trivial repetir, y que poco a poco la fueron tranquilizando.

Dos días después se marcharon al campo completamente reconciliados.

SEXTA PARTE

I

Daria Alejandrovna aceptó la invitación de pasar el verano con ellos que le hicieron Levin y su esposa, porque la morada de Daria estaba en ruinas. Esteban Arcadievitch, a quien sus asuntos retenían en Moscú, aprobó con entusiasmo este arreglo y manifestó un vivo pesar por no poder ir él más que de cuando en cuando.

Además de la familia Oblonsky con su ejército de niños, Levin y Kitty recibieron la visita de la anciana princesa, que se creía indispensable al lado de su hija, a causa del estado en que ésta se encontraba. Además llegó Warinka, la amiga de Kitty en Soden, y Sergio Ivanitch, el único de todos los huéspedes que representaba en Pakrofsky a la familia Levin, bien que él no fuera Levin más que a medias. Aunque Constantino quería mucho a todos los que estaban en su casa, tuvo la sorpresa de echar algo de menos sus hábitos de antes, al ver sobre todo que el *elemento Cherbatzky,* como él lo llamaba, lo invadía todo. La antigua casa, tanto tiempo desierta, ahora ya no tenía un solo cuarto desocupado. Cada día, al sentarse a la mesa la princesa contaba los convidados para no correr el riesgo de que fueran trece. Y Kitty, como buena ama de casa, puso el mayor cuidado en proveerse de pollos y patos, para satisfacer el apetito de sus huéspedes, a quienes el aire del campo hacía exigentes.

La familia estaba a la mesa, y los niños se proponían ir a coger hongos con el aya y Warinka, cuando con gran sorpresa de todos, Sergio Ivanitch manifestó el deseo de formar parte de la expedición.

—Permítame usted acompañarlos —dijo a Warinka.

—Con mucho gusto —contestó ésta sonrojándose.

Kitty cambió una mirada con Dolly. Esta proposición confirmaba la idea que las preocupaba hacía algún tiempo.

Después de la comida, los dos hermanos hablaron mientras tomaban el café, pero Kosnichef vigilaba la puerta por donde los excursionistas debían salir, y tan pronto vio a Warinka con traje de tela gruesa y un pañuelo blanco en la cabeza, interrumpió la conversación, tomó de un sorbo lo que quedaba en su taza y exclamó:

—¡Aquí estoy, aquí estoy, Bárbara Andrevna!

—¿Qué dicen ustedes de mi Warinka? ¿Verdad qué es encantadora? —dijo Kitty dirigiéndose a su marido y a su hermana, pero para que la oyera Sergio Ivanitch.

—Siempre olvidas tu estado, Kitty; es una imprudencia gritar así —interrumpió la princesa saliendo precipitadamente del salón.

Warinka volvió sobre sus pasos al oír que reñían a su amiga; estaba animada, conmovida y turbada. Kitty la besó y mentalmente la bendijo.

—Sería muy feliz si cierta cosa ocurriera —murmuró Kitty.

—¿Viene usted con nosotros? —preguntó la joven a Levin para disimular su turbación.

—Sí, hasta las granjas. Tengo que examinar unas nuevas carretas. Y tú, ¿dónde estarás? —preguntó a su esposa.

—En la terraza.

II

En aquella terraza donde las señoras se reunían con tanto gusto después de comer, aquel día se dedicaban a una grave ocupación. Además de la confección acostumbrada de mil objetos destinados a la canastilla del niño que había de nacer, se preparaban confituras de frutas según un procedimiento practicado en casa de los Cherbatzky, desconocido de la vieja Agatha Mikhailovna. Ésta, encendida, con la cabeza enmarañada, las mangas remangadas hasta el codo, daba vueltas de muy mal humor al cucharón en el perol de las confituras colocado encima de un pequeño hornillo portátil, haciendo votos entre sí porque se quemasen aquellas frambuesas. Como la vieja princesa era la autora de estas innovaciones, y por consiguiente conocía que Agatha la estaba llenando de maldiciones; vigilaba de reojo los movimientos de ésta sin dejar de hablar con sus hijas con aire indiferente. La conversación de las tres mujeres versó sobre Warinka, y Kitty, para no ser comprendida por Agatha, manifestó en francés la esperanza que alentaba de saber que Sergio Ivanitch se había declarado.

—¿Qué le parece a usted, mamá?

—Me parece que tu cuñado podría pretender a los mejores partidos de Rusia, aunque ya no sea un muchacho. En cuanto a ella, es una excelente persona.

—Pero reflexione usted, mamá, que Sergio, por su posición social, no tiene ninguna necesidad de casarse con una mujer teniendo en cuenta sus relaciones o la fortuna de ésta. Lo que hace falta es una joven dulce, inteligente, amable... ¡Oh! ¡Cuánto me gustaría eso! Cuando regresen del paseo, leeré en sus ojos todo lo que ha pasado. ¿Qué dices, Dolly?

—No te agites así, eso no te conviene —repuso la princesa.

—Mamá, ¿cómo le pidió papá en matrimonio? —dijo Kitty de improviso, orgullosa, en su calidad de mujer casada, por poder tratar de esos importantes asuntos con su madre como con una igual.

—Muy sencillamente —respondió la princesa, cuyo rostro se animó al evocar el recuerdo.

—¿Le quería usted antes de que se hubiese declarado?

—Ciertamente. ¿Crees tú acaso haber inventado algo nuevo? La cosa, como siempre, se decidió con miradas y sonrisas. ¿Te ha dicho Kostia antes del casamiento algo extraordinario?

—¡Oh, él me escribió su declaración con tiza! ¡Cuánto tiempo ha pasado desde entonces! A propósito —repuso Kitty después de un silencio durante el cual las tres mujeres parecieron preocupadas con los mismos pensamientos—. ¿No sería bueno preparar a Sergio a la idea de que Warinka ha tenido un primer amor?

—Tú te imaginas que todos los hombres dan a eso tanta importancia como tu marido —dijo Dolly—. ¡Estoy segura de que todavía se atormenta con el recuerdo de Wronsky!

—Es cierto —contestó Kitty pensativa.

—¿Qué hay en eso que pueda inquietarle? —preguntó la princesa, dispuesta a incomodarse desde el momento en que se dudaba de su vigilancia maternal—. Wronsky te cortejó; pero, ¿a qué joven no la cortejan?

—¡Qué felicidad para Kitty que Ana se haya presentado! —hizo observar Dolly—. ¡Y cómo se han trocado los papeles! En aquel tiempo Ana era feliz, mientras que Kitty se creía desgraciada. ¡Frecuentemente he pensado en eso!

—Es inútil pensar en esa mujer sin corazón —exclamó la princesa, que no se consolaba del todo de tener a Levin por yerno en vez de Wronsky.

—Muy cierto, y yo no quiero pensar en ésa para nada —repuso Kitty, oyendo en la escalera el andar tan conocido de su marido.

—¿En quién no quieres ya pensar? —preguntó Levin presentándose en la azotea.

Nadie le contestó y él no insistió en su pregunta.

—Siento turbar las confidencias de ustedes —dijo disgustado al ver que se interrumpía una conversación que no querían continuar delante de él, y durante un instante estuvo semejante a la vieja criada irritada por tener que sufrir la dominación de los Cherbatzky.

No obstante se aproximó a Kitty sonriendo.

—¿Quieres venir a recoger a los niños? He hecho enganchar.

—Supongo que no pretendes exponer a Kitty a las sacudidas de un carro.

—Iremos al paso, princesa.

Levin no había podido decidirse como sus cuñados a decir mamá a la princesa, aunque la quería y la respetaba; habría creído rebajar el recuerdo de su madre. Esto molestaba a la princesa.

—Entonces, iré a pie —dijo Kitty levantándose para tomar el brazo de su marido.

—Y qué tal, Agatha Mikhailovna, ¿resultan bien tus conservas, gracias al nuevo método? —preguntó Levin sonriendo al ama de llaves para contentarla.

—Dicen que están muy buenas, pero para mí están demasiado cocidas.

—Al menos así no se agriarán, Agatha —dijo Kitty adivinando la intención de su marido—; y usted sabe que ya no tenemos hielo en el depósito. En cuanto a las salazones de usted, mamá dice que jamás las había comido mejores —añadió sonriendo y arreglándole a Agatha la pañoleta, que se le había desanudado.

—No me consuele usted, señora —respondió Agatha, mirando a Kitty con un gesto todavía enojado—. Me basta verla con él para estar contenta.

Este modo familiar de referirse a su amo, conmovió a Kitty.

—Venga usted a enseñarnos dónde se pueden encontrar hongos —la vieja movió la cabeza sonriendo. «Por más que una quisiera guardar rencor a usted no lo conseguiría», parecía decir con esa sonrisa.

—Siga mi consejo: ponga encima de cada bote de confitura una hoja de papel empapada en ron, y así no tendrá usted necesidad de hielo para conservarlas —dijo la princesa.

III

Kitty había observado el disgusto pasajero de su marido; lo había leído en su rostro, por cuyo motivo se alegró de poder hallarse sola con él un momento. Siguieron andando por el camino lleno de polvo, sembrado de espigas de trigo y de granos, y en Levin pronto se desvaneció la penosa impresión que había experimentado, para gozar del sentimiento puro y tan nuevo aún de la presencia de la mujer amada. Sin tener nada que decirla, sentía deseos de oír la voz de Kitty, ver sus ojos, que, debido a su estado, habían adquirido una expresión de dulzura y de serenidad.

—Apóyate en mi brazo, así no te fatigarás tanto.

—¡Qué feliz soy al encontrarme un momento sola contigo! Quiero a los míos, pero echo de menos nuestras noches de invierno solos los dos. ¿Sabes de qué hablábamos cuando llegaste?

—De confituras.

—Sí, pero también de peticiones de mano, de Sergio y de Warinka. ¿Los has observado tú? ¿Qué te parece? —añadió volviéndose hacia su marido para mirarle cara a cara.

—No sé qué pensar. Sergio siempre me ha causado a ese respecto mucha extrañeza. ¿Tú ya sabes que en otro tiempo estuvo enamorado de una joven que ha muerto? Ese es uno de mis recuerdos de la infancia. Desde entonces creo que las mujeres ya no existen para él.

—Pero, ¿y Warinka?

—Quizá... no sé... Sergio es un hombre demasiado puro que no vive más que para el alma...

—¿Quieres decir qué es incapaz de enamorarse? —dijo Kitty manifestando a su modo la idea de su marido.

—No digo eso precisamente, pero no tiene debilidades, y eso es lo que le envidio a pesar de mi dicha. No vive para sí, el deber le guía; por eso tiene derecho a estar tranquilo y satisfecho.

—Y tú, ¿que razón tendrías para estar descontento de ti mismo? —preguntó ella con una sonrisa.

Kitty sabía que la admiración exagerada de su marido hacia Sergio Ivanitch y su desaliento en lo que a sí mismo se refería, provenía del exceso de felicidad que sentía, lo mismo que del incesante deseo de hacerse mejor.

—Yo soy demasiado feliz, no tengo nada que desear en este mundo, excepto que tú no tropieces, y cuando me comparo a otros, especialmente a mi hermano, siento mi inferioridad.

—¡Pero no haces más que pensar en el prójimo, tanto en tus negocios como en tu libro!

—Eso lo hago superficialmente, como una tarea de la que trato de desembarazarme. ¡Ah, si pudiera yo amar mi deber como te amo a ti! ¡Tú eres la culpable!

—¿Querrías cambiar tu suerte por la de Sergio y no amar más que tu deber y el bien general?

—Es evidente que no. Además, soy demasiado feliz para poder razonar bien. Así, pues, ¿tú crees que la petición será hoy? —preguntó después de un momento de silencio—. ¡Ah!, allí está el *char a bancs*, que nos alcanza.

—Kitty, ¿no estás cansada? —preguntó la princesa.

—Nada absolutamente, mamá.

El paseo continuó a pie.

IV

Warinka pareció aquel día muy atractiva a Sergio Ivanitch. Mientras éste andaba a su lado recordó lo que había oído contar de su vida pasada, y lo que él mismo había observado de bueno y amable en ella. Su corazón sentía algo particular, que había sentido en otra época siendo muy joven, y la impresión de alegría que la presencia de la joven le causó, fue un instante tan vivo, que al poner en la canasta de ésta un enorme hongo que él acababa de encontrar, los ojos de ambos se encontraron en una mirada demasiado expresiva.

—Voy a buscar hongos con libertad —dijo, temiendo sucumbir como un niño a la atracción del momento—, porque noto que mis hallazgos pasan sin llamar la atención. ¿Y por qué he de resistir? —pensaba al dejar la ladera del bosque para internarse en la selva, donde, encendiendo un cigarro, se entregó a sus reflexiones—. Lo que siento no es pasión, me parece que es una inclinación mutua que no pondría ninguna traba a mi vida. La única objeción para que yo me case, es la promesa que me hice a mí mismo al perder a María, de permanecer fiel a su recuerdo.

Esta objeción —Sergio Ivanitch lo comprendía— no afectaba más que el papel poético que representaba a los ojos del mundo. Ninguna mujer, ninguna joven, respondía mejor que Warinka a todo lo que aspiraba a encontrar en una esposa. Tenía el encanto de la juventud sin niñería, la práctica del mundo sin el deseo de brillar en él, una religión elevada que se basaba sobre serias convicciones; además, era pobre, sin familia, y no impondría a su marido, como Kitty, una multitud de parientes. ¡Y esta joven le quería! Por modesta que fuera lo notaba. La diferencia de edad entre los dos no sería un obstáculo. ¿No había dicho una vez Warinka que a un hombre de cincuenta años sólo en Rusia se le consideraba viejo? Así, pues, a los cuarenta años, él era un joven. Cuando divisó el talle flexible y gracioso de Warinka destacarse entre los viejos olmos, le palpitó el corazón de alegría, y decidido a declararse, tiró el cigarro y se dirigió a la joven.

V

«Bárbara Andrevna, en mi juventud yo me formé un ideal de mujer que habría sido dichoso en tener por compañera. Mi vida hasta hoy ha pasado sin encontrarle. Usted es la única que por completo realiza mi sueño. La amo a usted y le ofrezco mi nombre.»

Con esas palabras en los labios, Sergio Ivanitch miraba a Warinka arrodillada sobre la hierba a diez pasos de él, defendiendo un hongo contra los ataques de Grisha para darlo a los más pequeños.

—¡Por aquí!, ¡por aquí! —gritaba ella con su bonita voz de armonioso timbre.

No se levantó al aproximarse Kosnichef, pero todo en ella revelaba la alegría por volver a verle.

—¿Ha encontrado usted algo? —le preguntó ella volviendo hacia él su amable rostro sonriente.

—Absolutamente nada —respondió él.

Después de indicar a los niños los lugares en que era fácil encontrar setas, se levantó y fue al lado de Sergio. Dieron algunos pasos en silencio. Warinka, sofocada por la emoción, sospechaba lo que henchía el corazón de Kosnichef. De improviso, aunque no sentía deseos de hablar, rompió casi involuntariamente el silencio para decir:

—Si no ha encontrado usted ninguno, es porque siempre hay menos hongos en el interior del bosque que en las laderas.

Kosnichef suspiró sin responder, le desagradaban esas palabras insignificantes. Continuaron andando alejándose cada vez más de los niños. El momento era propicio para una explicación, y Sergio Ivanitch, al ver el aire turbado y los ojos bajos de la joven, comprendió que hasta la ofendía con su silencio. Hizo un esfuerzo para recordar sus reflexiones sobre el matrimonio y las palabras que había preparado para ella; pero en vez de lo que se había propuesto decir, preguntó:

—¿Qué diferencia hay entre la seta comestible y el hongo venenoso?

Warinka respondió temblándole los labios:

—Toda la diferencia está en el pie, en el tronco.

Los dos comprendieron que la oportunidad se había desvanecido; que las palabras que debían unirles no serían pronunciadas, y la violenta emoción que les agitaba se fue aplacando poco a poco.

—El pie del hongo agárico parece una barba negra mal rasurada —dijo tranquilamente Sergio Ivanitch.

—Es verdad —respondió Warinka con una sonrisa.

En seguida, involuntariamente, su paseo se dirigió hacia donde estaban los niños. Warinka se sentía confusa y ofendida, y sin embargo, algo aliviada. Sergio Ivanitch repasaba en su mente sus razonamientos sobre el matrimonio que ahora encontraba falsos. No podía ser infiel al recuerdo de María.

—¡Despacio, niños, despacio! —gritó Levin al ver que los chiquillos se precipitaban al encuentro de Kitty con gritos de alegría.

Detrás de los niños aparecieron Sergio Ivanitch y Warinka. Kitty no tuvo necesidad de hacer preguntas. Por el aspecto tranquilo y avergonzado de ambos, comprendió que la esperanza que ella había concebido no se realizaría.

—La cosa no marcha —dijo a su marido.

VI

Se reunieron todos en la terraza mientras los niños tomaban el té. Había en todos la impresión de que un acontecimiento importante, pero negativo, había ocurrido. Era un peso que las personas presentes sentían, y para disimular el malestar general, se conversó con una animación forzada. Sergio Ivanitch y Warinka parecían dos colegiales que habían salido mal en sus exámenes. Levin y Kitty, más enamorados que nunca, se sentían avergonzados de su felicidad, como si fuera una alusión indiscreta a la torpeza de los que no sabían ser felices.

En el tren de la noche se esperaba a Esteban Arcadievitch, y tal vez llegaría también el príncipe Cherbatzky.

La princesa decía:

—Alejandro no vendrá, créanme ustedes; sostiene que no se debe turbar la libertad de dos jóvenes casados.

—Papá nos abandona; debido a esa idea ya no le vemos —dijo Kitty—. ¿Y por qué nos considera como recién casados cuando ya somos un matrimonio viejo?

El ruido de un carruaje en la carretera interrumpió la conversación.

—¡Es Stiva —grito Levin— y veo a otra persona a su lado! Debe de ser papá. Gricha, corramos a recibirles.

Pero Levin se equivocaba. El compañero de Esteban Arcadievitch era un arrogante joven, robusto, con un gorro escocés de largas cintas flotantes, llamado Vassia Weslowsky, pariente lejano de los Cherbatzky, y uno de los ornamentos de los círculos elegantes de Moscú y San Petersburgo. Weslowsky no se turbó de ningún modo ante el desencanto que su presencia produjo. Saludó alegremente a Levin, le recordó que se habían visto antes y levantó a Gricha para instalarle en la carretela.

Levin continuó a pie, contrariado al no ver al príncipe, a quien quería. Más contrariado estaba aún al ver a este extraño intruso, cuya presencia era completamente inútil. Esta enojosa impresión aumentó al ver que Vassia besaba con galantería la mano de Kitty delante de las personas que se habían reunido en la escalinata.

—Su esposa de usted y yo somos primos antiguos conocidos —dijo el joven estrechando por segunda vez la mano de Levin.

—¿Y qué tal? —preguntó Oblonsky mientras saludaba a su suegra y besaba a su mujer e hijos—. ¿Hay caza? Weslowsky y yo llegamos con proyectos exterminadores. ¡Qué buen aspecto tienes, Dolly! —dijo besándole la mano y acariciándola con ademán afectuoso.

Levin, poco antes tan feliz, presenciaba esta escena de mal humor.

«¿A quién habrán besado esos mismos labios ayer? —pensaba—. ¿Y por qué está Dolly tan contenta cuando ya no cree en su amor?»

Le irritó la acogida amable que la princesa hizo a Weslowsky; la cortesía de Sergio Ivanitch para con Oblonsky le pareció hipócrita, porque sabía que su hermano no estimaba mucho a éste: Warinka, a su vez, le pareció una *santita*, capaz de estimular a un extraño, cuando no pensaba más que en casarse. Pero su enfado llegó al colmo cuando vio que Kitty correspondía a la sonrisa de aquel individuo que se imaginaba que su visita era un honor para todos. Corresponder a su sonrisa era tanto como confirmar su estúpida pretensión.

Aprovechó el momento en que regresaban todos conversando con animación para escabullirse. Kitty, al advertir el mal humor de su marido, corrió tras él, pero Levin la rechazó con el pretexto de que tenía que hacer en el despacho, y desapareció. Nunca habían tenido sus ocupaciones más importancia a sus ojos que ese día.

VII

Levin volvió cuando le avisaron que la cena estaba servida. Encontró a Kitty y a Agatha Mikhailovna en pie en la escalera, poniéndose de acuerdo sobre los vinos que se habían de servir.

—¿Para qué todo ese trajín? Que se sirva vino ordinario —dijo él.

—No, Stiva no lo bebe. ¿Qué te ocurre, Kostia? —le preguntó Kitty tratando de detenerle.

Pero él no la escuchó, y siguió andando a grandes pasos hacia el salón, donde se apresuró a tomar parte en la conversación.

—Y qué, ¿salimos mañana de caza? —le preguntó Esteban Arcadievitch.

—Vamos, se lo ruego a usted —dijo Weslowsky inclinado en su silla y sentado sobre una pierna.

—Con mucho gusto. ¿Ha cazado usted este año? —respondió Levin dirigiéndose a Wasia con una simulada cordialidad que Kitty le conocía—. No sé si encontraremos becadas, pero las becasinas abundan. Deberemos salir temprano; ¿no te fatigará eso, Stiva?

—¡Nunca! Estoy dispuesto a no dormir en toda la noche, si quieres.

—¡Ah, sí!, eres muy capaz de ello —dijo Dolly con cierta ironía—, y también de impedir que los demás duerman. En cuanto a mí, que no ceno, me retiro.

—No, Dolly —exclamó Esteban, sentándose cerca de su esposa— quédate un momento más, tengo muchas cosas que contarte. ¿Sabes que Weslowsky vio a Ana? Vive a setenta verstas de aquí solamente. Irá a verla al marcharse de aquí. Me propongo ir también.

—¿De veras? ¿Ha estado usted en casa de Ana Arcadievna? —preguntó Dolly a Vassinka, que se había aproximado a las damas colocándose al lado de Kitty en la mesa.

Levin, mientras hablaba con la princesa y Warinka, advirtió la animación de aquel pequeño grupo. Creyó que había misterio en lo que trataban, y le pareció que la fisonomía de su esposa, al mirar el simpático rostro de Vassinka, expresaba un profundo sentimiento.

—Se han instalado de un modo soberbio —contaba éste entusiasmado—, y se siente uno cómodo y en libertad en casa de ellos. No soy yo el llamado a juzgar su conducta.

—¿Qué piensan hacer?

—Pasar el invierno en Moscú, según creo.

—¡Cómo me gustaría reunirnos allá! ¿Cuando irás tú a su casa? —preguntó Oblonsky al joven.

—¿Y tú? —añadió dirigiéndose a su mujer.

—Cuando te hayas marchado. Iré sola, así no molestaré a nadie; tengo empeño en ver a Ana; es una mujer a quien compadezco y a quien quiero.

—Muy bien —respondió Esteban—. ¿Y tú, Kitty?

—¿Yo? ¿Qué iría yo a hacer a su casa? —dijo Kitty, contrariada por esta pregunta.

—¿Conoce usted a Ana Arcadievna? —preguntó Weslowsky—. Es una mujer seductora.

—Sí —respondió Kitty sonrojándose mucho, y echando una mirada a su marido, se levantó para ir a reunirse con él. Así, ¿vas mañana a cazar? —le preguntó.

Los celos de Levin al ver el rubor de Kitty no tuvieron límites, y su pregunta le pareció una prueba de que se interesaba por aquel joven del que evidentemente estaba enamorada y a quien deseaba proporcionar distracciones agradables.

—Ciertamente —respondió con voz sepulcral que a él mismo causó horror.

—Es mejor que paséis el día de mañana con nosotras. Dolly no ha disfrutado mucho de la visita de su marido.

Levin tradujo esas palabras así: No me separes de él; tú puedes marcharte, pero déjame gozar de la presencia encantadora de este amable extraño.

Vassinka, sin sospechar el efecto que su presencia producía, se había levantado de la mesa, para aproximarse a Kitty, con cariñosa sonrisa.

—¡Cómo se atreve a mirarla así! —pensó Levin, pálido de cólera.

—Para mañana la cacería, ¿verdad? —preguntó inocentemente Vassinka, sentándose de nuevo al revés en una silla y, según su costumbre, doblando una pierna y apoyándose sobre ella.

Arrebatado por los celos, Levin se suponía ya en el número de los maridos engañados, a quienes las esposas y sus amantes tratan de sacrificar a sus placeres. A pesar de todo, conversó con Weslowsky, le hizo varias preguntas sobre sus arreos de caza y le prometió con afabilidad organizar la expedición para el día siguiente.

La vieja princesa vino a poner término a las torturas de su yerno, aconsejando a Kitty que se fuera a acostar. Pero para acabar de exasperar a Levin, Vassinka al dar las buenas noches a la señora de la casa, quiso besarle la mano.

«¿Qué derecho le había dado ella a aquel joven para permitirse semejantes familiaridades? ¿Y cómo podía ella manifestarle su desaprobación de un modo tan torpe?», pensaba Levin.

Oblonsky, de excelente humor debido a algunas copas de buen vino, se sentía poético:

—¿Por qué vas a acostarte con este tiempo tan espléndido Kitty? Mira la luna que sale, es la hora de las serenatas. Vassinka tiene una voz admirable y ha traído dos nuevas romanzas que podría cantarnos con Bárbara Andrevna.

Mucho tiempo después que todos se habían retirado, Levin, hundido en un sillón guardando un obstinado silencio, escuchaba todavía a sus huéspedes cantar nuevas romanzas en las avenidas del jardín. Kitty, después de preguntarse en vano la causa de su mal humor, acabó por preguntarle sonriendo si el motivo era Weslowsky. Esto le hizo explicarse. En pie delante de su esposa, con los ojos brillantes bajo sus cejas fruncidas, las manos apretadas contra el pecho como si hubiese querido contener su cólera, con voz temblorosa le dijo con un aire que habría sido duro si su fisonomía no hubiese delatado un vivo sufrimiento:

—No me creas celoso, esa palabra me repugna. ¿Podría yo a la vez creer en ti y estar celoso? ¡Pero me siento herido, humillado, de que se atrevan a mirarte así!

—¿Y como me ha mirado, pues? —preguntó Kitty tratando de buena fe de recordar los menores incidentes de la velada.

Le había parecido la actitud de Vassinka durante la cena algo familiar, pero no se atrevió a confesarlo.

—¿Puede una mujer ser atractiva en el estado en que me encuentro?

—Cállate —exclamó Levin cogiéndole la cabeza con ambas manos—. Así, pues, si te sintieras seductora, podrías...

—Pero no es eso, Kostia —contestó ella afligida al verle sufrir de aquel modo—. Tú ya sabes que, fuera de ti, no hay nadie en el mundo que exista para mí. ¿Quieres que me encierre lejos de todos?

Después de haberla ofendido aquellos celos que le estropeaban hasta sus más inocentes distracciones, se hallaba dispuesta a renunciar a todo para calmarle.

—Trata de comprender lo ridículo de mi situación. Ese joven es mi huésped, y aparte de ese estúpido galanteo y de sentarse sobre una pierna, no tengo nada que reprocharle. Ciertamente él se cree hombre del mejor tono. Me veo, pues, obligada a mostrarme amable y...

—Pero, Kostia, tú exageras —interrumpió Kitty, ufana en el fondo de su corazón por sentirse tan apasionadamente amada.

—Cuando eres para mí el objeto de un culto, y somos tan felices, ese miserable tendría derecho... Por lo demás, puede no ser un miserable; pero, ¿por qué nuestra felicidad ha de depender de él?

—Escucha, Kostia; ya creo que sé lo que te ha contrariado.

—¿Qué? —preguntó Levin turbado.

—Nos has observado durante la cena —y le contó la conversación misteriosa que a él le pareció sospechosa.

—¡Kitty! —exclamó Levin al ver el rostro pálido y conmovido de su esposa—, te estoy fatigando y aniquilando. ¡Soy un loco! ¿Cómo he podido atormentarme el alma con semejante tontería?

—¡Me causa pena verte!

—¡Pena! ¿Yo? Soy absurdo, y para castigarme, voy a colmar a ese joven con las amabilidades más irresistibles —dijo Levin besándole las manos—. ¡Vas a ver!

VIII

Al día siguiente por la mañana dos coches de caza esperaban en el portal, antes de que las señoras se hubiesen levantado. «Laska», la perra de Levin, muy excitada, estaba cerca del cochero; comprendía las intenciones de su amo y se impacientaba evidentemente por el retraso de los cazadores. El primero que se asomó fue Vassinka Weslowsky, con blusa verde apretada a la cintura con una faja de cuero perfumado, calzado con botas nuevas, con su gorro de cintas en la cabeza y con la escopeta inglesa en la mano.

«Laska» se precipitó sobre él saludándole como preguntando si los demás iban a venir; pero viendo que no la comprendían, volvió a su puesto y esperó con la cabeza inclinada y las orejas levantadas.

Al fin la puerta se abrió con ruido para dar paso a «Crac», el pointer de Esteban Arcadievitch, que daba saltos delante de él.

—¡Quieto!, ¡quieto! —le gritaba Oblonsky alegremente, tratando de evitar las patas del perro que, con sus brincos, se enredaban en el morral.

Estaba toscamente calzado, llevaba un pantalón viejo, un gabán corto y un sombrero arrugado; pero su escopeta era del último modelo, y su morral, lo mismo que su cartuchera, no podían ser criticados. Vassinka comprendía que lo más elegante para un cazador era subordinarlo todo a los útiles de caza; más le agradó Oblonsky y se prometió sacar partido de ello en otra ocasión. Miraba a Esteban con admiración.

—Nuestro huésped se ha retrasado —hizo observar Vassinka.

—Tiene una esposa joven —respondió Oblonsky sonriendo.

—¡Y qué mujer más encantadora!

—Habrá entrado en su cuarto, porque yo le vi preparado para partir.

Esteban había adivinado la verdad. Levin volvió a ver a Kitty para hacerla repetir que le perdonaba su absurda conducta de la víspera y recomendarle la prudencia.

Kitty se vio obligada a jurarle que no le guardaba rencor porque se ausentaba por dos días, y que al día siguiente le enviaría una esquela detallando el estado de su salud. Esa expedición no agradaba nada a la joven, pero se resignó alegremente al ver el entusiasmo y animación de su marido.

—Mil perdones, señores —gritó Levin apresurándose a reunirse con sus compañeros—. ¿Han guardado el almuerzo? ¡Vete a tu puesto, «Laska»!

Apenas subía al coche cuando el vaquero, que le acechaba, le detuvo para consultarle algo acerca de las terneras; después vino el carpintero, a quien tuvo que corregir sus errores sobre el modo de construir una escalera. Al fin se pusieron en marcha y Levin, contento por sentirse libre de sus inquietudes domésticas, experimentó una alegría tan viva, que habría deseado callar para reconcentrar su pensamiento en las emociones que le aguardaban. ¿Encontrarían caza? ¿Podría «Laska» competir con «Crac»? ¿No se portaría él mismo como mal cazador delante de aquel extraño? Oblonsky se preocupaba de un modo semejante. Sólo Weslowsky continuaba hablando, y Levin, al escuchar su charla, se reprochaba sus injusticias de la víspera. Era en verdad un buen muchacho; lo único que se le podía censurar era que considerase el cuidado de sus uñas y de su vestido como pruebas evidentes de su incontestable superioridad. Por lo demás, sencillo, alegre, bien educado, hablando admirablemente el francés y el inglés. En otra época Levin habría sido muy amigo suyo.

Apenas anduvieron tres verstas, cuando Vassia echó de ver que le faltaban la cartera y los cigarros. La cartera contenía una suma bastante importante, por lo que quiso asegurarse de si la había olvidado en la casa, y dijo a Levin:

—Déjeme usted montar su caballo de tiro (era un caballo cosaco con el cual se imaginaba que volaría por la estepa), y pronto estaré de vuelta.

—No es preciso que se moleste usted, mi cochero hará la comisión en seguida —respondió Levin calculando el gran peso de Vassinka.

El cochero fue enviado en busca de la cartera y Levin tomó las riendas.

IX

—Explícanos tu plan —dijo Esteban Arcadievitch.

—Hele aquí: vamos directamente a los pantanos de Gvosdef, a veinte verstas de aquí, donde ciertamente encontraremos caza mayor. Llegando allí al anochecer, aprovecharemos el fresco para cazar. Dormiremos en casa de un campesino y mañana comenzaremos a cazar en la gran laguna.

—¿No hay nada en el camino?

—Sí, por cierto, hay dos buenos cazaderos; pero eso nos retardaría, y hace demasiado calor.

Levin quería reservar para su uso particular aquellos cazaderos próximos a su casa; pero nada se escapaba al ojo experto de Oblonsky, y al pasar por un pequeño pantano, exclamó:

—Detengámonos aquí.

—Oh, sí, detengámonos, Levin —suplicó Vassia.

Fue preciso resignarse. Los perros se pusieron inmediatamente sobre la pista, y Levin se quedó guardando los caballos. Una polla de agua y un avefría, que mató Weslowsky, fue todo lo que encontraron, lo cual consoló un poca a Levin.

Al subir al coche los cazadores, Vassinka sujetaba torpemente con una mano la escopeta y el pájaro, cuando de pronto salió el tiro y los caballos se encabritaron. Estaba el arma cargada con una cápsula de la escopeta de Weslowsky. Felizmente nadie resultó herido, y los perdigones se hundieron en el suelo. Sus compañeros no se atrevieron a reñirle viéndole tan desolado, pero aquella desesperación pronto fue reemplazada por una loca alegría a causa del pánico de sus compañeros y de un chichón que Levin se hizo en la frente al chocar contra su escopeta. A pesar de las advertencias de Levin para disuadirles, bajaron al segundo pantano. Esta vez Vassinka, después de matar una becada, tuvo lástima a Levin y se ofreció para reemplazarle en el cuidado del coche. Levin resistió, y «Laska», que gemía ante la injusticia de la suerte, se lanzó a grandes brincos hacia los lugares abundantes en caza con una formalidad tal que los pájaros insignificantes del pantano no lograron distraerle. La perra dio algunas vueltas buscando un rastro y de repente se detuvo; Levin la siguió emocionado, andando con mucha precaución, y en seguida se detuvo y dio un grito.

Saltó una becada, y ya la estaba apuntando, cuando el rumor de pesados pasos que se acercaban en el agua y los penetrantes gritos de Weslowsky, le hicieron volverse. El tiro resultó inútil y Levin quedó estupefacto al ver los coches y los caballos medio hundidos en el fango. Vassinka los había sacado de la carretera y metido en el pantano, a fin de presenciar con más comodidad la caza.

—¡Qué el diablo se lo lleve! —murmuró Levin—. ¿Por qué ha venido usted hasta aquí? —preguntó con sequedad al joven, después de haber gritado al cochero para que acudiera a ayudarle a desenganchar los caballos.

No solamente le echaban a perder la caza y le arriesgaban a estropear los caballos, sino que sus dos compañeros le dejaron desenganchar solo y llevar los pobres animales a un lugar seco sin ofrecerle ayuda; es verdad que ni Esteban Arcadievitch ni Weslowsky tenían la menor idea del arte de enganchar y desenganchar. En cambio, el culpable hizo cuanto pudo para desatascar el carro, y en su empeño le arrancó un aspa. Esta buena voluntad agradó a Levin, que se arrepintió de su mal humor y dio la orden de preparar el almuerzo.

—¡Buen apetito, buena conciencia! Este pollo me va a bajar hasta las botas —dijo Vassia ya tranquilo, devorando un segundo pollo—. Señores, nuestras desgracias han concluido; de ahora en adelante todo nos saldrá bien, y yo, en castigo de mis culpas, pido que me dejen subir al pescante para servir a ustedes de cochero.

A pesar de las protestas de Levin, que temía por sus caballos, tuvo que acceder, y la alegría contagiosa de Weslowsky, cantando romanzas e imitando a un inglés que guía un carruaje de cuatro caballos, acabó por comunicársele.

Llegaron a Gvosdef riendo y bromeando.

X

Al aproximarse al término de su expedición, a Levin y Oblonsky se les ocurrió el mismo pensamiento: desembarazarse de su incómodo compañero.

—¡Qué hermosa laguna! —exclamó Oblonsky, cuando después de una loca carrera llegaron al anochecer; pero aún duraba el calor del día, y añadió—: ¿No ven ustedes las aves de rapiña? Ese es siempre indicio de caza.

—Las lagunas comienzan en este islote, señores —les explicó Levin examinando su escopeta, y les indicó un punto más oscuro que se notaba en la inmensa planicie húmeda, segada en algunos lugares—. Si ustedes quieren, nos separaremos en dos grupos dirigiéndonos hacia esa pequeña arboleda; de allí tomaremos la dirección del molino. Aquí una vez maté diecisiete becadas.

—Pues bien, tomen ustedes a la derecha —dijo Esteban Arcadievitch con aire indiferente; allí hay más espacio para dos; yo iré por la izquierda.

—¡Corriente! —respondió Vassia—. Ya verá usted cómo nosotros cazamos más.

Por fuerza Levin tuvo que aceptar este arreglo; pero después de la aventura del tiro escapado, no se fiaba de su compañero de caza, y le recomendó que no se quedara atrás.

—No se ocupe de mí, no quiero estorbar a usted —dijo éste.

Los perros partieron, acercándose en grupo unas veces, alejándose otras, y buscando el rastro cada uno por su cuenta. Levin conocía la velocidad de «Laska», y ya se figuraba oír el silbido de la becada.

—¡Pim! ¡Pam! —se oyó.

Era Vassinka que tiraba a los patos; media docena de becadas alzaron el vuelo unas tras otras, de las cuales Oblonsky, aprovechando la oportunidad, derribó dos. Levin fue menos afortunado. Esteban Arcadievitch alzó lo que había cazado con aire satisfecho, y se alejó por la izquierda silbando a su perro, mientras que Levin volvía a cargar la escopeta dejando que Weslowsky tirara a tontas y a locas. Cuando Levin erraba el primer tiro, perdía fácilmente la sangre fría y comprometía su fortuna en la caza; esto le sucedió aquel día. Las becadas eran tan numerosas, que nada habría sido más fácil que reparar la primera torpeza; pero cuanto más tiraba menos tranquilo se sentía. «Laska» miraba a los cazadores con aire perplejo y de reconvención, y ya mostraba cansancio en buscar. A lo lejos se oían los disparos de Oblonsky, y todos ellos parecían acertar. Oblonsky gritaba a su perro:

—¡«Crac», trae!

Mientras tanto, en el morral de Levin, cuando llegaron a una pradera perteneciente a unos campesinos y situada en medio de las lagunas, no había más que tres pajarillos, uno de los cuales pertenecía a Vassia.

—¡Hola!, ¡eh!, ¡cazadores! —gritó un campesino sentado junto a una carreta desenganchada, levantando sobre su cabeza una botella de aguardiente que brillaba al sol—. ¡Vengan ustedes a tomar un trago con nosotros!

—¿Qué dice? —preguntó Weslowsky.

—Nos invitan a beber con ellos. Seguramente llevarán en aparcería las praderas. Yo aceptaría con gusto —respondió Levin, con la intención de tentar a Vassia.

—Pero, ¿por qué quieren obsequiarnos?

—En señal de simpatía, probablemente. Vaya usted, eso le divertirá.

—Vamos allá. Es cosa curiosa.

—¡Y después, de allí, ya verá usted un camino hasta el molino! —gritó Levin, encantado al ver que Vassia marchaba hacia los labradores.

Iba todo encorvado, tropezando a cada paso, por la fatiga con los terrones hundiéndose a veces en el fango y sujetando perezosamente su escopeta bajo su brazo entorpecido.

—¡Ven tú también! —gritó el labrador a Levin.

Una copa, de aguardiente no habría sido de despreciar, porque Levin se sentía cansado y con dificultad levantaba los pies de aquel suelo de fango pegajoso; pero observó a «Laska» en acecho, y esto bastó para que olvidara su fatiga y se dirigiera a donde estaba la perra. Creía que la presencia de Vassinka le traía la mala suerte, pero la ausencia de éste no mejoró su dicha a pesar de que la caza era abundante. Cuando llegó al lugar en donde había de reunirse con Oblonsky, no tenía en su morral más que cinco miserables pajarillos.

«Crac» caminaba delante de su amo con aire triunfante; muy atrás venía Esteban Arcadievitch, cubierto de sudor, arrastrando las piernas de fatiga, pero con el morral repleto de caza.

—¡Qué pantano! —dijo a Levin—. Weslowsky ha debido estorbarte mucho. Nada es mas incómodo que cazar dos con un solo perro —añadió para suavizar el efecto de su triunfo.

XI

Levin y Oblonsky encontraron a Weslowsky instalado ya en la *izba* donde habían de cenar. Sentado en un banco, al cual se agarraba con las dos manos, se hacía sacar las botas cubiertas de lodo por un soldado, hermano de la dueña de la casa.

—Acabo de llegar —dijo con su risa comunicativa—; aquellos campesinos han sido muy buenos conmigo. Figúrense ustedes que, después de obligarme a beber y comer, no han querido aceptar nada de lo que yo les daba. ¡Y qué pan! ¡Qué aguardiente!

—¿Por qué quiere usted que le hiciesen pagar? Ellos no venden aguardiente —dijo el soldado.

Los cazadores no se desanimaron por la suciedad de la *izba*, que sus botas y las patas de los perros habían llenado de un barro negruzco, y cenaron con un apetito que sólo la caza produce. Después de haberse limpiado, fueron a acostarse a un granero en el que guardaban el heno, donde el cochero les había arreglado camas lo mejor que pudo.

La noche adelantaba, pero no sentían deseos de dormir y el entusiasmo de Vassinka por la hospitalidad de los labradores, el buen olor del heno y la inteligencia de los perros acostados a sus pies, los mantuvieron despiertos.

Oblonsky les contó lo ocurrido en una cacería a la que había asistido el año anterior en las tierras de Malthus, un contratista de ferrocarriles, un millonario.

Hizo una descripción de los inmensos pantanos pertenecientes al gobierno de Tver, de los *dogcars*, de las tiendas armadas cuando llegaba la hora del almuerzo.

—¿Cómo no te son odiosas esas gentes? —dijo Levin incorporándose en su lecho de heno—. Su lujo indigna, se enriquecen como los antiguos fabricantes de aguardiente y se burlan del desprecio público, porque saben que su dinero mal adquirido les rehabilitará.

—¡Es muy cierto! —exclamó Weslowsky—. Oblonsky acepta sus invitaciones debido a su buen natural, pero es ejemplo que imitan otros.

—Se engañan ustedes —respondió Oblonsky—. Si voy con ellos, es porque les considero como a ricos mercaderes, a ricos propietarios, que deben su riqueza a su trabajo y a su inteligencia.

—¿Qué llamas tú trabajo? ¿Es acaso hacerse dar una concesión para cederla a otro?

—Ciertamente, porque si no hubiera quien se tomara esa molestia, no tendríamos ferrocarriles.

—¿Puedes comparar ese trabajo con el de un hombre que labra la tierra o al de un sabio que estudia?

—No, pero no por eso dejan de dar sus resultados los caminos de hierro. Es verdad que tú no eres partidario de los ferrocarriles.

—Esa es otra cuestión. Lo que afirmo es que, cuando la remuneración es desproporcionada al trabajo, no hay honradez. Esas fortunas son escandalosas. Es la historia del grito del pueblo a la muerte de un rey saludando al heredero: «El rey ha muerto, viva el rey.» Ya no tenemos granjas, ni haciendas, pero los ferrocarriles y los bancos los reemplazan.

—Todo eso quizá es cierto, pero, ¿quién es capaz de trazar el límite exacto entre lo justo y lo injusto? ¿Por qué, por ejemplo, mi sueldo es superior al del jefe de oficina, que conoce los asuntos mejor que yo?

—No lo sé.

—¿Por qué ganas tú, supongamos, cinco mil rublos, en tanto que el campesino en cuya casa estamos, con mucho más trabajo, no gana más que cincuenta? ¿Y por qué Malthus no debe ganar más que sus sobrestantes? En el fondo no puedo menos de creer que el odio que inspiran esos millonarios no es en realidad más que envidia.

—Va usted demasiado lejos —interrumpió Weslowsky—, no es que se les envidien sus riquezas, pero sin eso no se puede dejar de ver en ellas un lado tenebroso.

—Tienes razón —repuso Levin—, al considerar injustos mis cinco mil rublos de beneficio, y lo deploro.

—Pero no hasta el punto de dar tus tierras al campesino —dijo Oblonsky, que hacía algún tiempo había comenzado a lanzar agudezas a su cuñado, con el cual sus relaciones habían tomado cierto matiz de hostilidad desde que formaban parte los dos de la misma familia.

—No doy mis tierras, porque no sé de qué modo podría hacerlo; teniendo familia, tengo también deberes para con ella, y no me reconozco el derecho de despojarme.

—Sí consideras esa desigualdad como una injusticia, tu deber es hacerla cesar.

—Trato de lograrlo no haciendo nada que pueda aumentarla.

—¡Qué paradoja!

—Sí, eso huele a sofisma —añadió Weslowsky—. ¡Hola, camarada! —gritó a un aldeano que entreabrió la puerta que rechinó sobre sus goznes—. ¿No duermen ustedes todavía?

—¡Oh, no!, pero yo creía que ustedes dormían. ¿Me permite usted entrar para tomar un gancho que necesito? —dijo señalando a los perros y deslizándose en el henil.

—¿Adónde va a dormir usted?

—Estamos guardando los caballos en el pasto.

—¡Qué hermosa noche! —exclamó Vassinka al ver por la rendija de la puerta la casa y los coches desenganchados que la luna iluminaba—. ¿De dónde vienen esas voces de mujer?

—Son las muchachas de al lado —dijo el aldeano.

—Vamos a dar un paseo, Oblonsky; de todos modos no podremos dormir.

—¡Estamos tan bien aquí...!

—Entonces iré solo —dijo Vassinka levantándose y calándose las botas deprisa—. Adiós, señores. Si me divierto llamaré a ustedes. Han sido demasiado amables en la cacería para que yo les olvide.

—Es un buen muchacho, ¿verdad? —dijo Oblonsky a Levin cuando Vassinka y el aldeano se hubieron marchado.

—Sí —contestó Levin, siguiendo el hilo de sus pensamientos—. ¿Cómo podía ser que dos hombres sinceros e inteligentes le acusaran de sofisma, cuando él expresaba sus sentimientos con la mayor claridad posible?

—Por más que se haga —repuso Oblonsky—, hay que conformarse y reconocer o que la sociedad tiene razón, o que uno se aprovecha de los privilegios injustos, y en este caso, hay que hacer como yo: aprovecharse de ellos alegremente.

—No, no gozarías alegremente de esos privilegios si conocieras que son inicuos. Al menos yo no podría aprovecharme de ellos sin remordimiento.

—Pasemos a otra cosa: ¿por qué no vamos nosotros también a dar una vuelta? —dijo Esteban Arcadievitch, fastidiado de esta conversación—. Vamos, puesto que no dormimos.

—No, yo no voy.

—¿Y es también debido a tus principios por lo que te quedas? —dijo, buscando su gorra a tientas.

—No; pero, ¿qué iría a hacer?

—Estás en el mal camino —dijo Esteban Arcadieviteh, habiendo encontrado lo que buscaba.

—¿Por qué?

—Porque estás acostumbrando mal a tu mujer. He advertido la importancia que das a que tu mujer te autorice a ausentarte dos días. Eso podrá ser encantador como idilio, pero no puede durar. El hombre debe conservar su independencia. Tiene sus intereses —dijo Oblonsky abriendo la puerta.

—¿Qué intereses? ¿Los de ir tras las chicas de las granjas?

—Por que no, si eso le divierte. Mi esposa no se encontrará más mal por eso, con tal que yo respete el santuario del hogar. Pero no hay que atarse de pies y manos.

—Quizá sea así —respondió secamente Levin volviéndose del otro lado—. Mañana me marcho de madrugada sin despertar a nadie, te lo advierto.

—¡Señores, vengan ustedes pronto! —vino a decirles Vassinka—. Es encantadora. Yo la he descubierto. ¡Una verdadera *Gretchen*!

Levin se hizo el dormido y les dejó alejarse. Permaneció mucho tiempo sin poder conciliar el sueño oyendo a los caballos que comían el heno y al campesino que se marchaba con su hijo mayor a cuidar los animales en el campo donde pacían. Después oyó al soldado, que se acostó en el heno del otro lado del pajar, con su sobrino. El niño, en voz baja, hacía preguntas acerca de los perros que le parecían terribles. El tío no tardó en hacerle callar y ya no se oyeron más que sus ronquidos.

Levin, aunque bajo la impresión de su conversación con Oblonsky, no dejaba de pensar en el día siguiente.

Me levantaré con el sol y conservaré mi sangre fría; hay abundancia de becadas. Quizá cuando regrese encontraré una esquela de Kitty. ¿No tendrá razón Oblonsky al reprocharme que me estoy afeminando con ella? ¿Qué hacer? Medio dormido oyó que sus compañeros regresaban. Abrió un momento los ojos para verlos a la luz de la luna que penetraba por la entreabierta puerta.

—Mañana con la aurora, señores —les dijo, y se durmió.

XII

Al día siguiente fue imposible despertar a Vassia, acostado boca abajo y profundamente dormido. Oblonsky tampoco quiso levantarse. Hasta «Laska», enroscada sobre el heno, estiró las patas traseras perezosamente antes de decidirse a seguir a su amo. Levin se calzó las botas, tomó la escopeta y salió quedamente. Los cocheros dormían cerca de los coches. Los caballos dormitaban. Apenas comenzaba el día.

—¿Para qué levantarse tan temprano, padrecito? —le preguntó una vieja al salir de la *izba*, dirigiéndose a él amistosamente como si fueran conocidos antiguos.

—Voy a cazar. ¿Por dónde hay que tomar para llegar a la laguna?

—Sigue el sendero que hay detrás de nuestras granjas —contestó la vieja, y le acompañó para ponerle en el camino.

«Laska» corría delante de Levin y éste la seguía alegremente consultando el cielo y esperando llegar a la laguna antes de que saliera el sol. La luna, visible aún cuando salió de la hostería, iba desapareciendo poco a poco. Apenas se distinguía la estrella de la mañana, y algunos puntos en el horizonte antes imprecisos iban tomando contornos más definidos. Eran montones de heno. Los menores sonidos se dejaban oír en la completa calma de la atmósfera, y una abeja que le zumbó al oído le hizo el efecto del silbido de una bala.

Algunos vapores blancos, de entre los que se destacaban, como islotes, grupos de citisos indicaban el lugar del gran pantano, en cuya orilla varios hombres y niños envueltos en sus caftanes dormían profundamente después de haber pasado parte de la noche en vela. Los caballos pastaban aún haciendo resonar sus cadenas, y, asustados por «Laska», se echaron al agua, que chapuzaron con las patas trabadas.

El perro les dirigió una mirada burlona y fijó luego los ojos en su amo.

Cuando Levin dejó atrás a los campesinos dormidos, examinó la cápsula de la escopeta y dio un silbido para advertir a «Laska» que la caza comenzaba. La perra partió al punto presurosa y contenta rastreando por el suelo, sin confundir entre muchos otros olores el olor de pájaro que la enloquecía. Para orientarse mejor sobre la dirección que las becadas habían tomado, se alejó buscando donde le diera mejor el viento, trotando despacio para poder detenerse de pronto. De improviso disminuyó su carrera, porque ya no seguía una pista; había cogido una becada. Allí la caza era abundante, pero, ¿dónde? La voz del amo se oyó por el lado opuesto.

—¡Aquí, «Laska»!

La perra se detuvo vacilando, aparentó obedecer, pero volvió al punto que la atraía, describiendo círculos antes de detenerse ya segura del éxito temblando de emoción ante un montón de tierra. No podía ver a causa de sus cortas patas, pero su olfato no la engañaba. Inmóvil, con la boca entreabierta, las orejas levantadas, respiraba con trabajo, gozando en la espera, y miraba del lado de su amo sin atreverse a volver la cabeza. Para ella su amo avanzaba demasiado despacio, cuando por el contrario venía a todo correr, tropezando a veces y mirando con unos ojos que a la perra le parecieron terribles. Esta mirada le causaba una superstición de cazador, que, errando el primer tiro, todo continuaría mal. Al aproximarse, vio lo que «Laska» sólo podía olfatear: una becada oculta entre dos montecillos.

—¡Adelante! —gritó.

«Laska» parecía pensar: «¿No se engaña quizá? Aunque las veo, las huelo. Si me muevo ya no podré dar con ellas.»

Pero animada por un golpe que su amo le dio en la rodilla, se lanzó desesperada, sin saber lo que hacía.

Al momento se alzó una becada y se oyó el batir de sus alas. Levin tiró y el pájaro se abatió cayendo sobre su pecho blanco en la hierba húmeda. Una segunda becada tuvo la misma suerte.

—Muy bien, «Laska» —dijo Levin metiendo los pájaros aún calientes en su morral.

El sol había salido cuando Levin avanzó por el pantano. La luna ya no era más que un punto blanco en el espacio; todas las estrellas habían desaparecido. Las charcas de agua, plateada por el rocío, tenían ahora reflejos de oro. La hierba tomaba un matiz de ámbar. Las aves de los pantanos se agitaban en los matorrales. Los buitres, posados sobre las gavillas de trigo, miraban su dominio con aire descontento, y las cornejas revoloteaban por los campos. El humo de la escopeta blanqueaba la hierba verde. Uno de los que dormían se había ya puesto su caftán, y algunos niños llevaban los caballos del diestro por el camino.

Uno de los chicuelos dijo a Levin:

—Hay también patos por aquí; los hemos visto ayer.

Levin experimentó cierto placer al matar aún dos becadas en presencia del niño.

XIII

No resultó vana para Levin la superstición del primer tiro acertado. A eso de las diez, estaba de vuelta cansado, hambriento, pero muy contento. En unas treinta verstas que recorrió, había matado diecinueve becadas y un pato, que se suspendió a la cintura porque ya no cabía en el morral. Sus compañeros, que hacía ya tiempo se habían levantado, habían tenido tiempo para pasar hambre esperándole, y para almorzar luego.

La envidia de Esteban Arcadievitch al ver los pájaros con la cabeza colgando o replegada sobre sí mismos, tan diferentes de cuando volaban por los pantanos, causó cierta satisfacción a Levin. Para colmo de dicha, encontró una esquela de Kitty.

«Me siento admirablemente bien —le escribía—, y si tú no me crees suficientemente guardada, puedes tranquilizarte al saber que María Wiasiewna está aquí (ésta era la comadrona, personaje nuevo e importante en la familia). Me encuentra en perfecta salud, y permanecerá algunos días con nosotros; así que no te des prisa en volver si te diviertes.»

La caza y esta esquela borraron del espíritu de Levin dos incidentes menos agradables: el primero era el estado de fatiga del caballo de tiro, abrumado la víspera y que ya no quería comer; el segundo, más grave, era que ya no quedaba nada de las abundantes provisiones que les puso Kitty al salir. Levin contaba particularmente con unos pastelitos, cuyo olor ya se figuraba aspirar. Cuando volvió todos habían desaparecido, lo mismo que los pollos y la carne; los huesos habían sido roídos por los perros.

—¡Vaya un apetito! ¡Es formidable, maravilloso! —dijo Oblonsky señalando a Vassinka—. No me quejo del mío, pero no tiene comparación con el de ese joven.

Levin, irritado y casi a punto de llorar por la contrariedad, no pudo menos de exclamar:

—¡En verdad, habrían podido ustedes al menos dejarme alguna cosa!

Tuvo que contentarse con leche que su cochero fue a traerle y cuando se le aplacó el hambre, se avergonzó de haber expresado tan vivamente su disgusto y fue el primero en burlarse de su cólera.

La misma noche, después de la última cacería en la que Vassinka hizo algunas proezas, los tres compañeros tomaron el camino de su casa, adonde llegaron ya entrada la noche. El regreso fue muy alegre. Weslowsky no cesó de reír y de chancearse al recordar sus aventuras con las chicas campesinas y con los aldeanos.

Levin, reconciliado con su huésped, se sintió libre de los malos sentimientos que había abrigado hacia él.

XIV

Como a las diez de la mañana, después de haber visitado la granja, Levin llamaba a la puerta de Vassinka.

—¡Adelante! —contestó éste—. Dispénseme usted, estoy terminando mis abluciones.

—No se moleste usted por mí. ¿Ha dormido usted bien?

—Como un muerto.

—¿Qué toma usted por la mañana, café o té?

—Ni uno ni otro; me desayuno a la inglesa. Estoy avergonzado por haberme retrasado tanto. ¿Sin duda las señoras se habrán levantado ya? ¿No le parece a usted este momento oportuno para dar un paseo? ¿Me enseñará usted sus caballos?

Levin aceptó de buena gana. Dieron la vuelta al jardín, examinaron la caballeriza, hicieron un poco de gimnasia y volvieron al salón.

—¡Nos hemos divertido mucho en la cacería! —dijo Weslowsky aproximándose a Kitty—. ¡Qué lástima que las señoras se priven de ese placer!

«Es preciso que diga siempre algo al ama de la casa», pensó Levin, fastidiado ya del aire conquistador del joven.

La princesa hablaba con la comadrona y con Sergio Ivanitch, sobre lo conveniente que era que su hija estuviese en Moscú para la época del alumbramiento, y llamó a su yerno para hablarle de esta grave cuestión. Nada importunaba tanto a Levin como esa charla trivial sobre un acontecimiento tan extraordinariamente importante como el nacimiento de un hijo, porque había de ser un hijo. No admitía que esta increíble dicha, rodeada de tanto misterio a sus ojos, fuese discutida, como si se tratase de un hecho común e insignificante, por aquellas mujeres que contaban con los dedos el día del vencimiento como si fuese un pagaré. Sus conversaciones sobre esto y sobre las ropitas del recién nacido le ofendían, y procuraba no oír, como hacía en otro tiempo cuando se trataba de los preparativos de su casamiento.

La princesa no comprendía semejantes impresiones, y esta aparente indiferencia de Levin la atribuía a atolondramiento e indolencia. Por este motivo no dejaba de no molestarle. Acababa de encargar a Sergio Ivanitch que buscase casa, y tenía empeño en que Constantino diera su opinión sobre esto.

—Haga usted lo que le parezca, princesa. No entiendo nada de esas cosas.

—Pero es preciso fijar la época en que penséis volver a Moscú.

Lo ignoro; lo que sé es que millones de niños nacen fuera de Moscú.·

—En tal caso...

—Kitty hará lo que sea de su agrado.

—Kitty no debe entrar en detalles que la asustarían. Recuerda que Natalia Galizin murió de parto en la primavera por falta de un buen médico.

—Haré lo que usted quiera —repuso Levin con aire sombrío, y ya no escuchó a su suegra.

Su pensamiento estaba en otra parte.

«Eso no puede continuar así», pensaba echando de cuando en cuando una mirada a Vassinka, inclinado hacia Kitty turbada y sonrojada. La actitud de Weslowsky le pareció inconveniente, y, como la antevíspera, descendió repentinamente de las alturas de la más ideal felicidad a un abismo de odio y de confusión. El mundo se le hizo insoportable.

—¡Qué tarde bajas! —dijo en aquel momento Oblonsky a Dolly, que entraba en el salón, sin dejar de observar la fisonomía de Levin.

—Macha ha pasado mala noche y me ha fatigado —contestó Daria Alejandrovna.

Vassinka se levantó un momento, saludó y volvió a sentarse para continuar su conversación con Kitty. Le hablaba nuevamente de Ana, y discutía la posibilidad de amar en esas condiciones extralegales, y aunque el tema desagradaba a la joven, era demasiado inexperta y demasiado ingenua para saber poner término a la conversación y disimular la contrariedad mezclada de placer que le causaban las asiduidades del joven. El temor de los celos de su marido contribuía a su emoción, porque preveía que él interpretaría mal cada una de sus palabras, cada uno de sus ademanes.

—¿Adónde vas, Kostia? —le preguntó ella con aire culpable, al verle salir con paso decidido.

—Voy a hablar con un mecánico alemán que ha llegado durante mi ausencia —respondió sin mirarla, convencido de la hipocresía de su esposa.

Apenas entró en su gabinete, oyó el andar bien conocido de Kitty, que bajaba la escalera con imprudente viveza. Llamó a la puerta.

—¿Qué quieres? Estoy ocupado —dijo con tono áspero.

—Dispénseme usted —dijo Kitty entrando y dirigiéndose al alemán—. Tengo que decir dos palabras a mi marido.

El mecánico quiso salir, pero Levin le detuvo.

—No se moleste usted.

—No quisiera perder el tren de las tres —hizo observar.

Sin contestarle, Levin salió con su mujer al corredor.

—¿Qué quiere usted? —preguntó fríamente en francés sin querer fijarse en su rostro contraído por la emoción.

—Yo... yo quería decirle que esta vida es un suplicio —murmuró.

—Hay gente en el despacho, no demos un escándalo —contestó él con cólera.

Kitty quiso llevarle a un cuarto vecino, pero allí estaba Tania dando la lección de inglés. Kitty le condujo al jardín.

Un jardinero estaba limpiando los senderos. Preocupándose poco del efecto que pudiera producir en este hombre su rostro bañado en lágrimas, Kitty avanzó con rapidez seguida de su marido, que comprendía como ella la necesidad de una explicación y de una conversación a solas con el fin de echar lejos de ambos el peso de su mutuo tormento.

—¡Es un martirio semejante existencia! ¿Por qué sufrimos así? ¿Qué he hecho yo? —dijo cuando llegaron a un banco de una de las calles de árboles aislada.

—¿Confiesas tú que en sus maneras hay algo de insultante, de incorrecto? —le preguntó Levin apretándose el pecho con ambas manos, como la antevíspera.

—Sí —repuso ella con voz temblorosa—. ¿Pero no ves, Kostia, que no es culpa mía? Desde por la mañana había yo querido hacerle comprender que me molestaba... ¡Dios mío! ¡Por qué ha venido toda esa gente! ¡Éramos tan felices...!

Y los sollozos le ahogaron la voz.

Cuando poco después el jardinero los volvió a ver con rostros tranquilos y felices, no comprendió qué cosa alegre habría podido ocurrir en aquel banco aislado.

XV

Cuando su esposa volvió a su habitación, Levin se dirigió a la de Dolly y la encontró muy excitada paseándose en su cuarto y riñendo a la pequeña Macha, que, en pie en un rincón lloraba a lágrima viva.

—Ahí te quedaras todo el día sin comer, sin muñecas y ya no te daré tu vestido nuevo —decía Dolly sin encontrar cómo castigarla.

—¿Qué ha hecho? —preguntó Levin contrariado por llegar tan inoportunamente, cuando quería consultar con su cuñada.

—¡Es una niña muy díscola! ¡Ah!, ¡qué falta me hace miss Elliot! ¡Esta institutriz es una verdadera máquina! Figúrate que... —y contó las hazañas de la culpable Macha.

—No veo en todo eso nada de muy grave, es una travesura...

—Pero tú, ¿qué tienes? Pareces conmovido. ¿Qué te ha pasado? —preguntó Dolly.

Y por el tono con que preguntó, Levin conoció que le comprendería.

—He disputado con Kitty; es la segunda vez desde la llegada de Stiva.

Dolly se le quedó mirando con sus ojos inteligentes.

—Con la mano puesta sobre la conciencia, dime si ese joven no tiene unos modales no solamente desagradables, sino intolerables para un marido —dijo Levin.

—¿Qué quieres que te diga...? Según las ideas corrientes en el mundo, se conduce como todos los jóvenes, hace la corte a una mujer joven, y un marido a la moda se consideraría lisonjeado.

—Así es, ¿tú lo has observado?

—No solamente yo, sino Stiva, que me ha hecho la misma observación después del té.

—Entonces ya estoy tranquilo; voy a echarle de mi casa —exclamó Levin.

—¿Has perdido la cabeza? —exclamó Dolly con terror—. ¿En qué estas pensando, Kostia...? Ve —dijo interrumpiéndose para dirigirse a Macha, que deseaba salir de su rincón—, ve con Fanny. Te ruego que me dejes hablar a Stiva. Él se lo llevará, se le puede decir que se espera gente...

—No, yo mismo lo haré, eso me divertirá... Vamos, Dolly, perdónala —dijo señalando a la pequeña culpable, que permanecía en pie cerca de su madre, con la cabeza inclinada, sin atreverse a ir con Fanny.

La niña, viendo aplacada a su madre, se arrojó sollozando en sus brazos, y Dolly le puso su enflaquecida mano en la cabeza con ternura.

«No hay nada de común entre ese joven y nosotros, nada», pensó Levin, y se fue en busca de Vassinka.

En el vestíbulo dio orden de que se enganchara la carroza.

—Los muelles se rompieron ayer —respondió el criado.

—¡Entonces, que se enganche el carro, pero muy pronto!

Vassinka se estaba poniendo las polainas para montar a caballo, con el pie apoyado en una silla, cuando entró Levin con una expresión particular en el rostro, y Weslowsky no pudo menos de conocer que su *poquito de corte* estaba mal colocado en esta familia. Sentía todo el malestar que puede sentir un joven de mundo.

—¿Se pone usted polainas para montar a caballo? —le preguntó Levin tomando una varita que había cortado por la mañana cuando hicieron gimnasia.

En el fondo era tan buen chico, que Levin se sintió avergonzado al observar su timidez.

—Quería decir a usted... —se detuvo un tanto confuso, pero al recordar la escena con Kitty prosiguió—: Quería decir a usted que he mandado enganchar.

—¿Para qué? ¿Adónde vamos? —preguntó Vassinka con extrañeza.

—Para llevarle a usted a la estación —dijo Levin con aire sombrío.

—¿Se marcha usted? ¿Ha ocurrido alguna cosa?

—Ha ocurrido que espero gente —continuó Levin rompiendo la varilla varias veces con viveza—. O más bien, no, no espero a nadie, pero le ruego a usted que se marche. Puede usted interpretar mi descortesía como le parezca.

Vassinka se irguió con dignidad.

—Sírvase usted explicarme...

—No explico nada, y hará usted mejor en no dirigirme preguntas —dijo Levin lentamente procurando permanecer tranquilo y contener el temblor convulsivo que se apoderaba de él, sin dejar de romper la varita. El ademán y la contracción de los músculos, de que Vassinka había experimentado aquella misma mañana los efectos al hacer gimnasia, le convencieron más que las palabras. Se encogió de hombros, sonrió con desdén, saludo y dijo:

—¿Podré ver a Oblonsky?

—Voy a enviárselo a usted —respondió Levin sin ofenderse de su encogimiento de hombros—. ¿Qué le queda que hacer? —pensó Levin.

—¡Pero esto no tiene sentido común! ¡Es lo más ridículo del mundo! —exclamó Esteban Arcadievitch, al reunirse con Levin en el jardín, después que supo por Weslowsky que éste había sido despedido.

—¿Qué mosca te ha picado? Si ese joven...

La picadura de la mosca era tan sensible aún, que Levin interrumpió las explicaciones que su cuñado iba a darle.

—No te tomes el trabajo de disculpar a ese joven; lo deploro tanto por ti como por él; pero él pronto se consolará, en tanto que para mí y para mi esposa su presencia se hacía intolerable.

—¡Jamás te habría creído capaz de semejante acción! ¡Se puede ser celoso, pero no hasta tal extremo!

Levin le volvió la espalda y continuó andando por la avenida esperando la marcha de Vassinka. Poco después oyó rumor de ruedas, y por entre los árboles vio pasar a Vassinka en una carreta sentado sobre el heno (la carreta no tenía asientos) con las cintas de su gorro flotándole por detrás a la menor sacudida.

—¿Qué más ocurre? —pensó Levin al ver al criado que salía corriendo de la casa para hacer parar el carro; era a fin de acomodar en él al mecánico que habían olvidado y que, saludando, se sentó cerca de Vassinka.

Sergio Ivanitch y la princesa se indignaron al enterase de la conducta de Levin. Él mismo se sentía ridículo en el más alto grado; pero al pensar en lo que él y Kitty habían sufrido, se convenció de que si fuese necesario lo haría de nuevo. Por la noche hubo aumento de alegría, como les sucede a los niños después de un castigo, o a los dueños de casa al día siguiente de una penosa recepción oficial. Todos se sentían aliviados, y Dolly hizo reír a Warinka hasta hacerla llorar, al contarle por tercera vez, y siempre con numerosas amplificaciones, sus propias impresiones. Contaba que habiendo reservado en honor del huésped un par de preciosos botines nuevos, cuando llegó el momento de mostrarlos, entró en el salón con tal objeto, pero un ruido de hierro viejo en la avenida le llamó la atención y se acercó a la ventana. ¿Qué fue lo que vio? Al mismo Vassinka, con su gorrito escocés, sus cintas flotantes, sus romanzas y sus polainas ¡ignominiosamente sentado sobre el heno! ¡Si al menos le hubiesen preparado un coche! ¡Pero no! De pronto le detienen... ¡Gracias a Dios han cambiado de idea!, ¡han tenido compasión de él...! En modo alguno: ¡es un grueso alemán que añaden a su desgracia! Decididamente, ¡se había estropeado el efecto de los botines!

XVI

Daria Alejandrovna, aunque temiendo desagradar a la familia Levin, que temía todo lo que pudiera aproximarse a Wronsky, tenía empeño en ir a ver a Ana para probarle que su cariño no había cambiado. El corto viaje que proyectaba ofrecía ciertas dificultades, y a fin de no molestar a su cuñado, quiso alquilar caballos en la aldea. Tan pronto corno Levin lo supo, hizo varias reconvenciones a su cuñada:

—¿Por qué te imaginas causarme disgusto yendo a casa de Wronsky? Aun cuando así fuera, más sentiría que emplearas otros caballos que los míos. Los que te den en alquiler no podrán nunca andar setenta verstas de un tirón.

Dolly acabó por someterse, y el día señalado Levin le había hecho preparar un relevo a medio camino. Se puso en viaje bajo la protección del tenedor de libros, que para mayor seguridad habían colocado cerca del cochero a guisa de lacayo. El tronco de caballos no era gran cosa, pero podía hacer un largo camino, y Levin, además de cumplir con un deber de hospitalidad, economizaba a Dolly un crecido gasto para el estado actual de sus recursos.

Comenzaba a amanecer cuando Daria partió. Mecida por el paso regular de los caballos, se adormeció y no se despertó hasta que hubo llegado el relevo. Allí tomó té en casa del rico aldeano, donde Levin se detuvo en otro tiempo cuando iba a casa de Swiagesky, y después de haber descansado charlando con el viejo y con las muchachas de la casa, continuó su camino.

Dolly, que pasaba la vida ocupada y absorta en sus deberes maternales, tenía poco tiempo para reflexionar; de modo que aquel viaje de cuatro horas, sola, le proporcionó una rara oportunidad de meditar sobre su pasado considerándolo en sus diferentes aspectos.

Primero pensó en sus hijos, recomendados al cuidado de su madre y de su hermana (en ésta tenía más confianza). «Con tal que Macha no haga tonterías, que Grisha no vaya a recibir alguna coz de los caballos y que Lili no sufra una indigestión», se decía.

Otras preocupaciones más importantes siguieron a esas pequeñas inquietudes del momento: «Debía cambiar de habitación al regresar a Moscú. Era preciso pintar el salón, su hija mayor tendría precisión de un abrigo de pieles para el invierno.» Después siguieron otras graves cuestiones: «¿Cómo haría para continuar de un modo conveniente la educación de los niños? Las niñas le preocupaban poco, pero, ¿los varones? Había podido aquel verano ocuparse ella misma de Grisha, porque, cosa extraordinaria, su salud no se lo había impedido; pero si quedase encinta...», y pensó que era injusto considerar los dolores del parto como una maldición que pesa sobre la mujer. «¡Es eso tan poca cosa comparado con las angustias de la preñez!»

Y recordó la última vez que hubo de pasar por tal prueba y la pérdida del niño. Este recuerdo le trajo a la memoria su conversación con la hija del viejo campesino en cuya casa había tomado té. Cuando le preguntó cuántos hijos tenía, la campesina respondió que su hija única había muerto en la pasada Cuaresma.

—¿Estás muy triste por ella?

—¡Oh, no! Al abuelo no le faltan nietos, y la chiquilla no era otra cosa que una preocupación más. ¿Qué se puede hacer con un recién nacido en los brazos? Es un engorro para todo.

Esta respuesta le pareció escandalosa a Dolly en boca de una mujer cuya fisonomía manifestaba bondad.

«En resumen —pensó recordando sus quince años de casada— mi juventud ha pasado, me siento enferma, con asco de todo, y un rostro horrible, porque si Kitty tan bonita se ha puesto fea en tales circunstancias, ¡qué espantosa no habré estado yo!», y se estremeció al pensar en sus padecimientos, en sus largos insomnios, en las penalidades de la lactancia, en la debilidad nerviosa y en la irritabilidad que resulta de ella. En seguida venían las enfermedades de los niños, las malas inclinaciones que era preciso combatir, los gastos de educación, el latín y sus dificultades, y, peor que todo eso, ¡la muerte! Su corazón de madre sufría cruelmente por la pérdida de su último hijo arrebatado por la difteria. Recordó su dolor solitario en presencia de aquella pequeña frente blanca rodeada de cabellos rizados, de aquella boca sorprendida y entreabierta, en el momento de cerrarse el ataúd rosado bordado de plata. Había llorado sola, y la indiferencia general había sido un dolor más.

«¿Y para qué todo eso? ¿Cuál sería el resultado de aquella vida tan llena de zozobras, sino una familia pobre y mal educada? ¿Qué habría yo hecho este verano si los Levin no me hubiesen invitado a pasarlo en su casa? Pero por más afectuosos y delicados que sean, no podrán hacerlo nuevamente, porque a su vez tendrán niños que llenarán la casa. Papa casi se ha arruinado por nosotros, él tampoco podrá ayudarme. ¿Cómo conseguiré que mis hijos lleguen a ser hombres educados? Será preciso buscar protección, humillarme, porque no puedo contar con Stiva. Lo único que puedo desear es que no tomen mal camino y sean honrados; pero, ¡cuánto sufrimiento para conseguirlo!» Las palabras, de la joven campesina tenían algo de verdad en su cinismo.

—¿Nos vamos acercando, Felipe? —preguntó al cochero para apartar estos penosos pensamientos.

—Nos quedan siete verstas desde la aldea.

La carretela atravesó un puentecillo en donde unos segadores con la hoz al hombro se detuvieron para verla pasar. Todos aquellos rostros parecían alegres, contentos, llenos de vida y de salud.

«¡Todos viven y gozan de la existencia! —se dijo Dolly cuando la vieja carretela subía al trote una pequeña cuesta—. Sólo yo experimento la sensación de ser una prisionera momentáneamente en libertad. Mi hermana Natalia, Warinka, mujeres como Ana, todas saben lo que es la existencia, yo lo ignoro. ¿Y por qué acusan a Ana? Si yo no hubiese querido a mi marido, habría hecho otro tanto. Ella ha querido vivir; ¿no es esa una necesidad que Dios nos ha puesto en el corazón? Yo misma, ¿no he deplorado el haber seguido sus consejos en vez de separarme de Stiva? ¿Quién sabe? Habría vuelto quizá a comenzar la existencia, ¡amar, ser amada! ¿Es acaso más honrado lo que ahora hago? Soporto a mi marido porque tengo necesidad de él, ¡eso es todo! Entonces me restaba aun alguna belleza.» Quiso sacar de su maletín de viaje un espejito, pero el temor de ser sorprendida por los dos hombres que ocupaban el pescante la contuvo. Sin necesidad de mirarse, recordó que todavía le sería posible agradar, y pensó en la amabilidad de Sergio Ivanitch, en la abnegación del buen Turovtzine que por su amor la había ayudado a cuidar a sus niños durante la escarlatina; hasta se acordó de un jovencillo sobre el cual Stiva bromeaba. Y los sueños más apasionados, más inverosímiles le acudieron a la imaginación.

«Ana ha tenido razón, es feliz y hace la felicidad de otro. Debe estar bella, radiante, llena de interés por todo, como antes.» Una sonrisa apareció en sus labios al forjarse en su imaginación una novela análoga a la de Ana, y cuya heroína era ella. Se representó el momento en que ella se lo confesaba todo a su marido, y se echó a reír al pensar en el estupor de Stiva.

XVII

El cochero gritó a unos aldeanos que estaban sentados en el sendero de un campo de centeno lleno de *telegas* desenganchadas.

—¡Venid acá, holgazanes!

El campesino que acudió a su llamamiento, un anciano encorvado, con los cabellos sujetos alrededor de la cabeza por una correa, se acercó a la carretela.

—¿Pregunta usted por la casa señorial, la casa del conde? Tome el primer camino a la izquierda, y llegará a la avenida que conduce a ella. Pero, ¿por quién pregunta? ¿Por el mismo conde?

—¿Estarán ahora en casa, amigo mío? —preguntó Dolly, no sabiendo cómo informarse de Ana.

—Deben estar, porque todos los días llega gente —dijo el viejo, que deseaba prolongar la conversación—. ¿Y quiénes son ustedes?

—Venimos de lejos —contestó el cochero—. ¿De modo que estamos cerca?

Apenas iba a continuar el camino cuando el viejo gritó:

—¡Para!, ¡para! ¡Allí vienen ellos!

Se divisaron cuatro jinetes y un tílburi que desembocaba en el camino.

Eran Wronsk y Ana, Weslowsky y un lacayo a caballo. La princesa Bárbara y Swiagesky seguían en coche. Iban a ver funcionar una segadora de vapor.

Ana, tocada su linda cabeza con un sombrero de hombre del que se escapaban los bucles de sus cabellos negros, montaba con soltura un caballo inglés. Dolly, escandalizada al principio al verla a caballo, porque le parecía una coquetería inconveniente en su falsa situación, admiró tanto la perfecta sencillez de su amiga, que todas sus prevenciones desaparecieron. Weslowsky en un corcel muy fogoso, acompañaba a Ana. Dolly, al verle, no pudo menos de sonreír. Wronsky les seguía montado en un magnífico caballo inglés de pura sangre. El lacayo cerraba la marcha.

El rostro de Ana se iluminó al reconocer a la persona agazapada en un rincón de la vieja carroza; dando un grito de alegría, se dirigió a ella al galope, saltó ligeramente de la silla sin ayuda de nadie al ver que Dolly se apeaba del coche, y recogiéndose las faldas corrió a su encuentro.

—¡Dolly, qué dicha tan inesperada! —dijo abrazando a la viajera y mirándola con una sonrisa de agradecimiento—. ¡No podrías figurarte el bien que me haces! ¡Alejo! —gritó volviéndose hacia el conde, que también se había apeado—. ¡Qué felicidad!

Wronsky se quitó el sombrero y se acercó.

—La visita de usted nos hace muy felices —dijo en un tono particular de satisfacción.

Vassinka agitó su gorro sin desmontar.

—Es la princesa Bárbara —dijo Ana en contestación a una mirada interrogadora de Dolly al ver aproximarse el tílburi.

—¡Ah! —contestó ésta revelando cierto desagrado.

La princesa Bárbara, tía de su marido, no gozaba de consideración en su familia. Su amor al lujo la había colocado bajo la dependencia humillante de parientes ricos, y ahora debido a la fortuna de Wronsky, se había adherido a Ana. Ésta observó la desaprobación de Dolly y se sonrojó enredándose en la cola de su traje.

El cambio de cortesías entre Daria Alejandrovna y la princesa fue bastante frío. Swiagesky se informó de su amigo Levin, el original, y de su joven esposa; en seguida, después de dirigir una mirada a la vieja carroza, propuso a las señoras que subieran al tílburi.

—Yo tomaré ese vehículo para volver a la casa, y la princesa conducirá a ustedes, sabe guiar los caballos muy bien. ¡Oh, no! Quédese usted donde está, yo regresaré con Dolly.

Nunca había visto Daria Alejandrovna caballos y arreos más brillantes; pero lo que más le llamó la atención fue la especie de transfiguración de Ana, que ojos menos afectuosamente observadores que los suyos quizá no habrían notado. Para ella Ana resplandecía con el brillo de esa fugitiva belleza, que la certidumbre de un amor correspondido da a la mujer: toda su persona, desde los hoyuelos de sus mejillas y el pliegue de sus labios hasta el tono de su voz amistosamente brusco que tomó para permitir a Weslowsky que montase su caballo, ejercía una seducción de la que parecía consciente.

Las dos mujeres experimentaron un momento de perplejidad cuando se hallaron solas. Ana sentía un malestar bajo la mirada interrogadora de Dolly, y ésta, desde la reflexión de Swiagesky, experimentaba confusión por la pobreza de su tren. Los hombres del coche se hallaban bajo esta misma impresión pero Felipe, el cochero, resuelto a protestar, sonrió con ironía al examinar el caballo negro del tílburi.

—Ese animal —dijo— podrá ser bueno para el paseo, pero es incapaz de hacer cuatro verstas al sol como los míos.

Esta reflexión le consolaba algo.

Los campesinos abandonaron sus carretas para contemplar el encuentro de aquellos amigos.

—De todos modos están muy contentos de volver a verse —dijo el viejo.

—Mira esa mujer con pantalones —dijo otro señalando a Weslowsky a caballo sentado en la silla de Ana.

—¡Vamos, muchachos, arriba! Ya no dormiremos hoy —dijo el viejo mirando al cielo—. Ha pasado la hora. ¡Al trabajo, muchachos!

XVIII

Ana, al mirar a Dolly fatigada, arrugado el rostro y llena de polvo, estuvo a punto de decirle que la encontraba enflaquecida, pero la admiración que leyó en sus ojos por su belleza la contuvo.

—Me estás examinando —dijo Ana dando un suspiro—; ¿te preguntas cómo es posible que en mi situación pueda yo parecer tan feliz? Confieso que lo soy de un modo imperdonable. Lo que ha pasado en mí parece cosa de encantamiento; he salido de mis miserias como se sale de una pesadilla. ¡Y qué despertar! ¡Sobre todo desde que estamos aquí!

Y miró a Dolly con tímida sonrisa.

—Me produce un gran placer oír hablar así. Soy feliz por ti —respondió Daria Alejandrovna con más frialdad de lo que hubiera deseado—. Pero, ¿por qué no me has escrito?

—Me ha faltado valor.

—¡Te ha faltado valor conmigo! Si supieras cuánto... —Dolly iba a hablarle de sus reflexiones durante el viaje, cuando se le ocurrió que el momento no era oportuno—. Hablaremos más tarde —añadió.

—¿Qué grupo de edificios es ése? Parece una pequeña ciudad —preguntó señalando unos techos verdes y rojos donde asomaban los árboles.

—Dime sinceramente lo que piensas de mí —continuó Ana sin responder a su pregunta.

—No pienso nada. Te quiero y siempre te he querido; cuando ocurre eso con una persona, se la ama tal como es y no como se desearía que fuese.

Ana volvió los ojos y los cerró a medias, como para reflexionar mejor sobre el sentido de tales palabras.

—Si tuvieses pecados, te serían perdonados por tu visita y por esas buenas palabras —dijo Ana interpretando favorablemente la respuesta de su cuñada y acariciándola con una mirada de sus ojos llenos de lágrimas.

Dolly le estrechó la mano silenciosamente.

—Esos techos son de los departamentos de las caballerizas, de los establos —respondió a una segunda pregunta de la viajera—. Aquí es donde comienza el parque. A Alejo le gustan estas tierras que habían estado abandonadas, y, con gran sorpresa mía, se entusiasma ahora por la agronomía. Tiene una gran inteligencia. Sobresale en todo lo que emprende; será un excelente agrónomo, económico, casi avaro; pero sólo lo es para la agricultura, porque cuando se trata de gastar en otras cosas, no repara en gastos y dilapida miles de rublos. ¿Ves ese gran edificio? Es un hospital, su capricho del momento —dijo con la sonrisa de una mujer que habla de los flacos del hombre amado—. ¿Sabes por qué le ha hecho construir? Por una reconvención de avaricia que le hice, a propósito de una discusión que tuvo con algunos campesinos por una pradera que éstos reclamaban. Con el hospital quiere probarme la injusticia de mi censura. Es una pequeñez, pero por eso le quiero más. Aquel es el palacio, data de su abuelo y nada se ha variado exteriormente desde entonces.

—¡Es magnífico! —exclamó Dolly involuntariamente, a la vista de un edificio adornado con una columnata y rodeado de árboles seculares.

—¿Verdad? Desde el primer piso la vista es espléndida.

La carretela rodó ahora por el camino nivelado del patio principal adornado con espesos grupos de arbustos, que en aquellos momentos algunos obreros estaban rodeando de grandes piedras toscamente cortadas, y se detuvieron bajo un peristilo cubierto.

—Los caballeros llegaron ya —dijo Ana al ver conducir los caballos—. ¿Verdad qué son bonitos animales? Ese es el caballo inglés, mi favorito... ¿Dónde está el conde? —preguntó a dos lacayos con librea que acudieron a recibirlas—. ¡Ah! ¡Allí vienen! —añadió al ver a Wronsky y a Weslowsky que avanzaban a su encuentro.

—¿En dónde alojaremos a la princesa? —preguntó Wronsky dirigiéndose a Ana, después de haber besado la mano de Dolly—. ¿En el cuarto del balcón?

—¡Oh, no!, está demasiado lejos. En el cuarto del rincón estaremos más cerca las dos. ¿Espero que permanecerás algún tiempo con nosotros? —dijo a Dolly—. Es imposible que sea sólo un día.

—Lo he prometido en casa por los niños —respondió ésta confusa al considerar el mezquino aspecto de su pobre maleta de viaje y el polvo de que estaba cubierta.

—¡Oh!, imposible, mi querida Dolly; en fin, ya volveremos a hablar de ello. Subamos a tu habitación.

El cuarto que le ofrecieron, excusándose porque no era el cuarto de honor, estaba lujosamente amueblado, y le recordó a Dolly los suntuosos hoteles del extranjero.

—¡Qué feliz soy al verte aquí, mi querida amiga! —repitió Ana, sentándose con su vestido de amazona al lado de su cuñada—. Háblame de tus niños. ¿Tania debe estar muy crecida?

—¡Oh, sí! —respondió Dolly admirada de hablar tan fríamente de sus hijos—. Todos estamos en casa de los Levin, y muy satisfechos de estar allí.

—Si yo hubiera sabido que no me despreciabais os había rogado a todos que vinierais aquí. Stiva es un antiguo amigo de Alejo —dijo Ana sonrojándose.

—Si, pero estamos tan bien allá... —respondió Dolly confusa.

—La dicha de verte me hace decir tonterías —dijo Ana besándola con ternura—. Pero prométeme ser franca y no ocultarme nada de lo que piensas de mí, ahora que podrás observar mi vida tal como es. Mi única preocupación es vivir sin hacer daño a nadie, excepto a mí misma, ¡lo cual me debe estar permitido! Hablaremos de todo esto despacio. Ahora voy a cambiarme el vestido y a enviarte la camarera.

XIX

Dolly, una vez sola, examinó su cuarto como mujer que conocía el valor de las cosas. Nunca había visto un lujo comparable al que se ofrecía a sus ojos desde el momento en que encontró a Ana. Lo más que sabía por las novelas inglesas, era que así se vivía en Inglaterra; pero en Rusia, y en el campo, no existía en ninguna parte nada semejante. La cama, con su colchón de muelles, la mesa tocador con piedra de mármol, los bronces de la chimenea, las alfombras, las doctrinas, todo era nuevo y en extremo elegante.

La camarera, muy rozagante, que vino a ofrecer sus servicios, estaba mucho mejor arreglada en cuanto al vestido que Dolly, la cual se avergonzó al sacar de su maleta en presencia de ella sus objetos de adorno, especialmente una camisa de dormir remendada, elegida distraídamente entre las más viejas. En su casa estos remiendos tenían su mérito, porque representaban una pequeña economía; pero delante de aquella brillante camarera, la humillaban. Felizmente, ésta fue de nuevo llamada por su señora, con gran satisfacción de Dolly. Anuchka, la antigua camarera de Ana, tomó su lugar. Anuchka había acompañado en otro tiempo a Ana a Moscú. Pareció encantada de volver a ver a Daria Alejandrovna, y charló cuanto pudo sobre su querida ama y sobre la ternura del conde para con ella, a pesar de los esfuerzos de Dolly para hacerla callar.

—Me crié con Ana Arcadievna, y la quiero más que a todo en el mundo, no me toca a mi juzgarla; y el conde es un marido...

La entrada de Ana con un traje de batista de sencillez valiosa puso fin a esas confidencias. Ana había recobrado el dominio sobre sí misma, y parecía haber adoptado un tono tranquilo e indiferente.

—¿Cómo va tu hija? —le preguntó Dolly.

—¿Anny? Muy bien; ¿quieres verla? Te la voy a enseñar. Hemos tenido muchos disgustos con la nodriza italiana, buena mujer, ¡pero tan tonta! Mas, como la niñita la quiere tanto, ha sido preciso conservarla.

—¿Y cómo la has...? —comenzó a decir Dolly, queriendo preguntar cómo bautizarían a la niña; pero se detuvo al ver la seriedad del rostro de Ana, y acabó diciendo—: ¿la has destetado?

—No es eso lo que querías decir —contestó ésta, comprendiendo la reticencia de su cuñada—. ¿Tú pensabas en el apellido que llevaría la niña, verdad? El tormento de Alejo es que la chiquilla no puede llevar otro apellido que el de Karenin —y medio cerró los ojos, hábito nuevo que Dolly no la conocía—, ya hablaremos de todo eso; ven que te la enseñe.

La *nursery* era de techo elevado, espaciosa y muy clara: había allí el mismo lujo que en el resto de la casa. Los procedimientos más recientes para enseñar a los niños a ir a gatas y a andar, las tinas para bañarlos, los columpios, los cochecitos, todo era nuevo, traído de Inglaterra y visiblemente costoso.

La niña, en camisa, sentada en un silloncito y servida por una joven sirvienta rusa que probablemente compartía con ella la comida, estaba tomando su sopa, que había goteado sobre su babero y lo había manchado todo. El aya y la nodriza estaban ausentes. En la habitación contigua se las oía hablar una jerigonza francesa que las servía para entenderse.

El aya inglesa se presentó tan pronto como oyó la voz de Ana y se deshizo en excusas, aunque nadie la reconvenía. Era una mujer de alta estatura con bucles rubios que agitaba al hablar; su fisonomía antipática desagradó a Dolly. A cada palabra de Ana, contestaba: *Yes, my lady*.

En cuanto a la niña, sus cabellos negros, su aspecto de salud y su gracioso modo de gatear, le ganaron la simpatía de Daria Alejandrovna. La chiquilla, con el vestido remangado por detrás, mirando a las visitantes con aire satisfecho, con sus hermosos ojos como para probarles que apreciaba su admiración, se adelantaba enérgicamente con pies y manos como un lindo animalito.

Pero el ambiente de aquella habitación tenía algo desagradable. ¿Cómo podía Ana conservar un aya de un exterior tan poco respetable? ¿Consistiría acaso en que ninguna persona distinguida habría querido entrar a servir a una familia en posición tan irregular? Dolly creyó también observar que Ana era casi una extraña entre aquella gente. No pudo encontrar ninguno de los juguetes de la niña, y, cosa rara, ni aun sabía cuántos dientes le habían salido.

—Me siento inútil aquí —dijo Ana al salir, levantando la cola de su traje para no llevarse ninguno de los juguetes que había esparcidos por el suelo—. ¡Qué diferencia entre esa niña y mi hijo!

—Yo habría creído lo contrario —empezó a decir Dolly con timidez.

—¡Oh, no! ¿Sabes qué he vuelto a ver a Sergio? —dijo mirando fijamente hacia delante como si buscase algo en la lejanía—. Estoy como una persona que muriendo de hambre se encontrase de pronto con un festín y no supiese por dónde comenzar. ¡Tú eres ese festín para mí! ¿Con quién sino contigo podría yo hablar con el corazón en la mano? Así no te ocultaré nada cuando estemos tranquilamente a solas. Es preciso que te haga la descripción de la sociedad que verás aquí. En primer lugar, la princesa Bárbara. Ya sé cuál es tu opinión y la de Stiva sobre ella, pero tiene su lado bueno, te lo aseguro, y yo le estoy muy agradecida. Me ha sido de gran utilidad en San Petersburgo, donde me era indispensable un rodrigón para ponerme a cubierto. No puedes figurarte cuántas dificultades ofrecía mi situación. Pero volvamos a nuestros huéspedes. ¿Conoces tú a Swiagseky, el comandante del distrito? Éste necesita a Alejo, que con su fortuna puede darle una gran influencia, si seguimos viviendo en el campo. Después viene Tushkewitch, que has visto en casa de Betsy y que se ha retirado del servicio; es un hombre muy agradable cuando se le acepta por lo que quiere aparentar; la princesa Bárbara le cree todo un caballero. Finalmente, Weslowsky, a quien también conoces, un buen chico. Nos ha contado una historia inverosímil acerca de los Levin —añadió sonriendo—; es muy agradable y muy ingenuo. Me interesa toda esta sociedad, porque los hombres tienen necesidad de distracción y es indispensable que Alejo disponga de un público, a fin de que no le quede tiempo de pensar en otra cosa. También tenemos al administrador, a un alemán que conoce bien su oficio, al arquitecto, al doctor, un joven que no es nihilista en absoluto, pero sabes, uno de esos hombres que comen con el cuchillo, como si fuera un tenedor.

En fin, tenemos nuestra pequeña corte.

XX

—Bueno, aquí tiene usted a esta Dolly que deseaba tanto ver —dijo Ana a la princesa Bárbara, que estaba sentada ante un bastidor de bordar, en la gran terraza que bajaba hasta el jardín—. No quiere tomar nada antes de la comida, pero trate usted de hacerla almorzar mientras voy en busca de esos señores.

La princesa hizo una acogida amable, pero ligeramente protectora, a Dolly. En seguida comenzó a explicarle las razones que la habían inducido a acudir en ayuda de Ana, a quien siempre había querido, en aquel período transitorio, tan penoso.

—Tan pronto como su marido haya consentido en el divorcio —dijo—, me retiraré a mi soledad; pero entre tanto, por penoso que me sea, la acompaño y no imito a las otras (se refería a su hermana, la tía que había criado a Ana, y con la cual vivía en constante rivalidad). Ana y Wronsky forman un hogar perfecto, y ¡tan hermoso!, ¡tan normal! Enteramente a la inglesa. Se reúnen por la mañana al *breakfast* (almuerzo) y en seguida se separan. Cada cual hace lo que le parece. Se come a las siete. Stiva ha hecho muy bien en enviarte. Será muy conveniente para él estar en buenas relaciones con ellos. El conde es muy influyente por su madre y además es muy generoso. ¿Te han hablado ya del hospital? Será una cosa admirable. Todo vendrá de París.

Esta conversación fue interrumpida por Ana, que volvió a la terraza seguida de los caballeros que había encontrado en la sala de billar.

El tiempo era espléndido, los medios de divertirse no escaseaban y faltaban muchas horas para la de la comida. Weslowsky propuso una partida de lawn-tennis.

—Hace demasiado calor; mejor es que demos una vuelta por el parque, y hagamos pasear en bote a Daria Alejandrovna para enseñarle el paisaje —contestó Wronsky.

Weslowsky y Tushkewitch fueron a preparar el bote, y las dos señoras, acompañadas por el conde y por Swiagesky, se internaron por las avenidas del parque.

Dolly, lejos de recriminar a Ana, estaba dispuesta a probarla, y como sucede a las mujeres irreprensibles, a quienes a veces aburre la uniformidad de su vida, llegaba hasta envidiar un poco esa existencia; pero al aliarse en aquel centro extraño, con aquellas costumbres de elegancia refinada que le eran desconocidas, sintió verdadero malestar. Por otra parte, si excusaba a Ana, a quien sinceramente quería, la presencia del hombre que la había hecho desviarse de sus deberes le desagradaba, y la conducta de la princesa Bárbara, que hacía el papel de celestina con Ana aprobándolo todo para compartir el lujo de ésta, le parecía a Dolly altamente odiosa. Wronsky nunca le había sido simpático; le creía orgulloso y no veía en él nada que justificase ese orgullo, más que su riqueza. A pesar de ello, Wronsky la imponía en su calidad de amo de casa, y se sentía humillada en su presencia como se sintió humillada en presencia de la camarera cuando hubo de sacar de su maleta la camisa remendada. Como no se atrevía a dirigirle ningún elogio trivial sobre la belleza de su morada, se veía en un apuro para encontrar un tema de conversación; cuando paseaba a su lado, en defecto de otra cosa mejor, se arriesgó una vez a decir algunas palabras de admiración sobre el aspecto del palacio.

—Sí, la arquitectura es de buen estilo —respondió el conde.

—¿Estaba el patio de honor trazado antes como está ahora?

—¡Oh, no! ¡sí lo hubiese usted visto en la primavera! —y poco a poco, primero con cierta frialdad, después con entusiasmo, hizo observar a Dolly los diversos embellecimientos de que era él autor.

Los elogios de su interlocutora le causaron una visible satisfacción.

—Si no está usted cansada, podemos llegar hasta el hospital —dijo mirando a Dolly para asegurarse de que esta proposición no la fastidiaba—. ¿Y tú, Ana, apruebas?

—Ciertamente —respondió Ana—, pero es preciso no dejar que esos señores se consuman en el bote. Debemos avisarles.

Y dirigiéndose a Dolly añadió:

—Es un monumento que está levantando para su gloria —y sonrió del mismo modo que cuando por primera vez le habló del hospital.

—Es una fundación de primer orden —dijo Swiagesky, y en seguida, para no aparecer como un adulador, añadió—: me admira que usted, que tanto se preocupa de la cuestión sanitaria, no haya pensado en las escuelas.

—¡Eso se ha hecho tan común! —respondió Wronsky—, y además, me he dejado seducir. ¡Por aquí, señoras! —y las condujo por una avenida lateral.

Dolly, al salir del jardín, encontróse delante de un gran edificio de ladrillos rojos, de una arquitectura bastante complicada, cuyo techo brillaba al sol; a su lado se elevaba otro edificio.

—Las obras adelantan con rapidez —hizo observar Swiagesky—; la última vez que estuve aquí no se había puesto el techo aún.

—Se terminará para el otoño, porque el interior está casi concluido —dijo Ana.

—¿Qué nueva construcción es ésta?

—La casa del médico y una farmacia —respondió Wronsky; viendo al arquitecto que se acercaba, fue a reunirse con él, excusándose con las señoras.

Luego que concluyó la conferencia, propuso a Dolly visitar el interior del edificio.

Una ancha gradería conducía al primer piso, en donde inmensas ventanas daban luz a hermosas salas de paredes estucadas, a las cuales no faltaba más que el pavimento para estar terminadas.

Wronsky explicó la distribución de las salas, el sistema de ventilación y de calefacción, hizo admirar a los visitantes las bañeras de mármol y las camas con somier, las camillas para transportar a los enfermos y los sillones con ruedas. Swiagesky, y sobre todo Dolly, que admiraban cuanto veían, hacían muchas preguntas sin disimular su admiración.

—Este hospital será único en su género en Rusia —dijo Swiagesky, muy adecuado para poder apreciar los perfeccionamientos introducidos por el conde.

Dolly se interesaba por todo. Wronsky, satisfecho por la aprobación que se le manifestaba y lleno de sincero entusiasmo, causó muy buena impresión a Dolly.

—Es realmente bueno y digno de ser amado —pensó, y comprendió a Ana.

XXI

—La princesa debe estar ya cansada y quizá los caballos no le interesan mucho —hizo observar Wronsky a Ana, que proponía a Dolly mostrarle las caballerizas, en donde Swiagesky quería ver un semental—. Vayan ustedes, yo acompañaré a la princesa a casa; y si usted me permite —añadió dirigiéndose a Dolly—, hablaremos un poco en el camino.

—Con mucho gusto, porque yo no entiendo de caballos —contestó ésta, comprendiendo que Wronsky quería hablarla reservadamente.

En efecto, cuando Ana se alejó, dijo a Dolly mirándola con sus ojos sonrientes:

—¿Verdad que no me engaño al suponer a usted una amiga sincera de Ana? —y se quitó el sombrero para secarse el sudor de la frente.

Dolly se sintió inquieta. ¿Qué iba a pedirle? ¿Que viniese a su casa con sus niños? ¿Que formara una sociedad de amigas de Ana para cuando ésta fuera a Moscú? ¿Quizá le hablaría de Kitty y de Weslowky?

—Ana la quiere a usted muchísimo —dijo el conde al cabo de un momento de silencio—. Présteme usted el apoyo de su influencia sobre ella.

Dolly examinó el rostro serio y enérgico de Wronsky sin contestar.

—Sí, de todas las amigas de Ana usted es la única que ha venido a verla (no cuento a la princesa Bárbara); ya sé que no es porque usted juzgue normal nuestra situación, sino porque le tiene bastante cariño a Ana para ser indulgente y hacer que esta posición le sea tolerable. ¿Tengo razón?

—Sí, pero...

—Nadie deplora ni sufre más cruelmente que yo por las dificultades de nuestra vida —dijo Wronsky deteniéndose y obligando a Dolly a detenerse también—, y usted convendrá en ello si me hace el honor de creer que no me falta corazón.

—Ciertamente; pero, ¿no exagera usted esas dificultades? —contestó Dolly emocionada por el acento con que le hablaba—. En sociedad puede ser penoso...

—¡Es un infierno! Nada puede dar a usted una idea de las torturas morales por las que Ana ha pasado en San Petersburgo.

—Pero, ¿aquí? ¿Y puesto que ni usted ni ella sienten la necesidad de una vida mundana?

—¡Qué necesidad puedo yo tener de ella! —exclamó Wronsky con desdén.

—Usted fácilmente se pasa sin ella y quizá nunca sienta la necesidad. En cuanto a Ana, según lo que ha tenido tiempo de decirme, se encuentra perfectamente feliz tal como está.

Y al hablar así, pensó que Ana quizá no había sido franca.

—Sí; pero, ¿durará esa felicidad? ¡Me asusta lo que nos espera en el porvenir! —dijo Wronsky—. ¿Hemos obrado bien o mal? Es asunto concluido, estamos unidos para toda la vida. Tenemos una niña y podemos tener más hijos, para quienes la ley reserva severidades que Ana no quiere prever, porque después de haber sufrido tanto, siente la necesidad de respirar a plenos pulmones. En fin, mi hija ¡es la hija de Karenin! —exclamó deteniéndose delante de un banco rústico en donde Dolly se había sentado—. ¡Que mañana me nazca un hijo, será siempre un Karenin, que no podrá heredar ni mi nombre ni mis bienes! ¿Comprende usted lo terrible que es para mí ese pensamiento? Pues bien, Ana no quiere comprenderme, la irrito... Y vea usted lo que resulta de todo eso. Aquí desarrollo un poco de actividad en cosas que me interesan y que halagan mi orgullo. No es porque no pueda encontrar otros estímulos, muy al contrario; pero para trabajar con convicción, es preciso trabajar para otros y no para sí únicamente, ¡y no puedo tener sucesores! Imagínese usted los sufrimientos de un hombre que sabe que sus hijos y los de la mujer que adora no le pertenecen, que tienen por padre a uno que los odia y que no querrá nunca reconocerlos. ¿No es horrible?

Calló, presa de una viva emoción.

—Pero, ¿qué puede hacer Ana?

—Ese es el tema principal de nuestra conversación —dijo el conde tratando de calmarse—. Ana puede obtener el divorcio. Su marido de usted había conseguido que Karenin accediera y sé que no se negaría, ni aun en este momento, si Ana le escribiera. Es evidentemente una gran crueldad que sólo un ser sin corazón puede cometer sabiendo la tortura que va a causarle; pero Ana debe pasar por encima de esas delicadezas de sentimiento, porque se trata de su propia felicidad, de la de sus hijos, sin mencionar la mía. Este es el motivo por el cual me dirijo a usted, princesa, como a una amiga que quiere salvarnos. Ayúdeme usted a convencer a Ana de la necesidad de entablar el divorcio.

—De muy buena gana —dijo Dolly recordando su conversación con Karenin—. «Pero, ¿cómo es que no piensa en eso ella misma?» —pensó—, y le vino a la memoria el parpadeo de Ana; este nuevo hábito le pareció coincidir con las preocupaciones íntimas que ella procuraba quizá apartar de su mente y aun borrar enteramente si le fuese posible—. Sí, ciertamente le hablaré —repitió Dolly correspondiendo a la mirada agradecida de Wronsky.

Y se encaminaron hacia la casa.

XXII

—Ya vamos a comer, y apenas nos hemos visto —dijo Ana al entrar, tratando de leer en los ojos de Dolly lo que había pasado entre ella y Wronsky—. Cuento con esta noche, y ahora hemos de cambiar de traje porque nos hemos puesto imposibles con nuestra visita al hospital.

Dolly sonrió: no había traído más que un vestido; pero para operar un cambio cualquiera en su traje, se ató un lazo al talle y se puso un encaje en la cabeza.

—Esto es todo cuanto he podido hacer —dijo riendo a Ana, cuando ésta vino a buscarla después de haber cambiado un tercer traje.

—Aquí somos muy severas para la etiqueta —dijo Ana para excusar su elegancia—. Alejo está encantado de tu llegada, creo que se ha enamorado de ti.

Los caballeros, con levita negra, esperaban reunidos en el salón, lo mismo que la princesa Bárbara, y en seguida entraron todos en el comedor.

La comida y el servicio de mesa interesaron a Dolly. En su calidad de ama de casa, sabía que nada se hace bien, ni aun en una familia modesta, sin una dirección, y por el modo con que el conde le dio a elegir entre dos sopas, comprendió que de esta dirección superior estaba encargado él. Ana no se ocupaba más que de la conversación, cosa que hacía con su tacto acostumbrado, empleando la palabra que convenía a cada uno, tarea difícil cuando los comensales pertenecen a tan diferentes esferas.

Después de haber tratado someramente de diversas cuestiones, en las cuales pudieron tomar parte el médico, el arquitecto y el administrador, la conversación se hizo más íntima, y Dolly experimentó una viva contrariedad al oír a Swiagesky burlarse de las extrañas teorías de Levin sobre la importancia de las máquinas en agricultura.

—Quizá el señor Levin no ha visto nunca las máquinas que critica; de otro modo, no puedo explicarme cuál es su punto de vista.

—Un punto de vista *turco* —dijo Ana sonriendo a Weslowsky.

—Yo no podría defender juicios que no conozco —respondió Dolly ruborosa—; pero lo que puedo asegurar es que Levin es un hombre admirablemente instruido, y que podría con seguridad explicar a ustedes sus ideas si estuviera aquí.

—¡Oh! Somos amigos excelentes —repuso Swiagesky sonriendo, pero está un poco *chiflado*. Considera, por ejemplo, los *semstvos* perfectamente inútiles, y no quiere tomar parte en ellos.

—¡He ahí una manifestación de nuestra indolencia rusa! —exclamó Wronsky—: más bien que comprender nuestros nuevos deberes, encontramos más sencillo negarlos.

—No conozco a nadie que cumpla más estrictamente con sus deberes que Levin —dijo Dolly irritada por el tono de superioridad de Wronsky.

—Por mi parte, estoy muy agradecido del honor que se me hace, gracias a Nicolás Ivanitch, de elegirme juez de paz honorario. El deber de juzgar los asuntos de un aldeano, me parece tan importante como cualquier otro. Es mi único modo de pagar a la sociedad los privilegios de que gozo como propietario de tierras.

Dolly comparó el aplomo de Wronsky con las dudas de Levin sobre las mismas cuestiones, y como sentía cariño por el último, mentalmente le dio la razón.

—Así, ¿podemos contar con usted para las elecciones? —dijo Swiagesky—. Quizá sería prudente partir antes del 8. ¿Si me hiciera usted el honor de venir a mi casa, conde?

—Por mi parte —dijo Ana—, soy de la opinión del señor Levin, aunque probablemente por razones muy diferentes. Los deberes públicos me parece que se multiplican con exageración. Desde que estamos aquí, hace seis meses, Alejo forma ya parte del municipio, del jurado, de la Junta, ¡y no sé de qué más! Y cuando las funciones se acumulan hasta tal punto, deben por fuerza volverse una pura cuestión de forma.

Y volviéndose hacia Swiagesky, le dijo:

—¿Usted seguramente tiene veinte cargos diferentes?

En aquel tono de chanza, Dolly notó un matiz de irritación y cuando vio la expresión resuelta de la fisonomía del conde y la precipitación de la princesa Bárbara para cambiar de conversación, comprendió que se tocaba un punto delicado.

Después de la comida, que tuvo el carácter de lujo, pero también formalista e impersonal que Dolly conocía por haberle observado en las comidas de ceremonias, pasaron a la terraza. Se comenzó una partida de lawn-tennis. Dolly probó, pero pronto desistió, y para no aburrirse, trató de interesarse en el juego de los demás. Wronsky y Swiagesky eran jugadores serios; Weslowsky, al contrario, jugaba muy mal, pero no cesaba de reír y de dar gritos. Su familiaridad con Ana desagradó a Dolly, que encontró una afectación infantil en toda aquella escena. Le hacía el efecto de representar una comedia con otros actores superiores todos a ella en el arte de disimular. Se adueñó de ella un vivo deseo de volver a ver a sus hijos y de tomar de nuevo aquel yugo del hogar del cual había pensado tan mal aquella misma mañana y que ahora encontraba tan agradable, y decidió marcharse al día siguiente, aunque su intención había sido permanecer un par de días. De vuelta a su habitación después del té y cuando habían dado un paseo en bote, experimentó un verdadero alivio al encontrarse sola, y hasta habría preferido no ver a Ana.

XXIII

En el momento en que iba a acostarse, la puerta se abrió y Ana entró, vestida con un peinador blanco. En el transcurso del día, en el momento de comenzar a tratar de una cuestión íntima, las dos se habían dicho: ¿Más tarde, cuando estemos solas? Y ahora les pareció que no tenían nada que decirse.

—¿Qué hace Kitty? —preguntó al fin Ana sentada cerca de la ventana y mirando a Dolly con aire humilde—. Dime la verdad: ¿me guarda todavía rencor?

—¡Oh, no! —respondió Dolly sonriendo.

—¿Me aborrece, me desprecia?

—Tampoco; pero tú ya sabes que hay cosas que no se perdonan.

—¡Es verdad! —dijo Ana volviéndose hacia la ventana abierta—. ¿He tenido yo la culpa en todo esto? ¿Y qué es lo que llaman ser culpable? ¿Podía suceder de otro modo? ¿Te parecería a ti posible no ser la esposa de Stiva?

—No sé qué contestarte, pero tú...

—¿Es feliz Kitty? Aseguran que su marido es una excelente persona.

—Es decir poco, no conozco a otro mejor.

—¡Me alegro mucho!

—Pero háblame de ti —dijo Dolly—. He hablado con... —no sabía cómo llamar a Wronsky.

—¿Con Alejo? Si, y ya supongo cuál habrá sido la conversación que has tenido con él. Vamos, dime lo que piensas de mí, de mi vida.

—No puedo decírtelo en una sola palabra.

—No puedes juzgarnos del todo bien porque nos ves rodeados de gente. En la primavera última estábamos solos. ¡Sería suprema felicidad para mí vivir así los dos solos! Pero temo que adquiera el hábito de ausentarse de la casa a menudo, ¡figúrate entonces lo que sería la soledad para mí! Ya sé lo que vas a decir —añadió viniendo a sentarse al lado de Dolly—. Ciertamente yo no le retendré por la fuerza; pero hoy son las carreras, mañana las elecciones, y yo, durante ese tiempo... ¿De qué hablaste con él?

—De un asunto del que yo te hubiera dicho algo sin que él me hubiese rogado tratar contigo: de la posibilidad de hacer que tu situación se regularice. Ya sabes mi modo de pensar en este asunto, pero más valdría el casamiento.

—Es decir, ¿el divorcio? Betsy Tverkoi me ha hecho la misma observación. ¡Ah!, no creas que establezco comparación entre tú y *la mujer más depravada que existe*. Pero, ¿qué fue lo que te dijo?

—Que sufre por ti y por él. Si es egoísmo, proviene de un sentimiento honorable; el conde quisiera legitimar a su hija, ser tu esposo, tener derecho sobre ti.

—¿Qué mujer puede pertenecer a su marido más de lo que yo le pertenezco? ¡Soy su esclava!

—Pero él no quisiera verte sufrir.

—¡Es posible! ¿Y qué más?

—Y después legitimar a tus hijos, darles su nombre.

—¿Qué hijos? —y Ana medio cerró los ojos.

—Pues Anny, y los otros que puedan venir aún.

—¡Oh!, puede estar tranquilo respecto a eso, ya no tendré más.

—¿Cómo puedes estar segura de eso?

—Porque no quiero tenerlos ya —y a pesar de su emoción, Ana sonrió ante la expresión de asombro, de ingenua curiosidad y de horror que se pintó en el rostro de Dolly—. Después de mi enfermedad, el doctor me dijo...

—¡Es imposible! —exclamó Dolly abriendo sus grandes ojos y mirando a Ana llena de asombro.

Lo que acababa de saber perturbaba todas sus ideas, y las deducciones que sacó fueron tales, que muchos puntos que hasta allí habían sido misteriosos para ella, le parecieron ahora de improviso muy claros. ¿No había soñado algo parecido durante su viaje...? Y ahora esta contestación, demasiado sencilla a una pregunta complicada, ¡la espantaba!

—¿No es inmoral? —preguntó después de un momento de silencio.

—¿Por qué? No olvides que tengo derecho a elegir entre un estado de sufrimiento y la posibilidad de ser un camarada para mi esposo, porque le considero tal; si esto es discutible por lo que a ti respecta, no lo es para mí. Sólo soy su mujer mientras me quiera, y debo conservar este amor.

Dolly era presa de las innumerables reflexiones que esas confidencias sugerían a su espíritu. «¡No he tratado de retener a Stiva! —pensaba—. Pero la que me lo ha arrebatado, ¿lo ha conseguido? Y, sin embargo, era joven y bonita, lo que no ha impedido que Stiva la abandonase también. Y respecto al conde, ¿lo logrará Ana con los medios que emplea? ¿No encontrará cuando quiera, una mujer aún más seductora?», y suspiró profundamente.

—Tú dices que es inmoral —repuso Ana, conociendo que Dolly la desaprobaba—; pero piensa en que mis hijos no pueden ser más que unas criaturas desgraciadas que se avergonzarán de sus padres y de su nacimiento.

—Por ese motivo debes entablar el divorcio.

Ana no la escuchaba, quería ir hasta el fin de su argumentación.

—La razón me ha sido concedida para no procrear infortunados. No existiendo, no conocerán la desgracia, pero si existen para sufrir, la responsabilidad recaerá sobre mí.

«¿Cómo puede uno ser culpable con respecto a criaturas que no existen?», pensaba Dolly sacudiendo la cabeza para apartar de sí la extraña idea de que Grisha, su preferido, quizá habría sido mejor que no hubiera nacido.

—Te confieso que, a mi parecer, está mal hecho —dijo con expresión de repugnancia.

—Fíjate en la diferencia que existe entre las dos: para ti, sólo se trata de saber si todavía deseas tener hijos; para mí, la cuestión es saber si me está permitido tenerlos.

Dolly calló, y de pronto comprendió el abismo que la separaba de Ana. Ciertas cuestiones no podían ya discutirse entre ambas.

XXIV

—Mayor razón para regularizar tu situación si es posible.

—Sí, si es posible —contestó Ana, con indiferencia, tranquilidad y dulzura.

—Me habían dicho que tu marido accedía.

—Dolly, no hablemos más de eso.

—Como quieras —respondió ésta impresionada por el profundo dolor que se reflejó en las facciones de Ana—. ¿No ves las cosas demasiado negras?

—De ningún modo; soy feliz y estoy contenta. Hasta inspiro pasiones. ¿Has observado a Weslowsky?

—La verdad es que la actitud de Weslowsky me desagrada muchísimo.

—¿Por qué? Eso halaga el amor propio de Alejo, y no pasa de ahí, y en cuanto a mí, hago lo que quiero con este niño, como tú con Grisha. No, Dolly, no lo veo todo negro, pero trato de no ver nada, ¡porque todo lo encuentro tan terrible!

—Haces mal, deberías hacer lo que es necesario.

—¿Qué, casarme con Alejo? ¿Crees tú realmente que no pienso en ello? Pero cuando este pensamiento se apodera de mí, me vuelvo loca, y sólo logro calmarme tomando morfina —dijo levantándose, paseándose de un lado a otro de la habitación y deteniéndose por un momento—. Pero, en primer lugar, él no consentirá en el divorcio, porque se halla bajo la influencia de la condesa Lydia.

—Es preciso intentarlo —dijo Dolly con dulzura, siguiendo a Ana con los ojos, llena de simpatía hacia ella.

—Admitamos que yo lo intente, que le implore como culpable, y hasta admitamos que acceda.

Al llegar cerca de la ventana, se detuvo para arreglar las cortinas.

—¿Y mi hijo? ¿Me lo devolverán? No, crecerá al lado de ese padre que he abandonado ¡y aprenderá a despreciarme! ¿Puedes tú comprender que yo quiero casi igualmente (más que a mí misma ciertamente) a esos dos seres que se excluyen uno a otro, Sergio y Alejo?

Volvió al centro del cuarto apretándose el pecho con las manos, y se inclinó hacia Dolly temblando de emoción y bañada en lágrimas.

—Ellos son los ganchos que quiero en el mundo y no puedo reunirlos. ¡Todos los demás me importan poco! Todo eso tiene que acabar de algún modo, pero no puedo, no quiero tratar de ese asunto. ¡No podrías imaginarte cuánto sufro!

Se sentó al lado de Dolly y le tomó la mano.

—No me desprecies, no lo merezco. Compadéceme, porque no hay mujer más desgraciada... —y se echó a llorar.

Cuando Ana se marchó, Dolly rezó y se acostó. Sus pensamientos se dirigieron involuntariamente hacia su casa y sus hijos. Jamás había comprendido de un modo tan intenso cuán raro y precioso era para ella su pequeño mundo. Decidió que nada la detendría más tiempo lejos de él, y que se marcharía al día siguiente.

Ana tomó un vaso en su tocador y echó en él algunas gotas de una poción compuesta principalmente de morfina. Ya calmada, entró tranquilamente en su alcoba.

Wronsky la miró con atención, buscando en su fisonomía algún indicio de la conversación que había tenido con Dolly; pero lo único que notó fue esa gracia seductora cuyo encanto le dominaba siempre. Esperó que ella le hablara.

—Me alegró que Dolly te sea simpática —le dijo sencillamente.

—Hace tiempo que la conozco; es una mujer excelente, pero excesivamente *terre a terre*. No por eso me alegro menos de su visita.

Volvió a mirar a Ana con aire interrogador, y le tomó la mano. Ella le sonrió.

A pesar de las reiteradas instancias de los dueños de la casa, Dolly, al día siguiente, se dispuso a marcharse, y bajo el peristilo se detuvo a esperar la vieja carroza con sus arneses desiguales.

Daria Alejandrovna se despidió con frialdad de la princesa Bárbara y de los caballeros. El día que pasaron juntos no los había aproximado más en sus relaciones. Ana era la única que estaba triste, porque sabía perfectamente que nadie vendría a despertar los sentimientos que Dolly había removido en su alma y que representaban lo que había mejor en ella. La vida que llevaba no tardaría en ahogar los últimos vestigios.

Dolly respiró libremente cuando se encontró en pleno campo, y deseando conocer las impresiones de los criados, ya iba a interrogarles, cuando Felipe, el cochero, se volvió, y dijo con aire menos sombrío que antes:

—En cuanto a ricos lo son, pero a los caballos no les han dado en todo y por todo más que tres medidas de avena, lo necesario para que no se mueran de hambre. En nuestra casa no haríamos eso.

—Es un señor avaro —confirmó el tenedor de libros.

—Pero los caballos que tiene son soberbios.

—Sí, en cuanto a eso no hay nada que decir, y la comida también es buena; pero no sé, Daria Alejandrovna, si usted ha encontrado como yo, que uno se aburre allí... yo me he aburrido —y volvió hacia ella su rostro de hombre honrado.

—Yo también me he aburrido. ¿Crees que llegaremos esta noche?

—Será preciso.

Dolly, al encontrar a sus niños en buena salud, sintió una impresión mejor de su viaje. Describió con entusiasmo el lujo y el buen gusto de la morada de Wronsky y la cordialidad con que la habían recibido, sin censurar nada.

—Para comprender, es preciso verlos en su casa —decía olvidando voluntariamente el malestar que había experimentado—, y ahora ya sé que son buenos.

XXV

Wronsky y Ana pasaron en el campo el fin del verano y una parte del otoño sin hacer ninguna gestión para regularizar su situación, pero resueltos a permanecer en su casa. No les faltaba, en apariencia, nada de lo que constituye la felicidad. Eran ricos, jóvenes, con buena salud, tenían una hija, sus ocupaciones les eran agradables, y, sin embargo, cuando se hubieron marchado sus huéspedes comprendieron que su vida debía forzosamente sufrir alguna modificación.

Ana continuaba cuidando celosamente su persona y su tocado. Leía mucho y hacía venir del extranjero las obras de mérito que las revistas citaban. No le era indiferente ninguno de los asuntos que pudieran interesar a Wronsky. Dotada de una memoria excelente, le asombraba con sus conocimientos en agronomía y en arquitectura, sacados de los libros o de periódicos especiales, y le había acostumbrado a consultarla en todo, hasta en cuestiones de *sport* o de cría de caballos.

El interés que demostraba en la instalación del hospital era muy serio y contribuía con sus ideas personales, que sabía hacer ejecutar. El objetivo de su vida era agradar a Wronsky, compensarle lo que había perdido por ella; y él, conmovido por su abnegación, sabía apreciarla. Con el tiempo, sin embargo, la atmósfera de ternura celosa con que le rodeaba llegó a oprimirle y sintió la necesidad de afirmar su independencia. Pensaba que su felicidad habría sido completa, si cada vez que deseaba salir de casa no hubiera encontrado una viva oposición por parte de Ana.

En cuanto al papel de gran propietario, que ensayaba, le había tomado verdadera afición, y se descubrió aptitudes serias para la administración de sus bienes. Sabía descender a los detalles, defender con obstinación sus intereses, escuchar y hacer preguntas a su administrador alemán; sin dejarse arrastrar por él a gastos exagerados aceptaba a veces las innovaciones útiles, sobre todo aquellas que podían causar sensación en los alrededores, pero jamás iba más allá de los límites que se había propuesto. Gracias a esta conducta prudente, y a pesar de las sumas considerables que le costaban las edificaciones, la compra de máquinas y otras mejoras, no corría el riesgo de comprometer su fortuna.

El gobierno de Kachin, donde estaban situadas las fincas de Wronsky, de Swiagesky, de Oblonsky, de Kosnichef y una parte de las de Levin, debía reunir en el mes de octubre su asamblea provincial y proceder a la elección de los altos empleados. Esas elecciones, debido a ciertas personalidades de nota que tomaban parte, atraían la atención general. Se preparaban a venir de Moscú, de San Petersburgo, hasta del extranjero Wronsky también había prometido asistir a ella.

Había llegado el otoño, sombrío, lluvioso y singularmente triste en el campo.

La víspera de marcharse, el conde vino a anunciar con un tono frío y breve, que se ausentaba por algunos días, apercibido a una lucha con Ana, en la que tenía empeño en salir vencedor. Grande fue la sorpresa al ver que Ana acogía esta noticia con mucha calma, contentándose con preguntarle la época exacta de su regreso.

—Espero que no te aburrirás —le dijo él, estudiando la expresión del rostro de Ana, y desconfiando de la facultad que poseía de concentrarse en sí misma cuando tomaba una resolución extrema.

—¡Oh, no! Acabo de recibir una caja de libros de Moscú. Eso me distraerá.

«Es una nueva actitud que quiere adoptar», pensó, y aparentó creer en la sinceridad de esta aparente razón.

Se marchó, pues, sin otra explicación, lo cual jamás había sucedido. Y aunque esperaba que en lo sucesivo Ana respetaría su libertad, se llevaba una vaga inquietud. Los dos guardaron una penosa impresión de aquella pequeña escena.

XXVI

Levin había regresado a Moscú en septiembre para el alumbramiento de su esposa, y ya había pasado un mes allí, cuando Sergio Ivanitch le invitó a que le acompañara a las elecciones a las que él iba. Constantino vacilaba, aunque tenía algunos asuntos de tutela que arreglar a su hermana en el gobierno de Kachin; pero Kitty, viendo que se aburría en la ciudad, le instó a que fuera, y para decidirse, le mandó a hacer un informe de delegado de la nobleza. Este gasto decidió la cuestión.

Al cabo de seis días de gestiones en Kachin, el asunto de la tutela no había adelantado nada, porque en parte dependía del mariscal tesorero cuya reelección se preparaba. El tiempo se pasaba en largas conversaciones con personas excelentes, con grandes deseos de servirle, pero que no podían hacer nada; el tesorero o mariscal era inabordable. Esas idas y venidas sin resultado, se parecían a los estériles esfuerzos que se hacen en los sueños, pero Levin, a quien el casamiento había hecho más paciente, trataba de no exasperarse.

Aplicaba esta misma paciencia a comprender las maniobras electorales que agitaban a su alrededor a tantos hombres honrados y estimables, y hacía esfuerzos por profundizar lo que en otro tiempo había tratado tan a la ligera.

Sergio Ivanitch no omitía nada para explicarle el sentido y el alcance de las nuevas elecciones, en las cuales se interesaba particularmente. Snetkof, el actual tesorero, era un hombre a la antigua, fiel a las costumbres del pasado, que había disipado una fortuna considerable del modo más honrado del mundo y cuyas ideas anticuadas no se avenían con las necesidades del momento. Como tesorero tenía fuertes sumas en sus manos, y los asuntos más graves, tales como las tutelas, la dirección de la instrucción pública, etc., que dependían de él. Se trataba de sustituirle por un hombre nuevo, activo, imbuido en las ideas modernas, capaz de extraer del *Semstro* los elementos para el *self government* que pudiese procurar, en vez de llevar un espíritu de casta que desnaturalizase su carácter. El gobierno de Kachin, tan rico, podía, si se sabían emplear las fuerzas concentradas en él, servir de ejemplo al resto de Rusia, y por eso las nuevas elecciones revestían alta importancia. En lugar de Snetkof se votaría a Swiagesky, o mejor aún, a Newedowsky, hombre eminente, en otro tiempo profesor y amigo intimo de Sergio Ivanitch.

Los estados provinciales abrieron sus sesiones con un discurso del gobernador, que invitó a la nobleza a no mirar las elecciones más que desde el punto de vista del bien público y de la fidelidad al monarca, así como el gobierno de Kachin lo había siempre practicado. El discurso fue muy bien acogido. Los delegados de la nobleza rodearon al gobernador cuando abandonó la sala y se dirigieron a la catedral a prestar juramento. Las ceremonias religiosas impresionaban siempre a Levin, que se conmovió mucho al oír aquella multitud de ancianos y de jóvenes repetir solemnemente las fórmulas del juramento. Varios días se pasaron en reuniones y discusiones relativas a un sistema de contabilidad que el partido de Sergio Ivanitch parecía censurar agriamente al mariscal tesorero.

Levin acabó por preguntar a su hermano si se sospechaba que Snetkof fuese capaz de malversación.

—De ningún modo es un hombre muy digno, muy honrado, pero hay que poner un término a ese modo patriarcal de dirigir los negocios.

La sesión para la elección de los mariscales de distrito fue tempestuosa; terminó con la reelección de Swiagesky, que, la misma noche, dio un gran banquete.

XXVII

La elección principal, que era la del mariscal de gobierno no se verificó hasta el sexto día. La multitud se agrupaba en las dos salas donde los debates se efectuaban bajo el retrato del emperador.

Los delegados de la nobleza se habían dividido en dos grupos, los antiguos y los modernos. Entre los antiguos no se veían más que uniformes pasados de moda, cortos, entallados y estrechos como si sus dueños hubiesen crecido excesivamente; algunos uniformes de marino y de caballería de fecha muy antigua, se descubrían también; los modernos, por el contrario, llevaban uniformes anchos de espaldas, largos de talle, chalecos blancos... Y entre ellos se distinguían algunos uniformes de corte.

Levin había seguido a su hermano a la salita donde se fumaba delante del *buffet*; trataba de seguir la conversación, de la que Kosnichef era el alma, y de comprender por qué dos tesoreros de distrito, hostiles a Snetkof, se empeñaban en hacerle presentar su candidatura. Oblonsky, en traje de chambelán, vino a unirse al grupo después de haber almorzado.

—Somos los dueños de la posición —dijo arreglándose las patillas, después de escuchar a Swiagesky y de haberle dado la razón—. Un distrito basta, y si Swiagesky se decidiera, no sería más que un simulacro.

Todos parecían comprender, excepto Levin, que era el único que no entendía nada; para informarse tomó el brazo de Esteban Arcadievitch, y le manifestó su admiración al ver que algunos distritos hostiles pedían al antiguo mariscal tesorero que presentase su candidatura.

—¡Oh, *sancta simplicitas*! —respondió Oblonsky—. ¿No comprendes qué hemos tomado nuestras medidas y es preciso que Snetkof se presente, porque si desistiese, el partido antiguo podría elegir un candidato y destruir nuestras combinaciones? Haciendo oposición el distrito de Swiagesky, tiene que haber empate, de lo cual nos aprovecharemos para proponer al candidato que nosotros presentamos.

Levin sólo comprendió a medias, y habría continuado sus preguntas, si los clamores que salían de la gran sala no hubiesen atraído su atención.

XXVIII

La discusión parecía muy viva bajo el retrato del emperador; pero Levin, molestado por sus vecinos, no distinguía más que la voz dulce del viejo tesorero, la de Kosnichef y el tono agrio de un diputado de la nobleza. Sergio, en contestación a este último y para aplacar la agitación general, pidió al secretario el texto de la ley, que leyó a fin de probar al público que en caso de divergencia de opinión se debía recurrir a la votación.

Un señor gordo, de bigote teñido, enfundado en un estrecho uniforme, le interrumpió acercándose a la mesa y gritando:

—¡A votar, a votar! ¡Nada de discusiones!

Era pedir la misma cosa, pero con un espíritu de hostilidad tal, que los gritos aumentaban. El tesorero impuso silencio. Los gritos salían de todos lados, y los rostros, lo mismo que las voces, parecían excitados. Levin comprendió, con la ayuda de su hermano, que se trataba de hacer valer los derechos de elector de un delegado acusado de hallarse bajo el peso de una sentencia. Un voto menos podía trocar la mayoría; por eso era tan viva la agitación. Levin, dolorosamente impresionado al ver aquella irritación y aquel odio apoderarse de hombres que estimaba prefirió a aquel triste espectáculo ir a contemplar a los criados que servían la mesa de la salita. Iba a dirigir la palabra a un viejo mayordomo de patillas grises, que conocía toda la provincia, cuando fueron a llamarle para votar.

Le entregaron bola blanca al entrar en la gran sala, y le empujaron hacia la mesa en donde Swiagesky, con aire importante e irónico, presidía la votación, Levin, desconcertado y sin saber qué hacer con su bola le preguntó en voz baja:

—¿Qué hago?

La pregunta era intempestiva y varias personas la oyeron: por este motivo recibió de Swiagesky esta respuesta severa:

—Lo que dicten a usted sus convicciones.

Levin, sonrojado, depositó su voto al azar.

Los nuevos triunfaron. El viejo tesorero presentó su candidatura, pronunció conmovido un discurso y, aclamado por su partido, se retiró con lágrimas en los ojos. Levin, en pie cerca de la puerta de la sala, le vio pasar, abrumado, pero con prisa por salir. La víspera le había ido a ver para su asunto de tutela, y recordaba el aire digno y respetable del anciano, en su gran casa de aspecto señorial, con sus antiguos muebles, sus viejos servidores, su anciana y excelente esposa con la cabeza cubierta con una cofia y envuelta en un chal turco. Su hijo menor, el más pequeño de la familia, había entrado a dar los buenos días a su padre y besarle la mano afectuosamente. Ese mismo hombre lleno de condecoraciones huía ahora como fiera perseguida.

—Espero que continuará en su cargo usted para bien nuestro —dijo Levin con el deseo de expresar algo agradable.

—Lo dudo —respondió el tesorero, mirando alrededor con aspecto turbado—. Estoy viejo y cansado; que otro más joven ocupe mi puesto— y desapareció por una puertecilla.

XXIX

La sala larga y estrecha donde se encontraba el *buffet* se llenaba de gente y la agitación iba en aumento porque se aproximaba el momento decisivo. Los jefes de partido, que sabían a qué atenerse respecto al número de votantes, eran los más animados. Los otros trataban de distraerse, y se preparaban a la lucha comiendo, fumando y paseándose por la sala.

Levin no fumaba ni tenía apetito. A fin de evitar a sus amigos, entre los cuales había visto a Wronsky con uniforme de escudero del emperador, se refugió cerca de una ventana, y mientras examinaba los grupos que se formaban, escuchaba lo que se decía en torno suyo. En medio de esa muchedumbre distinguió, vestido con un antiguo uniforme de general de estado mayor, al viejo propietario de bigotes grises a quien había encontrado en casa de Swiagesky. Sus miradas se encontraron y se saludaron cordialmente.

—Me alegro mucho de ver a usted —dijo el anciano—; ciertamente, sí, me acuerdo que tuve el gusto de ver a usted en casa de Nicolás Ivanitch.

—¿Cómo van sus negocios en el campo?

—Siempre perdiendo —respondió el viejo en tono suave y convencido, como si ese fuese el único resultado que él admitía—. Y usted, ¿cómo es que toma parte en nuestro golpe de Estado? Toda Rusia parece haberse dado cita aquí. Tenemos hasta chambelanes, y quizá hasta ministros —añadió señalando a Oblonsky, cuya estatura imponente hacía sensación.

—Confieso a usted que no comprendo gran cosa respecto a la importancia de esas elecciones de la nobleza —dijo Levin.

El viejo le miró sorprendido.

—Pero, ¿qué hay que comprender? ¿Y qué importancia pueden tener? Es una institución en decadencia, que se prolonga por la fuerza de la inercia. Vea usted todos esos uniformes, no hay más que jueces de paz, o empleados, y no hidalgos.

—Entonces, ¿por qué asiste usted a las asambleas?

—Por costumbre, por ver a los conocidos, por una especie de obligación moral. A lo que hay que añadir una cuestión de interés personal: mi yerno necesita apoyo y hay que ayudarle para que obtenga una colocación... Pero, ¿a qué vienen personas como éstas? —y señaló al orador cuyo tono agrio impresionó a Levin durante los debates que precedieron a la votación.

—Es una nueva generación de hidalgos.

—En cuanto a nuevos lo son; pero, ¿se puede contar como hidalgos a los que atacan a la nobleza?

—Puesto que, según usted, es una institución caída en desuso...

—Hay instituciones que aunque viejas se deben respetar y tratar con suavidad. Es posible que nosotros no valgamos mucho, pero hemos durado mil años. Suponga usted que traza un nuevo jardín: ¿Cortará usted el árbol secular que ha crecido en su terreno? No, usted trazará sus alamedas y sus avenidas de modo que se salve la encina vieja, porque ésta no retoñaría en un año. Pero hablemos de usted. ¿Cómo van sus negocios?

—No son brillantes, y a lo sumo me producen un cinco por ciento.

—Sin contar sus fatigas, que bien merecerían remuneración. Lo mismo le digo yo; me considero dichoso cuando obtengo un cinco por ciento.

—¿Por qué perseveramos entonces?

—Sí, ¿por qué? Por hábito, es lo que me inclino a creer. Yo, por ejemplo, que de antemano sé que mi hijo único será un sabio y no un agricultor, me obstino a despecho de todo. Hasta he plantado un huerto frutal este año.

—Se diría que sentimos como una obligación, como un deber para con la tierra; porque, en cuanto a mí, hace mucho tiempo que ya no me hago ilusiones sobre las utilidades de mi trabajo.

—Tengo —dijo el viejo— un comerciante como vecino. El otro día fue a verme, le enseñé la granja, el jardín, y después de haberlo admirado todo, me dijo: «Toda su propiedad está en orden; pero lo que no comprendo es por qué no arranca usted los tilos del jardín, no hacen más que esquilmar la tierra, y la madera se vendería bien. Yo, en lugar de usted, me desharía de ellos.»

—Lo haría ciertamente —dijo Levin sonriendo, porque ya conocía esa clase de razonamientos—, y con el dinero que sacara compraría ganado o un pedazo de tierra que arrendaría a los campesinos y así se formaría una pequeña fortuna mientras que nosotros nos estimamos muy dichosos de conservar nuestra tierra intacta para poderla legar igual a nuestros hijos.

—Me han dicho que se ha casado usted.

—Sí —contestó Levin con orgullosa satisfacción—. ¿No es sorprendente qué permanezcamos esclavos de la tierra como las Vestales de la antigüedad eran esclavas del fuego sagrado?

El anciano sonrió bajo sus bigotes blancos:

—Algunos, como nuestro amigo Swiagesky y el conde Wronsky, pretenden implantar la industria agrícola; pero hasta ahora eso no les ha servido más que para comerse capital.

—¿Por qué no hacemos como el comerciante de que usted habló? —preguntó Levin, a quien había producido impresión esa idea.

—Por nuestra manía de conservar el fuego sagrado, como usted dice: es un instinto de casta. Los aldeanos tienen el suyo: un labrador se obstinará en tomar en arrendamiento la mayor cantidad posible de tierra, y sea buena o mala labrará de todos modos.

—Todos somos iguales —dijo Levin—. Me alegro mucho de haber encontrado a usted —añadió al ver que se aproximaba Swiagesky.

—Ahora, nos hemos visto de nuevo por primera vez desde el día en que nos conocimos en casa de usted —dijo el viejo dirigiéndose a Swiagesky.

—Y seguramente estaría usted hablando mal del nuevo orden de cosas —respondió éste sonriendo.

—Es preciso desahogar el corazón.

XXX

Swiagesky se cogió al brazo de Levin y se acercó con él a un grupo de amigos, entre los cuales no le fue posible evitar a Wronsky, que en pie entre Oblonsky y Kornichef miraba aproximarse a los dos amigos.

—Encantado de ver a usted —dijo tendiendo la mano a Levin—. Nos vimos en casa de la princesa Cherbatzky, según me parece.

—Recuerdo perfectamente nuestro encuentro —respondió Levin, que se puso rojo e inmediatamente se volvió hacia su hermano para hablarle.

Wronsky sonrió y se dirigió a Swiagesky sin mostrar ningún deseo de seguir conversando con Levin; pero éste, mortificado por haber sido tan descortés y grosero, buscaba un modo de repararlo.

—¿En qué estado se encuentra el negocio de las elecciones?

—Snetkof parece vacilar.

—¿Qué candidatura propondrán si él desiste?

—Cualquiera —respondió Swiagesky.

—¿La de usted quizá?

—De seguro que no —afirmó Nicolás Ivanitch echando una mirada inquieta al individuo de tono destemplado que estaba cerca de Kosnichef.

—Si no es la de usted, debe ser la de Newedowsky —dijo Levin, aunque comprendía que se aventuraba en un terreno peligroso.

—En modo alguno —respondió el señor desagradable, que resultó ser el mismo Newedowsky, al cual Swiagesky se apresuró a presentar a Levin.

Siguió un silencio, durante el cual Wronsky miró a Levin, distraídamente; y para decirle algo, le preguntó en qué consistía que viviendo siempre en el campo no fuese juez de paz.

—Porque los jueces de paz me parecen una institución absurda —contestó Levin.

—Yo habría creído lo contrario —dijo Wronsky sorprendido.

—¿Para qué sirven los jueces de paz? En ocho años no he tenido ocasión de verles juzgar bien una sola vez —y torpemente se puso a citar algunos casos.

—No te comprendo —le dijo Sergio Ivanitch cuando después de esta ocurrencia salieron de la sala de la cantina para ir a votar—. Careces en absoluto de tacto político, te veo en buenas relaciones con nuestro adversario Snetkof y te enemistas con el conde Wronsky. No es que me interese su amistad, pues acabo de rehusar su invitación a comer, pero no conduce a nada hacerse un adversario. En seguida diriges preguntas indiscretas a Newedowsky.

—Todo eso me enreda, y no le doy ninguna importancia —contestó Levin con aire taciturno.

—Puede ser; pero donde te mezclas todo lo echas a perder.

Levin guardó silencio y entraron en el salón.

El viejo tesorero se decidió a presentar su candidatura, aunque conociese lo problemático del éxito sabiendo que un distrito le haría la oposición.

El primer escrutinio tuvo una fuerte mayoría, y entró a recibir las felicitaciones generales en medio de las aclamaciones de la muchedumbre.

—¿Se ha concluido ya? —preguntó Levin a su hermano.

—Al contrario, ahora empieza —respondió éste sonriendo—; el candidato de la oposición puede tener más votos.

Esta sutileza había escapado a Levin y le produjo una especie de melancolía. Creyéndose inútil y no observado, volvió a la sala, pidió de comer y, para no volver a pasar entre la muchedumbre, dio un rodeo por las tribunas. Éstas estaban llenas de señoras de oficiales, de profesores y de abogados. Allí oyó alabar la elocuencia de su hermano, pero también esta vez trató en vano de comprender qué era lo que podía conmover y excitar a gentes honradas de aquel modo. Cansado y triste, bajó la escalera para reclamar su abrigo de pieles y marcharse, cuando de nuevo vinieron a llamarle para votar. El candidato que oponían a Snetkof era aquel mismo Newedowsky cuya negativa le había parecido tan categórica. Él fue el que triunfó, lo cual satisfizo a algunos y entusiasmó a otros, mientras que el viejo tesorero apenas podía disimular su despecho. Al aparecer Newedowsky en la sala, fue acogido con las mismas aclamaciones que poco antes habían saludado al gobernador y al viejo tesorero.

XXXI

Wronsky dio un gran banquete al electo y al partido que triunfaba con él. El conde, al asistir a las elecciones, había querido afirmar su independencia a los ojos de Ana y ser agradable a Swiagesky. Además, había mostrado empeño en cumplir los deberes que se imponía a título de gran propietario. Pero no sospechaba el interés apasionado que le inspirarían las elecciones y el buen éxito con que representaría su papel. Desde el primer momento consiguió conquistar la simpatía general, y no se engañaba al suponer que ya inspiraba confianza. Esta súbita influencia la debía en parte a la hermosa casa que ocupaba en la ciudad, que le había cedido un antiguo camarada suyo, el director del Banco de Kachin, a un excelente cocinero, a sus vínculos de amistad como compañero del gobernador y, sobre todo, a sus modales sencillos y afables con que se captaba las voluntades, a pesar de la reputación de soberbio que le atribuían. Todos cuantos le habían hablado aquel día, exceptuando Levin, parecían dispuestos a rendirle homenaje y a atribuirle el buen éxito de Newedowsky. Sintió cierto orgullo al decirse que dentro de tres años, si fuera casado, nada le impediría presentarse él mismo como candidato, e involuntariamente recordó el día en que, habiendo presenciado el triunfo de su *jockey*, se había decidido a correr él mismo. En la mesa colocó al gobernador a su derecha, como hombre respetado por la nobleza, cuyos sufragios había conquistado con su discurso, pero que para Wronsky seguía siendo Maslof Katka, su camarada en el cuerpo de pajes, a quien trataba como su protegido y procuraba hacerle perder la timidez. A su izquierda hizo sentar a Newedowsky, hombre joven, de rostro impenetrable y desdeñoso, con el cual se mostró lleno de atenciones.

A pesar de su derrota personal, Swiagesky estaba encantado de que su partido hubiese obtenido la victoria y contó con gracia durante la comida varios incidentes de las elecciones poniendo en ridículo al viejo tesorero. Oblonsky, contento por la satisfacción general, se divertía mucho. Así, cuando después de la comida se enviaron despachos en todas direcciones, puso uno a Dolly para dar gusto a todos, como dijo en confianza a sus vecinos de mesa. Pero Dolly, al recibir el telegrama, sintió pesar, suspirando por el rublo que había costado, y comprendió que su marido había comido bien, porque una de sus debilidades era hacer funcionar el telégrafo después de comer.

Se pronunciaron brindis con excelentes vinos que no tenían nada de ruso, se saludó al nuevo tesorero con el título de excelencia, a quien a pesar de su aire indiferente, ese título le deleitaba, como le deleita a una joven esposa oírse llamar señora.

Se brindó también por la salud del amable anfitrión y por la del gobernador.

Nunca hubiera esperado Wronsky ser en provincias el centro de una reunión tan distinguida.

Hacia el final de la comida redobló la alegría, y el gobernador rogó a Wronsky que asistiese a un concierto organizado por su esposa a beneficio de *nuestros hermanos*. (Era antes de la guerra servia.)

—Se bailara después y conocerás a nuestras bellezas, que son notables.

—*Not in my line* —respondió Wronsky sonriendo, pero prometió ir.

En el momento en que empezaban a fumar, al levantarse de la mesa, el criado de Wronsky se aproximó a él, con una esquela en una bandeja, y le dijo:

—Viene del campo; ahora mismo la ha traído un mensajero.

El billete era de Ana, y antes de abrirlo Wronsky sabía su contenido. Se había prometido estar de vuelta el viernes, pero habiéndose prolongado las elecciones, era sábado y aún no había regresado. La carta debía de estar llena de reconvenciones y probablemente escrita antes de que llegase la que él había mandado la víspera explicando su retraso. El contenido de la esquela era aún más doloroso de lo que suponía. Anny estaba muy enferma y el médico temía una inflamación. La carta decía:

«Pierdo la cabeza viéndome sola. La princesa Bárbara, en vez de ayudar, no sirve más que de estorbo. Yo te esperaba anteayer noche, y hoy mando a un mensajero para averiguar qué es de ti. Yo habría ido en persona si no temiese desagradarte. Dame una contestación cualquiera para que sepa lo que debo hacer.»

¡Hallándose la niña gravemente enferma, había querido ir ella misma!

El contraste entre este amor exigente y la deliciosa reunión que era preciso abandonar, causó muy desagradable impresión en Wronsky. Sin embargo, se puso en camino la misma noche en el primer tren.

XXXII

Ana, antes de marcharse Wronsky a las elecciones, se había prometido hacer los mayores esfuerzos para soportar estoicamente la separación; pero la mirada fría e imperiosa con que él le anunció el viaje, la hirió, y sus buenas resoluciones se alteraron. Reflexionó sobre aquella mirada en la soledad, y la encontró humillante.

—Ciertamente tiene derecho a marcharse cuando y como le parezca. ¿No tiene él todos los derechos, mientras, que yo no poseo ninguno? Pero es poco generoso por su parte hacérmelo sentir. ¿Y de qué modo lo ha hecho sentir? ¿Con una mirada dura? Es un delito muy vago; sin embargo, en otro tiempo no me miraba así, y eso prueba que se va entibiando su amor.

Para aturdirse procuró distraerse acumulando quehaceres que la ocupasen el día. Por la noche tomaba morfina. Entre sus meditaciones pensó en el divorcio como el único medio de impedir que Wronsky la abandonase, porque el divorcio implicaba el matrimonio, y decidió no resistir más sobre ese punto como hasta entonces lo había hecho y acceder la primera vez que él la volviese a hablar de ello.

Así pasaron cinco días. Para matar el tiempo, paseaba con la princesa, visitaba el hospital y, sobre todo, leía. Pero el sexto día, al ver que Wronsky no regresaba, se debilitaron sus fuerzas. La niña, en ese tiempo, cayó enferma, pero bastante ligeramente para que la inquietud pudiese distraerla. Por otra parte, por más que Ana dijera, no podía disimular para su hija sentimientos que no experimentaba.

En la noche del sexto día sintió un terror tan vivo ante la idea de que Wronsky la abandonase, que quiso ir adonde él estaba; pero acabó por contentarse con la cartita que le envió por un mensajero. A la mañana siguiente se arrepintió de su impulso de nerviosa impaciencia al recibir una esquela de Wronsky explicándole la causa de su retraso. En seguida le asaltó otra inquietud que la hizo temer su llegada. ¿Cómo soportaría su mirada cuando supiese que su hija no había estado gravemente enferma? A pesar de todo su vuelta era una felicidad. Quizá echaría de menos su libertad y le parecería pesada su cadena; pero estaría allí, le vería ella y no le perdería de vista.

Sentada bajo la lámpara, estaba leyendo un nuevo libro de Taine, escuchando las ráfagas de viento del exterior y aplicando el oído al menor rumor que le anunciase la llegada del conde. Después de haberse equivocado varias veces, oyó distintamente la voz del cochero y el rodar del coche bajo el peristilo. La princesa Bárbara que hacía un solitario con la baraja, también lo oyó. Ana se levantó; no se atrevió a bajar como lo había hecho ya dos veces, y sonrojada, confusa, inquieta por la acogida que él haría, se detuvo. Todas sus susceptibilidades se habían desvanecido, ya no temía más que el descontento de Wronsky, y contrariada al pensar que la niña se encontraba perfectamente, sentía rencor contra ella por haberse restablecido en el momento mismo en que mandaba su esquela, pero ante la idea de que iba a volver a verle, todo otro pensamiento desapareció, y cuando llegó hasta ella el sonido de su voz, la alegría lo dominó todo y salió presurosa al encuentro de su amante.

—¿Cómo sigue Anny? —le preguntó él con inquietud desde el pie de la escalera al verla bajar apresurada.

Se había sentado para que le sacaran las botas forradas de piel.

—Mucho mejor.

—¿Y tú?

Ella le cogió las dos manos y le atrajo hacia sí sin apartar sus ojos de él.

—Me alegro mucho —dijo fríamente Wronsky, examinándole el traje que sabía que ella se había puesto por él.

Esas atenciones le halagaban, pero ya hacía demasiado tiempo que le estaban halagando, y la expresión de severidad que Ana tanto temía se mostró en su rostro y su mirada se posó en ella.

—¿Cómo te encuentras tú? —la preguntó de nuevo besándole la mano después de haberse secado la barba húmeda por el frío.

«Poco me importa todo con tal que este aquí; todo me es indiferente. Y cuando me tiene presente, no se atreve a dejar de amarme.»

La velada pasó alegremente en presencia de la princesa, que se quejó de que Ana tomaba morfina.

—No lo puedo evitar, mis pensamientos no me dejan dormir. Cuando él está en casa casi nunca tomo.

Wronsky refirió los diferentes episodios de la elección, y Ana supo interrogarle hábilmente para hacerle hablar de su éxito personal. A su vez, ella le contó lo que había ocurrido durante su ausencia, diciéndole solamente lo que podía serle agradable.

Cuando se hallaron solos, Ana quiso borrar la impresión desagradable que le había producido su carta, y, más segura de sí misma, le dijo:

—Confiesa que mi carta te ha molestado y que no has creído lo que te decía en ella.

—Sí —contestó, y a pesar de la ternura que le manifestaba, Ana comprendió que no la perdonaba—. Tu carta era extraña: me escribías que Anny te preocupaba, y, sin embargo, querías venir tú misma.

—Ambas cosas eran exactas.

—No lo dudo.

—Sí, lo dudas y veo que estás enojado.

—De ningún modo, pero lo que me contraría es que no quieras admitir ciertos deberes que...

—¿Qué deberes? ¿El deber de ir al concierto?

—No hablemos ya más de eso.

—¿Por qué no?

—Quiero decir, que pueden presentarse deberes imperiosos Así, necesitaré ir a Moscú para negocios... Pero, Ana, ¿por qué te irritas así cuando sabes que no puedo vivir sin ti?

—Siendo así —dijo Ana cambiando de tono súbitamente—, si llegas hoy para marcharte mañana, si estás hastiado de esta vida...

—Ana, no seas cruel, bien sabes que estoy dispuesto a sacrificártelo todo.

Ella continuó sin escucharle:

—Cuando vayas a Moscú, iré contigo. No me quedo sola aquí. Vivamos juntos o separémonos.

—No deseo otra cosa que vivir a tu lado, pero para eso es preciso...

—¿El divorcio? Escribiré. Reconozco que no puedo continuar viviendo así. Te acompañaré a Moscú.

—Me dices eso con aire de amenaza; ¡pero si es todo lo que deseo! —dijo Wronsky sonriendo.

La mirada del conde al pronunciar estas palabras afectuosas era glacial como la de un hombre exasperado por una persecución.

«¡Qué desgracia!», decía aquella mirada, y ella lo comprendió. Jamás se borró de su alma la impresión que sintió en aquel momento.

Ana escribió a Karenin pidiéndole el divorcio, y a fines de noviembre, después de haberse separado de la princesa Bárbara, a la que sus asuntos llamaron a San Petersburgo, fue a instalarse a Moscú con Wronsky.

SÉPTIMA PARTE

I

Hacía dos meses que los Levin estaban en Moscú, y el término fijado por las autoridades competentes para el alumbramiento de Kitty, había ya pasado sin que nada hiciese presagiar su proximidad; por este motivo, todos los que rodeaban a Kitty comenzaban a sentir inquietudes con respecto a ella. Mientras que Levin veía con terror aproximarse el momento fatal, Kitty conservaba toda su calma; el niño que aguardaba, existía ya para ella, de tal modo, que a veces este niño hasta manifestaba su independencia haciéndola sufrir; pero este extraño y desconocido dolor le hacía sonreír. Sentía nacer en su corazón un nuevo amor. Nunca su felicidad le había parecido tan completa, jamás se había sentido más contemplada, más mimada por todos los suyos. ¿Por qué habría de apresurar con sus votos el fin de una situación tan llena de delicias para ella? El único lado enojoso que encontró en su vida moscovita, tan dulce, fue el cambio que advirtió en el carácter de su marido; le encontraba desasosegado, suspicaz, ocioso, agitado sin motivo. ¿Era el mismo hombre que ella había conocido, siempre ocupado útilmente en el campo, y cuya dignidad tranquila y cuya cordial hospitalidad admiraba? Ya no le conocía, y esta transformación le inspiraba un sentimiento casi de lástima. Ella, por lo demás, era la única que experimentaba por él esta compasión, porque bien comprendía que nada en su marido podía excitar la conmiseración, y cuando se complacía en estudiar el efecto que producía su marido en la sociedad, temía que atribuyeran este cambio a los celos. Pero aunque reprochaba a Levin su incapacidad para adaptarse a esta nueva existencia, Kitty reconocía que Moscú le ofrecía pocos atractivos. ¿Qué ocupaciones podía hallar él allí? No le gustaba el juego ni la compañía de los calaveras y libertinos como Oblonsky, por lo que daba gracias al Cielo; la sociedad no le interesaba, no le divertía; para encontrar algún atractivo tendría que buscar las reuniones femeninas. ¿Qué le quedaba, pues, fuera del círculo monótono de la familia? Levin, en verdad, había pensado en terminar su libro y empezó a hacer consultas y búsquedas en las bibliotecas públicas, pero confesó a Kitty que desfloraba para sí mismo el interés de su trabajo cuando hablaba de él, y por otra parte, le faltaba tiempo para hacer una labor seria.

Las condiciones particulares de su vida en Moscú tuvieron como compensación un resultado inesperado, el de poner un término a sus querellas. El temor que los dos experimentaron de que se renovaran las escenas de celos, resultó infundado, a pesar de un incidente imprevisto como fue el encuentro de Wronsky.

Kitty, en compañía de su padre, le encontró un día en casa de su madrina, la princesa María Borissowna. Al volver a ver aquellos rasgos en otro tiempo tan conocidos, Kitty sentía que los latidos de su corazón la sofocaban y el rubor de su rostro la quemaba, pero fue el único reproche que pudo hacerse y su emoción no duró más que un segundo. El viejo príncipe se apresuró a entablar conversación con Wronsky, y aún no habían acabado de hablar, cuando ya Kitty se hallaba en estado de alternar en esa conversación sin que ni por su aspecto ni el tono de su voz hubiese podido merecer la menor crítica de su esposo, cuya invisible vigilancia sentía. Cambió algunas palabras con Wronsky, y sonrió cuando éste llamó a la asamblea de Kachin *nuestro parlamento*, para hacer ver que comprendía la ironía. En seguida se dirigió a la anciana princesa y no volvió la cabeza hasta que Wronsky se levantó para despedirse, entonces le devolvió su saludo sencilla y cortésmente.

El viejo príncipe, al salir, no hizo ninguna observación sobre aquel encuentro; pero Kitty comprendió, por una leve y particular ternura, que estaba satisfecho de ella y le agradeció su silencio. Ella también estaba satisfecha al ver que lograba dominar sus sentimientos hasta el grado de volver a ver a Wronsky casi con indiferencia.

—He sentido tu ausencia —dijo a su marido al contarle la entrevista—, o al menos me habría gustado que hubieses podido verme por el ojo de la cerradura, porque delante de ti me habría sonrojado demasiado y no hubiera podido conservar el aplomo. ¡Mira cómo me pongo encendida en este momento!

Y Levin, al principio más encarnado que ella y escuchándola taciturno, se calmó ante la mirada sincera de su esposa, y le hizo algunas preguntas como ella deseaba. Hasta declaró que en lo sucesivo ya no se conduciría tan estúpidamente como lo había hecho en las elecciones, y no huiría de Wronsky.

—¡Es tan penoso temer la vista de un hombre y considerarle como un enemigo! —dijo.

II

—No te olvides de hacer una visita a los Bohl —dijo Kitty a su marido, cuando, antes de salir, entró en su cuarto a eso de las once de la mañana—. Ya sé que comes en el club con papá; pero, ¿qué piensas hacer esta mañana?

—Voy a casa de Katavasof.

—¿Por qué tan temprano?

—Me ha prometido ponerme en relaciones con un sabio de San Petersburgo, Metrof, con el cual quisiera hablar de mi libro.

—¿Y luego?

—Al tribunal para el asunto de mi hermana.

—¿No irás al concierto?

—¿Qué quieres que vaya a hacer solo?

—Ve, te lo suplico; figuran en el concierto dos nuevas composiciones que te gustarán.

—En todo caso, volveré antes de comer para verte.

—Ponte el frac para ir a casa de los Bohl.

—¿Es absolutamente necesario?

—Ciertamente, el mismo conde ha venido a visitarnos.

—He perdido hasta tal punto la costumbre de hacer visitas, que me siento avergonzado; se me figura que van a preguntarme con qué derecho un extraño como yo, que no va por negocios, se introduce en una casa.

Kitty se echó a reír.

—Bastantes visitas hacías cuando eras soltero.

—Es cierto, pero siempre con la misma cortedad —y besando la mano de Kitty, ya iba a marcharse, cuando ésta le detuvo.

—Kostia, ¿sabes que ya no me quedan más que cincuenta rublos? No hago gastos inútiles, según me parece —añadió al ver que se nublaba el rostro de su marido—, y, sin embargo el dinero se va tan pronto, que es preciso que nuestra organización peque por algún lado.

—De ningún modo —respondió Levin con una tosecilla que ella sabía que era señal de contrariedad—. Iré al Banco. Además, he escrito al administrador para que venda el trigo y haga que le paguen adelantado el arrendamiento del molino. No nos faltará dinero.

—A veces siento haber creído a mamá; os fastidio a todos esperando que salga de esto; hacemos gastos enormes. ¿Por qué no nos hemos quedado en el campo? ¡Estábamos tan bien allá!

—Yo no siento nada de lo que he hecho desde que nos casamos.

—¿De veras? —dijo ella mirándole fijamente—. A propósito, ¿sabes qué la situación de Dolly ya no es soportable? Ayer hablamos de eso con mamá y Arsenio (el marido de su hermana Natalia) y decidieron que le hablases seriamente a Stiva, porque papá no hará nada.

—Estoy dispuesto a seguir el parecer de Arsenio; pero, ¿qué quieres que hagamos? En todo caso iré a casa de los Lvof, y quizá luego acompañe a Natalia al concierto.

El viejo Kusma, que en la ciudad desempeñaba las funciones de mayordomo, informó a su amo, mientras le acompañaba, de que uno de los caballos cojeaba. Levin, al instalarse en Moscú, había tratado de montar una cuadra conveniente, que no le costase demasiado cara; pero tuvo que convencerse de que los caballos de alquiler resultaban más baratos, porque para no cansar los suyos, tomaba coches de punto a cada instante. Eso fue lo que hizo aquel día, habituándose poco a poco a allanar las dificultades con dinero. Sólo el primer billete de cien rublos le había costado mucho sacarlo. Se trataba de comprar libreas para los criados, y al pensar en que cien rublos representaban el salario de dos obreros durante un año, o de trescientos jornales, Levin preguntó si las libreas eran indispensables. El profundo asombro de la princesa y de Kitty ante esta pregunta le cerró la boca. Al segundo billete de cien rublos, por provisiones necesarias para una gran comida de familia, vaciló menos, aunque mentalmente calculó el número de medidas de avena que aquel dinero representaba. Desde entonces, los billetes volaban como pajarillos. Levin ya no se preguntó si el placer comprado con su dinero estaba en proporción con el mal que causaba a otros para ganarlo. Olvidó sus principios sobre la conveniencia de vender el trigo cuando alcanzara su más elevado precio. Ni pensó ya siquiera en que el tren de vida que llevaba le llenaría de deudas.

Tener dinero en el Banco para hacer frente a las necesidades diarias de la casa fue en lo sucesivo su única mira. Hasta ahora no había sufrido apuros, pero la petición de Kitty le había preocupado. ¿Cómo conseguiría hacerse con dinero más tarde? Sumido en tales reflexiones, subió en un *isvoschik* y fue a casa de los Katavasof.

III

Levin había intimado mucho con su compañero de Universidad, y aunque admirada su discernimiento, pensaba que la claridad de las concepciones de Katavasof provenía de la pobreza de la naturaleza de su amigo. Katavasof a su vez pensaba que la incoherencia de ideas de Levin era debida a la falta de disciplina en el espíritu. Pero la claridad de Katavasof agradaba a Levin, y la fogosidad del pensamiento indisciplinado de Levin, gustaba al otro. El profesor había decidido a Levin a que le leyera una parte de su obra. Admirado por la originalidad de algunos puntos de vista le propuso ponerle en relaciones con un sabio eminente, el profesor Metrof, que momentáneamente se encontraba en Moscú, y a quien había hablado de los trabajos de su amigo.

La presentación fue muy cordial. Metrof, hombre amable y benévolo, comenzó por abordar la cuestión del día: la sublevación de Montenegro. Habló de la situación política, y citó algunas palabras significativas pronunciadas por el emperador de origen auténtico. Katavasof por su parte opuso palabras del mismo emperador de origen igualmente auténtico diametralmente diferentes, dejando a Levin libre de elegir entre las dos versiones.

—El señor es autor de un trabajo sobre economía rural cuya idea fundamental encuentro excelente en mi calidad de naturalista. Tiene en cuenta el ambiente en que el hombre vive y se desarrolla; no lo examina fuera de las leyes zoológicas y lo estudia en sus relaciones con la naturaleza.

—Es muy interesante —dijo Metrof.

—Mi objeto era sencillamente escribir un libro de Agronomía —repuso Levin sonrojándose—; pero, a pesar mío, al estudiar el instrumento principal, el labrador, he llegado a conclusiones imprevistas.

Y Levin desarrolló sus ideas tanteando prudentemente el terreno, porque sabía que Metrof tenía opiniones contrarias a la enseñanza político-económica del día y dudaba de hasta que grado simpatizaría con sus ideas.

—A su parecer, ¿en qué difiere el ruso de los otros pueblos considerado como trabajador? ¿Es desde el punto de vista que usted llama zoológico, o desde el de las condiciones materiales en que se encuentra? Este modo de presentar la cuestión probaba a Levin una divergencia absoluta de ideas. Continuó, sin embargo, exponiendo su tesis, que consistía en demostrar que el pueblo ruso no puede sentir el mismo interés por la tierra que los otros pueblos europeos, por el hecho de que instintivamente se ve destinado a colonizar inmensos espacios aún incultos.

—Es fácil equivocarse sobre el destino general de un pueblo estableciendo conclusiones prematuras —observó Metrof interrumpiendo a Levin—, y en cuanto a la situación del labrador, ésta dependerá siempre de sus relaciones con la tierra y con el capital.

Y sin dar tiempo a Levin para replicar, le explicó en qué diferían sus opiniones de las corrientes. Levin no comprendió nada, ni trató de comprender. Para él, Metrof, como los demás economistas, no estudiaba la situación del pueblo ruso sino desde el punto de vista del capital, del salario y de la renta, conviniendo, sin embargo, en que, por lo que se refería a la mayor parte de Rusia, la renta era nula; el salario era para no morirse de hambre, y el capital no estaba representado más que por las herramientas y aperos de campos primitivos. Metrof sólo difería de los otros representantes de la escuela en una teoría nueva sobre el salario que demostró extensamente. Después de haber tratado de escuchar y de interrumpir para exponer sus ideas personales, probando así qué lejos estaban de entenderse, concluyó Levin por dejar hablar a Metrof, lisonjeado en el fondo de ver que un hombre tan sabio le tomaba por confidente de sus ideas manifestándole tanta deferencia. Ignoraba que el eminente profesor había agotado este tema con los que le rodeaban y que no le desagradaba encontrar un oyente nuevo, quienquiera que fuese, y que además le agradaba hablar de las cuestiones que le preocupaban, pues encontraba que con una demostración oral contribuía a aclararse ciertos puntos a sí mismo.

—Vamos a llegar retrasados —dijo al fin Katavasof consultando su reloj, y añadió—: Hoy hay sesión extraordinaria en la Universidad con motivo de celebrarse el jubileo de los cincuenta años de Swintich —y dirigiéndose a Levin—: y he prometido hablar sobre sus trabajos zoológicos. Ven con nosotros, será interesante.

—Sí, venga usted —dijo Metrof—, y después de la sesión hágame el favor de venir a mi casa para leerme su obra: le escucharé con mucho gusto.

—Es un bosquejo que no merece exhibirse, pero acompañaré a ustedes de buena gana.

Cuando llegaron a la Universidad, la sesión había ya comenzado, seis personas rodeaban una mesa cubierta con un tapete y una de ellas estaba leyendo. Katavasof y Metrof tomaron asiento alrededor de la mesa. Levin se sentó al lado de un estudiante y le preguntó en voz baja qué era lo que estaban leyendo.

—La biografía.

Levin maquinalmente escuchó la biografía y se enteró de varias particularidades interesantes sobre la vida del sabio cuyo recuerdo se festejaba. Después se leyó una poesía; en seguida Katavasof, con poderosa voz, leyó una memoria sobre esta lectura; Levin, viendo que ya era tarde, se excusó con Metrof de no poder ir a su casa y se marchó. Durante la sesión había tenido tiempo de reflexionar sobre la inutilidad de relacionarse con el economista de San Petersburgo. Si ambos estaban destinados a trabajar con fruto, no habría de ser sino prosiguiendo cada cual sus estudios por su lado.

IV

Lvof el marido de Natalia a cuya casa fue Levin al salir de la Universidad, acababa de establecerse en Moscú para cuidar de la educación de sus hijos, aún muy jóvenes. Él había hecho sus estudios en el extranjero y había pasado la mayor parte de su vida en las principales capitales de Europa, adonde le llamaban funciones diplomáticas. A pesar de una diferencia de edad bastante considerable y opiniones muy diferentes, aquellos dos hombres se habían cobrado mutuamente gran amistad.

Levin encontró a su cuñado en traje de casa, leyendo con anteojos, en pie cerca de un pupitre. El rostro de Lvof, de expresión aún llena de juventud, a quien una cabellera rizada y plateada daban un aire aristocrático, se iluminó con una sonrisa al ver entrar a Levin sin haberse hecho anunciar.

—Iba a mandar para saber cómo sigue Kitty —dijo—; ¿cómo está? —y adelantó un sillón americano de báscula—. Siéntese usted, ahí estará mejor. ¿Ha leído usted la circular del Diario de San Petersburgo? Está muy bien escrita —preguntó con un ligero acento francés.

Levin le contó lo que había sabido sobre los rumores que circulaban en San Petersburgo, y después de haber agotado el tema político, refirió su conversación con Metrof y la sesión de la Universidad.

—¡Cuánto envidio a ustedes sus relaciones con esa sociedad de profesores y de sabios! —dijo Lvof, que le había escuchado con el más vivo interés. Realmente, yo no podría aprovecharme como usted, por falta de tiempo y de instrucción suficiente.

—Me permito dudar de ese último punto —respondió Levin sonriendo y conmovido por esta humildad sencilla.

—No podría usted imaginarse hasta qué punto lo noto ahora que me ocupo de la educación de mis hijos. No solamente necesito refrescarme la memoria, sino que me es preciso volver a hacer ciertos estudios. ¿Usted se ríe?

—Bien al contrario, me sirve usted de ejemplo para el porvenir; al ver a usted con sus hijos aprendo cómo habré de cumplir mis deberes para con los míos.

—¡Oh, el ejemplo no tiene nada de notable!

—Sí, por cierto, pues no he visto nunca niños mejor educados que los de usted.

Lvof no disimuló una sonrisa de satisfacción. En aquel momento la bella señora Lvof, en su traje de paseo, les interrumpió.

—No sabía que estaba usted aquí —dijo a Levin—. ¿Cómo está Kitty? ¿Sabe usted que hoy como con ella?

El plan del día se discutió entre los esposos, y Levin se ofreció a acompañar a su cuñada al concierto. En el momento de salir se acordó del encargo de Kitty referente a Stiva.

—Sí, ya sé —dijo Lvof—; mamá quiere que entre todos le demos una lección de moral; pero, ¿qué puedo ya decirle?

—Pues bien, yo me encargaré de ello —exclamó Levin sonriendo, y corrió a reunirse con su cuñada, que le aguardaba al pie de la escalera, envuelta en su abrigo de piel blanca.

V

Se ejecutaban dos obras nuevas aquel día en el concierto que se daba en la sala de la Asamblea: una fantasía sobre el Rey Lear y un cuarteto dedicado a la memoria de Bach. Levin deseaba mucho formarse una opinión sobre aquellas obras escritas con espíritu nuevo, y, para no sufrir la influencia de nadie, fue a apoyarse contra una columna después de haber puesto en su lugar a su cuñada, decidido a escuchar concienzuda y atentamente. Procuró no distraerse con los ademanes, gestos y movimientos del director de orquesta, con los trajes de las señoras, con el espectáculo de todas aquellas fisonomías ociosas, venidas al concierto por algo que no era precisamente la música. Evitó sobre todo a los aficionados y a los inteligentes, dispuestos a hablar, y en pie, con los ojos en el espacio, se concentró en una profunda atención. Pero cuanto más escuchaba la fantasía sobre el Rey Lear, más comprendía la imposibilidad de formarse de ella una idea clara y precisa. Constantemente la frase musical, en el momento de desarrollarse, se fundía en otra frase o se desvanecía, dejando por única impresión la de un penoso rebuscamiento de instrumentación. Los mejores pasajes estaban fuera de lugar, y la alegría, la tristeza, la desesperación, la ternura, el triunfo, se sucedían con la incoherencia de las impresiones de un loco y se desvanecían del mismo modo.

Levin, cuando la pieza terminó de un modo brusco, se admiró de la fatiga que esta tensión de espíritu le había causado. Sintió lo que podría sentir un sordo que en un concierto quisiese comparar sus impresiones con las personas competentes.

Se levantaban de todos lados para reunirse y hablar en el intermedio de las dos obras; así pudo Levin llegar hasta donde estaba Pestzof, que conversaba con uno de los más entendidos en música.

—¡Es maravilloso! —decía Pestzof con su voz de bajo—. ¡Buenos días, Constantino Dmitritch! El pasaje de más colorido, más escultural, diré, es aquel en que aparece Cordelia, en que la mujer *Das ewig Weibliche* (el eterno femenino) entabla la lucha con la fatalidad. ¿Verdad?

—¿Por qué Cordelia? —preguntó tímidamente Levin, que había olvidado completamente que se trataba del Rey Lear.

—Aparece Cordelia, ¿no la ve usted? —dijo Pestzof. señalando el programa a Levin, que no había observado el texto de Shakespeare traducido al ruso e impreso en el reverso del programa—. No se puede seguir la obra sin esto.

El intermedio pasó en discutir los méritos y los efectos de las tendencias wagnerianas. Levin se esforzaba en demostrar que Wagner no tenía razón al entrar a saco en el dominio de las demás artes, y Pestzof trataba de probar que el arte es uno, y que para llegar a la suprema grandeza, es preciso que todas las manifestaciones se reúnan en un solo haz.

La atención de Levin estaba agotada: ya no escuchó la segunda obra, cuya afectada sencillez la comparó Pestzof con una pintura prerrafaelista, y, acabado el concierto, se apresuró a reunirse con su cuñada. Al salir, después de encontrar conocidos con los cuales habló de las mismas observaciones políticas y musicales, divisó al conde Bohl y recordó la visita que tenía que hacerle.

—Vaya usted pronto —le dijo Natalia, a quien había comunicado sus preocupaciones y a quien debía acompañar a una sesión pública de un comité eslavo—. Quizá la condesa no reciba. En seguida venga usted a buscarme.

VI

—¿No reciben, quizá? —preguntó Levin al entrar en el vestíbulo de la casa de Bohl.

—Sí, por cierto; tenga la bondad de entrar —respondió el portero desembarazándole de su pelliza con aire decidido.

«Qué fastidio —se decía Levin lanzando un suspiro, quitándose un guante y dando vueltas melancólicamente a su sombrero, que llevaba en las manos—. ¿Qué les diré?, y ¿qué vengo a hacer aquí?»

En el primer salón encontró a la condesa, que con aspecto severo daba órdenes a un criado. Su rostro se suavizó al ver a Levin, y le rogó que entrara en un gabinete donde dos hijas suyas conversaban con un oficial superior. Levin entró, saludó, se sentó en un sofá y colocó su sombrero sobre las rodillas.

—¿Cómo está su esposa de usted? ¿Viene usted del concierto? Nosotras no hemos podido ir —dijo una de las jóvenes.

La condesa se presentó, se sentó en el sofá y, volviéndose hacia Levin, repitió las mismas preguntas: la salud de Kitty, el concierto, y para variar añadió algunos detalles de la muerte repentina de una amiga.

—¿Estuvo usted en la Ópera anoche?

—Sí.

—La Lucca estuvo soberbia.

Y así sucesivamente, hasta que el oficial superior se levantó, saludó y se retiró.

Levin hizo un movimiento como para seguir el ejemplo, pero le contuvo una mirada de extrañeza de la condesa, no había llegado el momento. Se volvió a sentar, atormentado por el estúpido papel que representaba y cada vez más incapaz de encontrar un tema de conversación.

—¿Ira usted a la sesión del comité? —preguntó la condesa—; dicen que será interesante.

—He prometido a mi cuñada ir a buscarla allí.

Nuevo silencio, durante el cual las tres señoras cambiaron una mirada.

«Debe ser ya el momento de marcharme», pensó Levin, y se levantó. Las señoras ya no le detuvieron. Le estrecharon la mano y le encargaron *tantas cosas* para su mujer.

El portero, al devolverle su pelliza, le preguntó su dirección, que gravemente escribió en un libro elegantemente encuadernado.

«Al fin y al cabo, todo eso me es indiferente —pensó Levin—; pero, ¡Dios mío qué aspecto imbécil el de uno, y que inútil y ridículo es todo esto!»

Fue en busca de su cuñada, la llevó a su casa, donde encontraron a Kitty en buena salud, y se dirigió al club a reunirse con su suegro.

VII

Levin no había vuelto a poner los pies en el club desde cuando, terminados sus estudios, pasó un invierno en Moscú; pero sus recuerdos medio borrados se despertaron ante la gran escalinata en el fondo del vasto patio circular, cuando vio al portero abrirle, saludándole, la puerta principal e invitarle después a dejar el abrigo de pieles antes de subir al primer piso.

Como en otro tiempo, sintió una especie de bienestar al que se añadía la sensación de encontrarse en buena compañía.

—Hace mucho tiempo que no hemos tenido el gusto de verle a usted —exclamó el segundo portero que le recibió en lo alto de la escalera y que conocía a todos los miembros del club, lo mismo que a todos los parientes de éstos—. El príncipe le inscribió a usted ayer. Esteban Arcadievitch no ha llegado todavía.

Levin, al entrar en el comedor, encontró casi todas las mesas ocupadas. Entre los convidados vio caras amigas: el viejo príncipe, Swiagesky, Sergio Ivanitch, Wronsky; y todos, jóvenes y viejos, parecían haber dejado sus penas en el guardarropa con sus abrigos para no pensar más que en las dulzuras de la vida.

—Vienes tarde —le dijo el viejo príncipe pasándole la mano por encima del hombro y sonriendo—. ¿Cómo está Kitty? —añadió, introduciendo una punta de la servilleta en un ojal del chaleco.

—Sigue bien y hoy come con sus dos hermanas.

—Me alegro. Ve pronto a sentarte allá, a aquella mesa; aquí todos los asientos están ocupados —dijo el príncipe tomando con precaución un plato de ouha de manos de un criado.

—¡Por aquí, Levin! —gritó una voz jovial de un extremo de la sala.

Era Turovtzine, que estaba sentado a una mesa con un joven oficial y guardando dos asientos para Oblonsky y Levin.

Éste tomó con gusto una de las sillas reservadas y se dejó presentar al joven oficial.

—Ese Stiva siempre viene tarde.

—¡Hele aquí!

—Acabas de llegar, ¿verdad? —preguntó Oblonsky a Levin cuando estuvo cerca—. Vamos a tomar una copa de aguardiente.

Y antes de empezar a comer, los dos amigos se aproximaron a una gran mesa en donde estaba servida una *zakuska* de las más variadas. Esteban Arcadievitch encontró modo, sin embargo, de pedir un entremés especial, que un lacayo se apresuró a procurarle.

Inmediatamente después de la sopa hicieron servir el *champagne*. Levin tenía hambre; comió y bebió con gran placer, divirtiéndose con las conversaciones de sus vecinos. Se contaron anécdotas algo picantes, brindaron unos por otros, haciendo desaparecer las botellas de *champagne* una tras otra. Se habló de caballos, de carreras y se mencionó el trotón de Wronsky, «Atlas», que acababa de ganar un premio.

—Aquí tienen ustedes al feliz propietario —dijo Esteban Arcadievitch, al terminar la comida, echándose hacia atrás en su silla a fin de dar la mano a Wronsky, a quien acompañaba un coronel de la guardia, de estatura gigantesca.

Wronsky se inclinó hacia Oblonsky, le dijo al oído algunas palabras con aire humorístico y, con amable sonrisa tendió la mano a Levin.

—Celebro mucho encontrar a usted —le dijo—; después de las elecciones le busqué por toda la ciudad, pero había desaparecido usted.

—Es verdad, me marché el mismo día. Estábamos hablando del trotón de usted; le felicito.

—¿No cría usted también caballos de carrera?

—Yo no, pero mi padre tenía una cuadra, y por tradición entiendo de eso.

—¿Dónde has comido? —preguntó Oblonsky.

—En la segunda mesa, detrás de las columnas.

—Le han abrumado con las felicitaciones. ¡Es agradable un segundo premio imperial! ¡Ah, si yo tuviera la misma suerte en el juego! —dijo el coronel de gran estatura.

—Es Yashvin —dijo Turovtzine a Levin, cuando el gigante se dirigía al salón llamado *infernal*.

Wronsky se sentó a la mesa al lado de ellos, y, bajo la influencia del vino y de la atmósfera sociable del club, Levin conversó cordialmente con él. Feliz por no experimentar odio contra su antiguo rival, hasta hizo una alusión al encuentro de su esposa con él en casa de la princesa María Borisowna.

—¿María Borisowna? ¡Qué mujer! —exclamó Esteban Arcadievitch, y contó una anécdota sobre la anciana señora, que hizo reír a todos, y principalmente a Wronsky.

—Ahora, señores, si hemos concluido, vámonos —dijo Oblonsky.

VIII

Levin salió del comedor con una singular sensación en los movimientos y encontró a su suegro en el salón contiguo.

—¿Qué dices de este templo de la indolencia? —preguntó el viejo príncipe tomando el brazo de su yerno—. Ven a dar una vuelta.

—Con mucho gusto, porque esto me interesa.

—A mí también, pero de otro modo que a ti. Cuando tú ves a un buen hombre como ése —dijo el príncipe señalando a un señor viejo, encorvado, con el labio colgante, que andaba con trabajo, calzado con zapatos de terciopelo—, te figuras ciertamente que nació paralítico y te hace sonreír, mientras que yo miro y me digo que un día de estos arrastraré la pata como él.

Conversando y saludando a los amigos al pasar, atravesaron los salones donde se jugaba a las cartas y al ajedrez, para llegar al de billar; allí había un grupo de jugadores en torno de algunas botellas de *champagne*. Echaron una ojeada al cuarto *infernal*, donde Yashvin estaba ya instalado rodeado de puntos. Entraron con precaución en el cuarto de lectura. Un joven de muy mal humor ojeaba algunos periódicos bajo la lámpara, al lado de un general calvo absorto en su lectura. Penetraron igualmente en una pieza que el príncipe había bautizado con el nombre de salón de los hombres de ingenio. Allí encontraron a tres señores discutiendo sobre política.

—Príncipe, le esperan a usted —vino a decirle uno de los jugadores que le había buscado por todos lados.

Cuando Levin se quedó solo, se puso a escuchar a los tres caballeros; después, al acordarse de todas las conversaciones del mismo género que había oído desde por la mañana, experimentó un hastío tan profundo, que corrió en busca de Turovtzine y de Oblonsky, con los cuales al menos no se aburría.

Éstos se habían quedado en la sala de billar, donde Esteban Arcadievitch y Wronsky charlaban en un rincón cerca de la puerta.

—No es que ella se aburra, pero esta indecisión la enerva —oyó Levin al pasar.

Ya iba a alejarse, cuando Stiva le llamó.

—No te vayas, Levin —dijo, con los ojos empañados, como los tenía siempre cuando se enternecía y cuando había bebido, y aquel día existían los dos motivos—. Es mi mejor, mi más querido amigo —dijo dirigiéndose a Wronsky—, y como a ti también te quiero, desearía que fueseis amigos. Ambos sois dignos de serlo.

—No nos queda ya más que abrazarnos—respondió Wronsky alegremente, tendiendo a Levin una mano que éste estrechó con efusión.

—¡Encantado, encantado!

—¡Champagne! —gritó Oblonsky a un criado.

—Yo también me alegro mucho —repuso Wronsky.

A pesar de esta recíproca satisfacción no encontraron qué decirse.

—Tú sabes que no conoce a Ana, y yo quiero presentársela —hizo observar Oblonsky.

—Ella se alegrará mucho —respondió Wronsky—; habría rogado a ustedes que fuésemos en el acto; pero Yashvin me preocupa y quiero vigilarle.

—¿Está acaso perdiendo?

—Pierde todo lo que tiene. Sólo yo gozo de alguna influencia sobre él —contestó Wronsky; al cabo de un momento se marchó a reunirse con su amigo.

—¿Por qué no vamos a casa de Ana sin él? —dijo Oblonsky tomando a Levin por el brazo, cuando estuvieron solos—. Hace tiempo que le prometí llevarte. ¿Qué piensas hacer esta noche?

—Nada de particular. Vamos, si lo deseas.

—Muy bien. Haz adelantar mi coche —dijo Oblonsky dirigiéndose a un lacayo.

Y salieron del billar.

—¡El coche del príncipe Oblonsky! —gritó el portero con voz de trueno.

El coche se acercó y los dos amigos subieron a él. La impresión de bienestar físico y moral que sintió Levin al entrar en el club, persistió mientras se hallaron en el patio; pero los gritos de los *isvoschiks* en la calle, las sacudidas del coche y el aspecto de la muestra roja de una taberna miserable le volvieron a la realidad. Se preguntaba si hacía bien en ir a la casa de Ana. ¿Qué diría Kitty? Esteban Arcadievitch, como si hubiese adivinado lo que pasaba en la mente de su compañero, puso fin a sus meditaciones.

—¡Cuánto me alegro de que puedas conocerla! Sabes que Dolly hace tiempo lo desea. Lvof también va a verla. Aunque se trate de mi hermana, no puedo negar la gran superioridad de Ana. Es una mujer notable; por desgracia su situación es más deplorable que nunca.

—¿Por qué?

—Estamos en negociaciones para su divorcio; el marido accede, pero surgen dificultades a causa del niño, y hace tres meses que el asunto no adelanta. Tan pronto como se obtenga el divorcio, se casara con Wronsky, y su situación se hará tan regular como la tuya o la mía.

—¿En qué estriban esas dificultades?

—Sería demasiado largo contártelas. Comoquiera que sea, aquí la tienes desde hace tres meses en Moscú, donde todos la conocen, y donde no ve más mujer que a Dolly, porque no quiere imponerse a nadie. ¿Creerás que la imbécil princesa Bárbara le ha dado a entender que se alejaba de ella por decoro? Cualquier otra que no fuese Ana se vería perdida; pero ya verás que ella, por el contrario, se ha organizado una vida digna y bien empleada.

—¡A la izquierda, frente a la iglesia —gritó Oblonsky al cochero, sacando la cabeza fuera de la portezuela, y echando hacia atrás su abrigo de pieles a pesar de los doce grados bajo cero.

—¿No tiene una niña?

—Tú no conoces más oficio para la mujer que el de empolladora. Ciertamente se ocupa de su hija, pero no hace alarde de ello. Sus principales ocupaciones son de un carácter intelectual: escribe. Te veo sonreír, y no haces bien —lo que escribe está destinado a la juventud—; no habla de ello a nadie más que a mí, y yo he enseñado el original a Varkuef, el editor. Como escritor lo entiende, y a su juicio es un trabajo notable. No te imagines, por favor, que se las echa de literata. Ana es, sobre todo, una mujer de corazón. Se ha encargado también de una pequeña inglesa y de su familia.

—¿Por filantropía?

—¿Por qué buscarlo ridículo? Esta familia es la de un domador de caballos, inglés, muy hábil en su oficio, que Wronsky ha empleado; el desgraciado a causa de la bebida, ha abandonado a su esposa y a sus hijos. Ana se ha interesado por esa infortunada y ha concluido por hacerse cargo de los niños, pero no sólo para darles dinero, sino que ella misma enseña el ruso a uno de los chiquillos para hacerle entrar en el Instituto y tiene en su casa a la muchachita.

En aquel momento el coche entró en un patio. Esteban Arcadievitch llamó a la puerta ante la cual se detuvieron, y sin preguntar si se recibía, se desembarazó de su abrigo de pieles en el vestíbulo. Levin, cada vez más inquieto sobre si sería correcto el paso que daba, imitó, sin embargo, a su amigo. Al mirarse en el espejo se encontró muy encendido, pero, seguro de no estar ebrio ni mucho menos, subió la escalera detrás de Oblonsky. Un criado les recibió en el primer piso, y a las preguntas familiares de Esteban Arcadievitch respondió que la señora estaba en el gabinete del conde con el señor Varkuef.

Atravesaron un pequeño comedor entarimado, y entraron en un gabinete débilmente alumbrado, donde un reflector, colocado cerca de un gran retrato, esparcía una luz muy suave sobre la imagen de una mujer de hombros admirables, de cabellos negros rizados, de sonrisa reflexiva y de perturbadora mirada. Levin quedó fascinado: una criatura tan hermosa no podía existir en realidad. Era el retrato de Ana hecho por Mikhailof en Italia.

—Me alegro muchísimo... —dijo una voz, que evidentemente se dirigía al recién llegado.

Era Ana Karenina, que, oculta detrás de un tejido de plantas trepadoras, se levantaba para recibir a los visitantes. Y, en la media oscuridad del cuarto, Levin reconoció el original del retrato, vistiendo un traje sencillo y cerrado que no se prestaba a hacer resaltar su belleza, pero que tenía ese hechizo soberano tan bien comprendido por el artista.

X

La señora Karenina se adelantó hacia él, y no disimuló el placer que su visita le causaba. Con la desenvoltura y la sencillez de una mujer de la mejor sociedad, le tendió una pequeña mano enérgica, le presentó a Varkuef y le dijo el nombre de una jovencita sentada con su labor cerca de la mesa.

—Tengo mucho gusto en conocer a usted, porque hace ya tiempo que no es un extraño para mí, gracias a Stiva y a su esposa de usted. No olvidaré nunca la impresión que ésta me produjo. No se puede comparar esa preciosa joven más que a una linda flor. ¿Y me han dicho que está en vísperas de ser madre?

Hablaba sin apresurarse, mirando ahora a Levin, luego a su hermano, y tratando de inspirar confianza a su nueva visita, como si se hubiesen conocido desde niños.

Oblonsky le preguntó si se podía fumar.

—Por eso nos hemos venido a refugiar en el despacho de Alejo —respondió presentando una cigarrera de concha a Levin, después de haber tomado un cigarrillo.

—¿Cómo te encuentras hoy? —le preguntó Stiva.

—Regular; un poco nerviosa siempre.

—¿Verdad qué es hermoso? —dijo Esteban Arcadievitch al observar la admiración de Levin por el retrato.

—Nunca he visto nada más perfecto.

—Ni de mayor parecido —añadió Varkuef.

El rostro de Ana brilló con un esplendor particular, cuando para comparar el retrato con el original, Levin la miró con atención; ésta se sonrojó, y para disimular su turbación, preguntó a la señora Karenina cuándo había visto a Dolly.

—¿Dolly? La vi anteayer muy enfadada contra los profesores de Grisha del Instituto, a quienes acusa de injusticia. Hace poco hablábamos con el señor Varkuef de los cuadros de Votchenko. ¿Los conocen ustedes?

—Sí —contestó Levin, y la conversación versó sobre las nuevas tendencias en pintura y sobre las ilustraciones que un pintor francés acababa de hacer para la Biblia.

Ana hablaba con ingenio, pero sin ninguna pretensión, colocándose en segundo término a veces para dejar brillar a los demás; y en vez de atormentarse, como le había ocurrido por la mañana, Levin encontró agradable y fácil, tanto hablar como atender. A propósito del realismo exagerado que Varkuef censuraba a la pintura francesa, Levin hizo la observación de que el realismo era una reacción, y que jamás el convencionalismo en el arte había sido llevado tan lejos como en Francia.

—No mentir se vuelve poesía —dijo, y se alegró de ver que Ana reía aprobándole.

—Lo que usted dice caracteriza igualmente también a la literatura —repuso ella—, con Zola, Daudet... quizá siempre ha ocurrido lo mismo: se comienza por soñar tipos imaginarios, un ideal convencional, pero una vez las combinaciones hechas esos caracteres parecen aburridos y fríos, y se vuelve a lo natural, a lo real.

—Es exacto —dijo Varkuef.

—Entonces ahora, ¿ustedes vienen del club? —dijo Ana a su hermano, inclinándose hacia él para hablarle en voz baja.

—¡He aquí una mujer! —pensó Levin absorto en la contemplación de aquella fisonomía movible que, al hablar con Stiva, manifestaba, alternativamente, la cólera, la curiosidad y la altivez; pero la emoción de Ana fue momentánea, cerró los ojos a medias como para recoger mejor sus recuerdos, y dirigiéndose hacia la inglesita dijo—: *Please order the tea in the drawningroom* (sírvase ordenar que lleven té a la sala.)

La niña se levantó y salió.

—¿Ha salido bien de su examen? —preguntó Esteban Arcadievitch.

—Muy bien; es una muchacha muy inteligente y de un carácter encantador.

—Acabarás por preferirla a tu propia hija.

—¡Así es como juzgan los hombres! ¿Pueden acaso compararse esos dos afectos? Quiero a mi hija de un modo y a ésta de otro.

—¡Ah, sí! Ana Arcadievna quisiera emplear en provecho de los niños rusos la centésima parte de la actividad que consagra a esta inglesita, ¡qué gran servicio no prestaría con su energía! ¡Grandes cosas podría realizar!

—¿Qué quiere usted? Eso no depende de una. El conde Alejo Kyrilovich (al decir esto miró a Levin con aire tímido, y éste la correspondió con una mirada de asentimiento respetuosa) me ha animado mucho a visitar las escuelas del campo; he probado, pero no he podido nunca interesarme por ellas. ¿Ustedes hablan de energía? Pero si la base de la energía es el amor y el amor no se impone a voluntad. Me sería imposible decir a ustedes por qué siento afecto por esta niña inglesa. No lo sé.

Miró otra vez a Levin como para probarle que sólo hablaba con el fin de obtener su aprobación, segura, sin embargo, de antemano, de que los dos se comprendían.

—Completamente de acuerdo con usted —exclamó éste—; no se puede interesar al corazón en esas cuestiones escolares; por eso las instituciones filantrópicas son letra muerta en general.

—Sí —dijo Ana, después de un momento de silencio—; nunca he conseguido amar a todo un obrador de chiquillas feas; mi corazón no es bastante grande para eso; ni aun ahora que tengo tanta necesidad de ocuparme —añadió con tristeza y dirigiéndose a Levin aunque hablaba a su hermano.

Después, frunciendo el ceño, como reprochándose esta media confidencia, cambió de conversación.

—Usted está reputado como un mediocre ciudadano —dijo sonriendo a Levin—, pero yo siempre le he defendido.

—¿De qué manera?

—Eso dependía de los ataques. Pero, si ustedes gustan, vamos a tomar el té —dijo levantándose y tomando de la mesa un libro encuadernado.

—Démelo usted, Ana Arcadievna —dijo Varkuef señalando el libro.

—No, no vale la pena.

—Ya le he hablado de él —murmuró Esteban Arcadievitch, mostrándoselo a Levin.

—Has hecho mal; mis escritos se parecen a esos pequeños trabajos hechos por los presidiarios, que nos vendían antes, y que no son más que obras de paciencia.

Levin quedó impresionado ante la necesidad de ser sincera que poseía aquella notable mujer como un encanto más; no quería disimular las espinas de su situación, y su hermoso semblante tomó una expresión grave que la embelleció más. Levin echó una última mirada al maravilloso retrato, mientras Ana tomaba el brazo de su hermano, y un sentimiento de ternura y de lástima se apoderó de él. La señora Karenina dejó que los dos hombres pasaran al salón, y se quedó atrás para decir algo a su hermano. ¿De qué hablaba? ¿Del divorcio? ¿De Wronsky? Levin, conmovido, no oyó nada de lo que contó Varkuef sobre el libro escrito por Ana. Durante el té siguieron hablando. No se agotaban los temas interesantes, y los cuatro parecían llenos de ideas; sólo se detenía uno para dejar hablar a otro, y todo lo que se decía adquiría para Levin un interés especial. Escuchaba a Ana, admiraba su inteligencia, la cultura de su espíritu, su tacto, su naturalidad, y trataba de profundizar en los secretos de su vida íntima, de sus sentimientos. Él, tan dispuesto a juzgarla con severidad en otro tiempo, no pensaba ahora más que en disculparla, y al sospechar que no era feliz y que Wronsky no la comprendía, se le oprimía el corazón. Ya eran más de las once cuando Esteban Arcadievitch. se levantó para marcharse. Varkuef hacía algún tiempo que se había retirado ya. Levin, con pesar, se levantó también; le parecía que no había pasado allí más que un momento.

—Adiós —le dijo Ana reteniéndole una mano entre las suyas, con una mirada que le turbó—. Me alegro de que se haya roto el hielo. Diga usted a su esposa que la quiero lo mismo que en otro tiempo y si no puede perdonarme mi situación, dígale usted que deseo con toda mi alma que jamás llegue a comprenderla. Para perdonar, es preciso haber sufrido, y que Dios la preserve de ello.

—Se lo diré —contestó Levin ruborizándose.

XI

«¡Pobre y encantadora mujer!», pensó Levin cuando se halló en la calle y sintió el aire helado de la noche.

—¿Qué te había yo dicho? —le preguntó Oblonsky al verle conquistado—; ¿no tenía razón?

—Sí —contestó Levin pensativo—; es una mujer verdaderamente notable, y el hechizo que ejerce no proviene sólo de su ingenio: se nota que tiene corazón. ¡Da pena!

—Gracias a Dios, espero que todo se arreglará; pero que esto te sirva de prueba de que hay que desconfiar de los juicios temerarios. Adiós, vamos por diferentes caminos.

Levin regresó a su casa subyugado por el encanto de Ana, tratando de recordar los menores incidentes de la velada y convencido de que comprendía a aquella mujer superior.

Kusma, al abrir la puerta, informó a su amo que Catalina Alejandrovna estaba bien de salud y que sus hermanas acababan de marcharse. Al mismo tiempo le entregó dos cartas que Levin leyó en el acto. Una era de su administrador, que no encontraba comprador para el trigo a un precio conveniente. La otra, de su hermana reconviniéndole porque descuidaba su asunto de tutela.

«Pues bien, venderemos a precio más bajo —pensó, resolviendo así la primera cuestión—. En cuanto a mi hermana tiene derecho a reafirmarse; pero el tiempo pasa con tanta rapidez que no he encontrado un momento para ir al tribunal hoy, y, sin embargo, esa era mi intención.»

Se juró a sí mismo que iría sin falta al día siguiente, y dirigiéndose al cuarto de su esposa, echó una mirada retrospectiva sobre cómo había empleado el día. ¿Qué otra cosa había hecho sino charlar y charlar sin descanso? Ninguno de los asuntos de que había conversado le habría interesado en el campo, sólo aquí adquirirían importancia, y aunque sus conversaciones no tuvieran nada de reprensible; experimentaba una especie de remordimiento en lo más profundo de su corazón, al recordar su simpatía de mala ley hacia Ana.

Kitty estaba triste y pensativa. La comida de las tres hermanas había sido alegre. Sin embargo, como Levin tardó en volver, la velada les había parecido larga.

—¿Qué ha sido de ti? —le preguntó Kitty, al observar un brillo sospechoso en sus ojos, pero teniendo gran cuidado de no decírselo, para no cohibir su expansión.

—He encontrado a Wronsky en el club, de lo cual me alegro mucho. Todo ha pasado muy naturalmente entre nosotros, y de hoy en adelante ya no habrá vacilaciones entre los dos, bien que mi intención no sea buscar su sociedad —y al decir esto se ruborizó, porque para buscar su sociedad, había estado en casa de Ana al salir del club—. Nos quejamos a veces de las tendencias del pueblo a la embriaguez, pero creo que las personas de buena sociedad beben tanto como él, y no se contentan con emborracharse los días de fiesta.

A Kitty le interesaba más, mucho más averiguar la causa del súbito rubor de su marido, que conocer las tendencias del pueblo a la embriaguez. De modo que insistió en su pregunta

—¿Qué has hecho después de comer?

—Stiva me ha atormentado para que le acompañase a casa de Ana Arcadievna —respondió poniéndose cada vez más colorado y sin dudar ahora de la inconveniencia de su visita.

Los ojos de Kitty lanzaron relámpagos, pero se contuvo y dijo sencillamente:

—¡Ah!

—¿No estás enfadada? Stiva me ha suplicado con tanta instancia, y además, sabía yo que Dolly también lo deseaba.

—¡Oh, no! —respondió con una mirada que no anunciaba nada bueno.

—Es una mujer encantadora a la que se debe compadecer —continuó Levin, y contó la vida que llevaba Ana, y le dio los saludos que ésta enviaba a Kitty.

—¿De quién has recibido carta?

Le dijo de dónde venían, y desorientado por esa calma aparente, pasó a su habitación para cambiarse de traje. Cuando regresó, Kitty no se había movido. Sentada en el mismo lugar le vio aproximarse y se echó a llorar.

—¿Qué tienes? —preguntó inquieto comprendiendo el motivo de esas lágrimas.

—Te has enamorado de esa horrible mujer, te lo he conocido en los ojos, te ha hechizado. ¿Podía ser de otro modo? Has ido al club, has bebido demasiado; ¿dónde podías ir de allí sino a casa de una mujer como ella? No, eso no puede continuar así. Mañana nos volvemos al campo.

A Levin le costó mucho trabajo calmar a su esposa, y sólo lo consiguió prometiéndole no volver nunca a casa de Ana, cuya perniciosa influencia, unida al exceso de *champagne*, le habían trastornado la cabeza. Lo que confesó con más sinceridad fue el mal efecto que le producía aquella vida ociosa, que pasaba en beber, en comer y en charlar. Estuvieron charlando hasta muy tarde de la noche y no lograron conciliar el sueño sino a eso de las tres de la mañana, bastante reconciliados para poder dormir tranquilamente.

XII

Ana, después de haberse despedido de sus visitas, se puso a pasear por las habitaciones. No se le escapaba que desde hacía algún tiempo sus relaciones con los hombres tomaban un carácter de coquetería casi involuntaria; se confesaba a sí misma que había hecho lo posible para trastornarle la cabeza a Levin, pero aunque éste le hubiese agradado y al igual que Kitty encontrase una relación secreta entre él y Wronsky, no obstante ciertos contrastes exteriores, no era en él en quien pensaba. La perseguía un solo y único pensamiento:

—¿Por qué, puesto que ejerzo una atracción tan manifiesta sobre un hombre casado, enamorado de su mujer, no la ejerzo ya sobre él? ¿Por qué se vuelve tan frío? Todavía me quiere, sin embargo; ¡pero hay algo que nos separa! No vuelve a casa en toda la noche, con el pretexto de vigilar a Yashvin. ¿Es acaso un niño Yashvin? Y a pesar de todo, no miente. Lo que trata de probarme es que quiere conservar su independencia. No le niego ese derecho, pero, ¿qué necesidad tiene de afirmarlo de ese modo? ¿No puede comprender el horror de la vida que llevo? ¿Esta larga expectativa de un desenlace que no llega? ¡Todavía no hay contestación! ¿Y qué puedo hacer? ¿Qué puedo emprender mientras tanto? Nada, ¡sólo me queda contenerme, tascar el freno, buscarme distracciones! ¿Qué son para mí esos ingleses, esas lecturas, ese libro, sino tentativas para aturdirme, lo mismo que la morfina que tomo por la noche? ¡Sólo su amor me salvaría! —dijo y derramó lágrimas de dolor por su propia suerte.

Un campanillazo bien conocido sonó en la puerta de la calle y al punto Ana, secándose los ojos, fingió la mayor calma y se sentó cerca de la lámpara con un libro; tenía empeño en demostrar su descontento, pero no en revelar su dolor. Wronsky no debía permitirse compadecerla: de ese modo es como ella misma provocaba la lucha que acusaba a su amante de querer entablar. Wronsky entró con aire satisfecho y animado, se aproximó a ella y le preguntó alegremente si no se había aburrido.

—¡Oh, no! Esa es una cosa de que he perdido el hábito. Stiva y Levin han venido a verme.

—Ya lo sabía. ¿Te agrada Levin? —le preguntó sentándose cerca de ella.

—Mucho; acaban de marcharse. ¿Qué has hecho de Yavshin?

—¡Qué terrible pasión es la del juego! Había ganado diecisiete mil rublos, y había yo querido llevármelo de allí, cuando se me escapó, y en este momento lo está perdiendo todo.

—Entonces, ¿para qué vigilarle? —dijo Ana levantando la cabeza de pronto, y tropezando con la mirada fría de Wronsky—. ¿Después de haber dicho a Stiva que te quedabas con Yavshin para vigilarle e impedir que jugara, has acabado por abandonarle?

—En primer lugar, no he encargado a Stiva de ninguna comisión para ti, y en segundo lugar, no tengo el hábito de mentir —respondió con la fría resolución de resistirla—; y por último he hecho lo que he tenido por conveniente hacer... ¡Ana! ¡Ana! ¿por qué esas recriminaciones? —añadió después de un momento de silencio, tendióle la mano abierta con la esperanza de que ella colocara la suya encima.

Un espíritu malo la retuvo.

—Ciertamente, has hecho lo que te ha parecido bien, ¿quien lo duda?; pero, ¿para qué insistir sobre ello? —replicó ella mientras que Wronsky retiraba su mano con aire más resuelto aún—. Es una cuestión de terquedad, de obstinación por parte tuya. Se trata de saber quién ganará. ¡Si supieras, cuando te veo tan hostil, cuán cerca me encuentro de un abismo! ¡Cuanto miedo tengo de mí misma!

Y llena de lástima por sí misma, volvió la cabeza para ocultarle sus sollozos.

—Pero, ¿a qué viene todo eso? —exclamó Wronsky asustado de su desesperación, e inclinándose hacia Ana para tomarle la mano y besarla. ¿Puedes censurarme que busco distracciones fuera de aquí? ¿No huyo de la compañía de las mujeres?

—¡No faltaría más que eso!

—¡Vamos, dime qué es lo que he de hacer para que seas feliz; estoy dispuesto a todo para evitarte un dolor! —le dijo conmovido al verla tan atormentada.

—No es nada —respondió—; la soledad, los nervios. No hablemos más de eso. Cuéntame lo que ha ocurrido en las carreras. No me has dicho nada todavía —continuó, tratando de simular el orgullo que sentía al ver que había obligado a aquel carácter absoluto a doblegarse ante ella.

Wronsky pidió la cena, y mientras comía, contó los incidentes de las carreras, pero por el tono de su voz, por su mirada cada vez más fría, Ana se dio cuenta de que estaba pagando la victoria ganada poco ha, y que él no le perdonaba las palabras: «Tengo miedo de mí misma, me siento al borde de un abismo.» Era un arma peligrosa, de la que no debía servirse más. Un espíritu de lucha se alzaba entre ellos; ella, como Wronsky, comprendía que no tenía el poder para dominarle.

XIII

Algunos meses antes Levin no habría creído posible dormir apaciblemente después de un día como el que acababa de pasar, pero a todo se acostumbra uno, especialmente cuando se ve que los demás hacen lo mismo. Dormía, pues, tranquilo, sin preocuparse por sus gastos exagerados, por el tiempo perdido, por los excesos en el club, por sus absurdas relaciones con un hombre en otro tiempo enamorado de Kitty, y por su visita más absurda aún a una persona que, al fin y al cabo, no era más que una mujer extraviada. El ruido de una puerta que se entreabría le despertó sobresaltado. Kitty no estaba a su lado, y tras el biombo que dividía el cuarto vio luz.

—¿Qué pasa Kitty? ¿Eres tú?

—No es nada —dijo ésta apareciendo con una luz en la mano, y sonriéndole con aire significativo—. Me siento algo indispuesta.

—¿Qué? ¿Ya comienza eso? —exclamó asustado, buscando su ropa para vestirse lo antes posible

—No, no, no es nada, ya ha pasado —dijo ella deteniéndole con ambas manos.

Apagó la vela y se acostó. Levin estaba tan fatigado que, a pesar del susto que experimentó al ver a su esposa levantada con una luz en la mano, se volvió a dormir en el acto. Respecto a los pensamientos que debieron agitar a aquella alma ingenua, mientras permanecía acostada cerca de él aguardando el momento más solemne de la vida de una mujer, no pensó sino mucho más tarde.

A eso de las siete, Kitty, vacilando entre el temor de despertarle y el deseo de hablarle, concluyó por tocarle en el hombro.

—Kostia, no tengas miedo, no es nada, pero creo que es mejor mandar llamar a Isabel Petrovna.

Volvió a encender la vela, y Levin la vio sentada en la cama esforzándose por hacer media.

—Te lo suplico, no te asustes, yo no tengo ningún miedo —dijo ella al ver el rostro aterrorizado de su marido, y le cogió la mano para estrecharla contra su corazón y sus labios.

Levin saltó de la cama, se endosó su bata y, sin desprender los ojos de su esposa, se hizo las más amargas reconvenciones recordando la escena de la víspera. Su rostro adorado, su mirada, la expresión encantadora que tanto amaba, le aparecieron bajo un nuevo aspecto. Jamás su alma cándida y transparente se le había revelado así, y desesperado por tener que alejarse, no podía arrancarse de la contemplación de aquellos rasgos animados por una alegre resolución.

Kitty también le miraba, pero de pronto sus cejas se contrajeron, atrajo a su marido hacia ella y se apretó contra su pecho como bajo el imperio de un vivo dolor. El primer impulso de Levin al ver aquel mudo sufrimiento, fue creerse también él culpable. La mirada tan tierna de Kitty le tranquilizó. Lejos de acusarle parecía quererle más, y gimiendo estaba orgullosa de sufrir. Él comprendió que Kitty llegaba a una altura de sentimientos que él era incapaz de comprender.

—Ve —dijo ella un momento después—; ya no sufro, tráeme a Isabel Petrovna, ya he enviado por mamá.

Y con gran sorpresa de Levin, la vio tomar la labor para trabajar, luego que hubo llamado a la camarera.

Después de haberse vestido apresuradamente y de haber hecho enganchar el coche, al entrar de nuevo en la alcoba encontró a Kitty paseándose y poniendo en orden la habitación.

—Voy a casa del doctor, y he mandado por la comadrona; ¿falta algo más? ¡Ah, sí, Dolly!

Ella le miraba sin escuchar y le hizo una señal con la mano.

—Sí, sí, ve —le dijo, y cuando atravesaba la sala, creyó oír un gemido. «¡Es ella que se queja! —pensó, y agarrándose la cabeza con las dos manos, echó a correr—. ¡Señor, tened piedad de nosotros! ¡Perdonadnos! ¡Ayudadnos!»

,decía con todo su corazón; y él, el incrédulo, sin recordar ya ni el escepticismo ni la duda, invocaba a Aquel que tenía en su mano su alma y su amor.

El caballo no estaba enganchado. Para no perder tiempo y ocupar sus fuerzas y su atención, se fue a pie, dando orden al cochero de que le siguiera.

En la esquina de la calle vio un pequeño trineo que llegaba al trote de un rocín flaco. Conducía a Isabel Petrovna envuelta en una capa de terciopelo y con un chal en la cabeza.

—¡Gracias a Dios! —murmuró Levin al ver con alegría el rostro pálido de la comadrona, que se había vuelto serio y grave.

Salió al encuentro del coche y lo detuvo.

—¿No hace más de dos horas de eso? —dijo la comadrona—; entonces no apresure usted mucho al doctor, y de camino compre usted opio en la farmacia.

—¿Cree usted que todo irá bien? —preguntó Levin—. ¡Qué Dios me ayude! —y viendo que su coche llegaba, subió en él y se dirigió a casa del médico.

XIV

El doctor dormía aún, y un criado, ocupado en limpiar las lámparas, manifestó que su amo se había acostado tarde y encargado que no le despertasen.

Levin, al principio turbado, concluyó por decidirse a ir a la farmacia, resuelto a no desasosegarse, pero sin descuidar nada para lograr el fin que se proponía de llevar al doctor. En la farmacia comenzaron por negarle el opio, con la misma indiferencia con la que el criado del doctor se negó a despertar a su amo. Levin insistió, dio el nombre del médico que le enviaba, el de la comadrona y concluyó por obtener el medicamento; pero, agotada su paciencia, arrebató el frasco de las manos del boticario que estaba pegándole la etiqueta, la envolvía y la ataba con insoportable cuidado.

El doctor continuaba durmiendo, y ahora el criado sacudía las alfombras. Decidido a conservar su sangre fría, Levin sacó de su cartera un billete de diez rublos, y entregándoselo al inflexible sirviente, le aseguró que Pedro Dmitrich no le reñiría, porque había prometido acudir a cualquier hora del día o de la noche. ¡Cuánta importancia tomaba a sus ojos aquel Pedro Dmitrich, ordinariamente tan insignificante! El criado, convencido con tales argumentos, abrió entonces una sala de espera, y pronto se oyó en la alcoba contigua al doctor, que tosía y respondía que iba a levantarse. Apenas habían pasado tres minutos, cuando Levin, fuera de sí, llamaba a la puerta del dormitorio.

—¡Pedro Dmitrich, en nombre del Cielo, dispénseme usted, pero hace más de dos horas que mi mujer está sufriendo!

—¡Allá voy, allá voy! —contestó el doctor. Por el tono de su voz comprendió Levin que se sonreía.

«Esas gentes no tienen corazón —pensaba, oyendo al médico vestirse y arreglarse—. ¡Cómo puede peinarse y lavarse tranquilamente, cuando acaso en este momento se ventila una cuestión de vida o muerte!»

—Buenos días, Constantino Dmitrich —dijo el doctor al entrar tranquilamente en la sala—. ¿Qué es lo que ocurre?

Levin comenzó entonces una larga y circunstanciada narración, llena de una porción de pormenores inútiles, interrumpiéndose a cada paso para decir al doctor que se diese prisa.

Cuando éste le dijo que pensaba tomar café primero, se figuró que se burlaba de él.

—Comprendo a usted —añadió el médico sonriendo— pero, créame usted, no hay urgencia, y nosotros los maridos hacemos una triste figura en estos casos. El marido de una señora de mi clientela tiene la costumbre, cuando le sucede, de correr a refugiarse en la cuadra.

—Pero, ¿cree usted qué irá todo bien?

—Tengo motivos para suponerlo.

—¿Vendrá usted en seguida? —dijo Levin al ver al criado con una bandeja.

—Dentro de una horita.

—¡En nombre del Cielo!

—Bueno, déjeme usted tomar el café y voy en seguida.

Pero al ver al doctor empezar con flema a desayunarse Levin no pudo contenerse más:

—Me voy —dijo—; júreme usted que vendrá dentro de un cuarto de hora.

—Concédame usted media hora.

—¿Palabra de honor?

Levin encontró a la princesa en la puerta cuando llegaba, y los dos se apresuraron a acudir al lado de Kitty, después de abrazarse con lágrimas en los ojos.

Desde que al despertarse por la mañana comprendió la situación, Levin, muy resuelto a sostener el valor de su esposa, se había prometido sofocar sus impresiones y contener su corazón ignorando la duración probable de aquella prueba, creía haberse fijado un término considerable tomando la determinación de resistir durante cinco horas. Pero cuando al volver al cabo de una hora encontró a Kitty que continuaba padeciendo, se apoderó de él el temor de no poder tolerar el espectáculo de aquellas torturas, y se puso a invocar al cielo para que no le dejara desfallecer. Pasaron otras cinco horas, y Kitty seguía en el mismo estado, y con el corazón desgarrado, vio que su terror aumentaba con los sufrimientos de su esposa. Poco a poco desaparecieron las condiciones ordinarias de la vida, la noción del tiempo dejó de existir, y cuando su mujer se aferraba febrilmente a él o le rechazaba con un gemido, los minutos le parecían horas, las horas minutos. Cuando la comadrona pidió luz se sorprendió al advertir que había llegado la noche. ¿Cómo había pasado el día? No habría podido decirlo.

Ora había visto a Kitty agitada y lamentándose, ora calmada y casi sonriente tratando de consolarle. En seguida se encontraba cerca de la princesa, arrebolada por la emoción, con los rizos grises despeinados y mordiéndose los labios para no llorar. También había visto a Dolly, al doctor fumando gruesos cigarrillos, a la comadrona con cara grave pero tranquilizadora, al viejo príncipe paseándose por el comedor con aire taciturno... Las entradas, las salidas, todo se confundía en su pensamiento, y en su imaginación veía lo siguiente: La princesa y Dolly se encontraban con él en el cuarto de Kitty, y de pronto los veía a todos transportados a una sala en donde aparecía una mesa servida. Se le empleaba en hacer comisiones en quitar con precaución mesas, sofás... y le informaban de que él acababa de arreglar su propia cama para pasar la noche. Se le enviaba a preguntar algo al doctor y éste le contestaba y le hablaba de los desórdenes imperdonables de la Duma. Se trasladaba a casa de la princesa, desprendía una imagen santa en su alcoba ayudado por una camarera, rompía una lamparita y oía a la vieja criada consolarle por este accidente y animarle respecto al estado de su esposa. ¿Cómo había ocurrido todo esto? ¿Por qué la princesa le tomaba la mano con aire de compasión? ¿Por qué Dolly quería hacerle comer empleando incomprendidos razonamientos? ¿Por qué le ofrecía píldoras el doctor mirándole con gravedad?

Se sentía en igual estado moral que un año antes cuando la muerte de Nicolás. Por la misma época, junto a un lecho, esperaba el dolor; ahora aguardaba una felicidad que, lo mismo que aquel dolor, le ascendía sobre el nivel normal de la existencia a una altura desde la cual descubría sumidades más elevadas aún y su alma se dirigía hacia Dios con la misma sencillez, la misma confianza que en los tiempos de su infancia.

Durante esas largas horas, su vida le parecía desdoblarse; una mitad la pasaba a los pies de la cama de Kitty, la otra en su despacho hablando de cosas indiferentes; y siempre que un gemido llegaba a su oído, se apoderaba de él un sentimiento de culpabilidad; se levantaba entonces, corría hacia su esposa para ayudarla, sostenerla, pero en el camino recordaba que no podía hacer nada y se volvía a rezar.

XV

Las bujías estaban consumiéndose en sus arandelas, y Levin, sentado al lado del doctor, le oía discurrir sobre el charlatanismo de los magnetizadores, cuando resonó un grito que no tenía nada de humano. Levin se quedó petrificado sin atreverse a mover, mirando al doctor con espanto. Éste inclinó la cabeza como para escuchar mejor y sonrió con aire de aprobación. Levin, que había llegado a no asombrarse de nada, se dijo: «Eso debe ser así», y no de otro modo; pero para explicarse el grito, volvió a entrar de puntillas en la alcoba de la enferma. Era evidente que algo nuevo pasaba; lo conoció por el rostro pálido de la comadrona, que no desprendía los ojos de Kitty. La pobrecita volvió la cabeza hacia él, y con su mano sudorosa buscó la de su marido, que se llevó a la frente.

—Quédate, quédate, no tengo miedo —dijo con voz entrecortada—. Mamá, quíteme usted los pendientes. Isabel Petrovna, esto va a concluir pronto, ¿verdad?

En aquel mismo momento y mientras hablaba se le alteró el rostro de repente y lanzó el mismo espantoso grito. Levin se agarró la cabeza con ambas manos y huyó del cuarto.

—No es nada, todo continúa bien —le murmuró Dolly.

Pero por más que dijeran, sabía perfectamente ahora que todo estaba perdido. Apoyado en el quicio de la puerta, se preguntaba si era posible que fuese Kitty la que lanzaba semejantes aullidos; pensaba con horror en el niño que esperaba. Ya no pedía a Dios la vida de su mujer, sino que pusiera término a tan grandes sufrimientos.

—Doctor, por Dios, ¿qué significa todo esto? —dijo asiendo por el brazo al médico, que entraba.

—Es el fin —respondió éste con un tono tan serio, que Levin entendió que Kitty se moría.

Y sin saber ya qué hacer, volvió a la alcoba de la enferma creyendo que iba a morir con ella; ya no la reconocía en la criatura torturada que yacía ante él. De improviso cesaron los gritos. ¡No podía creerlo! Hablaban, había idas y venidas discretas, y la voz de su esposa que murmuraba con innegable expresión de bienestar: «ya concluyó» llegó a su oído. Levantó la cabeza; ella le miraba con una mano abandonada pesadamente sobre el cobertor, bella, con una belleza sobrenatural, y tratando de sonreírle.

Las cuerdas demasiado en tensión se rompieron, y al salir de aquel mundo misterioso y terrible en donde se había estado agitando durante veintidós horas, Levin se sintió entrar en la realidad de una luminosa dicha; rompió a llorar y los sollozos, que estaba lejos de prever, le sacudieron con tanta violencia que no pudo hablar. De rodillas junto a su esposa, apoyaba sus labios en la mano de Kitty, mientras que al pie de la cama, entre las manos de la comadrona, semejante a la luz vacilante de una lamparilla, se agitaba la débil llama de vida de un ser humano que entraba en el mundo con derecho a la existencia a la felicidad, y que, un segundo antes, no existía.

—Vive, vive, no tema usted nada; es varón —oyó decir Levin, mientras que con mano temblorosa Isabel Petrovna friccionaba la espalda del recién nacido.

—Mamá, ¿es de veras? —preguntó Kitty.

La princesa sólo pudo responder con un sollozo.

Como para desvanecer en su madre la más pequeña duda se alzó una voz en medio del silencio general. Esta voz era un grito particular, atrevido, resuelto, casi impertinente, que el nuevo ser humano lanzaba.

Algunos instantes antes Levin habría creído sin vacilar, si alguien se lo hubiese dicho, que Kitty estaba muerta y él también, que sus hijos eran ángeles y que se encontraban en la presencia de Dios. Y ahora que volvía a la realidad, necesitó hacer un prodigioso esfuerzo para admitir que su mujer vivía, que se encontraba bien y que aquel pequeño ser era su hijo. La dicha de saber que Kitty se había salvado era inmensa; pero, ¿qué significaba ese niño? ¿De dónde venía? Esta idea le pareció difícil de explicar, y pasó mucho tiempo sin poder habituarse a ella.

XVI

El viejo príncipe, Sergio Ivanitch y Esteban Arcadievitch se hallaban al día siguiente a eso de las diez en casa de Levin para pedir noticias de la enferma. Levin se creía separado de la víspera por intervalo de cien años. Escuchaba hablar a los demás, y hacía esfuerzos por descender hasta ellos, sin ofenderles, desde las alturas en donde se cernía. Mientras conversaba de cosas indiferentes estaba pensando en su esposa, en su estado de salud, en su hijo, en cuya existencia todavía no acababa de creer...

El papel que la mujer representaba en la vida había tomado para él una grande importancia desde su matrimonio, pero el lugar que ahora ocupaba excedía a todas sus previsiones.

—Entérate si puedo entrar —le dijo el viejo príncipe al verle saltar de su silla para ir a ver lo que ocurría en la alcoba de Kitty.

Esta no dormía. Con una gorra de encajes en la cabeza, bien acomodada en su cama, tendida, con las manos sobre el cobertor, conversaba en voz baja con su madre. Su mirada resplandeció al ver aproximarse a su marido; su rostro tenía la serenidad sobrehumana que se observa después de la muerte, pero en lugar de un adiós, daba la bienvenida a una vida nueva. La emoción de Levin fue tan inmensa, que volvió la cabeza para mirar a otro lado.

—¿Has dormido un poco? —le preguntó ella—. Yo me he adormecido un rato y ¡ahora me siento tan bien!

La expresión de su semblante cambió de súbito al oír el vagido del niño.

—Démele usted para que lo enseñe a su padre —dijo a la comadrona.

—Tan pronto como hayamos concluido de vestirle —contestó ésta fajando al niño.

Levin miró al pequeño, haciendo vanos esfuerzos para descubrir en sí algún sentimiento paternal, pero se llenó de compasión al observar cómo la comadrona manejaba aquellos delicados miembros e hizo un ademán como para detenerla.

—Esté usted tranquilo, no le haré daño —y después de haber arreglado al recién nacido como ella deseaba le presentó con orgullo diciendo:

—¡Es un niño soberbio!

Pero aquel niño soberbio con su rostro rojo, sus párpados arrugados, sus ojos apagados, su cabeza vacilante, no inspiró a Levin más que lástima y un poco de asco. Esperaba otra cosa muy diferente, y volvió la cabeza mientras la comadrona le depositaba en los brazos de Kitty. De pronto ésta se echó a reír; el niño la había agarrado el seno.

—Basta ya —dijo la comadrona al cabo de un momento, pero Kitty no quiso soltar a su hijo, que acabó por dormirse en sus brazos.

—Mírale ahora —dijo volviendo al niño hacia su padre, en momentos en que la carita tomaba una expresión de vejete más pronunciada para estornudar.

Levin se conmovió, y a punto de llorar, besó a su esposa y salió de la alcoba. ¡Qué diferentes de lo que había previsto eran los sentimientos que aquel pequeño ser le inspiraba! No experimentaba ni orgullo ni felicidad, pero sí una profunda compasión, un vivo temor de que aquella pobre criatura sin defensa sufriese. Cuando le vio estornudar no pudo menos de sentir una imbécil alegría.

XVII

Los negocios de Esteban Arcadievitch atravesaban un período crítico. Había gastado las dos terceras partes del dinero que la venta del bosque le había producido y el comprador no quería anticiparle nada más. Dolly, por primera vez en su vida, se había negado a firmar cuando se trató de un recibo para descontar el último tercio del pago; quería en lo sucesivo afirmar sus derechos sobre su fortuna personal.

La situación se hacía inquietante, pero Esteban Arcadievitch lo atribuía solamente a la modalidad de su sueldo, y al ver a varios de sus compañeros ocupar puestos remuneradores, se acusaba de dormirse y de dejarse olvidar. Así, pues, se puso en busca de algún empleo bien retribuido, y hacia el fin del invierno creyó haberlo encontrado. Era uno de esos empleos, como al presente se encuentran, que varían de mil a cincuenta mil rublos de sueldo anual y que exigen aptitudes tan variadas, lo mismo que una actividad tan extraordinaria, que de no dar con un hombre bastante apto para ocuparlos, se contentan los que lo han de conceder con uno que sea honrado. Esteban Arcadicviteh lo era en toda la extensión de la palabra según la sociedad moscovita, porque en Moscú la honradez tiene dos formas: saber hacer frente con destreza a las esferas del gobierno y no defraudar al prójimo.

Oblonsky podía añadir aquéllas a sus funciones actuales, y hacer así que su renta ascendiera de siete a diez mil rublos. Todo dependía de la buena voluntad de dos ministros, de una señora y de dos israelitas a quienes debía ir a solicitar a San Petersburgo después de haber puesto en campaña las influencias de que disponía en Moscú. Como además había prometido a Ana ver a Karenin con respecto al divorcio, arrancó a Dolly cincuenta rublos y marchó a la capital.

Recibido por Karenin, tuvo que empezar por sufrir una explicación sobre un proyecto de reforma sobre las cuentas del tesoro ruso, mientras llegaba el momento de tomar la palabra sobre sus propios proyectos y los de Ana.

—Es muy equitativo —dijo cuando Alejo Alejandrovitch detuvo su lectura y se quitó los anteojos, sin los cuales ya no podía leer, para mirar a su cuñado con aire interrogador—, es muy equitativo en detalle —continuó—, pero el principio que dirige nuestra época, ¿no es, en definitiva, la libertad?

—El nuevo principio que expongo abraza igualmente el de la libertad —respondió Alejo Alejandrovitch, volviéndose a poner los anteojos para señalar en su elegante manuscrito un pasaje concluyente—; porque si pido el sistema proteccionista, no es en beneficio de unos pocos, sino en bien de todos, de las altas como de las bajas clases sociales, y eso es lo que no quieren comprender —añadió mirando a Oblonsky por encima de sus anteojos—, absorbidos como se hallan por sus intereses personales, y tan fácilmente satisfechos con frases huecas.

Esteban Arcadievitch sabía que Karenin llegaba al fin de una demostración cuando interpelaba a aquellos que se oponían a las reformas que él elaboraba y, por tanto, se abstuvo de salvar el principio de la libertad y esperó que Alejo Alejandrovitch callara, hojeando su manuscrito con aire pensativo.

—A propósito —dijo Oblonsky después de un momento de silencio—, te ruego que cuando encuentres a Pomorsky le hables de mí. Quisiera que me nombraran miembro de la Comisión de las Agencias reunidas del Crédito Mutuo y de los ferrocarriles del mediodía.

Esteban Arcadievitch sabía dar el nombre sin equivocarse del puesto a que aspiraba.

—¿Por qué pretendes ese puesto? —preguntó Karenin, temiendo que le hicieran oposición en sus planes de reforma; pero el funcionamiento de esta comisión era tan complicado y los proyectos de reforma de Karenin tan vastos, que a primera vista no era posible hacerse cargo de ello.

—El sueldo es de nueve mil rublos y mis medios...

—¡Nueve mil rublos! —repitió Karenin, recordando que uno de los puntos en que él insistía era la economía—. Esos sueldos exagerados son, como lo pruebo en mi memoria, una prueba de lo defectuoso de nuestro sistema económico.

—Un director de Banco bien recibe diez mil rublos y un ingeniero hasta veinte mil, y esos empleos no son sinecuras.

—A mi parecer esos honorarios deben considerarse desde el mismo punto de vista que el precio de una mercadería y por consiguiente someterse a las mismas leyes de la oferta y la demanda. Por eso si veo a dos ingenieros igualmente capaces, que han hecho los mismos estudios, y que uno recibe cuarenta mil rublos, mientras que el otro se contenta con dos mil; y si, además, veo a un individuo que no posee ningún conocimiento especial llegar a director de un Banco con honorarios exorbitantes, deduzco que hay un vicio económico de influencia desastrosa para el servicio del Estado.

—Convendrás, sin embargo, en que es esencial que esos puestos los desempeñan hombres *honrados* —interrumpió Esteban Arcadievitch marcando esa última palabra.

—Es un mérito negativo —respondió Alejo Alejandrovitch, insensible al significado moscovita de esa palabra.

—Hazme el favor, comoquiera que sea, de hablar a Pomorsky en mi favor.

—De buena gana, pero me parece que Bolgarin debe pesar más.

—Bolgarin está bien dispuesto —se apresuró a decir Oblonsky, ruborizándose al recordar con cierto malestar la visita que él había hecho aquella misma mañana al israelita y la paciencia con que él, el príncipe Oblonsky, descendiente de Rurick, había aguardado en la antecámara más de una hora para ser recibido con una cortesía obsequiosa que ocultaba mal el triunfo de Bolgarin, orgulloso por verse solicitado por un príncipe. Casi había obtenido una negativa de la que no se acordaba hasta ahora, tanto había hecho por olvidarla, e involuntariamente se sonrojaba.

XVIII

—Me queda otra cosa que pedirte, y adivinas cuál es, Ana... —dijo Esteban Arcadievitch tratando de alejar de su pensamiento recuerdos desagradables.

Al oír aquel nombre, el rostro de Karenin tomo una expresión de rigidez cadavérica.

—¿Qué más desea usted de mí? —dijo volviéndose en su sillón y cerrando sus anteojos.

—Una decisión cualquiera, Alejo Alejandrovitch; me dirijo a ti no como... —iba decir *al marido engañado*, y se detuvo para decir fuera de lugar—: al hombre de Estado, sino como al cristiano, al hombre de corazón. Ten piedad de ella.

—¿De qué modo? —preguntó Karenin con dulzura.

—Te daría lástima si la vieras; su situación es horrible.

—Creía —dijo de repente Karenin con voz estridente— que Ana Arcadievna había obtenido ya todo lo que deseaba.

—No hagamos recriminaciones, Alejo Alejandrovitch; el pasado no nos pertenece ya; lo que desea ahora, es el divorcio.

—¿Había creído comprender que en el caso de que yo conservara a mi hijo, Ana Arcadievna no querría el divorcio? Mi silencio equivalía a una contestación. Considero esta cuestión resuelta —dijo animándose cada vez más.

—No nos acaloremos, por favor —contestó Esteban Arcadievitch tocando la rodilla de su cuñado—, recapacitemos más bien. En el momento de vuestra separación, con una generosidad inaudita, tú le dejabas el niño y aceptabas el divorcio. Ella no quiso entonces porque se sintió demasiado culpable con respecto a ti, demasiado humillada. Pero el porvenir le ha probado que se había creado una situación intolerable.

—La situación de Ana no me interesa nada en absoluto —respondió Karenin levantando las cejas.

—Permíteme que no lo crea —dijo Oblonsky con dulzura— pero aun admitiendo, como tú opinas, que ella haya merecido lo que sufre, el hecho es que somos infelices todos, y que te suplicamos que tengas compasión de ella. ¿A quién aprovechan sus padecimientos?

—En realidad, se diría que es a mí a quien acusáis.

—Eso no —dijo Esteban tocando esta vez el brazo de Karenin, como si esperase suavizarle con los contactos—. Únicamente quiero hacerte comprender que tú no puedes perder nada con que su posición mejore. Por otra parte, lo has prometido ya. Déjame arreglar este asunto, no tendrás que ocuparte de él.

—Ya di mi consentimiento en otra ocasión y he creído que Ana Arcadievna tendría a su vez la generosidad de comprender... (apenas pudo Karenin proferir esas palabras, tanto le temblaban los labios).

—No pide ya al niño, lo único que pide es el medio de salir de este atolladero en que se encuentra. El divorcio ha acabado por ser para ella una cuestión de vida o muerte. Quizá se habría conformado si no se fiara de tu promesa,
y hace seis meses que está en Moscú con la fiebre de la expectativa. Su situación es la de un condenado a muerte que durante seis meses llevase la soga al
cuello, sin saber si debe esperar el perdón o el golpe fatal. Ten piedad de ella,
y en cuanto a los escrúpulos...

—Yo no hablo de eso —interrumpió Karenin con repugnancia—, pero
quizá he prometido más de lo que puedo cumplir.

—¿Te niegas entonces?

—Jamás niego lo que es posible, pero pido tiempo para reflexionar. Usted
hace profesión de librepensador, pero yo soy creyente y no puedo eludir la ley
cristiana en una cuestión tan grave.

—¿No admite acaso nuestra Iglesia el divorcio? —exclamó Esteban
Arcadievitch saltando de su asiento.

—No en ese sentido.

—¡Alejo Alejandrovitch, no te reconozco ya! —dijo Oblonsky después
de un momento de silencio—. Eres tú el que decías antes «¿Después de la capa
hay que dar el vestido?», y ahora...

—Agradecería a usted mucho que variásemos de conversación —dijo
Karenin levantándose de pronto con todo el cuerpo tembloroso.

—Dispénsame que te haya afligido —respondió Oblonsky confuso y tendiéndole la mano—, pero tenía que cumplir la misión que me habían encargado.

Karenin puso su mano en la de Oblonsky, y después de reflexionar un instante dijo:

—Pasado mañana; tendréis mi respuesta definitiva, necesito orientarme
en mi camino.

XIX

Esteban Arcadievitch iba a salir, cuando el ayuda de cámara anunció:

—Sergio Alejovitch.

—¿Quién es? —preguntó Oblonsky; pero luego cayendo en la cuenta le
dijo—: Y yo que me figuraba que era algún director de departamento. Ana me
rogó que le viera.

Y recordó el aire tímido y melancólico con que Ana le dijo: «Le verás y
podrás saber lo que hace, dónde está, quién le cuida. Y Stiva, si fuese posible,
al mismo tiempo que el divorcio...»

No le había escapado comprendiendo el ardiente deseo que Ana sentía
por ser tutora de su hijo; pero después de la conversación que acababa de tener,
no había nada que esperar respecto a eso. No por ello se alegró menos de ver a
Sergio aunque Karenin se hubiese apresurado a advertirle que nunca le hablaban de su madre. Karenin explicó a Oblonsky:

—Estuvo gravemente enfermo después de su última entrevista con ella.
Hubo un momento en que temíamos por su vida; por eso ahora que está restablecido y se ha puesto más fuerte con los baños de mar, he seguido el consejo
del doctor poniéndole en un colegio. El estar entre jóvenes de su edad ejerce
una benéfica influencia sobre él. Sigue perfectamente y trabaja bien.

—Pero ya no es un niño, es realmente todo un hombre —exclamó Esteban Arcadievitch al ver entrar a un hermoso muchacho robusto, vestido con
traje de colegial, que, sin ninguna timidez, corrió hacia su padre.

Sergio saludó a su tío como a un extraño; después, al reconocerle, se volvió y entregó sus trabajos a su padre.

—Está bien —dijo éste—, puedes ir a jugar.

—Ha crecido, está más delgado y ya no tiene aire infantil —observó Oblonsky sonriendo—. ¿Te acuerdas de mí?

—Sí, tío —respondió el niño, huyendo en seguida.

Al cabo de un año en que Sergio no había visto a su madre, sus recuerdos se habían ido borrando, y la vida que llevaba rodeado de niños de su edad, ayudaba a ese olvido. Hasta rechazaba esos recuerdos como impropios de un hombre; y como nadie le hablaba de su madre, llegó a deducir que sus padres estaban de pleito y que debía habituarse a la idea de permanecer con su padre. La vista de su tío le turbó; temió volver a caer en un acceso de debilidad, que había aprendido a alejar de sí, y prefirió no pensar en el pasado. Esteban Arcadievitch, al separarse de Karenin, encontró a Sergio jugando en la escalera, y el niño, fuera de la presencia de su padre, se mostró más comunicativo. Contestó a las preguntas de su tío sobre sus lecciones, sus juegos, sus camaradas, con aire satisfecho, y Oblonsky admirando aquella mirada viva y alegre, tan semejante a la de su madre, no pudo contenerse y le preguntó:

—¿Te acuerdas mucho de tu madre?

—No —contestó Sergio poniéndose muy encendido, y ya su tío no pudo lograr que hablara más.

Cuando, media hora después, el preceptor encontró a Sergio en la escalera, no pudo averiguar si lloraba o si estaba de mal humor.

—¿Se ha hecho usted daño? —le preguntó.

—Si me hubiera hecho daño, nadie lo conocería —respondió el niño.

—Pues, ¿qué tiene usted?

—Nada. Déjeme usted. ¿Por qué no me dejan tranquilo? ¿Qué puede importarles a nadie que me acuerde o que me olvide?

Y el niño parecía desafiar al mundo entero.

XX

Esteban Arcadievitch no consagró su permanencia en San Petersburgo exclusivamente a sus negocios. Iba a *rehacerse* —decía él—, porque Moscú, con sus cafés cantantes y sus tranvías, continuaba siendo una especie de pantano en el cual se enlodaba uno moralmente. El resultado obligado de una permanencia demasiado prolongada, en aquel agua estancada, era debilitar el cuerpo y el alma. El mismo Oblonsky se agriaba, disputaba con su esposa, se preocupaba de la salud, de la educación de los niños, de los pequeños detalles del servicio, ¡hasta llegaba a preocuparse de sus deudas!

Tan pronto como ponía el pie en San Petersburgo volvía a tomar gusto a la existencia y olvidaba sus penas. ¡Allí se interpretaba la vida de una manera tan diferente, lo mismo que los deberes para con la familia! ¿No le había contado el príncipe Tchetchensky, con la mayor naturalidad del mundo que, teniendo dos familias, había encontrado muy ventajoso el introducir a su hijo legítimo en la familia del corazón con el fin de avisparle? ¿Han podido comprender eso en Moscú? En San Petersburgo no se preocupaban de los hijos, como hace Lvof. Iban a la escuela o al colegio y no se trocaban los papeles otorgándoles un lugar exagerado en la familia. ¡También el servicio del Estado se practicaba en condiciones tan diferentes! ¡Se podían crear relaciones, buscar protección y llegar a hacer carrera!

Esteban Arcadievitch había encontrado a un amigo suyo, Bortniansky, cuya posición se elevaba cada vez más con rapidez. Le habló del empleo a que aspiraba.

—¡Cómo se te ha ocurrido recurrir a esos judíos! Malos negocios se hacen con ellos.

—Necesito dinero. Hay que buscar cómo vivir.

—Pero, ¿no estás viviendo acaso?

—Sí, pero con deudas.

—¿Tienes muchas? —preguntó Bortniansky con simpatía.

—¡Oh, sí, unos veinte mil rublos!

Borniansky soltó una carcajada:

—¡Feliz mortal! ¡Yo tengo un millón y medio de deudas! No poseo un cuarto, y como tú puedes notar, vivo de todos modos.

Este ejemplo se hallaba confirmado por muchos otros.

¡Y cómo se rejuvenecía en San Petersburgo! Esteban Arcadievitch experimentaba allí el mismo gusto que su tío, el príncipe Pedro, en el extranjero.

—Aquí no sabemos vivir —decía aquel joven de sesenta años—. En Baden me siento renacer, gozo con la comida, las mujeres me interesan, estoy fuerte y vigoroso. ¡De regreso a Rusia cuando vengo a ver a mi mujer, y aun estando en el campo, caigo redondo, aplastado, ya no suelto la bata! ¡Adiós, las jóvenes bellezas! Me vuelvo viejo y pienso en la salvación de mi alma. Para reponerme, necesito ir a París.

Al día siguiente de su entrevista con Karenin, Oblonsky fue a ver a Betsy Tverskoi, con la cual sus relaciones eran muy extrañas. Tenía la costumbre de hacerle la corte en broma y le dirigía frases bastantes libres. Pero aquel día, bajo la influencia del ambiente de San Petersburgo, se condujo con una ligereza tan extremada, que se alegró de que la princesa Miagkaia viniese a interrumpir un coloquio que comenzaba a molestarle, pues no sentía la menor inclinación por Betsy.

—¡Ah!, ¡está usted aquí! —dijo la obesa princesa al verle—. ¿Y qué hace su pobre hermana? Desde que algunas mujeres mil veces peores que ella la arrojan, la recriminan, la absuelvo completamente. ¿Cómo es que Wronsky no me ha avisado de su paso por San Petersburgo? Yo habría ido con su hermana de usted por todas partes. Déle usted recuerdos míos y hábleme usted de ella.

—Su situación es muy penosa —comenzó Esteban Arcadievitch.

Pero la princesa, que seguía con su idea, le interrumpió:

—Ana Arcadievna ha procedido con tanto más acierto, cuanto se trataba de plantar a ese imbécil (perdóneme usted), su cuñado, al que siempre han pretendido hacer pasar por un águila. Sólo yo he protestado constantemente y ahora que se ha liado con la condesa Lydia y Landau, todos son de mi opinión. Y no me agrada ser de la misma opinión que todo el mundo.

—Quizá usted podrá explicarme un enigma. Ayer, a propósito del divorcio, mi cuñado me dijo que no podía darme una contestación definitiva antes de haber reflexionado, y esta mañana recibo una invitación de Lydia Ivanovna para pasar la velada en su casa.

—Es cosa segura —exclamó la princesa encantada—; piensan consultar a Landau.

—¿Quién es Landau?

—¡Cómo! ¿Usted no sabe? ¡El famoso Julio Landau el medium que descubre el porvenir! ¡Eso es lo que se gana viviendo en provincias! Landau era dependiente de un almacén en París. Un día fue a casa de un médico, se durmió en la sala de consultas, y durante su sueño dio sorprendentes consejos a los presentes. La esposa de Yuri Milidinsky le llamó para que viera a su marido enfermo. A mi juicio, no le hizo ningún bien, porque Milidinsky continúa tan enfermo como estaba, pero él y su esposa están locos por Landau, le llevan por todas partes y le han traído a Rusia. Naturalmente, aquí ha hecho furor. Asiste a todo el mundo. Curó a la princesa Bessubof, la que, por agradecimiento, le ha adoptado.

—¿Cómo, de que manera?

—Digo bien, *adoptado*. Ya no se llama Landau, sino conde Bessubof. Lydia, a quien quiero mucho a pesar de su cabeza dislocada, no ha dejado de entusiasmarse con Landau, y nada de lo que ella y Karenin emprenden se decide antes de consultarle; la suerte de su hermana de usted está, pues, en manos de Landau, conde Bessubof.

XXI

Después de una excelente comida en casa de Bortniansky, seguida de algunas copas de coñac, Esteban Arcadievitch se dirigió a casa de la condesa Lydia, un poco más tarde de la hora señalada.

—¿Tiene visitas la condesa? —preguntó al portero, observando cerca del gabán bien conocido de Karenin una extraña capa con broches.

—Alejo Alejandrovitch y el conde Bessubof —respondió gravemente el portero.

—La princesa Miagkaia tenía razón —pensó Oblonsky al subir la escalera—. Es una mujer que conviene visitar con frecuencia. Es muy influyente y quizá podría decir dos palabras a Pomorsky en favor mío.

No había aún cerrado la noche, pero en el saloncito las cortinas estaban corridas y la condesa Lydia, sentada junto a una mesa alumbrada por una lámpara, conversaba en voz baja con Karenin, mientras que un individuo pálido y flaco, con piernas delgadas, aspecto femenino, largos cabellos que le caían sobre el cuello de la levita, y ojos brillantes, permanecía en el otro extremo de la estancia, examinando los retratos que pendían de la pared. Oblonsky, después de saludar a la dueña de la casa, se volvió involuntariamente para observar a tan singular personaje.

—¡El señor Landau! —dijo la condesa suavemente con una cautela que extrañó a Oblonsky.

Landau, en seguida, se aproximó, puso su mano en la de Oblonsky, a quien la condesa le presentó, y regresó al lugar que ocupaba cerca de sus retratos. Lydia y Karenin cambiaron una mirada.

—Me alegro de ver a usted hoy —dijo la condesa a Oblonsky, indicándole un asiento—. Observe usted que se le ha presentado con el nombre de Landau —añadió en voz baja—, pero usted sabe que es el conde Bessubof; a él no le gusta ese título.

—He sabido que curó a la princesa Bessubof.

—Sí, ha venido a verme hoy —dijo la condesa dirigiéndose a Karenin—, y da lástima verla. Esta separación es un golpe terrible para ella.

—¿Está, pues, decidida su marcha?

—Sí, se marcha a París, ha oído una voz —dijo Lydia mirando a Oblonsky.

—¡Una voz! ¿De veras? —repitió este, comprendiendo que se necesitaba emplear mucha prudencia en una sociedad en donde se realizaban semejantes fenómenos.

—Le conozco a usted hace mucho tiempo —dijo la condesa a Oblonsky después de un corto momento de silencio—: Los amigos de nuestros amigos, son amigos nuestros, pero para ser realmente amigos es preciso darse cuenta de lo que pasa en el alma de aquellos a quienes se quiere, y temo que usted no se encuentra en ese caso con Alejo Alejandrovitch. ¿Usted comprende lo que quiero decir? —añadió levantando sus hermosos ojos pensativos hacia Esteban Arcadievitch.

—Comprendo, en parte, que la situación de Alejo Alejandrovitch... —respondió Oblonsky, sin comprender absolutamente nada, y deseando no abandonar el terreno de las generalidades.

—¡Oh!, no hablo de los cambios exteriores... —dijo gravemente la condesa, siguiendo con tierna mirada a Karenin, que se había levantado para aproximarse a Landau—; es el alma la que ha cambiado en él, y temo mucho que usted no haya reflexionado sobre el alcance de esta transformación.

—Siempre hemos sido amigos, y así puedo figurarme, por rasgos generales... —observó Oblonsky, correspondiendo a la mirada profunda de la condesa con otra cariñosa, mientras estaba pensando con cuál de los ministros podría ella servirle con mayor eficacia.

—Esta transformación no puede en modo alguno afectar a su amor hacia el prójimo; por el contrario, lo eleva, lo depura, pero temo que usted no lo comprenda.

—No del todo, condesa; su desgracia...

—Sí, su desgracia se ha transformado en causa de su felicidad, desde que su corazón se ha despertado para *Él* —dijo fijando sus ojos soñadores en los de su interlocutor.

Mientras tanto Oblonsky pensaba: «Creo que lo mejor será suplicarle que hable a los dos ministros.»

Y en voz alta añadió:

—Ciertamente, condesa, pero son de esas cuestiones íntimas que uno no se atreve a tocar.

—Al contrario, debemos ayudarnos mutuamente.

—Sin duda alguna, pero las diferencias de convicción, y por otra parte... —dijo Oblonsky con su sonrisa tan dulce.

—Me parece que ya va a dormirse —dijo Alejo Alejandrovitch, acercándose a la condesa para hablarla en voz baja.

Esteban Arcadievitch se volvió. Landau se había sentado cerca de la ventana, con el brazo apoyado en un sillón y la cabeza inclinada; la levantó de nuevo y sonrió con aire infantil al ver las miradas fijas en él.

—No haga usted caso —dijo la condesa ofreciéndole una silla a Karenin—. He observado que los moscovitas, sobre todo los hombres, son muy indiferentes en materia de religión.

—No me atrevería a sostener lo contrario, condesa.

—Pero usted mismo —exclamó Karenin con su sonrisa fatigada—, usted se me figura que pertenece a la categoría de los indiferentes.

—¡Es posible ser así! —exclamó Ivanovna.

—Yo más bien estoy a la expectativa —dijo Oblonsky con una amable sonrisa—; mi hora no ha llegado todavía.

Karenin y la condesa se miraron.

—Nunca podemos saber cuándo ha llegado nuestra hora, ni creernos preparados —observó Alejo Alejandrovitch—. No siempre es objeto de la gracia el más digno; Saul es un ejemplo.

—Todavía no —murmuró la condesa, siguiendo con los ojos los movimientos del francés, que se había aproximado.

—¿Me permite usted escuchar? —preguntó éste.

—Ciertamente. No queríamos molestar a usted. Tome asiento —dijo cariñosamente la condesa.

—Lo esencial es no cerrar los ojos a la luz —continuó Alejo Alejandrovitch.

—¡Y qué felicidad se experimenta al sentir su presencia constante en nuestra alma!

—Puede uno, desgraciadamente, ser incapaz de elevarse a semejante altura —dijo Esteban Arcadievitch convencido de que las alturas religiosas no estaban hechas para él, pero temiendo desagradar a una persona que podía hablar a Pomorsky en su favor.

—¿Usted quiere significar que el pecado no nos lo permite? Pero eso es una idea falsa. El pecado no existe para el que cree.

—Sí; pero, ¿la fe sin las buenas obras no es letra muerta? —contestó Esteban Arcadievitch recordando esta frase del catecismo.

—¡He ahí ese famoso pasaje de la epístola de Santiago que ha causado tanto daño! —exclamó Karenin mirando a la condesa, como para recordarle sus frecuentes discusiones sobre ese punto— ¡Cuántas almas no habrá alejado de la fe!

—Los frailes son los que pretenden salvarse por las buenas obras, los ayunos, las abstinencias, etc. —dijo la condesa con aire de soberano desdén.

—Cristo, al morir por nosotros, nos salva por la fe —repuso Karenin.

—¿Entiende usted el inglés? —preguntó Lydia Ivanovna, y, tras una señal afirmativa, se levantó para tomar un folleto de un estante.

—Voy a leerles a ustedes *Safe and Happy*, o bien *Under the wing* —dijo, interrogando a Karenin con la mirada—. Es muy corto —añadió volviéndose a sentar—. Ustedes verán la sobrehumana felicidad que inunda el alma de un creyente. Cuando no conoce la soledad, el hombre no es desgraciado. ¿Conocen ustedes a María Sanin? ¿Han sabido ustedes su desgracia? ¡Perdió a su hijo único! Pues bien, desde que ha entrado en la buena vía, su desesperación se ha trocado en consuelo. Hasta dio gracias a Dios por la muerte de su hijo. Tal es la dicha que da la fe.

—¡Ah, sí!, ciertamente... —murmuró Esteban Arcadievitch, satisfecho por poder callar durante la lectura, con lo cual no se arriesgaba a comprometer el buen éxito de sus negocios y pensó: «Es mejor que no pida nada hoy.»

—Eso va a aburrir a usted —dijo la condesa a Landau—, porque como no sabe inglés...

—¡Oh!, sí comprenderé —respondió éste con una sonrisa.

Alejo Alejandrovitch y la condesa se miraron, y la lectura comenzó.

XXII

Esteban Arcadievitch estaba muy perplejo; después de la monotonía de la vida moscovita, la de San Petersburgo le ofrecía contrastes tan vivos que le perturbaban. Le gustaba la variedad, pero la habría preferido conforme a sus hábitos, y se sentía extraviado en aquella atmósfera absolutamente extraña. Al escuchar la lectura y al ver los ojos de Landau fijos en él, experimentó cierta pesadez en la cabeza. Los pensamientos más diversos se acumulaban en su cerebro bajo la mirada del francés, que le parecía a la vez ingenuo y astuto. Se decía: «María Sanin es feliz de haber perdido a su hijo... ¡Ah, si pudiera fumar...! Para salvarse basta creer... Los frailes no saben nada, pero la condesa sí... ¿Por qué me duele tanto la cabeza? ¿Será por el coñac o por lo particular de esta velada? Hasta ahora no he cometido ninguna imprudencia, pero no me atreveré a pedir nada hoy. Dicen que la condesa obliga a sus visitas a rezar con ella; eso sería demasiado ridículo. ¿Qué necedades está ahora leyendo? Pero tiene excelente acento. Landau Bessubof, ¿por qué Bessubof?»

Y al llegar aquí en sus reflexiones, sintió en las mandíbulas un movimiento que se iba a transformar en bostezo, disimuló este accidente atusándose las patillas, pero le asaltó un temor que le aterrorizó: ¡el de quedarse dormido y quizá roncando! Llegó a sus oídos la voz de la condesa que decía: «¿Esta durmiendo?» Y se estremeció considerándose culpable. Afortunadamente esas palabras se referían a Landau, que dormía profundamente, de lo cual la condesa se alegró muchísimo.

—Amigo mío —dijo, dirigiéndose así a Karenin en el entusiasmo del momento—, dele usted la mano. ¡Chito! —añadió hablando con un criado que entraba por tercera vez en la sala con un telegrama.

Landau dormía o fingía dormir con la cabeza apoyada en el respaldo de un sillón y haciendo débiles movimientos con la mano puesta sobre la rodilla, como si hubiese querido atrapar algo. Alejo Alejandrovitch colocó su mano en la del durmiente. Oblonsky, perfectamente despierto, miraba ora al uno, ora al otro y sentía que sus ideas se embrollaban cada vez más.

—Que la última persona que ha llegado, la que pregunta... que salga... que salga —murmuró el francés sin abrir los ojos.

—Usted me dispensará, pero ya oye lo que... dice —exclamó la condesa dirigiéndose a Oblonsky—. Vuelva a las diez o mejor mañana.

—¡Que salga! —repitió el francés con impaciencia.

—¿Es por mí por quien dice eso? —preguntó Oblonsky asombrado.

Y al contestarle con un movimiento de cabeza afirmativo, se escabulló en puntillas y huyó a la calle como si se alejara de una casa apestada.

Para recobrar su equilibrio mental, charló y bromeó alegremente con un cochero, se hizo acompañar al teatro francés y terminó la noche en el restaurante bebiendo champaña. Pero, a despecho de todos sus esfuerzos, el recuerdo de aquella velada le oprimía el corazón.

Al regresar a casa de su tío, Oblonsky encontró una esquela de Betsy invitándole a que fuera a su casa para continuar la conversación interrumpida por la mañana, lo que le hizo hacer una mueca. Un ruido de pasos en la escalera interrumpió sus meditaciones, y cuando salió de su habitación para averiguar la causa de aquel ruido, vio a su tío, tan rejuvenecido a causa de su viaje al extranjero, que le traían en estado de absoluta embriaguez.

Oblonsky, contra su costumbre, no se durmió en seguida.

Lo que había visto y oído durante el día le perturbaba. Pero la velada de la condesa era el colmo de lo extraño.

Al día siguiente recibió de Karenin una negativa categórica al divorcio, y comprendió que esta decisión era obra del francés y de las palabras que había pronunciado durante su sueño verdadero o simulado.

XXIII

Nada complica tanto los detalles de la vida como el desacuerdo entre marido y mujer. Se ven numerosas familias que sufren las enojosas consecuencias de ella, hasta el extremo de vivir años enteros en un lugar desagradable e incómodo, a consecuencia de las dificultades que la menor resolución que se tomase podría suscitar.

Wronsky y Ana se hallaban en este caso. Los árboles de las avenidas habían tenido tiempo de cubrirse de hojas y las hojas de llenarse de polvo, y ellos continuaban en Moscú, donde la permanencia era odiosa para los dos. Y, sin embargo, ninguna causa grave de discordia existía entre ellos, descontada esa irritación latente que impulsaba a Ana a continuas tentativas de explicación, y a Wronsky a oponerle una resistencia glacial. Cada día aumentaba el disentimiento. Para Ana el amor era el único fin de la vida de su amante, y solamente lo comprendía desde ese punto de vista. Y esa necesidad de amar inherente a la naturaleza del conde debía concentrarse en ella sola; de lo contrario le suponía infiel, y en sus ciegos celos echaba la culpa a todas las mujeres. Había veces que temía que Wronsky, en su calidad de soltero, viese relaciones bajas y vulgares, y en otras ocasiones desconfiaba de las damas de la buena sociedad y sobre todo de las señoritas entre las cuales pudiese encontrar una esposa en caso de ruptura. Este temor se lo sugirió una imprudente confidencia del conde, que un día censuró la falta de tacto de su madre, que le había propuesto se casara con la joven princesa Sarokin. Los celos impulsaban a Ana a acumular las acusaciones más extravagantes contra aquel a quien en el fondo de su corazón adoraba. Se acusaba de ser la causa de su prolongada permanencia en Moscú, de la incertidumbre en que ella vivía y, sobre todo, de la dolorosa separación de su hijo. Por su parte, Wronsky, descontento de la falsa situación en que Ana por su terquedad le había colocado la acusaba de agravar más aún y por todos los conceptos las dificultades. Si sobrevenía algún raro momento de ternura, Ana no se sentía aplacada, y no veía de parte del conde más que la afirmación ofensiva de un derecho.

Declinaba el día. Wronsky asistía a una comida de solteros, y Ana se había refugiado para esperarle en el gabinete de trabajo, donde el ruido de la calle le molestaba menos que en el resto de la casa.

Caminaba de un lado a otro repasando en su memoria la causa de su último altercado, sorprendiéndose ella misma de que un motivo tan fútil hubiese degenerado en una escena dolorosa. A propósito de la protegida de Ana, Wronsky había puesto en ridículo los liceos de mujeres, pretendiendo que las ciencias naturales eran de dudosa utilidad para aquella niña. Ana había aplicado en seguida esta crítica a sus propias ocupaciones, y con el fin de herir a Wronsky a su vez, replicó:

—No contaba ciertamente con su simpatía, pero creía tener derecho a esperar algo más de su delicadeza de usted.

El conde se había sonrojado, y para ofender más a Ana, se había permitido decir:

—Confieso que no alcanzo la razón del capricho de usted por esa niña. Me desagrada y no veo en ella más que afectación.

La observación era dura e injusta y hería los esfuerzos de Ana para crearse un entretenimiento que la ayudase a soportar su triste situación.

—Es una desgracia que sólo los sentimientos groseros y materiales le sean accesibles a usted —repuso ella al salir del cuarto.

Esta discusión no fue más lejos; pero uno y otro se dieron cuenta de que no la olvidaban. Sin embargo, como Ana pasó un día entero sola, se puso a reflexionar; y como la frialdad de su amante le hacía daño, resolvió acusarse a sí misma a fin de efectuar una reconciliación a todo coste.

«Son mis absurdos celos los que me hacen irritable. Una vez obtenido el perdón, nos marcharemos al campo, y allí me calmaré» —pensaba—. Ya sé que, acusándome de sentir ternura por una extraña me quiere recriminar por no amar a mi hija. ¿Y qué sabe él del amor que un hijo puede inspirar? ¿Conoce él acaso lo que le he sacrificado renunciando a Sergio? Si él trata de herirme, es porque ya no me quiere y porque quiere a otra...» Pero deteniéndose en esta pendiente fatal se esforzó para salir del círculo de ideas que la volvían loca, y ordenó que le trajeran sus maletas para comenzar sus preparativos de partida. Wronsky regresó a las diez.

XXIV

—¿Qué tal el banquete? —preguntó Ana saliendo a recibir al conde con aire conciliador.

—Como todos los banquetes en general —respondió éste advirtiendo en seguida su buena disposición de ánimo—. ¿Qué veo? ¿Se arregla el equipaje? —añadió al ver las maletas—. ¡Eso está muy bien!

—Sí, es mejor que nos marchemos. El paseo que di hoy me ha despertado el deseo de volver al campo. Por otra parte, nada nos retiene aquí.

—No pido otra cosa. Haz que sirvan el té mientras me quito el frac. Vuelvo en seguida.

La aprobación al viaje la dio con una superioridad ofensiva; se habría dicho que el conde hablaba a un niño mimado a quien excusaba los caprichos. Inmediatamente Ana sintió el deseo de luchar. ¿Por qué había ella de humillarse ante aquella arrogancia? Se contuvo, sin embargo, y cuando él volvió le contó con calma los incidentes del día y sus planes de marcha.

—Creo que es una buena idea —dijo ella—; al menos cortaré de raíz esta eterna expectativa. Quiero permanecer indiferente respecto a la cuestión del divorcio. ¿No es esa tu opinión?

—Ciertamente —respondió, observando con inquietud la emoción de Ana.

—Cuéntame ahora lo que ha pasado en vuestro banquete —dijo después de un momento de silencio.

—La comida ha sido muy buena —contestó el conde, y le citó los nombres de los que habían asistido—. Después tuvimos regatas; pero como en Moscú siempre se encuentra el medio de ponerse en ridículo, nos exhibieron a la maestra de natación de la reina de Suecia.

—¿Cómo ha sido eso? ¿Ha nadado en presencia de ustedes? —preguntó Ana poniéndose seria.

—Sí, y con un traje horriblemente rojo. ¡Era espantoso! ¿Qué día nos marchamos?

—¿Se puede imaginar una invención más estúpida? ¿Hay algo especial en su modo de nadar?

—Absolutamente nada, ha sido una cosa sencillamente absurda. ¿Has fijado el día de la marcha?

Ana sacudió la cabeza como para ahuyentar una obsesión.

—Cuanto más pronto mejor. Temo no estar lista mañana; pero pasado mañana...

—Pasado mañana es domingo. Tengo que ir a casa de mamá.

Wronsky se turbó al ver los ojos de Ana fijos en él llenos de inquietud, y esa turbación aumentó su desconfianza. Olvidó a la maestra de natación de la reina de Suecia, para no preocuparse más que de la princesa Sarokin, que habitaba en los contornos de Moscú con la vieja condesa.

—¿No puedes ir mañana?

—Es imposible, a causa de un poder que necesito que me otorgue mi madre y del dinero que ella debe entregarme.

—Entonces ya no nos vamos.

—¿Por qué?

—El domingo o nunca.

—¡Pero eso no tiene sentido común! —exclamó Wronsky con extrañeza.

—Para ti, porque no piensas más que en ti, y no quieres comprender lo que padezco aquí. Has encontrado el medio de acusarme de hipocresía con respecto a Jane, ¡el único ser que me interesa! Según tú, soy presumida, afecto sentimientos que no tienen nada de naturales. ¡Quisiera saber lo que podría ser natural en la vida que llevo!

Le causó miedo su propia violencia, pero no tuvo la fuerza necesaria para resistir a la tentación de probarle sus faltas para con ella.

—No me has comprendido —repuso Wronsky—; he querido decir que no me agrada esa inopinada ternura.

—No es verdad, y para quien hace alarde de rectitud...

—No acostumbro alabarme ni mentir —dijo reprimiendo la cólera que rugía en él—, y siento muchísimo que no respetes...

—El respeto ha sido inventado para disfrutar la ausencia del amor, y si tú no me quieres, habría más lealtad en confesármelo.

—¡Esto es intolerable! —dijo casi a gritos el conde aproximándose bruscamente a Ana—. Mi paciencia tiene sus límites, ¿por qué la pones a prueba? —continuó, conteniendo las palabras amargas prontas a escapársele.

—¿Qué quiere usted decir con eso? —preguntó espantada por la mirada de fuego que él le dirigió.

—¡Yo soy el que debe preguntar qué pretende usted de mí!

—¿Qué puedo pretender, sino el no ser abandonada como usted tiene la intención de hacerlo? Por lo demás, la cuestión es secundaria. Quiero ser amada, y si usted ya no me quiere, todo ha concluido.

Al decir esto, se dirigió a la puerta.

—Espera —gritó Wronsky deteniéndola por el brazo—. Veamos de qué se trata. Yo he dicho que debíamos aplazar el viaje hasta dentro de tres días, y tú me has contestado que mentía y que era un mal hombre.

—Sí, y lo repito: un hombre que me echa en cara los sacrificios que ha hecho por mí (era una alusión a pasados agravios), más que mal hombre es un ser sin corazón.

—¡Decididamente, mi paciencia se agota! —y la dejó marcharse.

Ana volvió a su cuarto con paso vacilante y se dejó caer en un sillón.

—Me aborrece, ya lo veo. Quiere a otra, es todavía más evidente. Todo ha concluido; es preciso huir; pero, ¿cómo?

Le asaltaron los pensamientos más contradictorios. ¿Dónde ir? ¿Con la tía que la había criado? ¿Con Dolly? ¿Sencillamente al extranjero? ¿Sería definitiva aquella ruptura? ¿Qué estaba haciendo él en su gabinete? ¿Qué dirían Alejo Alejandrovitch y la sociedad de San Petersburgo?

Una idea vaga que no lograba formular le agitaba; recordó que ella había dicho a su marido: ¿por qué no he muerto?, y al punto estas palabras despertaron el sentimiento de lo que en aquella época había experimentado. «Morir, sí, es el único medio de salir de esto: mi vergüenza, la deshonra de Alejo Alejandrovitch y la de Sergio, todo quedaría borrado con mi muerte. ¡Entonces él me llorará, me echará de menos, me amará!» Y una sonrisa de ternura por sí misma se dibujó en sus labios mientras que maquinalmente se quitaba los anillos de los dedos.

—Ana —dijo una voz cerca de ella, que oyó sin levantar la cabeza—, estoy resuelto a todo; vámonos pasado mañana.

Wronsky había entrado sin ruido y le hablaba con afecto.

—¿Qué dices?

—¡Abandóname, abandóname! —continuó en medio de sus sollozos—: ¡Yo me iré! ¡Hare más! ¿Qué soy? Una mujer perdida, una piedra atada a tu cuello. No quiero atormentarte más. Quieres a otra, te desembarazaré de mi persona.

Wronsky le suplicó que se calmara, le juró que no existía la menor causa para que estuviese celosa y le hizo protestas de su amor.

—¿Para qué torturarnos así? —le preguntó él.

Ana creyó ver lágrimas en sus ojos y en su voz, y pasando de pronto de los celos a la ternura más apasionada, le cubrió de besos la cabeza, el cuello, las manos...

XXV

La reconciliación fue completa. Desde el día siguiente, Ana, sin fijar definitivamente el día de la marcha, activó los preparativos. Se ocupaba en sacar varios objetos de una maleta abierta, amontonándolos en los brazos de Anuchka, cuando entró Wronsky, vestido ya para salir, a pesar de ser muy temprano aún.

—Voy inmediatamente a casa de mamá; quizá podrá enviarme el dinero, y, en ese caso, nos marcharemos mañana.

La alusión a esta visita turbó las buenas disposiciones de Ana.

—No, no corre prisa; yo no estaré lista todavía mañana.

Y al momento se preguntó por qué el viaje, imposible la víspera, se hacía admisible aquella mañana.

—Haz lo que tenías intención —añadió— y ahora ve a almorzar, estaré contigo al momento.

Cuando entró en el comedor, Wronsky estaba comiendo un bistec.

—Esta casa amueblada se me hace odiosa y el campo se me aparece como la tierra prometida —dijo ella con tono animado; pero al ver entrar al criado para pedir el recibo de un telegrama, su rostro se oscureció.

No tenía realmente nada de extraordinario que Wronsky recibiese un telegrama.

—¿De quién es ese telegrama?

—De Stiva —repuso el conde sin apresurarse.

—¿Por qué no me lo has enseñado? ¿Qué secreto existe entre mi hermano y yo?

—Stiva tiene la manía del telégrafo. ¿Qué necesidad tenía de enviarme un telegrama para decirme que no se había hecho nada?

—¿Sobre el divorcio?

—Sí, dice que no puede obtener una respuesta definitiva. Toma, léelo.

Ana tomó el telegrama con mano temblorosa. El final decía así: Pocas esperanzas, pero hago lo posible y lo imposible.

—¿No te he dicho ayer que eso me era indiferente? De modo que era inútil en absoluto ocultarme nada. «Quizá es lo que acostumbra para su correspondencia con las mujeres» —pensó—. Yo desearía que esta cuestión te preocupase tan poco como a mí.

—Me preocupa porque me gustan las cosas claras y bien definidas.

—¿Para qué? ¿qué necesidad tienes del divorcio si el amor existe?

—¡Siempre el amor! Bien sabes que si lo deseo es por ti y por los niños.

—Ya no habrá más niños.

—Peor que peor; lo siento.

—Tú sólo piensas en los hijos y no en mí.

Se olvidaba que él acababa de decir *por ti y por los niños,* y se sintió descontenta por ese deseo de tener otros hijos que manifestaba y que para ella era una prueba de indiferencia por su belleza.

—Al contrario, pienso en ti, porque estoy persuadido de que tu irascibilidad proviene principalmente de tu falsa situación —respondió con tono frío y contrariado.

—No comprendo cómo mi situación pueda ser causa de mi irascibilidad —dijo ella, viendo que un juez terrible la condenaba en los ojos de Wronsky—. Esta situación me parece perfectamente definida— ¿no estriba todo en tu poder?

—Sí, pero desconfías de mi libertad.

—¡Oh!, en cuanto a eso, puedes estar tranquilo —prosiguió sirviéndose café y observando cómo sus gestos y hasta su modo de sorber atacaban los nervios a Wronsky—. Poco me preocupan los proyectos de casamiento de tu madre.

—No estamos hablando de ella.

—Sí, por cierto, y puedes creerme, no me interesa nada una mujer sin corazón, sea joven o vieja.

—Ana, te ruego que respetes a mi madre.

—Una mujer que no comprende en qué estriba el honor de su hijo, no tiene corazón.

—Te repito la súplica de que no hables de mi madre de un modo irrespetuoso —repitió el conde elevando la voz y mirando severamente a Ana.

Ella resistió la mirada sin contestar, y al recordar sus caricias de la víspera, pensó: «¡Qué caricias tan triviales, sin valor!»

—Tú no quieres a tu madre, eso no son más que frases y palabrería.

—Siendo así, será preciso...

—¿Tomar un partido? En cuanto a mí, ya sé lo que he de hacer —interrumpió ella, y se disponía a salir del cuarto, cuando la puerta se abrió y dio paso a Yashvin.

Ana se detuvo y le dio los buenos días.

¿Por que disimulaba ella de aquel modo delante de un extraño, que tarde o temprano tenía que saberlo todo? Eso es lo que ella misma no habría podido explicar. Pero se dominó y preguntó tranquilamente:

—¿Le han pagado a usted su dinero? (sabía que Yashvin acababa de ganar una fuerte suma al juego).

—Probablemente me lo pagarán hoy —respondió el gigante, dándose cuenta de que su llegada era inoportuna—. ¿Cuándo se marchan ustedes?

—Pasado mañana, según creo —respondió Wronsky.

—¿No siente usted nunca lástima de sus desgraciados adversarios? —continuó Ana dirigiéndose siempre al jugador.

—Esa es una pregunta que jamás me he hecho, Ana Arcadievna. Mi fortuna entera está aquí —contestó enseñando el bolsillo—; pero rico en este momento, puedo quedar pobre al salir del club esta noche. El que juega conmigo tendría gusto en ganarme hasta la camisa. Esa lucha es la que produce el placer.

—Pero si usted fuera casado, ¿qué diría su esposa?

—Por eso no pienso casarme —respondió Yashvin riendo.

—¿Y nunca ha estado usted enamorado?

—¡Oh, Dios mío! ¡Cuántas veces! Pero siempre de modo que no me impidiese asistir a mi partida de juego.

Un aficionado a caballos entró en aquel momento; venía por negocios, y Ana salió del comedor.

Antes de salir, Wronsky pasó al cuarto de Ana y se puso a buscar algo sobre la mesa. Ella fingió no verle; pero, avergonzada de este disimulo, le preguntó en francés:

—¿Qué busca usted?

—El certificado de origen del caballo que acabo de vender —respondió Wronsky en un tono que significaba claramente «No tengo tiempo para entrar en explicaciones que no servirían para nada», y pensó: «Yo no tengo la culpa, peor para ella si quiere castigarme.» Al salir del cuarto, sin embargo, le pareció que ella le llamaba.

—¿Qué hay, Ana? —le preguntó.

—Nada —respondió ella con frialdad.

«Tanto peor», se repitió él.

Al pasar delante de un espejo vio reflejado el rostro de Ana tan descompuesto, que tuvo la intención de detenerse para consolarla; pero era demasiado tarde, ya estaba lejos. Pasó todo el día fuera de casa, y cuando regresó, la camarera le dijo que Ana Arcadievna tenía jaqueca y le suplicaba que no fuera a molestarla.

XXVI

Jamás había sucedido que después de un altercado pasase un día entero sin que viniese la reconciliación, pero esta vez su querella tenía todo el aspecto de un rompimiento. Alejarse como Wronsky lo había hecho a pesar de la desesperación en que la veía sumida, era una prueba de odio y de que quería a otra. Las palabras crueles que el conde había proferido volvían todas a la memoria de Ana y su imaginación les añadía frases groseras que él no había pronunciado.

Se le antojaba haberle oído exclamar: «No la detengo a usted, puede marcharse. Usted no quería el divorcio porque pensaba volver a casa de su marido. Si necesita dinero, diga cuánto.»

«¡Pero si ayer mismo me juraba que únicamente yo ocupaba su corazón! Es un hombre honrado y sincero —se decía un momento después—. ¿No me he desesperado ya repetidas veces inútilmente?»

Pasó todo el día, exceptuando una visita de dos horas que hizo la familia de su protegido, en esas alternativas de duda y de esperanza. Cansada de aguardar toda la noche concluyó por volver a su cuarto, recomendando a Anuchka que dijese que estaba enferma.

—Si a pesar de esta orden viene, es señal de que me quiere todavía; si no, todo ha concluido y ya sé lo que he de hacer.

Oyó el rodar de la carretela sobre el empedrado cuando el conde regresó, su manera de tocar la campanilla y que hablaba con Anuchka; después sus pasos, que se alejaban hasta perderse en su gabinete. Ana comprendió que su suerte estaba decidida.

La muerte le pareció el único medio de castigar a Wronsky, de triunfar sobre él y de reconquistar su amor. La marcha, el divorcio, se volvían cosas indiferentes a sus ojos; lo esencial era el castigo.

Tomó el frasco de opio y vertió en un vaso la dosis acostumbrada. Tomándolo todo, ¡qué fácil sería morir! Echada de espaldas, con los ojos abiertos. seguía en el techo la sombra de la bujía que se consumía en una palmatoria, y cuya luz vacilante se confundía a veces con la sombra del biombo que dividía el cuarto.

¿Qué pensaría él cuando ella hubiese desaparecido? ¿Cuántos remordimientos no tendría? ¿Cómo he podido hablarle con dureza —diría—, separarme de ella sin una palabra afectuosa? ¡Y ya no existe, nos ha abandonado para siempre! De improviso la sombra del biombo pareció vacilar y extenderse por todo el techo, y las otras sombras se reunieron, vacilaron y se confundieron en una oscuridad profunda. «La muerte», pensó con espanto, y se apoderó de todo su ser un terror tan grande que, al buscar los fósforos con temblorosa mano, permaneció algún tiempo tratando de coordinar sus ideas, sin saber dónde se encontraba. Lágrimas de alegría le bañaron el rostro cuando comprendió que vivía aún.

¡No, no, todo excepto la muerte! Yo le quiero, y él también me quiere, y estos días malos pasarán.

Y, para escapar a ese terror, tomo la bujía, la encendió y corrió al gabinete de Wronsky.

Dormía éste con sueño tranquilo; ella le estuvo contemplando mucho tiempo, llorando enternecida; pero tuvo cuidado de no despertarle, porque la habría mirado con su aire glacial y ella no habría podido resistir a la necesidad de justificarse y de acusarle. Así es que volvió a su alcoba, tomó doble dosis de opio y durmió con sueño pesado que no la libró del sentimiento de lo que sufría. Al amanecer tuvo una pesadilla espantosa: como en otro tiempo, vio a un pequeño *mujik* desgreñado que pronunciaba palabras ininteligibles removiendo algo, y ese algo le pareció tanto más aterrador cuanto que el enano lo agitaba por encima de ella sin que pareciera haberla observado. La inundó un sudor frío.

Cuando despertó, los acontecimientos de la víspera le volvieron confusamente al recuerdo.

«¿Qué es lo que ha pasado tan desesperante? —pensó—. ¿Una disputa? No es la primera. Fingí tener jaqueca, y él no quiso importunarme, eso es todo. Mañana hablaremos. Es preciso que yo le vea, que le hable y apresurar la marcha.»

Apenas levantada, se dirigió al gabinete de Wronsky; pero al atravesar la sala, el ruido de un carruaje que se detenía en el portal le llamó la atención y se asomó a la ventana. Era una carretela: una joven con sombrero color claro asomada a la portezuela daba órdenes a un lacayo; éste llamó a la puerta y hablaron en el vestíbulo; en seguida alguien subía como para avisar a Wronsky, y Ana oyó que éste bajaba la escalera corriendo. Le vio salir hasta la escalinata sin sombrero, aproximarse al coche y tomar un paquete de manos de la joven, a quien sonreía cariñosamente al hablarle. El coche se alejó y Wronsky volvió a subir muy deprisa.

Esta pequeña escena disipó en un instante la especie de torpor en que estaba sumida el alma de Ana, y las impresiones de la víspera le desgarraron el corazón más dolorosamente que nunca. ¡Cómo había podido rebajarse hasta el extremo de permanecer un día más bajo su techo!

Entró en el gabinete del conde para declararle la resolución que había tomado.

—La princesa Sarokin y su hija me han traído el dinero y los documentos de mi madre, que no pude obtener ayer —dijo éste tranquilamente, sin parecer haber observado la expresión taciturna y trágica de la fisonomía de Ana—. ¿Cómo te encuentras esta mañana?

En pie en medio del cuarto, ella le miró fijamente mientras que él continuaba leyendo la carta con la frente arrugada después de echar sobre ella una ojeada.

Ana, sin hablar, dio la vuelta lentamente y salió de la habitación; él habría podido detenerla, pero la dejó pasar el umbral de la puerta.

—A propósito —exclamó Wronsky en el momento en que iba a desaparecer—, ¿está bien decidida a que nos vamos mañana?

—Usted sí, yo no —respondió ella.

—Ana, la vida en estas condiciones es imposible.

—Usted sí, yo no —repitió.

—¡Esto no es tolerable!

—Usted... usted se arrepentirá —dijo, y se retiró.

Asustado del tono desesperado con que había pronunciado estas últimas palabras, el primer movimiento de Wronsky fue ir detrás de ella, pero reflexionó, volvió a sentarse e irritado de esa amenaza murmuró apretando los dientes: «He probado todos los medios. no me queda más que la indiferencia», y se vistió para ir a casa de su madre con objeto de hacerle firmar un poder.

Ana le oyó salir de su gabinete y del comedor, detenerse en la antecámara para dar algunas órdenes relativas al caballo que acababa de vender y oyó en seguida cómo avanzaba precipitadamente la escalera; ella corrió a la ventana, y vio que Wronsky recibía de su criado un par de guantes olvidados; después vio que tocaba la espalda del cochero, le decía algunas palabras y, sin alzar los ojos hacia la ventana, entró en el carruaje y se acomodó en su postura habitual, en el fondo, cruzando una pierna sobre la otra. Al doblar la esquina desapareció de los ojos de Ana.

XXVII

«Se ha marchado, todo concluyó», se dijo en pie cerca de la ventana.

Y la impresión de horror que experimentó por la noche a causa de su pesadilla y de la bujía que se apagaba, la dominó por completo. Sintió miedo de estar sola, llamo y salió al encuentro del criado que acudía diciéndole:

—Infórmese usted a dónde ha ido el conde.

—A las caballerizas —respondió el sirviente—, y ha dado la orden de avisar a la señora de que la carretela volvería pronto para estar a su disposición.

—Está bien. Voy a escribir dos líneas que usted llevará inmediatamente a las caballerizas.

«Soy culpable; pero por Dios, vuelve, nos explicaremos. Tengo miedo.»

Cerró la esquela y la entregó al criado. Temiendo la soledad, se fue al lado de la niña.

«¡Ya no le reconozco! ¿Dónde están sus ojos azules y su graciosa y tímida sonrisa?», pensó al contemplar a la hermosa niña de ojos negros en vez de Sergio, que por la confusión de sus ideas era el que esperaba ver.

La pequeña, sentada cerca de una mesa, jugaba con un tapón de corcho; miró a su madre, que se colocó cerca de ella y le tomó el tapón de las manos para hacerlo dar vueltas. El movimiento de las cejas, la risa sonora de la niña, le recordó tan vivamente a Wronsky, que no pudo contenerse. Se levantó bruscamente y salió.

«¡Es posible que todo haya concluido! —pensó—. Volverá; pero, ¿cómo me podrá explicar su animación, su sonrisa al hablarle? Todo lo aceptaré, pues, de lo contrario, no veo más que un remedio; ¡pero ese remedio no lo quiero!»

Habían pasado doce minutos desde el envío de la esquela.

«Ya ha recibido mi carta y dentro de diez minutos estará aquí, ¿Y si no viniera? Eso es imposible. No quiero que me encuentre con los ojos irritados, voy a echarme agua fría en la cara. ¿Y mi peinado?»

Se llevó las manos a la cabeza y encontró que se había peinado sin darse cuenta.

«¿Quién es? —se preguntó al ver en el espejo su rostro descompuesto y un brillo extraño en los ojos—. Soy yo».

Y le pareció sentir sobre los hombros los recientes besos de su amante. Se estremeció y se llevó una mano a los labios.

«¡Me estaré volviendo loca!», pensó con espanto, y huyó a refugiarse en el cuarto donde Anuchka estaba arreglando su traje.

—¡Anuchka! —exclamó sin saber qué decir.

—¿Quiere usted ir a casa de Daria Alejandrovna? —preguntó la camarera, tratando de adivinar lo que quería.

«Quince minutos para ir, quince para volver, ya no puede tardar en estar aquí —se dijo Ana mirando el reloj—. Pero, ¿cómo ha podido separarse de mí de ese modo?»

Se aproximó a la ventana; quizás había calculado mal y se puso de nuevo a contar los minutos transcurridos desde su partida.

En el mismo momento en que iba a consultar el reloj de la sala, un carruaje se detuvo delante de la puerta de la calle; era la carretela, pero nadie subía la escalera y oyó voces en el vestíbulo.

—El conde se había ya marchado a la estación de Nijni; fue lo que vinieron a decirle devolviéndole su esquela.

—Que lleven inmediatamente esta carta al conde a la villa de su madre y que me traigan al momento la contestación.

«¿Qué será de mí mientras tanto? Iré a casa de Dolly para no volverme loca. ¡Ah!, pero todavía puedo telegrafiar», y redactó el telegrama siguiente:

«Tengo absoluta necesidad de hablarle; regrese en el acto.»

Después fue a vestirse, y con el sombrero en la cabeza se detuvo ante Anuchka, cuyos ojillos grises manifestaban una ardiente simpatía.

—Querida Anuchka, ¡qué será de mí! —murmuró dejándose caer en un sillón sollozando.

—No hay que torturarse así, Ana Arcadievna, vaya usted a dar un paseo y se distraerá. Estas cosas le ocurren a cualquiera.

—Sí, voy a salir; si en mi ausencia me trajesen un telegrama, envíamelo a casa de Daria Alejandrovna —dijo tratando de dominarse; o no, más bien volveré yo.

«Debo abstenerme de toda reflexión, ocuparme en algo, salir, abandonar esta casa, sobre todo», pensó, escuchando con terror los violentos latidos de su corazón, y subió con viveza al coche.

—¡A casa de la princesa Oblonsky! —ordenó al cochero.

XXVIII

El tiempo estaba claro; una llovizna que había caído por la mañana hacía brillar el sol de mayo; los tejados de las casas, las losas de las aceras y las guarniciones de los carruajes. Eran las tres: el momento de mayor animación del día.

Ana, suavemente mecida por la carretela arrastrada con rapidez por dos caballos tordos, comenzó a juzgar su situación de diferente modo, al repasar en su imaginación al aire libre los sucesos de los últimos días. La idea de la muerte ya no le asustó y tampoco le pareció inevitable. Lo que se echaba en cara era la humillación a que había descendido.

«¿Por qué acusarme como lo he hecho? ¿No puedo acaso vivir sin él? —y dejando esta pregunta incontestada, se puso maquinalmente a leer las muestras de las tiendas: Factoría y depósito. Dentista—. Sí, voy a confesarme con Dolly, ella no siente ninguna simpatía por Wronsky. Será cosa dura decírselo todo, pero lo haré. Ella me quiere, seguiré su consejo. No me dejaré tratar como una chiquilla.» Philipof, fabricante. «Dicen que manda sus pastas hasta San Petersburgo. El agua de Moscú es mejor. Los pozos de Miatichtchy...» —y se acordó de haber pasado por aquella población cuando fue al convento de Troitza en peregrinación con su tía, en otro tiempo.

«Entonces se iba en carruaje; yo estaba desconocida con las manos rojas. ¡Cuántas cosas que en aquellos tiempos me parecían sueños irrealizables de felicidad me parecen miserias hoy! ¡Y ni siglos enteros podrían devolverme la inocencia de entonces! ¡Quién me hubiera dicho en aquellos días hasta qué grado me vería yo rebajada! Mi esquela le habrá puesto orgulloso... ¡Dios mío, qué mal huele esa pintura! ¿Por qué se vuelve una necesidad para las gentes construir y pintar siempre?» Modas y trajes... Un transeúnte la saludo; era el marido de Anuchka.

«Wronsky dice que esos son nuestros parásitos. ¿Por qué nuestros? ¡Ah!, ¡si se pudiera arrancar el pasado con todas sus raíces! ¡Pero es imposible, lo más que se puede hacer es fingir el olvido!»

Y sin embargo, al recordar su pasado con Alejo Alejandrovitch, descubrió que había olvidado fácilmente esos recuerdos.

«Dolly dirá que no tengo razón, porque es el segundo a quien abandono. ¿Pretendo acaso tener razón?»

Y sintió que las lágrimas le acudían a los ojos.

«¿De qué pueden esas jóvenes estar hablando y sonriendo? ¿De amor? No saben las pobres ¡cuán triste y miserable es...! La avenida: ¡tres chiquillos jugando a los caballos! ¡Sergio! ¡Mi querido Sergio! ¡Por más que hiciera no podría volver a verle! ¡Oh! Si no vuelve, ¡todo está perdido! Quizá no alcanzó el tren y le encuentre en casa... ¿Deseas humillarte más? —se dijo, reprochando su debilidad—. No, voy a casa de Dolly y le diré: ¡Soy desgraciada, sufro, lo merezco; pero ven en mi auxilio...! ¡Oh!, esos caballos, esta carretela que le pertenecen, me causa horror servirme de ellos. ¡Dentro de poco ya no los volveré a ver!»

Y atormentándose de este modo, llegó a casa de Dolly y subió la escalera.

—¿Tiene visitas? —preguntó en la antecámara.

—Catalina Alejandrovna Levin —respondió el criado.

«Kitty, aquella Kitty de la que Wronsky estaba enamorado —pensó Ana—, ¡y con la que ahora siente no haberse casado, mientras que maldice el día en que me encontró!»

Las dos hermanas conferenciaban sobre el niño de Kitty; cuando anunciaron a Ana sólo Dolly salió a recibirla a la sala.

—¿No te marchas aún? Precisamente yo quería pasar a tu casa hoy; he recibido carta de Stiva.

—Nosotros, un telegrama —respondió Ana volviéndose para ver si venía Kitty.

—Me escribe que no comprende en absoluto lo que exige Alejo Alejandrovitch, pero que no se marchará sin obtener una respuesta definitiva.

—¿Hay alguien de visita en el cuarto?

—Sí, Kitty —respondió Dolly turbada—. Está en el cuarto de los niños. ¿Tú sabes que acaba de estar en cama?

—Lo sé. ¿Puedes enseñarme la carta de Stiva?

—Ciertamente. Voy a traerla... Alejo Alejandrovitch no se niega, al contrario. Stiva tiene grandes esperanzas —dijo Dolly deteniéndose en el umbral de la puerta.

—No espero ni deseo nada.

«Kitty cree tal vez rebajarse si se encuentra conmigo —pensó Ana cuando estuvo sola—. Quizá tiene razón; pero ella que también estuvo enamorada de Wronsky no tiene derecho a darme lecciones. Bien sé que una mujer honrada no puede recibirme. ¡Se lo he sacrificado todo a él, y esta es mi recompensa! ¡Ah! ¡Cuanto le aborrezco! ¿Para qué he venido aquí? Estoy peor que en mi casa.»

Oyó en la habitación contigua a las dos hermanas.

«¿Y qué voy a decir a Dolly? No haré más que alegrar a Kitty con el espectáculo de mi desgracia. Por otra parte Dolly no comprenderá nada... Si tengo empeño en ver a Kitty, es para demostrarle que soy insensible a todo y que todo lo desprecio.»

Dolly volvió con la carta. Ana la leyó y se la devolvió.

—Ya sabía eso, y ya no me preocupo por ello.

—¿Por qué? Yo tengo mucha esperanza —dijo Dolly examinando a Ana con atención. Jamás la había visto en semejante estado de ánimo—. ¿Qué día te marchas?

Ana medio cerró los ojos mirando distraída y no respondió.

—¿Tiene Kitty quizá miedo de mí? —preguntó al cabo de un momento echando una ojeada a la puerta.

—¡Qué idea! Pero ahora está dando de mamar a su niño, y no lo hace bien... Se alegrará de verte, y ya va a venir —respondió Dolly, que se sentía cohibida al decir una mentira—. Ahí la tienes.

Kitty, en efecto, no había querido salir al saber la llegada de Ana. Dolly, sin embargo, había logrado convencerla, y haciendo un esfuerzo, entró en la sala, y sonrojándose se aproximó a Ana para darle la mano.

—Me alegro de ver a usted —dijo con voz comedida, y todas sus prevenciones contra aquella mujer desaparecieron ante el bello y simpático rostro de Ana.

—Me habría parecido natural que usted no quisiera verme —dijo Ana—. Estoy acostumbrada a todo. Me han dicho que ha estado usted enferma; en efecto, encuentro un cambio en usted.

Kitty atribuyó el tono seco de Ana al disgusto que le causaba su falsa situación y se le oprimió el corazón de lástima.

Hablaron de la enfermedad de Kitty, de su hijo, de Stiva; pero la atención de Ana evidentemente estaba lejos de allí.

—He venido a despedirme —dijo a Dolly levantándose.

—¿Cuándo te marchas?

Sin contestarle, Ana se volvió a Kitty con una sonrisa.

—Me alegro de volver a verla, ¡he oído hablar tanto de usted! Hasta su marido me ha hablado de sus prendas. ¿Usted sabe que fue a verme? Me fue muy simpático —añadió con mala intención—. ¿Dónde está ahora?

—En el campo —contestó Kitty sonrojándose.

—Dele usted muchos recuerdos de mi parte. No lo olvide usted.

—No lo olvidaré, por cierto —dijo Kitty ingenuamente con una mirada compasiva.

—Adiós, Dolly —dijo Ana besándola.

—Es tan hechicera como antes —hizo observar Kitty a su hermana cuando ésta volvió después de haber acompañado hasta la puerta a Ana—. ¡Qué hermosa es! Pero hay algo extraño en su fisonomía que causa mucha pena.

—No la encuentro hoy en su estado normal. He creído que iba a romper a llorar en la antecámara.

XXIX

Cuando volvió a subir al carruaje, Ana se sintió más desgraciada que nunca. El momento que había hablado con Kitty fue bastante para despertar en ella el sentimiento de su degradación moral y este sufrimiento vino a unirse a los otros.

Sin saber apenas lo que hacía, dio orden al cochero de volver a casa.

«¡Me han mirado como si se tratara de una mujer extraña e incomprensible! ¿Qué pueden decirse esas gentes? ¿Tendrán la pretensión de comunicarse lo que sienten? —pensó al ver dos personas que conversaban—. No se puede comunicar a otro lo que se siente. ¡Y yo que quería confesarme con Dolly! He hecho bien en callar. En el fondo de su corazón mi desgracia la habría regocijado, por más que lo hubiese disimulado; encontraría justo verme expiar la felicidad que me envidiaba en otro tiempo. ¿Y Kitty? Ésa se habría alegrado mucho más todavía, porque he leído en sus ojos lo que su corazón sentía. Me odia porque he agradado a su marido. Para ella soy una mujer inmoral, que desprecia. ¡Ah!, si yo fuese lo que ella se figura, ¡con que facilidad habría hecho perder la cabeza a su marido! Tuve esta idea, lo confieso... Allí va un hombre encantado de sí mismo —se dijo al ver a un señor gordo, de rostro colorado que iba en dirección contraria; y la saludó con aire amable, descubriendo en seguida que se había equivocado—. También me conoce. No hay quien no me conozca; pero, ¿puedo yo alabarme de conocerme a mí misma? No conozco más que mis deseos, mi apetito como dicen los franceses... Esos chiquillos están ansiosos por esos malos helados —se dijo al ver a dos niños detenidos ante un vendedor de helados ambulante que acababa de poner en el suelo su mercancía y se secaba el rostro con la extremidad de un trapo—. A todos nos gustan las golosinas, y a falta de cosas delicadas, nos contentamos, como esos chicos, con malísimos helados. Así Kitty, no pudiendo casarse con

Wronsky, se ha contentado con Levin. Me detesta y está celosa de mí; por mi parte la envidio. ¡Tal es el mundo! *Futkin coiffeur...* Hacerme peinar por Futkin haría reír —pensó, y pronto recordó que no tendría a nadie a quien hacer reír—. Tocan a vísperas. Ese tendero hace las señales de cruz tan rápidas que se diría que teme que se le pierda alguna. ¿Para qué son esas iglesias, esas campanas, esas mentiras? Para disimular que nos odiamos todos, como esos cocheros que se están insultando. Yashvin tiene razón al decir: "Él quiere llevarse mi camisa, y yo la suya."»

Arrastrada por estos pensamientos, olvidó un momento su dolor, y se extrañó cuando el coche se detuvo. El portero, al salir a su encuentro, le hizo volver a la realidad.

—¿Ha llegado la contestación?

—Voy a preguntar —dijo el portero, y un momento después volvió con un telegrama.

Ana leyó: «No puedo regresar antes de las diez.—Wronsky.»

—¿Y el mensajero?

—Aún no ha vuelto.

Un vago e imperioso deseo de venganza se despertó en el alma de Ana, que subió corriendo la escalera.

«Iré yo misma a donde está —se dijo— antes de marcharme para siempre. Le diré lo que merece. ¡Jamás he odiado a nadie como detesto a ese hombre!»

Y al ver el sombrero de Wronsky en la antecámara, se estremeció de repulsión. No reflexionaba que el telegrama era una contestación al suyo y no a la esquela enviada por un criado, que Wronsky no podía aún haber recibido.

«Está en casa de su madre —pensó— hablando alegremente sin inquietarse de los sufrimientos que me ocasiona.»

Y queriendo huir de los terribles pensamientos que la asaltaban en aquella casa cuyos muros la aplastaban con formidable peso, se dijo:

«Necesito marcharme en el acto —pero no sabía a dónde ir—. Tomar el ferrocarril, perseguirle, humillarle...»

Consultando la guía de los ferrocarriles, vio que el tren de la tarde salía a las ocho y dos minutos.

«Llegaré a tiempo», pensó.

Y haciendo enganchar caballos descansados al coche, se apresuró a poner en un pequeño maletín de viaje los objetos indispensables para su ausencia de varios días. Decidida a no volver, formaba mil proyectos y mentalmente resolvió que, después de la escena que tendría lugar en la estación o en casa de la condesa, continuaría su viaje por el ferrocarril de Nijni, para detenerse en la primera ciudad que se presentara.

La comida estaba servida, pero el alimento le causaba horror. Subió de nuevo en la carretela tan pronto como el cochero hubo enganchado, irritada al ver a los criados que se agitaban en derredor suyo.

—No te necesito, Pedro —dijo al lacayo que se disponía a acompañarla...

—¿Quién tomará el billete del tren para la señora?

—Bueno, ven si quieres, me es igual —respondió contrariada.

Pedro saltó al pescante y dio orden al cochero de ir a la estación Nijni.

XXX

«¡Ya se van aclarando mis ideas! —se dijo Ana cuando se vio en la carretela rodando por un empedrado desigual—. ¿Qué era lo último en que estaba pensando? ¡Ah, sí!, en las reflexiones de Yashvin sobre la lucha por la vida, sobre el odio, que es lo único que une a los hombres. ¿Qué van ustedes buscando como placer? —pensó al ver una alegre comitiva en un coche tirado por cuatro caballos, que probablemente iba a pasar un día en el campo—. ¡No escaparán a su suerte! —y viendo a corta distancia a un obrero borracho conducido por un agente de policía—: Eso es lo mejor para olvidar. Nosotros también, el conde Wronsky y yo, hemos probado el placer, ¡y nos hemos encontrado muy por bajo de los supremos goces a que aspirábamos!»

Y por primera vez Ana consideró sus relaciones con el conde iluminada con la brillante luz que de pronto le revelaba la vida: «¿Qué ha buscado él en mí? ¡La satisfacción de la vanidad más bien que la del amor! —y las palabras de Wronsky, la expresión de perro sumiso que adoptaba su rostro en los primeros tiempos de sus relaciones, le venían a la mente y confirmaban este pensamiento—. Buscaba, ante todo, el triunfo del buen éxito; me quería principalmente por vanidad. Ahora que ya no está orgulloso de mí, todo ha concluido. Habiéndome arrebatado todo lo qué podía arrebatarme y no encontrando ya nada de qué vanagloriarse le peso ya, y sólo se preocupa de hacer las consideraciones exteriores que me guarda. Si quiere el divorcio es únicamente con ese fin. Quizá me ame aún; pero, ¿cómo? *The zet is gone.* En el fondo de su corazón sentirá un alivio al librarse de mi presencia Mientras que mi amor se vuelve cada día más egoístamente apasionado, el suyo se va apagando poco a poco. Por eso ya no estamos de acuerdo. Yo necesito atraerle y él necesita huir de mí. Al principio de nuestras relaciones, nos atraíamos ambos, marchábamos uno al lado del otro; ahora marchamos en sentido inverso. Él me acusa de ser ridículamente celosa, yo también me acuso de ello; pero la verdad es que mi amor ya no está satisfecho.»

En el estado de perturbación en que se encontraba, Ana cambió de lugar en la carretela, moviendo los labios como si fuera a hablar: «Si pudiera, trataría de ser para él una amiga razonable, y no una amante apasionada a quien su frialdad exaspera, pero no puedo transformarme. Estoy segura de que no me engaña y de que no está más enamorado de Kitty que de la princesa Sarokin; pero, ¿qué me importa? Desde el momento en que mi amor le cansa, que no siente por mí lo que yo siento por él, ¿qué me importa su buen comportamiento? Casi preferiría su odio. Donde acaba el amor comienza la repugnancia, y este es el infierno que sufro. ¿Qué barrio es éste que no conozco? Montañas, casas, siempre casas, habitadas por gentes que se detestan unas a otras... ¿Qué podría sucederme que me trajera felicidad? Supongamos que Alejo Alejandrovitch consienta en el divorcio, que me devuelva a Sergio y que yo me case con Wronsky.»

Y al pensar en Karenin, Ana le vio ante ella, con su mirada apagada, sus manos de venas azules, con sus falanges que crujían, y el recuerdo de sus relaciones con él, consideradas tiernas en otro tiempo, la hizo estremecerse de horror. «Admitamos por un momento que me case; ¿me respetará Kitty por eso? ¿No se preguntará Sergio por qué tengo dos maridos? ¿Cambiará Wronsky de actitud para conmigo? ¿Podrán establecerse entre él y yo relaciones que me den, no digo la dicha, sino sentimientos que no sean una tortura? No —se respondió sin vacilar—, la escisión entre nosotros es demasiado profunda, él causa mi desgracia y yo hago la suya. Ya no podemos impedir eso... ¿Por qué supondrá esa mendiga con su niño que inspira piedad? ¿No estamos todos arrojados sobre este planeta para sufrir los unos por los otros...? Los alumnos vuelven del Instituto... ¡mi querido Sergio...!, a él también creí amarle, mi afecto por él me enternecía a mí misma, sin embargo, he vivido sin él cambiando su amor por el de otro, y mientras se ha visto satisfecha mi pasión por este otro, no me he quejado del cambio —le satisfacía casi analizar sus sentimientos con esta implacable claridad—. Respecto a eso, todos nos hallamos en el mismo carro, yo, Pedro, el cochero, esos comerciantes, las gentes que viven en las riberas del Volga y que se atraen con anuncios pegados en la pared, todos, por todas partes, siempre...»

—¿Hay qué tomar el billete para Obiralowka? —preguntó Pedro al acercarse a la estación.

Le costó trabajo comprender esta pregunta; sus pensamientos estaban en otra parte y había olvidado a lo que iba.

—Sí —contestó al fin dándole el bolso y bajando de la carretela con el saquíllo rojo en la mano.

Los detalles de su situación le acudieron nuevamente a la memoria al atravesar la multitud para dirigirse a la sala de espera. Sentada en un gran sofá circular esperando el tren meditó sobre las diferentes resoluciones en que podía fijarse. Se presentó el momento en que llegaría a la estación, el billete que escribiría a Wronsky, lo que ella le diría al entrar en el salón de la vieja condesa, donde quizá en aquel momento se estaba él quejando de las amarguras de la vida. La idea de que aún podía vivir feliz le pasó por la mente... ¡qué duro era amar y odiar al mismo tiempo! ¡Cómo le palpitaba el corazón amenazando estallar!

XXXI

Sonó una campana; algunos jóvenes escandalosos, de aspecto vulgar, pasaron por delante de ella. Pedro atravesó la sala y se le unió para acompañarla hasta el vagón. Los hombres agrupados cerca de la puerta guardaron silencio al verla pasar. Uno de ellos murmuró algunas palabras a su vecino; debía ser alguna grosería. Ana tomó asiento en un coche de primera clase y puso su pequeño maletín sobre un asiento de paño gris marchito. Pedro se quitó su sombrero galoneado, con una sonrisa idiota en señal de adiós y se alejó. El inspector cerró la portezuela. Una dama ridículamente ataviada y que Ana desnudó en su imaginación para espantarse de su fealdad, corría por el andén seguida de una niña que reía con mucha afectación.

«Esta niña es grotesca y ya es presuntuosa», pensó Ana, y para no ver a nadie se sentó al lado opuesto del coche.

Un *mujik* sucio, con un gorro del que se escapaban mechones enmarañados, pasó cerca de la ventanilla inclinándose hacia la vía.

«Esta fisonomía no me es desconocida», se dijo Ana, y repentinamente se acordó de su pesadilla, y espantada corrió hacia la otra portezuela del vagón que el conductor abría para hacer entrar a un caballero y a una señora.

—¿Quiere usted salir?

Ana no respondió y nadie pudo notar bajo el velo que le cubría el rostro, el espantoso terror que la helaba la sangre. Volvió a sentarse; la pareja ocupó los asientos frente a ella, examinando discretamente, aunque con curiosidad, las particularidades de su traje. El marido la pidió permiso para fumar, y habiéndolo obtenido, manifestó a su mujer, en francés, que sentía mucha más necesidad de hablar que de fumar. Ambos hacían estúpidas observaciones con el fin de llamar la atención de Ana y trabar conversación con ella. Ana pensó:

«Esas gentes deben detestarse. ¿Podrían amar semejantes monstruos?»

El ruido, los gritos, las risas que siguieron a la segunda campanada, dieron ganas a Ana de taparse los oídos. ¿Qué era lo que podía hacerles reír?

Después de la tercera señal, la locomotora silbó, el tren se puso en movimiento y el caballero hizo la señal de la cruz.

«¿Qué es lo que da a entender con eso?», pensó Ana, volviendo los ojos a otro lado con aire furioso para fijarse por encima de la cabeza de la señora en los vagones y los muros de la estación que pasaban delante de la ventanilla. El movimiento se fue haciendo más rápido. Los rayos del sol poniente penetraron en el coche, y una ligera brisa jugueteó con las cortinillas.

Ana, olvidando a sus compañeros de viaje, respiró el aire fresco y volvió a reanudar el hilo de sus reflexiones:

«¿En qué estaba yo pensando? En que mi vida por cualquier lado que la considere, no puede ser más dolorosa. Todos nos hallamos condenados a sufrir, y no hacemos más que tratar de disimulárnoslo. ¡Pero cuando la verdad nos saca los ojos...!»

—La razón ha sido dada al hombre para que rechace lo que le molesta —dijo la dama en francés, encantada de su frase.

Esas palabras correspondían al pensamiento de Ana.

—Rechazar lo que molesta —repitió, y una ojeada dada al hombre y a su escuálida mitad, le hizo comprender que ésta debía considerarse como una criatura no comprendida y que su obeso marido no la disuadía y se aprovechaba de ello para engañarla.

Ana escudriñaba en lo más profundo de sus corazones; pero como no encontró nada que le interesara en esto, continuó en sus reflexiones.

Al llegar a la estación siguió a la multitud, tratando de evitar el contacto grosero de la gente bulliciosa, y se detuvo en el andén para preguntarse lo que debía hacer. Ahora, todo le parecía de difícil ejecución; empujada, golpeada, curiosamente observada, no sabía dónde refugiarse. Al fin se le ocurrió detener a un empleado para preguntarle si no estaba en la estación el cochero del conde Wronsky con algún mensaje.

—¿El conde Wronsky? Hace poco han venido a recibir a la princesa Sarokin y a su hija. ¿Cómo es ese cochero?

En aquel mismo instante Ana vio dirigirse hacia ella al cochero Miguel enviado por ella, con un caftán nuevo, trayendo un billete con aire importante, y orgulloso por haber cumplido su misión.

Ana rompió el sobre y se le oprimió el corazón al leer:

«Lamento que su billete de usted no me haya encontrado en Moscú. Volveré a casa a las diez.—WRONSKY.»

—Eso es, me lo esperaba —dijo con sonrisa sardónica—. Puedes volverte a casa —dijo al joven cochero.

Esas palabras las pronunció lentamente y con dulzura. Su corazón palpitaba con tal violencia que le impedía hablar.

«No, ya no te permitiré que me hagas sufrir de ese modo», pensó, dirigiendo esas palabras con amenaza al que la hacía padecer, y continuó caminando por el andén.

«¡Adónde huir, Dios mío!», se dijo al verse examinada curiosamente por las personas a quienes su tocado y su belleza llamaban la atención.

El jefe de la estación le preguntó si estaba esperando el tren. Un vendedor de *kvas* no apartaba los ojos de ella. Al llegar a la extremidad del andén se detuvo. Unas señoras y unos niños hablaban riendo con un señor de anteojos, que probablemente habían venido a recibir. Aquellas señoras también callaron y se volvieron para ver pasar a Ana. Ésta apresuró el paso. Un tren de mercancías que se acercaba hacía trepidar el andén. Se le antojó que se encontraba en un tren en movimiento. De pronto recordó al hombre aplastado el día en que había visto a Wronsky por primera vez en Moscú y comprendió lo que debía hacer. Con rapidez y ligereza bajó los peldaños que iban de la bomba situada al extremo del andén a los rieles, y caminó al encuentro del tren. Examinó fríamente la gran rueda de la locomotora, las cadenas, los ejes, tratando de medir la distancia que había entre las ruedas delanteras del primer vagón y las ruedas de atrás.

«Allí —se dijo, mirando la sombra proyectada por el vagón sobre la arena mezclada de carbón que cubría las traviesas—. Allí en medio, será castigado y yo me veré libre de todos y de mí misma.»

Su pequeño maletín rojo, que llevaba cogido por las asas y le costó trabajo sacar de la muñeca, la hizo perder el momento de arrojarse bajo el primer vagón. Esperó el segundo. Una sensación semejante a la que experimentaba en otro tiempo antes de zambullirse en el agua del río, se apoderó de ella, e hizo la señal de la cruz santiguándose. Este ademán familiar evocó en su alma una multitud de recuerdos de la juventud y de la infancia. La vida, con sus fugaces alegrías, brilló un segundo ante sus ojos; pero no los apartó del vagón, y cuando se presentó ante ella el espacio entre las dos ruedas tiró el saco, se encogió de hombros y, con los brazos extendidos, se echó de rodillas bajo el vagón como si hubiese querido quedar en posición de levantarse de nuevo. Tuvo tiempo para sentir miedo.

«¿Dónde estoy? ¿Por qué? —pensó haciendo un esfuerzo para echarse hacia atrás; pero una mole enorme, inflexible, le dio un golpe en la cabeza y la tumbó de espaldas—. ¡Señor, perdonadme!», murmuró al comprender la inutilidad de la lucha.

Un pequeño *mujik*, murmurando entre dientes, se inclinó hacia la vía, en pie sobre el estribo del vagón. Y la luz que para aquella desgraciada había iluminado el libro de la vida con sus tormentos, sus traiciones y sus dolores, desgarrando las tinieblas, brilló con más vivo resplandor, vaciló y se apagó para siempre.

OCTAVA PARTE

I

Habían pasado dos meses, y aunque era ya la mitad del verano, Sergio Ivanitch no había aún salido de Moscú para pasar en el campo el período de su reposo habitual. Acababa de verificarse un acontecimiento importante para él: la publicación de un libro sobre las formas de gobierno en Europa y en Rusia, fruto de un trabajo de seis años. La introducción, lo mismo que algunos fragmentos de esta obra, habían sido ya publicados en algunas revista, y aun cuando su trabajo no tuviese, por tanto, el atractivo de la novedad, Sergio Ivanitch confiaba, sin embargo, en que produciría gran sensación. No obstante, pasaron semanas sin que ninguna emoción viniese a agitar al mundo literario. Algunos amigos, hombres de ciencia, hablaron a Kosnichef de su libro, por cortesía; pero la sociedad propiamente dicha se preocupaba de cuestiones muy diferentes, para prestar la menor atención a publicaciones de aquel género. En cuanto a los periódicos, la única retórica que apareció en una hoja seria, sólo sirvió de mortificación al autor.

Este artículo no era más que una selección de citas hábilmente combinadas para demostrar que el libro entero, con sus grandes pretensiones, no era más que un tejido de frases pomposas, no siempre inteligible, como lo indicaban los frecuentes signos de interrogación del crítico. Lo peor era que éste, aunque mediocremente instruido, escribía de un modo muy ingenioso.

Sergio Ivanitch, a pesar de su buena fe, no pensó un solo instante en comprobar la exactitud de esas observaciones. Creyó en una venganza, y recordó haber encontrado al autor del artículo en casa de su librero y haber demostrado la ignorancia de una de sus observaciones.

Al disgusto de ver su trabajo de seis años pasar inadvertido, se unía para Kosnichef una especie de desaliento causado por la ociosidad, que sucedía para él al período de agitación debida a la publicación de su libro. Felizmente, la atención pública se fijaba en aquel momento en la cuestión eslava, con un entusiasmo que se comunicaba a los más elevados ingenios. Kosnichef tenía demasiado buen sentido para no reconocer en aquel entusiasmo algunos puntos pueriles, y que ofrecía numerosas oportunidades a los vanidosos para ponerse en evidencia. Tampoco le merecían una confianza absoluta en las narraciones exageradas de los periódicos. Pero le conmovió el sentimiento unánime de simpatía de todas las clases sociales por el heroísmo de los servios y de los montenegrinos.

Esta manifestación de la opinión pública le impresionó.

«El sentimiento nacional —decía—, podía al fin manifestarse en plena luz.»

Y cuanto más estudiaba aquel movimiento en su conjunto, más grandiosas proporciones le descubría, destinadas a marear una era en la historia de Rusia. Olvidó su libro y sus decepciones, y se consagró tan en absoluto a la obra común, que llegó la mitad del verano sin que hubiese podido desembarazarse por completo de sus nuevas ocupaciones para poder marcharse al campo. Resolvió a todo coste tomar unos quince días para gozar de la vida campestre, con objeto de asistir a las primeras señales del despertar nacional, en el cual la capital y todas las grandes ciudades del imperio creían firmemente.

Katavasof aprovechó la ocasión para cumplir la promesa que había hecho a Levin de ir a su casa, y los dos amigos se pusieron en camino el mismo día.

II

Los alrededores de la estación de Koursk estaban llenos de carruajes conduciendo voluntarios y los que formaban sus escoltas; había damas con ramos de flores esperando a los héroes del día para saludarles, y la multitud las seguía hasta el interior de la estación.

Entre las señoras de los ramos se encontraba una que conocía a Sergio Ivanitch, y al verle le preguntó en francés si acompañaba a los voluntarios.

—Voy al campo, a casa de mi hermano, princesa; tengo necesidad de reposo, pero usted —añadió con ligera sonrisa—, ¿no abandona su puesto?

—Es preciso. Dígame usted, ¿es verdad que hemos enviado ya ochocientos?

—Hemos enviado ya mas de mil, si contamos con los que no han salido directamente de Moscú.

—Bien decía yo —exclamó la señora muy contenta—. ¿Y los donativos? ¿No es cierto que han llegado a un millón?

—Más todavía, princesa.

—¿Ha leído usted el telegrama? Los turcos han sido de nuevo derrotados. A propósito, ¿sabe usted quién se marchó hoy? ¡El conde Wronsky! —añadió la princesa con aire triunfante y con una sonrisa significativa.

—Ya lo había oído decir, pero no sabía que se marchase hoy.

—Acabo de verle, esta aquí con su madre; ciertamente es lo mejor que podía hacer.

—¡Oh, ciertamente!

Durante esta conversación, la muchedumbre se precipitaba en la sala del *buffet*, donde un señor con la copa en la mano pronunciaba un discurso a los voluntarios y terminó bendiciéndoles en nombre de *nuestra madre Moscú*. La multitud respondió con vivas, y Sergio Ivanitch y su compañera fueron casi atropellados por las manifestaciones del entusiasmado público.

—¿Qué dice usted, princesa? —gritó de pronto, en medio de la muchedumbre, la voz entusiasta de Esteban Arcadievitch abriéndose paso por entre el gentío.

—¿Verdad que ha hablado bien? ¡Bravo! Usted, Sergio Ivanitch, debería decirles también algunas palabras de aprobación —añadió Oblonsky con su aire cariñoso, tocando el brazo de Kosnichef.

—¡Oh, no, estoy de viaje!

—¿Adónde va usted?

—A casa de mi hermano.

—Entonces verá usted a mi esposa; dígale que me encontró, que todo va *all right*. Ella ya lo comprenderá. Dígale también que me han nombrado miembro de la comisión, ya sabe lo que es, ya la he escrito. Dispense usted, princesa, son las pequeñas miserias de la vida humana —dijo volviéndose hacia la señora—. ¿Sabe usted que Miagkaia, no Lisa, sino Bibiche, envía mil fusiles y doce hermanas enfermeras? ¿Lo sabía usted?

—Sí —respondió fríamente Kosnichef.

—¡Qué lástima que se vaya usted! Mañana damos una comida de despedida a dos voluntarios: Bartniansky, de San Peterburgo, y nuestro Weslowsky, que apenas casado se marcha ya. Eso es hermoso, ¿verdad?

Y sin advertir que no interesaba nada a sus interlocutores, Oblonsky continuó charlando.

—¿Es posible? —exclamó cuando la princesa le indicó que Wronsky se marchaba en el primer tren.

Un ligero matiz de tristeza se pintó momentáneamente en su alegre rostro. Pero pronto olvidó las lágrimas que había derramado sobre el cuerpo inanimado de su hermana, para no considerar en Wronsky más que a un héroe y a un antiguo amigo. Corrió a reunirse con él.

—Hay que hacerle justicia a pesar de sus defectos —dijo la princesa cuando Esteban Arcadievitch se alejó—: es una naturaleza eslava por excelencia. Temo, sin embargo, que el conde no tenga mucho gusto en verle. Por más: que digan, ese desgraciado Wronsky me causa lástima. Trate usted de hablar con él en el camino.

—Ciertamente, si encuentro la oportunidad.

—Nunca me ha gustado; pero encuentro que lo que hace hoy, redime muchas faltas. ¿Sabe usted que lleva un escuadrón a expensas suyas?

La campana sonó y la multitud se agolpó contra las puertas.

—¡Allí viene! —dijo la princesa señalando a Wronsky, que llevaba un largo paletó y un sombrero de grandes alas, dando el brazo a su madre. Oblonsky les seguía hablando con animación. Probablemente les había informado de la presencia de Kosnichef, porque Wronsky se volvió hacia el lado que le indicaba y silenciosamente se quitó el sombrero dejando ver una frente arrugada y envejecida por el dolor. Pronto desapareció en dirección al andén.

Los vivas y el himno nacional cantado en coro resonaron hasta que arrancó el tren. Un joven voluntario de elevada estatura, encorvado y de aspecto enfermizo, contestaba al público con ostentación, agitando su gorro de fieltro y un ramo de flores por encima de la cabeza. Detrás de él, dos oficiales y un hombre viejo con la cabeza cubierta con un gorro en mal estado, saludaban más modestamente.

III

Kosnichef, después de haberse despedido de la princesa, entró con Katavasof, que acababa de reunirse con él, en un coche lleno de gente.

En la estación siguiente, los voluntarios fueron también acogidos con el himno nacional, y ellos contestaron con el mismo saludo. Tales ovaciones eran demasiado familiares a Sergio Ivanitch y el tipo de los voluntarios demasiado conocido, para que mostrase la menor curiosidad; pero Katavasof, cuyos estudios le mantenían lejos de ese ambiente, vio con interés aquellas escenas que le eran nuevas, e hizo preguntas a su compañero sobre los voluntarios. Sergio Ivanitch le aconsejó que los estudiase en su vagón en la estación siguiente, y Katavasof tomó el consejo.

Encontró a los cuatro héroes sentados en un rincón del coche, conversando en voz alta, pues sabían que eran objeto de la atención general. El joven alto, encorvado, hablaba más recio que los otros, debido a las frecuentes libaciones, y contaba una historia a un oficial con uniforme de cuartel, austríaco. El tercer voluntario, con uniforme de artillero, se hallaba sentado en un cofre cerca de ellos, y el cuarto dormía. Katavasof supo que el joven enfermizo era un comerciante que a los veintidós años apenas, había logrado disipar una fortuna considerable, y creía que atraía la atención del mundo entero marchándose a Servia. Era un niño mimado, de salud escasa y lleno de vanidad. Produjo mala impresión al profesor.

El segundo no valía mucho más. Había probado todos los oficios y hablaba de todo con tono definitivo y con la mayor ignorancia.

El tercero, por el contrario, agradó a Katavasof por su modestia y afabilidad. La presunción y la falsa ciencia de sus compañeros le imponían y se mantenía reservado.

—¿Qué va usted a hacer a Servia? —le preguntó el profesor.

—Voy, como los demás, a tratar de ser útil.

—Allá faltan artilleros.

—¡Oh, yo he servido tan poco en la artillería...!

Y contó que por no haber podido presentarse a examen, había tenido que abandonar el ejército como sargento.

La impresión general producida por aquellos individuos era poco favorable. Un viejo con uniforme militar, que les escuchaba, con Katavasof, no parecía más satisfecho que éste. Encontraba difícil tomar en serio a aquellos héroes cuyo valor militar lo extraían sobre todo de las cantimploras de viaje; pero ante la excitación general de los espíritus, era imprudente el pronunciarse abiertamente. El viejo militar, interrogado por Katavasof sobre la impresión que le causaban los voluntarios, se limitó, por tanto, a contestar sonriendo:

—¿Qué quiere usted? ¡Se necesitan hombres!

Y sin profundizar más sus mutuos sentimientos a este respecto, charlaron de las noticias del día y de la famosa batalla en que los turcos debían quedar aniquilados todos.

Katavasof no dijo mucho más a Sergio Ivanitch cuando fue a ocupar su asiento al lado de él. No tuvo el valor de expresar su opinión.

Los coros, las aclamaciones, los ramos de flores, las recaudadoras de donativos, se volvieron a encontrar en la ciudad siguiente. Los voluntarios, lo mismo que en Moscú, fueron acompañados a la cantina, pero con un poco menos de entusiasmo.

IV

Durante la parada del tren, Sergio Ivanitch se paseó por el andén y pasó por delante del coche de Wronsky, cuyas cortinas estaban echadas; al volver a pasar, divisó a la vieja condesa, cerca de la ventanilla. Ésta le llamó.

—Ya ve usted, le acompaño hasta Kursk.

—Me lo habían dicho —respondió Kosnichef, deteniéndose en la portezuela del vagón; y al observar la ausencia de Wronsky, añadió—: Hace una hermosa acción.

—¡Y qué quería usted que hiciese después de su desgracia!

—¡Qué horrible acontecimiento!

—¡Dios mío, por qué penas he pasado! Pero, entre —dijo la vieja señora, haciendo lugar para Kosnichef a su lado—. ¡Si usted supiera todo lo que he sufrido...! Durante seis semanas no ha abierto la boca, y sólo a fuerza de súplicas mías se decidía a comer. Temíamos que atentase contra su vida. ¿Usted ya sabe que una vez estuvo a punto de morir por ella? Sí —añadió la anciana condesa, cuyo rostro se oscureció, con este recuerdo—, esa mujer ha muerto como había vivido, vil y miserablemente.

—No nos corresponde a nosotros juzgarla, condesa —respondió Sergio Ivanitch dando un suspiro—; pero comprendo que haya usted sufrido.

—¡No me hable usted de eso! Mi hijo estaba conmigo en mi finca cerca de Moscú, donde me hallaba pasando el verano, cuando le trajeron una esquela que el contestó en el acto. Nadie se imaginaba que pudiera estar en la estación. Por la noche, al subir tranquila a mi alcoba, supe por mis camareras que una señora se había echado bajo un tren de mercancías. Al momento pensé que fuese ella y lo primero que dije fue: ¡Que no se hable de eso al conde! Pero ya se lo habían dicho; su cochero estaba en la estación en el momento de la catástrofe, y lo había visto todo. Corrí al lado de mi hijo; estaba como loco; sin decir una palabra se marchó. No sé lo que vio, pero al regresar parecía muerto; yo no le habría conocido. *Postración completa*, dijo el doctor. Más tarde, estuvo a punto de volverse loco. Por más que usted diga, esa mujer era mala. ¿Comprende usted una pasión de ese género? ¿Qué ha querido ella probar con su muerte? Ha perturbado la existencia de dos hombres de un mérito raro: su marido y mi hijo, y se ha perdido a sí misma.

—¿Qué hizo el marido?

—Volvió a recoger a la niña. En el primer momento, Alejo convino en todo; ahora se arrepiente de haber abandonado a su hija a un extraño; pero, ¿puede él encargarse de ella? Karenin fue al entierro. Hemos logrado evitar que se encontraran él y mi hijo. Para el marido, esta muerte es la libertad; mas para mi hijo, que lo había sacrificado todo a esa mujer, su posición, su carrera... ¡recompensarle así! No, usted dirá lo que quiera, pero ese es el fin de una criatura sin religión. Qué Dios me perdone, pero al pensar en el mal que ha causado a mi hijo, no puedo menos de maldecir su memoria.

—¿Cómo se encuentra ahora?

—Esta guerra nos ha salvado. No comprendo gran cosa, y la guerra me inspira miedo, tanto más que no se ve con buenos ojos en San Petersburgo; pero no por eso doy menos gracias al Cielo. La guerra le ha reanimado. Su amigo Yashvin ha venido a convencerle para que le acompañe a Servia. Yashvin va porque se ha arruinado en el juego. Los preparativos de la marcha han ocupado y distraído a Alejo. Hable usted con él, se lo suplico, ¡está tan triste! Y para colmo de males, tiene un horrible dolor de muelas. Pero se alegrará de verle a usted.

Sergio Ivanitch prometió hablar con el conde y se dirigió hacia el lado de la vía donde se encontraba Wronsky.

V

En medio de los fardos amontonados en el muelle de mercancías, Wronsky paseaba como una fiera en su jaula, en un espacio estrecho donde no podía dar más de veinte pasos. Con las manos metidas en los bolsillos del paletó, pasó delante de Sergio Ivanitch sin que pareciera reconocerle; pero éste se hallaba por encima de toda susceptibilidad. Según él, Wronsky cumplía una gran misión, y debía ser apoyado y alentado. Se acercó, pues, y el conde, al mirarle fijando los ojos en él, se detuvo y le tendió cordialmente la mano.

—Quizá usted habría preferido no verme, pero me dispensará mi insistencia; tengo interés en ofrecer a usted mis servicios —dijo Sergio Ivanitch.

—Nadie puede hacerme menos daño con su presencia que usted —respondió Wronsky—. Dispénseme usted, la vida me presenta tan pocos aspectos agradables...

—Lo comprendo. Sin embargo, ¿una carta para Histich o para Milán podría tal vez ser de alguna utilidad a usted? —continuó Kosnichef, impresionado por el profundo dolor que expresaba el rostro del conde.

—¡Oh, no! —contestó éste, haciendo un esfuerzo para comprender—. ¿Quiere usted que andemos un poco? ¡Estos vagones son tan sofocantes...! ¿Una carta? No, ¡gracias!, no se necesita para hacerse matar... quizá para los turcos, en el caso de morir... —añadió con forzada sonrisa, mientras que su rostro conservaba una expresión de amargo dolor.

—Con esa carta le sería a usted más fácil ponerse en relaciones con los hombres principales del movimiento. Por lo demás, haga usted lo que le parezca; pero quería manifestarle cuánto me alegra saber la decisión que usted ha tomado. Usted rehabilitará ante la opinión pública a esos voluntarios tan atacados.

—Mi único mérito es que no doy importancia a la vida. En cuanto a la energía, bien sé que no me faltará, y es un alivio para mí emplear en un fin útil esta existencia que me pesa...

Hizo un gesto de impaciencia a causa de la muela que le dolía.

—Va usted a renacer a una vida nueva —dijo Sergio Ivanitch, conmovido—. Permítame que se lo prediga: salvar a sus hermanos oprimidos es un fin por el cual se puede lo mismo vivir que morir con dignidad. Que Dios conceda a usted pleno éxito y que devuelva a su alma la calma que necesita.

—Ya no soy más que una ruina —murmuró el conde lentamente estrechando la mano que le presentaba Kosnichef.

Calló dominado por el dolor persistente que le molestaba para hablar, y maquinalmente fijó los ojos en la rueda del ténder, que avanzaba resbalando lentamente y con regularidad sobre los rieles. Al verla, su dolor físico desapareció de improviso, borrado por la tortura del recuerdo cruel que evocó en él la presencia de un hombre que no había vuelto a ver desde el día de la desgracia. Ella se le apareció de improviso, o al menos lo que quedaba de ella, cuando entrando como un loco en el cuartel cerca del ferrocarril, adonde la habían llevado, vio su cuerpo ensangrentado, tendido impúdicamente a los ojos de todos; la cabeza intacta, con sus pesadas trenzas y sus ligeros bucles cerca de las sienes; de espaldas, con los ojos medio cerrados, los labios entreabiertos, que parecían prontos a repetir su terrible amenaza y a predecirle que se arrepentiría.

Desde entonces, por más que quería pensar en su primer encuentro con ella, también en la estación, y trataba de volver a verla en su poética belleza, cuando, rebosando de vida y de alegría, iba en busca de la felicidad que también sabía dar, no se le aparecía más que su imagen irritada, animada por una implacable necesidad de venganza. Sólo eso veía, y las alegrías del pasado quedaban envenenadas para siempre... Un sollozo le agitó todo el cuerpo.

Después de un momento de silencio, el conde, ya más calmado, cambió aún algunas palabras con Kosnichef sobre el porvenir de Servia. Luego, al oír la señal de partida, los dos se separaron.

VI

Como Sergio Ivanitch no sabía cuándo le sería posible partir, no quiso anunciar de antemano su salida por telégrafo. Hubo, pues, de contentarse con el primer *tarantás* de alquiler que encontró en la estación. Él y su compañero llegaron a Pakrofsky hacia el mediodía negros de polvo.

Kitty, desde el balcón en donde estaba con su padre y su hermana, reconoció a su cuñado y corrió a recibirle.

—Debería usted avergonzarse de llegar así, sin avisarnos —dijo presentando la frente a Sergio Ivanitch.

—Ya ve usted cómo hemos podido evitar que ustedes se molestaran. Aquí tiene usted a nuestro amigo Miguel Semenitch, al que les traigo.

—No me confunda usted con un negro —dijo riendo Katavasof—. Cuando me haya lavado, ya verá usted cómo tengo figura humana— y sus dientes blancos brillaban en la cara empolvada.

—Kostia va a tener una gran alegría. Está en la granja, pero no tardará en volver.

—Siempre en sus negocios, mientras que nosotros no nos ocupamos más que de la guerra de Servia. Tengo curiosidad de saber la opinión de mi amigo sobre ese asunto. Seguro que no piensa como la generalidad.

—Creo que sí —respondió Kitty algo confusa, mirando a Sergio Ivanitch—. Voy a mandarle llamar. Tenemos aquí en este momento a papá, que ha regresado del extranjero.

Y aprovechando la libertad de movimientos de que había estado privada por tanto tiempo, se apresuró a instalar a sus huéspedes, a mandar por su marido y a correr al lado de su padre a la terraza.

—Es Sergio Ivanitch, que nos trae al profesor Katavasof.

—¡Oh, con este calor! ¡Qué pesado debe ser para él!

—De ningún modo, papá; está muy satisfecho, es muy amable y Kostia le quiere mucho —y dirigiéndose a su hermana—: Ve, querida amiga, a charlar con ellos, mientras yo voy a ver al chiquillo. Desde esta mañana no ha mamado, debe estar impaciente. Esos señores vieron a Stiva en la estación.

El lazo que unía la madre al hijo era aún tan íntimo que adivinaba las necesidades de su hijo antes de haber oído su vigoroso grito de impaciencia.

Apresuró el paso.

—Démele usted, démele pronto —dijo con tanta impaciencia como el niño, y reñía a la criada que tardaba en atarle la cofia.

Por fin, después de un último grito desesperado de Mitia que, con la furia de mamar, no sabía por dónde, la madre y el hijo se calmaron, y Kitty sonrió al ver que su hijo le echaba una mirada casi astuta bajo su gorro, inflando sus mejillas rosadas.

—Créame usted, Catalina Alejandrovna, madrecita, ya me conoce —dijo la vieja Agatha Mikhailovna, que no podía estar lejos del cuarto del niño.

—Es imposible; si la conociese a usted, me conocería a mí también —respondió Kitty sonriendo.

Pero a pesar de todo, Kitty sabía en el fondo de su alma que aquel pequeño ser comprendía cosas ignoradas de los demás, y que ella tampoco habría comprendido sin él. Para todos, especialmente para su padre, Mitia era una criatura que no necesitaba más que cuidados materiales. Para su madre era un ser dotado de facultades morales, y habría podido contar muchas cosas sobre las relaciones de corazón que existían entre ella y el niño.

—Ya verá usted cuando se despierte —insistió la anciana—. Bueno, bueno; pero ahora déjele usted que se duerma.

VII

Agatha Mikhailovna se marchó de puntillas. La criada bajó la cortina, espantó las moscas ocultas debajo de las colgaduras de muselina de la cuna, y armada con una larga rama de abedul, se sentó al lado de su ama, para seguir haciendo la guerra a los insectos.

Mitia, al ir cerrando poco a poco los párpados, en brazos de su madre, movía su bracito regordete, lo cual turbaba a Kitty, que vacilaba entre el deseo de abrazarle y el de verle dormir.

Sobre su cabeza oía un murmullo de voces y la risa sonora de Katavasof.

«Ahora ya se animan —pensó—, pero es sensible que Kostia no esté con ellos. Se habrá entretenido con las colmenas. A veces me contraría que vaya allí con tanta frecuencia, y, sin embargo, eso le distrae. Está mucho más alegre que en la primavera. En Moscú me daba miedo verle tan sombrío. ¡Qué hombre tan raro!»

Kitty conocía los motivos del tormento de su marido, a quien sus dudas religiosas hacían desgraciado. Y aunque ella en su ingenua fe creyese que no hay salvación para el incrédulo, el escepticismo de aquel cuya alma le era tan querida no la inquietaba en absoluto.

«¿Para qué lee todos esos libros de filosofía en los que no encuentra nada? Puesto que desea la fe, ¿por qué no la tiene? Reflexiona demasiado, y si se abstrae en meditaciones solitarias, es porque nosotros no estamos a su altura. La visita de Katavasof le agradará mucho, le gusta discutir con él —y luego los pensamientos de la joven cambiaron al acordarse de la instalación de sus huéspedes—. ¿Sería preciso darles un cuarto para los dos o un cuarto a cada uno? —un repentino temor le hizo estremecerse y estuvo a punto de molestar a Mitia—. La lavandera no ha traído la ropa... ¡con tal que Agatha Mikhailovna no vaya a dar ropa blanca que ya haya servido! —y se ruborizó—. Es preciso que lo vea yo misma para estar segura —se dijo, y volvió a pensar en su marido—. Sí, Kostia es incrédulo, pero más me gusta así que si se pareciera a la señora Stahl, o a mí cuando estaba en Soden. Él no será jamás hipócrita.»

Le vino a la memoria un rasgo de bondad de su marido. Algunas semanas antes, Esteban Arcadievitch había escrito una carta mostrando arrepentimiento a su esposa y suplicándole le salvara el honor vendiendo sus tierras de Yergushovo para pagar sus deudas.

Dolly, aunque sin estimar a su marido, se hallaba desesperada por esas deudas, y por lástima, se había decidido a deshacerse de una parte de aquellas tierras. Kitty recordó el aire tímido que Kostia vino a proponerle un medio de ayudar a Dolly sin ofenderla, diciéndole la parte que les tocaba a ellos de aquellas tierras.

—¿Será posible ser incrédulo con ese corazón ardiente y ese temor de afligir aunque sea un niño? ¡Únicamente piensa en los demás! Sergio Ivanitch encuentra muy natural considerarle como administrador suyo; su hermana también. Dolly y sus niños no tienen más apoyo que él. Hasta cree que tiene obligación de sacrificar su tiempo en favor de los campesinos que constantemente vienen a consultarle. Sí, lo mejor que puedes hacer es parecerte a tu padre —murmuró rozando con los labios la mejilla de su niño, antes de entregarle al aya.

VIII

Desde el momento en que, al lado de su hermano moribundo, Levin había entrevisto el problema de la vida y de la muerte a la luz de las nuevas convicciones, como él las llamaba, a las que desde los veinte a los treinta y cuatro años habían reemplazado las creencias de su infancia, la vida se le antojaba más terrible aún que la muerte. ¿De dónde venía? ¿Qué significaba? ¿Para qué se nos había concedido? El organismo, su destrucción, la indestructibilidad de la materia, las leyes de la conservación y del desarrollo de las fuerzas, esas palabras y las teorías científicas que se unen a ella, eran sin duda interesantes desde el punto de vista intelectual; pero, ¿cual sería su utilidad en el curso de la existencia?

Y semejante a un hombre que, durante un tiempo frío, cambiase un traje de pieles caliente por otro ligero de muselina sentía, no por el raciocinio, sino por todo su ser, que todo era vacuo y destinado a perecer miserablemente.

Desde entonces, sin cambiar en nada su vida exterior, y casi sin darse cuenta de ello, no cesó de sentir el terror de su ignorancia, persuadido con tristeza de que lo que él llamaba sus *convicciones*, lejos de ayudarle a ver claro, le hacían inaccesibles los conocimientos de que sentía imperiosa necesidad.

El casamiento, sus alegrías y sus nuevos deberes relegaron esos pensamientos; pero después del parto de su esposa le volvieron con creciente persistencia, cuando vivió en Moscú sin ocupaciones serias.

La pregunta que se hacía era ésta: «Si no acepto las explicaciones que me ofrece el Cristianismo sobre el problema de mi existencia, ¿dónde encontrare otras?» E investigaba sus convicciones científicas con el mismo resultado negativo que había conseguido tratando de encontrar comestibles en el registro de una tienda de juguetes o un depósito de armas.

Involuntaria e inconscientemente, buscaba en sus lecturas, en sus conversaciones y hasta en las personas que tenía a su lado, una relación cualquiera con el asunto que le absorbía.

Un hecho especialmente le admiraba y le preocupaba: ¿Por qué los hombres de su clase, que en su mayoría habían como él, reemplazado la fe por la ciencia parecían no experimentar ningún sufrimiento moral y vivían perfectamente satisfechos y contentos? ¿No eran tal vez sinceros? ¿O bien la ciencia les respondía mejor a esas cuestiones perturbadoras?

Y se ponía a estudiar a esos hombres y los libros que podían contener las soluciones tan deseadas.

Descubrió, sin embargo, que había incurrido en un grave error al admitir, con sus compañeros de la Universidad, que la religión ya no existía; mientras que los que él quería más, el viejo príncipe, Lvof, Sergio Ivanitch, Kitty, conservaban la fe de su infancia. Esa fe que él mismo había sentido en otro tiempo; las mujeres en general y el pueblo entero creían.

En seguida se convenció de que los materialistas, cuyas opiniones él profesaba, no daban a sus doctrinas ningún sentido particular, y lejos de explicar esas cuestiones, sin cuya solución la vida les parecía imposible, las dejaban a un lado para resolver otras que a él le dejaban indiferente, tales como el desarrollo del organismo, la definición mecánica del alma, etcétera.

Durante la enfermedad de su esposa, experimentó una extraña sensación; él, el incrédulo, había rezado... lo había hecho con fe sincera, pero luego que volvió a hallarse tranquilo, tuvo conciencia de que su vida era inaccesible a semejante disposición de ánimo. ¿En qué momento se le apareció la verdad? ¿Podía admitir haberse engañado? Y si al analizar fríamente sus fervorosas plegarias a Dios se volvían polvo, ¿debía considerarlas como una prueba de debilidad? Eso habría sido degradar unos sentimientos cuya grandeza apreciaba... Esta lucha interior era un doloroso peso para él, y con todas las fuerzas de su alma trataba de librarse de ella.

IX

Agobiado por estos pensamientos, leía y meditaba, pero el fin deseado parecía alejarse cada vez más.

Convencido de la esterilidad de buscar en el materialismo una contestación a sus dudas, volvió a leer, durante los últimos tiempos de su permanencia en Moscú y en el campo, a Platón, a Spinoza, a Kant, a Schelling, Hegen y a Schopenhauer. Éstos satisfacían su razón en tanto que los leía u oponía sus doctrinas a otras enseñanzas, sobre todo a las teorías materialistas. Desgraciadamente, así que buscaba, independientemente de esos guías, la aplicación a algún punto dudoso, volvía a caer en la misma perplejidad. Las palabras *espíritu, voluntad, libertad, sustancia*, no ofrecían a su inteligencia un sentido claro sino mientras seguía el hilo artificial de las deducciones de esos filósofos y caía en la trampa de sus sutiles distinciones; pero considerado desde el punto de vista de la vida real, el andamio se desplomaba, y no veía otra cosa que una acumulación de palabras sin relación ninguna con ese *algo* que es más necesario en la vida que la razón.

Schopenhauer le proporcionó algunos días de calma con la sustitución que él hizo para sí de la palabra *amor*, y lo que este filósofo llama *voluntad*; pero esta tranquilidad fue de corta duración.

Sergio Ivanitch le aconsejó que leyera a Homiakof y, aunque disgustado por la afectación exagerada de estilo de este autor y por sus excesivas tendencias a la polémica, le impresionó verle desarrollar la idea siguiente: El hombre no podría llegar por sí solo al conocimiento de Dios, la verdadera luz por estar reservado a una reunión de almas animadas por el mismo amor, esto es, a la Iglesia. Este pensamiento alentó a Levin. ¡Cuánto más fácil encontraba él aceptar la Iglesia establecida santa e infalible, puesto que tiene a Dios por jefe, con sus enseñanzas sobre la Creación, la Caída y la Redención, y llegar mediante ella a Dios, que sondear el impenetrable misterio de la Divinidad para explicarse después la Creación, la Caída, etcétera.

Pero, ¡ay!, después de haber leído a Homiakof, leyó una historia de la Iglesia escrita por un autor católico, y dolorosamente volvió a recaer en sus dudas! ¡La Iglesia griega ortodoxa y la Iglesia católica, ambas infalibles en su esencia, se excluían recíprocamente, y la teología no presenta fundamentos más sólidos que la filosofía!

Durante toda aquella primavera no fue el mismo y pasó horas crueles.

«No puedo vivir sin saber lo que soy y con qué fin existo; y puesto que no puedo alcanzar este conocimiento, la vida es imposible», se decía Levin.

«En lo infinito del tiempo, de la materia, del espacio, se forma una célula orgánica, se sostiene un momento, y estalla... ¡Esta célula soy yo!»

Ese sofisma doloroso era el único, el supremo resultado de la labor del pensamiento humano durante siglos, era la creencia final en la cual estaban basadas las investigaciones más recientes del espíritu científico; era la convicción reinante. Levin, sin saber exactamente por qué, y únicamente porque esta teoría le parecía la más clara, involuntariamente se había penetrado de ella.

Pero esta conclusión le parecía más que un sofisma: veía en ella la obra irrisoria de algún espíritu maligno; sustraerse a ella era un deber, y el medio de liberarse estaba al alcance de todos.

... Y, amado, feliz, padre de familia, alejó con cuidado de su mano toda arma, como si temiese ceder a la tentación de poner fin a su suplicio.

No se mató, sin embargo, y continuó viviendo y luchando.

X

No obstante hallarse moralmente atormentado por la dificultad de analizar el problema de su existencia, seguía Levin operando sin vacilación en todo lo que exigía la vida diaria. Volvió a emprender sus trabajos habituales en Pakrofsky hacia el mes de junio; tomó la dirección de las tierras de su hermana y de su hermano; continuó con sus relaciones con sus vecinos y sus campesinos, y a estas ocupaciones añadió aquel año la captura de enjambres de abejas silvestres, que le distrajo y apasionó. El interés con que tomaba los negocios se había limitado; ya no los emprendía como antes con miras generales, cuya aplicación le había causado muchas decepciones, y se contentaba con cumplir sus nuevos deberes advertido por un secreto instinto, que de ese modo obraba con prudencia. En otro tiempo la idea de realizar una buena acción útil, le causaba de antemano una dulce impresión de alegría; pero la acción en sí misma no colmaba sus esperanzas y no tardó en dudar de la utilidad de sus empresas. Ahora iba recto al fin, sin alegrías, pero sin perplejidades, y los resultados eran satisfactorios. Abría su surco en el suelo con la inexperiencia del arado. En vez de discutir ciertas condiciones de la vida, las aceptaba considerándolas tan indispensables como el alimento diario. Consideraba como un deber indiscutible vivir como habían vivido sus antepasados y proseguir su obra para legarla a sus hijos, seguro de que, para lograr ese fin, la tierra debía abonarse, ararse y sembrarse bajo su vigilancia, sin que tuviese el derecho de descargarse de esta fatiga echándola sobre los campesinos, arrendándoles su propiedad. Estaba convencido igualmente de que debía ayuda y protección a su hermano, a su hermana, a los numerosos labriegos que venían a consultarle, como si fuesen niños confiados a su vigilancia. Su esposa y Dolly también tenían derecho a sus desvelos, y todo eso ocupaba por completo aquella existencia de la cual no comprendía el sentido cuando reflexionaba en ella. Cosa extraña; no tan sólo su deber le parecía bien defi-nido, sino que no tenía dudas sobre la manera de cumplirlo en los casos par-ticulares de la vida cotidiana. Por eso no vacilaba en contratar a sus jornale-ros lo más barato que podía; pero sabía que no debía hacerlo por menos del precio normal. Anticipaba dinero a un labriego para sacarle de las garras de un usurero, pero no perdonaba lo que se le debía atrasado. Castigaba con severidad los robos de madera, pero habría sentido escrúpulo de hacer embar-gar el ganado de un labriego cogido en flagrante delito de pastoreo abusivo. Retenía el jornal de un trabajador que hubiese abandonado el trabajo en plena cosecha, con motivo de la muerte de su padre pero, mantenía y alimentaba a los viejos criados que ya no podían trabajar. Dejaba esperando a los labriegos para ir a besar a su esposa al regresar a su casa, pero no habría querido ir a ver sus colmenas antes de recibirlos. No profundizaba ese código personal y temía las reflexiones que pudiesen acarrear dudas y perturbar la clara y pre-cisa percepción de su deber. Por otra parte, sus faltas encontraban un juez severo en su conciencia siempre alerta y que no le perdonaba.

Así es como vivió siguiendo el camino que la vida le trazaba, sin vis-lumbrar la posibilidad de explicarse el misterio de la existencia, y atormentado por su ignorancia hasta el grado de temer el suicidio.

XI

El día de la llegada de Sergio Ivanitch a Pakrofsky, había sido de grandes emociones para Levin.

Era la época más ocupada del año, en la que se exige un esfuerzo de tra-bajo y de voluntad que no se parecía lo bastante, porque se reproduce perió-dicamente y sólo ofrece resultados muy sencillos. Segar, acarrear el trigo, gua-dañar, arar, trillar el grano, sembrar son trabajos que a nadie admiran, pero, para llegar a ejecutarlos en el breve espacio de tiempo que la naturaleza con-cede, precisa que todos, grandes y pequeños, se pongan al trabajo. Es necesa-rio que durante tres o cuatro semanas los trabajadores se contenten con pan, cebollas y *kvas*; que no duerman más que unas pocas horas, que no se deten-gan ni de día ni de noche, y semejante fenómeno se realiza todos los años en toda Rusia.

Levin se sentía a la altura del pueblo: marchaba al campo muy temprano por la mañana; volvía para almorzar con su esposa y su cuñada, y se dirigía de nuevo a la granja donde estaba instalando una nueva trilladora. Y mientras vigilaba el trabajo o mientras conversaba con su suegro y las damas, las mis-mas preguntas le perseguían:

—¿Quién soy? ¿Dónde estoy? ¿Para qué?

En pie cerca de la granja recién cubierta de pajaza, miraba el polvo que la trilla producía al agitarse en el aire; la paja desparramarse sobre la hierba bañada por el sol, las golondrinas refugiándose bajo los aleros y los labradores agrupándose en el interior oscuro de la granja.

«¿Por qué todo eso? —se decía—; ¿por qué estoy aquí vigilándolos? Y ellos, ¿por qué se muestran celosos delante de mí? Allí está mi vieja amiga Matrona (era una mujer alta, delgada, a quien él había curado de una quema-dura, y que estaba raspando vigorosamente el suelo); yo la he curado, es ver-dad, pero si no es hoy, será dentro de un año, o de diez años, cuando habrá que enterrarla del mismo modo que a esta muchachilla hábil que se hace la elegante, lo mismo que a ese caballo enganchado al malacate, y que a Fedor que vigila la trilla y manda a las mujeres con tanta autoridad. Igual sucederá conmigo... ¿Por qué? —y maquinalmente, mientras reflexionaba, consultaba su reloj para fijar la tarea a los trabajadores.

Había sonado la hora de la comida: Levin dejó que los jornaleros se dispersasen, y apoyándose en una hermosa gavilla de trigo, entabló conversación con Fedor, y le hizo algunas preguntas sobre un rico campesino llamado Platón, que no quería tomar en arrendamiento el campo que un campesino había explotado el año anterior.

—Es demasiado caro, Constantino Dmitrich —dijo Fedor.

—¡Pero si Mitiuck pagaba eso el año último!

—Platón no pagará lo que Mitiuck pagaba —dijo el jornalero en tono despectivo—. El viejo Platón no desollaría al prójimo; tiene lástima de los pobres, y cuando es necesario les presta dinero.

—¿Por qué presta?

—Todos los hombres no son iguales: hay unos que viven para su vientre, como Mitiuck; otros viven para su alma, para Dios, como el viejo Platón.

—¿Qué es lo que quieres decir con eso de vivir para su alma, para Dios? —preguntó Levin casi a gritos.

—Es muy sencillo: vivir según Dios, según la verdad. No todos somos iguales, eso es seguro. Usted, por ejemplo, Constantino Dmitrich, no haría daño tampoco a los pobres.

—¡Sí, sí adiós! —balbuceó Levin, presa de intensa emoción, y tomando su bastón se dirigió a la casa.

«Vivir para Dios, según la verdad... para su alma», esas palabras del labriego encontraban eco en su corazón, y unos pensamientos confusos, pero que comprendía que eran fecundos, se agitaban en él, saliendo de algún rincón de su ser en donde habían estado largo tiempo comprimidos para deslumbrarle ahora con una claridad no vista antes.

XII

Levin avanzaba a grandes pasos por el camino, dominado de una sensación del todo nueva. Las palabras del labriego habían producido en su alma el efecto de una chispa eléctrica y el alud de ideas vagas, oscuras, que no habían cesado de llenarle la mente, hasta cuando hablaba del arrendamiento de su terreno, parecieron condensarse para inundarle el corazón de una inexplicable alegría...

«¡No vivir para sí, sino para Dios! ¿Qué Dios? ¿No es idea muy sensata el pretender que no debemos vivir para nosotros, es decir, para lo que nos gusta y nos atrae, sino para ese Dios que nadie comprende ni podría definir? No obstante esas palabras insensatas, yo las he comprendido, no he dudado de su verdad, no las he encontrado falsas ni oscuras... les he dado el mismo sentido, y quizá nunca he comprendido algo con mayor claridad».

«Fedor pretende que Mitiuck vive para su vientre; ya sé lo que quiere decir con eso. Nosotros todos, seres racionales, vivimos para lo mismo. Pero Fedor dice también que debemos vivir para Dios, según la verdad, y también lo comprendo... Yo y millones de hombres, ricos y pobres, sabios e ignorantes, en lo pasado sobre un punto: que hay que vivir para el bien. Ese es el único conocimiento claro, indudable, absoluto que poseemos, y no es por el razonamiento, como llegamos a obtenerle porque el razonamiento lo excluye, porque no tiene causa ni afecto. El bien, si tuviese una causa dejará de ser bien, lo mismo que si tuviese una sanción, una recompensa... Esto lo sé y lo sabemos todos».

«¿Y yo que buscaba un milagro para convencerme? He allí el milagro, no lo había observado aunque me rodea por todos lados... ¿Y podrá haber milagro más grande?»

«¿Habré encontrado la verdadera solución de mis dudas? ¿Voy a cesar de sufrir?»

Y continuó el camino polvoriento insensible a la fatiga y al calor. Sofocado por la emoción y, no atreviéndose a creer en el sentimiento de paz que le penetraba el alma, se alejó de la carretera para internarse por el bosque y tenderse a la sombra de un álamo sobre la tupida hierba. Allí, descubriéndose la frente bañada en sudor, prosiguió el curso de sus reflexiones, sin dejar de examinar los movimientos de un insecto que con fatiga trepaba por el tronco de una planta.

«Necesito concentrarme, resumir mis impresiones y comprender la causa de mi felicidad...»

«En otro tiempo creí que se operaba en mi cuerpo, como en el de este insecto, una evolución de la materia, de conformidad con ciertas leyes físicas, químicas y fisiológicas, evolución, lucha incesante que se extiende a todo, a los árboles, a las nubes, a las nebulosas... Pero, ¿a qué tendía esta evolución, adónde conducía? ¿Era posible la lucha con lo infinito...? Y a pesar de supremos esfuerzos me admiraba de no encontrar nada en esta vía que me revelase el sentido de mi vida, de mis impulsos, de mis aspiraciones... Este sentimiento es, sin embargo, tan intenso y tan manifiesto en mí que forma el fondo de mi existencia; y cuando Fedor me dijo: «Vivir para Dios y para el alma», me regocijé tanto como me admiré de oírselo definir. No he descubierto nada, ya lo sabía... He reconocido solamente esa fuerza que en otro tiempo me dio la vida y que hoy me la devuelve. Me siento libre del error... ¡Veo a mi amo, a mi Señor...!»

Y recordó el curso de sus ideas en los últimos dos años, desde el día en que la idea de la muerte le había impresionado a la vista de su hermano enfermo. Entonces fue cuando tuvo clara conciencia de que el hombre, sin otra perspectiva que el sufrimiento, la muerte y el eterno olvido, debía, so pena de suicidarse, llegar a explicarse el problema de la existencia, de modo que no viera en ella la cruel ironía de algún genio maléfico. Pero sin lograr explicarse nada, no se había matado, se había casado y conocido de ese modo nuevas alegrías que le hacían feliz cuando no sondeaba esos perturbadores pensamientos.

¿Qué revelaba esta inconsecuencia? Que vivía bien, aunque pensaba mal. Sin saberlo, había estado alentado por esas verdades de la fe mamadas con la leche de su madre y que su espíritu desconocía. Ahora comprendía de cuánto les era deudor.

«¿Qué habría sido de mí si no hubiera sabido que era preciso vivir para Dios y no para la satisfacción de mis apetitos? Habría robado, mentido, asesinado... Ninguna de las alegrías que me ofrece la vida habría existido para mí... Iba en busca de una solución que la reflexión no puede resolver porque no está a la altura del problema; la vida sola con el conocimiento innato del bien y del mal, me podía dar una respuesta. Y este conocimiento no lo he adquirido; yo no habría sabido dónde encontrarlo; me ha sido concedido como todo lo demás. ¿Me habría demostrado jamás el razonamiento que debo amar a mi prójimo en vez de estrangularle? Si cuando me lo enseñaron en mi infancia lo creí con tanta facilidad, es porque ya lo sabía. La enseñanza de la razón es la lucha por la existencia; esa ley que exige que todo lo que se oponga al cumplimiento de nuestros deseos sea destruido. La deducción es lógica. No es la razón la que nos hace amar al prójimo.»

XIII

Recordó una escena reciente entre Dolly y sus niños: éstos se habían quedado solos y se pusieron a hacer dulces en una taza sobre una mesa, y a echarse leche a la cara. La madre los sorprendió, los riñó en presencia del tío, y trató de hacerles comprender que si llegaban a faltar tazas no tendrían en qué tomar el té, y que si desperdiciaban la leche, ya no tendrían y padecerían hambre.

Levin se sorprendió del escepticismo de los niños al oír esas amenazas de la madre. No hicieron ningún caso; lo único que sentían era que les hubieran interrumpido su juego. Ignoraban el valor de los bienes de que gozaban y no se daban cuenta de que destruían su alimento.

«Todo eso está bien —se decían—. Pero, ¿es acaso tan precioso lo que nos dan? Siempre es lo mismo, todos los días. Es mucho más divertido hacer dulces en la taza y echarse leche en la cara. Este juego es nuevo y nosotros lo inventamos.»

Entretanto, Levin pensaba:

«¿No es así como obramos todos? Yo mismo lo he hecho así, al querer penetrar, por medio del razonamiento, los secretos de la naturaleza y el problema de la vida humana ¿No es eso lo que hacen los filósofos con sus teorías? ¿No se nota claramente en el desarrollo de cada una de esas teorías el verdadero sentido de la vida humana tal como lo entiende Fedor el campesino? Todas conducen a eso, pero por una vía intelectual con frecuencia equivocada. Que se deje a esos niños buscar su alimento por sí mismos, y en vez de hacer travesuras, se morirán de hambre... Que se nos deje a nosotros entregados a nuestras ideas, a nuestras pasiones, sin el conocimiento de nuestro Creador, sin el sentimiento del bien y del mal moral... ¿Qué resultados se obtendrían? Si vacilan nuestras creencias, es porque semejantes a los niños, estamos saciados. Yo, un cristiano, criado en la fe, colmado con los beneficios del cristianismo, gozando de esos beneficios de un modo inconsciente, lo mismo que esos niños, he querido destruir la esencia de mi vida... Pero a la hora del sufrimiento me he dirigido a él, y comprendo que mis pueriles rebeliones me son perdonadas. Sí, la razón no me ha enseñado nada de lo que sé; me ha sido dado, revelado por el corazón y, sobre todo, por la fe en las doctrinas de la Iglesia... ¿La Iglesia?», repitió Levin volviéndose y mirando a lo lejos el rebaño que bajaba hacia el río.

«¿Puedo en realidad creer en todo lo que enseña la Iglesia? —dijo para probarse y para encontrar un punto que turbase su calma—. Y recordó los dogmas que le habían parecido extraños. ¿La creación...? Pero, ¿cómo había conseguido explicarse la existencia...? ¿El diablo, el pecado...? ¿Cómo se había explicado el mal...? ¿La Redención...?»

Ninguno de esos dogmas le pareció atacar a los fines del hombre, a la fe en Dios, al bien. Todos, por el contrario, concurrían al milagro supremo, que consiste en permitir a los millones de seres humanos que pueblan la tierra, jóvenes y viejos, labriegos y emperadores, sabios e ignorantes, comprender las mismas verdades que forman esa vida del alma que es la única digna de vivirse.

Echado de espaldas, contempló el cielo.

«Ya sé —pensó— que es la inmensidad del espacio y no una bóveda azul la que tengo sobre mí; pero mis ojos no ven más que la bóveda redonda, y ven más exacto que si buscasen más allá.»

Cesó de reflexionar y escuchó las voces misteriosas que parecían agitarse en él.

«¿Es de veras la fe? —se dijo, no atreviéndose a creer en su dicha—. ¡Dios mío, te doy gracias!», y lágrimas de gratitud se desprendieron de sus ojos.

XIV

Una *telega* pequeña apareció a lo lejos y se acercó al rebaño. Levin reconoció a su cochero, que hablaba con el pastor. Poco después oyó el ruido de las ruedas y el relincho de su caballo. Pero, sumido en sus reflexiones, no se le ocurrió preguntar qué deseaban de él. El cochero le gritó de lejos:

—La señora me envía. Ha llegado Sergio Ivanitch con otro señor.

Levin subió al carro y tomó las riendas.

Mucho tiempo estuvo, como después de un sueño, sin volver en sí. Sentado al lado del cochero, miraba al caballo, pensaba en su hermano, en su esposa que quizá estaba inquieta por su larga ausencia, en el huésped desconocido que le llegaba, y se preguntaba si sus relaciones con los suyos no iban a modificarse.

«Ya no quiero estar mal con mi hermano, no más querellas con Kitty, ni mostrarme impaciente con los criados. Seré amable con mi nuevo huésped.»

Y conteniendo el caballo que quería correr, trató de dirigir alguna palabra amable a su cochero, que se mantenía inmóvil al lado suyo sin saber qué hacer con sus manos ociosas.

—Sírvase usted tomar a la izquierda, hay que evitar un tronco —dijo en aquel momento Iván, tocando las riendas que tenía su amo.

—Hágame usted el favor de dejarme en paz y de no darme lecciones —respondió Levin impaciente, como le sucedía siempre que se mezclaban en sus asuntos.

Y al momento comprendió que su nuevo estado moral no ejercía ninguna influencia sobre su carácter.

Un poco antes de llegar divisó a Grisha y a Tania, que corrían a su encuentro:

—¡Tío Kostia! Mamá, el abuelo, Sergio Ivanitch y otro señor, vienen en busca de usted.

—¿Quién es el señor?

—Un señor horrible, que hace muchos ademanes con los brazos, así —dijo Tania queriendo imitar a Katavasof.

—¿Es viejo o joven? —preguntó Levin riendo, y pensó—: ¡Con tal que no se trate de algún importuno!

Al dar vuelta a un recodo del camino, reconoció a Katavasof, que marchaba delante de los demás, agitando los brazos como había dicho Tania.

Katavasof era propenso a hablar de filosofía desde su punto de vista de naturalista, y Levin había discutido frecuentemente con él en Moscú dejando creer a su adversario, que le había convencido. Le vino a la memoria una de aquellas discusiones, y se prometió no volver a expresar con ligereza sus pensamientos. Cuando se reunió con sus huéspedes se informó de su esposa.

—Está en el bosque con Mitia, pues hacía demasiado calor en casa —respondió Dolly.

Esta noticia contrarió a Levin, porque le parecía peligroso llevar al niño tan lejos.

—Esa inexperta madre no sabe qué inventar —dijo el viejo príncipe—; lleva a su hijo de un rincón al otro. La he aconsejado que pruebe a llevarle al depósito de hielo.

—Se reunirá con nosotros en las colmenas. Ella creía que tú estabas allá —añadió Dolly—. Ese era el fin de nuestro paseo.

—¿Qué hay de nuevo? —preguntó Sergio Ivanitch a su hermano, deteniéndole.

—Nada de particular. Y tú, ¿cómo vas? ¿Pasarás algún tiempo con nosotros? Hace ya tiempo que te esperábamos.

—Unos quince días. Tengo mucho que hacer en Moscú.

Las miradas de los dos hermanos se cruzaron, y Levin bajó los ojos sin encontrar qué contestar, queriendo evitar la guerra de Servia y la cuestión eslava, para no entablar discusiones que habrían turbado las relaciones sencillas y cordiales que deseaba sostener con Sergio Ivanitch. Y le pidió noticias de su libro.

Kosnichef sonrió.

—Nadie se ocupaba de él, y yo menos que nadie. Ya verá usted cómo llueve, Daria Alejandrovna —añadió señalando las nubes que se amontonaban por encima de los árboles.

Levin se aproximó a Katavasof y le dijo:

—¡Qué buena idea ha sido la de venir!

—Hace tiempo que lo deseaba; vamos a conversar a nuestras anchas. ¿Ha leído usted a Spencer?

—No todo. Es inútil para mí.

—¿Cómo es eso? ¡Me sorprende usted!

—Quiero decir que ni él ni los otros me ayudarán a resolver ciertas cuestiones. Por lo demás, hablaremos después de todo eso —añadió Levin, admirado de la alegría que reveló el rostro de Katavasof.

En seguida, con el temor de que se le hiciera discutir, condujo a sus huéspedes por un estrecho sendero hasta una pradera sin segar y les puso a la sombra de unos álamos, donde se sentaron en unos bancos preparados al efecto. Después fue a buscar miel, pan y pepinos a la *izba*, donde estaban las colmenas. De la pared descolgó una máscara de alambre con la que se cubrió el rostro, y con las manos metidas en los bolsillos, penetró en el cercado destinado a las abejas, cuyas colmenas, arregladas en orden, tenían cada una su historia. Allí, en medio del zumbido de los insectos, estaba contento al encontrarse solo un momento, para reflexionar tranquilo. Sentía que la vida real volvía a recobrar su imperio dominando sus pensamientos. ¿No había ya encontrado pretexto para reñir a su cochero? ¿No se había mostrado frío para con su hermano? ¿No había dicho cosas inútiles a Katavasof?

«¿Sería posible que mi felicidad no fuese más que una impresión momentánea que se disipara sin dejar rastro?»

Pero al examinarse a sí mismo, encontró sus impresiones intactas. Evidentemente un fenómeno se había operado en su alma. La vida real que apenas había tocado poco ha, no había hecho más que extender una nube sobre esa calma interior. Lo mismo que las abejas que zumbaban en torno suyo obligándole a defenderse no atacaban a sus fuerzas físicas, así su nueva libertad resistía a los ligeros ataques de los incidentes de las últimas horas.

XV

—¿Sabes, Kostia, con quién ha viajado Sergio Ivanitch hace poco? —dijo Dolly, después de haber repartido miel y pepinos a cada uno de sus hijos—. Con Wronsky, que se va a Servia.

—No va solo, lleva a expensas suyas todo un escuadrón —añadió Katavasof.

—¡Eso es lo que le conviene! —respondió Levin—. Pero, ¿despachan ustedes voluntarios todavía? —añadió dirigiéndose a su hermano.

—¡Cómo, si despachamos! —exclamó Katavasof mordiendo un pepino—; ¡hubiera usted visto ayer!

—Ruego a usted me explique adónde van todos esos héroes contra quien van a luchar —preguntó el viejo príncipe a Katavasof.

—Contra los turcos —respondió éste sonriendo tranquilamente y poniendo sobre sus patitas a la abeja que había salvado.

Pero, ¿quién ha declarado la guerra a los turcos? ¿Serán acaso la condesa Lydia y la señora Stahl?

—Nadie ha declarado la guerra, pero conmovidos por los sufrimientos de nuestros hermanos, tratamos de ir en su auxilio.

—No es eso lo que admira al príncipe —dijo Levin tomando el partido de su suegro—; le parece extraño que algunos particulares sin autorización del gobierno se atrevan a tomar parte en una guerra.

—¿Por que los particulares no habían de tener ese derecho? Explíquenos usted su teoría —preguntó Katavasof.

—Mi teoría es la siguiente: La guerra es una cosa tan terrible, que ningún hombre, prescindiendo de su cualidad de cristiano, tiene derecho a asumir la responsabilidad de declararla; este derecho pertenece a los gobiernos. Hasta deben los ciudadanos renunciar a toda voluntad personal, cuando la declaración de guerra llega a ser inevitable. El buen sentido basta, independientemente de toda ciencia política, para indicar que ésta es una exclusiva cuestión de Estado.

Sergio Ivanitch y Katavasof tenían respuestas preparadas.

—En eso ésta usted equivocado —dijo Katavasof—. Cuando un gobierno no comprende la voluntad de los ciudadanos, el pueblo impone la suya.

—Tú no explicas suficientemente el caso —interrumpió Sergio Ivanitch frunciendo el ceño—. Aquí no se trata de una declaración de guerra, sino de una demostración de solidaridad humana, cristiana. Se asesina a nuestros hermanos, y no sólo a los hombres, sino a las mujeres, a los niños y a los ancianos; el pueblo ruso indignado va en su socorro para contener esos horrores. Supongamos que ves a un borracho que maltrata a una criatura indefensa en la calle: ¿preguntarás primero si la guerra esta declarada para socorrerle?

—No, pero yo no asesinaré a mi vez.

—¿Tú no llegarías hasta ese extremo nunca?

—No sé, quizá mataré en el impulso del momento pero, en el presente caso no veo arrebato ninguno.

—Tú no lo ves quizá, pero todos no piensan como tú —respondió Sergio con desabrimiento—; el pueblo conserva la tradición de los hermanos ortodoxos que gimen bajo el yugo de los infieles, y es el pueblo el que se ha despertado.

—Es posible que así sea —replicó Levin con acento conciliador, sólo que no veo nada de eso a mi alrededor, y no oigo nada tampoco, aunque formo parte del pueblo.

—Yo diría lo mismo —exclamó el viejo príncipe—. Los periódicos extranjeros me han revelado el amor repentino de Rusia entera hacia sus hermanos eslavos; yo no lo había notado, quizá porque nunca me han inspirado los eslavos la menor ternura. A decir verdad, al principio me inquieté por mi indiferencia, que atribuía a los baños de Carlsbad, pero a mi regreso he visto que no soy el único de mi especie.

—Las opiniones personales tienen muy poco valor cuando la Rusia entera se pronuncia.

—Pero el pueblo no sabe nada, en absoluto.

—Sí, papá —interrumpió Dolly, que hasta aquel momento había estado ocupada con sus chicuelos, por los que se interesaba mucho el viejo encargado de las abejas—. ¿No se acuerda usted del domingo en la iglesia?

—¡Ah!, ¿qué pasa en la iglesia? Los sacerdotes tienen orden de leer al pueblo un papel del que nadie entiende una palabra. Si los campesinos suspiran durante la lectura, es porque creen que es el sermón, y si dan sus kopeks, es porque se imaginan que se les habla de la salvación de sus almas. Pero, ¿de qué modo? Eso no lo saben ellos.

—El pueblo no es posible que ignore su destino; tiene la intuición de él y lo demuestra en momentos como éste —dijo Sergio Ivanitch fijando los ojos en el viejo guarda que permanecía en pie en medio de ellos con una taza de miel en la mano, mirando a sus señores con aire dulce y tranquilo, sin comprender nada de lo que decían. Sin embargo, cuando vio que le observaban creyó de su deber mover la cabeza y decir:

—Así es, ciertamente.

—Pregúntenle ustedes —dijo Levin—, y verán lo que sabe. Miguel ¿has oído hablar de la guerra? —preguntó al anciano—; ¿ya sabes eso que leyeron el domingo en la iglesia? ¿Debemos batirnos por los cristianos? ¿Qué te parece?

—¿Qué tenemos nosotros que pensar? Nuestro emperador Alejandro Nicolaevitch pensará por nosotros. Él sabe lo que debe hacer. ¿Traigo más pan? —preguntó volviéndose hacia Dolly y mostrándole a Grisha, que devoraba una corteza.

—¿De qué sirve interrogarle —exclamó Sergio Ivanitch—, cuando vemos centenares de hombres abandonar lo que poseen y sacrificar hasta el último rublo, alistarse voluntariamente y acudir de todos los rincones de Rusia con el mismo objeto? ¿Me dirás que eso no significa nada?

—Eso significa, a mi modo de ver, que entre ochenta millones de hombres habrá siempre centenares y aun miles que, no sirviendo para nada en una vida regular, se lanzan a la primera aventura que se les ofrece, ya sea para seguir a Pugatchef o ya para ir a Servia —dijo Levin acalorándose.

—No son aventureros los que se consagran a esta obra, sino dignos representantes de la nación —exclamó Sergio Ivanitch ofendido como si se tratara de una cuestión personal—. ¿Y los donativos? ¿No significan también un modo de manifestar su voluntad el pueblo?

¡La palabra *pueblo* es tan vaga...! Quizá uno de cada mil campesinos comprende, pero al resto de los ochenta millones, les ocurre lo que a Miguel, y no solamente no manifiestan su voluntad, sino que no hay en ellos ni la más ligera noción de lo que podrían tener que manifestar.

XVI

Sergio Ivanitch, hábil en la dialéctica, abordó otro aspecto de la cuestión.

—Es evidente que, no poseyendo el sufragio universal, no podríamos obtener la opinión del país por la vía aritmética, pero hay otros medios de conocerla. No hablo de esas corrientes subterráneas que han conmovido a la masa del pueblo, sino considerando a la sociedad en un sentido más restringido: ¡Vean ustedes en la clase inteligente cómo en ese terreno los partidos más hostiles entre sí se funden en uno solo! Ya no hay divergencias de opiniones; todos los órganos sociales se expresan del mismo modo, todos han comprendido la fuerza elemental que impulsa a la nación.

—Que todos los periódicos dicen la misma cosa, es verdad —replicó el viejo príncipe—; pero las ranas también cantan todas antes de la tempestad.

—No sé lo que la prensa tiene de común con las ranas, y no asumo su defensa. Hablo de la unanimidad de opinión en el mundo inteligente.

—Esa unanimidad tiene su razón de ser —interrumpió el viejo príncipe—. Ahí tienen ustedes a mi querido yerno, Esteban Arcadievitch, al que nombran miembro de una comisión cualquiera con ocho mil rublos de sueldo para no hacer nada; no es un secreto para nadie, Dolly. ¿Creen ustedes que siendo un hombre de buena fe como es, no logre probar que la sociedad no podría existir sin ese empleo? Los periódicos hacen lo mismo; como la guerra duplica la venta de sus ejemplares sostendrán y probarán que la cuestión eslava exige la guerra porque el instinto nacional la reclama.

—Es injusto usted.

—Alfonso Karr estaba en lo cierto cuando, antes de romper las hostilidades con Alemania, proponía a los partidarios de la guerra que formaran parte de la vanguardia y resistieran las primeras descargas.

—Nuestros redactores tendrían mucho gusto en formar parte de la vanguardia —dijo riendo Katavasof.

—Pero su huida desalentaría a los demás —dijo Dolly.

—Nada impediría hacerles volver al fuego a latigazos —repuso el príncipe.

—Todo eso no es más que un chiste de gusto dudoso, porque la unanimidad de la prensa es un magnífico síntoma que hay que tener muy en cuenta. Los miembros de una sociedad tienen todos la obligación de cumplir con su deber, y los hombres que reflexionan cumplen con el suyo dando una expresión a la opinión pública. Hace veinte años todos habrían callado; hoy se oye la voz del pueblo ruso pidiendo venganza para sus hermanos. Es un gran paso dado, una prueba de fuerza.

—Seguramente, el pueblo está dispuesto a muchos sacrificios cuando se trata de su alma; pero la cuestión ahora se reduce a matar turcos —dijo Levin enlazando involuntariamente la conversación de ahora con la de la mañana.

—¿Qué entiende usted por su alma? Para un naturalista ese es un término vago. ¿Qué es el alma? —preguntó Katavasof sonriendo.

—Usted ya lo sabe.

—Palabra de honor, no lo sé —repuso el profesor riendo a carcajadas.

—No traigo la paz, sino la espada, ha dicho Nuestro Señor —respondió Sergio Ivanitch, citando una frase del Evangelio que siempre había confundido a Levin.

—Así es, es verdad —repitió el viejo guarda, que continuaba en pie en medio de ellos, contestando a una mirada que por casualidad le dirigió Sergio Ivanitch.

—Vaya, esta usted derrotado, padrecito —exclamó alegremente Katavasof.

Levin se puso encarnado, no porque se creyera derrotado, sino por haber cedido a la necesidad de discutir. Convencer a Sergio Ivanitch era imposible; dejarse convencer por él, no lo era menos. ¿Cómo admitir el derecho que se arrogaba un puñado de hombres, entre ellos su hermano, de representar con los periódicos la voluntad de la nación, cuando esta voluntad significaba venganza y asesinato, y cuando toda su certidumbre se apoyaba en las narraciones sospechosas de algunos centenares de malos sujetos en busca de aventuras? Nada confirmaba para él esos asuntos. Jamás el pueblo podrá considerar la guerra como un beneficio, cualquiera que sea el objeto que se proponga. Si la opinión pública fuera infalible, ¿por qué la Revolución y la Comuna no habían de ser tan legítimas como la guerra en favor de los eslavos?

Levin habría querido expresar esas ideas, pero creyó que la discusión irritaría a su hermano y que no llegarían a ningún acuerdo. Así es que llamó la atención de sus huéspedes sobre la lluvia que amenazaba.

XVII

El príncipe Sergio e Ivanitch subieron a la telega, mientras que los demás apresuraron el paso; pero las nubes negras y bajas, arrojadas por el viento, se amontonaban tan pronto y parecían correr con tanta rapidez, que a doscientos pasos de la casa el aguacero se hizo inminente.

Los niños iban corriendo delante riendo y dando gritos de espanto. Dolly, luchando con las faldas que se le trababan, se esforzaba por seguirlos; los hombres apenas podían evitar que el viento se les llevara los sombreros, y daban grandes zancadas. Al fin, cuando gruesas gotas comenzaban a caer, llegaron a la casa.

—¿Dónde esta Catalina Alejandrovna? —preguntó Levin a la vieja criada que salía del vestíbulo, cargada con mantas y paraguas.

—Creíamos que estaba con ustedes.

—¿Y Mitia?

—En el bosque, seguramente, con el aya.

Levin cogió las mantas y salió escapado.

En aquel corto espacio de tiempo, el cielo se había puesto tan oscuro como durante un eclipse, y el viento, soplando con violencia, hacía volar las hojas, agitando las ramas de los abedules, doblando los árboles, derribando plantas y flores y oponiéndose obstinadamente al paso de Levin. Los campos y la selva desaparecían tras un velo de lluvia, y todos los que se habían visto sorprendidos por la tempestad corrían de todos lados buscando dónde guarecerse.

Levin luchaba vigorosamente contra la tempestad, esforzándose para preservar sus mantas; inclinado hacia adelante, avanzaba cuanto podía. Ya creía vislumbrar unas formas blancas bajo una encina muy conocida, cuando de pronto un deslumbrante relámpago inflamó el suelo por delante, mientras que, sobre su cabeza, la bóveda celeste parecía desplomarse.

Cuando pudo abrir los ojos, buscó la encina a través de la espesa cortina que el aguacero formaba y vio con terror que la copa había desaparecido.

—¡La habrá herido el rayo! —tuvo apenas tiempo de decir, y oyó el chasquido del árbol que se desplomaba con estruendo.

—¡Dios mío, Dios mío! ¡Con tal que no hayan sido heridos por el rayo...! —murmuró helado de espanto, y aunque pronto sintió lo absurdo de su plegaria, inútil ya, puesto que el mal estaba causado, la repitió no obstante, no encontrando nada mejor que hacer...

Se dirigió al lugar donde Kitty tenía costumbre de ponerse. No la encontró, pero la oyó llamar por el lado opuesto. Se había refugiado bajo un viejo tilo. Allí, inclinada, como el aya, sobre el niño, acostado en su cochecito, trataban de resguardarle de la lluvia.

Levin, deslumbrado por los relámpagos y la lluvia, llegó al fin a descubrir al pequeño grupo y corrió con la velocidad que le permitía su calzado empapado de agua.

—¡Vivos! ¡Bendito sea Dios! Pero, ¡cómo es posible cometer semejante imprudencia! —gritó furioso a su esposa, que volvía hacia él la cara mojada.

—Te aseguro que no ha sido culpa mía; ya íbamos a marcharnos, cuando...

—Puesto que os encuentro buenas y sanas, ¡gracias a Dios! ¡No sé lo que estoy diciendo!

Después, recogiendo apresuradamente las cositas del niño, Levin lo entregó al aya, y, tomando el brazo de su esposa, la condujo apretándole suavemente la mano avergonzado por haberla reñido.

XVIII

A pesar de la decepción que sentía al ver que su regeneración moral no producía ninguna modificación favorable en su carácter, no por esto dejó Levin de experimentar todo el resto del día una plenitud de corazón que le colmó de alegría. Apenas tomó parte en la conversación general, pero el tiempo pasó alegremente, y Katavasof se captó la buena voluntad de las señoras, por la originalidad de su ingenio. Excitado a la conversación por Sergio Ivanitch, entretuvo a todos con la narración de sus estudios sobre las costumbres y fisonomías de las moscas, hembras y machos, lo mismo que sobre el género de vida que tales insectos llevaban en las habitaciones. Kosnichef, a su vez, volvió a tratar de la cuestión eslava, que desarrolló de un modo interesante. El día concluyó, pues, alegremente, sin discusiones irritantes, y como había refrescado la temperatura después de la tempestad, permanecieron todos en casa.

Kitty, obligada a ir a dar el baño al niño, se retiró con pesar, y algunos minutos más tarde vinieron a decir a Levin que le llamaba. Al momento se levantó inquieto, a pesar del interés con que seguía la teoría de su hermano, sobre la influencia que la emancipación de cuarenta millones de eslavos ejercería sobre el porvenir de Rusia.

«¿Qué podía necesitar de él?» Nunca le había llamado estando con el niño sino en casos muy urgentes. Pero la inquietud, lo mismo que la curiosidad que habían despertado en él las ideas de su hermano, desaparecieron tan pronto como se encontró solo un momento, y le volvió su felicidad íntima, viva e intensa como por la mañana, sin que tuviese necesidad de reavivarla por la reflexión. El sentimiento se había hecho más poderoso que la reflexión. Atravesó la terraza y divisó dos estrellas brillantes en el firmamento.

«Sí —se dijo mirando al cielo—; recuerdo haber pensado que existía una verdad en la ilusión de esta bóveda que contemplo; pero, ¿cuál era el pensamiento que quedó incompleto en mi espíritu...? —y cuando entraba en el cuarto del niño se acordó. ¿Por qué si la prueba principal de la existencia de Dios es la revelación interna que a cada uno de nosotros ha dado del bien y del mal, por qué esta revelación se había de haber limitado a la Iglesia cristiana? ¿Y esos millones de budistas, musulmanes, que buscan igualmente el bien?»

La respuesta a esta pregunta debía existir, pero no pudo dar con ella antes de entrar.

Kitty, con las mangas remangadas, inclinada sobre el baño en el que sostenía con una mano la cabeza del niño mientras que con la otra le pasaba la esponja, se volvió hacia su marido al oírle acercarse y le dijo:

—¡Ven en seguida! Agata Mikhailovna tenía razón, nos conoce.

El acontecimiento era importante. Se sometió a Mitia a diversas pruebas. Se hizo subir a la cocinera, que el niño no había visto nunca. El experimento fue concluyente: Mitia no quiso ver a la desconocida y sonrió a su madre y al aya. Levin mismo estaba contentísimo.

—Me alegro mucho al ver que comienzas a quererle —dijo Kitty cuando hubo colocado a su hijo en sus rodillas después del baño—. Ya empezaba a entristecerme cuando decías que no sentías nada por él.

—No es eso lo que yo quería decir, pero me produjo una decepción.

—¿En qué sentido?

—Yo esperaba que despertase en mí un sentimiento nuevo y en vez de eso me inspiró lástima, repugnancia y sobre todo miedo. Hasta hoy, después de la tormenta, no he comprendido bien que le quería.

Kitty sonrió de alegría.

—Pasaste mucho miedo, y yo también. Pero ahora que me doy cuenta del peligro que hemos corrido, tengo más miedo aún. Mañana voy a ver la encina... y ahora vuelve al lado de nuestros huéspedes. ¡Estoy tan contenta, al verte en buenas relaciones con tu hermano!

XIX

Levin, al dejar a su esposa, reanudó el hilo de sus pensamientos, y en vez de entrar en la sala se quedó apoyado en la balaustrada de la terraza.

Caía la noche, y el cielo, puro por la parte del mediodía, permanecía tempestuoso por el lado opuesto. De cuando en cuando un relámpago deslumbrador, el estallido de un trueno sordo, hacía desaparecer a los ojos de Levin las estrellas y la Vía Láctea que él contemplaba, escuchando las gotas de lluvia que se desprendían cadenciosamente de las hojas de los árboles. Las estrellas volvían a aparecer paulatinamente, recobrando su puesto, como si una mano cuidadosa las hubiese vuelto a suspender del firmamento.

«¿Qué temor me agobia? —se preguntaba, notando una respuesta en su alma que no podía definir aún—. Sí, las leyes del bien y del mal reveladas al mundo son la prueba evidente, irrecusable, de la existencia de Dios; esas leyes las reconozco en el fondo de mi corazón, uniéndome así por grado o por fuerza a cuantos las reconocen como yo, y esta unión de seres humanos que participan de la misma creencia se llama la Iglesia. ¿Y los hebreos, los musulmanes, los budistas? —se preguntó volviendo a ese dilema que le parecía peligroso—. ¿Esos millones de hombres estarían privados del mayor de los beneficios, de aquel que es el único que da sentido a la vida? Pero lo que me pregunto: ¿son las relaciones de las diversas creencias de la humanidad entera con la Divinidad? ¿Es la revelación de Dios al Universo con sus planetas y sus nebulosas, lo que pretendo descubrir? ¿Y es en el momento en que un conocimiento exacto, aunque inaccesible a la razón, me ha sido revelado, cuando me obstino aún en querer que intervenga la lógica?»

«Ya sé que las estrellas no andan —se dijo al observar el cambio ocurrido en la posición del astro brillante que veía elevarse sobre los abedules—; pero no pudiendo imaginarme la rotación de la Tierra al ver a las estrellas cambiar de lugar, tengo razón para decir que andan. ¿Habrían podido los astrónomos comprender alguna cosa, calculado algo, si hubiesen tenido en cuenta los movimientos complicados y diversos de la Tierra? Sus sorprendentes conclusiones sobre las distancias, el peso, los movimientos y las revoluciones de los cuerpos celestes no han sido basadas en todos los movimientos aparentes de los astros alrededor de la Tierra inmóvil, esos mismos movimientos de que soy testigo, como lo han sido millones de hombres durante siglos y que todavía pueden comprobarse. Y del mismo modo que las conclusiones de los astrónomos habrían sido erróneas e inexactas si no las hubiesen basado sobre sus observaciones del cielo aparente, con relación a un solo meridiano y a un solo horizonte, del mismo modo todas mis conclusiones sobre el conocimiento del bien y del mal se hallarían privadas de sentido si no las refiriese a la revelación que de ellas me ha hecho el cristianismo, y que en todo momento podré comprobar en mi alma. Las relaciones de las otras creencias con Dios permanecerán inescrutables para mí y no tengo tampoco derecho a sondearlas.»

—¿Todavía estás ahí fuera? —dijo de repente la voz de Kitty—. ¿Tienes algo que te preocupa? —preguntó examinando con atención el rostro de su marido a la luz de las estrellas.

Un relámpago surcando el horizonte hizo que ella le viera tranquilo y feliz.

«Me comprende —pensó al verla sonreír—, y sabe en lo que estoy pensando; ¿se lo diré?» Pero en el momento mismo en que iba a hablar, Kitty le interrumpió.

—Te ruego, Kostia —dijo—, que vayas a echar una mirada al cuarto de Sergio para ver si todo está en orden. Me molesta ir yo misma.

—Bueno, voy —respondió Levin levantándose para besarla.

«No, es mejor que me calle —pensó mientras la joven entraba en la sala—. Ese secreto sólo para mí tiene importancia, no podría expresarlo con palabras. Ese nuevo sentimiento no me ha cambiado ni me ha deslumbrado, ni tampoco me hace feliz como pensaba; lo mismo me ocurrió con el amor de padre en el cual no encontré ni sorpresa ni arrobamiento de alegría; pero este sentimiento se ha insinuado en mi alma por el sufrimiento, y en lo sucesivo quedará firmemente arraigado, y cualquier nombre que trate de darle, siempre será la fe.

»Probablemente continuaré impacientándome contra mi cochero discutiendo inútilmente, expresando mal mis ideas; notaré como siempre una barrera entre el santuario de mi alma y el alma de los demás, sin exceptuar el de mi esposa; seguiré haciendo a ésta responsable de mis terrores, para arrepentirme al instante. Rezaré como hasta ahora, sin poderme explicar por qué rezo; pero mi vida interior ha reconquistado su libertad; ya no se hallará a merced de los acontecimientos, y cada minuto de mi existencia tendrá un sentido incontestable y profundo, que podré imprimir a cada una de mis acciones: el sentido del bien.»

FIN

ÍNDICE